Philippe Sollers

Femmes

Gallimard

Qui parle ici, en première personne ? Un journaliste américain qui vit à Paris. L'auteur et lui sont amis, leur dialogue complice est l'axe de la narration.

Les femmes ? Kate, journaliste politique française; Cyd, une Anglaise vivant à New York et s'occupant de télévision; Flora, une anarchiste espagnole passionnée d'intrigue « révolutionnaire »; Bernadette, une dirigeante féministe; Ysia, une étrange Chinoise attachée d'ambassade; Louise, une claveciniste; Deborah, la femme du narrateur... Et quelques autres.

Les lieux de l'action ? Paris, New York, Rome, Florence, Barcelone, Jérusalem, Venise. Aujourd'hui. Le narrateur raconte ses aventures érotiques, observe la montée du nouveau pouvoir féminin, commente les événements, revient sur sa biographie en France dans les dix dernières années, accélération du spectacle, coulisses de la société. Les intellectuels, durant cette période ? Des idées ? Sans doute. Mais surtout des passions non dites.

Crise et terrorisme; changement de régime; reprise de l'antisémitisme : tout va très vite, tout est emporté dans le tourbillon des rapports de forces et la fabrication incessante de l'information.

L'intrigue est la découverte progressive, par notre Américain, de la nécessité, pour lui, de revenir vivre aux Etats-Unis. Son amie Cyd meurt à Paris dans un attentat de rue. Le Journal où il travaille le licencie. L'horizon européen se ferme. Les vies privées sont de plus en plus piégées par l'Histoire.

Le style ? Elliptique, comme la réalité d'aujourd'hui. Le sujet ? Un décor en mutation, filmé à travers l'écran féminin qui, comme depuis toujours, mais plus que jamais, dit la vérité comique ou tragique des passagers se croyant acteurs.

Roman de la scène de la mise en scène et, maintenant, de l'irréalisation endiablée de tout. Roman donc du romanesque actuel.

Philippe Sollers est né à Bordeaux. Son premier roman, *Une curieuse solitude*, publié en 1959, a été salué à la fois par Mauriac et par Aragon. Il reçoit en 1961 le prix Médicis pour *Le Parc*. Il fonde la revue et la collection *Tel quel* en 1960, aux éditions du Seuil, puis la revue et la collection *L'Infini* en 1983, chez Denoël.

Né mâle et célibataire dès son plus jeune âge... Possède sa propre machine à écrire et sait s'en servir.

William Faulkner

I

Depuis le temps... Il me semble que quelqu'un aurait pu oser... Je cherche, j'observe, j'écoute, j'ouvre des livres, je lis, je relis... Mais non... Pas vraiment... Personne n'en parle... Pas ouvertement en tout cas... Mots couverts, brumes, nuages, allusions... Depuis tout ce temps... Combien? Deux mille ans? Six mille ans? Depuis qu'il y a des documents... Quelqu'un aurait pu la dire, quand même, la vérité, la crue, la tuante... Mais non, rien, presque rien... Des mythes, des religions, des poèmes, des romans, des opéras, des philosophies, des contrats... Bon, c'est vrai, quelques audaces... Mais l'ensemble en général verse vite dans l'emphase, l'agrandissement, le crime énervé, l'effet... Rien, ou presque rien, sur la cause... LA CAUSE.

Le monde appartient aux femmes.

C'est-à-dire à la mort.

Là-dessus, tout le monde ment.

Lecteur, accroche-toi, ce livre est abrupt. Tu ne devrais pas t'ennuyer en chemin, remarque. Il y aura des détails, des couleurs, des scènes rapprochées, du méli-mélo, de l'hypnose, de la psychologie, des orgies. J'écris les Mémoires d'un navigateur sans précédent, le révélateur des époques... L'origine dévoilée! Le secret sondé! Le destin radiographié! La prétendue nature démasquée! Le temple des erreurs, des illusions, des tensions, le meurtre enfoui, le fin fond des choses... Je me suis assez amusé et follement ennuyé dans ce cirque, depuis que j'y ai été fabriqué...

Le monde appartient aux femmes, il n'y a que des femmes, et depuis toujours elles le savent et elles ne le savent pas, elles ne peuvent pas le savoir vraiment, elles le sentent, elles le pressentent, ça s'organise comme ça. Les hommes? Ecume, faux dirigeants, faux prêtres, penseurs approximatifs, insectes... Gestionnaires abusés... Muscles trompeurs, énergie substituée, déléguée... Je vais tenter de raconter comment et pourquoi. Si ma main me suit, si mon bras ne tombe pas de lui-même, si je ne meurs pas d'accablement en cours de route, si j'arrive surtout à me persuader que cette révélation s'adresse à quelqu'un alors que je suis presque sûr qu'elle ne peut atteindre personne...

Règlements de comptes? Mais oui! Schizophrénie? Comment donc! Paranoïa? Encore mieux! La machine m'a rendu furieux? D'accord! Misogynie? Le mot est faible. Misanthropie? Vous plaisantez... On va aller plus loin, ici, dans ces pages, que toutes les célébrités de l'Antiquité, d'avant-hier, d'hier, d'aujourd'hui, de demain et d'après-demain... Beaucoup plus loin en hauteur, en largeur, en profondeur, en horreur, – mais aussi en mélodie, en harmonie, en replis...

Qui je suis vraiment? Peu importe. Mieux vaut rester dans l'ombre. Philosophe dans la chambre noire... J'ai demandé simplement à l'écrivain qui signera ce livre, de discuter avec moi certains points... Pourquoi je l'ai choisi, lui? Parce qu'il était haï. Je me suis renseigné, j'ai fait mon enquête, je voulais quelqu'un d'assez connu mais de franchement détesté... Un technicien du ressentiment éprouvé, de la source empoisonnée... J'ai mon idée là-dessus... Une théorie métaphysique... Vous verrez, vous verrez... Pourquoi en français? Question de tradition... Les Français, certains

12

Français, en savent davantage, finalement, sur le théâtre que j'ai l'intention de décrire... Curieux d'ailleurs... Comme si c'était chez eux que s'était jouée au plus près la mise en place de la coulisse essentielle... Ça continue, d'ailleurs, en plus pauvre comme toutes choses aujourd'hui... Un côté mutant, un côté martien...

Je pars d'une constatation élémentaire. Si vous êtes là, les yeux ouverts sur ces lignes, c'est que vous êtes né. Né ou née? Lui ou elle? L'action commence. Vous êtes d'un sexe ou d'un autre, du moins apparemment. Fallacieuse apparence? *Le cose fallaci...* Vous ne savez pas exactement. Je dis bien : EXACTEMENT. Quoi qu'il en soit, vous êtes là. Et vous ne savez pas non plus pourquoi. Non, non, il ne s'agit pas de la vieille énigme éventée maman-papa depuis longtemps cassée par la science... Faulkner, encore lui, à Ben Wasson, printemps 1930 : « Désolé, mais je n'ai pas de photo. D'ailleurs, que je sache, je n'ai aucune intention d'en avoir. Pour la biographie, ne dis rien aux emmerdeurs. Qu'est-ce que ça peut leur faire? Dis-leur que je suis né d'un alligator et d'une esclave noire à la conférence de Genève il y a deux ans. Ou ce que tu voudras. » Averti, celui-là, ferme... Tout ce que je veux suggérer, c'est que vous êtes dans l'impossibilité d'évaluer votre sac... Est-ce que vous êtes dedans? Là? Dedans? Dans votre corps? Votre pensée dans un corps? Une saison dans l'enfer du corps, et hop, hors du corps? Au néant? « J'ai vu l'enfer des femmes là-bas », dit Rimbaud... Qu'est-ce qu'il a vu au juste? To be? Not to be? L'enfer? Nous allons redécouvrir l'enfer, ça fait partie du programme. Avec quelques douceurs en passant... Bien, d'où ça vient tout ça? De maman? MAMAN? Dieu-maman? Ah, celle-là! Sous celui-là, celle-là! La cellule universelle, la grande pile désormais à pilule, la bouche éternelle... Isis, Artémis, Aphrodite, Diane, Hécate! Cybèle! Déméter! Mater! Athéna! Géa! Géova!

Le froncement, le pincement, l'épingle à nourrice, la pyramide, le triangle sacré, le delta!

Kate arrive avec son chapeau fantaisie cow-boy. Elle se prend maintenant pour une amazone. La tête farcie d'épopée femme et re-femme. « Nous les femmes... » On sent qu'elle y pense sans arrêt, excitée, déprimée, terrorisée. Maniaque. Elle souffre, mais elle doit le cacher sous une allure toujours « en forme », gaie, décidée... Surtout que personne ne se rende compte que le tissu de sa vie n'est que vertige, peur. Sans fin donner le change, mentir. La dissimulation est pour elle une première nature, une nature d'avant la nature, une protection spontanée, un voile au sens où on dit qu'une roue est voilée... Je la vois serrer légèrement les dents. Elle va m'approcher, moi, l'ennemi public nº 1, la tête de liste noire, celui qui en sait dix fois trop, qui est renseigné de l'intérieur... Elle m'embrasse, elle allume les stéréotypes de la séduction. Rapports de forces... Je la regarde. Elle est épuisée, elle sort d'une longue journée de travail pour marquer ses droits, s'affirmer; d'une interminable série de grimaces, partout, au Journal, à l'Agence, à la conférence de presse du candidat réactionnaire-progressiste qu'elle doit, elle, progressiste-réactionnaire, feindre de trouver réactionnaire modéré. Ou quelque chose dans ce genre. Sa peau est grasse, luisante, ses seins affaissés, son ventre ballonné comme par une grossesse à demi rentrée permanente. Le foie?

« Tu comprends, mon chéri, tu ne laisses aucune place aux femmes. »...

La ritournelle a repris. Elle n'a pas attendu cinq minutes avant de mettre son disque. Chaque moment compte, toute situation doit servir. Rien pour rien. Je l'observe à la dérobée. Elles sont vraiment folles. Complètement, radicalement, systématiquement. Cette lueur dans l'œil, plombée, fixe. Elle ne voit rien, n'entend rien. Pourtant, le bar près de l'Etoile où je lui ai donné rendez-vous est agréable, fauteuils de cuir confortables, lampes basses, airs feutrés d'opéras... Mais non, elle est ailleurs, immobile, somnambulique. Aspirée, avalée par sa passion.

« Tu sais que, souvent, je me demande sur telle ou telle question ce que tu en penses, ce que tu ferais. Et je sais tout de suite que je dois penser, ou faire exactement le contraire. »...

C'est dit. Je suis pour elle, et son réseau, l'étalon tordu absolu... Le plus étrange, après ça, est qu'elle a l'air de penser que la conversation peut continuer comme si de rien n'était. Davantage : on dirait que sa perversité a besoin de ce genre de préambule agressif. Dans un moment, après m'avoir raconté quand même un maximum de potins; après avoir dit le plus de mal possible des amis qu'elle va retrouver tout à l'heure; après avoir essayé de m'extorquer quelques renseignements qu'elle juge importants pour sa carrière des huit jours ou deux mois à venir, elle va tout à coup se pencher sur moi, me faire sentir son haleine déjà chargée d'alcool :

« Tu vois, je pourrais t'en dire plus... Un certain nombre de choses... Mais il faudrait du temps... Que je m'habitue... Au bout de deux ou trois jours, peut-être... » Ça y est, le coup du voyage! Ça ne rate jamais... Elles finissent toujours par proposer un voyage... Un déplacement... Pour mieux rentrer... En Egypte, en Grèce, à Rome, à Venise, aux Indes, à Singapour, au Maroc... Seulement un week-end... Trois jours, huit jours... Qu'on reste ensemble... Qu'on ne se quitte plus... L'hôtel, le face-à-face, le bord-à-bord, les promenades, les repas, les musées... Et puis peut-être, le second jour... Vers la fin de l'après-midi... Après quelques achats... Des souliers... Une bague... Un bracelet... Un collier... La fusion... On se dirait tout, vraiment tout... L'affaire serait faite... Le mariage, quoi. Finalement, ça en revient toujours là : qu'on s'installe, qu'on régularise, qu'on réglementarise, que ça ne fasse plus qu'une seule atmosphère partagée... La bulle unanime... La transparence... Le placenta en commun... Les petites choses de la vie, un peu dégoûtantes mais tellement touchantes, les vraies choses... Là, donc, elle me dirait ce dont j'ai besoin... Les trucs qui me menacent... Les conseils... Ce que les autres projettent, ont réellement contre moi, les ragots, tout ce qui se trame dans mon dos... Les détails que je brûle de connaître... Je me creuse légèrement sous le choc. Il ne faut pas qu'elle perçoive ma répulsion. Au contraire, j'y vais tout de suite... Je lui prends la main, je me courbe, je l'embrasse un peu dans le cou... Rien... Moi pourtant si client...

« Mais oui, il va falloir calculer ça. »...

Je trouve ma voix un peu molle... Sans l'enthousiasme qui conviendrait... Elle va se rendre compte... Mais non, une femme ne se rend jamais compte, par principe... Défendue par un narcissisme à toute épreuve, monumental, cosmique... Ou bien elle est déprimée dans toutes les situations, à l'avance; ou bien elle est persuadée de sa fatalité en action... Le plus souvent à juste titre d'ailleurs... Vibrations, médiumnisation, ça finit par faire vaciller les volumes, par jeter un sort, un malaise, quel que soit le bonhomme présent, le plus homosexuel, le plus professionnel... Encore mieux! L'effet-mère... L'effet causalité dérobée. C'est toujours tout ou rien, jamais peut-être... Elle veut que je la désire, il ne lui viendrait même pas à l'idée que je ne la désire pas... A moins que... On ne sait pas vraiment... Elle a peut-être perçu mon mouvement de recul, ma réserve... Moi, je voyais déjà le film à toute allure... L'auberge, le parc, les tables sous les arbres, la rivière, le lit, la salle de bains... Un premier moment peut-être émouvant malgré tout, ma main dans la braguette de son pantalon, le doigt dans la fente... Elle, si sûre d'elle... Et d'elles... Le mouilli-mouilla des débuts...

Qu'est-ce qu'elle sait faire, à propos? Bouche pincée, incisive un peu décrochée... J'allume une cigarette, je finis mon verre... Je bafouille l'urgence d'un rendez-vous... Elle se raidit d'un coup en arrière... Je viens d'ajouter une note hypernégative à mon dossier déjà lourd... L'histoire Phèdre... La rumeur Racine en fureur... Au revoir chéri, on s'appelle... Je sors presque en courant... Le soir de juin parfumé...

Le rendez-vous, je l'ai en effet, mais pas celui que j'ai dit... Cyd m'ouvre la porte. Toujours nette, ponctuelle, discrète... Le jeu consiste à ne pas se parler, à faire directement l'amour... Elle est nue sous sa robe noire, on y va tout de suite... On ne parle qu'après... C'est tout différent... Une fois que la crise a eu lieu de façon physique... Le malentendu exorcisé... L'incommunicabilité mimée, déchargée... Elle a compris ça, elle accepte le rythme, je ne sais rien de sa vie ou presque... Voilà la liberté aujourd'hui... Séparer, installer des cloisons étanches, se taire, ne jamais avouer, ne surtout pas se plaindre, changer de décor... Multiplier les scènes, suivre les diagonales, passer... C'est ce que j'aime tellement à New York... Le changement de plateau quand on veut, l'espace flottant, les distances... On lève un bras, un taxi, le jour tombe, ailleurs c'est aussi le centre... Alors qu'à Paris... Deux ou trois pôles animés, et puis les périphéries... Province, province, surveillance insidieuse, partout... Une sorte de frein ambiant, de dissuasion psychique... Rares sont ceux, ici, qui ont ce qu'on peut appeler une vie... Une existence, oui... Ce n'est pas pareil...

Cyd a beaucoup d'humour, elle est en même temps violente... Elle est pour la comédie... Le cinéma qui fait jouir... L'artifice efficace... La magie, le style ironique geisha an 2000... Les bas noirs, les jarretelles, l'absence de culotte, les préliminaires chuchotés, les obscénités entrecoupées... Tout le rétro de l'affaire... Il faut que je fasse une théorie du chuchotement, un jour, une thèse, je l'enverrai à mes amies universitaires, je dirai lesquelles... Zones souples, légères, langage troué, gratuité... Le pourtour démodé, idiot, mais qui trouble, qui finit par troubler... N'est-ce pas, hypocrite lecteur, lucide lectrice... Je vois le public des cinémas pornos... Les hommes seuls, gênés, lourds, obsédés... Et puis quelques couples... S'ils sont quatre, ils rient... Ils sont obligés... Comme pour dire qu'il ne se passe rien dans leur coin, surtout qu'on ne vienne pas s'en mêler, c'est pour s'amuser, ces trucs, c'est ridicule... Refoulement d'aujourd'hui... A l'envers... Elles les poussent à plaisanter, bien que l'image, là, flagrante, détonnante, produise souterrainement son effet... Ils ne restent pas très longtemps, ils s'en vont un peu voûtés, pensifs... Ou alors j'en regarde deux, là-bas... Elle s'est endormie sur son épaule à lui... Il suit tout comme un bon élève... Elle dort... Blason moderne! Ça ne la concerne pas... Elle attend que ça passe... Que son type ait bien vu tout, les cons, les cuisses, les culs, les queues, les couilles, et par-devant et par-derrière, et les bouches, les lèvres bien dessinées sur les glands, le sperme qui dégouline sur les reins ou les seins... Courageux acteurs... Tellement appliqués, que ça ne peut qu'ajouter au désespoir général... Avec une seconde bizarre de temps en temps, l'éclair quand même, enfantin... Mais enfin, jamais de vrais dérapages, d'incongruité... Pas la moindre faute... Tout se déroule en guignol... Images d'un côté, bande-son de l'autre... Si c'était vrai, c'est-à-dire en plein dans la vie quotidienne, ça serait interdit... Bien sûr... Cynisme et naïveté, les deux grandes composantes désormais... Réalisme et niaiserie... Abolition de la mort, gynécologisme intensif... Et le mâle, à l'intérieur du tourbillon, comme un cheval demi-cirque... Aux affaires ou faisant le beau... Ou encore de l'autre côté, homosexe... Noire agitation, des pédés luisants... Ça revient au même...

Je regarde Cyd dans l'ombre. Elle est nue, maintenant, avec ses souliers... Belle comme ça, blonde, brunie par son dernier séjour dans le Midi... Elle s'agenouille, me suce... Longtemps... On entre dans la mécanique universelle, dans le roulement... Je sais ce qui l'intéresse, là, le moment mental, la domination abstraite par l'intérieur, le rite de possession muet, le yoga focal... Voir si je tiens le coup, et comment... Ça l'exalte... Je m'allonge sur le divan... Elle continue à sucer... Je la réentends toujours, la première fois où elle m'a dit : « Salaud, tu veux que je te suce? »... En taxi, la nuit, dans Park Avenue... Un peu de genou pendant le dîner, je venais de l'embrasser comme ça, presque par politesse... Et maintenant, chez elle, à Paris... Elle y va depuis toujours carrément dans les mots... Une langue d'emprunt, sans importance... Les Anglaises... Mots comme des chocs... Ondes libres... Projectiles transparents... Rapide crudité des tons... Je crois savoir ce qu'elle se raconte... Une histoire de vampire, le toboggan de la mort... Le mot « sucer » en remontant la voix... Pourquoi fait-elle comme ça avec moi, je veux dire : sans rien demander en échange? Chaque fois, je m'attends qu'elle me dise son prix... Même indirect... Une intervention ici ou là, un service quelconque, une demande de resserrement d'intimité, la procédure habituelle... Mais non, rien... Tout reste lisse, enfiévré, emballé, comme si l'instant seul comptait... Peut-être quand même une ou deux fois... Pour la forme... Non... C'est gratuit... Ou alors, elle pousse l'investissement à long terme... Je la laisse jouer... Elle doit s'ennuyer autant que moi dans le temps... D'où le côté savant des rencontres... Elle va jouir de me forcer à jouir... Elle monte sur moi, spasmodique, tremblée... Parcourue du frisson... Elle m'enfile... Kundalinî, disent les trucs indiens, je sens sa corde, son serpent de nerfs, de la base lovée au sommet avec retour chromo-dynamique... La chromo-dynamique quantique, la physique d'aujourd'hui, de demain... Elasticité des soubassements, matière volatilisée, d'autant plus résistante... Avec des catastrophes immobiles!... Des « couleurs »... Des anti-couleurs! Tout un spectre à vivre... Cortex, moelle épinière, recherche des ondes à l'envers... Le monde antimonde dans lequel on est maintenant... Et Cyd, là, dansant sur le radeau en dérive... Elle redescend, précipite sa bouche, m'arrache... Voilà, je pars... Je la laisse passer... Elle me mange... L'amour... Elle me mange tout... Les électrons, les protons, les neutrons, les photons, les leptons, les muons, les hadrons... Et même les nouveaux venus qui assurent la cohésion des fibres : les gluons... Elle secoue de part en part la substance... Crinière d'atomes... Comme si elle se nourrissait direct cogito... Elle me le murmure : « C'est ton cerveau qui m'excite. »... Son image recomposée invisible à travers mon cerveau... Elle s'inspire complètement, elle s'effondre... Couchée, dormant, maintenant... Pas de conversation, aujourd'hui? Je me lève, je me rhabille en douceur... Elle a un petit mmmm mmmm gentil... Je trouve la porte dans le noir... Je suis dans l'escalier froid...

Il faudra s'y habituer... Le monde a changé de base... Mieux vaudrait dire, d'ailleurs, que l'éternelle base a changé de monde en passant... Opération sous anesthésie, greffe, transformation des circuits... Ça commence insensiblement comme un air du temps... Quelques catastrophes, des explosions, des guerres, l'approfondissement de deux ou trois crises, et puis une marée lente, insistante, qui recouvre tout et emporte tout... Depuis quand? Quinze ans, vingt ans? Peut-être depuis beaucoup plus longtemps avant que se fasse, tout récemment, l'ultime mise en place... Peut-être depuis toujours avant que le bouclage se montre en plein jour... Je ne sais pas. Je ne sais plus. Par moments, l'ennui qui m'envahit est tel qu'il me semble être en dehors de toute mesure... Ce n'est pas l'absurde, le non-sens, vieilleries littéraires récentes, non, c'est au contraire une clarté insoutenable et impartageable, le savoir absolu sur la poule et l'œuf... Un ennui en connaissance de cause... Rien de romantique et, à la limite, rien de tragique... Rien... Les choses qui passent, la répétition des informations... Le gris télévision, le journal, publicité, cortèges somnambuliques, inaugurations, débats, péroraisons, revendications, sermons... Ils ne paraissent se douter de rien... A la fin de l'histoire, dit le vieil Hegel, la mort vivra une vie humaine... Ça y est... La prophétie s'est réalisée... Et moi, là, rentré chez moi, penché sur ma table, écrivant ces phrases... C'est la mort qui me vit? C'est la mort qui remplit ces pages? Peut-être... Rude journée, en tout cas... La nuit est complètement tombée dans ma fenêtre, maintenant, rideau bleu-noir... J'écoute le *Clavecin bien tempéré*... *Das Wohltemperierte Klavier*... Zuzana Ruzickova... Une Tchèque... C'est parfait... Délicat, énergique, détaillé, massif... Les musiciennes... Les seules que j'aimerais sauver... Chanteuses, pianistes, clavecinistes, violonistes... Je pense à cette petite brune... Louise... On se voyait le dimanche... Elle travaillait constamment... Reprenant, reprenant... Scarlatti, Haydn, Mozart... Ses mains, son profil, les doigts volant, son buste balancier souple... Je l'aurais écoutée des heures... On flirtait à peine, rien de poussé... Gammes de nuances... Température tempérée...

Oui, la nuit est venue, un autre monde se lève. Dur, cynique, analphabète, amnésique, tournant sans raison... Etalé, mis à plat, comme si on avait supprimé la perspective, le point de fuite... Et le plus étrange, c'est que les morts-vivants de ce monde sont construits sur le monde d'*avant*... Leurs réflexes, leurs sensations, leur tête sont d'*avant*... D'où les dépressions, les décompositions, les suicides... L'envahissement psy... Les Américains ont déjà ça depuis longtemps, parallèle de sécurité sociale... Le « shrink »... Le « rétrécisseur », le mouleur... Le jivariseur d'intérieur... La vie interprétée, doublée... Le gourou partout, le psychiatre en tout, la gestion maniaque du moindre état d'âme à toutou... Que l'individu sente bien ses limites, le mur béton du réel; qu'il s'éprouve peau de chagrin en train d'être superflu avant de basculer dans le vide... Triomphe de la libre entreprise... Adaptation tous azimuts... A l'Est, comme on sait, le traitement a plutôt tendance à s'imposer dans le brutal... Le capitalisme s'intéresse à votre délire sous-jacent?... Le socialisme aussi... Votre argent me convient... Vos idées m'inquiètent... Votre cerveau est fragile : ne pensez pas sans nous, restez avec nous; soyez couplé, agrégé, aggloméré, ceinturé, maîtrisé... Pour le compte de quoi? De qui? De la science? De la société? De l'humanité? Du progrès? Mais non, de l'Idole... De la moissonneuse-pondeuse, lumière des foyers... Régulation, manipulation, petit feu des ombres... Partout pareil, la même rengaine, avec plus ou moins d'argent, de moyens, c'est tout... Et puis la chimie... Au cas où le sujet ne respecterait pas suffisamment la Veuve... The Widow! Die Witwe! La Viuda! La Vedova! Le rêve des fils et des filles... Des frères qui se sentent toujours plus sœurs de leurs sœurs... Transparence finale, évacuation du péché originel... Au commencement elle était là, pleine, harmonieuse, nourricière, vigoureuse, gracieuse, et il ne lui manquait rien, et tout se rapportait à elle pour un bien sans mélange... L'autogestation, l'autogestion digestion... Au commencement et à la fin, il y avait, il y aura *donc* la substance, et l'essence de la substance, et la substance de l'essence de la substance... La Nature sans tache... Et elle a été salie! Par qui? Le machin, voyons, le pollueur, le douteur, l'insinuateur, l'inquiéteur... Remarquez en passant que le dogme le plus résistant est bien celui-là : une virginité atteinte, abîmée, par une intervention dégoûtante, rampante... Pas question d'une immaculée... Ridicule! Le crime serait éteint, l'empoisonnement minimisé, la responsabilité du phallus baladeur relativisée... Il *faut* la Chute renouvelée, répétée, l'accident, l'anicroche, le dévoiement, le viol, le déraillement, la déchirure, l'infection... Le virus externe... Sans quoi, eh oui, tout foutrait le camp... On ne pourrait plus faire marcher le film dans le sens d'une réparation infinie... Je revois l'enterrement de Marie-Thérèse, à l'église Saint-Thomas-d'Aquin... Tout le beau monde dans le coup était là... Un concentré d'esprits libres... Ils avaient l'air aussi saugrenus à la messe qu'une bande de cachalots dans un bocal... Empruntés, gênés... Pourquoi ce service religieux de nos jours, et avec tout le tralala par-dessus le marché, première classe, fleurs, cantatrice, violoncelle, orgue? Moi je savais... Message pour moi, posthume... Dernier défi... Jusque-là... Au point même de dicter son homélie au curé falot, d'avoir choisi les passages de l'Ecriture à lire... L'Apocalypse, rien de moins... Et le début du saint Jean, en précisant bien de dire « la parole », et pas « le verbe ». Une discussion entre nous... Au commencement, le masculin ou le féminin? En français il faut choisir... Le Verbe ou la Parole? La même chose? Pas du tout! Rien à voir, et jusqu'à la mort! Elle avait amené son cancer à cette limite... Une souffrance rectale permanente, atroce, ne l'avait pas vaincue sur ce point... Mourir, peut-être, mais en me contredisant jusqu'au bout... Je ne l'aimais pas... Elle m'ennuyait, elle sentait déjà la mort quand je l'ai connue... Pas la mort vivante, qui fait bander, la mort morte, moisie... Trop grosse, affectée... Baisée une fois, et encore parce que j'avais trop bu, mollement, plus jamais ensuite, impossible... Elle collait à moi dans un sursaut de haine éperdu... Je l'évitais, elle en voulait dix fois plus... Elle organisait des dîners auxquels je me dérobais à la dernière minute... Par pneumatique... Par télégramme... Par téléphone interposé... Elle continuait... Le réalisme des femmes, leur cynisme... Tout doit pouvoir s'obtenir... *S'obtenir*. Elles sont prêtes à payer, à soudoyer, à corrompre, à arranger les situations... Quand la force anale de fond a été déclenchée en elles, aucun sens moral, aucune pudeur... Plus le moindre goût... La violence pure, l'insistance acharnée... Butées... Elle avait dit à l'un de mes amis : « J'attends qu'il soit tombé très bas pour l'avoir. »... Au besoin elle aurait orchestré ma descente... Pour me recueillir... Le malade qu'on achève de soins... Dérisoire... C'est une des dimensions très particulières de leur érotisme, on le sait... Le côté clinique, hôpital, asile, prison, banlieue, morgue... Elle rêvait de me guider, de me diriger, d'organiser pour moi le spectacle, les influences... En échange, j'aurais été là, à droite de la cheminée, près du feu de bois, pendant les réceptions... En smoking... Présentable... Odieux... Renfrogné... Redoutable... Ivre... Agressif... Spirituel... Inaccessible... Peu importe... Elle

24

voulait son malheur de moi... Et maintenant, le cercueil... Les textes sacrés... La Parole... Contre le Verbe...
Au finish! Le Verbe, lui, a tous les temps pour lui...
Mais voilà, il est absent, de plus en plus absent, plus
personne pour lui, un vrai désastre... Le Verbe, pas le
Mot... Das Wort... Neutralisé... Pas *der*, pas *die*... *Das!*
The Word... Contre El Verbo! En chaire! Verboum! La
foule, dans l'allée centrale, s'en allait tourner autour
du catafalque... La gauche mondaine, majorité juive ou
athée... Maçons et maçonnes, avec leur œil des profondeurs, un peu vitreux, genre quartz... Le type devant
moi ne savait pas que faire du goupillon, c'était la
première fois que ça lui arrivait d'avoir en main le
pénis d'au-delà... Ou alors, ça lui répugnait... Voilà, il
me le tend, il s'en débarrasse... Je fais le signe de croix
avec le petit os de plomb trempé d'eau bénite...
Comme ça, le suivant n'a qu'à m'imiter... Adieu... J'aperçois Kate dans une rangée... Elle me dit plus tard :
« Tu avais l'air, vraiment... J'avais presque envie
d'aller te réconforter, enfin, tout ça n'est pas si terrible... » Du ton « mon pauvre petit »... Comme d'habitude, elle n'a rien perçu, rien compris... En réalité, je
trouvais la séquence pitoyable... Effrayante de faus-
seté... Pathétique, aussi... Et en plus il faudrait trouver
la mort insignifiante! Dans l'ordre... Bonjour-bonsoir...
Le flux des générations... L'architecture cosmique... La
naissance, la mort... On est au courant... Le cycle ad
hoc... Ils trouvent ça normal, ça ne les impressionne
pas... Pas de jugement, pas de vérité renversante,
surtout pas de dies irae... Prêts et prêtes à glisser dans
leur squelette avec bonne conscience... Pas de cauche-
mars... Pas de cris... Dormeurs... Vague angoisse?
Légère morsure? Vous avez entendu? Non... Vanité,
business... Au lit...

Moment noué... Un comble... Grande énigme... On se croirait après une guerre qui n'a pas eu lieu; juste avant une guerre qui n'aura pas lieu... Pas besoin... Ce qui va arriver est déjà arrivé; ce qui va se passer s'est déjà passé... Pour la première fois, j'ai l'impression de boucler vraiment une boucle... La même scène, mais vue d'en haut... De côté... De l'autre côté... Il y a eu quand même de drôles d'affaires... L'accident de Werth; le suicide d'Andreas; l'assassinat commis par Lutz; l'effondrement de Fals... Tout cela en quelques mois, comme un tremblement de terre continu... En plein Paris, en plein cœur du pouvoir... Changement de régime... De vieux amis... S'il fallait tout dire... Les ramifications du négatif... Le système nerveux du complot... Les placards de la perversion... Les couloirs du crime... Je ne suis pas de ces écrivains qui inventent un exotisme de circonstance, qui s'abritent derrière des paysages de convention... Qui se retirent dans le conte de fées rétroactif, régional, allégorique, mystique... Non, non, droit au sujet, aux viscères en train de palpiter hic, nunc! Les possédés... Le truc du truquage... Je me demande comment ils font, les autres, un coup de désert par-ci, un poil provincial par-là, des frôlements, des atermoiements, la subordonnée ondulante, l'imparfait du subjonctif, tout le monde est content, il ne s'est rien passé, ça se vend... Ils se surveillent les uns les autres dans les « succès de la semaine »... En bleu, dans l'hebdomadaire qui sait... Là où « s'expriment ceux qui comptent »... Les meilleurs... Comme dit la publicité... Trois ou quatre palmiers, le soleil aveuglant, une petite fille derrière une dune, l'atmosphère trouble de Paris occupé, un amour qui n'ose pas dire son nom, un balcon en forêt, soutenez-moi, je m'évanouis, j'en rêve... Ça pour la littérature... Qui doit être bien sage, correcte, anesthésiée, dix fois

26

essorée, ailleurs, une autre fois, il était une fois, pastel... Pour les « essais », bien sûr, c'est les « grands débats »... Le socialisme est-il compatible avec la liberté? Oui, non, pas vraiment, peut-être... L'avenir de la science est-il ravageant? En un sens, mais pas seulement... Le retour de Dieu? La maternité transvasée? La paternité inoculée? Le renouveau du Couple? Le tunnel des drogues? Nous sommes comme vous, et vous ne le saviez pas? Des kilos, des caisses, camions dans la nuit, affiches, tee-shirts, forums, fnacs! Tournées en province, signatures, radiotélévision locale, conférences non-stop, le penseur a pensé, l'historien s'est révisé, le savant s'est remis en cause... Bon... La seule chose jamais discutée, c'est : pourquoi vous, bipède parlant, être là? Croyez-vous ce phénomène réellement nécessaire? Pourquoi vous plutôt qu'un autre ou que rien? Pourquoi fatalité du blabla? Pourquoi faut-il sauver à tout prix l'image idéale de votre mère? Hou... Coup de frein... Silence glacé... Embarras biologique... Torpeur... Tabou... Trou noir... Comme si on dérangeait la Nature dans ses profondeurs... Comme si on cassait la Trame...

Celle qui en sait un bout là-dessus, c'est Flora... Sur la marmite, la préparation, les herbes, la mandragore, le brouet glacial des sorcières... Je l'ai connue dans l'atmosphère de la fin des années 60, début 70... En plein remue-ménage... On avait bien l'impression que, cette fois, ça y était, l'embrasement table rase... Petite, brune, rapide... Des yeux, surtout, bleus, avec un éclat un peu laiteux, incomparables... La politique en personne... Cléopâtre de l'intrigue, reine de l'embrouillamini... Espagnole, anarchiste... Et en même temps introduite mystérieusement partout, parlements, journaux, philosophes... Nomenklatura... Une réputation soufrée... Deux ou trois livres acides... Moi, je traînais dans les cercles extrémistes de gauche, je faisais de la figuration révolutionnaire, c'était le courant, je pensais à autre chose, à un petit travail sur Shakespeare, notamment, mais enfin, pour ne pas me faire trop remarquer, je disais n'importe quoi avec la plus grande conviction... En quoi, j'avais tort... L'amateur improvisé se fait vite repérer, il en remet à contre-temps, sa légèreté se dévoile, son irresponsabilité, ses origines suspectes... Le plus amusant me paraissait être l'attitude pure et dure... D'instinct, je sentais que tout cela n'avait aucune importance, autant donc éviter les subtilités... Le ton dogmatique me plaisait, il me plaît encore, au quatrième degré, pour la forme... Je n'arrive pas à être sérieux sur ce sujet... C'est un tort, un grand tort... D'abord parce que personne ne remarque l'humour dans ce genre de choses, ensuite parce qu'il est quand même ressenti comme une désinvolture inadmissible, un privilège d'enfant gâté... On finit par avoir tout le monde contre soi... Les croyants, les non-croyants, la droite et la gauche, les riches, les pauvres, les demi-riches et les demi-pauvres, la morale elle-même qui, en définitive, a toujours raison... Flora, elle, malgré son ironie apparente, prenait cette région terriblement à fond... C'était, c'est encore, son élément, sa passion, sa respiration... Les relations entre tout et tout, le tourbillon dialectique; les zigzags économiques; les règlements de comptes après des années; la pression cachée des névroses sur la vibration... Grâce à elle, j'ai commencé à vérifier mes intuitions, à mieux comprendre la danse des événements, des informations, à éprouver que tout se tient souterrainement, comme au théâtre et mieux qu'au théâtre... Shakespeare en direct... En plus sordide... Je veux dire en plus sexué... Je reparlerai de Flora... Un tempérament fabuleux... Fabulant... Médiumnique... Inspiré... Vrai... Trompeur... Epouvantable... Charmeur... Mais j'ai encore d'autres acteurs à introduire sur la scène... D'autres valseuses, d'autres valseurs...

A commencer par moi... Que je vous raconte un peu ma vie tout de même... Il n'y a que ça d'intéressant, d'ailleurs, la vie détaillée de X ou Z... Pas celle des « gens », comme dit toujours Esther, la chérie... « Est-ce que tu n'as pas peur que les gens pensent que... » « Mais est-ce que tu ne crois pas que les gens... » « Oui, mais les gens ne se rendent pas compte... » « Là, j'ai bien peur que les gens... » Pour Esther, « les gens », c'est l'Instance... On ne fait pas son salut individuellement... On agit par rapport aux autres... Ce n'est pas exactement le qu'en-dira-t-on conformiste, non, c'est plus profond, inconsciemment religieux... Il y aurait en somme une biographie globale, un récit « ensemble »... Curieux qu'elle s'intéresse aux artistes... Aux gens qui se moquent des gens... Qui construisent leur destin sur le désir de ne pas être confondus avec les gens... Mais c'est ça qu'elle aime... Représenter une valeur auprès de ceux qui la nient... Elle est un peu comme Kate... Elle vient donner à la famille des nouvelles de ses ennemis... Et aux contestataires des nouvelles de la famille... Va-et-vient... C'est une tante... Les tantes se multiplient ces temps-ci...

Ma vie, donc... L'équation d'où je suis parti, le point où j'en suis... Déjà, je m'endors presque... Raconter ma vie m'ennuie à mourir... Ce n'est jamais ça, on ne peut que simplifier, grossir, amoindrir, rétrécir... Mais enfin, il faut... Essayons de tenir le fil... Erotique... Voyons... Qu'est-ce que j'attrape là? Ysia... Ah, non, pas Ysia maintenant!... Plus tard!... La Chine... Ses miaulements... Non, non, pas Ysia, pas de dérivation... Allons, la dernière... On se voyait vite l'après-midi dans un petit studio loué exprès, du côté des Champs-Elysées, près de l'ambassade... Une heure, une heure et demie... Une de mes aventures les plus audacieuses... Un vrai roman policier... Je l'avais connue aux Langues Orientales... Elle travaillait dans les services culturels... Enfin... Belle... Exquise... Laquée, souple, mince... Trente ans, mariée, en manque... Le vice léger... Tout... Flûte de jade... Le rêve du pavillon rouge... Jaune... Turquoise... Les contes du bord de l'eau... L'éventail du phénix... La rosée du clair de lune... Une précision, un appétit... Corps presque enfantin, une de mes meilleures sensations *du dedans*, je veux dire muqueuse à muqueuse dans le four abstrait de la jouissance incurvée... Vous comprenez? Non? Tant pis... Il y a longtemps que je pense qu'une véritable cartographie des coïts serait souhaitable... Une carte du tendre en action... En général, les narrateurs se taisent au moment de passer à l'acte... Ou alors ils en remettent dans le genre crispé... Microsadismes divers... Scatologies, découpages... Le plus souvent, c'est quand même le style éthéré... Elle sortit de son bain, vint s'allonger près de moi, nous éteignîmes... Elle se laissa aller, nous roulâmes sur le lit plumeux... Ce jour-là, nous ne lûmes pas plus avant... Fin du paragraphe. Non, ce qu'il faudrait, c'est la notation exacte de l'aventurier sur les sensations internes de son bout d'organe à la rencontre de la dérobade compréhensive de la chair pénétrée... Toute une palette inédite à découvrir... Positive... Négative... Neutre... Vitaminante... Plombée... Les descriptions sont trop extérieures... Littérature guindée, empêtrée, gourmée... Agressivité simplifiée... Scènes trop soumises à l'œil, à *l'idée* de l'œil, au stéréotype optique... Ysia vient ici dans la narration, parce que, voulant raconter ma vie, je lui dois une reconnaissance tactile... Une gratitude de peintre... De graveur... Deux ou trois bambous, quatre feuilles, allusion de l'air, pente, courant, densité de l'air, éclat d'eau... L'univers d'un coup de pinceau... Depuis que j'écris ce livre, d'ailleurs, tout en discutant avec S., je comprends mieux les peintres. Il me semble que je rentre dans leurs gestes, dans leurs évidences d'au-delà du miroir. Donc Ysia... Le studio une ou deux fois par semaine... Dehors on ne se connaissait pas... Et même dedans... Comme si on ne se connaissait pas, oui, c'était ça la beauté, le vertige... Qu'est-ce qu'elle m'aura dit, finalement? Quelques renseignements sur le chinois, l'écriture de mots suggestifs, des fragments de poèmes, des passages de Lao-Tseu... Le temps de fumer une cigarette... « La Voie vraiment Voie est autre qu'une Voie constante. »... « Celui qui parle ne sait pas; celui qui sait ne parle pas. »... « Le plus grand carré n'a pas d'angle. »... J'ai encore le petit recueil de poèmes classiques dont elle m'a fait cadeau... Lingbao... *Le Joyau sacré*... Ses jambes croisées, son sourire... Elle me branlait longuement debout, et c'était chaque fois merveilleux à cause de ses longs doigts doux, cruels, insidieux... Elle me demandait de la lécher ensuite, elle se concentrait complètement là-dedans... Puis de l'enculer... Voilà... Et puis de la prendre, de la faire jouir, d'attendre qu'elle ait joui pour jouir, pour donner mon sperme dans sa petite bouche méchante, folle, sévère... Et puis sourire... Et puis quelques poèmes... Et puis bonsoir... Jamais de politique... Le Tao... Et, un jour, au bout de deux mois, plus rien... Téléphone à l'ambassade, imprudence... « Mme Ysia Li est repartie pour Shanghai, monsieur... Non, elle ne doit pas revenir pour le moment... Non, monsieur, nous n'avons pas son adresse... C'est de la part de qui? » Je raccroche... Quatre ans plus tard, à Shanghai, j'ai cru la voir dix fois en me promenant seul, le matin, très tôt, sur les quais... Shanghai... La Dame de Shanghai... Jonques, chaleur, lumière du fleuve, étincelante... Est-ce qu'elle était là, quelque part, dans le grouillement? Elle s'est fait coincer? Dénoncer? De toute façon... Voilà comment j'ai été un moment plutôt marxiste... Léniniste...

Marxiste-léniniste... Maoïste... Une question de peau... Là... Vous savez tout... Jusqu'en Chine... Je suis obstiné... Quand j'ai une sensation qui me plaît vraiment, j'irais jusqu'au bout du monde... Dans la lune... Disparue, Ysia... Une des dernières conversations brèves que j'ai eues avec elle, c'était sur Confucius... Ils s'agitaient énormément là-bas autour du confucianisme, allez comprendre pourquoi, même si, du point de vue théorique, ça semblait irréfutable... « Un mangeur de femmes », disait Ysia en riant... Slogans contre Confucius... Elle était contre Confucius... J'étais contre Confucius... Un nom confus et confituré, en vérité, l'air confit de la dévotion hypocrite, une sorte d'Helvétius ou de Jansénius jauni... Sagesse bornée, un chat est un chat, dilution kantienne, vieille bedaine... Notable ranci de l'Antiquité... L'inférieur doit obéir au supérieur, la fille à sa mère, la belle-fille à sa belle-mère enfin, ce type d'aphorismes... Je simplifie sûrement... Outrageusement... Quoi qu'il en soit, un penseur de l'ordre moral, du juste milieu... Houk! Gros plan télévisé, huit ans après, d'une délégation officielle sur la tombe de Confucius... Soit... Le balancier... L'alternance... Comme l'ex-président se retrouvant assistant au ballet *Gisèle* à Pékin... Ironie chinoise... Les Chefs d'Etat utilisés comme gadgets... Vive Adolphe Adam! Come-back, Confucius! Cette fois pour toujours, sans doute... Imaginons, en France, une campagne officielle de propagande pascalienne contre Montaigne... Impossible! D'ailleurs, je serais contre... Bordeaux, le vin... Ce qu'il y a de meilleur dans ce pays... De loin! Je constate d'ailleurs que le nouveau président s'est fait photographier officiellement en train de lire les *Essais*... Ça me rassure... Ce qui m'inquiète, en revanche, c'est qu'il a déclaré dans une interview qu'il n'aimait pas Baudelaire... Qu'est-ce qui peut bien le gêner là? *Une Charogne*? *Le Goût du Néant*? *Le Vin des Amants*? *Les Litanies* de Satan? *Femmes Damnées*? *Les Métamorphoses du Vampire*?

> *Quand elle eut de mes os sucé toute la moelle,*
> *Et que languissamment je me tournai vers elle*
> *Pour lui rendre un baiser d'amour, je ne vis plus*
> *Qu'une outre aux flancs gluants, toute pleine de*
> [pus!
> *Je fermai les deux yeux, dans ma froide épou-*
> [vante,
> *Et quand je les rouvris à la clarté vivante,*
> *A mes côtés, au lieu du mannequin puissant*
> *Qui semblait avoir fait provision de mon sang,*
> *Tremblaient confusément des débris de squelette,*
> *Qui d'eux-mêmes rendaient le cri d'une girouette*
> *Ou d'une enseigne, au bout d'une tringle de fer,*
> *Que balance le vent pendant les nuits d'hiver.*

J'aime Baudelaire sans conditions, moi... Je le trouve net, musical, irréductible... Très bon observateur... La moelle... L'outre aux flancs gluants... Le pus... Le mannequin... Le squelette... Le cri de la girouette qui ne peut pas ne pas évoquer la chouette... L'enseigne... La tringle de fer... La disparition dans le vent... Beau comme *Macbeth*... « Le goût du monde féminin fait les génies supérieurs. Je suis sûr que les dames intelligentes qui m'écoutent absolvent la forme presque sensuelle de mes expressions. » Baudelaire? Confucius? Commentez, choisissez, justifiez votre choix, faites part de votre expérience personnelle... Je comprends qu'en 1857 un tribunal, en tout cas, ne s'y soit pas trompé...

Est-ce qu'Ysia croyait à tout ça, je veux dire la révolution, la « transformation de l'homme dans ce qu'il a de plus profond », et tout, et tout, et le reste? Peut-être... Peut-être pas. Je rencontre encore des gens, aujourd'hui, qui me parlent de mes « erreurs » politiques... J'approuve... Je lève les yeux au ciel... Je revois le studio... Les fins d'après-midi... La pluie sur les vitres... Le corps dansant d'Ysia monté sur le lit... J'entends ses courts gémissements dans l'ombre; je vois la lueur de ses dents, son profil d'oiseau... Je sens sa bouche, sa langue, la nervosité de son cou... Mes erreurs... Bien entendu... D'ailleurs, je n'ai fait que des erreurs... Je continue... Vie secrète... Visage renversé d'Ysia, dépêchons-nous, il y a peu de temps, tout est provisoire, suspendu, perdu... Attitude esthétisante! Immorale! Dandysme! Mépris des souffrances d'autrui! Rouleau compresseur des censeurs... Des censeuses... Ricanements... Haussements d'épaules... Je m'en fous... Je m'en suis toujours foutu... J'ai mon carnet de jouissance pour moi, la boîte noire de mes vols, l'enregistrement intime... Je me suis toujours dit : il y aura bien des soirées plus tard, beaucoup plus tard, je reverrai les diapos, je repasserai les films... M'y voici... Plus vite que prévu, c'est vrai... A moins que... « Ysia Li? Ah, oui, Mme Li était à Paris à l'époque... En effet... Elle est en poste à New York maintenant, monsieur... Oui, à New York... C'est ça... Oui... Depuis deux mois... Je vous en prie... Mais non... C'est tout naturel... »

Fouillis des images... A contre-courant... Avantages et inconvénients de la précocité sexuelle... Avantages : on gagne un temps fou; on connaît très tôt ce pour quoi les vivants s'épuisent et s'égorgent en général trop tard; on atteint un relativisme à toute épreuve, une collection de sensations d'une fraîcheur indéfinie... On sait le dessous des grimaces, on finit par évoluer vers la compassion... Inconvénients : on est trop habitué à la satisfaction immédiate; on s'ennuie vite dans le calcul, la continuité; on sous-estime l'argent (capital) et l'ignorance générale (énorme). On est perdu pour la psychologie, les raffinements du sentiment, bref une certaine bêtise indispensable à qui veut faire figure dans le monde. On est vite accablé par les obstacles et les déplaisirs. On a trop d'avance. En réalité on manque de malhonnêteté. C'est une faiblesse. Qu'on paiera. Cher.

En effet, il est absolument indispensable de tricher. Non pas que l'espèce dans laquelle nous sommes contraints d'accomplir notre petit tour soit tricheuse en elle-même, non, la pauvre. Simplement, elle n'a pas la force de la vérité sur ce plan. C'est-à-dire sur tous les plans. Le sexe la laisse en plan... C'est sa différence... Nombril de néant...

Au point qu'un individu né pour la désillusion ultime ne peut pas ne pas connaître dans toutes ces péripéties des révélations anticipées... Insolites... Logiques... Automatiques...

Voyons.

Ce qui me frappe d'abord, c'est mon absence de culpabilité. Toute ma vie, j'aurai plus ou moins essayé d'*apprendre*, comme on m'y invitait, à me sentir coupable... Je n'y arrive pas, je l'avoue... Je me sens innocent... Ou pire : pardonné, racheté, sauvé... C'est étrange. Aucun sens moral? Au contraire... Mais uniquement intellectuel, dirait-on. Je n'arrive pas à sentir la faute qu'il y aurait à satisfaire ses passions... En revanche, je perçois très clairement leur inanité... Païen? Anti-chrétien? Pas du tout... Le christianisme tel qu'il a évolué me paraît le lieu d'un contresens énorme. Contresens intéressé, d'ailleurs, entretenu, soigneusement maintenu... En son cœur, contrairement à la lourde opinion reçue, je discerne un principe de subversion inouï, aux antipodes de la fade sucrerie ambiante... Un principe de rayonnement, de conscience noire du rayonnement... Précisément à l'endroit où il apparaît le plus faible, le plus ridicule, dépassé, démodé, faisant eau de partout, emberlificoté dans ses contradictions, naphtaliné, exsangue, nul... Si on pouvait lever cette malédiction, et la lever *là*, pas ailleurs... J'ai donc rencontré, sans cesse, des caractères correspondant au mien, des femmes aventureuses, improvisant leur liberté à mesure... Ou bien, mais c'est la même chose, s'opposant à moi avec une violence particulière, *très* particulière... Pareil avec les hommes, mais c'est secondaire, je l'ai dit, c'est des femmes que tout dépend... Leur mère, leur mère, ils et elles sont suspendus à leur mère... C'est l'heure fixe... Sous tous les déguisements que vous voudrez, on en revient fatalement toujours là... Le Travesti primordial, la Stèle originaire, le Rétroviseur du tombeau ouvert... Déjà dans ma famille... Ma famille, ne l'oublions pas, pas celle du signataire de ce livre... Aucun rapport, aucune comparaison surtout... Je le jure. J'ai dit que j'expliquerai notre accord, à S. et à moi. Une alliance technique. Puisque je ne suis pas français. Puisque je ne suis pas habitué aux subtilités du français... Déjà dans ma famille, mère, tantes, sœurs, cousines... Vous comprendrez que je veuille garder l'anonymat. Je ne veux pas les ennuyer, là-bas, ceux et celles qui restent... Comment révéler au grand jour ce que j'ai connu dès mes premières années? Ce que j'ai vu, deviné, senti, touché, vérifié? La force noire dérobée des femmes... Leur radar, leur stragégie, leur permanent calcul souterrain, leur mystère insensé, inconnu d'elles-mêmes, mais poursuivi implacablement en retrait? Initié, je le suis, au plus caché des rites... La Déesse m'a reçu chez elle, appris ses philtres, montré ses lacets... Je sais comment chacune d'elles, même apparemment et consciemment la plus préservée, la plus détachée, n'est qu'un masque d'une réalité insaisissable, intraitable, grandiosement minable, manifeste seulement par crises grimaçantes, larvées... Il ne faut rien croire, jamais, de ce qu'elles montrent ni de ce qu'elles disent, c'est toujours autre chose, toujours à côté... Il ne faut pas non plus s'imaginer qu'elles possèdent la clé de leur fonction clé... Pas le moins du monde... Parfois, quelques secondes... C'est tout... Ça leur échappe... Elles sont dans l'échappée... L'évanouissement... D'où leur obsession du lieu, du nid, du point fixe, de la sécurité domicile, de la légalisation assurée... D'où leur dépression immédiate dès que le lest vient à manquer, que les rapports sont trop libres... C'est de mère en fille, ou plutôt de grand-mère en petite-fille que ça se transmet, chez elles, ce lourd, si lourd et ensorcelé problème de la régulation contrôlée... La face cachée de la galaxie, la part sous-entendue maudite, méconnue, tue, incongrue... Bonne chance au cosmonaute, donc, qui s'enfonce dans ces courants magnétiques, dans la végétation impalpable des phénomènes paranormaux... Fleurs carnivores... Chausse-trapes... Tourbillons soudains... Entonnoirs invisibles... Castrations en sous-main... Inhibitions inexplicables, paralysies, paraplégies, hémorragies nerveuses, catalepsies sous épilepsies... Décalages d'abîmes... Tressautements, dérapages... Forêt obscure du chemin de la mort en vie à travers nos gouttelettes de vie...

Ils sont là, dans l'ombre, mes ancêtres, qui me chuchotent de faire gaffe... Père, oncles, grand-père, grands-oncles, et puis la série indéfinie, vaporeuse, trouble, des visages consommés dans l'avide durée meurtrière... C'est la guerre depuis toujours, la guerre pour toujours, le reste est littérature... Une guerre absolue, totale, enchevêtrée, acharnée... Avec sourires, décors, éclairages, mimiques, poésie, chanson, cinéma, magazines, diversions, trêves simulées, transfuges, espions, doubles jeux, pokers, chantages, fausses sorties, ruptures inavouées, vraies tranchées...

J'entends mon père se lever, le matin, pour aller travailler... Ces dames restaient au lit... Il faisait sa toilette le plus doucement possible, se rasait, ne pouvait pas s'empêcher de chanter un peu tellement il devait être content de partir... Il venait de passer sa nuit d'homme... Sa nuit de promiscuité, de soupirs, de fatigue et parfois de plaisir, de soucis, d'additions et de multiplications, de ronflements réprimés, de rêves compensateurs ou accusateurs... Il sortait, spectre *rentable*, accomplir sa journée de civilisé... Maintenant que je pense à lui, je me demande comment il trouvait la force ou l'inconscience, le surcroît d'adolescence ou de sainteté spontanée, le génie infranerveux, de rester toujours, ou presque, de bonne humeur... C'était peut-être sa vengeance... Montrer qu'il ne se passait rien... Que rien n'avait de sens... Silencieux, mais gai... Pas d'issue, mais léger... Une fois qu'il était dehors, le règne des femmes commençait. Prélassements, papotages, étirements, bâillements, courses en chemise de nuit, évaluation des achats de l'après-midi... Je les écoutais avec un plaisir effrayé... Lucidité, superficialité, vénalité : toutes les qualités pour bien coller à la réalité. Une horreur, un enchantement... Le serpentin biologique... Mais le moment décisif dont je veux vous parler ici, le moment des moments, pour moi, c'était après le déjeuner, dans le jardin, près de la serre... A côté des citronniers et des orangers, sous l'un des deux grands palmiers... On imagine mal la beauté de ces jardins du Sud... Glycines, magnolias, lauriers, acacias, profusion, explosion fleurie du climat... L'une de mes tantes, Edith, restait là plus longtemps que les autres... C'était une grande femme brune au regard bizarre, trente-six ans à l'époque, moi quatorze... La plus jeune sœur de ma mère... Depuis toujours agressive par rapport à moi, ironique, acide... Cet été-là, donc, elle semblait s'ennuyer, elle lisait... Elle s'attardait au soleil sur sa chaise longue pendant que les autres allaient dormir dans les chambres ou filaient en ville, magasins, cinémas... On était seuls. J'avais remarqué une attention nouvelle dans ses yeux, une lueur appuyée... Je faisais semblant de monter me coucher, je revenais l'observer à travers les fusains... Robe de coton blanche, jambes relevées, écartées... Peau brune que j'évaluais très douce, parfumée, soyeuse comme celle de ma mère... Sa culotte blanche... Je suis sûr qu'elle me voyait. Et puis, un jour, tache noire... Ce n'est pas possible, ce n'est pas vrai... Pas de culotte... Les cuisses de plus en plus écartées... Et puis la main, lentement, savamment, la tête renversée en arrière comme si elle s'était assoupie... Paupières s'ouvrant de temps en temps... Filet de l'œil, rayon noir... J'ai fini par me déshabiller complètement, là, derrière la haie vert sombre; je me suis approché d'une lucarne de verdure où elle pouvait parfaitement m'encadrer... Vingt mètres... Elle s'est arrêtée un instant... J'ai commencé à me caresser, doucement, puis de plus en plus vite... Elle ne bougeait plus... Morte... Et puis sa main est redescendue, un peu tremblante, et on a fait ça ensemble, les yeux mi-clos, sous la grande clarté assourdissante de juillet... J'ai joui quand elle s'est vraiment renversée en arrière avant de s'affaisser un peu, de pencher la tête sur son épaule... Je revois mon sperme sur les feuilles, en plein soleil, c'était très beau... Je suis rentré sous les arbres... Elle a repris son roman... On a recommencé presque tous les jours suivants, toujours sans rien dire, sans avoir l'air de se rendre compte que l'autre était là... Le soir, à dîner, on s'ignorait... C'était magique... Dieu sait que j'en ai vu des femmes, depuis, se masturber devant moi et pour moi, enfin pour elles à travers moi... Mais Edith, c'est vraiment à mes yeux la première et la seule qui me semble l'avoir fait pour la gloire du temps... Elle est partie et, l'année d'après, c'était comme si rien ne s'était jamais passé. Elle était devenue presque agréable avec moi. Mais elle ne traînait plus près de la serre... Elle ne lisait plus...

Le monde appartient aux femmes. C'est-à-dire à la mort. Là-dessus, tout le monde ment. Autant annoncer la couleur de face. Mais il me semble qu'on pourrait dire aussi bien :

Plus besoin de mensonge.
Le monde appartient à la mort.
Autant donc le laisser aux femmes.

Cela fait longtemps, déjà, qu'il ne s'agit plus d'interpréter le monde, ni de le changer. Il *a été* interprété. Il *a été* changé. On sait tout ça! On sait tout ça! On vous a pris la main dans le sac, philosophes! Et vous aussi, savants, politiciens du phénomène harassé! Le monde appartient à la mort... N'est-ce pas évident? Autant le laisser aux femmes... N'est-ce pas logique? Comme un os pourri à ronger, alors? Voilà. Quel chien de proclamer ça! Tant pis pour le charlatan universel... Pour le grand charlasatan perpétuel... Que Satan se rassure, d'ailleurs, personne n'entendra cette recommandation... D'ailleurs elle a déjà été prononcée, si je ne m'abuse... Pas dans cette forme? Enfin, presque... Sinueux Socrate... Divin Jésus-Christ... Réveillé Bouddha... Tous les hommes sont mortels... Et pour cause! Cause toujours! OR Socrate est un homme... Appréciez cet OR... Il m'a toujours fait rêver, ce Socrate en OR... Donc Socrate est mortel... Et surtout qu'il ne vienne pas nous chuchoter le contraire... A propos,

40

vous savez ce que c'était vraiment la ciguë, vous savez, la potion poison que boit ce merveilleux Socrate en or qui commençait à laisser douter les autres qu'il fût un homme et que, DONC, il fût mortel? La ciguë, le vert breuvage de l'Hadès... L'enfer des Grecs... Courant d'air des ombres... BRRROU! Eh bien, mes enfants, cette ciguë était surtout un onguent... Un anaphrodisiaque... On l'employait dans les cérémonies secrètes... Ultra-confidentielles... Eleusis... Quand la grande prêtresse et le grand prêtre accomplissaient ensemble leur simulacre d'accouplement garant de la fécondité cosmique, dans la grotte sacrée, au fond du trou mystique, juste avant, on enduisait le pénis du grand prêtre de ciguë... Comme ça, il restait à l'état sacré religieux flasque... Vous me direz que, de toute façon, il y avait peu de chance que le grand prêtre bande pour une femme... Soit... N'empêche... On ne sait jamais... Dans un accès de ferveur... Il fallait rassurer les fidèles... Que papa et maman, ou plutôt les deux Principes primordiaux ne copulent pas en catimini comme de vulgaires mortels... Si vous ne me croyez pas, vous trouverez ça dans Frazer, *Le Rameau d'or*... Une mine de renseignements sur les guirlandes de cingleries de la horde à laquelle nous avons le douteux privilège d'appartenir... Des collections de faits irréfutables sur le culte de la Mère Machine... Et sacrifices par-ci, meurtres par-là, offrandes pour couronner le tout, recharge de la cyclaison, des saisons... Comme le résume froidement Tertullien cité par Bossuet dans son sublime Panégyrique de saint Thomas de Cantorbéry (1668, il a quarante et un ans) : « Toute notre affaire en ce monde, c'est d'en sortir au plus tôt. »... Le suicide? Mais non... Si le monde est la mort, la mort ne permet pas de sortir du monde... Il faut donc tenter d'être là tout en n'étant pas là; se sentir avec le plus de certitude comme n'étant pas là pendant que, transitoirement, on est là...

Vous me suivez? Non? Dommage... Ou tant mieux... C'est mon expérience, en tout cas, et elle n'arrête pas, elle s'approfondit, me déborde, prend place en moi comme une seconde vie... Il me paraît nécessaire que je la dise avant de basculer moi aussi dans le silence des espaces infinis... Ou plutôt très finis, incroyablement finis et soumis, au contraire... Avant que je fasse comme si j'étais mort... Bien entendu, je mourrai!... Mais oui! Mais oui! « Enfin! tu as bien un corps tout de même! » comme me l'a hurlé une fois Flora au comble de l'exaspération devant mon détachement amusé... Mais oui, *j'en ai un*, le voilà, on peut le mesurer, le photographier, le filmer, le pincer, le transpercer, l'affoler... Mais oui, il disparaîtra... Et alors? Qu'est-ce que ça prouvera? Que j'ai eu tort de naître, pas davantage... Ni plus ni moins. Tort d'avoir été procréé, engendré, défini, enfermé, obligé d'aller jusqu'au bout du découpage qui m'a été imposé... Mon père n'a jamais menti, lui; il laissait toute question sur cette région sans réponse... Manifestant par là que la réponse ne pouvait qu'être énorme, aveuglante, super-accablante... Tu verras plus tard... Chacun son che-min... Il chantonnait... C'est ma mère, bien sûr, comme elles font toutes, qui trouvait tout ça naturel, allant de soi, justifié d'exister, nécessaire... Pourquoi, finalement, au-delà des effets négligeables de la propagande? Une sorte de réparation... Vérité trop cruelle... Salaire de l'absence de pénis, ce petit bout de viande appareil de la négation : et voilà la chute des corps, la pente de fond du décor, le pouvoir roulant des cadavres... Compensation... Récompense... Mort gourmande, mi-graineuse ou boudeuse sans ça... L'atroce mystère familial... Regard des hommes apeurés, épuisés, déran-gés à chaque instant, féminisés, débilisés, racornis, enjupés, domestiqués, maternisés, mammas molles... Les voilà payeurs, porteurs, chauffeurs, bricoleurs,

débardeurs de la connerie sans fin et sans faille...
Asphyxiés au bain-marie, perfusés dans l'insignifiance,
la glu de l'aménagement permanent... Familles, je ne
vous hais même pas, ce qui serait encore une façon de
vous désirer par la bande, de croire à votre secret, ce
qui ne peut plus intéresser que la naïveté homo
attardée... Les mères, les homos malgré leur rivalité
apparente, ce sont comme qui dirait les kapos du
camp invisible, ils s'entendent... Au commencement
était le froid, après il faut nourrir la centrale... La
combustion organique... Le crématoire du dessous...
Spasmes... Grossesses... Désir d'enceinte... Renflure,
revanche convexe, comblement des anfractuosités, des
défauts de terrain, fentes, fissures, frissons des fêlu-
res... Le Sein, la Queue... Vésicule biliaire vers le Plein...
On va y arriver... Une fois que c'est commencé, d'ailleurs, il faut bien continuer, s'obstiner, non? Messia-
nismes! Progrès des projets et des procédés... Contrôle
du vivier, maintenant; réglage de la prostitution tournante; sélection banquée des semences... Rendez-vous
discrets des femelles voulant faire le pas de l'autre
côté du miroir... Clock! Avortement remboursé! Par la
sécurité sociale : Voilà le roman moderne... Autant dire
que la littérature antérieure est complètement périmée. Inutile d'insister. Plus rien à changer, sinon la
série des détails techniques. Plus rien à interpréter,
sinon la toujours semblable bouffonnerie camouflée.
La guerre, pourtant, est en train de changer d'abat-
toir... Nucléaire intime... Laissons flotter... On ne
s'étonne de rien; on n'est pas indigné; on constate... Ce
qui est devenu impossible, simplement, c'est la phrase
trop subordonnée, propriétaire, la photo fixée... Il nous
faut l'incertitude, désormais; la légère certitude de
l'incertitude; l'approximation différée; la veineuse oblique... La seringue hypo, son derme en écho...

Qu'est-ce que j'ai pu m'ennuyer, quand j'y pense... Le temps perdu! Pas croyable... Autant ennuyé qu'amusé? C'est probable... Vases communicants... Balance, balancier, pendule... Justice immanente à la matière du délit... Oisive jeunesse à tout asservie... Plaisir d'amour ne dure qu'un instant... Corvées, elles, durent toute la vie... Un peu de ton mélancolique en comptant distraitement les dépenses... Qu'est-ce qu'elles ont pu m'emmerder... Il faudrait que je leur décerne des prix. En tête, nettement, Flora... Puis Bernadette, presque un comble... Et puis Deborah, avec des circonstances atténuantes... Exceptions : Cyd, Ysia, Diane. J'ai beau me creuser, non, il n'y a que ces trois-là dont je ferai l'éloge à peu près sans restrictions... En général, je les note (+) ou (–). Rarement (+)(+). Rarissimement (+)(+)(+). Parfois (+?). Quelquefois (+!). Très souvent (–)(–). Et combien de (–!). Pages de carnets, entailles rapides du temps... Quelle idée, aussi, quelle malédiction, d'être attiré par les femmes, magnétiquement, sourdement... J'attends que ça passe... Que ça s'exténue... Misère du besoin physiologique... Tenaille, il faut bien l'avouer... Carcan... Enfin, ça commence à se desserrer, on dirait...

Flora, d'abord... Quelle mâchoire... Insoupçonnable vampire... Sa légende, quand je l'ai connue, était celle d'une pureté absolue... Diamant noir... La foi révolutionnaire, l'absence de compromis, l'idéal, la morale intransigeante, tout... Ça m'amusait de voir les hommes empressés autour d'elle comme des enfants de chœur autour du saint sacrement... Comme elle les dominait, tous les discoureurs politiques, les théoriciens en chambre du monde à venir!... Un sang-froid, une aisance, une sûreté de jugement... Son petit corps rebondi semblait animé d'une énergie trépidante, inlassable... Comme sa parole, entrecoupée, hachée, précipitée, avec de petits rires nerveux intermittents chauffant la voix vers le bas... Des rires inquiétants... Ses yeux, je l'ai dit, de première communiante candide... De nonne un peu trouble... Quelque chose de sableux et d'extrêmement bondissant derrière... Quand elle était énervée, quand elle voulait convaincre, sa voix devenait suraiguë, une vibration de pointe presque insupportable, une criaillerie piaillante, sans doute exercée dans les meetings, les assemblées enfumées, les cercles de nuit... Impossible de l'interrompre, alors; impossible de se faire entendre... Elle continuait à crier plus fort, n'écoutant rien, visant la destruction psychique de l'interlocuteur ou, au moins, de ses tympans... Elle avait souvent mal aux oreilles, d'ailleurs. Enrhumée, bronchiteuses, enrouée... Un nœud de sang rapace ambulant... Quelque chose, en même temps, d'une solide bouchère... Une bouchère fillette au regard de madone rentré... Un mélange remarquable de mépris et d'intérêt simulé pour l'autre, de froideur et de générosité calculée, de vraie cruauté et de fausse gentillesse réelle... Redoutée par les hommes, détestée par les femmes... Les fascinant tous et toutes, et parfois les obsédant jusqu'à l'idée fixe, la dépression nerveuse, le décomposition lente, brûlante... Se croyant innocente, ingénue... Faisant semblant d'adorer Stendhal sans l'avoir lu... Se prenant pour la Sanseverina, au fond, cherchant son héros impossible, un maître qui soit en même temps un exécutant, un homme-relais, un bras séculier, un prince consort, un double manipulable idéal, un guide conduit... Elle connaissait dans tous ses détails l'histoire des XIXe et XXe siècles... L'énorme et complexe aventure communisante... Ses ressorts, ses placards, ses crimes... Pas dans les livres, dans la vie vécue... Au jour le jour... Tout ce qui n'appartenait pas de près ou de loin à cette Saga était pour elle nul et non avenu... Sans importance... Résidus de l'Ancien Régime, de l'Obscurantisme médiéval... L'anarchisme est une doctrine sublime, si l'on veut... Un peu simple... Avec un dieu féroce anti-dieu, un Maître implacable anti-Maître... Un Cynisme qui a finalement toutes les vertus du confort intellectuel... Flora vivait ça comme une religion indiscutable... On ne trouverait l'équivalent que chez un marxiste convaincu s'il en existait encore... Dans le tiers monde? Peut-être... Religieuse portugaise du déferlement planétaire, du purulent et exaltant revers des charniers...

Epatante et un peu ridicule, donc... Physiquement, une boule nerveuse, pas jolie mais plus efficace que jolie, un gros nez, un côté patate énervée... Sensuellement inouïe... C'est là que j'interviens dans son existence... Pour faire sauter, en professionnel, le barrage du refoulement... Un travail d'art... De grand art... Comme dans le désert pour souffler un puits de pétrole incendié... Le ramener sous terre... Ou comme un exorciste qualifié, que je suis également, si l'on veut.

J'affirme en tout cas que les femmes les plus intéressantes viennent et viendront des continents ou des groupes touchés par l'aile noire du bouleversement social... C'est évident... L'aristocrate a disparu... La bourgeoise nous a tout dit. La petite-bourgeoise est universelle mais n'en dit guère plus. C'est la même chose que la bourgeoise, en plus étriqué ou plus âpre, la même rengaine psychologique déjà mille fois parcourue par les classiques et seulement standardisée middle class dans le sens de l'arrivisme coincé. Cependant, et l'exemple de Flora, comme celui d'Ysia et de Deborah me le confirme, je pense que les exceptions viendront du nouveau rouleau compresseur... L'ébranlement, les découvertes insolites surgiront de l'Est, de Chine, de Tchécoslovaquie, de Pologne, de Hongrie –

mais aussi d'Iran, d'Angola, de Cuba, du Nicaragua –, ou encore des soubassements européens en attente... C'est là qu'explosera l'érotisme du siècle qui vient... Il bouillonne déjà, il est là... Il se glisse dans les fibres fatiguées du vieux monde, dans les langueurs bovaryennes, « mademoiselle Albertine est partie! »... Dans les glandes de l'androgynat occidental... Ce n'est pas par les armes, par la guerre météoroligique ou bactériologique; ce n'est pas entre SS20 ou Pershing 2, que se joue le sort des pays tempérés à mémoire... C'est au lit... Sous les lits... Dans l'impalpable débordement des cent mille façons de s'envoyer en l'air à toute heure du jour, de la nuit... Dans le lavage de cerveau libido, masseur des cortex, laser, scanner des anatomies...

Une formidable réserve cellulaire... Une tempête musculaire en vrac... Je n'ai vu que certains pans du paysage en marche, mais je vous le dis... Apocalypse pubienne... Déhanchement axial... Coup de langue cyclone... Pauvres Françaises, vous ne savez pas ce qui vous attend... Pauvres Américaines, Allemandes, Anglaises, Suédoises, Hollandaises... Les Espagnoles s'en tireront mieux, il me semble... Les Italiennes aussi... Les Argentines... Mais la poussée avance, elle n'arrête pas...

Quoi qu'il en soit, je réussis, presque sur-le-champ, à impressionner Flora... Dieu sait pourtant qu'elle se méfiait de moi... A juste titre... Je n'avais rien de sérieux, pour elle, et c'est justement là que la surprise l'attendait... La peau! La précision fluide des interventions... Le discours! L'humour! Sade contre Rousseau; Swift contre Bakounine; Jarry contre Trotski, saint Augustin contre Marx... Je lui perturbais ses références... Je représentais un désordre extravagant... Un contresens historique... Une contestation étrangement vivante, donc un objet de désir... Elle hésitait... Elle hésita... Elle tomba.

Je la revois un jour d'été sur le lit... La première fois

entre nous... Elle savait à peine faire l'amour. Elle criait « non! non! » au moment de la pénétration... J'étais ahuri... Comment, quelqu'un d'aussi avancé, informé, subversif, était à ce point ignorant des détails? C'était *trop vrai*... Mais quels progrès étonnants, bientôt... Quelle fulgurante percée dans le vice... Quelle démonstration que le vice et la pureté sont une seule et même force, où le diable se reconnaît immédiatement... Le diable, c'est-à-dire l'allié le plus précieux de dieu, la doublure somnambulique intégrale... Très vite, donc, Flora devint une experte passionnée... Aussi convaincue que si elle s'était engagée dans une ascèse d'un type un peu particulier... Dans une campagne politique... Ou même militaire... Courageusement à l'assaut... Elle se mit à acheter des dessous affriolants repérés, j'imagine, dans les magazines spécialisés... Elle alla voir des films; elle se renseigna; elle entreprit méthodiquement de rattraper son retard... J'étais l'apprenti sorcier... Le chef d'orchestre dépassé par des musiciens en folie.. A peine arrivais-je chez elle, maintenant, qu'elle me sautait dessus, me fermait la bouche, venait s'asseoir sur mes genoux, m'attaquait comme elle supposait sans doute qu'un homme devait le faire avec une femme... Je *devais* être une femme... Ce qu'elle voulait éviter, par-dessus tout, c'était non seulement de réfléchir sur ce qui se passait là, mais encore de me voir, moi, et pas elle... J'étais un de ses prolongements... Un de ses pseusopodes... Le plus problématique, bien sûr, à cause de cette boursouflure gonflante qui semblait l'intriguer beaucoup en bas de mon corps... Elle me triturait longuement, avec une sorte d'émerveillement renouvelé, comme dans un conte de fées, la belle et la bête, la citrouille qui devient carrosse, la souris montagne, le crapaud licorne, la fourmi cheval... Aussitôt après, bien entendu, je ne pouvais que redevenir fourmi, crapaud, souris ou citrouille... C'est elle qui pensait, qui comprenait les événements... Je ne pouvais pas, *en plus*, être plus intelligent, plus informé qu'elle... De là, ses crises de désespoir, son ressentiment... Bref, le reproche, l'amertume, l'aigreur qui finissent, la plupart du temps, et plus que jamais aujourd'hui, par tisser la misérable continuité des rapports entre hommes et femmes... Entre une femme et sa mère, au fond...

La Plainte! L'immense Complainte... Elles portent plainte... Et la plainte les porte... Steppe, toundra, walhalla... Rafales... Gémissements... Grincements... Oh, ce ton de voix imperceptiblement pincé où vibre toute la haine rentrée de la terre! Oh cet accent du squelette maussade emprunté! Je l'entendrais encore en changeant de galaxie; à lui seul il fait souhaiter de disparaître à jamais de la scène, quand il ne vous fait pas pouffer intérieurement d'un rire désolé... Quelle dérision... Quelle misère... J'essaie de compter celles avec qui j'aurai vraiment ri, du rire léger, sans retour, au-delà de l'abîme constaté, franchi... Dans les débuts, parfois... Mais ensuite... Elles ont leurs raisons, d'ailleurs... Qui ne sont pas forcément absurdes... Il faut dire que les hommes, moi compris quand ça m'arrange, vivent à leur sujet dans un illusionnisme permanent, facile... Leur prêtant un pouvoir, des arrière-pensées, des sensations, un savoir sur les sensations qu'elles n'ont pas et qu'elles n'ont pas à avoir, les pauvres... Il faut quand même essayer d'éclairer ce malentendu... Le malentendu... Ça revient à croire à la Source... Au Chœur... Au Grand Récipient... A la Batterie... Au Trésor... Ça consiste à chercher le Dépôt, en dépit de tous les démentis, sans comprendre que tout est dans l'acte de projection lui-même qui, d'ailleurs, réussit parfois... Le Graal... Dans « Sésame ouvre-toi! », l'important c'est le mot, la phrase, l'ordre, le paquet de vibrations envoyé contre la paroi... Mille et Une Nuits si l'on veut... Sinon, rien... Deux et deux quatre. Un sein, un sein; une cuisse, une cuisse; un con, un con; un cul, un cul... Il faut transfigurer le matériel si on a le coup de baguette... S'y plonger, s'y mettre, se donner un peu... Tigre du Bengale... Tombeau hindou... Philtres, talismans, sortilèges, amulettes...

Et c'est de là, justement, que vient la Plainte... Pourquoi m'as-tu abandonné, soupire le phénomène quand on se retire, quand la magie ne joue plus, quand tout retombe au plat quotidien... Pourquoi m'avoir donné un espoir trompeur en m'élevant à une dimension qui n'est pas la mienne? Pourquoi ne pas me maintenir à flot? D'une façon ou d'une autre, tout acte sexuel est une blessure irréparable. On porte atteinte au narcissisme de l'autre. On lui impose une identification qui ne peut que déboucher sur une lutte à mort. Toi ou moi, c'est ainsi , on ne peut pas être deux *avec* le sexe. Je veux dire dans le temps. Je veux dire constamment. Il n'y a précisément que les femmes qui pensent que c'est possible. Qui rêvent d'un amant devenu mari et maman, mais restant l'amant qui supporte la vitesse de croisière maman... La Toute... La mère phallique enfin réalisée, retrouvée, sachez, messieurs, que c'est ce qu'on attend de vous en définitive : vous avez le ressort érectile, vous êtes passionnés, vous fonctionnez, vous baisez; mais vous êtes en même temps stables, fidèles, tendres, payeurs, gardiens du compteur... Vous boudez, mais vous faites les confitures. Vous éjaculez d'une main, mais de l'autre vous gardez bébé et vous essuyez la vaisselle. Voilà leur idéal : l'homme-vraie-femme-en-action... Si vous objectez que toutes ces fonctions si disparates et, somme toute, si contradictoires, ne sont pas remplissables *à la fois*, que le psychisme le plus évolué n'y résiste pas, vous avez la Plainte... C'est normal... Pour que le monde soit enfin parfait, vous devriez être capables de cette maîtrise... De cet héroïsme silencieux, harmonieux... De cette coupure triomphante... Un monde où les hommes seraient enfin de vraies mères, jeunes, mûres, toujours jeunes et sans cesse mûres, et où les femmes pourraient être enfin d'éternelles petites filles éblouies... Le socialisme de demain, peut-être... Qui sait, il est peut-être plus avancé qu'on ne croit... Si j'en juge, par exemple, par le rapport de la Commission secrète qui s'est réunie à Amsterdam, il y a cinq ans... Rapport que Flora m'a imprudemment montré... C'est comme ça que j'ai appris l'existence du FAM... Le Front d'Autonomie Matricielle... Section française du WOMANN... World Organisation for Men Annihilation and for a New Natality... Lui-même émanation du SGIC, Sodome Gomorrhe International Council... Une vieille connaissance... Bien au-delà des mouvements de libération féministes, MLF et Cie, qui ne sont depuis longtemps que les vitrines officielles de l'entreprise... Voilà longtemps qu'à mille symptômes je soupçonnais l'existence d'une organisation plus secrète, plus dure, plus intelligente, plus ambitieuse... Nous y voici... Kate se doute que j'ai le double de ce rapport... Elle voudrait savoir l'usage que je compte en faire... Quand je l'ai lu, je n'en croyais pas mes yeux... Je ne savais pas à qui me confier... En définitive, la situation était tellement folle, que j'ai été le montrer à Fals, le plus grand penseur de notre temps... Il a lu la vingtaine de feuillets dactylographiés, il a levé les bras au ciel, il a soupiré quatre ou cinq fois, il m'a longuement regardé par-dessus ses lunettes d'un air amusé, et puis : « Je l'avais prédit !... Je l'ai toujours dit !... Bien entendu c'est tombé sur vous !... Oubliez ça, cher... Vous ne devriez pas savoir... Croyez-moi... C'est inéluctable... Oubliez...

Vous y laisseriez votre peau... » Un an après, d'ailleurs, Fals cessait pratiquement toute activité...

De quoi s'agissait-il?

D'un document exceptionnel, en effet... Signé par des délégations du monde entier, d'Europe, d'Amérique du Nord et du Sud, d'Asie, du Moyen-Orient, d'Australie, d'Afrique... D'un Programme à long terme visant ni plus ni moins qu'une prise de pouvoir globale en douceur... Vous me direz : encore un « Protocole ». Mais non, ce n'était pas un faux, rien de délirant, tout parfaitement raisonnable et réalisable... Pas de violence... La nature même... La science... Contrôle de la reproduction, inclination de ladite reproduction dans un sens favorable aux femmes, placement d'agents hautement qualifiés dans les secteurs gynécologiques, recommandations sur l'éducation des enfants... Comme je l'ai compris par la suite, une telle plate-forme voulait dire qu'à l'intérieur du SGIC la tendance Gomorrhe avait enfin fait prévaloir ses vues... Cela n'avait pas été sans mal... Pendant très longtemps le lobby sodomite dur avait tenu le haut du pavé, imposant ses plans, sa conception des besoins de la planification en cours... Et puis, surtout depuis les années 70, le côté féminin l'avait lentement emporté... Par persuasion, mais c'était bien le nouveau rapport de forces... Complètement transformé depuis la révolution contraceptive, le bond en avant génétique.. C'est dans les sectes secrètes de cet ordre, de même d'ailleurs que dans toutes les institutions officielles (Eglises, etc.) que le choc d'accélération avait été le plus rude. Un effet démystifiant, démythologisant, décapant... Et, en effet, qu'est-ce qui pourrait tenir le coup dans cette situation renversante? Ne devait-on pas s'attendre à une mise à nu, à une radiographie de toutes les données? A un effet de virage, de tournesol généralisé?

Deux choses, surtout, étaient frappantes dans le

Rapport... Premièrement, la proposition de prise en main critique et de filtrage de toute la mémoire culturelle, avec recommandation d'éliminer de l'enseignement, de la littérature et de l'art, etc., tous les éléments pouvant être considérés comme sexistes ou machistes... Certains « génies » devaient être soit sérieusement expurgés ou du moins « relativisés », soit purement et simplement interdits... Pour certains cas difficiles, il était prévu de « présenter » le cas, de le situer didactiquement dans son époque (Mozart, par exemple)... Deuxièmement, une guerre impitoyable était déclarée au « judéo-christianisme », responsable de la contrainte « patriarcale », et plus précisément au judaïsme en tant que tel, ainsi qu'au catholicisme... Le Rapport se défendait de tout antisémitisme (belle dénégation), mais exigeait des éditions critiques de la Bible là où elle ne pouvait pas être formellement déconseillée, voire supprimée de la circulation (Amérique et Europe du Nord)... Il serait expliqué notamment que ce livre comportait, malgré lui, maintes traces d'une Religion antérieure et sublime, maternelle et tolérante, écologique et sécurisante, une force de Vie méchamment effacée, calomniée, par un fanatisme masculin trompeur... L'Eglise catholique, elle, était la force à détruire... Un attentat contre le Pape était même prévu, avec conseil d'en faire retomber la responsabilité sur l'Islam... Diviser pour régner, tel était, bien entendu, le refrain élémentaire de l'ensemble... juifs contre chrétiens, juifs et chrétiens contre arabes, tout ce qui avait trait au monothéisme devant être agité, morcelé, fissuré, décomposé... Tout ce qui pouvait faire obstacle à un réglage scientifique, « libre », « épanoui », de la sexualité et de la reproduction en elle-même et pour elle-même, serait peu à peu réduit et gommé... A « opium du peuple », formule manifestement dépassée, succédait ainsi « poison de la femme », mot d'ordre dont on espérait un retentissement beaucoup plus profond et violent, d'autant plus que les « peuples » se mettaient maintenant de plus en plus souvent à se resservir de la religion abhorrée pour faire entendre leurs revendications... (Verrions-nous un jour les femmes réembrasser massivement le « judéo-christianisme » pour préserver leurs droits élémentaires? Ce serait une ruse de l'histoire... Mais cela voudrait dire aussi que le problème se serait subrepticement déplacé...)

Le Rapport envisageait aussi les différents systèmes philosophiques, analysés selon leurs capacités à laisser s'implanter la nouvelle religion (il n'y a pas d'autre mot, même si le Rapport, bien entendu, ne l'emploie pas et parle simplement d'évidences, de Raison : mais c'est bien de religion qu'il s'agit, et même de la Religion, la plus ancienne, la plus vénérable de l'humanité, injustement détrônée et persécutée pendant deux mille ans mais en train, souterrainement, depuis deux siècles, de revenir à l'air libre... C'est du moins ce qu'exprime, dans l'expression « retour de la Nature », le Rapporteur, ou plus exactement le groupe des Rapporteuses où l'on trouvait, comme par hasard, le nom de Bernadette dont je reparlerai). Le marxisme? Oui, bien sûr, il a tant fait pour la Cause... A utiliser encore, certes, comme facteur de déstabilisation du vieux monde, de fermentation latente, de loi évolutive... A encourager fermement, même, là où les conditions matérielles ne permettent pas d'obtenir des femmes une conscience suffisante... Ailleurs, à soutenir avec réserves... Dans le sens d'une relève interne, en réalité; avec initiations latérales... Le freudisme? Peut-être... Mais à condition d'en supprimer les aspects les plus négatifs... A prendre avec des pincettes... A réformer, à restructurer... Notamment : mise à l'index de la thèse absurde du « penisneid », de l'envie de pénis, une véritable honte, une aberration... Résidu de la Vienne bourgeoise des années 20... Preuve du conformisme ou de la timidité de Freud... De sa jalousie des femmes... Comment peut-on imaginer qu'une femme veuille être autre chose qu'une femme? Que la Complétude manque de quoi que ce soit? Encore de la propagande patriarcale dissimulée... Ce sont les hommes qui veulent être des femmes, c'est bien connu... Qui ne pensent qu'à être enceints... Qui rêvent de sentir l'infinie réserve de la gestation, les jouissances ineffables de l'accouchement... Bref, psychanalyse, si vous y tenez, mais dans un sens progressiste, en corrigeant ses erreurs réactionnaires, son pessimisme... Ne pas parler de la mort... Encore une fixation masculine, la Mort...

Le Rapport insistait, pour finir, sur la nécessité d'obtenir la collaboration du plus grand nombre d'hommes possible, surtout des plus influents ou des plus brillants, et en premier lieu le soutien des homosexuels auxquels étaient consentis (réforme du SGIC) d'importants privilèges... Au fond, ces derniers étaient appelés à être les prêtres conséquents du Culte... Ce n'est quand même pas eux, n'est-ce pas, qui allaient entraver la restauration du temple de la Grande Mère... Un travail de longue haleine... Malgré les reflux, les éclipses, les accidents, les régressions... Un grand dessein... Une Foi...

Quelques conseils supplémentaires... Surveillance et freinage de la virilité des garçons dès leur plus jeune âge... Apprentissage de la dépendance souriante et implacable à la mère sur le modèle japonais... Trucs pour entretenir l'animosité entre pères et fils... Statistiques d'inséminations artificielles... Courbes, diagrammes, estimations...

Bernadette! Son nom venait là, en bas de page, comme une confirmation se passant pour moi de tout commentaire... Je connaissais aussi l'Américaine Dora... Redoutable... Une milliardaire activiste... Elle m'avait testé plusieurs fois à New York... Deux ou trois dîners... Ami? Ennemi?

Ennemi.

En effet, j'ai passé mon temps à être pressenti... Surveillé... Approché... Etudié... Comme allié possible... Comme propagandiste virtuel... Un d'Alembert par-ci, un Diderot par-là, on ne sait jamais, ce n'est pas négligeable... J'aurais été plus ou moins conscient, peu importe... Les avantages auraient été consistants... Argent, facilités, influence, passage des frontières, relations, vanités, plaisirs... le WOMANN est remarquablement organisé... Il a même ses agents spéciaux en mission... Bonnes fortunes inexplicables du voyageur... Rencontres fortuites... Madones des sleepings... Des vols réguliers... Flirts au-dessus de l'Atlantique... Passages des Alpes en souplesse... Coïncidences d'hôtels... Le Brésil by night... Brusques intérêts pour vos recherches, votre caractère, vos projets... Garçons pour les uns; jeunes filles ou femmes très convenables pour les autres... J'ai rarement pu avoir une liaison plus ou moins connue sans que mon amie du moment soit elle-même contactée, sondée... C'est toute une partie de mon histoire avec Deb.... Deborah... Ma femme... Comment, je ne vous ai pas encore dit que j'étais marié? Et père d'un petit garçon délicieux? Stephen? Mais si, voyons. Je suis un homme d'expérience. Je ne parle pas à la légère, en amateur. Qu'est-ce qu'un homme qui n'est pas passé par là? Un rêveur... Il est vrai que s'il a eu cette expérience, cet éclaircissement de fond, en général il se tait... Il ne peut plus rien dire... Il en sait trop... Il n'en peut plus... Il se réfugie dans l'abstraction, la pudeur... A quoi bon? Plus d'illusions... Ne méconnaissons pas cependant le côté sublime des révélations que l'on obtient dans cette adhésion à la condition commune... La famille, en un certains sens, est une idée parfaitement subversive aujourd'hui... On aura tout vu... Tout, et le contraire de tout, et à nouveau le contraire de ce contraire... Mais enfin, il faut aller y voir de près pour savoir en quoi et pourquoi ça se perpétue... Au lieu de répéter les pieuseries libertaires... Il faut évaluer l'engrenage, la roue, le roulement, les pistons lents et parfois charmants de la toute-puissante broyeuse... De la colonie pénitentiaire... De la conformité souveraine, alimentaire... Broyeuse de Parme... Grande châtreuse, inlassable, aimable...

Deborah, depuis longtemps déjà, me reproche mon manque d'intériorité... Mon absence de tact, de sensibilité, de sens du concret chaleureux, coloré, savoureux... A l'en croire, l'artiste, de nous deux, c'est elle... Elle a sur moi, désormais, un jugement clinique... Je suis quelqu'un qui tourne tout en dérision, un caricaturiste brutal... Je suis nerveux, lourd, maladroit, un peu éléphant, un peu ours... Mal léché... Pas assez rasé... Trop pressé... Ou alors, pour aller plus loin, et plus précisément dans l'appréciation paramédicale, une sorte de « borderline »... C'est-à-dire, si je comprends bien, quelque chose comme un fou flottant, un pied entre deux mondes, un brouilleur d'identités... Ou encore : un dénégateur... Un tempérament autistique... Mutique... Phobique... Un gros bébé attardé irréductible, fermé... Un œuf... Une boule... Avec de bonnes joues cependant (miam!)... Ou encore un pervers polymorphe... En tout cas, un non-adulte, un demeuré, un maniaque du sein imaginaire... Un peut tout et n'importe quoi... Fluent... Insaisissable... Incasable... Trop centré sur soi, incapable de s'ouvrir à l'autre... Et

radin, par-dessus le marché! Ou, au contraire, inconsidérément dépensier... J'en oublie? Sans doute... Tout
cela, d'ailleurs, dit plutôt gentiment, il ne faut pas
croire... Le mariage est un purgatoire variable... Une
école de tendresse acide... Un monastère de l'humilité
consommée... Un gymnase de la limite... Celui qui y a
vraiment résisté tiendra bon dans toutes les situations... Pas de cadeau, ou alors, soudain, *le* cadeau...
Rappel incessant des tares... Bombardements nerveux,
un mot, une réticence, une indifférence, développement des plus fines antennes de protection, de simu-
lation...

Deborah déplore mon orientation désinvolte... Elle
trouve que je devrais raconter des histoires, soigner
l'intrigue, « planter le décor »... Décrire des sensations
raffinées, me déplier, m'enfoncer, m'enrouler... Que les
personnages s'affrontent, se mesurent, qu'ils échangent des regards, des silences, des sous-entendus
lourds de significations, chargés de désirs... Qu'on soit
davantage au cinéma... Voilà longtemps qu'elle me
reproche de ne jamais sortir... De ne pas vouloir voir le
dernier film... De méconnaître la grande aventure
renouvelée des écrans... De ne pas adhérer aux phénomènes, aux chatoiements, aux irisations, au fard imagé
du trottoir roulant du néant... A la vie, en somme...

Qu'est-ce qu'elle lit, Deb, en ce moment? Mishima...
Le Pavillon d'or... Elle m'en montre parfois des passages avec admiration... Le héros est bègue... Ou pied-
bot... Ou borgne... Ou bancal... Ou bossu... Ou bigle...
Ou manchot... Je ne sais plus... Il éprouve des vertiges
ou des hallucinations devant un tronc d'arbre coupé
net... Le visage lunaire de sa bien-aimée lui apparaît
entre les roseaux tremblants au fond du jardin parcouru par les effluves nocturnes... Un oiseau chante
tristement dans le lointain... Le héros se sent brûler... Il
attend quelque chose, il ne sait pas quoi, il est toujours

sur le point de faire une découverte fondamentale, le secret de l'amour... Il souffre... Les autres ne l'acceptent pas... Le visage de sa bien-aimée semble rejeter l'univers... Il ne renonce pas à sa quête... Le temps passe... La végétation s'épaissit... Le malentendu aussi... On parle de réincarnation, peut-être... Non, c'est dans un autre livre, *La Mer de la fertilité*... *L'Ange en décomposition*... A moins que ce soit dans *Confession d'un masque*... Le narrateur est frappé par un tableau représentant un saint Sébastien percé de flèches... Le corps élégant et musclé de l'éphèbe injustement torturé se convulse dans le crépuscule... Le sang coule des plaies cruelles infligées au beau torse laiteux... Le trouble s'aggrave avec la montée de la marée (en effet, on est au bord de la mer)... Les vagues viennent recouvrir le corps nu du narrateur exposé au soleil... Un peu plus tard, il est bouleversé par la poitrine tatouée en dragon d'un jeune ouvrier transpirant accompagné de quelques amis, tandis que lui-même s'ennuie avec une femme qu'il ne croit même plus aimer et qui est sur le point de découvrir ses penchants étranges... Deb est épatée... C'est son côté amoureux de la chaleur, de la plage, des enfants, des plantes... Sa croyance naïve, admirable, qu'il se passe forcément quelque chose... Que quelque chose est en train d'arriver... Que tout ça est fait pour déboucher... Sur un Sens... Un dénouement... Une intrigue, en effet... A la fin, de toute façon, ils ne furent peut-être pas heureux, mais ils eurent beaucoup de hurlements dans leur appartement... Il était une fois le fait qu'il était une fois... Les fées... Le folklore... Les contes... Les chansons... Je la vois avec Stephen... Ravie de lui raconter et reraconter tout en détails, et de répéter la répétition, et encore, encore, et encore... Blanche-Neige... Le Chaperon Rouge... La Belle au bois dormant... Alice... Cendrillon... Pinocchio... Les sept nains... Babar... L'île magique... Le pipeau enchanté... Les trois petits cochons... Le renard... La cigale, la fourmi, le canard, l'ambiguïté, l'entre-deux du bien et du mal, la découverte de la perle, la baleine rose, le crocodile au grand cœur... Ils s'amusent... Ils rient... Il en redemande... Elle recommence... C'est l'enchantement... Les disques, les cassettes... De bon matin, j'ai rencontré le train... Mon beau sapin, roi des forêts... Alouette, gentille alouette... Ils s'amusent... Ils font des puzzles... Stephen est content... Papa? Il travaille... On ne sait pas trop à quoi... On verra...

Ça a été une grande passion, Deb... Une splendeur... Une icône de rêve... Un feu, une intelligence... La femme la plus intelligente que j'ai rencontrée... Peinture... Sagesse... Sophia... Mosaïque... Le regard noir partout vivant dans le visage en creux des coupoles... Surgie comme une de ces ombres vibrantes de Pompéi, de Ravenne, qui semblent faire les gestes de l'au-delà... Elle était étudiante... Elle est venue m'interviewer sur je ne sais plus quelle histoire linguistique... Byzance... Je ne l'ai pas beaucoup quittée... J'avais pourtant une vie très agitée à l'époque... Vraiment le bordel... La débauche? Mais oui! Sans cesse... Les après-midi, les soirées, les nuits... Trois ou quatre liaisons à la fois, les occasions, les putes, tout, en désordre... Géniale insouciance, comme j'ai bien fait, je me bénis... Les bars... Les établissements spécialisés... Celui de la rue X., avec son allée de marronniers menant à un petit hôtel particulier aux volets toujours fermés; celui de la rue Z. au vieil ascenseur majestueux et berceur; et celui de la rue E. comme un aquarium; et celui de l'avenue W. au service velouté vieux style... Le Bois... La drague... J'étais toujours le plus jeune...

Finalement, j'ai fait à vingt ou trente ans ce que les hommes se fatiguent à connaître à cinquante ou soixante... Ils évoluent de la morosité contrainte au délabrement vitreux relâché, et moi du libertinage fou à la contemplation mystique... Chacun ses voies... Je vivais avec très peu d'argent, il me semble... Tout pour l'amusement... Elles ne me faisaient pas tellement payer quand j'y pense... Ce qui prouve que j'avais le sens inné de la discontinuité, de la rupture préventive... C'est là qu'on voit qu'on vieillit... Quand on hésite à prendre la porte... Quand la question chèque se pose... C'est étonnant à quel point on peut être inconscient de sa propre valeur en tant que chair fraîche... A l'époque, j'aurais pu être mac... Une fille me l'a même proposé, un jour, une professionnelle un peu cultivée, j'ai cru qu'elle plaisantait, mais non, j'avais seulement vingt-deux ans, je baisais correctement, je suçais bien, je devais être amusant... Peut-être que j'ai été un peu mac tout de même, sans m'en rendre compte... Une façon de ne rien demander aux femmes... De ne jamais appeler le premier... De ne rien attendre d'elles... Si elles veulent, elles veulent... Sinon, aussi bien... Question d'autonomie, d'ivresse dans la solitude... Je m'étonne toujours de constater à quel point ils ou elles ont peur d'êtres seuls... Alors que, pour moi, c'est depuis toujours le plaisir fondamental, les yeux ouverts du petit matin vide, la soirée qui n'en finit pas, la beauté insensée des murs... J'aime manger seul au restaurant; j'aime rester seul trois jours sans adresser la parole à personne... J'aime sentir le temps passer pour rien, n'importe où, dormir, dépenser le temps, me sentir le temps lui-même courant à sa perte... Je suis là, encore un peu là, et un jour je ne serai plus là, je boucle doucement sur moi ma place dans la bande dessinée, la rapide atmosphère ambiante... Je me sens de passage, agréablement, souplement, je n'ai pas peur... Tout le malheur des hommes est dans l'impossibilité où ils sont de demeurer seuls dans une chambre? Oui, avec Pascal sur la table de nuit, ça devrait suffire, cependant, pour la grande nuit du séjour parmi les hommes... Café très fort, whisky, tabac, radio... Et vogue la page! Et plane le temps! De temps en temps, je loue une chambre d'hôtel, pas loin de chez moi... Je vois tout comme si j'étais en visite dans le coin où j'habite, j'ai l'impression de venir faire une étude après ma mort sur ma vie dans la région... A Paris, je me dis que je suis à Londres... A Londres que je passe par Rome... La meilleure ville pour vivre sur plusieurs portées musicales à la fois, c'est quand même New York... Une semaine chinoise... Une autre portoricaine... Une autre encore italienne... Les strip-teaseuses chinoises... Un art, un enveloppement... Je vais me remettre à penser à Ysia... Les docks, la sieste sur les pontons de l'Hudson, le chauffage des planches sous le choc du soleil, les mouettes de Long Island...

Il y a celles qui comprennent ça, qui vous évitent d'emblée, pas de temps à perdre, les plus soucieuses de leurs intérêts... Et puis les autres, les curieuses, les saintes, les sorcières, les folles et les demi-folles, c'est-à-dire tout de même la très forte minorité, qui s'accrochent, qui sont harponnées... Il y a un syndrome de l'écrivain comme il y en a eu un du prêtre... Très différent de celui de la vedette de show-business... Plus essentiel, viscéral, osseux. Portant sur le nerf de base, sur la fabrique tissée du revers... En compétition directe avec le four matriciel... Aucune mère ne s'y trompe... Pas plus celle de Sophocle qu'une autre... Toutes les œuvres importantes sont des traces de cette lutte acharnée... Pour parvenir à l'air libre, naître, sortir enfin au-delà de la naissance physique; parler quand même par-delà la parole injectée... Montrer qu'on n'est pas né comme ça, pour faire nombre; qu'on ne meurt pas dans l'arithmétique dictée... Que ça se sache au moins, le crime d'exister; que ça se marque et remarque... Pour un bout de temps... Pour l'éternité...

Deborah vit une drôle d'aventure avec moi... Pas drôle, en un sens... Je l'aime beaucoup... Courage, ténacité... She is great... Pour un Américain du Sud comme moi, même si je suis depuis longtemps européanisé; pour un Américain catholique (comme Flannery O'Connor. Comment, vous ne la connaissez pas? Une femme géniale! Lisez au moins *The Wise Blood*... En français : *La Sagesse dans le sang*... Mauvaise traduction... Le sang avisé...), elle représente vraiment un autre continent, une découverte permanente... Il faut dire que les Bulgares ne sont pas n'importe qui... Communistes aujourd'hui, enfin je veux dire russes... Russifiés... Deb est « sortie » en 66... Mais d'abord cathares... Bogomiles... Une grande tradition, que vous retrouvez, vous autres Français, dans votre Sud des troubadours, vos Albigeois... Vous voyez? Peut-être la seule Révolte qui ait vraiment fait trembler le centralisme français? En tout cas, vous l'avez écrasée avec une particulière violence... Montségur... Merveilleuse civilisation du Sud... Dante... Pound... Mais assez de littérature... Si vous arrivez à soulever là, aujourd'hui, la chape de plomb de l'éducation socialiste, vous trouvez bientôt, sous l'orthodoxie, cette veine cachée : le Manichéisme... Le dualisme radical... Une hérésie fabuleuse... Peut-être l'hérésie *en soi*, c'est-à-dire la vérité cachée, refoulée, honteuse du Dogme... Le monde a été créé; il est réglé, dominé, programmé, par un Principe absolument Mauvais... Le dieu bon, lui, est absolument en dehors de cette sinistre affaire, très loin, ailleurs, au-dessus, innocent, donc, de cette formidable saloperie... Le Principe Négatif, le Démiurge, aidé par toute une série d'intermédiaires tous plus grotesques, avides, bornés les uns que les autres, est en guerre permanente contre le Principe du Bien, le Père des Lumières... Il n'y a pas de conciliation possible entre Ténèbres et Clarté... Nous sommes dans le mélange, mais un jour le partage radical aura lieu, chaque continent sera renvoyé à lui-même, le pur au pur, l'infect à l'infect... Dès ce monde-ci, le pèlerin, le Parfait, doit rassembler ses parcelles lumineuses, s'affranchir de l'obscurité boueuse qui est en lui, se libérer de toute détermination et de tout désir, ne pas se compromettre avec les puissances... Sa recherche de la vérité, de la liberté, entraîne la jalousie féroce des Archontes, adjudants et adjudantes flics du Maître... Ils sentent que quelqu'un veut leur échapper... Ils font tout pour l'en empêcher... Déformations, pressions, usure corticale, tentative d'éveiller sans arrêt les tumeurs et pustulations de l'envie... On a beaucoup calomnié les Manichéens, on continue... On voit en eux les racines de tout fanatisme... Du Totalitarisme... De la folie après tout très répandue qui consiste à croire qu'il y a un Bien absolu d'un côté, un Mal non moins absolu de l'autre... « Manichéen » est un terme insultant, voulant dire paranoïaque, au fond... Un trait psychologique universel? Comme s'il y avait bien le reflet d'une vérité indirecte... Or le problème n'est pas d'imposer un Bien *dans* le monde, comme tout le monde feint de le croire, c'est évidemment impossible sauf imposture, c'est contradictoire en soi... Là est l'erreur, incessante, toujours renouvelée, ressassée. Le Bien n'est pas de ce monde... « Mon royaume n'est pas de ce monde. »... Tiens, tiens... « Je ne prie pas pour le monde. »... Tiens, tiens, tiens... « Car le Prince de ce monde est déjà jugé. »... Tiens!... Vallée de larmes, le monde... In hac lacrimarum valle... Poussière, et tu retourneras en poussière... Comment cette doctrine pourrait-elle dominer, convaincre? Comment pourrait-on la faire servir au moindre pouvoir? Tous les pouvoirs, au contraire, sont immédiatement mobilisés contre elle... Je ne la conseille pas... Elle est intenable... Chacun s'en tire comme il peut... L'Interruption... Tais-toi, ne dis rien, ne te confie à personne... Ne laisse rien transparaître, surtout... Le moindre aveu, la moindre confidence te seraient fatals... La Chose te sauterait dessus d'un seul bond... Calme-toi, tais-toi, maîtrise-toi, suis ton cours... Tais-toi, tais-toi davantage... Que personne ne te soupçonne de tenter la sortie, la percée dessous...

C'est sans doute cette couleur « manichéenne » qui donne à Deborah sa dualité... Comme quoi je ne l'ai pas rencontrée par hasard... D'un côté un réalisme extrême; j'ai rarement vu quelqu'un se « débrouiller » aussi bien; savoir compter uniquement sur ses propres forces, sur sa propre volonté appliquée... Elle, oui, est convaincue que le Mal intégral est à l'œuvre partout, à chaque instant et dans toute histoire... De l'autre un idéalisme tranchant, net... Au point que c'est souvent moi qui dois lui donner des conseils de composition, de jésuitisme... Façon de dérouter l'ennemi, de l'embrouiller, de le déconnecter... Deb et moi, en effet, on a fait scandale... Tout simplement parce qu'on s'aimait et, qu'en plus, on s'aimait bien... Voulez-vous accomplir la transgression des transgressions aujourd'hui? Maris, aimez vos femmes... Femmes, aimez vos maris... L'effet est inouï... Un cyclone... Tempête dans les anti-bénitiers... Défi à la civilisation... Archaïsme... Conformisme dynamiteur... Le bonheur effroyable de Laïos et de Jocaste ayant médité la tragédie... Plus de tragédie... Papa et Maman dans le savoir définitif du relatif rien de l'ombre... Mon dieu, mon dieu... Vous déclenchez l'Œdipe de masse, l'identification syndiquée... Un homme en proie aux désirs et aux aversions inversées des femmes et des hommes; une femme poursuivie simultanément par les hommes et les femmes...

Comme si vous étiez, elle et vous, les parents univer-
sels, le couple yin-yang abyssal, tous les quiproquos se
croisent dans votre entourage... On vous prend pour
elle, on la prend pour vous... J'ai eu des femmes qui, au
fond, ne désiraient que Deb; elle a été adorée par des
hommes qui ne pensaient qu'à moi... Masques... Nocturnes... Ballets et lanternes... C'est amusant un
moment... Eclairage dix-huitième... Puis franchement
barbant, épuisant... Vivement Ithaque... Il n'y a pas que
les prétendants, aujourd'hui; il y a aussi les prétendan-
tes... On est mis à prix de partout, le marché est cent
mille fois plus ramifié que du temps d'Homère...
Petites annonces affolées! Agences! Les femmes ont
l'habitude... Instinct boursier, placements, coupons,
titres... Nous, il faut qu'on apprenne... *Wanted!* Tous les
trucs comme elles... Jeune fille prudente, pudique,
agressive; femme mariée voulant déraper; haute responsable à emprunts multiples... Didon... Nausicaa... Le
mariage, tout de même, partout et toujours... Lanci-
nante publicité... Ne croyez personne qui vous dit le
contraire... Enquêtes truquées, sondages trafiqués, propagande, brouillage... Toujours et partout, il ne s'agit
que d'immobilier... Où? Comment? Pourquoi? J'en ai
eu la révélation un jour de façon stupéfiante. Vous
allez me dire : enfant, etc. Oui, bien sûr. Elles veulent
chaque fois un enfant. L'ENFANT... Sous une forme ou
une autre, c'est toujours vers ça que ça va, c'est-
à-dire vers la négation radicale du sexe, son équivalent
calibré... Mais il y a autre chose. Plus loin. Derrière.
Juste derrière. Plus monumental. Plus pyramidal.
Cardinal. Ça m'a sauté à la figure quand Flora, farouche partisane de l'amour libre pour les autres, voyant
que je ne voulais pas divorcer pour elle, m'a crié :
« Alors, nous ne serons pas enterrés ensemble? »...
C'était sérieux. Très sérieux. Bouleversant. La tombe!
Les cendres! Les ossements! Le caveau! Le mélange

des miasmes avant le silence commun éternel! Les chuchotements sous terre avant le face-à-face à tibias! Sous la lune! A jamais! Elles sont nécrophiles... Grattez un peu, vous verrez... A bon entendeur, salut! Et santé!...

Mener sa vie à soi en connaissance de cause, défendre ses propres intérêts et eux seuls, voilà qui est insupportable au FAM... Au WOMANN... Au SGIC... Et j'en passe... Il y a longtemps qu'il a disparu, le Nom, le Nom du Père, pour se perdre, être dépecé, dans les initiales et les matricules, les numéros de Sécurité sociale, le trictrac des ordinateurs... Question de principe... De mathématique... De réglementation de l'ensemble... Pas d'économie privée... Pas de petites exploitations, de parcelles. Expropriation généralisée... Pas de poches de résistance par rapport au grand planning d'avenir... Supermarchés, grandes surfaces... Kolkhozes de l'intimité... Vérification 24 sur 24... Pas d'endogamie dans les coins... Que ça circule... Que ça s'échange en contrôle des changes... Pas question de faire des embarras avec sa croyance personnelle... Son idée de la mort... Le moins possible d'individus... 1984? Oui, en beaucoup plus subtil, moins visible, bien entendu... En réalité 1984 est simplement la date où se révèle la vue globale du temps humain... Où apparaît enfin qu'il a toujours été ce qu'il est... Compté, minuté, accumulé, nullifié... Qu'il existe seulement pour propulser la nappe... Couverture des morts en sursis, torrent de sanie...

J'ai donc été pris en chasse... C'est là qu'intervient Bernadette, avec sa nuée... C'est là qu'on a eu quelques accidents tout de même, et que Deb a commencé à m'ennuyer... Bernadette, Kate, Flora, cela fait un filet auquel on peut ajouter d'ailleurs bien d'autres mailles... De proche en proche... Sœurs du brouillard... Complices de la réhabilitation sans conditions d'Eve... Affiliées *contre*; sur le *pour*, il n'est pas question qu'elles se mettent réellement d'accord... Toutes contre eux; chacune pour chacune... Tout ça plein de justifications théoriques, parapolitiques... Comme toujours, à la base, les plus pauvres ou les moins malines marchent, militent, collent des affiches, ont des opinions ou croient en avoir... Mais en haut, comme d'habitude, ce qu'on trouve, c'est le simple calcul... Administration, jetons, transactions...

Bernadette est un des êtres humains les plus bizarres et les plus répugnants que j'aie rencontrés... Un des plus fascinants aussi, d'une certaine manière... Il est difficile de ne pas être aimanté par la perversité parvenue à son point limite... A son abcès de fixation... Rayon de l'irrémédiable... Je la revois dans sa toujours même robe noire... Cachée là-dedans avec son regard perçant, son air de malade définitivement *guérie*... On dit que certains corps mentent comme ils respirent... Elle réussissait, elle, ce prodige, ce numéro de haute voltige physiologique de respirer comme on ment... Sa présence même était un mensonge... Massif... Visqueux... Congelé... Imprenable... Comme Boris en homme, nous verrons ça plus loin... Comme Fals aussi, d'une certaine façon... Quelque chose de cauteleux, de précautionneux, d'imperceptiblement grimaçant à longueur de temps... Une souffrance sarcastique, sans cesse en éveil... Il y a une mystérieuse oblique des fous *adaptés*, comme il y a une ligne droite des imbéciles... Une saleté, par exemple, qui leur est propre... Une crasse morale ou spirituelle, pas physique... Une sorte de morve, de sécrétion pâle, de moisi de narine ou d'œil... Une torsion des cheveux... Mais quels sont ces serpents qui sifflent sur leurs têtes... Une aura de méduse sortie de l'antimatière en transit... Dans le cas de Bernadette, on avait l'impression qu'un morceau de méchanceté catégorique, chimiquement pur, était tombé là, devant vous... Une météorite... Elle occupait son creux, le tenait comme un nid de mitrailleuses... Une concrétion intergalactique... Bloc de haine ici-bas chu d'un désastre obscur... Devant elle et quelques-uns ou unes de ses semblables, dans le monde vampire dans lequel nous entrons désormais, je suis saisi d'une sorte d'admiration suspendue... Un personnage de Sade dit cela quelque part, devant un excès de monstruosité : cet être est trop malfaisant pour que nous lui nuisions le moins du monde... Il fera le plus grand mal possible à l'humanité... Et comme nous n'aimons pas l'humanité... Tout de même : pauvre humanité, elle ne sait pas sur quoi elle s'endort... On pourrait ajouter plus noblement qu'on peut avoir un certain respect pour des phénomènes qui évoquent, à leur insu, mais très visiblement inscrite au-dessus de leur tête, la loi de la vengeance divine... Sinon divine, disons logique... L'acide traité par lui-même... Révélant les fondations...

J'ai remarqué que pour être spontanément élu à ces hautes fonctions négatives une marque de difformité est presque exigible... Bernadette boite fortement... Boris a un œil de verre... Poinçon nerveux, musculaire... Magique... Ça trouble toujours. Manque, cicatrice, trace de l'envers du décor. Vapeurs du mythe... Fals qui est leur maître à tous et à toutes, ou du moins qui l'a été pendant longtemps, est un bègue surmonté... Un bègue en route pour l'aphasie paraplégique... Rites, chamanisme divers... J'ai voyagé par là, je vous raconte un peu...

C'est Bernadette qui a fondé le FAM... Dans la clandestinité, d'abord. Celle des salons choisis, des boudoirs d'influence... Toujours le même topo : les très beaux quartiers; les zones; un pointillé habile entre les deux... L'appartement au bord de la Seine, les réunions de cellule en banlieue... Contrairement à d'autres, Bernadette ne changeait pas de tenue... Stricte et noire, blanche, tendue... Elle avait très peu de moyens... Et puis, soudain, l'afflux d'argent... Américain, bien sûr... C'est comme ça qu'il y eut brusquement un local luxueux du FAM, une publication régulière, des voyages organisés, des offres d'emploi... L'affaire avait été jugée jouable... Bernadette avait réussi son examen... On n'entre pas comme ça dans le démoniaque international...

Moi, je l'ai connue à l'époque héroïque, fiévreuse... On se voyait d'ailleurs plutôt en secret à cause de sa réputation déjà solide... Elle devait faire semblant d'être un peu lesbienne sur les bords... Lesboïde... Sans quoi, pas d'avenir... J'en sais quelque chose, moi qui ai toutes les peines du monde à me donner l'air sodomien... Ça me retarde; ça nuit à mes affaires; ma célébrité s'en ressent... Quel talent ne me reconnaîtrait-on pas si je pouvais faire mieux... Plus ambigu... Alambiqué... Platonicien... Fin... Hélas, grossier je suis; mauvais goût je reste... Pas éducateur pour un sou... Seul...

Bernadette était « lesbienne » si on voulait. Elle était ce qu'on voulait... C'est-à-dire, rien. Tout ça ne l'intéressait pas. Je crois n'avoir jamais rencontré un blocage aussi fondamental, aussi net. Un libidogramme plat. Tout dans le flash intellectuel. Transfert total dans la volontée de puissance. Frigidité serait trop dire. Frigiforme aussi. Rien. Même pas le plus petit commencement de soubresaut involontaire. Rien. La bouche ouverte, se laissant dévorer la bouche... Attendant la pénétration comme une sorte de formalité médicale... Corridor... Cheminée... Tunnel... Passive, entièrement. Au bout de trois ou quatre fois, j'ai pensé que l'expérience était concluante. Je me suis comporté aussi poliment que possible de façon à arrêter... Mais non, il aurait fallu continuer... Elle ne se rendait pas compte... Pour elle, les choses étaient comme ça : une femme supportait une sorte de viol pétrifié et, ensuite, pouvait s'en plaindre amèrement, longuement... Si je la baisais, je lui « devais » forcément quelque chose. Il fallait que je la baise pour lui devoir quelque chose... C'est là, je crois, où, dans une lumière glaçante de fin du monde, le contrat radical m'est enfin apparu. Le truc des trucs, le lien, le cordage... Les autres trouvent au moins en elles-mêmes de quoi faire semblant inconsciemment. Elles appliquent d'instinct la danse du leurre animal. Elles jouent sur la crédulité masculine qui est, n'en doutons pas, indéfinie sur ce point précis. C'est-à-dire, par voie de conséquence, sur tous les autres. Question de degrés, d'échelle... Mais Bernadette, elle, c'était son côté pathétique, sublime, ne pouvait pas obtenir la moindre comédie de son orgueil. Allongée, noire, étincelante, accusatrice, elle était là comme au banc des témoins d'une histoire sans mémoire, sans fin... Pour bien confirmer l'ignoble sort fait aux femmes. Mettre en pleine lumière la torture qui était la leur. Je voyais donc passer sur son visage des mères, des grands-mères, peuple emmitouflé de la nuit féminine... Elle était là en avant d'elles, responsable d'elles, vivant à son tour la brutale passion du bourreau sacrificateur... Enfin, j'aurais dû rentrer dans ce rôle... Etre le nazi parfait. Et, de plus, à partir de là, *solvable*... Visiblement, elle ne se demandait pas une seconde si l'acte en question me plaisait ou non dans ces conditions. J'étais censé aimer ça en soi, comme un homme. Elles y croient, à l'homme. Elles sont prêtes au martyre pour qu'il soit bien prouvé qu'il existe, qu'il fonctionne, qu'il ne pense qu'à ça, qu'il est déterminé, infléchi, courbé sous la loi de ça... Les moments de vacillation de l'espace en soi, avec les femmes, c'est quand, après avoir montré qu'on peut se livrer à la séance mécanique, on laisse voir tout à coup qu'on pourrait aussi bien, et sans rien regretter, ne rien faire... Là, elles ne comprennent plus... C'est le non-sens... La seule fois où j'ai vu Bernadette hors d'elle, se lever d'un bond et sortir comme un éclair outragé de la pièce, c'est quand je lui ai dit doucement dans un grand silence : « Mais enfin, tu sais, les femmes, je peux très bien m'en passer. »... C'était l'injure absolue. Le blasphème. Meurtre dans la cathédrale. Profanation de l'hostie. Elle s'est enfuie, ce jour-là, boitillante, blessée, honteuse...

Tout ça me déplaisait horriblement, mais en même temps je dois dire qu'il y avait une excitation mentale... Bernadette était très amoureuse d'un homosexuel tout à fait officiel et virevoltant, en renom... Elle m'en parlait constamment. C'était son dieu. Que *lui* ne la désire pas physiquement, c'était l'ivresse. La confirmation. La souffrance extatique. Le socle de sa foi dans les femmes. Bizarrement? Mais non, il faut simplement s'habituer à éclairer la vraie logique de l'opéra... De la tragédie, si l'on veut... Un éclat de rire, c'est vrai, et tout se dissipe... Brumes, châteaux, cimetières, apparitions, chauves-souris, ululements, souterrains, suintements, supplices... Draps de lit dans la nuit... Bûchers et grabats... Soupirs, malaises, balais, sabbats et goyas... Je pourrais dire que j'ai flotté ma vie sur cet éclat de rire permanent, caché, conjuratoire... Perçu de moi seul... Je n'oserais même pas dire à quel point... Insolence innée, la lumière se lève...

On parlait beaucoup, Bernadette et moi... On ne faisait même que ça... Le temps passait vite, elle était intelligente, son ambition la poussait à l'invention, sa mythomanie intarissable était pleine de trouvailles venimeuses... Elle démontait tout le monde avec une bassesse de fer... Haïssant les femmes, au fond... Mais haïssant encore plus les hommes de ne pas s'apercevoir à quel point les femmes étaient haïssables... Dans ces conditions, face à ces pauvres types assez cons pour être abusés par ces connes, elle jouerait les connes contre les cons, elle les entraînerait dans la vengeance, ces prolétaires de la nouvelle espérance, plus loin, plus consciemment... Elle était imprudente, n'est-ce pas, de me raconter tout ça... Elle devait me considérer comme virtuellement mort... Pourquoi? Je me suis souvent posé la question, et pas qu'avec elle. J'ai fini par avoir la certitude qu'elles pensent que la vraie réalité des choses n'est pas rapportable. Et que, même si elle l'était, personne ne la croirait... Ce n'est pas si faux; ce n'est pas si bête... L'immense doublure... Fleur bleue d'un côté; dégueulasserie de l'autre... Et ainsi font, font, font... En toute innocence... Recto idéal, verso caca...

Ce qui me frappe le plus, en y repensant, c'est qu'elle ne se soit pas une seule fois préoccupée de savoir si j'avais joui... Pas la moindre attention... Ejaculation? Connaissait pas. Voulait pas savoir. Définitivement... Pénis? Fantôme... J'ai dit ce qu'elle voulait. Qu'on se sente en dette... Pour le don inouï qu'elle faisait de sa personne, voyez-vous ça... Un jour, en bas d'un hôtel, elle m'a pourtant dit, l'air chaviré, qu'elle avait oublié de prendre sa pilule... Et une fois en haut, sur le lit, dans un souffle : « Et maintenant, fais-moi exploser. »... C'est dans ce genre de situation qu'on découvre l'homme bien élevé. D'abord, il ne rit pas. Ensuite il s'exécute. Pas de sperme? Celles-là ne sentent pas la différence. C'est très fréquent, banal. Flora, elle, était en plus soupçonneuse. Elle voulait absolument me voir gicler, là, bien devant ses yeux ou dans sa bouche pour être sûre... Et commencer à récriminer... Puisqu'il était prouvé que j'avais bien participé... Que je l'avais donc exploitée...

Un autre détail surprenant, essentiel, c'est que Bernadette et ses amies étaient toutes censées être en « analyse »... C'est là, en effet, que nous allons pénétrer dans le laboratoire de pointe... Du côté de chez Fals... Dans la chambre à bulles psychique... Dans le nucléoréacteur...

Ouf! C'est Cyd... J'avais encore peur que ce soit Flora me demandant de relire un de ses articles... C'està-dire de l'écrire... Le scénario est toujours le même... C'est urgent... Le journal attend le papier d'un moment à l'autre... Il faut aller la voir, improviser sur un sujet déterminé, elle prend des notes... Puis revenir, arranger les phrases, taper à la machine quelque chose de présentable... Elle fait toujours dix fois trop long, trop confus... Tarabiscoté... Désordre... Souillon... Tampax... Avec quelques fulgurations... Tout çà après avoir fait l'amour, soit... Donc paiement nature... Mais rien pour rien... Qu'est-ce que j'ai pu lui rédiger en anglais comme proclamations incendiaires, revendications, projets de conférences, chapitres de livres, préfaces, discours... Sur tous les sujets... Selon les moments géopolitiques... Je trouve toujours un angle original, bien entendu... Paradoxal... Attrayant... Des aphorismes... Qui se baladent comme ça dans le monde entier... De Belgrade à Rio... De Londres à Dakar... Dans la petite voix aiguë, passionnée, criarde de Flora faisant trembler, du moins le croit-elle, les gouvernements réactionnaires... Mais quel ennui, aussi... Quelle discipline... Le nègre élégant... Insoupçonné... L'amant professionnel, le styliste de premier ordre... Flora trouve d'ailleurs que je n'en fais pas assez... Je devrais selon elle m'occuper de son courrier, de ses achats, de la décoration de ses appartements, de ses billets d'avion, de ses vacances... Devenir son secrétaire, en somme... Elle a le ton employeur inné... Autoritaire... Sans réplique... C'est la seule bourgeoisie qui subsiste aujourd'hui, décidément, la bourgeoisie rouge, rose... Notabilités affairées de l'étude révolutionnaire en cours... Tiers monde... Bonne filière d'après ce que j'en vois de loin...

Mais s'il m'arrive de laisser sentir à Flora qu'elle m'assomme, elle se met à pleurer... Je préfère encore l'expédier que l'entendre gémir... Elle gémit quand même... Un peu moins...

Non, sauvé, c'est un téléphone de Cyd... Mais oui, d'accord... Tout à l'heure... J'aime qu'elle m'appelle comme ça, quand son emploi du temps s'arrange... Ça m'arrange aussi, puisqu'on s'entend... Voilà, je suis chez elle. Je la regarde, là, nue, allongée sur sa terrasse, au soleil... Elle est belle... Pour elle, j'ai envie d'employer bêtement le mot « volupté »... Voilà, voilà... Mon enfant, ma sœur... Luxe, calme... Ce n'est pas si souvent désormais dans ce bas monde, très bas, n'est-ce pas, de plus en plus bas... On domine le bois de Boulogne. Il fait chaud. On boit du champagne. On écoute des sonates de Scarlatti, la *Kirkpatrick 209*... Quand Scarlatti, que son nom soit béni dans les siècles des siècles, accompagnait en 1729 les voyages de la Cour d'Espagne... Séville... Grenade... la Sierra Nevada... Que je l'aime, celui-là... Vif, sec, rythmé, le pincement de la durée gratuite, la mort surmontée crissante, la joie... Farandole, spirale, bouffée... Gifle d'air... Paradoxe, non, que je vive avec Cyd, une Anglaise, l'amour que j'ai de l'Espagne, alors que Flora, espagnole, est à peu près insensible à tout ce qui fait sa propre civilisation... Elle n'entend pas la musique. Pas une note. Tiens, au fond, c'est vrai, c'est tout simple : je n'aime que celles qui savent écouter l'harmonie, la mélodie, la fugue déroulée du temps, la poussière du temps... Je devrais me déterminer uniquement là-dessus... Méfie-toi, dit Shakespeare, de ceux et de celles dont le cœur n'est pas rempli de musique, leur âme est noire comme l'enfer... Musique, c'est-à-dire gratuité, dépense, indulgence, indifférence nacrée... Watteau? Léger coup de vent, les arbres remuent, le clavecin claque...

On s'embrasse. Et puis on s'embrasse encore. Et puis encore. Et encore... On se lèche partout... Elle me suce, je la suce... Elle me mange lentement les couilles, comme ça, en mâchant doucement... Elle fait saillir mon gland de ses longs doigts souples, reste là au bout du bout de la langue... Et puis on se prend, on se prend vraiment, chaleur contre chaleur, tremblement contre tremblement... Il y a celles avec qui on jouit en même temps, rarement, follement, et puis on ne sait pas pourquoi ni comment ça disparaît, ça se gâte et les autres avec lesquelles on fait l'amour, ce n'est pas la même chose, ça ne ponctue pas de la même façon la respiration, l'ouverture des jours... On doit recourir aux torsions de la perversion... Ce n'est plus la vibration... Qui est là, ou qui n'est pas là, comme c'est étrange... « Tu es mon chien soyeux », dit Cyd, des trucs idiots de ce genre... Mais un seul regard de ses yeux verts me fait bander un peu plus dedans... On jouit même de faire ensemble de la mauvaise littérature... Admirable, la mauvaise littérature, le stéréotype porno... On reste là, en attente, l'un dans l'autre, moi dans elle, mais aussi elle dans moi... Elle vient sur moi... On joue avec ma queue qui devient une sorte de tiers radioactif, hallucinatoire... « Je t'aime, je t'adore. »... On sait qu'on fait de la magie... Noire, blanche, en couleurs... Un grand exorcisme... On rit... On se reparle par petites phrases... On est conscient du ridicule des séquences, de leur fragilité caricaturale, mais voilà, on jouit... Et on emmerde le monde entier, et on se fait savoir par les yeux qu'on emmerde le monde entier... On sait ce qu'on fait... Du mal aux autres, voilà, le plus grand mal possible à tous les autres, quels qu'ils soient, du passé, du présent, de l'avenir... Comme d'autres l'ont fait et le feront encore et encore, c'est ça qui donne à la peinture sa danse de couleurs dans le dessin des couleurs et à la musique sa sonorité en retrait des sons argentés... Elle se retourne, elle m'offre son cul, je la branle, ses fesses tressautent vers moi, elle écarte et rapproche les jambes pour mieux se sentir, elle tord avec les doigts, contre sa joue, des mèches de ses cheveux blonds, elle crie un bon coup, se détend, mouille à fond, se retourne, m'embrasse... Me remercie... Elle vient de s'aimer bien ainsi, contre moi, en opposition violente par rapport à moi... Elle est contente d'elle et de moi...

« Qu'est-ce que tu fabriques en ce moment?
– J'écris.
– Bien?
– Pas si mal.
– Quoi?
– Un roman. Les choses de tous les jours. Le vertige d'aujourd'hui. Les hommes, les femmes. L'ennui, la réflexion, les lueurs.
– Un roman réaliste? Toi?
– Si tu veux. Figuratif. Emotif. Déformatif-transformatif. Picasso n'a pas fait que des toiles cubistes. C'est même pourquoi...
– Hou!
– J'ai deux ou trois choses à dire, comme ça, à plat, dans le mouvement. Pour obliger les gens à mettre le nez dedans.
– Tu me mets dedans?
– Bien sûr.

77

– Salaud! Alors regarde. »

Et elle m'embrasse. Ça l'excite, un écrivain. Le mot
« roman » est magique. Et un roman comment? Américain? Fitzgerald? Bellow? Roth? Mailer? Ou plutôt
atmosphère policière, mafia, drogue, dollars? Dans la
grande tradition? Tu verras... En tout cas, ça la remue.
Beaucoup. Le coup de l'intervention indirecte, sous-
jacente, par influence physique, la muse directe à
l'hormone... En transposé, pas vrai, en « idéalisé » tout
de même? Pas trop cru? Attention, les femmes ne le
liront pas... Ne l'achèteront pas, ce qui est plus grave...
C'est drôle, c'est tout ou rien, dans ce cas. Je veux dire
l'amour plutôt fou, ou la haine. La haine succédant
bien entendu la plupart du temps à l'amour fou. Mais
aussi, très rarement, l'amour jouant sur l'amour, comédie, musique. Une sorte d'hommage à l'art... J'ai toujours eu, dans ma vie, au moment voulu, des relances
de ce genre... Des soutiens pour rien... Pour la gloire...
Des offrandes... Cyd est une des meilleures que j'ai
eues... Avec Diane... Athènes... Egine... Le bateau... Sillage violet... Le soleil dans l'eau...

« Tu penses à quoi?
– A toi.
– C'est pas vrai.
– Non, mais je reprendrais bien un peu de champa-
gne. »

Le jour tombe. On reste là à fumer sur la terrasse,
nus. Cyd prétend qu'on est observés de l'appartement
de droite par un couple qui se met à faire l'amour en
même temps que nous. Le type lui envoie paraît-il de
petits signes de la main le matin ou le soir. Peut-être...
Des ombres rapprochées, une fois ou deux... On est
tout à fait ivres, maintenant, légèrement, gaiement.

« Je t'emmène dîner? »

On s'habille. On y va. Cyd met sa belle robe rouge
sombre. Elle veut absolument m'inviter. Muscadet,

huîtres, poisson. Ses petits problèmes, en passant. Les directeurs, les producteurs, les rédacteurs, les collaborateurs. La pub. L'énorme chaufferie de l'imaginaire. Elle connaît à la perfection les dessous de l'information. Comment on la couvre, la « découvre », la dessine, la tisse, l'illustre, la détourne, la nettoie, la nuance, la rythme, la saupoudre, la force, l'entrecoupe, la coupe... Comment on doit mettre en valeur certains noms plutôt que d'autres à tel moment précis... Tout le pointillé des apparitions, le système nerveux de la représentation permanente... La clé des clignotements, des piétinements, des éclipses, des rattrapages utiles... Les places dans la chorégraphie... L'allusion comprise de vingt personnes à un million d'exemplaires et qui fait trembler l'intéressé... L'oubli qui terrorise, l'éloge de l'un qui ravage l'autre, l'encadré qui tue... La dimension des photos... La grosseur des signatures... Les prix de chacun, de chacune... Les enveloppes... Les répercussions financières du moindre spot... La hausse ou la baisse des favoris provisoires, leurs illusions, comme s'il s'agissait d'eux, tu te rends compte... Les anciens, les nouveaux, les jalousies, les couloirs, commérages, colportages, doses de malveillance au jour le jour... Intoxications... Déstabilisations... Salaires... Interventions d'en haut... Relations... Télévision... Elle est là-dedans comme un poisson dans l'eau, mais en même temps comme de l'extérieur, elle s'en fout... Ce n'est pas ici qu'elle fait carrière, de toute façon, elle est là en voyage, simplement pour voir comment ça marche à Paris, avant de rentrer à New York... C'est pareil partout. A Tokyo, à San Francisco... Unification de la planète dans la caméra... Filet atomique à mirages... Sécrétions... Strip-tease truqué... Maya de l'électronique... Pavlov... Un autre monde dans le monde, celui du show... Et tout est showable... Ce qui n'est pas showable n'existe pas... Politique, culture... Et comme tout est politique, c'est-à-dire économique, c'est-à-dire politique quand même... Et qu'en réalité le Pouvoir... Je n'écoute presque plus... Est-ce qu'elle fait partie du WOMANN? Mais non, trop élégante, trop indépendante...

Et puis ses copines. Les histoires de ses copines. Les amis et les amies de ses copains ou de ses copines. L'entrelacement des palpages, les coups de barre que ça donne aux situations... La petite misère consommative... Je donne mon avis, toujours le même, à savoir que ça finira mal... Je pense à autre chose. Pas à quelque chose, d'ailleurs, mais à la silhouette du fonctionnement de la grande machine, à ses rouages de brume, à ses profils d'ondes... Si on pouvait noter ça... Projeter le graphique fou et microscopique des chocs et des inscriptions... Il faudrait trouver une forme.

« Alors, ton roman? Dis-moi un peu, non? Tu as un titre? Tu me montreras?

– Tu verras, tu verras... »

Bien entendu, elle ne demande pas mieux que de changer de conversation. Elle boit. Trop. Mais positivement. Je la ramène. Sa main sur ma cuisse. Tu remontes un peu? Non. Au lit. A bientôt.

Je rentre chez moi. Je m'allonge par terre. Je bois un dernier whisky dans le noir. Cyd me plaît bien. Mais j'entends quand même la voix, le chuchotement de Diane. « La Grèce est un immense bordel. Comment, tu ne sais pas ça? »... La dernière fois qu'on s'est vus... Son affaire d'avortement... Le rétrécissement de ses yeux...

Je décroche le téléphone.

Je me laisse couler dans l'envers.

II

Doucement... Voilà... Je nage... Je remonte...
J'émerge... Je me dis bonjour en arrivant à la surface,
comme si je sortais d'un long voyage dans la cale,
pieds et poings liés... J'ai rêvé... J'ai rêvé que j'étais
prisonnier de mon corps plombé. Que la lumière ne
m'atteignait plus, que je vivais dans un sommeil éveillé
sans rêves. Que le temps passait circulairement
comme une aile froide devant mon visage, mais sans
se dérouler, sans avancer... Les flancs du bateau
étaient de fer. Ou d'acier. Je n'entendais rien, ne
discernais rien. Mais le plus éprouvant est que je
pensais mon double, là-bas, aux antipodes, sur terre,
marchant, parlant, agissant, buvant, mangeant ou dormant... Je pensais : il dort. Et je devais dormir. Il
souffre. Et je devais probablement avoir mal. Il réfléchit. Et mon cerveau, là-bas, méditait... Mais sans rien
sentir, donc, comme si j'étais devenu la statue de ma
propre vie. Comme si j'étais le mort qui vivait ma vie.
Je pense, donc je suis mort. Ou plutôt : la mort me
pense, donc j'imagine idiotement que je suis. Un
enchantement... Un envoûtement... Etais-je seulement
dans l'eau, dans le fond de l'océan, ou bien, plus
atrocement (dieu sait pourquoi), dans l'espace ? En vol
silencieux, sphérique, aveugle, vers Saturne, Mars,
Neptune, Uranus, Vénus ? Ou bien plus loin ? De l'autre

côté du soleil, au-delà des soleils, de leur déchirure inutile, explosive, malade – de leur folie pourrie en jets de poison étincelants?...

Voyageur... Dans la baleine flottante... Dans la galaxie de Circé... Circé, la drogueuse... La terrible Circé, « douée de voix humaine », comme dit Homère au chant X de l'*Odyssée*... Belle, séduisante, habile, rapide dans le versement des liquides transformateurs... N'oublions pas qu'Ulysse doit quand même se livrer à ses attouchements secrets avant de reprendre sa navigation aventureuse... Baiseur de déesses... Contraint et forcé, nous dit le chant fondamental, le grand journal maritime de notre destinée ambiguë, et là il s'arrête, il ne décrit pas la jonction du mortel et de l'immortel... Ulysse aux mille tours, aux cent mille ruses, connaisseur des nœuds... « Rejeton des dieux »... Baccara des dieux, oui, carte baladeuse, poker, dé d'ivoire lancé en l'air, roulette à figure humaine... Miroitement accepté des dieux, voilà, lui, la roue, sachant faire la roue, déjouer la roue... Le voilà pleurant chez Calypso, regardant le large... Quand il est arrêté, collé malgré lui dans une île, sur un rocher, sur un promontoire, c'est-à-dire fixé sexuellement, rivé à son plaisir... Il n'accepte pas de s'engluer comme fétiche de la jouissance d'en haut, de copuler trop longtemps avec les dieux par nymphes interposées... Il veut son île à lui, sa femme, son fils, sa maison, son droit, sa liberté, et quand il dit qu'il préfère malgré tout Pénélope quoique moins impressionnante que telle ou telle incarnation du dégoulinage divin, il faut comprendre bien entendu que c'est *lui* qu'il choisit... Qu'il ne veut pas être le miroir mâle, promis à l'effacement, de l'identité femelle indéfinie... Regardez-le accomplir les sacrifices, voyez-le se pencher, à travers les sombres vapeurs du sang noir des béliers égorgés, vers la blessure parlante du fond des choses...

Vers le cinéma du temps... Il interroge face à face, l'épée à la main, les menstrues de la terre, de la mère en terre, pleines de morts avides, têtes sans force, vampires suspendus... Sa mère est là, d'ailleurs, il lui parle... Après Tirésias, le devin assoiffé du calice rempli de l'écorchure sanglante... Animalité, fécondité, règles surgies des entrailles, châtrage au cœur du ventre argileux de tout... Pas une mort, n'est-ce pas, qui ne soit, d'une façon ou d'une autre, le rappel assourdi de ce meurtre dérobé dans l'antre... On nous cache ce meurtre aujourd'hui... On le déclare inexistant... Hygiène... Pharmacie... Néons du mensonge... Voyez-le ensuite, Ulysse, massacrant les prétendants et encourageant Télémaque à pendre les servantes infidèles... Se gorgeant de crimes... L'assassinat chez soi... Et désinfection au soufre! Quel marin!...

Avec Circé, c'est d'abord entre eux le duel des drogues... Ulysse est aidé par Hermès... Bien sûr, bien sûr... Et puis voilà les draps de pourpre, les tables en argent, les corbeilles d'or... Le vin de miel... Le trépied, le feu... « L'eau chauffa, puis chanta dans le bronze luisant. »... Frottements d'huile... Fauteuil aux clous d'argent... Elle tient absolument, la déesse, à celui qui a résisté à son injection... Du coup, elle est obligée de se donner elle-même... Elle se déshabille... C'est lui le héros prédit... C'est lui qui doit s'unir à elle sous sa forme humaine au lieu, comme les autres, d'être changé, par une seule piqûre, en loup ou en porc... En esclave, donc... Il n'empêche que le corps humain, n'est-ce pas, est encore un animal... Et qu'Ulysse, après ce coït de rêve, voit plus loin... Il veut mourir de sa mort à lui et pas s'immortaliser dans la mort humaine... Sa mort, aucune autre... Celle qu'il a décidée... Chez lui... Par-delà sa femme... Dans son lit... C'est-à-dire, lisons bien, dans sa fabrication même, dans son style le plus intime, dans son art du sommeil, le plus fabuleux des arts...

Et pourtant Circé... Calypso... « Comme Ulysse parlait, le soleil se coucha; le crépuscule vint : sous la voûte, au profond de la grotte, ils rentrèrent pour rester dans les bras l'un de l'autre à s'aimer... » « L'eau chauffa, puis chanta dans le bronze luisant... ».

Le téléphone sonne. C'est Boris. Comme d'habitude, il enchaîne sur une conversation tenue il y a huit jours, il ne dit pas son nom, il ne demande pas s'il me dérange, l'urgence est de signer, de témoigner dans tel ou tel scandale, de s'indigner, de répondre, d'attaquer, de frapper. Il me lit son éditorial. Il guette mes réactions, l'air faussement distrait, l'impact de ses phrases, l'effet d'éloquence de ses périodes oratoires. Peu à peu, il m'entraîne à corriger ceci, à improviser mieux sur cela, à citer Machiavel ou Chateaubriand, ou Kierkegaard, ça fait toujours bien dans un article. Aujourd'hui, ce sont les Irlandais... Il prend des notes... Le dixième gréviste de la faim est mort, un onzième commence son agonie... « Nous devrions y aller tous les deux, me dit Boris, et nous allonger là-bas, devant la prison... Vous vous rendez compte, quel scoop... L'ennuyeux, c'est peut-être qu'il faudrait aller jusqu'au bout... » C'est ça, partons, et mourons ensemble... On devient peu à peu sourd... Puis aveugle... Les yeux vont de droite à gauche et de gauche à droite, on ne peut plus les fixer... Le délire augmente, le corps mange ses propres réserves... Les cellules se montent les unes sur les autres... On fout le camp, cireusement, dans tous les sens... « J'en parle tous les jours au Président, mais il reste évasif. »... Mais oui, le Président a tellement de soucis... L'inflation, le chômage, la parité du franc, le dollar qui flambe, son aile gauche, son aile droite, les menaces sur la paix mondiale, la désorganisation des échanges, la balance du commerce extérieur... Boris

86

continue la lecture de son papier... Sa voix s'enfle, il est à l'Assemblée, la nationale, l'internationale, Ecran Mondial, Radio Sinaï... Je lui lance un adjectif... Un verbe... Un ou deux noms... Une idée de photo... Je suis l'écouteur idéal. Comme avec Flora. Mon cher, vous devriez rappeler cet événement, insinuer cette possibilité, introduire quand même cette menace... « Oui, oui, ça va faire mal... Hein? Non? Pas vrai?... – L'article est annoncé à la une, au moins? – Bien sûr, avec un chapeau de la rédaction! – Bravo! Un triomphe. »... Les Irlandais ne meurent pas pour rien... Quel travail... Un bon quart d'heure... Là-dessus, Boris : « Alors, dites-moi, votre roman, là, qu'est-ce que c'est?... Un livre d'amour, j'espère... – D'amour?... – Oui, oui, il faut revaloriser l'amour... Surtout dans la société où nous sommes... L'amour, croyez-moi... Allez, je vous embrasse, salut. »...

Je reviens à l'*Odyssée*... C'est Agamemnon qui balbutie d'entre les ombres : « Par l'exemple averti, sois dur envers ta femme! Ne lui confie jamais tout ce que tu résous! Il faut de l'abandon, mais aussi du secret... Mais ce n'est pas ta femme, Ulysse, qui jamais te donnera la mort : elle a trop de raison, un cœur trop vertueux! »...

J'ai l'air malin, par les temps qui courent, avec mon Homère de poche... Ou avec ma petite Bible papier bible... Ou mon édition microscopique des *Sonnets* de Shakespeare... « *You still shall live – such virtue hath my pen – Where breath most breathes, even in the mouths of men.* »... Ah, l'anglais... C'est quand même autre chose... « La vertu de ma plume? » Non...

La littérature me reprend trop... Ce qu'il y a d'énervant, avec les chefs-d'œuvre, c'est qu'on a la sensation fatale qu'ils *devaient* être écrits... En réalité, il faudrait arriver à se mettre dans l'état nerveux où ils sont encore virtuels, informes, à peine dessinés dans le

chaos... Respirer dans leur bouillonnement antérieur...
On finit par croire qu'ils existent de toute éternité.
Qu'ils sont gravés dans le marbre par le marbre. Où en
sommes-nous? J'allume la télévision. Admirable civilisation qui me renvoie aussitôt, mobile, gesticulante, en
couleurs, l'image de la vanité universelle... Décomposition du reflet... Je coupe le son. Nouvel Ecclésiaste
automatique. Je laisse le poste par terre, le temps
d'attraper, de temps en temps, un visage qui s'efforce
de se plaire et de se convaincre; une route encombrée;
des avions; des tortues; des bateaux; des incendies; des
cadavres dans les maisons éventrées; une manifestation (toujours la même, désormais); la publicité pour
un chocolat, des biscottes, des éviers rutilants; un
papier hygiénique soyeux; des serviettes périodiques
plein confort... Ce qu'il y a encore de plus réel, en ce
monde, c'est, il me semble, au carrefour de l'Observatoire, dans le vivier de La Closerie des Lilas, les
langoustes tranquilles, majestueuses, irréfutables... Les
dîneurs les regardent à peine... Ce sont elles qui
radiographient les dîneurs... Préhistoriques, ironiques,
prêtes, dans leur belliqueuse somnolence artificielle, à
dépouiller leur précieuse chair blanche et rose vers les
mâchoires mécaniques et distraites des couples vau-
trés dans leur bavardage... Belles comme des tanks ou
des satellites... Comble de la vérité du faux général...
Qu'est-ce que je disais? Oui, Homère, les héros, la
divination, les dieux... Les chefs-d'œuvre... De combien
d'individus oserons-nous encore penser qu'ils sont
indéchiffrables, donc *qu'ils ne pouvaient pas ne pas
être?* Qui faut-il être, maintenant, ou refuser d'être,
pour atteindre ce point d'absolu?

Une lutte à mort est engagée entre la stéréotypie
intéressée et la perception réellement personnelle.
Entre la répétition étalée mortelle et la sensation
interne... Ou ce qu'il en reste... « L'eau chanta dans le

bronze luisant. »... Rien ne résiste plus à la banalisation gommeuse... Même pas l'obscénité... Tout est
balisé, viscères, râles, contorsions, agonies, branlages
divers, cris absurdes et recuits de la vie privée, désert
mathématique... Je crois que S. a très bien su exprimer
tout ça dans sa *Comédie* que personne ne semble
pouvoir lire... Ou vouloir... Je remarque, quand son
nom est prononcé, une bizarre dépression de l'atmosphère... De la magnétosphère... Une sorte de trou de
silence... Une fermeture accablée... Qu'a-t-il donc fait
de si grave, de si répréhensible, de si radical même,
que seul le silence peut le signaler? Cette quasi-
unanimité dans le rejet, la dépréciation spontanée,
m'intrigue. Etranges Français... Extraordinairement
claniques, au fond... Beaucoup plus qu'ils ne le croient,
en tout cas, eux qui pensent s'affronter sans cesse, se
combattre, se détester... Mais qu'un étranger sur-
vienne, un vrai, c'est-à-dire qui est *presque comme eux*,
et ils font bloc... Blocage... Bocage... Blottissage... Pas
n'importe quel étranger, donc... Pas celui qui est très
visible comme tel... Là, la xénophobie naturelle suffit
ou, au contraire, les attitudes paternalistes généreuses
d'intégration, soulignées, lourdement affichées, voyez
comme nous sommes, terre des droits, sol d'asile...
Non, l'étranger venu du dedans ou s'infiltrant au-
dedans... Le traître, le dérapeur, le déviant, le mutant
des fibres... Par exemple, celui qui n'épouse pas une
Française... Logique... C'est là que ça se joue... En plein
cœur de la douane foncière, du contrôle des frontières
génération-corruption... Une juive... Une étrangère... On
touche là au coffre, au tampon d'identité... Au métis-
sage invisible... Au masque d'observation... Ainsi pour
S. qui a commis la faute impardonnable avec une
Polonaise... Charmante, d'ailleurs... Une amie de Deborah... Sophie... Mince, blonde... Comédienne... Circonstance aggravante, dans le cas de S. qui, en lui-même,

était déjà une bonne affaire pour le sens national
féminin, il bouscule la littérature, désarticule la langue, la recompose, poursuit, avec sa *Comédie*, une
expérience insensée... Pire encore, son origine n'est
même pas modeste... Au contraire... Je résume : bon
milieu social; bonne éducation; pas de contrat avec les
femmes du clan donc avec le grand Ancêtre, c'est-
à-dire la Grande Matrice Locale; et enfin luxe d'abîmer
l'instrument de communication... Sans paraître en
souffrir... L'absence de souffrance apparente est très
importante... Si encore, il avait l'air fou... Romantique,
illuminé, maudit, surréaliste, existentialiste, marginal,
punk, anémique... Mais non, et j'en ai été surpris
quand je l'ai rencontré, c'est un grand garçon plutôt
fort, souple, remuant, rieur, plein d'énergie, intelligent,
cultivé, désinvolte... Joueur... Plutôt porté sur les femmes, bien que certaines prétendent le contraire avec
des mimiques entendues... Mais d'après ce que j'en
vois... Ce qui lui fait un défaut supplémentaire... Si
encore il était homosexuel... Pas de chance, lui non
plus... Nous sommes à part... Anarchistes... Les plus
dangereux, ceux qui sont en règle avec l'ordre... Poursuivant des objectifs lointains... De droite? Même pas!
De gauche? Trop pessimistes... Complètement isolés,
donc. La solitude de S. qui, malgré l'hostilité sourde
qui l'entoure, est quand même très célèbre dans un
certain milieu, a en effet quelque chose de stupéfiant.
Lui qui semble à l'aise partout, il est en réalité coupé
de tout, insolite partout, sans aucune possibilité de
confrérie, de refuge, de groupe. On l'accuse pourtant
volontiers d'avoir un ensemble fermé d'amis, une sorte
de secte ou de commando terroriste pratiquement
sous ses ordres, occupés à travailler pour lui, pour sa
notoriété... Mais les deux choses ne sont pas contradictoires... En réalité S. est trop explosif, trop salubre
pour les salons demi-teintes de l'intelligentsia au pou-

voir; trop bien élevé pour les puissants ghettos gauchistes ou pervers; trop violemment évolutif pour les résidus conservateurs; trop bourré de vraie culture pour les assemblées progressistes; trop inventif pour le lobby professoral; trop hétérosexuel (pour employer encore ces catégories aussi grossières qu'imbéciles mais auxquelles tout le monde croit) pour les diagnostics du SGIC... L'homme qui aime les femmes est à la rigueur supportable si ses débordements reviennent, d'une façon ou d'une autre, à la gestion familiale... S'il est célibataire... Ou marié dans la nation... Voilà. Circulation du sperme. Court terme. Moyen terme. Long terme. Banque. Thermes. Court sperme. Terminus prévu. Réinvestissements. Filiations. Distribution. Socialisation. Régénération. Et ainsi de suite... Envers de la Bourse... Actions... Obligations... Dépenses comme clapets, valves, souffleries diverses du réacteur de l'airbus commun... Trompe-l'œil... Fesses, culs, seins, cons, cuisses... Tout vers la réserve invisible, la cave d'Ali-Baba... Restons dans les avions : ce qui inquiète, ce qui vaut très cher, ce qui est à surveiller, ce dont on n'obtient pas facilement la livraison, ce sont les chasseurs *à géométrie variable*... Le F-14 « Tomcat » à missiles air-air... 9 L-Sidewinder! Avec système de télévision interne... Partant de porte-avions en mouvement... Le *Nimitz!* Autrement dit le chasseur à appartement indépendant... A studio mal repéré opérationnel... Avec lit éjectable... Emploi du temps flou... Non programmé... Capable d'un raid dans la matinée, par exemple... Personne ne fait l'amour le matin, n'est-ce pas... Ou l'après-midi... Ou à l'aube... Avec des femmes, la difficulté même aujourd'hui... Elles sont plutôt casanières, hein... On ne les déplace plus comme ça... Quand je pense à Emma Bovary se levant au petit jour, courant à travers les prés vers Rodolphe encore endormi... « La berge était glissante; elle s'accrochait de la main, pour ne pas tomber, aux bouquets de ravenelles flétries. Puis elle prenait à travers des champs de labour, où elle enfonçait, trébuchait et empêtrait ses bottines minces. Son foulard, noué sur sa tête, s'agitait au vent dans les herbages; elle avait peur des bœufs, elle se mettait à courir; elle arrivait essoufflée, les joues roses, et exhalant de toute sa personne un frais parfum de sève, de verdure et de grand air. Rodolphe, à cette heure-là, dormait encore. C'était comme une matinée de printemps qui entrait dans sa chambre. » Belle époque! Les ravenelles! La verdure! Le grand air! Admirable point-virgule! 1857... Maintenant, banalisation mécanique, hygiénique, adultère obligatoire pour tous... Elles sont devenues boutiques dans ce domaine, comme dans les autres... Sécurité... Propriété... SMIG affectif... Garanties... Economies... Mais le chasseur trouve parfois des complices... Chez les employées du radar... Parmi les standardistes du trafic... Dans sa propre base au sol... Jusque chez sa femme... De plus, on ne sait jamais à quel moment il fonce... Parfois rien pendant longtemps... On se dit que, cette fois, ça y est, qu'il est rangé, fatigué, vieilli, usé, mort... Modèle dépassé... Has been! Et puis le revoilà, transformé, repeint, refuselé, fendant l'air, *avec amélioration technique!* Nouveaux canons pivotants! Nouvelles fusées! Rockets et torpilles! Ne faisant qu'une bouchée d'un barrage en construction... D'une centrale nucléaire en cours... Maîtrise des airs... RAF! Comme pendant la dernière, quand on regardait ça depuis les jardins, boum-boum, flocons de la DCA, battements scintillants d'ailes, traînées noires, explosions en mer... C'est S., là, qui me raconte son enfance, dans le sud-ouest de la France occupée... Il a vu, à sept ans, son premier Américain lui tomber dessus en parachute au milieu des fusains, la nuit, dans le fouillis des balles traçantes et des projecteurs...

On s'est donc reconnus en vrais clandestins. Section réservée... « Special Branch »... Chacun pour soi, communication, de temps en temps, renseignements généraux, très particuliers, précis... Bulletins entre chercheurs d'une survie fluide élémentaire... Tel couloir aérien... Tel encombrement ici... Tel sabotage là... Les terrains de nuit... Les routes secrètes... Epoque de terrorisme, c'est vrai, et plus qu'on ne croit, mais aussi, par conséquent, de contre-terrorisme... A droite... A gauche... Plus haut... Plus bas... Valises diplomatiques... Chasse ennemie... Météo... Périscope...

S. a dû s'organiser très rigoureusement, comme moi, pour tenir le coup. C'est ce qui m'intéresse chez lui, cette longue et instinctive discipline de l'homme qui veut accomplir son projet, rien d'autre. L'aspect professionnel dans la fantaisie. La folie réglée, surmontée... Tout cela sous des critiques incessantes, obsédantes; une dépréciation continue quasi générale; des ironies faciles, des quolibets... « Enculages de mouches »... « Cheveux en quatre »... « Chewing-gum »... « Clown »... « Farceur »... Sans cesse, dans les journaux...

Je suis heureux qu'il ait accepté de m'aider. Il vient le matin, deux fois par semaine... Je lui montre ce que j'ai écrit... Il l'emporte, me rapporte ce qu'il a corrigé, mis au point... On discute un peu... Technique littéraire, politique, femmes... Surtout technique... Je lui demande si, dans la version française, il n'abuse pas des points de suspension... Je sais bien, Céline, mais est-ce qu'on peut aller aussi loin... Oui, me dit-il, le procédé peut désormais être généralisé. Il faut aller vite, et légèrement. Ou pas de ponctuation du tout, ou celle-là. Il faut montrer que tout se tient dans la voix, virevoltante, aérée, dynamisée, au-dessus de la page... « Il faut que ça sorte de la page. »... Question de happage... Etrange S. Je n'entends, à son sujet, que des remarques ironiques ou apitoyées. Je me demande s'il est conscient de sa mauvaise réputation. Oui, bien sûr. Mais il a choisi de faire semblant de ne s'apercevoir de rien (je suis un peu inquiet de sa réaction devant ces lignes) (note après coup : aucune réaction)... Qu'est-ce qui le soutient, au fond? Sur quelle force s'appuie-t-il? Pourquoi fait-il ça? Finalement, c'est une sorte de passion religieuse. Il m'a cité un jour une phrase de Joseph de Maistre, le mal-jugé par excellence, le réactionnaire en personne selon l'opinion reçue, l'écrivain, peut-être, de l'humour suprême, en tout cas le penseur préféré de Baudelaire : « Ce qu'on croit vrai, il faut le dire, et le dire hardiment; je voudrais, m'en coutât-il grand'chose, découvrir une vérité faite pour choquer tout le genre humain : je la lui dirais à brûle-pourpoint. » « On dirait du saint Paul, non? me dit S. L'insolence appuyée en plus... – Mais si ce qu'on croit vrai était faux? – Il reste la hardiesse... C'est la hardiesse qu'on vous reproche, jamais la justesse ou l'erreur. »... La vérité de S., c'est l'affirmation de ce style-là... A brûle-pourpoint, j'aime l'expression... Je le vois toujours soucieux de se référer aux classiques... Mais alors, l'avant-garde? La modernité? Tout ça, dans quoi on le range habituellement? Classique! Classique! me crie-t-il, strictement classique! Il est spontanément paradoxal. Je ne le comprends pas toujours, mais il me plaît bien... C'est vrai que, quand il veut, il peut écrire en parfait classique... Il aime Sade, Sévigné, Saint-Simon, Bossuet, Pascal... Stendhal? Moins. Chateaubriand? *La Vie de Rancé*, le sommet, selon lui, de la rapidité en raccourcis, du court-circuit, du *montage*...

On sonne. Je vais doucement derrière la porte. Je regarde par la serrure. C'est Kate. « Tu as décroché ton téléphone? Il faut que je te parle. » Elle entre comme une descente de police. Elle regarde et respire vite autour d'elle. Pas de femme? Non. Alors?

« Fals vient de mourir.

– Ah... bon.

– C'est tout ce que ça te fait?

– A son âge... Au point où il en était... C'est plutôt un soulagement, non?

– Je vous croyais plus intimes... »

Elle s'assoit sur le divan. Très décolletée. Jambes et bras nus. Un peu crispée. Oppressée. Excitée? Oui. La mort les excite toujours... Les épanouit comme des fleurs. C'est leur sérum invisible. Leur vitamine de l'ombre... Fals meurt, Kate court chez moi pour me l'annoncer, voir comment je réagis, si j'ai un moment de trouble dans lequel elle pourrait se glisser...

« Finalement, il avait un cancer.

– Où ça?

– Tumeur abdominale.

– Personne ne le savait?

– Presque personne.

– Il a souffert?

– Probablement beaucoup. Mais rien n'a filtré. »

Une fois de plus, l'atmosphère de secret, de mise en scène... Mensonge partout, et en tout...

« Mon vieux, dit Kate avec un sourire, tu me fais un papier.

– Tu crois?

– Mais oui. Tu parles de son influence aux Etats-Unis. De votre voyage ensemble, des histoires qui se sont passées là-bas... Il me faut le point de vue d'un Américain.

– Mais tu sais bien, justement, qu'il ne s'est rien passé, que le malentendu a été total...

– Dis ce que tu veux... Il me faut ça en fin d'après-midi. Je t'en prie. »

Elle me sourit intensément. L'actualité toute-puissante... La nécro... La « viande froide » comme on dit dans les rédactions en parlant des nécrologies... Un mort, un discours... Pauvre Fals mort étroitement surveillé, comme tout le monde... Plus que tout le monde... Sachant trop de choses... Trop de détails sur la Tapisserie... Est-ce qu'il a parlé à quelqu'un de notre dernière entrevue? Quand je lui ai demandé son avis sur le Rapport? Il était déjà très fatigué, quasiment absent, confondant les rendez-vous et les dates... Pratiquement gâteux, avec des lueurs... « Fals? Il va très bien. »... C'était pourtant le mot d'ordre imperturbable du clan et de la famille... Il *fallait* qu'il aille bien... Est-ce qu'il n'en a pas parlé à Kate, qu'il voyait de temps en temps? « C'est une idiote. » Mais il disait ce genre de chose à chacune et chacun à quelqu'un d'autre. C'était son jeu. Banal. Diviser pour régner, détourner, se faire redouter et choyer... Le voyage à New York? Parlons-en! Un cauchemar... Des conférences à peine suivies par un public ironique ou hostile; balbutiantes d'ailleurs, avec les trouvailles habituelles... Des scènes dans les hôtels, la mauvaise humeur de sa maîtresse n° 1, Armande, son « élève » comme il disait... Laide, pincée, agressive, franchement désagréable pour un oui ou un non... Mégère de sous-préfecture... A jeter par la fenêtre... Fals acceptait tout d'elle, n'arrêtait pas de lui faire des cadeaux, se roulait psychiquement à ses pieds, et puis, d'un seul coup, cassait la vaisselle à table... Il devait aimer ça... Masochiste fondamental... Une nuit que nous étions ensemble...

« C'est d'accord? »

Kate est renversée sur les coussins... Les jambes très croisées. Vraiment très. Elle se lève. Elle s'approche de moi comme pour me dire au revoir. Elle m'embrasse en cherchant ma bouche. La trouve. Me jette sa langue. Je me dégage le plus doucement possible. Elle aimerait se faire sauter sur toile de fond funèbre, c'est clair... Ça ne me paraît pas souhaitable... Je la pousse vers le couloir... « D'accord, d'accord. »...

Oui, une nuit de novembre... J'étais allé voir Fals pour un voyage que nous devions faire en Inde, cette fois. Je m'étais occupé des contacts plus ou moins clandestins... Il avait exigé la présence d'Armande... Bon, on prend Armande... On parle un peu... Une fois de plus du début de la *Genèse*, je m'en souviens... « Je voudrais, me dit Fals, faire sentir l'épaisseur du manque. »... Il répétait ça, rêveur, dans son fauteuil : « L'épaisseur... l'épaisseur... » Son bureau était couvert de notes, de dessins mathématiques... Il avait l'air d'un vieux doge très las, et sage, et pourpre, et tendu dans sa ruine, peint par un Titien revu par le pessimisme or et marron de Rembrandt... Regard absent, mais de temps en temps aigu et brûlant par-dessus ses lunettes... Armande devait nous rejoindre au restaurant... On met au point les réceptions dans les ambassades, celles des universités, les contacts avec la presse peu familière, là-bas, de ses travaux... On sort, on commence à dîner... Une heure passe... Pas d'Armande... Je sens que Fals est inquiet... Il va au téléphone deux fois... Revient... Repart... Revient... Chaque fois un peu plus lourd, tassé, fatigué... Il s'énerve en même temps de plus en plus... Il reva au téléphone... Ça ne répond pas ? Non. Et pourtant, elle doit être chez elle. Ce n'est pas loin. Il paie l'addition. On y va. Fals sort son trousseau de clefs, une dizaine... Il aimait installer des femmes dans des appartements proches de chez lui... Combien ? Trois ? Quatre ? Enfin, à cette époque-là, Armande était la principale, elle devait avoir le monopole des soirées... Elle le recevait à dîner après ses séances de l'après-midi... Il monte l'escalier quatre à quatre avec une surprenante énergie, tout à coup, un troisième souffle... Elle peut avoir eu un malaise ou bien avoir été attaquée par l'un de ses patients devenu vraiment fou... Puisqu'elle est sûrement là; puisqu'elle ne répond pas au téléphone; puisqu'il n'y a aucune lumière chez elle... J'imagine déjà la chose : le schizophrène en acte... Revolver, couteau, mare de sang... Fals y pense aussi... Il farfouille dans la serrure... C'est ça, elle est bloquée de l'intérieur... C'est le drame... On redescend... Je vais téléphoner, je laisse sonner, pas de réponse... Tout est noir à son étage... On commence à crier tous les deux dans la cour... Fals est de plus en plus congestionné, j'ai peur qu'il me claque dans les mains, à présent, je sens venir l'énorme scandale, je lui propose de m'en aller... « Non! restez!... » Il a soixante-treize ans... « Armande! il crie... Armande!... Armande!... » J'ai une idée : je crie très fort : « Il faut aller chercher la police!... » Le mot POLICE résonne bien... POLICE!... Effet magique... Les fenêtres d'Armande s'allument... Un homme en manches de chemise passe vite devant la baie vitrée, là-haut... L'assassin? « Un type est là », dis-je à Fals, qui ne semble pas l'avoir vu... « Armande! il hurle... Armande!... » Ça doit être épouvantable à voir, le type a dû l'égorger... L'éventrer, peut-être... Pour se venger de Fals qui reçoit au moins dix lettres de menaces de mort par semaine... Les cinglés... Les tapées de tous bords... « Armande!... » Cette fois, une fenêtre s'ouvre avec fracas... C'est elle... Le laideron... Elle s'accoude au balcon... Et elle crie à son tour... « Mais qu'est-ce que c'est que ce chahut! Vous êtes fous!... » D'un coup, je comprends... Je propose de nouveau à Fals de filer... « Non, non, montez avec moi!... » Il court! Il vole! Satané vieillard! On arrive sur le palier. Armande nous ouvre la porte. Elle est très calme. Assis sur le divan, une mallette noire sur les genoux, un type de l'Ecole de Fals est là, parfaitement à son aise. Labiche! Feydeau! Spectacle monté de toutes pièces par Armande! Elle a décidé de donner une leçon au Vieux! Elle doit avoir besoin d'une grosse somme, et vite, et sans discussions... Au bazooka, donc! Devant moi! Et elle ne perd pas une minute, elle attaque... Elle fait une scène... Truc imparable... La meilleure défense, c'est l'attaque... Elle crie à son tour... Qu'elle a téléphoné à un autre restaurant... Qu'elle nous a cherchés partout... Qu'elle n'admet pas de toute façon ce bruit dans sa cour... Que même si elle était morte, on ne la ressusciterait pas en faisant un pareil boucan... Qu'on est des enfants... Fals est effondré dans un rocking-chair, rouge brique, essoufflé, apoplectique... Le type, genre bellâtre de carnaval brésilien, joue son rôle et parle d'aller prendre un train... Je tente une diversion, je demande un whisky à Armande... Je ne sais pas quoi faire... Ils vont peut-être tabasser le Vieux quand je serai parti pour lui piquer son fric... L'obliger à signer un chèque?... Mais un soupçon me vient... S'il aime ça? Si ça fait partie de leur cirque érotique? Peut-être que le Brésilien sert d'étalon pour le voyeurisme du Vieux? Qu'on lui fait, comme ça, des « surprises »? Armande, debout, frémissante, faussement furieuse, plus péronnelle que jamais, continue à insulter Fals... Lequel finit par se lever péniblement, me prend par le bras, me raccompagne jusqu'à la porte... J'écoute quand même un moment depuis l'escalier... Rien... Ils se sont tus... Drôle de théâtre...

Le lendemain, j'apprends que Fals, sans m'en parler, a annulé le voyage en Inde... Et puis, le surlendemain, je le rencontre sur le trottoir, devant chez Armande... « J'y vais », me dit-il, l'air épuisé, mais sûr que je comprends le dessous des cartes... Comme en s'excusant... Il allait où? A la soupe... A ses pantoufles... Au guichet de Célimène... A la grande misère des frottis ou des suçotis de vieux...

On ne s'est pas revus... Ou presque... Je suis allé en

Inde sans lui... J'ai quand même parlé de lui à Calcutta... A Bombay... De sa conception très particulière du discours et de la parole... En fonction des machins de là-bas... Le sanscrit...

Et maintenant, il est mort. *Sic transit...* De la gloire, il en a eu pour finir... Beaucoup... Après des années et des années de combat le plus souvent solitaire... Peu de gens comprenaient ce qu'il disait... Il avait des histoires à dormir debout avec ses collègues, ses élèves, les institutions, les journaux... On l'accusait d'un peu tout; charlatanisme, trafic d'influence, utilisation tordue du transfert, sorcellerie, drogue, chantages, suicides... Il faut dire que son entreprise était agitée... Intéressante à observer en tout cas... Eminemment romanesque... Fals était une sorte de génie, soit, mais aussi un peu un truand, c'est vrai... Obligé de devenir un truand à cause de la persécution dont il avait été l'objet? C'est possible... Comment savoir? Les vies sont inextricables... Il a suscité des dévouements absolus, des haines inexpiables... C'est plutôt bon signe... Il a brisé, ou déformé, ce qui probablement devait l'être de toute façon... Il a toujours eu beaucoup d'argent, voilà l'essentiel. Compte en Suisse... Son cabinet ne désemplissait pas... Très cher... En vitesse... C'est ça qui lui était le plus reproché, paraît-il, les cadences... La chaîne infernale... Un psychanalyste normal, agréé, syndiqué, fait une séance de 45 minutes... Quoi qu'il arrive... Le patient ou la patiente arrive, s'allonge, raconte ses rêves, etc. Trois quarts d'heure, c'est le Temps qu'il faut... L'Horloge Inconsciente... Un quart d'heure de brouillage ou de violence plus ou moins rentrée par rapport à l'analyste; un quart d'heure de vif du sujet pendant lequel trois minutes cruciales qui se jouent en trente secondes; un quart d'heure de délayage, et toc à la prochaine, au suivant... Fals, lui, avait bouleversé tout ça... Il trouvait que ça

faisait ronron, vol de mouches... Que ça s'endormait
sans rien donner... Que c'était la négation de la découverte... Sa mise en ruse, à l'étouffée... Que ça émoussait
la « virulence » de l'opération comme l'ont dit ses
disciples... Virulence, virulence... La vie comme virus...
Quoi qu'il en soit, il a osé... Trois minutes... Bonjour-
bonsoir... Payez-moi... Je vous revois quand? L'Internationale a enquêté... Il y a eu les ragots, les dessous non
dits de l'affaire... Il a été exclu... Il en a fait toute une
épopée... Il a fondé des Ecoles... Des Mouvements... Des
Cartels... Des Associations... Qui, chaque fois, lui cla-
quaient dans les mains... Il s'en foutait, il continuait...
Ça ressemblait beaucoup, dans la forme, aux controverses ecclésiales, orthodoxie, réforme, contre-réforme
et, plus encore, aux explosions périodiques du train
marxiste et communiste... Paul Fals pouvait passer
pour un nouveau Trotski, le prophète désarmé, le
prophète en exil, le prophète de la vérité dévoyée par
le pouvoir central... Spinoza chassé de la Synagogue...
Le mythe marchait tout seul, Fals se vantait même
d'être l'hérétique qui aura raison... Hallâj... Luther...
Calvin... Sabbataï Zevi... Jacob Frank... Et j'en passe...
C'était un règlement de comptes au couteau entre
l'Eglise Freudienne et lui... Il comptait surtout sur son
« enseignement »... « Oui, je sais, ce mot vous fait rire »,
me disait-il souvent sèchement... Les « Conférences »...
Ah, les *Conférences!*... On peut dire que, là, Fals a créé
un genre... Solennel, hermétique, logique, apocalyptique, comique... Du grand art... Oraison, péroraison,
résonance... On en parlait en douce, en coulisses; on
dînait ensemble à l'écart... Comme des gens plutôt
cultivés, puisqu'il n'y a plus personne... Il n'avait d'ailleurs pas très bon goût, sauf pour les antiquités qu'il
achetait très cher, par intermittence... Il entretenait
bien ses femmes, je crois... En tout cas, le FAM lui doit
beaucoup... Il a formé le plus grand nombre d'entre

101

elles, directement ou indirectement... Bernadette...
Dora... Kate... C'est en réaction par rapport à lui que le
mouvement a pris toute sa dimension métaphysique...
Ses initiations handicapantes, son côté flic, réseau
d'informations... Comme dans la religion communiste...
Ou les sectes parallèles, ça revient au même... La psy, il
faut bien le dire, si elle est branchée sur un système
déjà tendanciellement policier, est aussi la possibilité
d'un remarquable fichier flottant sur la population qui
compte ou risque de compter un jour... Sur les inter-
sections, les tares, les bizarreries, les points de frac-
ture, les manies... Fals avait dans sa manche quelques
banquiers... Deux ou trois ministres, quel que soit le
régime... Un archevêque... Deux membres du Comité
central du Parti... Le directeur des services du Contre-
Espionnage... Le principal représentant en France des
Brigades révolutionnaires... Des vedettes de la chanson... Du cinéma... « Quel roman, quand même, je lui
disais parfois... – Mon cher, seule la Vérité m'importe », me répondait-il, superbe. Et c'était vrai. Il aimait
cette phrase d'un philosophe : « Je dis toujours la
vérité. Pas toute, parce que toute la dire, on n'y arrive
pas... Les mots y manquent. C'est même par cet
impossible que la vérité tient au réel. » Je n'étais pas
d'accord avec lui sur cette formulation. Je le lui ai dit
un jour : « Le roman, et lui seul, dit la vérité... Toute la
vérité... Autre chose que la vérité, et pourtant rien que
la vérité... Les mots ne lui manquent pas... Au
contraire... C'est pourquoi on préfère le tenir pour
irréel alors qu'il est le réel lui-même... Le système
nerveux des réalités... D'ailleurs, comme l'a dit quelqu'un que vous connaissez bien : " La vérité a struc-
ture de fiction "... » Il a souri. « Ça va parce que c'est
vous, mon cher, mais laissez tomber, foutez-moi la
paix. Ecrivez... Ecrivez... C'est tout. » Il avait raison. On
fait une œuvre littéraire ou on n'en fait pas une. Tout

le reste est blabla, et il disait vrai sur la circulation du blabla... Délires, inventions, illusions, courbures du mensonge en volume de l'existence... Etrange, d'ailleurs, qu'en manipulant simplement le blabla, en le prenant comme matière première, silences, associations, interprétations, transfert, résistances, lapsus, oublis, récits de rêves, on arrive à mettre en cause aussi profondément le corps via la chose sexuelle, la tumeur du corps... Fabuleux comme ça ne parle que de ça... Grossesse... Quoi ça? La valse viennoise... Transposée par Fals en véritable java... A quand la salsa? Le rock, le reggae, le funk? On n'arrête pas le progrès de la décomposition qui se cherche... Fals était, au départ, un homme plutôt sévère... Aristote... Heidegger... La linguistique... La topologie... Mais je l'ai vu peu à peu s'enfoncer dans une passion noire, le goudron montait, son œil reflétait de plus en plus cette marée compacte. Drôle, toujours, la plupart du temps, et même de plus en plus drôle, d'une manière inquiétante, mais profondément cassé, assommé... A force de tripoter la castration... La frigidité inarticulée de l'autre côté du décor... Accroché à l'argent, au pouvoir immédiat... Cabré, de plus en plus impatient, susceptible... Peut-être souffrait-il déjà beaucoup... Tapant presque, par moments, sur son secrétaire... Avec des crises de colère inouïes... Injuriant ses proches... J'ai rencontré l'autre soir deux de ses disciples... Désastreux... Bouffis de vanité, fermés, ne s'entendant plus que par mots de passe, obsédés par des petits détails de chapelle, ridicules et ne s'en rendant pas compte... Tout ça aura manqué de quoi? De musique? Oui, tout bêtement. Tout platement. Fals aura voulu rendre coup pour coup, il suffit pour le constater de rendre visite à ses femmes... Sèches, décharnées, méchanceté incarnée dans la cornée... Est-ce qu'il les rendait folles? C'est probable... Plus exactement, il révélait le cancer de folie du fond... Dont il n'est pas sûr, finalement, mais pas sûr du tout qu'il faille y toucher... Gratter là... « Esthétique! esthétique », gronde Fals à mon oreille... « Vous êtes trop dans le *Lustprinzip!* Le Principe de Plaisir! » Peut-être... Et pourquoi pas... Un peu de désespoir *en plus*, encore un pas, mais oui... Je pense à l'irréparable folie de Bernadette saupoudrée de frime psy, à sa flamme de haine... Fals n'est pas responsable? Bien sûr que non. Je me rappelle ce que m'avait confié Werth qui avait un peu fréquenté le cabinet de Fals dans un de ses moments névrotiques : « Il vaut mieux se garer des voitures. »... Lui qu'une voiture a précisément renversé... « En lui parlant de mon aventure, ajoutait-il, je me suis soudain rendu compte que j'étais un vieux con en train de bavarder avec un vieux schnock. »... Lucides propos...

Fals m'a plutôt bien traité dans l'ensemble... Comme s'il se doutait que je parlerais un jour... Ecrivain potentiel... Dangereux... Il a bien essayé de m'intimider une ou deux fois... Ça faisait partie du jeu... Il a bien tenté aussi de séduire Deborah... Mais enfin... Je vais lui écrire rapidement son papier, à Kate, puisqu'elle y tient... En surface, bien sûr... Méphisto... Moderato... Glissando...

C'est Diane qui s'est mise, un beau jour, à avoir une irrésistible attirance pour Fals... Elle a fini par entrer en analyse avec lui... Elle a même été jusqu'à vouloir le traduire en grec... Encore la belle époque 68, si l'on peut dire... Diane, c'est un peu comme Ysia, un souvenir de baise admirable... Saveur, odeur, goût, toucher... Super abricot-pêche... Un vrai coup de foudre au cours

104

d'une soirée chez des amis... On s'est donné rendez-vous au Trocadéro le lendemain... C'était l'hiver, tout était blanc... On s'est lancé des boules de neige... On n'a pas arrêté de s'embrasser... Elle avait un petit appartement près de la Seine... C'est toujours la même histoire... Elle voulait que je reste... Et moi je devais rentrer... A cause de Deb, que je n'ai jamais voulu pousser à bout ni perdre, c'est comme ça... Je veux tout garder... Je veux tout... L'enfance... La gloutonnerie, les grandes vacances permanentes... La fête... La vie endiablée... Je suis comme ça depuis toujours, je serai toujours comme ça, je perds ma vie, je le sais, je m'en moque... Qui perd sa vie la sauvera... Qu'est-ce que ça peut bien vouloir dire? Je n'en sais rien, je n'ai jamais rien su, je suis ma sensation, j'essaie seulement d'être là dans ma sensation... Diane était pire que moi... Sensualité, narcissisme... Une manière de coller à sa propre peau, et à tous les pores de cette peau qui est bien la chose la plus vibrante et la plus terrible... Délices, et chute libre tout de suite après... Je ne me rappelle plus si elle se droguait déjà... Peut-être... On prenait simplement beaucoup de haschisch par terre, devant un feu de bois, chez elle... Vraiment beaucoup... Et baise à n'en plus finir... Ensuite, pour elle, quoi? Morphine? Héroïne? « Chine blanche »? « F »? Juste après moi? Pendant moi? Ça expliquerait bien des choses... Une sorte de frénésie... De battement fiévreux *à côté*... De pulsation ravinée... Plutôt petite, blonde, les yeux noirs... Ronde, veloutée... Des genoux... Une bouche... Une façon de râler en faisant l'amour... *Ahi! Ayaï!*... On trouve ce drôle cri rauque chez Eschyle, Sophocle... Dans les moments clés... De sacré, elle en était pleine, en tout cas, elle en débordait naturellement... Aucun homme ne tenait le coup, ils avaient peur... Les femmes... Elle ne voulait pas tellement coucher avec des femmes... De temps en temps, en passant... Ce qu'elles aimaient, les femmes, chez Diane, c'était l'image sauvage, le rejet de toutes les compromissions... Sa peau... Mais ce qu'il lui fallait, à elle, et à répétition, c'était la grande pénétration, la distorsion, la vrille... Je sortais de là magnifiquement épuisé, couvert, malgré la douche, d'une sueur douce... Elle semblait pressée... C'est elle qui a voulu presque tout de suite qu'on parte chez elle en Grèce, qu'on aille à Egine, qu'on fasse l'amour la nuit dans le temple... Toute la nuit... On a dormi, au retour, l'un contre l'autre, sur le pont du bateau...

Le balcon de Diane dominait Paris... Elle me donnait du café et du miel, le matin, à cinq heures... Rosée de l'été... Qu'est-ce que j'ai pu l'aimer, quand j'y pense... Tissu... Mais elle aussi était la mort. Une mort de velours, dorée, oui... Mais la mort. Un essaim d'abeilles à l'envers... Œdipe ravi à Colone...

> *Etranger, te voici dans le pays des bons chevaux,*
> *Le meilleur séjour du monde,*
> *Colone la blanche*
> *où le rossignol*
> *lance le plus de plaintes harmonieuses*
> *dans les vertes vallées*
> *dont il habite le lierre sombre*
> *et l'inviolable frondaison*
> *touffue du dieu,*
> *sans soleil, sans vent*
> *de tempête, là où vient*
> *l'orgiaque Dionysos visiter*
> *ses déesses nourricières.*
> *Là fleurit chaque jour en belles grappes,*
> *sous la rosée céleste...* Etc. Etc.

Parfois, quand je l'embrassais, je sentais son cœur, sa

respiration, comme un four lointain, une ruche de sang bouillonnant de parfum... Elle se concentrait, s'absorbait... Tourbillon sur place, geyser intraveineux... Elle donnait vraiment l'impression d'accomplir un rite; de jouir immédiatement, sans arrêt... Illusion? Mais on est ici dans une région où l'illusion fait la loi, il suffit de s'y prêter, de s'y plonger, de s'y désintégrer en cadence... Diane, sœur jumelle d'Apollon, née à Délos... Avec son arc, ses flèches, sa biche et son croissant de lune au-dessus du front... Sur terre, elle est la rapide Artémis et la chasse; dans le ciel, la calme et inquiétante et empoisonnante Lune ou Phébé; aux Enfers, enfin, la scintillante et tranchante Hécate... Grande est la Diane des Ephésiens... Diane était sage, silencieuse, réservée avec une voix un peu basse... Détachée... Préoccupée de son culte... C'était elle, et pas elle – une longueur d'ondes de possession... Vaudou des îles... On aurait dit qu'elle attendait que quelque chose descende sur elle, une force, une pluie, une couverture planante, un frisson de nuit, un éclair déchirant la nuit... Mais c'est elle qui m'a dit une fois, en constatant qu'elle n'était malgré tout pas la seule pour moi : « Tu es une pute de luxe. »... J'ai eu l'air un peu fâché? Elle m'a apporté des fleurs... On vivait dans le mythe, mais sans en parler... Les dieux sont là dans l'acte, aux aguets... Magicienne, Diane... Longues nuits devant le feu, bourrés d'herbe, la colombienne, par exemple, avec son froissement sec et son flash frais, qui vous rend cheval, qui vous fait voler... Le feu rougeoyait, devenait un autel, une plaine de lave, un incendie d'eau, un film sur la guerre de Troie, une roseraie... Musique indienne... Toute la panoplie... Tambours, tambourins, vinyas, longs arpèges... Et on y allait... Somnambules spectraux... L'autre côté de l'autre côté du miroir... Dans le tunnel d'après le tunnel...

Je la revois, assise en tailleur sur le parquet (son appartement était vide, un lit, une lampe, des coussins, c'est tout), préparant les joints les plus chargés possible, attentive, sérieuse, chaleureuse, sachant exactement quoi faire, pourquoi et comment... J'étais là, je lui plaisais, elle m'utilisait au maximum... J'arrivais, et tout son travail était de m'amener vite à une sorte de coma éveillé qui rejoigne le sien... Son air rentré, un peu blessé, enfantin – sa puissance... Le rire, la bouche du rire, le palais du rire... Je lui dois beaucoup... Hors-la-loi, ou servante d'une autre loi... Elle ignorait laquelle... Il fallait jouir... C'est même ce qu'il y avait d'un peu pénible, à la longue, ce mutisme, cette obligation sacrée au transport... C'était l'extase, soit, mais obligatoire... C'est l'autre versant de la folie, là, bienveillant, indéfiniment bienveillant, vaporeux, enchanteur, sans appel... L'érotomanie réussie... Identification instantanée, transfusion... Sa petite tête blonde sous ma main, son crâne (vraiment son crâne), ses cheveux mouillés de sueur, le creux de ses genoux, ses bras, son sommeil...

Elle non plus, pas plus que les autres, ne m'a jamais vraiment vu, au fond... Ce qu'elles ne peuvent pas accepter : qu'on soit à la fois corps *et* parlant. Question cruciale. L'Eglise ne s'y est pas trompée. Elles ne peuvent pas faire autrement. Ou votre parole compte. Ou vous baisez. C'est l'un ou c'est l'autre. Mais pas les deux, jamais, ou alors, crise... Une femme ne peut pas considérer un homme qui la baise. Qui la baise réellement, entendons-nous, pas le coup du vague mélange tiède attendri. Tout ce qu'elle peut décider, c'est de monter les enjeux selon qu'elle estime la parole en question, celle qui persiste bizarrement à sortir de ce corps-là, de cet inexplicable corps masculin-là, qui est encore vivant et pensant après l'acte, comme c'est bizarre. Il s'agit d'en finir... Transformation de l'organe, à la fois capté et repoussé, en fœtus; négation de ce qui insiste, là, dans la voix... Voulez-vous, vous, mâle, être pris au sérieux, faire le poids, être admiré, avoir une influence réelle (car la société tout entière emboîte forcément le pas) : abstention, abstention... J'ai dit abstention, pas incapacité, bien sûr... Mais elles sentent d'instinct la chose...

Le jour est donc venu où Diane, en hommage à mes qualités de coureur de fond, à mon endurance, en somme, a voulu monter les prix... Elle m'a vendu à Fals. Il a marché, couru... Il est venu la voir chez elle... C'est drôle de penser qu'ils se sont peut-être fixés ensemble... C'est comme si elle avait demandé du renfort. Et pas n'importe lequel. Celui qui pouvait, selon elle, m'impressionner le plus. Pas étonnant que le truc ait fonctionné avec Fals : il était souvent sur mes traces, comme ça, reniflant, ébouriffé, captivé... L' « odor di femmina », c'était moi... Jamais plus femmes qu'avec moi, bien sûr, les femmes; le reste du temps il faudrait qu'un vrai professionnel s'en mêle... Ça ne court plus les rues... La bête a disparu... On la cherche en vain une bougie à la main... Une question quasiment mystique, pas seulement physique... Or quand une femme se rend compte que vous pouvez indéfiniment être en pleine liberté sans angoisse ni culpabilité avec elle, elle demande de l'aide... Le Groupe... La sécurité du clan; l'idéal commun, familial ou communisant... Ou alors l'homme que vous estimez, le coup tenté du père par-derrière...

Fals était ravi : pour une fois qu'un type tenait un peu la distance et mettait ces dames en émoi... D'habitude, ce qu'il avait chez lui, dans son cabinet, je sais bien quoi, et pour cause : l'ennui, l'impuissance, le dégoût sexuel à longueur de temps... Après tout, c'est une évidence à souligner en passant, on va en analyse parce qu'on ne va pas bien. Parfait. Dans le cas de Diane (et de deux ou trois autres de moindre ampleur), ce qui intéressait Fals, c'était de repérer par quoi, précisément, elle était mise « en analyse »... Imaginons une femme, des femmes, allant mal, ou croyant aller mal, uniquement parce qu'un animal résiste au tourbillon le plus fort, s'en nourrit, s'y prête... Un écrivain, quoi... Spécial... Un artiste imprévu... Ça a fonctionné... Fals s'est mis à me regarder d'un autre œil... Je voyais ça à des riens... Il était snobé, soufflé... A vrai dire, Diane aurait voulu, à partir de là, que la combinaison aille dans les deux sens : elle serait sortie de sa séance, elle serait venue me voir pour faire l'amour... Un programme ambitieux... J'ai refusé. J'ai peut-être eu tort. J'ai eu d'autres propositions de me faire analyser, bien entendu, c'est pratiquement courant aujourd'hui, et comme je suis un cas je comprends très bien la curiosité dont je suis l'objet dans cette région du commentaire (disons les choses crûment : ça m'oblige quand même à ne fréquenter désormais, à part Deb, mais Deb c'est autre chose, ni psychiatres, ni psychanalystes, ni universitaires).

C'est à ce moment, algébrique, que Diane m'a lancé, à retardement, cet avortement... Un enfant de moi ? Très possible... D'autant plus possible que je n'y avais même pas pensé... Bien sûr, bien sûr... D'où l'analyse... Boucle bouclée...

Elle a disparu...

Je ne l'ai même pas revue à l'enterrement d'Andreas, un de ses meilleurs amis grecs. Il s'est jeté du vingtième étage d'une tour. Une boucherie... Andreas était communiste... On a dit que c'était politique... La crise du marxisme... La fin de l'espoir révolutionnaire... Tout ce qu'on raconte d'habitude pour cacher le trou : la politique à gauche, la psychologie à droite... Je connaissais un peu Andreas, on se voyait de temps en temps chez Marie-Thérèse... Morte, elle aussi... La femme d'Andreas, une Française, était aussi une amie de Diane, mais elle était devenue membre du FAM... Intime de Bernadette... Fanatiquement... Ce n'est pas le seul suicide de la nouvelle religion... Guyana... Jim Jones... Le « Temple du Peuple »... Est-ce que Fals aurait pu obtenir, à sa belle époque, huit cents suicides d'un coup? Par fidélité inconditionnelle? Pourquoi pas? A l'enterrement d'Andreas, comme d'ailleurs à celui de Marie-Thérèse, il y avait tout le gratin progressiste, très digne, en forme... Discours d'une secrétaire de cellule au bord du cercueil, drapeau rouge, œillets rouges... La cérémonie classique, un peu usée désormais... Et puis tout à coup, à la stupeur générale, un pope en longs voiles noirs... Et un vieil homme lui aussi en noir, tout seul... Le père d'Andreas, venu de Grèce pour enterrer son fils... Aussi insolite, incongru, superflu, accusateur, qu'un fantôme apparu en plein soleil. Je me sentais d'ailleurs aussi déplacé que lui, aussi irréel que le pope avec son crucifix d'un autre temps, pour d'autres morts, pour d'autres vivants... Et là, au milieu, entre le rouge et le noir, le corps disloqué de ce pauvre grand garçon remuant, criard, généreux... Vaincu dans la corrida moderne, bien plus dure que les meetings, les tracts, les thèses, les analyses, les théories... Beaucoup plus dangereuse, et subtile, et masquée, nocturne, que la lutte des classes de la bonne vieille histoire, du temps qu'il y en avait encore une, et une seule, d'Histoire; quand tout était binaire, clair, rationnel...

La division, aujourd'hui, est plus radicale... Le Bien et le Mal plus que jamais enchevêtrés, indissociables, méconnaissables... Passant à travers tout, à travers chacun... Avec qui est-on? Contre qui? Il n'y a guère que le WOMANN qui s'y retrouve dans nos contrées... Le WOMANN, le FAM, ont la foi solide d'autrefois... Au moins, elles, elles savent identifier l'adversaire... A l'organe... Critère de béton... Ressort indéfini d'une aigreur sans fin... Juste objet d'un ressentiment éternel... On en revient au racisme... Toujours... On n'en est peut-être jamais sorti... Ça finit dans la butée biologique, toute la rumination humaine... La mort veut son combustible... Au commencement était le gène comme ci ou comme ça... X,Y,XX,XY... Le seul racisme sérieux, en définitive, se passe bien entre femmes et hommes... Tout le reste est bavardage illuminé... Et ce racisme-là se porte à merveille, il monte, il s'épanouit, il fleurit; c'est le moteur de toujours, la source du mouvement lui-même...

C'est dans ce cimetière que j'ai vu Lutz pour la dernière fois. Avant que, lui aussi, bascule à travers la vitre des convenances... Avant qu'il tue sa femme, donc, et devienne « fou »... Fou? J'en doute... J'en doute beaucoup. Eveillé enfin, peut-être... Fin de Don Quichotte... Plus de moulins à vents, plus de géants... Plus de Dulcinée... Plus de fantasmagorie combattante... La réalité, soudain, dans sa grisaille enfermée, son interminable vulgarité, son horreur...

Flora a bien connu Lutz, une de ses passions de toujours... Je pense à lui, maintenant, aux jours ouatés, rétrécis, qu'il traverse dans le service psychiatrique où il est interné, à Sainte-Anne... Là, d'ailleurs, où Fals enseignait, présentait ses malades... Le monde paradémoniaque est petit, on dirait qu'il finit toujours par se rassembler sur une tête d'épingle... Aimantation et diminution... Il pleut sans arrêt ces jours-ci. Je regarde par la fenêtre le ciel obstinément bas de Paris, comme Lutz est peut-être en train de le faire... Destinée invraisemblable des acteurs d'une époque. Comme s'ils étaient liés par le fil d'un roman en train de s'écrire. Un roman auquel personne ne croirait si c'était un roman. Et moi là-dedans? Finalement, je me suis trouvé là par hasard... Ou par une nécessité qui veut précisément que j'écrive ce livre. Je n'aurais pas dû être là autrement, voilà qui est sûr. Pas les mêmes intérêts, pas le même milieu, spectateur immédiat et dissimulé... Ou alors, il y a un dieu, du moins pour les écrivains... Un dieu étrange, fantasque, qui révèle ses plans peu à peu... Un dieu du récit à l'intérieur du récit, de la moralité silencieuse mais tissant la fable... Un dieu qui choisit son témoin de façon imprévisible, son secrétaire particulier, pas forcément celui qu'on croit, jamais celui qu'on croit... Attention à ce petit, là, les yeux brillants, qui ne dit rien et observe... Mis là uniquement pour voir, entendre, enregistrer, déchiffrer... S. m'approuve. Il soutient qu'il y a une vie toute spéciale pour celui qui est appelé à écrire réellement le dessous des événements... Une vie qui n'a rien à voir avec la vie... Une vie de la mort qui écrit... Raison pour laquelle, d'après lui, une certaine aiguille aimantée vient toujours se replacer dans l'axe « femmes »... Cherchez la femme et la flamme... Le pôle incurvé, là où le mensonge est le plus compact. Donc la vérité aussi. Lutz a donc fini par étrangler Anne, son amie qu'il avait tardé longuement à épouser... Il venait justement d'être opéré d'une hernie... Il allait de plus en plus mal, d'après ce qu'on m'a dit. Désillusion complète, amertume, vin rouge... Toute son existence lui paraissait être un naufrage absolu. Ici, nous entrons encore un peu plus avant dans la grande affaire communiste... On croit tout savoir là-dessus, on ne sait rien. Le communisme est autre chose que le communisme. Le fascisme aussi est différent de lui-même, et personne n'ose trop interroger ses racines, le fond de ténèbres où il se recharge, prend corps... Ce n'est pas ailleurs que ça se prépare, mais ici, bien ici... Question physiologique, plus qu'on ne l'imagine. On a dit beaucoup de choses sur tout cela, on n'a peut-être rien dit... Laurent Lutz avait commencé par être catholique, et bon catholique. Puis la Résistance, les camps, l'illumination scientifique... La philosophie et la science éclairant la marche de l'humanité enfin adulte, etc. Non pas tant l'« homme nouveau » que l'explication du processus global à l'intérieur duquel il y a de l'« homme »... L'ensemble à démonter, articuler, maîtriser... Quand je l'ai connu, c'était une étoile... Première grandeur... Qui n'avait aucun mal à réfuter les pensées molles contemporaines... Et toutes les pensées étaient molles aux yeux de Lutz... Sa pensée à lui était catégorique, mais avec élégance, une belle écriture, comme on dit. Je l'ai pas mal fréquenté, donc, quand je dérivais un peu dans la politique... On a beaucoup parlé... C'était l'époque où mon goût de la littérature avait fini par m'apparaître comme superficiel, insuffisant, coupable... Quelle idée !... J'avais attrapé le virus... Le microbe nihiliste... Le doute de soi, systématiquement injecté par le parti philosophique... La honte de soi, du plaisir, de l'égotisme, du jeu, de la liberté, du libertinage... Mon dieu, mon dieu, quelle erreur... Comme je me repens d'avoir pu cesser une seconde d'affirmer ma « superficialité »... Mon inconséquence... Mon irresponsabilité... Ma « perversité polymorphe » comme dirait Deb qui a beaucoup fait, à l'époque, pour me culpabiliser, elle aussi... Mais Deb, c'est com-

préhensible, justifiable. Il fallait m'amener au mariage... Dans ce but, toutes les propagandes sont bonnes pour déstabiliser l'instabilité. Même chose avec
Flora, mais en sens inverse... Propagandes croisées...
Tout cela s'équilibre... Ce qu'il y a de meilleur avec les
femmes, c'est de les choisir comme pour un orchestre,
une rosace contradictoire... De façon à se faire tout
reprocher, tout, et le contraire de tout. Le concert est
fascinant à entendre, chacune enfonce son clou selon
ses intérêts. Il faut écouter sans rien dire, s'amuser
sans trop le faire voir... Les basses continues du
ressentiment... Les violons du regret... Les trombones
de la menace et de la prédiction négative... Les clarinettes de l'ironie appuyée... Les flûtes de la moquerie...
Les trompettes de la malédiction... La grosse caisse, ou
les cymbales, de la demande d'argent... Le piano de la
mélancolie... Les pizzicati de la contradiction mécanique... Et les voix... La « grosse voix » hystérique,
surtout, ma préférée, quand elles se mettent à incarner
la Loi qui devrait être là et tarde à mettre au pas cet
homme qui n'obéit pas... Le soprano de l'insinuation
calomnieuse... Le contralto de la dévalorisation... Bref,
l'opéra rampant, ravageant...

Oui, c'était le temps où j'avais décidé, piqué au vif,
de leur montrer que j'étais aussi un penseur... Que je
pouvais, si je le voulais, disserter moi aussi sur les
sujets les plus compliqués... Les plus lourds de conséquences... J'ai lu tout Hegel, je le jure... La *Phénoménologie de l'esprit*, la *Grande logique*, la plume à la main...
Et Aristote... Et Platon... Et Spinoza... Et Leibniz, pour
qui je garde un faible... Et Marx... Et Engels... Et
Lénine... Les trente-six volumes de Lénine, parfaitement! Ah mais! Et Freud... Et Saussure... Et tout, et
tout... Elles m'agaçaient, les filles, avec leur culte des
philosophes-professeurs... J'avais un tel retard à com-

bler, une telle existence bourgeoise à expier... Je
voulais savoir... Quoi... Pourquoi... L'époque allait droit
dans ce sens, comme c'est loin quand on y pense... Plus
loin que les années 20... Jamais la vision du monde PC
n'a été plus forte que dans les années 70... Je dis « PC »,
mais il faut nuancer... Il vaudrait mieux parler d'une
grande nébuleuse « de gauche » allant des Etats-Unis
au Japon, une galaxie entière avec ses amas, ses
constellations, ses météores... Marxisme, psychanalyse,
linguistique... « Nouveau roman »... Structuralisme...
Eruptions de savoirs locaux... Epidémies de décortica-
ges... Virtuosité dans le démontage microscopique...
Eczémas de radiographies... Des « retours » à n'en plus
finir, retours d'âge... A la fin du XIXᵉ... Aux pères
fondateurs... Aux grands refondeurs... La coupure ici...
Non, là! D'interminables débats... Le plus clair, dans
tout ça, c'était une formidable entreprise de destruction du « Sujet »... Le Sujet, tel était l'ennemi... Comme
autrefois, le cléricalisme... Un vertige, une avidité
d'anonymat sans précédent... Volonté de suicide dans
la rigueur... Ou plutôt de négation de soi, ultime
affirmation de soi portée à l'incandescence... Bien
entendu, sous ces déclarations fracassantes, les mêmes
passions subsistaient, intactes... C'était la lutte pour le
pouvoir entre les quelques noms qui abolissaient les
noms... Intrigues, jalousies, vanité de tous les instants...
Y avait-il une opposition? Non. Même pas. La « droite » et ses valeurs moisies individualistes s'était effon-
drée massivement, évaporée, dissoute... Elle l'est encore... Elle l'est définitivement... Je suis de gauche,
vous êtes de gauche, nous sommes tous de gauche... A
jamais... Pour l'éternité... D'ailleurs, le problème n'est
pas là... Il s'agit de savoir s'il y a encore un personnage
en ce monde avec 1º une vie intéressante et multiple;
2º une culture approfondie; 3º une originalité irréduc-

tible; 4° un style... Hélas, hélas... Pour s'en tenir aux Français – car je veux bien qu'il y ait un Américain, un Allemand, un Latino-Américain et un Jamaïquain –, que voyons-nous? Une catastrophe... Rien... Prenons les auteurs de Gallimard, puisqu'il n'y a qu'eux, c'est connu, et qu'il est parfaitement vain, en France, de vouloir être reconnu comme écrivain en dehors de la Banque Centrale... Jean-Marie Le Creuzot? Eric Medrano? Louis-Michel Tournedos? Tiens, c'est vrai que leurs noms sonnent tous en O! Oh! Oh! Tous de dos! Histoire d'O! On devrait peut-être les unifier sous un même pseudonyme... Lequel? Cocto? Giono? Corydo? En hommage à Gide? A l'aimable et définitif idéal français du ni trop ni trop peu, allusif, naturaliste, aphoristique, moraliste, et en tout cas, *litoteux*? La vérité sur les femmes, c'est-à-dire sur le temps lui-même, là? Vous n'y pensez pas! Je viens de m'emporter un peu devant S. qui m'écoute en souriant... Je n'ose pas trop développer devant lui l'autre partie de ma démonstration contre les « experiments », les trucs d'avant-garde... Ah, et puis après tout, tant pis... D'ailleurs, ce type me déroute, il n'est pas là où on le situe, il poursuit autre chose, ce n'est pas possible... Sa grosse machine, là, *Comédie*, collante, continue, biscornue... Après tout, c'est peut-être important, on ne sait jamais... Classique! Classique! Uniquement classique! Il va encore me répéter ça... Le con, il ne veut même plus s'expliquer... « Je me suis trop justifié, dit-il, maintenant motus... L'énigme en action... Le passant fermé... Hamlet... La légende... La pure volonté qui va... » Il rit. Il m'énerve. Les avant-gardes? Les « modernes »? Ce que j'en pense? Bafouillis analphabète... Prétention énorme... Obsessions sexuelles estropiées... Gribouillis, régurgitations, gâtisme en tout genre... Et, avec ça, des poses! L'ésotérisme en mission! Des signes de reconnaissance, des airs entendus, une volonté de ne rien savoir qui touche au prodige, une paresse infinie, une autosatisfaction sans limites... On se demande ce qui les intronise et les autorise, les maintient en vie, les chérit comme des parasites cafouilleux d'un monde lui-même hébété, prostré... Ils vont et viennent avec leurs plaquettes, leurs revues débiles, leurs combines à dix personnes, toujours les mêmes, leurs petites perversités, leurs poétesses minables, leurs peintresses superchieuses, leurs audaces de caca-vomi... Je trouve S. trop indulgent avec tout ça. Complaisant... Clientéliste... « Mais non, mais non, il répond, toujours avec son sourire agaçant, croyez-moi, c'est très utile. – Utile à quoi ? – A la confusion. – Pourquoi la confusion ? – Il faut avancer masqué, voyons... *Larvatus prodeo.* – Mais pourquoi ? » Geste vague...

Revenons à Lutz... Du charme... Mais enfin, il était très malade... Même quand il était le phare intellectuel de la révolution possible, le guide des étudiants, l'espoir d'une rénovation dans le Parti (et pas seulement en France, mais dans le monde entier), il passait la moitié de son temps en clinique psychiatrique... En analyse d'un côté (mais pas dans l'école de Fals, d'où tirage entre eux), en électrochocs ou sels de lithium de l'autre... La maniaco-dépressive, la grande psychose-reine de notre temps... La seule, la vraie, l'originelle, peut-être... Celle qui expose le manque en tout cas... « L'épaisseur du manque. »... Le Manque initial et final qu'aucune came ne pourra combler... Flora admirait Lutz... Le jalousait... Le contestait... L'adorait... Le détestait... Le surveillait... Lui téléphonait... Lui écrivait... L'engueulait... L'invitait... Lui retéléphonait... L'attaquait... Le défendait... Enfin, il comptait pour elle... Elle était évidemment amoureuse de lui, peut-être pas de lui, d'ailleurs, mais de sa fonction... Guide en théorie révolutionnaire... Secrétaire général des concepts... Trésorier de l'argumentation... Un type très doux, Lutz, pourtant... Il faut dire qu'avec la répartition du pouvoir sur la planète encore hier, le poste de dirigeant théorique en révolution pouvait prendre, d'un moment à l'autre, toute son ampleur. Lutz aimait bien Flora, je crois, tout en étant terrorisé par elle... Elle ne lui passait rien... Elle observait ses moindres déplacements, ses articles, ses initiatives... Quoique anarchiste, Flora espérait toujours, comme tous les socialistes d'ailleurs, comme toute la gauche en général, une mutation des partis communistes... Une transformation purificatrice... Une conversion... Lutz aurait pu en être l'auteur ou l'occasion, et de proche en proche devenir empereur de Marxavie, et elle, pourquoi pas, impératrice rouge, éminence grise... Tsarine de choc... Catherine II et Voltaire... Enfin, tout ça... Le goût passionné, naïf, émerveillé de Flora pour le pouvoir m'a toujours fasciné... Parce qu'elle voulait, elle veut toujours, que le Pouvoir soit vrai, soit ce qu'il devrait être... Comme ça, elle se retrouve toujours plus ou moins dans l'opposition... Ce qui fait sa qualité... Elle ne pourrait pas s'empêcher de faire une remarque ironique ou critique au Monarque absolu des univers... Rien que pour lui faire sentir qu'en réalité il usurpe plus ou moins sa place à elle... Une place qu'elle ne veut pas prendre non plus... « Que veut l'hystérique ? a dit Fals un jour... Un maître sur lequel elle règne. » Parole profonde. Je l'avais citée à Lutz, impressionné. Mais Flora, c'est l'hystérie sans l'hystérie, le naturel en plein jour, la chose même... Elle se trompe rarement sur quelqu'un ou sur une situation... Je l'écoute toujours plus ou moins, même quand elle m'horripile... Elle sent les ondes, les forces, les commencements, les fins... Je fais le plus souvent le contraire de ce qu'elle

119

me dit, mais c'est parce qu'elle me dit sans s'en rendre compte, en réalité, le contraire de ce qu'elle me dit... Il faut savoir lire... Entendre l'autre côté...

On est devenus plutôt amis, Lutz et moi. Paradoxe : mes demandes philosophiques et politiques l'ennuyaient... Ce qu'il aurait voulu, lui, c'était sortir de tout ça, justement, la révolution, la théorie, le marxisme, et se cultiver, en savoir davantage sur le dehors qui avait continué pendant qu'il s'enfermait dans l'abstraction « scientifique ». Le dehors : littérature, peinture, musique... Qu'est-ce qui s'est fait, dans la vie, pendant tout ce temps ? Finalement, il sera allé d'un enfermement à l'autre... Je notais qu'il n'avait même pas de poste de télévision chez lui... Pour un penseur d'aujourd'hui... Et puis sa maladie... Et la maladie de sa maladie : sa femme, Anne... Je ne l'ai vue qu'une fois ou deux... Petite forme sèche à béret, plus âgée que lui, style institutrice... Extraordinairement antipathique... Je crois qu'il en avait une peur bleue... Résumons-nous : je les ai toujours vus trembler devant leurs femmes, ces philosophes, ces révolutionnaires, comme s'ils avouaient par là que la vraie divinité se trouve là... Quand ils disent « les masses », ils veulent dire leur femme... Au fond, c'est partout pareil... Le chien à la niche... Empoigné chez lui... Surveillé au lit... Lutz parlait d'Anne en baissant la voix... Je suppose qu'elle devait être le plus souvent odieuse avec lui dans le style habituel... Sois un homme... Davantage... Encore... Un peu de tenue, je t'en prie... Tu n'en feras jamais d'autres... Tu oublies qui tu es... Ce que tu représentes... Ce à quoi tu crois... Je ne comprends pas comment tu peux fréquenter des gens pareils... Quand je pense qu'on te croit fort, etc., etc. Elle l'empoisonnait... Elle lui pompait l'air... Il l'a asphyxiée... Une nuit... Depuis le temps qu'il y pensait, sûrement... Oh la cohabitation de la honte et de la haine, de la répugnance et du mépris, envers de l'idéalisation d'autrefois, quand l'autre devient le bruit insupportable d'un ronflement, d'un robinet, d'une chasse d'eau, quand le corps de l'autre n'est plus qu'une croûte couverte de plaques d'irritation et qui voient, et jugent !... Quand l'espace même, et le moindre geste, la moindre réflexion, sont électrisés par le refus global, définitif et cadenassé de ce volume respiratoire étranger... Tout proche... Froid comme un glacier qui avance, millimètre par millimètre... Quand le soulèvement de la poitrine de l'autre est une souffrance pour celui qui la ressent comme volée à sa propre intégrité... De l'intérieur des poumons, de la gorge... Elle s'est endormie, il veille... Il relit cet article sans intérêt... Il regarde ses livres sur une étagère spéciale, là, toute son œuvre traduite dans toutes les langues... Ces livres qu'il voudrait maintenant brûler... A ce moment-là, oui, la folie monte, et la folie n'est rien d'autre que le spasme de conscience suraiguë qui permet d'éclairer sa vie comme une immense petite bulle en folie... Et qui gonfle... Qui va crever... Il prend un foulard, il s'approche sans bruit de cette femme endormie à laquelle, tout compte fait, il doit tant; cette femme qui l'a supporté, aidé, encouragé, soigné dans sa névrose... Mais qui est devenue aussi, peu à peu, le miroir grimaçant de sa défaite, de son échec, de sa culpabilité sans raison... Il n'aspire qu'à une innocence infinie... A un grand relâchement... A desserrer l'étreinte de la tenaille des obligations imaginaires... Le Parti... La Base... La Direction... Les Masses... La Lutte des Classes... Le Mouvement de l'Histoire... La Stratégie... Le bal des majuscules sur l'échiquier de la pensée appliquée... Tous ces gens qui attendent de lui l'analyse correcte de la situation... L'explication du millième recul qui doit être compris comme une réussite relative, un moment du long processus dont il ne faut jamais désespérer, on n'a pas le droit de désespérer...

Dialectique... Formules... On peut démontrer ce qu'on veut, c'est facile... On peut toujours trouver la formule qui convient... Bond en avant... Retraite élastique... Manœuvre indirecte... Approfondissement des contradictions... Période transitoire... Tournant... Les lettres qu'il reçoit chaque jour des quatre coins du monde, son audience... L'héroïsme de millions d'inconnus...

Anne dort. Elle a l'air déposée au-dessus de son sommeil, fragile, légère. Son visage est sérieux. Même endormie, elle reste entière, ferme, comme sont les femmes quand elles ont réussi à s'accrocher à une foi. C'est ainsi parce que ça doit être ainsi... Elle est plus croyante que lui. Elle n'a pas été contaminée par la casuistique... Elle est plus pure, au fond, impeccable... Et insupportable parce qu'exigeant sans cesse de lui, précisément, le sursaut, la cambrure, l'intransigeance, la fidélité... Lui et son corps usé, ce ventre... Il rêve de longues vacances, de soleil, de conversations pour rien, de promenades, de piscines et de jolies filles... Il n'y croit plus, à l'Histoire. Il ne croit plus à rien. Il est fatigué, la mort ne lui paraît plus comme autrefois et comme elles sont obligées de le penser, elles, un détail négligeable, une simple formalité naturelle de la pièce qui *doit* être jouée... Pourquoi? Parce que. Il a tout vu, les censures, les condamnations, les réhabilitations, les nouvelles versions aussi fausses que les anciennes, les cadavres qu'il vaut mieux oublier, les cris enterrés dans la comptabilité... Il sait que, de toute façon, le rouage de la perversion générale, inévitable, est huilé dans ses moindres petites dents concrètes... Sur le papier, pourtant, tout devrait fonctionner comme il l'a toujours dit, il ne s'est jamais vraiment trompé, une nuance là, peut-être... Mais sur l'essentiel, il a toujours eu raison... En un sens, c'est plutôt la réalité qui déraille... Qui n'en finit pas de dérailler... Staline... Mais quand même, Staline... Car, maintenant, c'est l'Opium qui revient, la religion elle-même, ça, c'est vraiment le bouquet... D'où a pu venir une telle fissure ? Une si ahurissante fuite de sens ? La vigilance s'est relâchée... Dieu ? Non, tout de même pas... Tout, mais pas ça ! La croisade de ce Pape... Ce Polonais... L'Islam... L'Ayatollah... Résurgences, archaïsmes, il faudra encore nettoyer toute cette marée noire, calmement, patiemment, montrer pourquoi et comment l'irrationnel se reproduit quand les conditions du rationnel ont fait défaut dans la Théorie... Déviations... Régressions... Et la Chine qui a foutu le camp dans la mécanique habituelle... On momifie le grand homme, on le désavoue prudemment, on critique ses crimes simplement pour les adapter à la nouvelle période, les moderniser en somme... « Libéralisation » on appelle ça... On connaît la chanson... Il s'agit bien entendu de faire la police moins visible, moins gênante pour obtenir des contrats d'affaires, plus efficace, plus habile, d'ailleurs, plus secrète... Perversion, perversion... Partout... Le procès de Qiang Jing... Tout le monde a tort... Tout le monde est criminel... Un crime de plus ou de moins, quelle importance... C'est peut-être Staline qui a eu entièrement et définitivement raison en posant les fondations de la nouvelle religion universelle : « A la fin, c'est toujours la mort qui gagne. »... Ou alors, c'est la mort qui vous le dit en personne : « A la fin, c'est toujours Staline qui gagne. » Staline, le seul qui ait réussi ? Ces nouvelles brochures, en arabe, avec son portrait... Increvable Staline... Son rire, à la dimension de cette boulette qu'on appelle la terre... La terre vue depuis le cosmos comme un point où résonne l'éclat de rire de Staline... Ou alors, c'est Arthur Baron qui aurait eu raison, cet économiste borné, réactionnaire, social-démocrate, représentant des Américains ? Ce soi-disant penseur de la droite modérée, la plus dangereuse, ce juif intelligent mais incapable de grande pensée.. Qui s'en tient aux faits... Un « faitaliste » comme disait Lénine... Baron a eu tous les honneurs... Et lui, Lutz, est là dans son minuscule bureau poussiéreux de vieux garçon obstiné avec, à ses côtés, une femme irréprochable et intolérable qui, dès demain, au petit déjeuner, va organiser l'enfer quotidien... Tu n'as pas assez travaillé... Tu devrais intervenir... Je ne comprends pas comment tu peux déjeuner avec ce réactionnaire mondain... Cet opportuniste... Lié à la CIA, sûrement... Et tu vas ensuite recevoir cette intrigante! Cette putain!...

Au même moment, dans la nuit, Fals est à peu près dans les mêmes dispositions d'esprit... Il sait qu'il n'en a plus pour longtemps... Lui aussi regarde d'un œil intérieur épuisé, désabusé, sa longue route difficile... Partout, les petits hommes ont vaincu... Les puces... Ce ramassis d'ordures nourri à ses frais... Sur son sang... Ces teignes mentales... Ils occupent les places... Les institutions... Les institutions gagnent toujours... A la fin, c'est toujours la mort, c'est-à-dire les institutions, qui gagne... Ah, le martyre de l'hérésie assumée, quelle blague... C'est le dogme qui compte, l'orthodoxie... Mais on ne peut pas dire ça... Surtout aux jeunes... Les autres n'ont pas les jeunes avec eux... Fausse profondeur, travail de seconde main... Une pensée pour ce pauvre Lutz qui est venu l'interrompre un jour... Ce crétin de Lutz n'a jamais rien compris... Ces communistes... La congrégation communiste... Et dire qu'il a fallu, parfois, s'appuyer sur eux... Pour vaincre le mépris d'acier des institutions académiques... D'ailleurs personne ne comprend rien. Petits hommes, petits hommes... Il y a à peine une demi-heure de marche entre l'appartement de Fals et celui de Lutz. Il est trois heures du matin. Supposons qu'ils aillent l'un vers l'autre, ils en auraient, pourtant, des choses à se raconter, là, sous la lune d'hiver, du côté du Luxembourg... Près du vieux parc solitaire et glacé... Comment ils se sont épiés, espionnés, sabotés... Comment ils se sont envoyé de faux informateurs, de faux traîtres... Top secret! Microconfidences... Luttes pour l'hégémonie... L'étudiant, l'étudiante... La jeunesse... L'influence de l'avenir... Comme c'était puéril! Comme c'était bête! Et puis, ils se fâcheraient presque tout de suite... L'orgueil...

Qu'ils restent donc chez eux... Regardant la nuit... Et la mort qui approche... Voilà, il ne reste plus que la sagesse antique, maintenant, pas le moindre progrès de ce côté-là... Les stoïciens... Sartre est mort cette année, après avoir fait une drôle d'autocritique... Sartre est resté à mi-chemin, il a eu tous les honneurs lui aussi... Leur projet à eux était quand même d'une autre taille, d'une autre rigueur dans son ambition... Marxisme; Psychanalyse... Le dehors, le dedans... A toi le dehors, à moi le dedans... Le savoir absolu... Enfin... Qui aurait commandé, ça c'est une autre affaire... L'Affaire, précisément... Qu'est-ce que tout cela va devenir... Chacun va ronronner comme avant... Des gens vont revenir s'installer sans avoir la plus petite idée de ce qui s'est passé... Les philosophes dans leur coin, les curés de l'autre... Et personne ne se souviendra plus qu'il était trouvé, le lien, le joint décisif de la nouvelle ère...

Fals ne dort pas, il souffre. La plus grande souffrance est quand même d'avoir été obligé de passer son temps sur terre avec des imbéciles toujours en retard.

Lutz serre son foulard dans ses mains.

Il va le faire. Et puis il le fera pour lui.

Peut-être.

Le cou d'Anne. Mince et ridé. Elle respire doucement.

Il faut le faire. Il faut en finir avec cette tache noire

qui bouche, là, devant les yeux et depuis toujours, l'accès à l'air libre.

Il l'étrangle lentement. Il y a un moment, ici, indicible, un point de mercure, suprême, déchirant, où l'acte ne peut plus être rattrapé. Arc liquide... Jusqu'au bout.

Et tout bascule.

Poussière.

Le lendemain, Lutz est hagard, prostré, la police l'emmène, il est interné, c'est aussitôt le scandale.

La délivrance.

Fals meurt quelques mois après.

C'est à l'enterrement d'Anne que tout le monde apprend brusquement qu'elle était juive. Un rabbin est là qui récite le Kaddish. La litanie est pathétique... Juive. Déportée. Communiste. Assassinée... Absolument antireligieuse pourtant...

Lutz est déclaré fou.

Fou comme la vérité.

Cette petite vieille femme étranglée m'obsède... Qu'est-ce que je savais d'elle? Rien... Une fois, au téléphone... « J'ai lu la lettre que vous avez écrite à Laurent... Je ne la lui transmettrai pas... Vous savez qu'il ne va pas bien... Ça le troublerait... Comment pouvez-vous prendre la défense de ce charlatan de Fals? C'est inadmissible... » Cette voix... Enervée, stridente... Sûre de son droit, du Droit... Elle détestait Fals dans la mesure où il mettait en cause le support nerveux de la Croyance... Elle m'aurait automatiquement haï... Elle ne pouvait pas souffrir Flora pour la même raison, sauf que là, c'était un conflit entre deux pouvoirs centraux, si l'on peut dire... Flora ne croit à rien, soit, mais elle croit farouchement à sa manière de ne croire à rien... J'ai toujours remarqué avec un étonnement renouvelé à quel point les femmes sont contre elle. Viscéralement, crûment... Comme si elle risquait de dévoiler tout le système de biais qu'elles soutiennent. Le cœur de l'entreprise, de l'exploitation par-dessous... Il faut préciser que Flora se met immédiatement dans le camp des hommes, qu'elle est à ses propres yeux le seul homme à peu près normal, qu'elle est toute prête à être la seule femme de tous les hommes, le seul homme de toutes ces femmes déguisées en hommes... Elle aime passionnément les femmes. Inconsciemment? En tout cas, comme un homme devrait les aimer s'il les aimait vraiment. S'il existait. S'il y en avait encore un. Moi? Peut-être... C'est en définitive ce que Flora repère en moi, ce qui l'électrise... Ce que je fais avec les femmes... Ce qu'elles me font... Raconte... Raconte...

Le meurtre accompli par Lutz ressemble, à l'envers, à celui, représenté dans un film japonais, qui avait beaucoup frappé Fals à l'époque... *L'Empire des sens*... Où l'on voit la pute insatiable étrangler peu à peu, montée sur lui, son partenaire consentant au moment comme indéfiniment prolongé de l'orgasme... Pour le châtrer ensuite, et s'approprier ainsi, dans la folie où elle sombre du même coup, son bout de chair sacré, inaccessible... Fin du film sur les deux corps enlacés, barbouillés de sang... Lui avec son trou mâle... C'est ce qui me fait penser que Lutz a étranglé Anne pour éviter d'avoir à considérer ce trou... Sa castration à elle, qu'il commençait peut-être à découvrir... La grande vérité insoutenable, à savoir que les femmes sont tout simplement d'abord de pauvres femmes, rongées, lasses, héroïques, poursuivant quand même la comédie... Qu'elles tiennent debout par un effort de tous les instants, à peine... Qu'elles sont toujours sur le point de s'écrouler dans le doute, le dégoût d'elles-mêmes et de tout... C'est comme si, en la tuant, il la perpétuait, inoxydable, par-delà la mort, dans son incarnation de la Loi... Comme s'il la faisait vivre éternellement dans l'imagination de l'absence du défaut de base... Comme s'il n'avait plus trouvé que ce moyen de se mettre encore une fois, et définitivement, sous le coup de la Loi. On tue pour faire vivre *plus*... On se tue dans une violente affirmation d'une vie qui ne devrait pas finir... Etre entamée, en tout cas, par le doute que la mort est là au commencement sans fin des apparitions que nous sommes... Les crimes, les assassinats, les guerres ne sont là que pour refuser la mort... C'est du vitalisme à tout prix, voilà.

Je repense aux « présentations » de Fals à l'hôpital... Il fallait voir ça... La grande école... Un doigté... Des ruptures de ton... Des interprétations percutantes... On peut aller jusqu'à supposer qu'en toute inconscience Lutz a donné rendez-vous à Fals là-bas, dans l'amphithéâtre... Mais Fals est mort... Et Lutz est aux mains de la chimie pure. Rencontre manquée. Ou trop réussie. Ça dépend de l'angle...

L'empire de la méconnaissance des sens! Deux détails me paraissent soudain bien observés dans ce film malgré tout assez grossier... Le premier, quand l'héroïne saisit par la queue un petit garçon qui joue avec elle dans sa salle de bains, serre, et le fait pleurer... Le second, quand le héros, transformé en surmâle hypermécanique par sa mante religieuse, essaie en vain de se dégager pour aller pisser... Elle veut absolument qu'il urine en elle, sur elle... Que l'organe ne la quitte pas, qu'il reste collé là comme une greffe... Ou plutôt que le mâle soit enfin entièrement réduit et dépendant par le bas... Par ce tuyau irritant, superflu, vivace... « La queue est un parasite », disait Fals. Il pensait la même chose du langage. Le langage et la queue comme éléments d'un autre monde dans le

128

monde... Deux fonctions hors nature... Deux diagonales antithétiques de l'antimatière... C'est autour de ça que l'humanité s'agite... Pour en savoir le moins possible... Pour conjurer ce qui vient de là... Le Phallus, la Parole... Un axe coupé en deux, exclu par la tranquillité des corps...

L'autre film qui avait frappé Fals, je m'en souviens (et dieu sait qu'il n'était pas plus facilement impressionnable que moi, c'est-à-dire qu'un bon lecteur de Sade), c'est *Rosemary's Baby*... Il y voyait un signe des temps... Une affaire criminelle célèbre, là encore, passant de la fiction à la réalité... Une des rares tentatives pour mettre en scène le démoniaque à l'état nouveau... On se souvient des conséquences... Meurtre rituel de la femme du cinéaste par une bande plus ou moins secte, avec filles adorant leur dieu cinglé-drogué... Le film évoquait nettement la question des reproductions génétiquement manipulées... Naissances imprévues, bizarres... Nouvelles possibilités de la perversion... Une amie avec qui je l'ai vu, ce film, m'a quand même fait une crise de grande hystérie à la sortie... Epileptique... Avec bave aux lèvres, évanouissement, yeux révulsés, tout... Sur le trottoir... Dont acte. Le type qui a fait ça, a touché quelque chose, aucun doute. Encore un film du CIA, en comprenant les initiales comme : Centre d'Insémination Atavique! Il y a d'ailleurs eu un moment où Bernadette avait lancé un mot d'ordre intéressant à l'intérieur du Front d'Autonomie Matricielle : soyez enceintes, puis faites-vous avorter... Une sorte d'exercice gymnastique de liberté... D'épreuve initiatique... Les filles captaient des fœtus, ressentaient les joies du bouchon vital, de la compensation ultime, du remboursement primordial – et puis se les faisaient décrocher... Comme un jeu à travers lequel Bernadettte vérifiait sa puissance... Médecine et magie noire... Plus fréquent qu'on ne croit... Celles qui sont devenues folles *visibles* dans ce genre de performance ont été escamotées, on ne sait pas trop ce qu'elles sont devenues... Les autres sont pleinement adaptées aux nouvelles circonstances...

Evidemment, ces plaisanteries substantielles peuvent aller de plus en plus loin. Exemple. Flash de publicité :

« *Sexomètre :* la presse anglaise baptise ainsi un minuscule appareil électronique qui permet à une femme de savoir, chaque matin, si elle se trouve, ou non, en période de fécondité. Le sexomètre interprète la température d'une petite plaque sensibilisatrice placée un moment dans la bouche et allume un feu vert ou un feu rouge. »

FEU ROUGE!

FEU VERT!

LA NOUVELLE CIRCULATION!

A vous de voir si vous faites confiance, si ça vous chante, à la conductrice du taxi! L'Eve moderne, un thermomètre à la main! A la taxe! Ça me rappelle Judith, et quelques autres... Elle s'était mis dans la tête d'avoir un enfant de moi... Ça lui paraissait normal... Ça leur paraît toujours plus ou moins normal de faire descendre un bébé, c'est-à-dire un futur cadavre, du chimpanzé nommé homme qui n'existe, à tout prendre, que pour être effacé... C'est surtout ça qui est d'ailleurs stupéfiant, avec elles : le cynisme, la froideur totale du désespoir, la volonté de qui n'a rigoureusement rien à perdre, l'extrême brutalité des situations... L'absence du Bien et du Mal sur le truc crucial... La Pudeur cachant une complète inaptitude à la pudeur... La pudibonderie, même, quand il faut, comme masque de toutes les possibilités de cuisine... Je retrouvais Judith radieuse, exaltée, sur mon palier... Il fallait que je la baise tout de suite... C'était le jour inscrit... Alléluia! La nuit du calcul... La grande nuit de l'iguane... La Villa des Mystères de Pompéi! Le rideau rouge, la prosternation, la révélation! Il y a un poème involontairement hilarant de Hugo sur ce noble sujet... *Booz endormi*... « Ruth, une Moabite »... Qui sait comment boozer, buldoozer... Très biblique... Bien sûr... La recette est connue depuis le fond des temps... D'ailleurs, la Bible, n'est-ce pas, ne parle que de ça... Raison pour laquelle personne ne la lit vraiment... Extorsions d'enfants... Généalogies détournées... Transferts de biens selon la réussite de l'inséminure... RUAH! La fondamentale, la seule *épopée*... A travers le temps... En un sens (mais tout le monde, à ce moment-là, et c'est bien compréhensible, claque des dents de terreur), c'est le comique absolu... Avec Judith, comme avec les autres, la proposition était claire, flatteuse même... « Je ne te demanderai rien, je m'occuperai de tout, tu n'entendras pas parler de moi. »... Courant, de nos jours... Comme l'a récemment déclaré une des dirigeantes influentes du WOMANN (qui, n'ayant jamais eu d'enfants, n'arrête pas de discourir sur la maternité et la parternité) : « La paternité commence après la naissance. » Autrement dit : commence toujours, on verra après pour les notes de frais... Qui sait, il faudrait peut-être leur faire signer des contrats... Le nouveau contrat social... Droits et devoirs du castrat de l'ère-mère... Ou alors se faire payer au coup par coup, tant la giclée, comme un donneur... Un philosophe au pouvoir a un jour déclaré, visant S., que son existence expérimentale, inutile, trop légère, n'était possible que si dix enfants du tiers monde mouraient de faim chaque jour... S. a répondu de façon assez drôle : en proposant de donner son sperme tous les matins à une commission de femmes dûment syndiquées. Il permettait qu'on *répare* ainsi, dans la journée, par inséminations tous azimuts, la frivolité de sa vie aux yeux de ce sourcilleux humaniste. Presque personne n'a ri. Moi, si.

Judith avait déjà un enfant, un fils, d'origine X... Ça ne lui suffisait pas. Ou peut-être pensait-elle qu'en en faisant un autre avec moi, j'endosserais les deux, pourquoi pas? Si la paternité commence avec la naissance, si le Père n'est pas le « géniteur » (découverte tarte-à-la-crème de l'idéologie psychanalytique), il n'y a aucune raison de s'en tenir là... L'existence précède l'essence... Poussons l'existence, l'essence viendra toujours la remplir... Crise de l'énergie, essence de plus en plus chère... C'est ce qui s'est passé quand j'ai été père : j'ai demandé une augmentation au Journal... La paternité commence avec la naissance, si vous voulez, mais elle vous suit dans la mort... Encombrement des caveaux... Fin du lotissement familial! Fosse commune, enfin! Les cimetières seront des musées : on viendra montrer aux enfants ces curieux habitants préhistoriques obstinés à s'enterrer sous le même nom, entre eux, petitement, médiocrement... Tout est changé, n'est-ce pas, en route vers la disparition souhaitable complète! La nappe au noir! Pur sillage! Ce sera de plus en plus beau... Etatisation complète du circuit berceau-tombe... Amnésie...

Soyons sérieux : elles vivent ça dramatiquement, follement... Judith m'envoyait tous les mois, à dates fixes, des petites lettres romantiques... « Chéri, je t'ai attendu toute la nuit... Je brûlais dans mes draps... Tu ne peux pas savoir ce que j'avais envie de toi, de ton corps, de tes bras, de ta bouche, etc. » Pêche au spermatozoïde! Chasse au snark! J'ai eu comme ça, bizarrement, une période où j'étais devenu une sorte d'étalon-or... Est-ce qu'elles se refilent des adresses? Des renseignements? Est-ce qu'un type est désigné , de temps en temps, comme particulièrement vulnérable? Déprimé? Libre? Abandonné? Soucieux? Quoi qu'il en

soit, j'ai été snark pendant six mois... Un cauchemar...
Des filles ravissantes... Renversées... Offertes... Sans
dessous... Allumées... Plongeantes... Insinuantes...
L'Orient! La tentation de saint Antoine! Mais je les
voyais déjà prendre leur température... Noter les courbes... Se faire faire les piqûres appropriés favorisant la
ponte... Gonadotrophine... Humégon... Jamais, pourtant, on n'avait autant parlé de contraception et
d'avortement... Je recevais dix brochures gynécologiques par mois que m'envoyait scrupuleusement Francesca qui pensait que j'avais besoin d'éducation (Francesca est maniaque de toutes ces histoires, gynéco-
phile inlassable, persuadée que la vie humaine est un
enfer mais qu'il faut multiplier l'infernalité... Elle s'ennuie à mourir chez elle, tout le monde doit donc être
malheureux, subir les lois de la nécessité réaliste, bien
comprendre jusqu'à la moelle l'impasse humaine... Elle
est grande, belle, triste, courageuse, méticuleuse, elle a
mal à la colonne vertébrale, elle s'habille très conve-
nablement et souffre en silence...). Oui, c'était bel et
bien la révolution... Elles manifestaient en hurlant,
mais chez moi, dans l'intimité, c'était le contraire...
Elles posaient dehors leurs pancartes, pliaient leurs
banderoles, remplaçaient leurs collants par des bas
noirs et des jarretelles, arrivaient essoufflées pour me
jouer à leur roulette enfiévrée... Vous me direz que
c'est logique... A croire que j'avais été élu dans un
concours animal... La France est paysanne, soit, mais à
ce point... Taureau n° 1... Ou 10? Ou 100? J'ai peut-être
des concurrents après tout? Sûrement, ne soyons pas
vaniteux... Qu'ils m'écrivent... Nous comparerons nos
prestations...

Car si on les baisait, très vite on remarquait quelque
chose d'étrange... Une façon de ramener les jambes, un
coup de rein spécial... Une manière suspecte d'être un
peu trop pressées d'être pénétrées... Le contraire de

l'Ancien Régime... Un côté décidé, hygiénique, se servant de vous comme d'une canule pour un lavement... L'aile gauche du WOMANN et du FAM avait lancé un autre mot d'ordre : « L'usine est aux ouvriers; l'utérus est aux femmes; la production de vivant nous appartient. » Le style même de Bernadette... Inimitable... Plus trotskiste que jamais... Les hommes, les pères virtuels, les géniteurs-bétail, étaient donc devenus, si je comprends bien, l'équivalent du minerai, du charbon, du bois, de la tôle... En passant à la casserole, nous passions aussi au laminoir. A la cuve. A l'aciérie. Au four. Pour assurer la « production de vivant »... Formule géniale... Magnifique paysage industriel... Coron sexuel... Les mines de cuivre péniennes... A esclavage, esclavage et demi... La vengeance des siècles... Avenir radieux! Stakhanovisme d'un nouveau genre! Sous l'œil de notre grande dirigeante timonière contrôlant les cadences... C'était exaltant. Erotique, même, si l'on veut, à condition d'avoir un solide système nerveux... Ça valait mieux, en tout cas, que ce qui était proposé de manière exclusivement médicale : la stérilisation du mâle quand une femme veut s'assurer que son homme n'ira pas procréer ailleurs; ou, mieux encore, le slip chauffant qui assure une innocuité des spermatozoïdes... Quand la partenaire est ovulable, elle vous débranche, le reste du temps vous êtes fonctionnel... Mais ça, c'est, si je peux dire, pour les hétéros de troisième classe, ceux qui n'ont vraiment aucune chance, les prolétaires de l'amour...

Le Sodome Gomorrhe International Council a dû trouver que le slogan de Bernadette était trop frontal... Trop voyant... Qu'il risquait de produire une révolte. Des émeutes chez les nouveaux esclaves qu'on n'a pas avantage à renseigner exagérément... « L'Utérus est aux femmes » n'a donc tenu qu'une saison... Dommage... Ça commençait à être excitant. Les occasions se multiplaient. Il suffisait d'avoir un peu de discipline, genre yoga; de ne pas éjaculer inconsidérément, et on pouvait parfois en baiser jusqu'à trois ou quatre par jour... De plus, en se mettant à faire semblant, comme elles, on apprend beaucoup... On passe, pour ainsi dire, de l'autre côté de son sexe... Judith n'a pas eu son second enfant... Du moins avec moi... Bonne chance...

Des trains entiers arrivèrent, en ce temps-là, d'enfants « sans pères »... Elles semblaient très fières, du moins en apparence, de cette autogestion affirmée. Du moins au début. On les voyait quelques mois rutilantes, joyeuses. Mégalomanes. Souveraines. Et puis après... Les emmerdements... La fatigue, la destruction nerveuse... Passons.

Maintenant, de nouveau, et avec l'avortement enfin remboursé par la sécurité sociale (ce qui, avec l'abolition de la peine de mort, pour laquelle je suis bien sûr, signe plus que tout le changement social), les choses sont redevenues plus calmes... Cet avortement remboursé me fait quand même rêver... La sécurité sociale rembourse *quoi* exactement?... Admirable expression marchande... Calme, donc. Et ennui? Allons, allons... Retour à une certaine clandestinité... Il ne faut pas trop effrayer le poisson, le SGIC a raison...

Francesca ne m'envoie plus ses revues spécialisées. Avec les nouveaux produits, les tout derniers appareils... Je ne suis plus au courant. Je risque d'être démodé. Je me rouille. Ou alors, j'ai été dénoncé. Je suis en résidence surveillée. Plus de cadeaux inutiles...

Qu'on n'aille pas croire, surtout, que je suis un esprit chagrin... Conservateur... Traditionaliste... Réactionnaire... Intégriste... Papiste... Nous autres, en Amérique, nous connaissons tout cela depuis longtemps... La chose est fatale, vogue la galère... Un peu plus ou un peu moins de folie sur la nef des fous... Car tout cela est fou, n'est-ce pas? C'est-à-dire assez affreusement raisonnable, n'est-ce pas? C'est-à-dire plutôt dérisoire, n'est-ce pas? L'humanité avait en somme un dernier espace de liberté dans cette petite chose interdite et muette... Le sexe... C'est fini; on vous dira comment *il faut* jouer avec ça...

Supposons Emma Bovary de retour parmi nous. Elle a cent vingt-cinq ans. Elle aura toujours trente ans. Elle est toujours aussi belle, voluptueuse, mystérieuse. Sa poursuite de l'idéal s'est peut-être assombrie, mais elle reste inébranlable. La province tout entière est montée à Paris. Charles végète comme médecin de quartier, dans un dispensaire. On murmure que la petite Berthe n'est pas de lui. Il n'espère plus aucune satisfaction d'Emma qui, chaque fois qu'il l'approche, fait aussitôt sa migraine. Elle est froide avec lui, maussade au dîner, ne rit d'aucun de ses bons mots, ne manque jamais une occasion de lui répondre par une réflexion pincée à propos de sa mère. L'Apothicaire, lui, a fait fortune. C'est un gynécologue à la mode, il a une clinique dans les beaux quartiers. C'est un membre influent du Parti. Qui ne connaît M. Homais qui a ses entrées au gouvernement; qui écrit de temps en temps dans les hebdomadaires; qui défend l'avenir de la science et mène sans désemparer le combat des Lumières? Certes, ses diatribes dans la presse ne sont plus dirigées contre « ces messieurs de Loyola », encore qu'il ne déteste pas y revenir de temps à autre comme à l'époque de son orageuse jeunesse à Yonville, mais contre les grands monopoles, les multinationales abusives, l'impérialisme américain, la perte de l'identité profonde de son pays. Il reste prudent, cependant. Il n'y a pas lieu de nationaliser sans discernement. Il est plus que jamais pour les expériences nouvelles, la malheureuse affaire de l'opération manquée du pied-bot est oubliée... C'est à la biologie qu'il s'intéresse maintenant. Aux gènes, aux clones, aux greffes, au splendide méli-mélo des substances qui enfin, peut-être, va permettre de créer l'humanité nouvelle. C'est ce qu'il appelle le matérialisme enchanteur de Diderot, son auteur préféré. « N'est-elle pas exaltante, a-t-il écrit dans un article retentissant, cette dernière phase d'un transfert de responsabilités en matière de procréation, de Dieu au prêtre, du prêtre au prince, du législateur au couple, du couple à la femme seule? » Sa femme, pourtant, bien que féministe convaincue, est un peu réservée sur ce point, comme il sied à un ménage convenable bien qu'audacieux; mais lui s'enflamme, disserte, s'entoure d'un halo qui sent son alchimie. Il a lu Freud, il est pour (bien sûr), mais savoure en cachette les œuvres de Jung dont on pourra dire ce qu'on voudra, spiritualiste ou pas, c'est quand même un grand visionnaire. Bien entendu, la Papauté est toujours aussi rétrograde, malgré ses efforts poussifs pour revenir dans le sens de l'histoire (« vous vous rendez compte que c'est à la fin du XXe siècle qu'ils parlent de réhabiliter Galilée! »), mais sa perte d'influence est totale, du moins dans les nations civilisées, je ne vous dis pas l'Afrique ou l'Amérique latine, ni ces arriérés d'Espagnols, d'Irlandais ou de Polonais... Ce dernier Pape qui vient de l'Est, si vous voulez mon avis, ne peut être, d'ailleurs, qu'un agent soviétique, ou de la CIA, comme disent nos amis de l'Est. Le curé Bournisien, vieil adversaire borné d'autrefois, est battu. Il finit ses jours dans un obscur couvent de banlieue. Quoique de gauche, Homais n'est pas sectaire pour autant. Loin de là. Il réprouve le Totalitarisme sous toutes ses formes, y compris le russe, qui a été longtemps un obstacle à la

Science. Il apprécie les positions de son ennemi politique principal, lequel a au moins l'avantage d'être rationaliste et antichrétien convaincu, pétri d'humanités, citant Marc Aurèle à tour de bras, ce qui est voyant mais, tout compte fait, civilisé. Leurs idées sur les manipulations génétiques, d'ailleurs, se rejoignent, bien qu'aboutissant à des applications opposées. Il n'en reste pas moins que, parfois, Homais se surprend à penser des choses horribles dont il repousse fermement en lui-même les possibilités. Par exemple, que les nazis, malgré tout ce qu'on en a dit et qu'il fallait dire, ont eu un certain toupet... Ils se sont peut-être seulement comportés (la chose arrive) en précurseurs fous... Ce sont des petites pensées furtives, des sensations de pensées plus exactement, qui lui viennent quand il est fatigué de l'incroyable timidité humaine alors que l'avenir pourrait être aussi largement ouvert... « Je suis un positiviste heureux », aime-t-il dire. Tous les mois, il donne une consultation gratuite à Emma, l'examine longuement, lui prescrit un cycle de piqûres au cas où elle voudrait disposer librement d'elle-même. Ils parlent de la maladresse de Charles qui, décidément, n'a pas réussi à percer et s'aigrit doucement, surtout depuis la mort de sa mère. « Un cas finalement classique de fixation œdipienne », dit Homais. Emma l'approuve. Elle a depuis longtemps identifié la névrose obsessionnelle de Charles, et elle parle même, après quatre ans d'analyse, de son hystérie en riant... Ce qui n'empêche pas les choses de continuer comme avant. Léon est un jeune député de l'opposition de centre droit, Rodolphe un critique littéraire influent. On ne se donne plus rendez-vous à la cathédrale de Rouen, mais à la Closerie ou chez Lipp. On fait quand même un peu l'amour dans les voitures, le soir. Il y a quelques années, Rodolphe était fou d'échangisme, il emmenait Emma dans des partouzes parfois exagérément populaires. Emma s'y est intéressée pour faire plaisir à Rodolphe, mais s'est vite ennuyée. Les affaires d'argent seront toujours, quoi qu'on dise, les seules affaires. Emma a une vive admiration pour Flaubert, qu'elle préfère nettement aux Diderot ou aux Stendhal d'Homais, cependant ils trouvent tous deux que Sartre, dans *L'Idiot de la famille* (qu'ils n'ont lu ni l'un ni l'autre), a remarquablement éclairé la maladie de ce pauvre Gustave... Ce que Rodolphe pense également. Le cas de Flaubert est typique. Transparent. Un peu pitoyable. Quand ils pensent au procès contre le roman, ils s'esclaffent comme d'un souvenir du Moyen Age. Comme ces gens étaient ridicules et conventionnels, n'est-ce pas, une telle méprise aujourd'hui est tout simplement impossible. D'ailleurs, il n'y a plus de censure. C'est évident. Le procureur Ernest Pinard a été révoqué depuis longtemps; il a même été laminé aux élections dans l'Ouest. L'avocat, lui, dont on n'a pas oublié la plaidoirie, Marie-Antoine-Jules Sénard, est devenu proche du garde des Sceaux, ce qui n'est que justice... Avez-vous remarqué, aime dire Rodolphe, qui est toujours imprévisible et fin dans ses jugements, que Flaubert doit son acquittement à ses origines sociales? A la réputation de son père médecin? Si c'était aujourd'hui, peut-être serait-il condamné? Ereinté dans toute la presse? On sourit devant ce paradoxe... Emma, il est vrai, reproche un peu à Flaubert d'avoir décrit la naissance de son amour pour Rodolphe en parallèle avec la description des comices agricoles et des beuglements d'animaux. Elle trouve ce passage un peu lourd, d'un humour voulu. C'est son côté anarchiste de droite, remarque Rodolphe, ce qu'il faut bien appeler son mauvais goût de vieux garçon impénitent. Mais Emma admire toujours autant le départ en barque avec Léon, si musical; la promenade de la berline aux rideaux tirés;

les scènes de l'auberge... Autant elle trouve périmée la description de l'église :

> « L'église, comme un boudoir gigantesque, se disposait autour d'elle; les voûtes s'inclinaient pour recueillir dans l'ombre la confession de son amour; les vitraux resplendissaient pour illuminer son visage, et les encensoirs allaient brûler pour qu'elle apparût comme un ange, dans la fumée des parfums. »

(passage qui, chaque fois, fait se tordre de rire Homais qui y voit une ironie *terrible*, en même temps que le symptôme naïf de Flaubert, son « Œpide mal liquidé »);

autant elle frémit encore en lisant des phrases de ce genre : « Elle se déshabillait brutalement, arrachant le lacet mince de son corset qui sifflait autour de ses hanches comme une couleuvre qui glisse. Elle allait sur la pointe de ses pieds nus regarder encore une fois si la porte était fermée, puis elle faisait d'un seul geste tomber tous ses vêtements; – et, pâle, sans parler, sérieuse, elle s'abattait contre sa poitrine, avec un long frisson. »

Emma trouve qu'on n'écrit plus comme ça aujourd'hui... Qu'il ne faut donc pas s'étonner si le français est en régression dans le monde entier. Qu'aucun écrivain contemporain n'a cette puissance évocatrice. Dites-moi seulement un nom! Bien sûr, certains éléments ont vieilli (encore qu'elle ait envie, pendant trois secondes, de porter un corset chaque fois qu'elle relit ce passage), mais la scansion, la force tournante de ce point-virgule et de ce tiret... On sent tout, non, dans la suspension savante de ce style... « Quelque chose d'extrême, de vague et de lugubre. »... Et surtout : « Il devenait sa maîtresse plutôt qu'elle n'était la sienne... Où donc avait-elle appris cette corruption,

140

presque immatérielle à force d'être profonde et dissimulée ? »

En réalité, harnachée comme elle est de toute l'émancipation moderne, Emma reste Emma... C'est la même rumination, la même douleur, le même emportement, la même déception devant cette découverte brutale que seule, étrangement, la littérature enregistre : l'absence, en ce monde, d'hommes dignes de ce nom... Pas d'hommes! Pas un seul! Tous des fantoches, des lâches, des vantards, des veaux... Sans fin, de nouveau, dans toutes ses réincarnations successives, Emma arrive à cette même et monotone conclusion désespérante... Ils n'ont aucune consistance... Sauf le temps de l'acte, où leur bestialité se révèle ainsi que leur inanité... Leur regard, à ce moment-là, fait peur... Ils sont vraiment tarés à la base... Ce sont tous, au fond, de fausses Emmas... Des imposteurs... Des schémas... Pourquoi faut-il qu'on ait besoin d'eux? Est-ce si sûr, d'ailleurs? Finalement, il n'y a qu'Homais de vraiment sérieux, mais il est terne, étriqué, vous ne me direz pas qu'il est baisable, et d'ailleurs son ambition lui suffit... Emma devient sensible à la propagande du FAM... Elle rencontre Bernadette... Elles tombent dans les bras l'une de l'autre... L'épisode lesbien a lieu... Mais ce n'est pas ça... Pas vraiment non plus... Et d'ailleurs Emma soupçonne vite Bernadette de n'en vouloir qu'à ses droits d'auteur... Tout n'est donc qu'illusion sur cette terre? Les tubes de somnifère sont là, donnés par Homais. Elle les avale, espérant être sauvée à temps et susciter enfin, à son chevet, au-dessus de son visage mourant, la demande en mariage de Rodolphe... Lequel reste de marbre... S'obstine à ne pas vouloir divorcer... Préfère continuer sa mesquine vie conjugale coupée d'adultère plutôt que de se consacrer à elle, rien qu'à elle, qui lui a pourtant tellement donné, sacrifié... Qui sait, il va peut-être même pousser la cruauté, l'inconscience, jusqu'à faire encore un enfant à sa femme... Se faire faire un enfant par elle, entendons-nous... Marie Curie, par exemple, a souffert ces affres... Ce génie limpide... Mais sublimement passionné... Emmarie Curie, victime d'un amant médiocre... Langevin... L'ange vain...

Emma ne meurt pas. Elle élève ses deux filles, Berthe et Marie, dans l'esprit d'une revanche globale qui, un jour, peut-être... Plus tard... Une autre fois...

Supposons encore. Où sommes-nous? Pays : la planète. Capitale : Gomorrhe. Chef-lieu : Sodome. Habitants : les compromis. A part ça, quelques exilés dans les montagnes (c'est-à-dire, comme moi, maintenant, au fond de cet appartement dérobé; il est quatre heures du matin, je ne peux plus écrire, les lettres se brouillent devant mes yeux comme un rideau agité par le vent; je ne peux pas dormir non plus, la chambre du sommeil m'est fermée, elle est violemment éclairée par une clarté rouge, une lumière de sang)...

On n'arrive pas si facilement à cette hypothèse renversante. C'est pourtant la conclusion évidente de Proust, à laquelle personne ne semble prêter attention. Toute la théorie du SGIC est dans Proust. Et surtout ce point capital : que Sodome est en effet un « dialecte » de Gomorrhe, une branche, un sous-ensemble, une émanation séparée mais tenue en laisse... La Bible donne les deux noms, mais, vous l'avez remarqué, ne parle que de Sodome... Genèse 18 et 19...

Les trois hommes, les trois anges, viennent de visiter Abraham à Mambré... « Iahvé lui apparut au Chêne de Mambré, tandis qu'il était assis à l'entrée de la tente, au plus chaud du jour. Ayant levé les yeux, voilà qu'il vit trois hommes qui se tenaient debout près de lui. »...

Ils annoncent la grossesse miraculeuse de Sarah, elle rit d'incrédulité, ils promettent de revenir l'année suivante... Puis ils arrivent à Sodome... Lumineux enchaînement... Les habitants veulent immédiatement baiser les envoyés de Dieu réfugiés chez Loth... Ça renseigne sur leur désir fondamental... Ils repèrent tout de suite les divins mâles... Ils en bavent... Mais Gomorrhe reste en retrait... Le récit n'en dit rien... Le génie de Proust est là... D'avoir commencé à remplir ce vide... D'avoir transformé Emma en Albert, puis en Albertine... D'avoir retourné un retournement... Il s'est mis à « voir » l'ensemble du plan... Ce qu'il a « vu » en réalité (« j'ai vu l'enfer des femmes, là-bas »), c'est que la sexualité elle-même, cette sexualité si ronflante, insistante, qui agite et travaille tellement les hommes, est finalement réglée à distance par les femmes... Il y a une sexualité non sexuelle de la sexualité, une sexité beaucoup plus forte, insidieuse, indépassable que ce qui se donne à voir comme tel... *Cosa mentale*... Cette intuition, de la part d'un homosexuel, est centrale... L'homo le plus viril est femme jusqu'au bout des ongles... *Comme* une femme... *Si* elle était un homme... Qui *serait* la vraie femme... Le cercle est franchement vicieux, c'est sa nature, il faut s'y habituer... C'est la raison pour laquelle l'ensemble du système représente l'horlogerie de la mort. C'est pourquoi, quand le dieu vivant, celui de la Bible et nul autre, intervient, il ne peut le faire que par des procédés de bizarre procréateur... Il change les noms, il détourne et révolutionne les filiations... Sarah n'est plus une femme à proprement parler, ou plutôt elle a « cessé d'avoir ce qu'ont les femmes », elle n'est plus inscrite dans le flux de la reproduction, elle est bien au-delà de la ménopause, mais elle enfante quand même Isaac dont le nom, qui signifie rire, renvoie comme de juste à son esclaffement stupéfait, négateur, ravi... « Y a-t-il rien de trop merveilleux pour Iahvé ? » (Genèse, 18, 14)... Quand je pense que la plupart s'imaginent que l'affaire de la Vierge Marie est délirante... Mais c'est exactement du même ordre, n'en déplaise aux puritains... Vous trouvez que ça va plus loin et trop loin ? Si vous voulez, à condition d'être incapable d'imaginer un « plus loin » dans ces choses... Le plus loin, ici, se passe de l'intervention biologique, c'est tout. Ce n'est pas plus inouï qu'une femme enceinte de quatre-vingt-dix ans... Est-ce que dieu passant directement par une jeune fille est plus difficile à admettre que s'arrangeant on ne sait trop comment avec une vieillarde ? Il est vrai qu'Isaac, sauvé du sacrifice, n'a plus qu'à mourir en se trompant d'ailleurs de bénédiction finale grâce à une ruse de Rébecca qui préfère Jacob, etc. etc. Tandis que l'Autre... Je ne m'adresse ici, évidemment, qu'aux esprits libres qui pensent qu'un délire dit toujours et quand même la vérité... Pas aux croyants ni aux rationalistes... Quoi qu'il en soit, donc, le hors-nature de dieu répond au contre-nature de la nature, le fait apparaître, le rectifie... Il n'y a que ces gentils païens, c'est-à-dire tout le monde, qui limitent le merveilleux en posant sans cesse qu'il y a une nature de la nature... Dans laquelle ils seraient parfois, à travers Gomorrhe et Sodome, comme des exceptions, au-dessus... Mais au-dessus, il y a seulement la fonction « dieu », le grand planeur de toujours, pour qui tout ça, en bas, dans le mélange, est du pareil au même, ou presque... Drôle de nœud...

A propos de paganisme... Et de cercle... Et de nature de la nature... Et, donc, d'« éternel retour »... Il y a quand même une intéressante confidence de Nietzsche, ce fils de pasteur protestant, à Lou Andreas-Salomé... Pas du tout un propos en l'air, et surtout pas à celle-là, cette femme-là : « Au cours d'une conversation où nous parlions de ses métamorphoses, Nietzsche déclara un jour en plaisantant à moitié : " Oui, c'est ainsi que la course commence, et elle se poursuit jusqu'où? Où court-on quand toute la route a été parcourue? Qu'advient-il quand toutes les combinaisons sont épuisées? Ne devrait-on pas revenir à la foi? Peut-être à la foi *catholique?* " Et il dévoila l'arrière-pensée qui lui avait dicté cette remarque en ajoutant d'une voix grave : " En tout cas l'achèvement du cercle est infiniment plus probable que le retour à l'immobilité. " »

L'achèvement, l'infini du mouvement... « L'éternel sablier de l'existence sera toujours retourné de nouveau, – et toi avec lui, poussière des poussières.»... A rapprocher de cette recommandation sur le style : « La richesse de vie se traduit par la richesse des gestes. Il faut apprendre à tout considérer comme un *geste :* la longueur et la césure des phrases, la ponctuation, les respirations; enfin le choix des mots, et la succession des arguments. »...

Je revois Werth, à la fin de sa vie, juste avant son accident... Sa mère était morte deux ans auparavant, son grand amour... Le seul... Il se laissait glisser, de plus en plus, dans des complications de garçons, c'était sa pente, elle s'était brusquement accélérée... Il ne pensait plus qu'à ça, tout en rêvant de rupture, d'ascèse, de vie nouvelle, de livres à écrire, de recommencement... Savait-il que son surnom, désormais, prononcé en douce au cours des soirées un peu particulières organisées par ses amis pour lui fournir des occasions de drague, était « Mamie »? *Mamie!* Tout un programme... On dînait régulièrement seuls ensemble, une fois par mois... Autrefois, la conversation roulait sur la littérature, sur tel ou tel auteur, sur des finesses de construction ou de narration... Proust... La décision dramatique de s'isoler, d'écrire la *Recherche...* Mais de plus en plus, maintenant, c'était les intrigues de X et Z, les petites cloques psychologiques liées à l'énervement physique... Rien de plus psychologisant que la perversion... C'est la raison pour laquelle, tout en m'y prêtant avec les femmes autant qu'on voudra, je suis la vertu même puisque je peux m'en dégager d'un moment à l'autre. Quand je veux réellement? Oui. Je vérifie... Comme pour une drogue... Pourquoi? Pas de psychologie... Werth était assez intelligent et lucide pour s'apercevoir de l'inévitable bêtise de l'engrenage... Mais le goût du plaisir facile, découvert trop tard, était le plus fort... Il souffrait de cette contradiction... J'ai maintenant devant moi, dans la nuit, accroché à la vitre qui me sépare de l'autre côté de la vie, son visage réduit, rabougri, vissé dans son cercueil... Pli amer de la bouche, pauvre tête d'oiseau empaillé, soudain, pris dans les serres du néant crocheteur... Beaucoup d'homosexuels m'ont donné, à un moment ou à un autre, la même impression étrange, celle d'être comme mangés de l'intérieur, comme si une improbable force corticale, vertébrale, les amenait peu à peu à l'état de fantômes prématurés... D'apparitions contorsionnées, obliques... D'assèchement pétrificateur... Statues de sel en cours... C'était sensible, chez Werth, dans les derniers temps... Quelque chose de plus en plus friable, diaphane, gris-blanc... D'exsangue... Une sorte de fureur rentrée, sourde; de fausse gaieté... Envie, jalousie... Feu lourd, hépatique... Etre l'autre, le même que l'autre, faire enfin, par absorption et involution, qu'il n'y ait pas d'autre... Susceptibilité sans cesse en éveil... Succion, prise de foie... Très maîtrisé, chez Werth, le processus n'en était pas moins à chaque instant visible, audible... Exacerbation narcissique, remplissage de plus en plus tendu de toutes les coutures imaginaires de l'identité... Et c'est là, précisément, que la dictature féminine plus ou moins cachée les attend... Ils n'arriveront jamais à se voir eux-mêmes, à saisir leur propre reflet, au point où *elles ne se voient pas,* indéfiniment, tout en se regardant sans cesse dans la glace... Les jeux du stade... Du stade du miroir... L'aura, le volume, la matière maternelle évanescente en creux du volume... Le contentement angoissé du volume en soi... L'homosexuel est aux femmes ce que le chignon est à la chevelure, le genou à la cuisse, la volute ou la torsade au support de toile ou de bois... Reflet d'un reflet de reflet reflétant l'envers du reflet... La mère en ses moignons épars. Ses mignons. Ses lumignons, ses rognons. Kate m'a raconté l'autre versant, côté femmes, des séances homos de Bernadette. La Reine se laissant adorer par ses servantes, la ruche bourdonnante et la termitière trépidante des images d'images se gonflant vers l'autel. Les alanguissements, bombements; les enveloppements, courbements... « Je me suis tirée quand j'ai vu Bernadette commencer à farfouiller dans le soutien-gorge d'une petite... Je ne pouvais pas supporter... » Deb aussi, lorsqu'elle a été draguée par l'Organisation m'a fait le récit d'un week-end du même ordre à Deauville... Lenteur, passivité des femmes entre elles; lenteur du temps et des gestes, dépression des corps lourds enlacés dans les coins... Hommes entre elles... Femmes entre eux... Mais sur les deux assemblées, le regard caché, fixe, d'une divinité androgyne finalement femelle par réintégration de l'appendice au fourreau... Quelque chose de très ancien dans tout ça, malgré la misère des cités modernes; quelque chose de babylonien, d'égyptien... Culte immémorial du Sommeil... Et c'est bien l'impression que vous pouvez avoir, non, furtivement, en marchant; en étant parmi eux; en vous déplaçant parmi eux; en vivant avec eux; en essayant d'être quand même comme eux; en vous frottant à eux dans les longs couloirs bondés, mornes, sans cesse remplis de nouveaux corps, jambes, mains, visages; nouvelles fatigues disparaissant dans l'usure d'un temps si rapide, maintenant, que plus personne ne le compte, dirait-on; ni passé, ni avenir, ni présent – rien, le sommeil éveillé ou non éveillé, rien...

Werth ne saisissait pas bien ma position, je l'intriguais... Il sentait que je comprenais très bien la religion en question (qui, d'ailleurs, pour lui, restait d'une signification confuse), mais qu'en même temps je demeurais en dehors... Pas par refoulement... Par conviction... Je crois même qu'en dehors de l'exhibitionnisme privé de ses récits, il cherchait moins à observer si je me troublais qu'à s'assurer d'une extériorité possible... Au moins quelqu'un qui voit et que ça n'intéresse pas plus que ça... Dans ces moments-là je devenais presque un prêtre en mission, au fond... Et pour cause... Tout cet encens, cet empire d'encens, monte vers le Père inconnu, impossible, inaccessible, comme pour l'obliger à exister, à se révéler, à se dévoiler... Inconsciemment et obstinément... Et rien ne vient... Et les transgressions redoublent... Et puis un jour, en effet, le tremblement de terre est là, le soufre survient, c'est-à-dire pas seulement la guerre mais aussi la maladie des uns, la mort des autres... Les communautés sont dispersées, détruites... Elles se reforment ailleurs... Tout près...

Rien de hiérarchisé comme l'espace pervers... C'est un clergé, une contre-Eglise... Avec ses cardinaux, ses évêques, ses simples curés... Ses pauvres sacristains sans lendemains... Ça se fait tout seul.... C'est dans la logique non écrite du sexe... A chaque instant, au sommet, des luttes farouches ont lieu pour occuper la première place... Reine des termites; roi des rats... Rien ne transparaît, à peine quelques soubresauts dans le rideau du secret, tout se passe dans l'épaisse ténèbre phallique... Le roi est celui qui porte sur lui l'expérience de la castration la plus vive... La reine celle qui est le réceptacle le plus conscient de cet arrachage foncier... Tout cela immatériel, encore une fois, les exercices physiologiques sont d'ordre inférieur... En haut, ils revêtent le caractère de simples sacrements de l'ombre... Sceaux posés sur des états intérieurs... Comme si le tissu tout entier était hypnotique... L'hypnose est d'ailleurs, avec la drogue, une des passes de cette mer... Regardez bien leurs regards... Elles dorment et ils dorment... A poings fermés... Les yeux brillants et ouverts...

Oui, décidément, les vieux manichéens avaient raison. Les Archontes, ou puissances de l'air, sont là, impalpables. Ils veillent comme des somnambules à l'enfouissement sans issue des corps. S. aime citer un mot, d'Antonin Artaud je crois, comme quoi le monde n'est rien d'autre qu'un « châtelet de magie noire »... Le château... L'opérette qui tourne au crime en coulisses... Une histoire de chatte vorace, en tout cas... Je revois le vieux William Burroughs, à New York, debout d'un pied sur l'autre, le dos au mur, attendant de prendre la parole dans un congrès... Les yeux bleus délavés, mille fois buvardés par le flash et l'enfoncement fourmillant glacé des cellules, le dos voûté, maigre, les joues creusées, happé par l'hameçon râpé du contre-os... Se lançant ensuite dans une grande rêverie saccadée sur la pollution universelle, la mutation des salamandres, une apocalypse marécageuse, virale, obligeant les débris de l'humanité à quitter la terre et à se disperser dans les étoiles, enculages, pendaisons, science-fiction sur fond d'enregistrements trafiqués, neurones tripotés, viciés... L'âge d'or revient, des garçons nus sauvages vivent en bande, volent, tuent, baisent mécaniquement pendant que les femmes, regroupées en commandos amazoniens, sont exclusivement employées à assurer la police... Le public américain, c'est-à-dire les bonnes grosses vieilles Américaines, misenpli et cheese-cake, écoutent le sermon, épatées, ravies... Elles applaudissent... Malin Burroughs, sous son air de chien courant efflanqué, claqué... Il touche son cachet... Il survit... J'ouvre son dernier livre au hasard :

« Je rêve et je vois Dink debout au-dessus de moi avec le phallus de la forme la plus parfaite que j'aie jamais vu en érection. Puis il me baise avec mes jambes relevées et quand je me réveille, éjaculant, je m'aperçois qu'il est effectivement en train de me baiser. Je sens son visage sur le mien et pendant une fraction de seconde; il disparaît et j'entends dans ma gorge sa voix de quatorze ans dire : " C'est moi! C'est moi! C'est moi! J'y suis arrivé! J'ai atterri! " »

Je vois qu'il n'y va pas de main morte... Au début, il dédie tout ça, pêle-mêle, à tous les démons possibles et imaginables, au « Seigneur des Abominations, dont la face est une masse d'entrailles, dont l'haleine est la puanteur de la fiente et le parfum de la mort... A l'Angle Noir des Quatre Vents, aux génitoires pourrissantes derrière lesquelles il grogne à travers ses dents aiguisées... A Gelal et Lilith, qui envahissent la couche des hommes et dont les rejetons naissent dans des endroits secrets... », etc. etc. Frisson chancreux! C'est la fête! Emma est stupéfaite! Elle n'en revient pas! Elle dévore le bouquin... Elle se jette en hurlant sur Rodolphe... Il hésite à parler du livre dans son feuilleton... C'est tellement spécial... Marginal? Marginal... Où est-ce qu'ils vont chercher tout ça, ces Américains... Comment recommander cette lecture à Limoges... Mulhouse... Dijon? Est-ce qu'il n'en remet pas un peu, tout de même? Malin Burroughs...

Werth n'en pouvait plus... Tout l'ennuyait, le fatiguait de plus en plus, le dégoûtait... Les demandes des uns, les supplications des autres; l'atmosphère de malveillance implacable qui entoure la prostitution douce; la niaiserie dépendante des garçons exigeant

150

sans cesse d'être assistés, maternés, poussés, pistonnés... Pour quelques instants agréables (et encore), quel prix à payer... Téléphones, lettres, démarches, arbitrages... Conseils, indulgence à n'en plus finir, tutelle, pourboires déguisés... A ce jeu de la résignation, Werth était devenu une sorte de saint malgré lui, gardant quand même sa réserve ponctuée de soubresauts rageurs... Il ne vivait pas du tout son homosexualité comme le font la plupart, désormais, de façon triomphante, agressive, militante, dure, prononcée... L'obscénité en vitrine... Boîtes sado-maso, valse du cuir... Torses, poils, muscles, piscines d'argile, mer gluante... Floc-floc des râles et des grognements... La seule chose qui avait toujours fait peur à Werth, c'est que sa mère apprenne ses goûts par la presse... Qu'il y ait comme ça un scandale mettant en cause sa situation, d'ailleurs péniblement acquise, de grand professeur... Déjà, l'hostilité des collègues, l'inlassable calomnie des ratés universitaires... Rien à voir avec le gauchisme viril de Pasolini... Les sous-prolétaires dans le cambouis, sur la plage... Avec le risque d'assassinat au bout, c'est d'ailleurs ce qui a fini par arriver... Non, les Français sont plus réservés, que voulez-vous, ils souffrent de plus en plus, en demi-teintes... Proust dans une boîte de New York? Charlus et Jupien dans les bains-douches directs de la 72e Rue? Werth se battait, sans illusions, pour une sorte de sensualité atténuée, une variante d'épicurisme... Bouddhiste, japonisant, légèrement affaissé...

Son livre, *Le Fantasme sentimental*, eut le même retentissement qu'une résurrection de Stendhal... Il tombait bien, dans une phase de langueur unisexe... Les garçons étaient plutôt très filles, les filles essayaient de composer ça comme elles pouvaient... Vases communicants, signe égal... Les femmes étaient contentes... Werth fut surpris de ce brusque succès très public... Flatté, puis agacé... Il voulait se faire aimer, c'est sûr, quelle idée, mais sans la contrepartie de haine qui accompagne fatalement l'effusion... La haine restait pour lui une énigme. Il la sentait; il préférait ne pas la voir; il était pourtant bien obligé de la constater partout. C'était un humaniste, Jean Werth, et l'époque n'était pas à l'humanisme, mais finalement, avec des paliers idéalisants, au déchaînement sulfureux... Alors tout ça, l'amour, le plaisir, le sensualisme, l'agrément pervers, le sexe tempéré, la bonne image de soi, ouvrait fatalement, comme une trappe fleurie et trompeuse, sur un abîme de violence et de chiottes, sur la mort voulue pour la mort? Philosophiquement, un telle conclusion lui paraisait absurde. Inconcevable. Déclin du miracle grec, subversion des formes, barbarie... Il se voulait « gibelin », lui, c'est-à-dire dans la tradition, disait-il, de la « dévotion de l'homme pour l'homme ». Il me trouvait « guelfe », et en effet, je le suis... « Guelfe blanc »... C'est-à-dire pessimiste, casuistique, baroque, ayant appris à mes dépens qu'on peut seulement traiter le mal par le mal... Jésuite.. Protestant, au contraire, Werth, jusqu'au bout des ongles... Et moi, catholique... Les protestants nous sont moralement supérieurs, pas de doute... Ils sont plus naturellement chrétiens, alors que nous le sommes si peu... Nous n'estimons pas nos sorcières de mères comme eux... La Vierge, elle, est une autre affaire... Une autre dimension du jeu... En revanche, nous comprenons mieux la ruse païenne... Ce qu'il y a derrière... Dionysos... La destruction, le chaos... Et mieux, peut-être aussi, maintenant, la Thora juive... Sa récusation tranchante de tous les démons de pacotille tournant dans les tourbillons du pubis...

« Voilà, il va retrouver sa mère », m'a dit Deb quand nous sommes sortis de la salle d'urgence de l'hôpital où Werth agonisait sur sa table de perfusion... Il était là, presque nu, des tuyaux partout, comme un gros poisson encore respirant à la dérive... Il faisait un geste lent, mécanique, comme pour demander d'être débranché et qu'on en finisse... Tout le monde, là encore, avait menti. Il n'allait pas si mal, l'accident n'était pas si grave... En réalité, il était perdu tout de suite... Ses yeux, brûlant de fièvre et de mort, se sont levés sur moi, sa bouche a murmuré « merci, merci », quand je lui ai balbutié quelques mots... Quoi? Je ne sais plus... Qu'il fallait tenir, que j'étais avec lui... Absolument avec lui... C'était un jour de printemps chaud, nauséeux, fermé sur lui-même... Je voyais Werth s'éloigner lentement, à la verticale, comme un noyé; je repensais rapidement à toutes ces soirées d'autrefois quand il sortait le soir, à ma rencontre, automne, hiver, printemps, été, avec son cigare préparé pour l'après-dîner, élégant, sobre, heureux de voir quelqu'un qui l'aimait bien et qu'il aimait bien... Dans le bon temps, on parlait, l'un après l'autre, de ce qu'on était en train d'écrire, on faisait le point d'un mois de travail... Goût commun pour la voix, le chant, les abréviations de la poésie chinoise, les carnets, les cahiers, les stylos, la calligraphie, le piano... Werth me demandait des précisions sur la littérature américaine, me laissait parler de Melville, de Pound... Il trouvait étrange que je sois américain et catholique. J'essayais de lui expliquer l'aventure de cette minorité, ses défauts, ses qualités... On s'écrivait de temps en temps de petites lettres pour se remonter le moral... Chacun avait ses aventures, ses voyages – c'est lui qui racontait, jamais moi. Je ne dis jamais rien de ma vie aux autres, par principe. Par esthétique personnelle. Par superstition. Transpositions...

Dans la cour de l'hôpital, j'ai dû faire effort, plusieurs fois, pour ne pas m'évanouir. Puis je suis remonté près de lui. Salle de réanimation. Son cœur battait là, de haut en bas, sur l'écran noir. Dernière cabine de cosmonaute. Fin du voyage, cette fois. Il était reparti très loin, tout près, à des milliers d'années-lumière de son propre corps jeté là comme un sac, tache grise, avec le sang coagulé autour du nez, de la bouche. Les fils enchevêtrés. Les tubes. Les boutons. Les clignotements rouges, jaunes... Les agonisants sont devenus ses sous-marins flottant jour et nuit dans on ne sait quelle substance de transition dure, bleutée... Je me suis tout à coup rendu compte que je m'étais mis là, debout, à prier... Au nom du Père, du Fils, et du Saint-Esprit... In nomine Patris, et Filii, et Spiritus Sancti... Ça me revenait d'un trait en pleine situation de désespoir, de désastre... Devant l'idiotie atroce de cette fin abandonnée, celle d'un pauvre, au fond, d'un clochard... Or maintenant, dans la pièce fonctionnelle et mate, ce qui éclatait pour lui c'était la supplication ardente, la magnificence solennelle de la messe des morts. Requiem aeternam... Rex tremendae majestatis... L'ultime et cendreuse et limoneuse et clamante demande de pardon, à bout de tout, au-delà de tout... J'ai chanté ça, silencieusement, bien sûr, pour ne pas le troubler, le choquer... Il n'entendait plus rien, de toute façon, mais on ne sait pas... C'était bien ce que je pouvais faire de plus absurde; de plus éloigné des habitudes du milieu où Werth et moi avions vécu... Seul acte, pourtant, à mes yeux, mélodiquement accordé au grand bruit vaseux de sa mort.

III

Je fais ma valise... Je pars... Pas de taxis au téléphone... Quelqu'un appelle... Non! Non! Boris... NON! « Alors, vous avez lu mon dernier édito? Fumant, vous ne trouvez pas?... – Absolument, mais excusez-moi, je suis en train de prendre un avion. – Comment, vous partez? Encore? Mais qu'est-ce que vous avez? – Ce pays m'ennuie. – Bof! C'est partout pareil... En tout cas, ça y est, j'écris mon roman... Où en est le vôtre? Une centaine de pages, on m'a dit? En tout cas, j'ai un titre extraordinaire pour le mien... Fabuleux, vraiment... Je viens de le déposer... Cette fois, c'est le Goncourt, à coup sûr... Le titre, vous allez voir, une idée géniale, c'est incroyable que personne n'y ait pensé...

– Oui?

– Presque un lieu commun, dit-il... Un titre inouï...

– Oui?

– Ah, c'est insensé... Un titre comme on n'en trouve jamais...

– Oui? (Une heure jusqu'à l'aéroport.)

– Ecoutez ça... *L'Eternel féminin*... Fantastique, non?

– Ah oui, très bien.

– Votre roman à vous n'est pas trop porno, j'espère?

Il ne faut pas faire porno... La tendresse, n'oubliez pas, l'amour... Aujourd'hui...

– Mais oui... Excusez-moi vraiment... Je cherche un taxi...

– Ciao! »

Il est furieux... S'ennuyer dans un pays où il publie, chaque semaine, un éditorial... Dans un journal qu'on ne trouve d'ailleurs pas à l'étranger... Les voyages devraient être interdits...

Dans le taxi enfin trouvé, je pense avec amusement : 1° que Boris est décidément très agité à l'idée que j'écrive un roman dont le titre provisoire, qu'il vient d'apprendre, est *Femmes*; 2° qu'il espère bien que ce roman sera trop pornographique pour avoir un « prix » (grand tirage); 3° qu'il a trouvé le moyen de se présenter en alternative par rapport à moi et de me montrer une bonne fois qui est le plus « fort », le plus « puissant » (les deux mots qui reviennent le plus souvent dans sa conversation)... *L'Eternel féminin*... Bravo! C'est ça... Il est décidément épatant... Il a raté son coup, il y a deux ans, à cause d'un personnage de femme, dans son livre, qui n'arrêtait pas de déféquer un peu partout... Etrange éternel féminin... L'action se passait au Cambodge, je crois... Dans l'enfer des réfugiés vietnamiens que l'héroïne regardait négligemment se noyer dans l'océan ou se faire manger par les requins tout en se faisant sodomiser par le narrateur... Ou quelque chose comme ça... Le meilleur bouquin de Boris, de loin... Enfin dégueu et fleur bleue, comme lui... Il avait mis le paquet... Une scène où elle suce la queue d'un jeune soldat khmer agonisant et avale son sperme avec son dernier soupir... Dans la jungle... Une autre scène où elle lèche par amour le pus d'un furoncle de son amant... Lequel passe son temps à lui mettre deux ou trois doigts dans le rectum pour sentir couler sur ses doigts la merde brûlante de son égérie, etc., etc. Elle finit cancéreuse, réclamant, sur son lit de mort, de la merde de rouget du Mékong, entendez par là du caca de poisson nourri au cadavre... La Dame au cacamélia... Bref, un festival révulsif... *Salo*, de Pasolini, en plus bourgeois décadent, style chantourné filandreux, mais courageusement scatologique... La secte des diarrhées fluides... Pas mal pour Borris, en tout cas, qui, jusque-là, faisait plutôt dans l'eau de rose, le conte de fées, le Mille et Une Nuits précieux, allusif... Autant il avait été loué pour ses minauderies romantico-éthérées, autant il s'est fait saquer pour ce ragoût merdophile... Hypocritement... Comment ça s'appelait, déjà? *Le Murmure des siècles*, je crois... Qui a eu le prix à sa place? J'ai oublié... Evidemment... Boris m'annonce que, cette fois, ce sera moi la victime... Il croit que j'écris un roman à succès... Sinon, pourquoi écrirait-on, je vous le demande? Et s'il y a trop de sexe dans mon récit, clash! Tandis que lui, échaudé, va concocter une petite chose chaste, inoffensive, suspendue « poétique », le renouveau amoureux, quête du Graal, vapeurs morganes, farfadets, mousses, clair de lune... Sacré Boris... Qu'il l'ait donc enfin, son prix... Chef-d'œuvre... Grand écrivain... Le plus grand de sa génération... En tout cas, je m'aperçois que nous sommes déjà dans un an et demi... Réservation des places... Distributions des primes, bourses, allocations; injections dans les comptes en banque; répartitions, pourcentages... « Je suis très puissant »... Boris est en effet puissant de toute l'impuissance générale... Il a ses entrées, c'est vrai, ses sorties... Un habile et fatigant réseau de pressions, contre-pressions, chantages discrets, indiscrétions, papotages... Les vrais puissants-impuissants s'ennuient tellement... Boris est leur distraction, leur petite perversité du jour, leur inspiré d'opérette, leur dibbouk, leur diable en carton qu'ils se refilent d'assiette en assiette pour se faire un peu peur... Pas trop, mais un peu tout de même, comme ça... Au cas où on étalerait le dessous des choses...

Décollage... Dix mille mètres... Cornouailles... Irlande... Cork, Shannon... Océan vers Halifax... Nouvelle-Ecosse... Sommeil...

New York... Il fait très beau... Cyd est à l'aéroport, au volant de sa petite décapotable blanche... On file sur Manhattan... Pont Verrazano... Elle m'a loué un studio dans le Village, dans Bank Street, à deux pas de Greenwich Avenue... Vingt et unième étage, vue sur l'Hudson... Elle me quitte tout de suite... A ce soir... Je m'installe sur la terrasse... C'est l'été indien... Quelle merveille... Tout est doux, vif, étincelant, vibrant... Whisky? Whisky. Glace? Glace. Bibliothèque? Fameuse. Tous les classiques. Reliés. Homère. Dante. Shakespeare. Milton. *Paradise Lost.* Store jaune. Chaise longue bleue. Fauteuil blanc, table blanche. Et, à l'intérieur, fauteuils et divans de cuir, plantes vertes, tout un confort londonien. Télévision par terre. Radio. Cassettes. Berg. Bach. Scarlatti... J'ouvre ma machine à écrire, je tape : « Décollage... New York... Il fait très beau... » Bain. Lit. Je me relève... J'écoute le clavecin en regardant le coucher de soleil bordeaux déployé sur les docks... Paris et l'Europe sont très loin, tout à coup, comme arrachés de la page... Téléphone. L'annuaire. L'ONU? Le bureau de la délégation chinoise? « Mme Li? De la part de qui? Un moment, s'il vous plaît. »... Un long moment... La voilà. Demain soir? Oui? Demain soir...

C'est ce qui s'appelle emballer un séjour... Cyd et Lynn, ce soir... Ysia demain... Demain matin, j'irai au musée d'Art Moderne... On attaque. Je note mes instructions à moi-même : une semaine de distractions *poussées*. Puis : horaires fixes. Repas réguliers légers. Pas de sexe. Calme. Tennis. Nage. Le plus souvent possible : travail tard le soir. *La nuit*.

Il me faut la nuit!

La nuit de New York verticale, empilée, postgothique, perçante, cubique... Le World Trade Center comme un computer lumineux, avec ses deux tours comme de longs micros visuels... Et, au bout de la rue où j'habite, le mouvement du port... Les entrepôts, les camions... Le magasin de *Delikatessen* ouvert jusqu'à deux heures du matin, et celui de *Liquors* à l'enseigne fluorescente rouge... Le bar des Portoricains; les filles brunes, gaies, faciles... Je parle espagnol... New York est aussi une ville espagnole... Chaîne 13 de télévision... Ou 17? Et le câble *Reuter News*, rouge au centre, vert en bas, bleu en haut, avec le télex en train d'écrire directement les dépêches, le cours du dollar, les températures, les prévisions météo... *Cloudy*... Le dollar monte, descend un peu, remonte... Monte, redescend, remonte... Entraînant la planète avec lui, les quatre milliards de corps respirant en ce moment sous le ciel... Pendant que l'histoire mondiale s'écrit en détails... Le tout sur fond ininterrompu de musique classique, comme si rien ne se passait vraiment, comme si on était dans l'Olympe, concert pour les dieux, agitation fébrile et purement typographique des peuples, des nations, des gouvernements, des banques, des criminels... *L'Art de la fugue*... Ou alors CBS... Flushing Meadows... Prés coulants... Mac Enroe est encore en train de gagner virevoltant, bondissant, tenant toute l'étendue du filet... Il vient de réussir un premier service imparable... Un *ace*... Il faudrait écrire comme ça... La balle fulgurant sur le côté droit... Juste dans l'angle... Sur le point fuyant de l'angle... On dirait un ange du Caravage, agressif, rapide, venant renverser les cartes de la pesanteur... Le public américain le déteste... Ou fait semblant... « The champ you love to hate », titre le *Post*... Le champion que vous aimez haïr... C'est-à-dire que vous aimez vraiment... Toute une devise pour l'espèce humaine... L'antifascisme réalisé... Le héros négatif dont on applaudit les fautes... Qu'on souhaite viscéralement voir perdre... Et qui gagne quand même... Il boude; il lève les yeux au ciel; il jette sa raquette par terre, interpelle l'arbitre, se met à genoux, grommelle, se tord de colère... Quel mime... Les grands artistes sont d'abord des mimes... Innés... Le mimétisme est la base nerveuse de tout... Au commencement est l'absorption... L'originalité radicale, contrairement à ce que pensent les étriqués de tous bords, est dans le muscle impalpable du mime, sa plasticité, sa roue, son innervation, son aération... Il n'y a que lui qui comprenne le fond vide des phénomènes, la soufflure inutile de tout, l'humour fatal de toute manifestation extérieure, son *erreur* méritant la mort, sa qualité quand même, en excès... Enfant gâté? Jamais trop, à condition qu'il soit génial... Insupportable... « The champ you love to hate. »... Une formule pour le public, c'est-à-dire tout particulièrement destinée aux femmes, aux hommes en train de devenir femmes... Au monde entier, finalement... A la vésicule universelle... A la Bile... A l'Envie... Mac Enroe a un truc glandulaire à lui : la colère déclenche un afflux d'adrénaline, ça permet de survoler la partie, de la téléviser intérieurement, de planer sur le terrain comme si c'était une rediffusion de l'espace en jeu... Les grimaces, les moues de la bouche servent simplement à faire venir le dessous sécrétif... Pauvre Borg en face... Le champion qu'on aime... Grand, droit, scrupuleux, concentré, honnête, éminemment moral... Le mari parfait... Et, justement, l'image se déplaçant vers les gradins, donne la réponse... Pourquoi Borg est en train de perdre... Depuis son mariage... Elle est là, Mariana, une Rou-

maine (attention aux Roumaines!), à côté de l'entraî-
neur de Borg visiblement excédé d'avoir à la supporter... Elle est tendue, pincée, rentrée, laide... Elle émet
dix millions de kilowatts de mauvaises vibrations...
Elle veut que son homme gagne, mais surtout, et c'est
plus fort qu'elle, qu'il perde... Et lui, là, on sent très
bien qu'il ne peut pas ne pas sentir ce train d'ondes
d'inhibition... Il se secoue un peu comme un cheval
noble... Peine perdue, le flux est trop fort... Encore une
balle dans le filet... L'argent... Le placement de l'argent... L'enfant à faire... Les enfants... Les maisons... Les
beaux-parents... Tout... Il va finir dans la restauration
de luxe, ou quelque chose comme ça... Il y est déjà... Ça
lui casse les pattes... Soumis... Suédois... Le champion
qu'on aime... Puisqu'il n'est qu'un homme, enfin...
Comme les autres... Vous voyez bien... Attendrissement
des foyers, regards un peu humides des dames...
Quand il battait tout le monde, le commentaire général était : « machine inhumaine », « mécanique froide »... Va-t-il sourire? Eprouve-t-il au moins un sentiment? Ça y est, il est humain... Il perd... On l'aime,
c'est-à-dire qu'on va pouvoir l'oublier... On l'aime dans
la mesure où son corps accepte de se faire oublier...
Mac Enroe, lui, l'enfant gâté, l'adolescent prolongé,
n'en est pas encore à la castration officielle... Pas de
femme... Ou plusieurs... Ou rien... Tout pour lui seul...
Vie désordonnée, rien pour les autres; rien pour la
sécurité de l'ensemble... Se montrant sur scène, dans
des boîtes, avec des rockers... Et en plus son père qui
est là, un peu tassé et féminisé, comme une mère, et
qui le regarde... Père et fils... Tout le monde comprend
que Mme Mac Enroe a été mangée par son fils après
avoir mangé son mari... Il gagne... C'est une fable pour
tous les temps...

Je sors. Je remonte la Cinquième Avenue. Longtemps. Marcher dans l'été indien, avec le ciel haut

encore éclairé, le vent coupant de l'océan sensible, les écureuils dans les squares. Je vais jusqu'à Saint-Patrick. J'entre. Marée des cierges allumés. Voilà le pont entre les mondes, la cathédrale un peu écrasée entre les buildings... En face du 666, le chiffre de la Bête dans l'Apocalypse, restaurant là-haut « at the top »... Vue sur toute la ville... A l'intérieur de Saint-Patrick, le drapeau du Vatican et celui des Etats-Unis... La bannière étoilée à côté du jaune et blanc des armes pontificales... La tiare et les clés... Je ne sais pas si j'oserais dire en Europe que ce sont mes deux drapeaux préférés... Que je me sens avec eux chez moi... Enfin chez moi... J'entends d'ici le silence, la réprobation, le crissement muet rauque, devant l'énorme mauvais goût de cette réflexion... Ici aussi... Les catholiques ne sont pas bien vus, inutile de le dire, surtout chez les intellectuels... Il faudra les éviter ceux-là... Celles-là... Jane. Helen. Paula. Dora... La Cellule... L'Université, les revues... Comme chacun sait, l'Amérique est un pays fasciste; l'impérialisme américain est le monstre intégral; nous devons militer contre la bombe à neutrons, pour le désarmement unilatéral, la paix immédiate, un socialisme authentique, pas russe, bien sûr, sauf s'il n'y a pas moyen de faire autrement... Trouver une nouvelle voie, une troisième, non alignée, le tiers monde, pas absolument Cuba, mais quand même Cuba... Je connais d'avance toutes les conversations... Précisément, à propos de Cuba, je dois me renseigner pour savoir où en est le long martyre en prison d'un poète catholique cubain, Armando Valladares... Vingt ans de cellule... Torturé à petit feu... Pendant que, comme d'habitude, on tient des meetings à La Havane... Des rencontres de l'intelligentsia présidées par l' « immense romancier » nobélisable Gabriel García Marquez... Pas mauvais écrivain, c'est vrai, un peu lourd pour mon goût... Avec de petites allusions, comme ça, entre les lignes, alchimiques, kabbalistiques... Hé, hé... Un ami intime de Castro... Dont il n'arrête pas de faire l'éloge... Il doit avoir ses raisons... Mais c'est Valladares, moi, qui m'intéresse, enfermé, souffrant, pendant que Marquez se pavane devant les journalistes... Je donne toute l'œuvre de Marquez pour que Valladares puisse lire un de ses poèmes à la télévision... Coupez ce passage! me dirait Boris, vous perdez des milliers de lecteurs, de lectrices... Tant pis...

Ça ne va pas nous faire de mal, à nous, catholiques, d'être désormais de nouveau persécutés un bon coup sur cette boule malade... Trop longtemps le haut du pavé... Trop de crimes désinvoltes... Les sorciers... Les protestants... Les juifs... Juste retour du balancier... Tout ce qui se passe, désormais, est uniquement, exclusivement, passionnément religieux... Pareil depuis toujours, en réalité; plus violemment que toujours, avec d'autres alibis, d'autres masques... Nous sommes en train de devenir la minorité souffrante... De plus en plus... On tente d'assassiner le Pape... Répression en Pologne... Sombre complot... De Robespierre au couple idéal Brejnev-Khadafi... Tout cela est très bien... Excellent pour la santé... Vous verrez...

J'arrive chez Cyd. Chaque chose en son temps. Son appartement donne sur l'East River. Large flot bleu-noir dans la baie bleu-noir. Cyd a une robe verte, collante... Elle est nue sous sa robe, comme elle aime, comme elle sait que j'aime. Ses cheveux blonds courts, ses yeux verts. On fait l'amour assez rapidement. On dîne. Et puis Lynn arrive... Lynn est une idée de Cyd. Pour elle. Pour nous. Elle est grande, châtain, jolie, un peu anguleuse, très anglaise ; elle est prof de littérature à Los Angeles, de passage à New York... Sur quoi travaille-t-elle en ce moment? Faulkner. La technique narrative, surtout dans *Absalon! Absalon!*... On parle de la glycine et des oiseaux du début... « Sur un treillage de bois, devant l'une des fenêtres, fleurissait, pour la deuxième fois de l'été, une glycine où, de temps en temps, s'abattaient fortuitement des volées de moineaux qui, avant de s'envoler, l'emplissaient de leur bruyante et futile agitation. »... Voilà... Et puis la voix... Et l'odeur de cercueil « saturée et resaturée du parfum sucré de la glycine en fleur »... L'odeur, le son du vol d'oiseaux, la voix de Rosa Coldfield... Miss Champfroid... Un des plus beaux personnages de femmes, de vieille fille, de vierge volubile, de la littérature... Avec son long monologue en italique, au milieu, pratiquement sans ponctuation... « A propos, dit Lynn, il paraît qu'il y a un livre étonnant qui vient de paraître à Paris? D'un certain S.? *Comédie*, je crois? » Merde alors... J'approuve... Je suis héroïque... Je dis que c'est probablement un événement, mais difficile à apprécier, très difficile... « J'ai lu là-dessus un article violemment hostile, dit Lynn, dans un hebdomadaire français, *L'Express*... Ça m'a donné envie de le lire... Est-ce qu'on a écrit autre chose sur lui?... – S. est un garçon charmant, dis-je, très drôle, plein d'humour... – On dit qu'il est assez jeune? – La quarantaine. »... J'essaie de détourner la conversation. Je reviens à Faulkner... A *Sanctuaire*... Je brille dix minutes sur la façon dont le viol avec l'épi de maïs est constamment évoqué, jamais vraiment décrit... « Le personnage de Temple, dis-je, est vraiment une des grandes réussites du roman moderne... La fin avec son père... Le retour de Temple à son père... Cette profanation du sanctuaire vaginal qui finit sous la loi bafouée du père... Comme si son père, à la fin, au Luxembourg, était devenu sa mère, justement... Sans que rien soit dit... »

166

Lynn approuve. Elle me regarde avec curiosité, sympathie; elle vient de croiser haut les jambes sous sa robe bleue; Cyd, qui se fout complètement de la littérature, ne dit rien et remplit les verres... On boit beaucoup... Cyd met un disque lent, il fait nuit, je l'invite à danser... Lynn , un peu renversée en arrière, nous regarde... Cyd va s'asseoir près d'elle, l'embrasse... Voilà... Elles dansent ensemble... On finit assez vite nus tous les trois sur le lit du fond du living... Lynn a une peau fruitée, veloutée... Je la prends doucement, par-derrière, pendant qu'elle continue à embrasser Cyd; je l'encule, et elle me donne vraiment ses fesses avec confiance, générosité... Elle jouit très vite. Après quoi, Cyd lui montre comment elle me suce... Elles ont dû en parler... Et puis, c'est le jeu... A celle qui mangera ma queue, comment se la disputer en lui faisant un peu mal, pas trop... Elles rient... Elles s'amusent... C'est long, insistant, saoulant... C'est Lynn qui va boire mon sperme... Cyd vient de le lui permettre... Je me laisse jouir... Elle y met beaucoup d'attention, de tendresse, son dégoût n'est pas perceptible, l'espace tourne exactement comme il faut... Et puis Lynn donne le lait à Cyd, bouche à bouche... Elles s'embrassent à n'en plus finir... Et Lynn plonge, sa tête entre les jambes de Cyd... La suce, maintenant, longuement, savamment... Cyd me donne sa bouche à moi, m'envoie son souffle frais, renversé; elle crie et meurt comme ça, dans ma langue... Bon... C'était la science appliquée trinitaire... Le nœud gomorrhéen dévoilé... J'ai un laissez-passer particulier pour ce genre de séances... Enquêteur reconnu, sérieux, agréable, discret, dégagé... On boit un whisky sans allumer... Le protocole veut que je les laisse, à présent... Elles sont couchées dans les bras l'une de l'autre, roses et brunes, ces blondes, dans la nuit d'octobre... Détendues, repues... Bien entendu, elles vont encore faire l'amour après mon départ, dans le style plasma, vampirique... Cyd fera jouir Lynn, il faut que ce soit mieux qu'avec moi... Elles vont se dire des tas de choses, y compris sur moi... Je m'habille, je les embrasse, je sors...

Depuis quand sonne le téléphone? La sonnerie de New York, plus lente, grêle, un-deux, un-deux... Le jour est violent, le soleil donne de plein fouet dans le store, le soleil d'ici, dix fois plus haut, décapant, fixe... Je décroche... *Yes?* La voix lointaine surgit, déferle comme un typhon dans la pièce, balaie le silence lumineux de l'appartement... Flora... Elle a eu mon numéro par le journal... Qu'est-ce que je fais à New York; j'aurais pu la prévenir avant de partir; qui est avec moi; c'est inadmissible, insupportable; quand je pense rentrer; travailler, travailler, tu parles; quoi? un roman? il y a d'autres choses, aujourd'hui, que les romans, pendant qu'elle, etc. Elle crie, littéralement... Je retrouve mon geste habituel avec elle, c'est vraiment celui dont je me souviendrai plus tard, d'éloigner l'écouteur à bout de bras... sa voix gigote comme ça, dans ma main... Comme un de ces djinns des contes qui sortent en fumée des bouteilles et deviennent soudain gigantesques... La voilà ramenée à des proportions plus délicates... Des milliers de kilomètres, et une scène... Il est inutile d'expliquer à Flora que la scène est un genre périmé avec moi, définitivement... Qu'aucune femme, si elle ne veut pas me voir disparaître sur-le-champ, n'ose plus s'y risquer en ma compagnie... Ça lui serait égal... C'est elle, un point c'est tout... J'hésite à raccrocher, c'est un tort... C'est vrai qu'elle pense avoir tous les droits et que, finalement, on les lui laisse... Impossible de lui en vouloir vraiment... Elle est odieusement sympathique... Pour l'instant, elle est donc à Paris... Mais elle me téléphonerait aussi bien de Hong Kong, Manille, Buenos Aires... A n'importe quelle heure... C'est crevant, assez touchant... L'aventure... Le non-conformisme... L'anarchie est nécessaire... Je suis peut-être injuste, en général, avec Flora... J'ai tendance à oublier son côté sublime, sa rapidité, son courage... Il faut nuancer sans cesse... C'est tellement dur d'être une femme un peu créatrice, indépendante, etc. Elles abusent de ce genre de propagande, mais c'est vrai aussi... Nuançons, nuançons... Le roman n'est que l'équilibre des contradictions...

Elle continue de crier. Elle est très fâchée. Elle passe, dans ces cas-là, de l'espagnol au français, dans un mélange incompréhensible. Je lui réponds en anglais. J'oublie qu'elle ne le comprend pas. De toute façon, elle n'écoute rien de ce que je dis. Jamais, ou presque... Quand elle écoute, c'est pour entendre ce qu'elle dirait si elle était à ma place... Elle ne croit pas une seconde à la moindre communication... Elle a raison, au fond... Elles sont plutôt toutes comme ça un jour ou l'autre... Rapport de forces... Volonté contre volonté...

Cette fois, je ne vais pas m'en tirer si facilement... Cobra au bout du fil... Ou je raccroche, ou je fais une proposition... Armistice... Je sors ma flûte secrète... C'est facile... LE VOYAGE! Ensemble! JUNTOS! Los dos! Querida! C'est la formule magique, l'incantation imparable... Sésame! Elle s'arrête net... Elle change de ton... Quand? Où? Combien de temps? Elle est adoucie, charmeuse, ondulante, contente... Elle se balance maintenant au bout de ma voix... Je lui laisse le choix... Inutile de discuter le nombre de jours... Elle doit aller en Italie? Va pour l'Italie... A la fin du mois? Oui, oui... A Milan? Rendez-vous à Milan... « De toute façon, je te rappelle. »... Aimable... Bueno... Hasta luego... Ciao...

Ouf! Café, bain, travail... Deux pages par jour, d'accord? Je négocie avec mon système nerveux... Deux pages au moins. Si, si. Bonnes ou mauvaises. Le travail pour le travail dans le travail du travail. Sensations, couleurs, odeurs des volumes. Le récit du volume. Ouverture du temps, de l'espace; du non-espace et du non-temps... Léger vent frais. Toile jaune, vision jaune. Re-café. L'Hudson miroite; les mouettes tournent, planent, piquent dans l'eau... Sur la page, nom de dieu, sur le canal fou de la page... Toujours, sans cesse, encore, de nouveau... A vue de nez... Tout dans le nez... De l'intérieur...

Téléphone quand même pour remercier Cyd (une séquence sexuelle réussie, et le temps passe plus vite).

Téléphone à Deb pour les embrasser, Stephen et elle. Dix heures du matin ici, donc cinq heures de l'après-midi à Paris (et déjà une heure du matin suivant à Tokyo)... J'aime m'endormir en pensant aux fuseaux des heures, le jour dans la nuit sur l'échiquier des océans, des pays... Changements de peaux, de climats, de langues...

Deb est en train de prendre son thé. Là-bas, il pleut. Elle est un peu distante, indifférente. Un souci qu'elle ne me dit pas... Mauvais rêve dans la nuit...

Voilà, j'y suis.

Je saute dans un taxi, je vais au musée d'Art Moderne. Le MOMA. Je sais ce que je veux voir.

Elles sont là... Formidables, catégoriques, flambantes... Les femmes.... Les vraies... Les enfin vraies... Les enfin prises à bras-le-corps dans la vérité d'une déclaration d'évidence et de guerre... Les destructrices grandioses de l'éternel féminin... Les terribles... Les merveilleusement inexpressives... Les gardiennes de l'énigme qui est bien entendu : RIEN... Les portes du néant nouveau... De la mort vivante, supervivante, indéfiniment vivante, c'est son masque, c'est sa nature, dans la toile sans figure cachée du tissu... Pas derrière, ni ailleurs ni au-delà... Simplement là, en apparence... Jouies, traversées, accrochées, écorchées, saluantes et saluées, posantes, saisies par un professionnel de la chose... Un des rares qui ait eu les moyens d'oser... Le seul au XXe siècle à ce point? Il me semble... A pic sur le sujet... Exorcisme majeur...

CETTE MAIN!

1907.

LES DEMOISELLES D'AVIGNON.

Quel tableau... Comme c'est risqué, frappé; comme c'est beau... Comme il fallait en vouloir pour faire ça, avoir envie de tout défoncer, de passer une bonne fois à travers le miroir et le grand mensonge... A travers tous les « il était une fois »... Comme il fallait être seul, séparé de tout, et en même temps sûr de sa force, de l'explosion imminente du fatras de la croûte antérieure, précieuse, accumulée... Surface idéalisée, falsifiée, frivole, couche épaisse de projections molles, de sperme cent fois moisi, de psychismes usés, de clichés... Toute la cocotterie et la pruderie du XIXe, les ombrelles, les robes à volants, les intérieurs protégés... Comme il fallait parier sur son expérience de jeunesse (il a vingt-six ans), sur la joie de la prostitution gratuite pour soi seul, pour celui-là seul, l'élu, le protégé de ces dames... Sur la nudité fouillée, sans appel... L'*Olympia*, veuve horizontale sur son divan; *Les Demoiselles* célibataires verticales... Du cercueil blanc-rose à la mort debout... L'*Olympia* : la négresse nous rappelle que nous sommes nés dans cette graisse maigre de caissière avec ses pieds dans les mules, son chat noir en train de faire le gros dos, son fil crêpe-ruban autour du cou... La servante du marché vient fleurir cette tombe tombeuse, insolente, cette compteuse des petites olympiades de l'intimité... *Les Demoiselles*, encore mieux : grandes bringues montées en épingles, en hélices, en agrafes, en contre-nourrices, ouvrant leur déformation extatiquement idiote à tout vent, au masque africain du vent... Quelle bombe, quelle grenade... Quelle pastèque dans la mare, quel tam-tam... Picasso, comme Manet, comme Goya, comme tous les grands peintres, est une pute... La pute des putes... C'est une déclaration autobiographique... Voyez les yeux... Voyez son autoportrait de la même époque... Mme Bovary, c'est moi... Les demoiselles de la rue d'Avinyo, du bordel situé dans cette petite rue de Barcelone, c'est moi... Bien sûr... Les femmes n'ont jamais existé davantage que dans ce regard noir qui se met avec leur complicité à leur place, en elles, à la place de rien, les déloge de l'endroit où elles sont visibles et vendables pour les retourner avec leur accord tacite dans l'envers hérissé du geste qui les fait vraiment déborder... Trahison radicale, inavouable... Tous les clients de tous les âges, de toutes les conditions, de toutes les confessions, viennent mourir là, s'humilier là, se coincer là; tous, y compris ceux qui n'y toucheront jamais, les simples garçons de course de la grande idole... La voilà repeinte... Réinterprétée... Démultipliée... En cinq, comme les cinq doigts de cette main volante au-dessus d'elles... Préhistoire, Egypte, Señoras... Emballage, carcan, lune rouge, menstrue rouge, sortie du sac... Croissant renversé d'Hécate... Furies, harpies, érinnyes à plat 243,9 × 233,7 cm, salon-caverne, chambre à grotte ouverte en plein ciel faux, pris dans l'ocre... Elles n'ont ni passé ni futur... De tous temps... Lunes du temps...

C'est comme ça, bibliquement, qu'on prend une ville imprenable... Paris... New York... Jéricho... Avec une prostituée qui sait tout pour vous et que vous sauvez, elle seule, de la destruction... Vous épargnez le bordel... La maison de Rahab... Pourquoi? C'est comme ça. Quand la trompette sonne et que la mort passe, coupe de sa faux sifflante toute une époque, fait s'effondrer le mur de la représentation et des affaires d'avant, elle doit forcément, la mort, épargner sa propre image, son incarnation ici-bas.

La mort ne voit pas la pute. C'est elle. Elle ne se voit pas. Si on arrive à la peindre, la conjuration a lieu. Et on prend la banque.

1907... Deux guerres mondiales... La troisième en cours... En soubresauts... Elles sont là... On n'a pas compris ce qu'a été réellement le cubisme... Celui de Picasso, s'entend... Il n'y en a pas d'autre... Une façon énergique, droite, superposée, de révéler et de chasser les incubes et les succubes dans la peinture, *c'est-à-dire* de la réalité... Une manière de faire jouer le vertébral oublié... Alangui... Confus... Désexualisé... Allant droit à la broyeuse inévitable... Si tout le monde avait été cubiste, il n'y aurait pas eu de guerres... Les dés... Il n'y aurait plus de crime si les Demoiselles étaient vues, absolument vues pour ce qu'elles sont... Le moteur hurlant et joyeux, indifférent, de l'illusion... On ira chercher dans le sang, les charniers, ce qui est une simple question de montage... De collage... De décollage... Elles ne sont pas *là*... Personne n'est *là*... Ce n'est pas la peine d'essayer d'atteindre l'absence dans sa toute-puissante présence... Il n'y a que bordel – et absence. Erection et disparition...

Picasso et les femmes, me voilà d'ailleurs dans mon sujet... Gertrude Stein, Fernande, Eva, Olga, Marie-Thérèse, Dora, Françoise, Jacqueline... Et les autres... On n'a pas dit grand-chose de l'intérieur sur tout ça... Anarchisme, cubisme, surréalisme, communisme... Tous ces « ismes » ont finalement l'air d'avoir été fabriqués pour cacher la naissance de nouveaux noms... On ne sait pas où les mettre, ces noms... Au

musée ? Dans les coffres ? Dans la vraie banque invariable ? Peinture ? Si vous voulez. Mais vous savez bien
qu'il ne s'agit pas seulement de peinture.

Le *Portrait de Gertrude Stein* est là aussi... On n'a
jamais vu une femme comme ça, n'est-ce pas ? La
déchiffrer, là encore, ç'aurait été, ce serait, comprendre la suite... La voilà elle aussi sortant des replis de la
préhistoire, transférée directement du bison à son
appartement... Massive, oblique, d'une vigilance et
d'une malveillance sans limites, assise dans ses jupes
éternellement tombales... Bernadette... Il l'a rencontrée... Il l'a comprise... C'est la vierge anti-vierge et
pourtant toujours vierge, la démonstration de la
pesanteur, le point diamétralement opposé à l'Assomption... La frigidité vissée, ruminante, l'enclume du
malheur guetteur... L'écriture incessante de la négation de l'Ecriture... La têtue, la tortue d'avant... Impossible à soulever... L'Assomption est décidément un
dogme sublime... L'une-en-plus envoyée en l'air contre
la lune en chute réglant la marée plombée... Aucune
nouvelle sous la lune... Dogme très tardif, d'ailleurs,
1950... 1er novembre... Bulle *Munificentissimus Deus*...
Etrange... Rouge Titien à Venise... Mais oui, montez-
vous la tête, flottez, envolez-vous, jouissez ou du moins
faites semblant, pensez-y, intensément... Picasso est
venu démontrer la misère du temps où nous sommes...
La grimace et la convulsion du froid, la glaciation... La
solitude désabusée, sauvage, du Minotaure qui insiste,
pourtant, qui franchit le cap...

Je rentre chez moi. Je regarde son Catalogue.

L'air du Catalogue du *Don Juan* de Mozart, il y a
droit.

Ce n'est pas si simple.

Mille e tre... Mille et trois, mais ce n'est qu'en
Espagne...

Le compte complet est plus élevé, plus internatio-nal.

En Italie : 640.

En Allemagne : 231.

En France : 100.

En Turquie : 91.

En Espagne : 1003.

En additionnant, nous avons : 2065.

Pour l'époque, c'est très honorable.

L'Autriche est épargnée par Da Ponte et Mozart, c'est révélateur de leurs intentions (ne pas choquer leur public immédat, ça ne se passe pas dans la salle, à Vienne ou à Prague).

Picasso... Tous ces corps, tous ces visages de femmes, surgis en relief dans le mouvement... Le mouvement de quoi? D'une pénétration, bien sûr. Vrille à regarder jusqu'à l'extrême limite. Qui ne ferme pas les yeux en chemin. Si vous gardez les yeux ouverts dans l'amour, dans la mort, alors apparaissent les déformations fondamentales... Un œil... Trois yeux... Treize doigts... Le front et le menton sans rapports... Le viol de l'image... La langue dardée comme un couteau... Le tourbillon sur place de la figure en souffrance; cris, larmes, agonie, décomposition tenue... Chaque femme est elle-même *plus* sa mère, et, à partir de là, une perspective cylindrée de mères... $2065 \times 2 = 4130$... Au moins... C'est dans cette torsion que l'explorateur qui n'a pas froid aux yeux doit agir... Comme s'il séparait, en devenant pinceau, les eaux du dessous et celles du dessus... Firmament... *Firmar*, en espagnol, c'est signer... Personne ne paraphe comme Picasso... Signé!... Le crime... C'est un monstre... Vous *devez* le détester, vous toutes et vous tous qui voulez préserver l'image maternelle idéale... Il ne déforme pas, d'ailleurs, il tord de fond en comble... Pas de petite perversité locale... Pas non plus de refuge dans la couleur... Ni dans la simplification abstraite... Non, non, il a très bien compris tout ça, et en même temps la fascination que l'exhibition de l'acte exerçait... La Peinture n'est d'ailleurs que cette rengaine... Mais qui arrive ici à la vérité de sa comédie... Quel cirque, quelle mythologie démontée, ce mélange des identités, des physiologies, au profit de la verticale qui les traverse... Ne pas être débordé par sa jouissance, ne pas y finir et s'y endormir... Traité de l'éjaculation prolongée... Arrivant de l'autre côté, constat et parcours... Commedia dell'arte... Arlequin... Habit d'emprunt du peintre dans les trois dimensions en forme de jeu coloré d'échecs de la condition dite humaine...

> Arlequin, nègre par son masque,
> Serpent par ses mille couleurs...

Par comparaison : homme qui n'a point d'idées fixes, de principes arrêtés. Exemple : Arlequin politique.

Par analogie avec le costume de ce personnage : habit d'Arlequin, tout ce qui est composé de pièces disparates.

Théâtre : Manteau d'Arlequin. Nom donné aux châssis de droite et de gauche de la scène, supportant une draperie qui descend au-dessus de l'avant-scène, derrière la toile, et qui n'est visible que lorsque celle-ci est levée.

Quelques auteurs font remonter l'origine d'Arlequin à une haute Antiquité. Ils y retrouvent le bouffon grec, le satyre vêtu d'une peau de bête fauve étroitement collée sur le corps, ayant à la main une baguette, sur le visage un masque à teinte brune, et sur la tête un petit chapeau noir ou blanc, et représentant le rustre athénien, fin et grossier, ridicule et moqueur. Ce bouffon grec passa à Rome, où il devint le *Macco* et le *Bucco* des *Atellanes*. Plus tard, il s'appela *Sannio* (de *sanna*, moquerie, raillerie, grimace), et parut sur la scène avec le visage barbouillé de suie, la tête rasée, et un vêtement composé de petites pièces de diverses couleurs. L'Italie a recueilli ses propres traditions pour créer son Arlequin, qu'elle compléta avec le sabre de bois, le masque et le chapeau du bouffon grec. L'appellation antique de *Sannio* semble même s'être perpétuée dans celle de *Zanni*, nom que les Italiens donnent à leur Arlequin.

Arlequin paraît avoir été dans le principe la personnification des Bergamasques, comme il avait représenté autrefois le paysan à Athènes et l'esclave à Rome, comme à leur tour Pantalon et Scapin s'identifièrent avec les Vénitiens et les Napolitains. Après avoir fait les délices de l'Italie, le joyeux trio passa en France où il trouva un excellent accueil. Arlequin apporta son costume traditionnel : le masque noir, le chapeau gris, l'habit bigarré, fait de pièces de rapport (vertes, rouges, jaunes, bleues), et la batte. Mais il modifia son langage et ses mœurs : à Bergame, Arlequin était seulement un bouffon bas, impudent, souvent féroce et cynique, et c'est sous ces traits qu'il est devenu l'*Hanswurst* de la comédie allemande; en France où, sous la protection de Mazarin, il se montra d'abord dans une société brillante et polie, Arlequin garda ses défauts, mais il les couvrit d'une forme moins grossière, plus spirituelle et plus amusante. Voir *Arlequin poli par l'amour* (Marivaux, 1720).

Non, non, pas question de se faire « polir par l'amour »... Marivaux, Mazarin, mon œil!... Le mousquetaire humoristique, le taureau ironique poursuivent leurs ravages... Telle situation érotique, déterminée, unique; telle femme à tel moment précis, différente d'elle-même, d'ailleurs, dans telle ou telle attitude, elle aussi unique, par rapport au pinceau-laser... Deux femmes différentes dans la même position allongée, au cours du même après-midi, le temps de sauter de l'appartement de l'une à celui de l'autre... Sens de l'organisation de Picasso : maisons et ménages parallèles; déménagements; aventures transversales; accélérations des points de vue; variations techniques; tenir à la fois le dessin, la peinture, la sculpture, tous les phénomènes en train d'arriver, de se former, de s'évanouir en fumée... Le feu de cette fumée : cette bizarre découverte dite en « cube », au-delà de la sphère, en tout cas, de l'enfer grossant à la sphère, et qui est en réalité un travail vertigical en train de se décaler... Phallus plaqué, contre-plaqué, déphasé... Le tuyau-guitare... Le violon-bréchet... On appelle Picasso la force que le destin a choisie pour redresser, d'un coup sec et fin, la mélasse du méli-mélo visionnable... Cette affaire d'humanité, d'homme-en-femme imbriqué d'enfants et recommencements animaux de la matière animée...

Il faut que je retourne visiter son musée, à Barcelone.

La valse des *Ménines*... Son coup de poker...

Je m'endors un peu. Je me réveille dans le soleil couchant rouge sombre.

L'enseigne du *Liquors* est allumée. Les docks se calment.

Cigarette. Whisky. Machine à écrire.

La nuit est là.

N'oublions pas Ysia...

C'est un grand rendez-vous... Pour moi, en tout cas... Elle viendra? Je pense. Je lui ai donné rendez-vous dans un petit restaurant discret de la 33e... En dehors de tous les circuits... Les habitants du quartier...

La voilà... Pas changée, très belle... Paris-Pékin-New York... Alors? Eh bien, les choses continuent... Elle est tout de suite très ferme : pas de politique, d'accord? Sa famille va bien? Mais oui. Son fils? mais oui. Le mieux est de manger le plus vite possible... Je lui dis où j'habite. Elle note. Elle ne me donne pas son numéro personnel.

C'est moi qui parle... Mais je m'aperçois que je n'ai aucune idée de ce qui peut l'intéresser maintenant. On n'a jamais vraiment parlé, c'est vrai... La conversation tombe... Je lui raconte un film... La politique revient, forcément, mais elle se tait ou me récite les thèses chinoises officielles sur la situation mondiale... Danger de l'URSS... Je comprends vaguement qu'elle s'occupe désormais de problèmes économiques... Financiers... Elle garde presque tout le temps les yeux baissés. Elle sourit un peu. Elle est complètement maîtrisée. On dirait qu'elle me voit pour la première fois. Strict cinéma. Elle fume un peu rapidement, peut-être.

Je tente le coup. Chez moi? Après le dîner? Elle accepte. Mais on prendra deux taxis. Elle craint d'être suivie? Possible...

Et voilà, c'est exactement comme à Paris, il y a quatre ans... Tout de suite... Elle est arrivée une heure après moi, quand je pensais qu'elle avait renoncé. Et en donnant un faux nom au portier. Mme Smith. My god. Peut-être a-t-elle changé de taxi plusieurs fois, pris le métro, accompli un parcours de roman d'espionnage? C'est peut-être dangereux pour elle, après tout, et même sûrement, qu'est-ce que j'en sais? Dangereux aussi pour moi? Ce serait drôle... En tout cas on est debout depuis un quart d'heure derrière la porte refermée, on s'embrasse...

Elle cherche mon sexe... Je n'ai pas oublié comme elle est branleuse... J'ai beaucoup regardé ses doigts pendant le dîner... Elle a compris... Elle a mis une jupe noire fendue... Le rêve... Elle est très mouillée...

On s'entend. On ne dit rien. Deux fois. Ensemble. Elle reste à peine deux heures. Il est minuit. Elle part demain pour Mexico. Cyd s'en va aussi demain pour

San Francisco, avec Lynn. Quand elles reviendront, je serai, moi, parti pour Paris.

J'aime Ysia. Un cours de physique...

Elle s'en va. Elle viendra peut-être à Paris, dans trois mois.

« Mais tu repasses bien par ici? »

J'entends son pas s'éloigner dans le couloir. L'ascenseur...

Je reviens vers ma table.

Machine encore? Trois lignes... Pour le devoir.

Du coin de l'œil, je regarde sur la septième chaîne un vieux Bogart... Philip Marlowe...

Je cherche une phrase sur la peau d'Ysia, son parfum, l'intérieur de son corps poivré, la sensation soutenue de ses reins... Ses lèvres...

Demain.

Jane m'invite à prendre un verre chez elle, dans Soho... J'arrive... Sixième sens : prudence. Elle est seule dans sa bibliothèque bien rangée... Jane est une grosse petite fille de cinquante-cinq ans, blondasse, un peu frisée, une beauté d'autrefois, dit-on, dans les vieux milieux d'avant-garde... Ceux des années 60, les sixties formalistes, expérimentales... Marxisme, homosexisme... Vertov, Malevitch... Sartre, Beckett, Genet... Elle va tous les deux mois à Moscou... Recherches sur les années 20...

Elle m'offre un whisky, s'assoit bien en face de moi, me regarde de ses grands yeux bleus innocents de cinémathèque :

« Alors, Will, dites-moi, qu'est-ce que vous êtes venu faire à New York? »

Je comprends immédiatement qu'elle a eu son coup

de téléphone de Paris... Flora? Sans doute. Ou Bernadette. Ou les deux. En tout cas, quelqu'un du réseau.

« Oh, vous savez, pas grand-chose. Me reposer.
Ecrire. Revoir un peu la ville.

— Ecrire *quoi?*

— Vous allez rire... Un roman.

— Un roman? *Vous?* Un vrai?

— Je pense, oui.

— Mais enfin, je veux dire : avec des personnages?
Des *scènes?*

— Mais oui!

— Un livre dont on pourrait tirer un *film?*

— N'exagérons rien... Ça m'étonnerait... Mais pourquoi pas?

— Plus de philosophie pour l'instant, donc?

— Non.

— Et votre roman, vous le publiez *ici?*

— Non, en français d'abord. A Paris, sans doute. Si je
trouve un éditeur!

— En *français?*

— C'est amusant, non?

— C'est vrai que vous êtes bilingue, en somme. »...
Elle se renverse dans son fauteuil. Elle me fixe avec
stupeur. L'affaire est sérieuse. Cela confirme ce qu'on
lui a dit. Mais va beaucoup plus loin. Je ne crois pas
qu'elle soit au courant de mon accord avec S. Il n'a
sûrement pas parlé. Elle ne peut pas savoir que le livre
sera publié sous le nom de S., c'est impossible. Mais
elle brûle, maintenant, de me demander avec qui je
suis, qui « s'occupe » de moi, qui je vois...

« Deborah va bien?

— Très bien.

— Et Stephen?

— Très bien aussi. Il aime beaucoup la musique.

— Le Journal?

— Comme d'habitude. La routine, vous savez bien.

181

« – Les événements en France?

– Qu'est-ce que vous en pensez?

– C'est assez exaltant, non? Mais ce n'est pas encore la Révolution? Quel dommage! En tout cas, c'est mieux qu'ici... Terrible réaction...

– Je ne sens pas encore bien...

– De toute façon, vous et la politique! Vous n'y avez jamais rien compris, n'est-ce pas?

– Peut-être...

– Et votre nouvel ami S.? »

Nous y voici... C'est bien ça qui les inquiète... Qu'il puisse y avoir un « pont » intellectuel entre l'Europe et les Etats-Unis qu'ils ou elles ne contrôleraient pas... Tout est là... Des informations... Des influences... Des ventilations... J'oublie toujours que S., pour des raisons qui m'échappent en grande partie, d'ailleurs, est très surveillé dans cette région...

« C'est un garçon charmant, je trouve.

– Vous avez lu son livre?

– Pas vraiment... Trop difficile pour moi... Mais on me dit qu'il a ses partisans. Vous en pensez quoi?

– Oh... enfin, c'est très peu lisible, il me semble. Et même incompréhensible. Mais dans ce qu'on peut lire, vraiment, pas bien du tout.

– De quel point de vue?

– Mais enfin, c'est un obsédé contre les femmes, voyons! Ne me dites pas que vous ne vous en êtes pas rendu compte! C'est très réactionnaire... Très... J'espère que vous n'êtes pas en train de devenir de droite, comme lui?

– De droite? Vraiment?

– Mais certainement! Paula l'a vu récemment à Paris... Il est en pleine dérive... Il va très mal... »

Jane s'anime. Elle connaît ces choses. Infailliblement. Elle ne peut pas se tromper. Elle a ses renseignements, ses fiches, son organigramme... Sa carte mondiale des noms. Si elle dit droite, c'est droite. Et gauche, gauche. Et bien, bien. Et mal, mal.

« Dérive? Je n'ai pas l'impression... Il travaille beaucoup...

– Quoi! son truc sans ponctuation, là, *Comédie*? Vous plaisantez... La vérité, c'est qu'il n'a pas arrêté de faire des discours pour défendre le Pape! Le Pape! Cet archiobscurantiste polonais! Le dernier superdruide de Rome, comme disait Trotski... Oh! J'oubliais que vous êtes d'origine catholique, vous aussi... Je crois? Mais pas jusque-là, j'espère? »

Jane, qui est une juive honteuse, guette désespérément mon approbation. Qu'au moins je lance une plaisanterie sur le Pape. Qu'on reste amis. Entre nous... Ça, au moins, c'est du solide, le Pape... On ne peut qu'être d'accord... Faire la grimace... Lever les yeux au ciel...

« C'est un interrogatoire? » dis-je, en riant.

Elle se mord les lèvres. C'est allé trop vite. Trop loin. Silence. C'est moi qui dois parler.

« Et vous, Jane, ça va?

– Mais oui, vous voyez.

– Vous avancez votre russe?

– Oui... Je le parle presque couramment maintenant. »

Bon, comme ça c'est plus clair. Elle a compris. Eh bien, on s'est tout dit. Pas tout à fait... Ça la démange... Est-ce qu'elle va oser? Elle y va...

« On m'a dit que vous connaissiez très bien Cyd Mac Coy?

– Oui... C'est une amie.

– Elle a très bien réussi par ici. Elle est anglaise, je crois?

– Pur Londres.

– C'est ça... Une femme très séduisante, dit-on?

– Elle a beaucoup d'humour.

– Et Flora? Vous avez de ses nouvelles? Quelle femme merveilleuse!

– Vous publiez un article d'elle dans le dernier numéro de votre revue, je vois?

– Oui. " Les principes des nouveaux rapports de force internationaux. " C'est très fort, toujours un peu anarchiste...

– Vous êtes une vieille orthodoxe, Jane...

– Je suis simplement fidèle à mes idées, moi, c'est tout. »

C'est tombé sèchement.

Jane vient de me traiter de girouette... De clown... De retourneur de vestes... D'Arlequin, en somme...

L'entrevue est terminée.

Encore quelques mots sur la mort de Fals (« Vous pensez que son influence peut s'étendre en Amérique? » Moi : « Il me semble. » Elle : « Non »); sur l'accident mortel de Werth (« Il vous aimait beaucoup, mais je n'ai jamais compris son admiration pour S. »); sur l'affaire Lutz (« Est-ce qu'il est réellement fou? »)...

Elle est au courant, rien à dire.

Maintenant, Jane va pouvoir faire son rapport sur moi :

« Suspect. Contaminé en Europe. Vie privée désordonnée, trouble. Confirmation qu'il écrit un roman. Peut donc révéler des choses plus ou moins entre les lignes. Ce serait ennuyeux que ça circule trop. Demander à toutes les maisons d'édition d'être vigilantes. Surveiller la presse. S'appuie ici, à New York, sur une petite Anglaise ambitieuse, bourgeoise, riche famille de banquiers, très introduite dans les milieux de publicité. Fréquente S., à Paris, et le trouve " charmant ". Ce sexiste! Cet emmerdeur prétentieux! Qui se prend pour le nouveau Joyce! » etc.

184

« Merci pour le verre, Jane. Content de vous avoir vue.

— A bientôt, mon cher. Et travaillez bien... Votre *roman!* »

Elle a dit « roman », comme elle aurait dit « shit »... Merde... Avec un mépris... Etrange, cette dépréciation, et en même temps cette crainte... La vie mentale de Jane est pourtant un roman incessant. Les uns, les autres, ce qu'ils font, qui ils ont vu, ce qu'ils ont dit, comment ils étaient habillés, leurs voyages, leurs liaisons, tel dîner, telle confidence... Mais ça! pour elle, c'est la vie, ça ne doit pas être écrit. On doit écrire pour penser ou, à la rigueur, pour poétiser en profondeur. Pas de reflet qui pourrait faire apparaître que l'on vit comme un simple reflet. Elle est elle-même un personnage de roman, mais elle ne veut pas le savoir. Elle pressent là un danger, une possibilité catastrophique, l'horreur d'une vérité qu'il vaut mieux éviter. Quelque chose comme l'increvable, et sourde, et patiente, indestructible vérité nouée en famille, justement... Le roman familial hantant les têtes, toutes les têtes, comme un chancre originel... Le roman est toujours policier, dans une certaine mesure, c'est pourquoi il est inquiétant pour toutes les polices. Et la police n'est pas seulement la police policière visible, non, mais surtout celle qui fonctionne continuellement partout, se surveiller, surveiller les autres, les proches, et, de proche en proche, le plus possible de ceux qui respirent en même temps que vous... Intérêts permanents, hausses, baisses, intrigues... Pour cette raison même, le roman est la seule mesure de la liberté. Vérifiable. Prouvable. Racontez, et tout est dévoilé. Votre position par rapport aux événements et aux forces, vos aveuglements, votre marge de manœuvre, vos croyances implicites, votre manière de vous regarder vous-même dans le miroir... Racontez, et vous allez vous trahir. Décrivez, et vous allez en dire beaucoup plus que ce que vous pensez de votre pensée. Votre façon de faire avec le mal. Le seul mal, celui d'exister. Dans l'envie et la jalousie toutes-puissantes. Dans l'enfantillage adulte généralisé. Quand Jane raconte quelque chose, par exemple, elle qui croit être dans la théorie pure, elle accumule les précisions de lieux, les détails topographiques... « Alors ils étaient là... Et moi, j'étais là... Ils se sont rapprochés... Je me suis éloignée un peu... J'ai vu qu'elle restait là, tout près, pour m'écouter... Je sentais son regard sur moi pendant que je parlais... » Dans chaque individu, à tout instant, bat cette mise en scène fébrile. C'est son cœur. Le plus grand savant, le plus subtil mathématicien n'y échappe pas. Ça s'entend. Ça déborde. Ça vient malgré toutes les précautions au premier plan. Le philosophe se révèle dans une anecdote de voyage. L'homme politique dans l'ordre des couleurs du récit. Allez-y, tendez l'oreille. L'hystérie est là, par-derrière, immédiatement par-derrière, pas besoin de stéthoscope, on l'entend scander la moindre phrase, bouillonner dans le plus petit adjectif. L'immense perversité inconsciente. Et moi, et moi, et moi, et moi. La pensée pure, c'est moi. L'allusion à l'absolu, c'est moi. La transcendance, c'est moi, encore moi. Ce que j'admire, c'est moi. Le sens de l'histoire, c'est moi. Le bien sans discussion, c'est toujours moi, ne peut être que moi. Un roman est réussi dans l'exacte proportion où il fait sentir, à un moment donné du temps, de la comédie sociale du temps, cet infini tissage des narcissismes où personne n'écoute personne, où chaque parcelle vivante participe d'un somnambulisme généralisé. Il n'y a pas d'autre lieu commun, communautaire, que celui du sommeil, de la mort. « On se comprend. »... Mais pas du tout! Pas le moins du monde!... Moi, et moi, et moi... Si je feins d'accepter une autre existence que la mienne, c'est que j'ai l'impression qu'elle est en train de se décomposer, de se dissiper à mon profit... « Racontez-moi ça. »... Les mots qui se répètent, les tics, les intonations de la voix... Toujours, sous toutes les apparences, le maximum de violence... Audible... Mosaïque de paranoïas... Le roman est l'art de l'imposture, il s'en sert, il dévoile qu'il n'y a qu'elle à la racine de tous les corps en transit... Toute imposture redoute le roman comme la peste... C'est une peste... Balzac, Proust, sont de redoutables bubons... D'où la nécessité, pour la réglementation du mensonge, de fabriquer tout un tissu incessant de petits rhumes appelés « romans »... Et surtout de tuer dans l'œuf, autant que possible, toute possibilité de narration ambitieuse... Dévaluer le roman, le châtrer au maximum, qu'il soit considéré comme inférieur ou bien qu'il ne raconte que des superficies... Le contrôle du pouvoir est là... Tendez l'oreille... C'est toujours une question de femme, tout au fond... Tout ce qu'on se raconte... Pour LA faire tenir... Pour échapper à la question des questions... Pas to be... Pas not to be... Mais le Père... Le noyau tabou...

La Femme au lieu du Père... Le père toujours inconsistant, fuyant, ne faisant pas le poids dans l'éternel courant du roman... Le père sans fin retué, abaissé, galvaudé, emmené en bateau, titubant dans la romance et la manigance...

De toute façon, pour Jane, un roman de moi ne peut être que mauvais. Très mauvais. Déplorable. Navrant. Il serait mauvais même s'il n'existait pas. Il est écrit sans permission, sans visa d'aucune sorte. L'auteur ne *peut* pas, ne *doit* pas être considéré comme un écrivain. Sa subjectivité n'a, et ne peut avoir, *aucun* intérêt. Signé : Jane, Paula, Dora, Helen. Avis à toutes les sections. Paris, Rome, Londres, Berlin, Madrid, Amsterdam. A tous nos frères et sœurs responsables. A nos camarades et compagnons de route du SGIC. A nos sympathisantes et sympathisants...

Il n'y aura pas de rapport de Jane, et rien de tout cela ne sera dit, bien sûr. Mais ce sera exactement comme si... C'est un des mystères de l'influence, qu'elle marche comme ça, à demi-mots... Lobby or not lobby, tout est là...

Qu'est-ce que ça raconte ? Qu'est-ce que vous êtes capable de raconter ?

Je me demande, en sortant de chez Jane, à qui elle est en train de téléphoner. A Helen, sans doute. Je dois dîner avec elle ce soir. Elle l'appelle, bien entendu, pendant que je me rends chez elle.

Helen, elle, est une star du système. Une « dame ». Elle est beaucoup plus connue que Jane... Beaucoup plus riche aussi... Presque un hôtel particulier dans Gramercy... En somme, je fais mes visites académiques... Ça ne sert à rien, ça risque même d'aggraver les choses, mais c'est la règle... Mon cas ne relève pas du réseau homo... Il est donc du ressort des douanières principales... New York, c'est encore plus tranché que Paris... Soit on est dans la contre-société homosexuelle officielle, organisée... Soit on est marié, c'est-à-dire dans le filet matriarcal resserré. Le cas qui ne semble pas prévu, et je n'exagère pas, est celui d'un homme vivant en célibataire et qui aurait des liaisons avec des femmes... Ou même avec une seule... En dehors de la visée matrimoniale... Voilà un vice, ou plutôt un résidu de l'ancien monde, de l'ancien régime, c'est-à-dire des échanges irrationnels... Les types se débrouillent comme ils peuvent... Bob, par exemple, professeur à l'université, baise évidemment tant qu'il peut ses étudiantes ou ses secrétaires... Mais cela ne change rien

188

au fait qu'il est d'*abord* le mari de sa femme, et que les filles n'acceptent que pour prendre la place où il sera *ce* mari (en plus soumis espèrent-elles)... Quant à sa femme, c'est le tir de barrage : scènes, migraines, insultes publiques dans les soirées, etc. C'est la loi... Il ne peut baiser qu'en faisant miroiter divorce et mariage... Un bonhomme qui vivrait seul sans y être contraint et qui aurait, donc, une ou plusieurs amies, serait le dinosaure parfait, le héros incompréhensible.

Je pense à Bill de Kooning, un grand peintre assurément, l'auteur des *Women*, une série particulièrement sévère, gaie, cruelle, sur les femmes américaines; l'auteur de tant de grands tableaux lyriques abstraits, l'inventeur de l'*action-painting*... Je l'ai vu deux ou trois fois dans son atelier de Long Island... Un homme merveilleux... Bondissant... Rapide... Son entourage était gêné... Consommation de femmes... En rupture avec les règles élémentaires que je viens d'énoncer... Vivant pauvrement dans une sorte de ghetto doré... Très cher, mais bizarrement enterré... Buvant beaucoup... Désintoxications... Hôpital... Retours... Création fiévreuse... C'est lui qui m'a parlé de Lilith à propos de ses *Femmes*... Lilith! Isaïe, 34, 14 :

Voilà une tanière pour les chacals
Un enclos pour les autruches
Les chats sauvages rencontreront les hyènes,
Le satyre appellera le satyre,
Là encore se tapira Lilith,
Elle trouvera le repos.
Là nichera le serpent; il pondra,
Fera éclore ses œufs, groupera ses petits à l'ombre...
Là encore se rassembleront les vautours,
Les uns vers les autres...

Etrange inspiration... Le nid du serpent, les œufs, la ponte... Tapisserie de Lilith, démon femelle, doublure antérieure d'Eve, principale actrice cachée du scénario... De Kooning m'a montré comment il partait dans un tableau... En commençant par une bouche... Une bouche, une sorte de nœud coulant, un cercle, une ellipse, et ensuite le « all over », l'action directe pour conjurer le gouffre évoqué... Il découpe des photos dans les journaux... Mannequins, chanteuses, starlettes, modèles... La pub... Les lèvres, le rouge à lèvres, la moue entrouverte, l'appel du trou, du faux trou... L'appareil digestif béant... Il en a une collection innombrable, des piles dans tous les coins... Il les regarde, s'excite, se met brusquement à peindre... Furieusement... Antifellation... Fellaction... Pinceau dans la gorge... Il est clair qu'il s'identifie au maximum aux bouches en question, à celles qui viennent chez lui pour poser, sans doute, pour en tirer le plus possible d'enveloppement inconscient et s'en tirer comme en rêve dans un acte bref... Cela donne ces toiles striées, ces enjambements forcés de couleurs, cette signature violente et folle... Funèbre, récemment... Panaches gris-noir... Il est vieux... On dirait un marin sur le pont de son bateau démâté, filant... *The Flying Dutchman*... Hollandais volant... C'est ce que Kate appellerait une « angoisse infantile de castration »... Ou n'importe quelle petite prof de banlieue, aujourd'hui, un acte de « dénégation »... Conseil de supermarché : quand vous sentez la présence d'un phallus par trop symbolique, sortez votre vapofreud, le concept qui noie! Pour les hommes uniquement, mesdemoiselles, mesdames, EVI-DEMMENT! Vous vous rendez compte... La culture au bain-marie... Plus d'agressions... Tout fin, mélodique, enchanteur, berceur, dans les petites cuisines allusives... J'entends Kate, encore, me parlant de S. : « Tu verras, ce qui va monter chez lui, dans la situation actuelle, c'est son inconscient de classe... Un inconscient de bourgeois sudiste, au fond... » Mais pourquoi *inconscient*? Très conscient, au contraire... Le castrable conscient! Le Sudiste lucide! Je suppose que, pour de Kooning, comme pour n'importe quel animal libre, la castration est inacceptable, voilà tout. Il faut la dire. Pas la subir dans un coin. Ou alors, pas besoin d'art, n'est-ce pas? Et, d'ailleurs, un jour, Bernadette : « Oui, à quoi bon cette valorisation de l'art, s'il est négatif pour nous, les femmes? »

Je marche vers l'hôtel d'Helen... Curieux comme, à part des aventures à peu près radicalement silencieuses, en marge (Ysia, Cyd), tout est désormais étranglé, fermé, arrêté... Conformisme renversé... Vénéneux... Venimeux...

Helen me reçoit avec un gentil sourire où je n'ai aucune difficulté à déchiffrer le comble de l'hostilité... Elle est avec son fils, un grand garçon gauche, empoté, vingt ans... Il veut écrire... Comme maman... Quand il a quitté la pièce, Helen me confie aussitôt qu'il vient d'avoir sa première expérience homosexuelle... Il lui a tout dit, bien sûr... En détails... Elle me regarde, gourmande, ravie... Je hoche la tête... Ah bon... Ah bon... Il revient... J'essaie, puisque en somme elle me le demande, de me mettre dans la peau du pervertisseur... Vraiment, avec la meilleure bonne volonté... Après quoi, Helen m'emmène dîner... Qu'est-ce qui se passe à Paris, les nouveautés, la cotation, la bourse... Le couplet contre S. (Il commence à me fatiguer, celui-là, son *indice* est très bon, comme dirait un ami français qui aime s'exprimer par sigles... L'IFN : Indice de Flottaison des Noms... L'IFN de S. est excellent... Son nom flotte, en effet... Stigmatisé, bien sûr, mais c'est bon signe...) Helen finit par me raconter sa vie... Ses amours... Me parle de son ancienne liaison avec

Jane... De leur amitié difficilement retrouvée... On rentre chez elle... Elle veut me donner ses livres... Une dizaine, un gros paquet... Puisque je suis à New York en vacances, je vais avoir le temps de la lire... En long, en large... Comme ça, je pourrai lui parler d'elle... Mieux... Intelligemment... Mon intelligence... Elle s'amollit... Elle m'embrasse... J'évalue rapidement la situation... Silhouette... Non... Je l'embrasse très fort... Je la remercie avec effusion... Je pars... Je l'appellerai vite, c'est promis... Taxi... Taxi... Je me fais conduire jusqu'au bout de ma rue, jusqu'au fleuve... Je jette le paquet dans l'eau... Là... Toute l'œuvre d'Helen... Dix kilos... Un crime... Ça fait un beau plouf, joyeusement, dans l'Hudson impassible et noir.

Cyd m'appelle. Je vais bien.

Lynn m'appelle. Je vais bien.

Deborah m'appelle. Je vais très bien.

Flora m'appelle. Je vais assez bien.

Ysia ne m'appelle pas.

Jane m'appelle. Je vais plutôt bien (tiens, le ton de sa voix a changé, elle a eu d'autres nouvelles, mon IFN est en hausse)... Je n'ai besoin de rien. Non, vraiment.

De rien, en effet. Machine, machine...

Helen m'appelle. Je suis un peu malade. La grippe. Mais tout va bien.

En réalité, maintenant, ce sont les grandes journées et les grandes soirées comme j'aime. Dérobées, complètement à côté... J'ai disparu... Y compris à mes propres yeux... Je mange, je bois, je dors, je me lave... Quand j'ai envie d'une fille, je descends, vers deux heures du matin, au bar d'à côté... La télévision reste allumée par terre, j'attrape des bribes d'informations... Il fait toujours beau, et New York semble planer comme un immense voilier plein de reflets... Le matin, à huit heures, je fais du tennis avec Bob... Le vendredi soir, Mark m'emmène dans sa voiture à Southampton, Long Island... On se baigne... J'ai une chambre... Belle villa de bois blanc au bord de l'eau, dans le style colonial, fleurs, gazon... Mark est homosexuel, ils sont trois ou quatre, gentils, indifférents, paresseux, gourmands... Langoustes... Glaces... Je grignote... Ça remue un peu sur le palier, le soir, mais enfin, ils sont très discrets avec moi, je les gêne sans doute un peu à cause de mon anomalie, je sens de brusques censures dans la conversation, je me retire aussi vite que possible dans mon coin... Machine... Dora m'invite pour un week-end. Elle veut coucher avec moi. Pour voir. Ça l'amuse. Pourquoi pas. Elle est belle, plutôt raffinée, grande, brune... Elle est chargée de faire le point par rapport à moi, ou alors elle prend une initiative. Résultat? Pas mal. Frigide, bien entendu, mais de la fantaisie, de l'imagination, une vraie excitation de faire avec moi le contraire de ce qu'elle prétend en public. Dans les bras de l'adversaire... Le baiser de la mort... Dans les secrets de l'abominable homme des neiges... Alors, ce roman? Mais non plus. Sauf que je la surprends quand même à fouiller dans mes papiers en rentrant brusquement de la piscine dans ma chambre. Elle se jette à mon cou, pleure, se déshabille, c'est parfait. Je fais comme si je n'avais rien vu. Les homos, eux, au moins, se foutent complètement de ce que je peux penser ou écrire. Puisque je suis de l'autre côté, pas branché, donc bloqué, donc insignifiant... Genet? Non? Ah, bon. Ils écoutent beaucoup de Verdi. Callas... Fassbinder... J'évite toute discussion...

Barbara m'emmène parfois aux répétitions de sa compagnie de danse près de Washington Square. Ils travaillent les entrecroisements, les lenteurs, les accélérations en se servant d'une vidéo. Barbara est une professionnelle sérieuse. Elle ne pense qu'à sa géométrie dans l'espace, à cinq ou six dimensions; à ses muscles, ses élongations, ses reins, ses articulations, ses chevilles, ses poignets, ses genoux, ses coudes... C'est la grande tradition américaine, cabaret, music-hall, cinéma dans tous les sens, sport global... L'Inde à l'envers... Je pense à ce que ça donnerait dans un récit. Plongées, bonds, lentes ellipses, losanges rentrés, chaque membre dans sa partition, le bassin aussi important que la tête, penser avec le bassin, en retournant le bassin, les pieds comme indépendants... A tous les commentaires, Barbara répond toujours : « Si vous le dites. »... Ni oui, ni non. Elle se tait complètement, ou presque. Folie, mais légère, décidée. C'est mieux. Juste, la mathématique physique a une conception de la vie genre feuille, bye bye... Spirales... En nœud relâché... En huit, en zéro, en piqué, en immobilité... Mouvement immobile. Corps double à côté du corps qui danse. Allusion à ce double. L'ombre du poids... Fantôme heureux...

Pas la danseuse, la danse. Pas le danseur, le Temps. Pas de psychologie... Le pointillé sans phrases... Je me laisse imprégner... Dessiner... Chiffrer...

On va s'allonger sur les quais, au soleil. Elle aime bien ma façon d'observer, je crois.

On regarde les mouettes. Longtemps.

Voilà.

Il faut rentrer en Europe.

L'Italie... Milan... Où je vais en arrivant? Vous ne devinerez jamais... Voir saint Ambroise... Sa momie, dans la petite crypte de la basilique du même nom... Milan, c'est Saint-Ambroise et Saint-Charles-Borromée... Plus que la Scala... Plus que Stendhal... Il est là,

Ambroise, couché dans sa châsse, avec sa mitre et sa crosse; avec, à côté de lui, deux autres saints, dont il avait d'ailleurs déterré les cadavres, en son temps, afin de les balader à dos d'âne pour susciter les conversions... Histoire de montrer que la mort ne lui faisait pas peur, et encore moins la religion des tombes... Gervasio... Protasio... Saint Gervais... Saint Protais... C'était très mal vu par le droit romain de déterrer les cadavres! Ambroise défiait les autorités... Il est aussi célèbre pour ça... Théodose, plus tard... Repens-toi! L'Empereur est obligé de faire amende honorable... A genoux! Cet Ambrogio... Même prénom que Giotto... Ambrogio Giotto... L'ambroisie des dieux convertie en Dieu un et trois... Le miel sacré des discours...

« Linguam vero pro sermone accipimus qui exultat in dei laudibus. Unde et illud sic aestimatur : *Lingua mea calamus scribae velociter scribentis,* sermo infusus prophetae. Quod si ex persona Christi dictum accipimus, vide ne scriba sit velociter scribens verbum dei, quod animae viscera percurrat et penetret et inscribat in ea vel naturae dona vel gratiae, lingua autem sit sanctum illud ortum corpus ex virgine, quo vacuata sunt venena serpentis et evangeli opera toto orbe celebranda decursa sunt. » *(Apologie de David,* verset 18)

« Par le mot " langue ", nous entendons la parole qui exulte en chantant les louanges de Dieu. C'est pourquoi ce texte : " Ma langue est le roseau d'un scribe à la main rapide " est interprété comme désignant la parole que Dieu inspire au prophète. Que si nous interprétons ce texte comme mis dans la bouche du Christ, prends garde que le scribe à la main rapide ne soit le Verbe de Dieu, qui se répand et pénètre dans les entrailles de l'âme et y grave ou les dons de la nature ou ceux de la grâce, et que la langue ne soit ce corps sacré, issu de la Vierge, grâce auquel le venin du serpent a été éliminé, grâce auquel les œuvres de l'Evangile ont parcouru le monde pour y être mises en pratique. »

Ambroise... *De Mysteriis,... Traité sur l'évangile de saint Luc...* C'est en l'écoutant prêcher à Milan qu'Augustin a fait le saint, est devenu saint... Prédications et miracles... La langue qui se fait corps, plus forte que les corps de mort...

Je pose mon sac et ma machine à écrire... Je l'invoque... Son squelette recouvert de peau grise et verte flotte dans les étoffes rouges et blanches, son âme est au ciel. J'ai oublié ce que saint Thomas dit de la composition numérique des corps glorieux... Ah si, voilà : « Le corps mort d'un saint n'est pas numériquement le même qu'il a été d'abord pendant qu'il vivait, à cause de la diversité de sa forme qui est l'âme; cependant, il est le même par l'identité de la matière qui doit être de nouveau unie à sa forme. »... Docteur angélique... Questions clés : « Les humeurs ressusciteront-elles dans le corps? » Délicat? Difficile? Impensable? Pensez-vous! « Notre résurrection sera conforme à celle du Christ. Or, le sang est ressuscité dans le Christ; autrement le vin ne serait pas maintenant changé en son sang au sacrement de l'autel. Le sang ressuscitera donc en nous, et pour la même raison les autres humeurs. »

Hic et nunc... Je viens de lire dans l'avion un très sérieux article sur le Suaire de Turin... La commission d'experts physiciens a rendu son verdict... Il serait plutôt authentique... Il faut encore attendre le test par carbone 14... Prudence que la science exige, bien sûr... La photo des siècles! Scoop galactique!

Si j'adhère au dogme catholique (ce que je fais volontiers, car il est fou, il est inépuisable dans sa rayonnante absurdité maintenue contre vents et marées; il est absurde et je suis absurde, bien qu'il y

196

ait deux sortes d'absurde : le négatif et le positif, aussi éloignés l'un de l'autre qu'un non-sens infini d'un autre non-sens infini; le non-sens n'est pas un mais deux, c'est simplement ça qui est un peu coton à comprendre);

si j'adhère, donc, au dogme catholique (dont personne ne veut plus, raison supplémentaire pour s'en emparer; je prends tout, s'il n'y a plus d'amateurs; tout, églises, statues, tableaux, orgues, bibliothèques poussiéreuses, kilomètres de théologie et d'archives – on vient d'inaugurer les archives secrètes du Vatican : cinquante kilomètres sous terre);

je dois par conséquent penser que cette forme, là, devant moi, la momie d'Ambroise; ce graffiti d'os et de peau séchée aussi sec et silencieux que celui de Ramsès II (que l'on est obligé maintenant de traiter à coups d'antibiotiques, de retirer des expositions polluantes, comme on a été obligé de fermer Lascaux, envahie par les microchampignons et les moisissures projetés sur les taureaux magiques par la respiration des visiteurs amenés par cars); que cette momie, donc – et tant pis pour cette phrase trop longue (mais la majesté du sujet l'exige, sa profondeur, sa superconcevable grandeur; et il est nécessaire, lectrice, lecteur, que tu apprécies ma capacité d'user de différents styles en fonction de la circonstance où je suis placé); que cette momie, disais-je, se lèvera un jour dans la gloire de la résurrection intégrale, se couvrira (selon, d'ailleurs, la vision d'Ezéchiel) d'une peau plus fraîche que la mienne en cet instant précis, alors que je suis, moi, vivant, en train de la regarder de mes yeux vivants; que le sang circulera dans ces veines nouvelles et mystérieusement transfusées; et qu'Ambroise, là, ici même, Ambroise de Milan après la disparition de Milan, continuera le fil de sa méditation extatique, en ayant peut-être tout juste la sensation (et encore!) d'un léger coup d'air sur les tempes, d'une imperceptible discontinuité dans sa lumineuse agilité.

Il est très tôt, il n'y a presque personne dans l'église sombre, une messe va avoir lieu... Pour son repos? Non, nous savons qu'il repose... Pour le nôtre... Encore trois assassinats hier... Première page du *Corriere*... Le sang sur les trottoirs...

Bleu du matin... La barque d'Ambroise, gisant à découvert sur l'océan du temps, prend sa vitesse du jour... On est dans la cale... Comme Jonas attendant d'être vomi sur la plage... Un vieux curé titubant vient s'agenouiller près de moi... Il marmonne... Je prends ma machine et mon sac... *Lingua mea calamus*... Les fidèles commencent à arriver... Une dizaine... Vieilles femmes à fichus noirs... Impressionnante misère, immense abandon...

Que dit encore saint Thomas? Que « vers la fin du monde, ce sera le vice de la tiédeur qui régnera »... Ce n'est pas pour demain, si j'en juge par la passionnalité criminelle ambiante... Et pourtant, derrière tous ces meurtres, c'est peut-être seulement de *tiédeur* qu'il s'agit? La mort en vitesse de croisière? Dans l'indifférence générale? Ou presque? « Le feu occupera dans le monde autant d'espace que l'océan en a occupé dans le déluge. »...

Vous voilà prévenus... Je file à mon hôtel... Le Plaza... Il y a des Plaza partout... A New York, c'est un des plus agréables... Labyrinthique, trois ou quatre restaurants, des chambres-appartements larges, confortables... J'ai oublié de parler de Pat qui m'y a fait passer trois jours sans sortir... Où est-elle maintenant? A Rio, je crois... Elle voulait s'enfermer un peu avec un *writer*... Le *writer*, aujourd'hui, garde toutes ses chances... Il y a des hôtels-paquebots, comme ça, croisières sur place invisibles, méconnues... Combien, en ce moment même? A Paris? Le Lutetia? Mmmm... Plutôt le Ritz (le bar en été)... Ou mieux : le Trianon, à Versailles, hors saison... Des couloirs... L'endroit idéal pour *writer*... Un peu trop connu, peut-être... A Milan, il me semble que le Grand Hôtel est meilleur... Enfin...

Le message de Flora est là, à la réception, ponctuel. D'ailleurs, à peine mon sac ouvert et ma machine posée sur la table, le téléphone sonne. « Tu en as mis un temps pour arriver! Où étais-tu? Ne me dis pas que ton avion avait du retard, j'ai téléphoné à l'aéroport! » Je ne vais quand même pas lui raconter saint Ambroise, elle me trouve bien assez cinglé comme ça... Des courses à faire... D'ailleurs, changement de programme : on part pour Venise tout à l'heure... Ah bon? On doit dîner là-bas avec Alfredo Malmora... Le romancier célèbre... Le grand Italien... Bon...

Pas le temps de voir Saint-Charles-Borromée... A la gare!... Flora est plutôt gaie... M'interroge à peine sur New York... Me raconte ses intrigues récentes... Les élections ici, là; les déjeuners; les dîners... La situation très prometteuse, selon elle, en Espagne... Malgré la récente tentative de putsch de l'armée... Les partis... Les syndicats... La base... La presse... Elle me donne dix journaux à lire... Deux magazines... Trois revues... Une interview d'elle dans le plus grand hebdomadaire madrilène... La situation à Paris? Complexe, évolutive, il faut voir... De nouveau, les mots habituels commencent à vrombir à un rythme qui correspond à celui du wagon sur les rails... Communistes... Socialistes... La Droite... Chômage... Inflation... Salvador... Pologne... Afghanistan... Proche-Orient...

Elle me trouve amorphe... Sans réactions... « L'Amérique t'éteint complètement, non? » Elle n'aime pas l'Amérique... Elle trouve que New York est une ville néogothique sans intérêt... Elle est comme les progressistes du monde entier; comme tous ceux qui sont viscéralement et provincialement attachés aux grandes idées simples du XIXᵉ siècle, incapables d'apprécier la nouvelle beauté de là-bas, sa démesure, son silence dans le maximum de bruit, sa souplesse, son énergie...

J'essaie de lui parler de cet article que je viens de lire sur l'attentat contre le Pape... La thèse du complot international, évidente au premier abord, commence à être évoquée dans les journaux... Mais ça non plus, ça ne l'intéresse pas beaucoup... Le Pape, le Pape... Vieillerie... Une affaire depuis longtemps réglée, le Pape... Je me rappelle ce qu'écrivait Dostoïevski dans *Les Possédés* : « Pour ce qui est du Pape, nous lui avions déjà depuis longtemps assigné le rôle d'un simple métropolite dans l'Italie unifiée, convaincus que nous étions qu'à notre époque humanitaire d'industrie et de chemins de fer, ce problème millénaire n'avait plus la moindre importance. »

« Eppur si muove, je dis, c'est Galilée à l'envers!

— Tu ne dois pas plaisanter avec Galilée, dit Flora avec un mouvement de sourcils religieux.

— Parlons-en, au contraire : d'abord le Vatican le réhabilite solennellement; ensuite on vient de découvrir que, s'il reste incontestablement le fondateur de la science moderne et de la méthode expérimentale, il doit beaucoup plus qu'on ne croit ou qu'on ne l'a jamais dit aux Jésuites du Collège Romain, ses contemporains... Paolo Valla, Muzio Vitelleschi... »

Flora hausse les épaules. Mon goût de la diversion... Mes provocations... Mon sectarisme de libre penseur... Elle ne peut pas savoir, évidemment, quelle science expérimentale j'ai, moi, l'intention d'inaugurer... Quel télescope ou microscope je m'applique à monter...

On arrive à Venise... Danieli...

Je suis à sec... Mais c'est Flora qui paie (son dernier livre sur le Vietnam a été un grand succès); je la rembourserai à Paris...

Elle vient frapper à la porte de ma chambre... Elle me viole agréablement... Un tempérament, il faut avouer... Elle veut qu'on fasse l'amour devant le miroir... Je m'assois sur une chaise devant la glace, elle s'assoit de dos sur moi, fait passer ma queue entre ses cuisses, la branle comme si c'était la sienne, bien tendue, là, devant, en fouillant les couilles nerveusement... Elle se branle... Elle veut absolument voir le sperme gicler, elle le recueille dans un verre, elle le boit théâtralement, la tête renversée en arrière... Après, je dois la sucer allongée sur le lit... Elle jouit beaucoup, une brève marée, en criant... Petit clitoris de feu, petite bite explosive... Elle est belle, tout à coup, comme ça, brune, les jambes écartées, les joues en feu, avec ses grands yeux bleus égarés, innocents... « Ça te va très bien de faire l'amour, je dis. – Et toi? Tu ne t'es pas vu? » C'est vrai... Malgré neuf heures d'avion, le décalage horaire, deux heures de train... Il est trois heures de l'après-midi... Donc huit heures du matin dans mon studio du Village... Le moment du plein rendement, déjà, sur la terrasse ensoleillée... L'acteur doit savoir changer de scène, de décor et de partition... De respiration...

On prend un café... On se donne rendez-vous pour un whisky en fin d'après-midi au Florian... Malmora nous attend ensuite à dîner...

C'est un emblème national, Malmora... Vieux, déjà, soixante-douze ans, mais sec, enjoué, visage de faune émacié... Best-seller sexuel... Deux ou trois chroniques régulières dans les principaux journaux et hebdomadaires... Télévision... Vedette de la *Mostra*... Il est très gentil avec Flora qui vient l'interviewer pour un quotidien espagnol... Il est entouré de femmes assez belles, dramatiques... Deux actrices... Une journaliste du *Corriere*... Brunes, habillées en noir... L'une d'elles me demande ce que je fais... Philosophie? Va pour philosophie... En Amérique? Non, en France... Elle me regarde comme si j'étais un réfugié... Avec attendrissement... En Italie, et puisque je suis là, devant elle, « philosophie », ça veut dire presque automatiquement marxiste... C'est une banalité de l'establishment... « J'attends la révolution, me dit-elle, en me regardant profondément de ses grands yeux veloutés, mais tout le monde me dit maintenant que c'est impossible... Tu crois ça aussi, toi? »... Pauvre chérie... Il faudrait en parler plus longuement en particulier... Flora me lance un regard furieux... La journaliste, à côté de moi, me met tout le temps la main sur l'avant-bras, sur l'épaule... Il y a là aussi deux types plus flous... Un metteur en scène homosexuel; un photographe socialiste... On est dans un grand appartement remis à neuf... Il faut visiter... S'exclamer... Les salles de bains sont en effet luxueuses... Ultra-vertes... On monte dans les étages... Je traîne un peu derrière... La journaliste, Lena, aussi... Les autres sont devant... Tout à coup, Lena me pousse dans un petit bureau, au détour d'un couloir, referme la porte, me colle au mur, comme ça, dans le noir, m'embrasse... Et pas qu'un peu... Lena! crient les autres au bout de cinq minutes... Lena! On ressort, on monte très naturellement l'escalier... On arrive dans le living... On passe à table...

Malmora vient d'écrire deux articles dont chacun le félicite... L'un sur Hemingway... L'autre sur la bombe à neutrons... Du premier, il ressort qu'Hemingway se révèle, à travers ses lettres, un absolu mythomane... Malmora règle un compte ancien... Hemingway était plus célèbre que lui... Plus photographié quand il était à Venise... Plus recherché par les filles... Du second article, on garde l'impression que l'humanité vit un grand danger, ce qui n'apprend rien à personne; mais un danger entièrement nouveau, sans précédent... Malmora cite l'Ecclésiaste pour le réfuter... Il dit que, là, aujourd'hui, il y a vraiment quelque chose d'énorme par rapport à ce qui a été vu et connu de tous temps... « Je suis très inquiet », gémit-il... Je pense qu'il s'en fout, mais l'actrice, dans un grand mouvement d'amour, l'embrasse maternellement sur la joue... Alfredo est si sensible...

Malmora me regarde... Il faut que je parle... Hemingway? Non. Je lui demande s'il aime la Bible... Il a l'air ahuri... Oui... Naturellement... Pas tellement, d'ailleurs... Enfin... Je pose la même question à l'actrice... « Mais oui! » me fait-elle, rauque, passionnée... « Vous citez Wittgenstein à la fin de votre article sur la bombe », dis-je à Malmora. Il est flatté... « Ah oui, dit-il, la dernière proposition du *Tractatus*... Ce dont on ne peut pas parler, il vaut mieux le taire... – Excusez-moi, dis-je, mais la proposition de Wittgenstein, si je me souviens bien, est légèrement différente. Ce qu'on ne peut pas dire, il *faut* le taire. L'accent est mis sur *faut*. Se taire comme acte. A l'impératif. C'est une position mystique. »

Il me regarde en dessous... Il ne comprend pas. Il fait celui qui n'a pas entendu. De toute façon, le brouhaha est général, maintenant, on ne va pas discuter de logique formelle...

Un geste de Malmora... Il impose silence... Il se met à donner son avis sur les actrices internationales... Très sévèrement... Les fesses, les hanches, les seins, la bêtise de l'une, la cupidité de l'autre... Flora m'a déjà dit que Malmora, quoique très riche, est très avare... Au point de ne pas pouvoir payer un café à qui que ce soit... Il fait toujours celui qui n'a pas d'argent sur lui, qui a oublié son carnet de chèques... Il paraît que cette manie est célèbre...

Il continue sur les actrices... Vous pensez que celle-là est belle? Mais pas du tout! Vue de près... Et, en plus, quelle conne... Les femmes rient... Aucune ne trouve

grâce à ses yeux... Il bougonne... Ronchonne... Finalement, elles sont toutes laides... Sauf peut-être cette
tedesca... Cette Allemande... *Molto tedesca*... Droguée,
lesbienne... Intéressante... Très intéressante... Les Italiennes présentes ne rient plus... Malmora aime bien
faire sentir son pouvoir... Flora se remet à discuter
sérieusement avec le photographe socialiste... Stratégie européenne... Lena me fait du pied sous la
table...

Là-dessus, Malmora revient sur la bombe à neutrons... Il vient de lire, dit-il, un article ridicule d'un
écrivain français d'avant-garde (quand il dit *avant-
garde*, sa bouche se tord)... Un article désinvolte...
Scandaleux... Irresponsable... « Vous ne savez pas quoi,
il prétend avoir trouvé la riposte à la bombe dans le
langage... *Dans le langage*! » Malmora lève les bras au
ciel... « Voilà où nous amène le délire des modes
modernes! La philosophie formaliste desséchée du
temps! Vous savez ce que ce type propose pour
neutraliser la bombe à neutrons? La " bombe à
neurones "!...

— Oh! la bombe à neurones, c'est joli ça, dit l'actrice.
Et c'est quoi? Un nouveau mélange d'héroïne? »

Elle me regarde, encore plus velours... Ça doit se
camer pas mal dans la région, sûr...

« La bombe à neurones, crie Malmora, un truc
d'écriture!... N'importe quoi!... Les gens aujourd'hui
plaisanteraient de n'importe quoi!...

— Mais qui est-ce? dit l'actrice.

— Un jeune écrivain français, dit Malmora avec une
moue condescendante, qui vient de publier un gros
livre sans le moindre signe de ponctuation... Illisible...
Qui s'appelle *Comédie*... Et par-dessus le marché, il se
prend pour Dante!... Enfin, il y a toujours quelques
snobs pour aimer ça... Comme d'habitude... »

204

Non! Ça ne va pas recommencer! Encore S.! Cependant, son nom n'est pas prononcé...

La conversation s'enroule... Tiens, Picasso, maintenant... Malmora me parle : « J'ai vu la rétrospective de New York au cours d'une visite privée spécialement organisée pour moi. Et vous?

— Je l'ai vue aussi, dis-je.

— C'est étrange, dit-il, de voir qu'avec une base aussi fragile au départ, Picasso a fait quand même tant de choses.

— Une base fragile? dis-je.

— Enfin, oui, écoutez, presque rien... De toute façon, n'est-ce pas, tout ça... Ces gens, Stravinski, Picasso, ont passé leur temps à faire de la musique sur la musique, de la peinture sur la peinture...

— Vous pensez? » dis-je poliment.

Malmora balaie le XXᵉ siècle....

« C'est comme Joyce en littérature, continue-t-il; c'est la même impasse... De la littérature sur la littérature... »

Il vaut mieux filer doux, car S. risque de faire sa réapparition dans la condamnation globale... Je vais finir par me sentir obligé de lire son bouquin, après tout... En réalité, je comprends que Malmora est en plein délire sénile de puissance absolue... Est-ce qu'ils finissent tous comme ça? C'est probable. Hemingway, au trou... Stravinski, au trou... Picasso, au trou... Joyce, au trou... Tout le monde ne devrait parler que des livres de Malmora. De la sensibilité de Malmora. De l'art de Malmora. De la conception du monde de Malmora. Ce qui n'est pas le cas... Et il le sait bien... Célébrité, argent, films, actrices, jurys, rien ne peut atténuer en lui cette blessure, cette angoisse... C'est lui qui sert le Système... Le Système n'est pas obligé de le servir, comme ces autres, là, que le pouvoir a été forcé de reconnaître, de contourner, de louer malgré lui...

Est-ce que Malmora n'a pas tout réussi ? Tout eu ? Et le reste ? Et il y a encore des prétentieux qui s'obstinent à ne pas reconnaître la supériorité de Malmora... Et qui font quoi... Des « bombes à neurones »... Du papier gâché, gaspillé... Du bluff... Pour les imbéciles... Pour les universitaires, prêts à avaler n'importe quoi...

Mystères cruels de la gloire... « La gloire n'est rien ! » doit se dire Malmora, en se laissant maquiller dans les studios de télévision ou en achetant le journal où son nom et sa photo s'étalent sur quatre colonnes...

« Il n'y a que la gloire ! » lui chuchote tous les soirs une voix au bord du sommeil... Pas la célébrité ; pas la notoriété ni la puissance... La gloire... Le jugement dernier qui se fait tout seul, irrésistiblement, patiemment...

La conversation revient un peu sur la politique. Ce que je pense des socialistes en Europe ? « Du bien, évidemment, dis-je. Nous sommes tous socialistes, n'est-ce pas ? C'est l'avenir. »...

L'ironie plaît à Lena, qui accentue sa pression du pied.

Flora intervient : « Ce que tu ne veux pas avouer, c'est que tu admires le Pape, et que tu te sens profondément catholique. »

Catholique ! Un Américain catholique ? Un Persan à trois têtes ?

Tout le monde se tourne vers moi. Il y a un blanc. Glacé.

Je donne le signal du rire. Quelle bonne plaisanterie.

Le temps passe... Lena s'est fatiguée de me faire du pied... Elle me donne quand même son téléphone à Milan... Tout le monde se lève... Mais Malmora veut encore nous montrer quelque chose... Il va chercher une photo... Une fille splendide, nue, à genoux, de profil... L'assemblée s'exclame...

« Eh bien, fait Malmora, visiblement enchanté de son numéro, ce n'est pas du tout une femme. »

Comment?

« Non, non, *niente di donna!* »

Il me met la photo sous le nez, là, comme si on était au collège...

Ah oui, bien sûr, un travesti... Un supertravelo de luxe... Sud-américain, sans doute, c'est la mode en ce moment... Aux hormones... Sacré Malmora... Il veut prouver qu'il tient le bon bout... Les femmes sont épatées... Ou plutôt, feignent de l'être... Quelle femme splendide, c'est vrai... « Ah oui! ah oui!... » Ce brave Malmora, quel enfant... A son âge... « Vecchio porcellone! » lui fait Lena tendrement, en lui tirant le lobe de l'oreille... « Vieux petit cochon! » répète l'actrice en l'embrassant... Il est tout excité, rouge, heureux... *Vecchio porcellone*... C'est comme ça qu'on doit le faire marcher en coulisses... Facile... Lui aussi...

Il pleut... Plus question de se promener dans Venise... On rentre au Danieli... Au bar, il y a au moins trois tables de putes mondaines, deux par deux, faisant semblant de lire les journaux... L'une d'elles, brune, bronzée, n'est pas mal du tout... Me regarde... Flora en a envie, mais elle n'ose pas... Elle est excitée par cette histoire de travesti... « Tu m'en feras connaître? – Bien sûr, bien sûr. »... On monte... Elle continue à m'interroger en faisant l'amour... La queue des travestis? Comme ci... Comme ça... Opérés... Pas opérés... Impuissants ou pas? « Mais ils n'aiment pas les femmes, sauf exception, dis-je à Flora... – Il y en a à Paris? – Mais bien sûr, à la pelle... Il y a des boîtes pour ça... Le Cosmos, l'Eden... – C'est cher? – Assez... Je t'organise ça si tu veux... » Fantasmes... Elle n'en finit pas d'être étonnée de ma désinvolture dans ce domaine... Moi, je ne me rends pas compte... Tout ça me paraît plutôt banal... C'est vrai que j'ai connu des travestis charmants... Des « transsexuels », comme dit la science... Et moi aussi, finalement, je suis un transsexuel d'un genre abstrait, tout spécial... Puisque le sexe, contrairement à tous les habitants de cette planète que je rencontre, ne me paraît pas un « problème »... Non, vraiment... Le problème n'est pas là... Le péché non plus... Quelle idée de l'avoir mis là... Quelle connerie, quel confort... Le péché est bien davantage de passer devant Joyce ou Picasso sans les voir... Sans avoir au moins la sensation qu'ils sont là... Ou quelque chose au moins à travers eux... Un pressentiment... Un doute... Un soupçon... Une crainte... Ce n'est pas une question de culture, mais non... Le péché, plus exactement, est de penser que le rapport de forces brut, celui de l'instant, constitue la seule vérité... Le péché consiste à croire à tout prix à une origine... On a raison de le dire originel pour cette raison... Qu'il y ait une cause, surtout, un sens, une explication, un but, une raison!... Alors qu'il n'y a rien... Le péché est terroriste ou policier... Rien d'autre... Le mépris... Sa reproduction...

Il y a aussi le retour chez soi au petit matin... Ils sont encore au lit... Papa!... Stephen regarde immédiatement ce que j'ai pu rapporter... Droit au sac de voyage... Un train musical... Une télévision qui chante... Un avion téléguidable... Une voiture à bip-bip lumineux... Un livre... Un disque... Un puzzle... N'importe quoi... J'ouvre les rideaux... Papa!... Deborah, souriante, calme... Plus le temps passe, et plus je l'admire... Je me demande comment elle fait... Quelle folie, finalement de ne pas rester simplement avec eux, tranquille... De ne pas complètement accepter cette mort-là... La seule qui ait une signification utile... *Papa* est un être enchanté, aventureux, indiscutable, diagonale du carré, portrait dans le tapis, atmosphère diffuse... Autant dire qu'il n'existe que sous forme de certitude hypothétique... Il existe? Il n'existe pas? Il a ses apparitions, en tout cas... Papa est, par définition, quelqu'un dont on ne demande pas de nouvelles... Qui est censé savoir se débrouiller dans son coin... Qui n'est pas de ce monde... Qui peut donc en sortir à tout moment... Est-ce qu'il n'est pas déjà mort, d'ailleurs? Destiné à ça? A moins qu'il ne soit Idéal... Chevalier éthéré... Prince de la lumière perdue... Mort aussi, en un sens, ou disparu... Papa *sait*... Ou est censé savoir... Papa n'est pas comme nous... Papa est inexplicable... Quelque part sur l'océan...

Drôle de fonction inhumaine, transhumaine, c'est vrai... Sur laquelle on sait peu de choses... Très ténébreux, cet endroit de l'envers du décor... Et pour cause... Fonction algébrique... Au-delà de la géométrie... A sa source, à son point d'extinction... Il y a une belle expression de Joyce, justement, dans *Finnegans Wake* : « Father Times and Mother Spacies. » Le Père-les-Temps, la Mère-les-Espaces et l'Espèce... Ou encore : le Père qui *tempe* – et même qui temporise; la Mère qui ponctue et aménage les lieux et les habitants de ces lieux... Le Père-son... La Mère-image... Synchro difficile... Représenter le temps, et le temps dès temps, et ce qui bat de temps dans le temps; être le compteur individuel mais universel; incarner en passant dans l'espace le point de fuite de cet espace, ce n'est pas une petite affaire... Qu'est-ce qu'un père? Silence... Embarras... Bafouillages... Religions... Et comme l'idée que l'on se fait des parents est une création imaginaire des enfants... Comme il n'y a en un sens, du début à la fin, *que* des enfants... Et que ces enfants meurent en criant maman... Alors que maman aussi n'est qu'une enfant... Ça ne tient pas le coup, voilà... C'est la raison de mon catholicisme raisonné, toujours plus intériorisé... Je suis un enquêteur sérieux, moi... La combinatoire sexuelle... Les systèmes métaphysiques... Les dernières données de la science... Orient... Occident... Eh bien : catholique, apostolique, romain, postromain... Je précise, je persiste, je signe, je maintiens... C'est là que le drame est pensé dans son maximum de complexité, dans ses dimensions atomiques... Tout le reste est approximation, rêve de substances, fantasme de vide, balbutiement poétisé, hallucination vague, fétiche niais... J'ai deux tentations simultanées : le judaïsme, création grandiose, sans lequel la question Père ne serait même pas formulable... Le matérialisme intégral, celui de Démocrite, mais où ne peuvent se retrouver que les esprits les plus maîtrisés... Sinon, pataugeage d'organes, visions douteuses, névrose, psychose, sécheresse, sacralisation en morceaux... Maternalisme, très vite... Matière n'est pas Mater, mais c'est très proche, on y retombe vite à l'automatique... J'avoue une faiblesse pour le taoïsme... Le génie du trait... Mais enfin, dès qu'un Occidental en parle, en général il déconne... Le catholicisme, donc... Judaïsme d'un côté... Ouverture des phénomènes de l'autre... On reprend l'hébreu, scandaleusement négligé... On embarque Galilée... Vatican II? D'accord... Mais oui... Excellent... Retour aux tout premiers siècles... Déverrouillage sur 2000 ans... Phénix! On relativise le latin et le grec – en les gardant, bien sûr! en les faisant flotter, bien sûr! on réveille l'araméen, et surtout l'immense merveille hébraïque... Voulez-vous que je vous dise? La vraie décomposition du paganisme se passe ces jours-ci... La fin de l'empire romain est contemporaine... Merci Hitler... Merci Staline... Merci Mao... Merci Khomeiny... A toi Wojtyla! Souveraine ruse de l'histoire... Je lis une interview d'un écrivain catholique anglais, Anthony Burgess... Des intuitions, mais quelle confusion... Il critique Vatican II, il dit que c'est la fin de l'Eglise... Quelle erreur... Il révèle qu'il a rompu avec l'Eglise au moment de la proclamation du dogme « stupide » de l'Assomption... Quelle connerie! Comme il reste protestant! Le refoulement sexuel l'aveugle! L'Assomption est une folie sublime... La seule audace insensée sur la jouissance féminine inventée... Il voit un peu saint Thomas, saint Augustin; mais pas un mot de Duns Scot, l'admirable, le subtil des subtils dans la subtilité des subtilités! Pas un mot de saint Bonaventure! Pas la moindre mention de François d'Assise! Au passage, je remarque qu'il admet ne rien savoir des femmes... *Forcément!* Son livre s'appelle *La Puissance des ténèbres*... Gros best-seller... Son héros est homosexuel... Lui-même ne l'est pas... Il essaie de comprendre... Bref, il mélange tout... Il dit que l'homosexualité est héréditaire... *Encore mieux!* Il déclare que c'est une tare biologique... Mon dieu! Qu'il vienne me voir, Burgess, il faut que je l'instruise... Il ne voit qu'une corne du Diable... Qui a dû lui jouer un ou deux tours pendables en cours de route... Son âme semble en danger... Il ne doit pas faire assez attention au lit... Ces Anglo-Saxons... Il survalue la Papauté pour s'opposer à l'antipapisme primaire de sa société, et, du coup, tombe lui-même dans l'antipapisme... Best-seller! Best-seller! Approbation du Diable! Je note aussi qu'il ne dit pas un mot des juifs... D'Israël... De l'Ancien Testament... Voilà, voilà... Toujours là, l'ignorance... Toujours là, toujours là...

Il s'agit de la mort. Le monde est la mort. Et le monde appartient aux femmes puisqu'elles la donnent. Elles ne donnent pas la vie mais la mort... Pas de vérité plus élémentaire... Pas d'évidence plus systématiquement cachée, méconnue... Vous me copierez ça cent mille fois... En vain... Comme c'est bizarre... La lettre volée... Regardez-vous dans un miroir... Non, vous ne vous voyez pas... Non, vous ne percevez pas votre rictus-né... C'est tout au fond d'un rêve, parfois, ou très rapidement au réveil que vous avez la chance de subir le choc... Trois dixièmes de seconde... Même pas... Vous trébuchez sur vous, sur votre sac... Crachat du néant... Morve des siècles... Merde finale... Pus du temps... Sanie de la durée... Infâme bouillie bas de page... Addition... Chute... Rideau... Si vous n'avez jamais mis le nez sur votre tassure pourrie personnelle, silence... Silence, sous ces voûtes solennelles, où je vous fais passer en tremblant!...

Adieu, la vue, la respiration, l'ouïe, la lumière; adieu, les plaisirs, les parfums, la peau de pêche la plus aimée, convoitée, goûtée!... Adieu, la liberté des gestes!... Vous voilà sur la verticale de chiottes de la vérité... C'est vous, ça? Cette chose informe qui « n'a plus de nom dans aucune langue »? Non! Non! Si, pourtant... C'était vous... C'était vous en surface, là-bas, au-dessus des flots qui se referment, du ciment qui se clôt à jamais sur votre faciès noir, effervescent, puant... C'était vous, parlant, mangeant, copulant, calculant; insouciant de la vraie vérité en train de devenir de plus en plus vraie et de vous tuer... C'était vous dans la vanité; vous dans la lubricité – mais ridiculement pas assez, vous semble-t-il maintenant que l'heure sonne, cette heure d'acier comme un couperet au bruit de vidange – pas assez! pas assez! vous dans tous les péchés, dont le plus définitif, peut-être, aura été d'attendre, de remettre à demain, de ne pas vous presser... Vous presser de quoi? De prendre une exacte mesure, là, du déchet que vous affichez... C'était vous... *C'est* vous... En plein scénario transitoire...

Ouvrez donc une bonne fois les yeux dans la rue, chez vous, dans le métro, les autobus, les trains, les avions, les théâtres, les cinémas; voyez la terrible misère des peaux grasses et des cheveux sales, la grande claque de l'ennui sur les visages des fins de journées... Grilles du crépuscule...

Ô squelette virtuel! Ô cadavre ambulant! Ô fardure de la purulence! Ô cerveau oxygéné qui diriges encore ta monture promise à l'effondrement du vomi!

Ô crapaud enjolivé et bavard! Et couard! Et hagard! Ô mesquinerie encroûtée! Ô mouche en tutu! Ô cul de plomb qui ne sais même pas que c'est toi que tu chies quand tu chies!

Ô le gourmand, l'avare, le menteur, l'envieux, le jaloux, le dissimulé, le fourbe! Ô le mollusque collé au sein, au pénis, à l'étron bancaire, aux honneurs!

Ô zombie des media! Ô acrobate de toutes les trahisons et de toutes les compromissions pour un bout de gloire! De gloire? Même pas... Piqûre de narcissisme au jour le jour... Cocaïne mouillée de l'orgueil!

Ô grande tête molle! Ô imposteur! Ô frémissement inutile! Ô peureux d'opérette muselé par la moindre pression sur ton front! Ô féminisé des sécurités! Ô ursaf! Ô immatriculé ridicule! Ô lâche! Ô assisté scolaire! Ô fantôme pseudo-civilisé contrôlé!

Ô ex-roseau pensant devenu épingle à nourrice! Ô conducteur soumis! Ô embouteillé de naissance! Ô emmailloté barboteur! Ô croyant des masses ou de l'inconscient! Ô irresponsable qui laisserais tuer tes voisins et te boucherais les oreilles si on torturait tes amis! Ô patient! Ô timide! Ô tiède! Ô résigné! Ô déprimé! Ô digestif! Ô paresseux, surtout; paresseux comme la larve que tu rêves d'être dans un monde de larves excitées de s'immerger dans l'inanimé! Ô zéro global! Animal!

Voilà ma prière. C'est à moi, inutile de le dire, que je m'adresse ainsi. Tous les soirs, et tous les matins. Ça ne vous concerne pas une seconde, bien sûr. C'est pour me tenir en forme...

Où en étions-nous?

Oui, la mort... Sujet des sujets... On en parlait... On n'en parle plus... Pfuiiittttt! Disparue! C'est-à-dire partout présente... C'est comme si autrefois on avait réussi à l'isoler, et puis qu'elle vous ait glissé entre les doigts pour s'installer invisiblement dans l'air, elle, l'habitante du tissu tout nu... Fondue-déchaînée, la mort... Intégrée... Absorbée... « Naturelle »... Je réentends Bernadette dire : « LA MORT »... LA... Si ça mourait, ici ou là, elle y était aussitôt, comme par hasard... Une de ses amies meurt... Elle dîne quelques jours après avec le mari... Elle en frissonne... C'est vraiment son trip, avec la masturbation, d'ailleurs, elle n'en fait pas mystère, c'est là qu'elle a la sensation de se toucher vraiment... Les doigts dans les lèvres... La mort... Elle est presque belle, à ce moment-là, fiévreuse, ses yeux brillent, c'est son culte, l'hypnose l'envahit presque complètement... Elle est dans la cheminée, la suie, le tuyau du serpent luisant... A la place de terre, du combustible... Il devait y avoir, il doit y avoir encore ça dans les camps... *Anus mundi...* Le rectum indéfonçable du torrent-vidage... Elle va à sa propre rencontre dans LA mort, elle se donne toute, là, blanche et tout à coup fragile, bouche ouverte, du fond de sa respiration la plus folle... Elle a fabriqué sa fille, Marie, comme ça, Bernadette, avec LA mort... Avec le fantasme souverain de sa mère aussi, bien sûr, et un type qui passait par là, bien entendu, mais surtout, elle l'avoue, elle va l'avouer, oui, avec LA mort... C'est la seule qui ait osé, ou pu, me le dire... En accouchant, elle y a pensé : voilà, j'ai fait quelque chose pour LA mort... Les autres ne veulent pas en convenir... Bobobobobo! Qu'est-ce que c'est que cette histoire? Toi et tes obsessions! Ça va pas la tête? Ça se soigne, non?

Elles ne veulent rien savoir, ici, précisément.

Ni eux.

Personne.

Et pourtant... L'œil des rêves... Savoir d'en dessous... Révélations du sommeil, sans que rien soit dit, en cachette... Cuisine cauchemar... Etuve d'effroi... Et aussi joie venue d'ailleurs... On ne sait d'où...

Pour l'instant, je suis donc chez moi... Deb me plaît... Je l'ai déjà dit, rien de plus subversif, aujourd'hui, que d'aimer et de désirer sa femme... Ça choque l'époque... L'énorme Œdipe en société, désormais...

Je l'invite à dîner. Il y a eu une époque, avant la naissance de Stephen, où on sortait pratiquement tous les soirs. Très librement. Et plus que librement... Vie d'étudiants prolongés... On s'est beaucoup amusés, il me semble... Peu d'argent, mais heureux... Et puis, il y a eu les pressions de tous côtés, surtout celles du WOMANN, du FAM... Deb, peu à peu, est devenue soucieuse, renfermée... Imperceptiblement aigre... C'est à ce moment-là qu'elle a commencé ses rencontres plus ou moins secrètes avec Bernadette... Laquelle, évidemment, voulait non seulement se venger de moi, mais étendre ses pouvoirs... Deb a commencé peu après une analyse... Elle a eu Stephen... Elle est devenue psychanalyste, maintenant, c'est-à-dire qu'elle est passée de l'autre côté des phénomènes... Mais toujours prudente, intelligente... Avec son côté « génial », si frappant chez elle... Toujours en train de lire un livre que personne n'a lu; d'apprendre une nouvelle langue (en ce moment le japonais); de réfléchir à un éclairage philosophique nouveau... Avec les *Œuvres complètes* de Freud au-dessus de son bureau... Mélange étonnant quand on la voit, comme ça, brune, fraîche...

On dîne donc ensemble, face à face, dans un petit

restaurant du Champ-de-Mars. Je lui fais la cour... Je crois qu'elle a renoncé à beaucoup de choses avec moi, surtout à me convaincre, comme elle a essayé de le faire dans sa période agressive, que j'étais névrosé, phobique intermittent, pervers, etc. Je suis attentif avec Stephen; je lui donne ma part d'argent, donc de réel; je ne suis pas gênant... Je suis quand même plutôt agréable physiquement... Je la fais rire... Pas de psychologie, mais la psychologie l'ennuie autant que moi... Voici donc la nuit où Papa et Maman rentrent bras dessus bras dessous, un peu ivres; la nuit où Papa soulève la jupe de maman dans les escaliers... La nuit où Papa baise Maman comme autrefois, avec emportement et débordements savants... La nuit où Maman gémit, laisse échapper des propos tendrement obscènes, se tord, se cabre, se tourne, se retourne, offre ses fesses à Papa... Ce n'est pas bien du tout, pas du tout... C'est même épouvantable... Les parents ne font jamais ça, n'est-ce pas? Jocaste et Laïos, quelle horreur... Jocaste et Œdipe, passe encore... Mais là... Vraiment, j'ai honte devant le tribunal social tout entier... Devant l'Histoire... Je sens que mon crime n'a pas de nom... Etre érotique chez soi; jouir de sa femme et la faire jouir, est-ce qu'on peu imaginer plus monstrueux mauvais goût? C'est la fin des temps! La ruine du roman! Imaginons Charles Bovary séduisant... Ecrivain... Emma, psychanalyste, se donnant à lui avec résignation et ferveur... Plus de Flaubert! Plus d'Université! Plus de thèses! Le crime parfait!... La révolution accomplie... Une nouvelle ère... Je suis ce révolutionnaire implacable... Je suis ce héros... L'annonciateur d'une bonne nouvelle sans précédent, inouïe, toute simple, inaccessible, enviable, formidable... Le non-sens affirmé! L'absurde euphorique! La transmutation des valeurs! Je suis un surhomme, ou plutôt un posthomme, un postumhomme, un êtrérosexuel, le contraire d'un monosexuel... Je triomphe de l'antique malédiction... De la tragédie obligatoire... Sans blague, c'est le bord ultime de l'expérience... L'origine et la fin de tous les mythes qui, vraiment, ne sont pas plus compliqués que ça... Immense *tollé* dans l'assistance! Hurlements! Huées! Convulsions! Rages! Huées! « Comme c'est triste, comme c'est vulgaire », disent les esprits qui cherchent... Mais il n'y a rien à chercher, justement... Soit, mais qu'est-ce qu'on peut raconter si on a trouvé? Si on a le fin mot de tout? Eh bien, tout, précisément, chaque chose, chaque parcelle des choses, le creux-moule en fusion des choses sans cesse perceptible, audible. L'instant décalé...

La malédiction... Qu'on allait la lever ensemble... Je me revois disant ça à Deb au bord de la Tamise, un après-midi... Curieuse façon d'exprimer ce que je sentais alors... Au soleil... Dans l'éblouissement... Il y a quand même, parfois, rarement, entre homme et femme, des moments qui n'ont pas à être jugés dans le temps... Qui relèvent d'un coup de la durée impossible à mesurer... Ça reste là en dehors du compte... Du règlement de comptes qui arrive toujours... Peinture... Figures... Qu'est-ce qu'on faisait à Londres? Je ne sais plus... Ce que je revois, simplement, ce sont ses yeux marron clair regardés de très près, se dilatant, aveugles, par rapport à une caresse appuyée... Les salles du British Museum, l'Egypte vibrant dans les pierres... Et nous, là, au bord du fleuve, enfermés dans le cercle, l'anneau...

« Entre homme et femme, ça ne marche pas », répétait tout le temps Fals... C'était la pierre angulaire de sa doctrine; il n'en finissait pas de la proclamer... A croire qu'il souhaitait que plus personne n'ait de tremblement fondamental après lui; confiscation de la jouissance, démonstration qu'elle ne mène à rien... Mais qui a jamais prétendu que c'était fait pour « marcher »? L'intéressant est que ça puisse voler de temps en temps... Avant de sauter... Et d'ailleurs, si ça a vraiment volé une fois, ça marche toujours un peu quand même... A moins d'arriver à la fixation haineuse... Mais cela aussi, on peut l'éviter... Mon avis est que Fals n'avait pas suffisamment plané... Il en était malade, je crois... Aucune femme ne s'est pâmée sur son anatomie? C'est probable... Pas réellement... Pas follement... Pas suffisamment pour lui rendre indifférent le fait que ça « marche » ou pas, par la suite... D'où sa vocation d'être le parasite de la vie des autres... Une grande vocation... S'infiltrer, s'immiscer, se mettre en travers, repérer où est le désaccord, s'installer là, pousser, creuser, aggraver... Je repense à la façon dont Fals s'attardait chez nous... Son long regard sur Deb par-dessus ses lunettes... Pauvre con... C'était pénible, c'est tout... Il fallait rester polis... Pourquoi rester poli, d'ailleurs, on se le demande? Vu le nombre d'emmerdeurs et d'emmerdeuses qui courent les rues... Qui n'attendent que votre bonne éducation, justement, pour insister comme des sourds; se mettre là, entre vous et vous, pour siroter le surplus, brancher leurs dérivations maniaques... Vampires de tous bords... Multipliés par l'électronique, on dirait... Bruits de fond du réseau... du rézoo... Muflaisons rasantes, naseaux d'ombre... Si vous avez réussi à fabriquer un peu de civilisation dans votre coin, croyez-moi : défendez-vous, soyez intraitables... Les morts-vivants vous entourent... Ils nagent vers vous... Leurs mâchoires à moitié décomposées vous cernent... ils approchent de vos flancs... Lancent leurs grappins... Leurs échelles de corde... Grimpent vers la lumière qu'ils perçoivent confusément à travers leurs cerveaux moisis mangés par la nuit... Vous êtes Moby Dick... La baleine blanche... Ils vous pourchasseront sur le globe entier... Dans l'air... Sous les mers... Pour vous harponner... Vous découper... Vous déguster en rondelles... En extraits... En huiles... Parfums... Crèmes... Vous êtes la substance régénérante, fouettante... Le spermaceti!... Le massage rêvé... L'eucharistie convoitée... « Oh homme! admire la baleine, efforce-toi de lui ressembler; toi aussi reste chaud parmi les glaces, sache vivre dans un monde autre que le tien; sois frais sous l'Equateur; que ton sang, au Pôle, demeure liquide... Comme le grand dôme de Saint-Pierre et comme la grande baleine, garde en toute saison ta chaleur personnelle. »...

Merveilleux Melville... Comparer la baleine à Saint-Pierre-de-Rome... Fabuleux *Moby Dick*... Mon roman préféré... Appelez-moi Ismaël... Queequeg... Le Parsi... Achab... Stubb... Starbuck... Comme vous voulez... Quelque chose de tous ces noms coule dans mes veines... Sur le pont de la narration... Voiles, mâts, échelles, écoutilles, canots, cordages... Au large... Chaque paragraphe prenant le quart... Monologues semés sur l'eau... « Un calme intense, cuivré comme un lotus jaune, déployait peu à peu ses feuilles de silence sur l'infini de la mer. »... De l'Atlantique au Pacifique... De Manhattan à la Chine... Jonas revu par Shakespeare... Le sermon du Père Mapple... La méditation au cœur liquide... « Quoique je sois né sur la terre, j'ai été nourri par les mamelles des mers et, malgré le sein maternel des vallées et des collines, je suis le frère de lait de toutes les vagues de l'eau. »... Ou encore : « Ainsi, au cœur de l'Atlantique tourmenté de mon être, il m'arrive de jubiler dans un calme muet tandis que les planètes néfastes gravitent sans fin autour de moi sans toucher la place profonde et intime où baigne l'étincelle de ma joie. »... Etc. Etc. Cinq cents pages pour un naufrage... Où ne subsiste, finalement, que le volume imprimé... Recueilli en passant, comme un orphelin bâtard, comme un feuillet supplémentaire de la Bible, par le *Rachel*, navire qui passait par là... Qui repêche le narrateur monté sur son cercueil... « Je flottais sur l'Océan qui grondait doucement comme un chant funèbre. Les requins, paisibles, glissaient à mes côtés avec des gueules verrouillées; les sauvages faucons de mer planaient au-dessus de moi avec leur bec au fourreau. »... Typhon d'encre... Flèches des phrases jetées dans le vent d'écume... Et puis plus rien... Le récit qui avale tout... Le gouffre et son tourbillon mis en mots...

Qu'est-ce qui tient le coup, en français, par rapport à ça? Lautréamont? Bien sûr. Mais les Français le considèrent comme un auteur difficile... Baudelaire? Souvent :

Et dormir dans l'oubli comme un requin dans l'onde...

C'est dans *Le Mort joyeux*, je crois...

Ah, le roman... Plus personne ne s'y intéresse vraiment... Comme il faudrait, dans la respiration du tréfonds... « Je suis sûr, me dit S., qu'on ne rencontrerait même pas un critique aujourd'hui, pour savoir comment débute *Anna Karenine*. »...

Chiche.

Personne.

Ne cherchez pas; voici : « Toutes les familles heureuses se ressemblent, mais chaque famille malheureuse l'est à sa façon.

« Tout était sens dessus dessous dans la maison des Oblonski. Madame venait de découvrir que son mari avait une liaison avec leur ancienne gouvernante française. »...

Allons, voyons... Ce qui est intéressant, aujourd'hui,

est précisément le contraire de cette introduction... Une famille heureuse? Aussi introuvable qu'un bon roman! Plus extraordinaire qu'une baleine imprenable! Plus fantastique qu'une invasion d'extraterrestres! Ne ressemblant à rien! Espèce évanouie... Racontez-nous ça! Oh si, par pitié! La grande affaire! Si, si!

« Toutes les familles heureuses se ressemblent. »... Cher Tolstoï... Encore un qui n'a pas pu dire la vérité... Sa femme effroyable... A l'opposé de celle de Dostoïevski, animalement avertie du drame... Doublée dans l'hystérie... Il raconte comment elle se met à pleurer en voyant son visage ensanglanté après ses crises d'épilepsie... Il se cognait la tête en tombant par terre, contre les tables... Ça le prenait n'importe quand, dans les couloirs ou les escaliers; surtout pendant le sommeil... Ou en train d'écrire... Il rentre avec une lampe allumée dans la chambre... Elle se soulève sur ses oreillers, le regarde... C'est en la voyant en larmes qu'il comprend qu'il a eu une attaque... Les Dostoïevski, une famille heureuse? Pleinement... Il prend sur lui l'exacerbation ultime, la torsion limite... Jouant son système nerveux comme une plaque de poker... Le hasard convulsé des naissances... Celui des morts... Entre les deux : l'électrochoc des coïts... L'absurdité irradiante d'être là, avec ce crâne-là, ces mains-là, ces jambes-là, ce buste définitif, cette prise de sexe...

On est redevenus heureux, Deborah et moi, après le passage des Tropiques... Secouante traversée... On a tout vu... On est au-delà... Juste assez pour savoir un peu vivre après... Encore...

Ce qui veut dire : regarder autant que possible en face la fatalité, la chute... Le fait que les hommes et les femmes n'ont rien à trafiquer ensemble, sinon perpétuer le malentendu... Que d'ailleurs, les hommes n'ont rien à se raconter ensemble, et les femmes entre elles, que le décor sans fin excitable en brouillage... Que chacun est seul à jamais, dans son canal entre deux écluses, deux cataractes insensées... Ces milliards d'yeux, chacun dans ses nuits, croyant qu'ils voient le même jour ou la même histoire... Enfin, toutes ces choses évidentes et qu'il faut des années pour trouver clairement en soi, devant soi... Tout ce qu'ils s'imaginent pour échapper au constat : jusqu'au roulement dans la merde, mais la merde elle-même n'est pas un fond de quoi que ce soit... Ils pensent parfois arriver au cynisme ultime... Comme des chiens, avec leurs queues, leurs couilles, leur anus crotteux, leur pif agité flaireur... Quelques petits blasphèmes fatigués... Dérision suicide... Obstination à faire le malin quand même dans son repli de cadavre en gaz... Pauvres pervers périphériques... Pendant qu'elles, de leur côté, se brodent quand même la romance amour... Ce qu'il y a de fascinant, dans le mariage, c'est cette proximité avec l'incommunicable en soi... La négation sans appel... Rien de moins décrit; rien de plus méconnu... Ce qui gagne, là, en silence, c'est neuf fois sur dix, la nausée-racine... Une sorte d'asphyxie désespérée dans la baignoire bouclée du sujet... Quand on est à bout... A fond d'écœurement, d'inutilité, d'ennui... Pour surmonter ça, il faut une discipline d'un autre monde... Un rituel inflexible... Tous les matins, avec Stephen, nous organisons une petite séance d'arts martiaux... Je mets le kimono bleu marine et blanc que Deb m'a ramené du Japon; je pousse des cris Kabuki; nous nous saluons respectueusement; je lui apprends à porter les coups... Rôhôôôôô!... Il me frappe... La main à plat; le bras horizontal... Le sabre imaginaire partant en éclair... En réponse, je le pousse un peu; je le bouscule... Il rit... A cinq ans, il apprend à tuer papa... Sérieusement... De toute son énergie... Deb nous regarde amusée, un peu inquiète... On vient de prendre le petit déjeuner... Thé pour elle, et café pour moi... On mange nos croissants... On se dit des choses... Il faut que Papa soit toujours calme, un peu distant, humoristique, mais pas trop... Oui, oui... Non, non... Papa est un tuteur pour végétaux fous, en hélice... Du fait qu'il tienne nerveusement le coup dépend non seulement la couleur de toute la journée et de la nuit suivante, mais, de proche en proche, l'atmosphère générale... Pères, sacrifiez-vous... La civilisation est à ce prix... Sachez mourir et mentir... Repoussez la transparence... Ne dites rien... Ne vous confiez jamais... Ne soyez pas malades... Marchez ou crevez... Restez souples, détendus, ironiques, même si, à l'intérieur, vous tremblez d'angoisse... Soyez généreux, compréhensifs, enthousiastes, faussement naïfs, exemplaires... Vides... Votre rôle, fixé de toute éternité, est sublime : incarner l'axe du monde, la vertèbre cosmique, la colonne d'harmonie... N'en parlez surtout pas... Silence... Pas de déclarations... Pas de plaintes... Pas de valeurs déclamées... Payez! Rôhôzôôôôô!... L'improvisation zen... Mais puisque nous sommes en Occident, en Europe, en France, à Paris, j'emmène Stephen, le dimanche matin, faire un tour dans les églises... Notre-Dame... Saint-Germain-l'Auxerrois... Saint-Séverin... Saint-Jacques-du-Haut-le-Pas... Saint-Etienne-du-Mont... Le Val-de-Grâce... On regarde les messes en passant... On attrape des bribes d'évangiles, d'épîtres, de sermons... Un lambeau d'Apocalypse... Un fragment de Prophètes... Une rafale d'orgue... Quelques fleurs de chants... « Papa! dit Stephen, une autre église! »... Je ne sais plus qui m'a raconté avoir vu Werth rentrer comme ça, un matin, dans une chapelle, après avoir regardé autour de lui pour vérifier qu'on ne le voyait pas... Quelqu'un d'autre a été stupéfait de tomber, en

Italie, sur Fals abîmé en prières dans une basilique...
Quant à Lutz, le penseur des lumières jusqu'au bout, il
est revenu, à Saint-Anne, dit-on, à la foi de son
enfance... « Preuve qu'il est bien fou, non? » a lancé
Malmora à Flora... Laquelle est restée songeuse...

Stephen aime bien ces balades... Cierges... Statues...
Vitraux... Deb est plutôt réticente... Elle est athée... Du
moins le croit-elle... La Science... Freud... Très bien...
Les femmes doivent être contre dieu... Les dévots de
La Femme aussi... C'est logique... Le vrai dieu, c'est
Elle... L'autre est faux... Absurde d'avoir misé sur la
confusion des deux religions... Pauvre Eglise... Mystification... Temps perdu... Une femme ne peut qu'être
hostile à cette affirmation du culte Paternel... Mise en
Fils... Et en Saint-Esprit... Eve... Péché originel... Tout
ça... Elle sent bien que c'est organisé sourdement pour
la tenir en échec... On ne peut pas arrêter la reproduction, bon, mais la voilà qui tourne à l'invisible... Si vous
obligez les femmes à croire à ce coup de buvard, le
niveau baisse... On finit dans l'édulcoré, le sirop... Ou le
fanatisme à côté... C'est pareil... Dans frigidité, c'est
rigidité qu'il faut entendre... Bien sûr, bien sûr... Qu'elles soient donc scientifiques... Réalistes... Sociales...
Sécurité... Rationalité... C'est ce qu'on peut souhaiter
de mieux, à la place des fausses extases, exaltations,
vertiges, rougeurs et pudeurs... *Les Torrents spirituels*,
de Mme Guyon... Fénelon... La querelle du Quiétisme...
Bossuet démontant l'affaire... Admirable Bossuet... Je
lis dans un journal qu'un vieux philosophe français à
la mode traite Bossuet de « ballot »... Il aime Guyon,
Fénelon... L'amour... Personne ne semble choqué... Au
contraire... « Alors que si j'écrivais un article pour le
traiter de crétin à cause de cette opinion, me dit S.,
vous entendriez les hurlements! »... Sur quoi il me cite
Bossuet à propos de Fénelon : « Je me retirai étonné
de voir un si bel esprit dans l'admiration d'une femme

dont les lumières étaient si courtes, le mérite si léger, les illusions si palpables, et qui faisait la prophétesse. » De l'autre côté, me dit-il encore, vous avez le dessèchement de Port-Royal qui a bien failli emporter Pascal... Voilà...

Non, non, que les femmes soient modernes, calculatrices, aux affaires... Et baiseuses... Et nous, à la musique! Aux divertissements! Aux mystères! Aux chapiteaux! Nouveau Moyen Age! Eclairé! Son et lumière! la subversion est là! Elles sont libres, elles travaillent, elles contraceptent, elles ont leur argent, leurs petits plaisirs... Comme les hommes, et même mieux qu'eux, c'est parfait... Mais les hommes doivent encore faire un effort... Apprendre à s'amuser tout seuls... Sublimer l'ensemble... On relance la métaphysique... L'art de disparaître en beauté... Stupeur : la transcendance est une idée neuve, toute fraîche... Nouveau loto... Loto-érotisme... Plus la situation est sans issue ou tragique, plus il faut s'amuser... En avant pour les danses macabres... Les passions sur les parvis... Carnavals... Vidéocassettes... Déguisements... Squelettes... Jets d'étoupe... Soufre... Résurrections... Paradis... On rouvre l'au-delà... On y va! L'ici-bas aux nanas... Tout le ci-gît! Les maternités, les cliniques, les cimetières! Les ovules et les urnes! Enfin unifiés! Propagande à la télévision! Planning! Qu'elles gèrent tout! Qu'elles ingèrent! Qu'elles décident! Pas de résistance! Ça ne peut pas être pire! Mais, en échange, déluge de gratuité mystique! Sans quoi, c'est l'impasse... La bombe à court terme... Par l'intérieur... Le pourrissement nucléaire assuré... Cancer et bazar...

Je rencontre une journaliste qui rentre de San Francisco... Elle va faire un reportage à sensation... « L'Enfer des femmes. »... Là-bas... Pourquoi? Envahissement des homos... Pédés partout... Déluge « gay »... Polk Street... Castro Street... Golden Gate Park...

Fisherman's Wharf... Les femmes sont affolées... Leurs maris basculent... Massivement... Elles sont de plus en plus délaissées... Sodome City! Elles forment des groupes thérapeutiques... Pleurent entre elles... Les mères achètent des T-shirts colorés avec une inscription : « mères de gays »... Les homos les embrassent en gémissant... Le cirque...

Ou encore ce procès à New York... Une hôtesse de l'air contre un steward qui l'a baisée au-dessus de l'Iran... Elle est enceinte... Il n'a éjaculé qu'une fois et ne l'a pas revue... Elle veut qu'il entretienne le bébé... Il refuse... Il l'accuse de s'être servie de lui comme d'une simple banque de sperme... Les avocates féministes ripostent en affirmant que, s'il ne veut pas d'enfants, il n'a qu'à se faire stériliser... Cash! Guerre chimique! Hold-up des cornues! Racket d'éprouvettes... Ruses de laboratoires! Trafic...

On me dit que la pilule est en déflation... Les femmes se méfieraient maintenant de ce qu'elles ont réclamé à corps et à cri... L'avortement, la rature... Ça ne s'écrit plus bien... Elles tombent malades... Ou s'imaginent... Dérèglement des conduits... Elles ont peur de la liberté de leurs filles... Elles se plaignent d'être programmées... Dépersonnalisées... Classées à l'ordinateur... Eh! bien sûr!

Quelle immense blague tout à coup! Quelle farce! Qu'est-ce qui l'emporte, là, finalement? L'horreur? Le comique? Je vous laisse choisir...

En tout cas, les choses n'ont jamais été si claires.

« L'homme est une passion inutile », a dit Sartre. Une portion.

La portion est ce qui reste du porc après l'impôt de la conception.

Je nous regarde, là, tous les trois, dans notre chambre, près du Luxembourg... Etrangers, sans doute, comme on le serait de toute façon partout, et en même temps tellement chez nous... Nos familles sont loin, presque oubliées... Savannah, Sofia... On flotte... Le soir, Deb et Stephen se couchent; je continue seul dans la nuit... Lampe rouge... Silence des rues... Je ne sais plus très bien ce qui se passe dans ce pays... Leur télévision n'est pas regardable... Impossible de la laisser allumée sans le son, comme à New York... Les Français sont dans le blabla... Pas d'images... S. me raconte un peu les événements... Pas grand-chose... Il a l'air de s'ennuyer, lui aussi, depuis quelque temps... Des problèmes? Non. Difficultés à travailler? Pas vraiment... Alors? Bof... Le nouveau régime? Mais non, c'est plus profond... C'est vrai que la planète n'a jamais paru aussi bouclée, aussi dépotoir, décharge publique... Poubelle des astres... Plus de projet crédible... Pas d'issue... La première fois à ce point? Oui... Désillusion finale... Pas de fin du monde, non, même pas, ce serait trop beau, mais la révélation, enfin, qu'il n'y a ni commencement ni fin, ni sens ni non-sens, seulement le plaisir, la souffrance, l'usure de l'usure... Bout de foie qui se mange tout seul... Ravalement des cellules... S. me rappelle une petite fable médicale. Quelles sont les deux maladies qui sont transmises par les femmes exclusivement aux hommes? J'ai oublié... Aux hommes seulement? Par les femmes? Oui... La myopathie, l'hémophilie... D'un côté, une atrophie progressive des muscles... De l'autre l'hémorragie à peine contenue, le sang qui ne coagule plus... Le geste en involution; la circulation qui déborde... Le fœtus baveur... Résorbé, spongieux... Petite éponge au fond des mers... Lueur glauque... Gâtisme verdâtre... Rien à faire... Ils ont beau bomber le torse; s'habiller en cuir; monter sur des motos; diriger des conseils d'administration; s'enchaîner; se tordre en sadomasos... Ou au contraire se minettiser à mort pour échapper à la surveillante... Gonflement de la grenouille ou bouclette mimétique, ça revient au même... Myopathes... Hémophiles... Morceau de chair striée ratatinée en décoction molle dans sa marre globine... C'est pour ça que les gens boivent... Ou se fixent... Ils pressent le creux d'entonnoir... Ils l'anticipent en façade... Avachis, flapis... Perte des contours, flou des formes... Les différentes mises en scène fascistes ou totalitaires ne sont que des raidissements ridiculement meurtriers accélérant le processus... Main d'acier derrière; matrice battante... Sainte-Matrix, fer de dieu... Césarienne frisée... Trappe-abcès... Un bon coup de seringue, là, dans le bras tendu au vent d'ondes...

Ça me rappelle des jeux obscènes avec Cyd... Quand elle a ses règles et qu'on ne baise pas... On s'amuse... On se chuchote les trucs les plus dégoûtants possible... Qu'elle me castre... Qu'elle coupe ma queue en longueur... Qu'elle l'épingle... L'arrange dans des pansements... Ça l'échauffe peu à peu... Il suffit de mettre doucement la haine en scène, progressivement, dans un murmure continu qui rejoint la marée cellulaire, une volonté interminable d'effacement et de destruction... Genre malsain, trouble, infirmière, masseuse... Elle me branle en parlant... Elle aime parler... Qu'elle va recueillir mon sperme dans un flacon... L'employer pour ses gerçures... Le faire goûter du bout des doigts à ses amies... Quelle horreur... Je veux l'amener à jouir sourdement à l'intérieur de son sang, là, ouvert, en état de déperdition tiède, languide... Qu'elle ait l'impression de sentir ma queue au bas de son corps, dans un tassement perdu... Qu'elle devienne une fleur... Qu'elle se sente couler comme une fleur... En mangeant sa sève... Ou bien, je suis mort... Je vais mourir... Elle me fait juter juste avant la fin... Dernier souffle...

Tout dernier soupir... Babioles... On peut relire des romans français du XIXe... Balzac... *La Fille aux yeux d'or*... « La Fille aux yeux d'or expirait noyée dans son sang... Partout elle s'était accrochée à la vie, partout elle s'était défendue, et partout elle avait été frappée... La marquise avait les cheveux arrachés, elle était couverte de morsures, dont plusieurs saignaient, et sa robe déchirée la laissait voir à demi nue, les seins égratignés... » Zola... *Nana*... *La Curée*... L'habile *Gamiani*, anonyme, sans doute de Musset racontant ses ébats avec George Sand... « Elle me touchait doucement, m'injectait sa salive, me léchait avec lenteur, ou me mordillait avec un raffinement si délicat, si sensuel à la fois que ce seul souvenir me fait suinter de plaisir. Oh! quelles délices m'enivraient! quelle rage me possédait! Je hurlais sans mesure; je m'abattais abîmée, ou m'élevais égarée, et toujours la pointe rapide, et aiguë, m'atteignait, me perçait avec raideur! Deux lèvres minces et fermes prenaient mon clitoris, le pinçaient, le pressaient à me détacher l'âme! Non, Fanny, il est impossible de sentir, de jouir de la sorte plus d'une fois en sa vie! Quelle tension dans mes nerfs! quel battement dans mes artères! quelle ardeur dans la chair et dans le sang! »

Etc. Etc.

Ces Français ont fait un effort... *Les cent vingt journées*... *Juliette*... On dirait l'entreprise de toute une langue et de tout un peuple... Sade... Ce qu'ils ont de meilleur... Tatoués par ça jusqu'au fond des nerfs... Ce qui ne veut pas dire qu'ils le savent... Qu'ils veuillent le savoir... Ils s'en défendraient plutôt... Mais en dessous...

De toute façon, le problème n'est plus là... La masse humaine est emportée ailleurs... Dans une autre dimension de la doublure noire... Je réentends Lutz, à sa belle époque marxiste, répéter sans cesse, comme pour se convaincre lui-même : « Ce sont les masses qui font l'Histoire. »... Les masses? Je ne pouvais pas m'empêcher d'entendre chaque fois, en écho : « L'hommasse »... Cette découpure organique asexuée qui semble maintenant veiller sur l'ennui universel... Au point qu'on est désormais surpris de rencontrer quelqu'un, réellement quelqu'un, comme s'il pouvait y avoir quelqu'un au lieu de l'éternel courant hypnotique... Le temps de vérifier... Non, il n'y avait personne... Simplement un effet d'optique... D'audition... Rien...

Deb, Stephen et moi, on est comme des apparitions transitoires, là, les uns pour les autres... On le sait... On se sourit navrés, tendrement, dans l'exode en cours... « C'est triste qu'il faille mourir », dit Deb... Non, ce ne sont pas les « masses » qui font quoi que ce soit, mais le temps qui manipule à toute allure des masses de masses... Comme un sablier inutile, tourné, retourné...

Paris, donc. J'ai eu ma journée de coups de téléphone. Kate, qui survit dans l'enfer rotatif du journal... Flora, qui déploie une activité frénétique n'arrivant pas à lui cacher le vide qui vient, qui est là... Cyd, qui s'étourdit comme elle peut dans la pub... Boris, affolé, de plus en plus pauvrement mégalomane..., Robert et ses histoires de garçons... Ils ont tous accompli leur parcours du jour, coincé par le tourniquet des informations... Episodes politiques... Déplacement millimétrique ici... Glissade sexuelle, là... On parle beaucoup en ce moment, à Paris, d'un livre qui dévoile les vraies coulisses du monde de l'édition, des médias... *Argent et libido*, ça s'appelle... Signé de deux noms drôlement choisis : Mammon et Rutman... Vous y apprenez tout sur les batailles acharnées pour un spot publicitaire... Six secondes... A la télévision, c'est énorme... Qui déjeune avec qui... Qui baise qui... Surveillance des concurrents entre eux... Scandales des prix littéraires... Souci modéré des banques...

Je bois un café près de chez moi. Le garçon veut toujours qu'on parle un peu des événements. Il est sympathique, nerveux. « Ah! monsieur, je vous le dis, ça ne pourra pas continuer comme ça, vous allez voir, ça va bouger, ça va bouger, croyez-moi! »

C'est simplement l'hiver, il me semble.

Six heures de l'après-midi, tout est noir.

Et les femmes, dans tout ça? Elles sont inquiètes... Ça ne tourne pas comme prévu... Reflux, contrôle... Poulailler modèle... Pondeuses réglées... Séduction, fantaisie? Envolées! Désir? Chloroforme. Fatigue... Travail et fatigue...

Je continue, sous ma lampe. A quoi bon? Tout le monde s'en fout... Personne ne lit plus rien... Se maintenir en forme? C'est ça, rester à l'intérieur de la forme. Technique de méditation. Chacun son yoga.

IV

On sonne à la porte de mon studio... Flora... « Tu ne réponds plus au téléphone, maintenant? »... Elle se précipite dans les pièces, elle regarde partout... Personne... Elle est stupéfaite... Je devrais être avec une femme... Qu'est-ce que je peux donc faire si je ne suis pas avec une femme?

Donc, la scène.

« L'Anglaise, hein, l'Anglaise!

– Quoi, l'Anglaise?

– Ne nie pas! Tout New York t'a vu! Tu t'es affiché partout! Ton roman? Quelle blague! Tu n'as pas arrêté de baiser, voilà!

– Vraiment?

– D'ailleurs, si tu veux mon avis, je crois que tu es incapable d'écrire un roman, un vrai. Pour cela, il faut savoir raconter, mon cher; il faut être vrai, brutal, près de la réalité, en face d'elle... Ne pas se dérober... Ne pas être abstrait... Fumeux... C'est autre chose que tes fréquentations littéraires... Elitisme, décadence... Culture, oh oui, trois citations par page... Ton ami S... Je suis sûre que tu es incapable de planter un décor, de mener une intrigue simplement... D'ailleurs, Malmora me l'a dit... Toi et ta bande... Petit groupe de snobs... Sixième arrondissement... Saint-Germain-des-Prés... Sans vie, sans énergie... Sauf pour la baise, et encore! »

Flora est très montée. Elle vient de voir quelqu'un. Elle a « fait le point » sur mon compte. On lui a dit. On lui a suggéré. On l'a chargée à bloc. Kate?

« Tu as vu Kate?

– Peu importe qui j'ai vu! L'important, c'est que tu passes ton temps à mentir. A arranger des emplois du temps inexistants. A prétendre que tu travailles, quand tu ne fais rien d'autre que coucher ici ou là. D'un lit à l'autre! Tu n'es pas dégoûté, à la longue? »

La scène éternelle... C'était ainsi au commencement; c'est ainsi aujourd'hui; ce sera ainsi dans les siècles des siècles. La vérité des siècles, c'est la pesanteur d'une scène de ce genre, par un matin pluvieux. Je regarde par la fenêtre. J'entends vaguement la bouillie de mots de Flora... Je me concentre sur le ruissellement des vitres. J'ai l'impression, brusquement, d'être le matricule N+I dans une suite infinie de nombres, à vivre cette minute-là, ces mots-là, cette inutilité-là... Toujours la même opérette... Ridicule... Elles courent les unes après les autres; et ils courent les uns après les autres, sans rien savoir, à travers les corps qui s'opposent à elles, à eux... Steeple-chase... Saute-mouton fébrile... Et ça tourne, et ça rumine, et ça s'emballe, et ça se rassure comme ça peut... Encore heureux quand le moment d'agitation mentale peut finir en baise, justement... Quelques exceptions... Si rares...

« D'ailleurs, les femmes ne s'intéressent à toi qu'à cause de moi. Est-ce que tu as compris ça, oui ou non? »

Flora marche de long en large. Elle s'assoit; se relève; jette mes papiers par terre; feuillette fébrilement mon agenda. Je connais l'enchaînement. Pleurs. Puis excitation. Puis séduction. Dans dix minutes, elle va finir, comme une petite fille innocente et perverse, sur mes genoux. Elle commencera à m'embrasser. Elle vérifiera si je bande. La scène a pour fonction de faire bander celui qu'elle n'arrive pas à châtrer. Je peux décider, à ce moment-là, si je vais fonctionner, ou pas... Pourquoi pas?

Flora, maintenant, cite des noms... « L'Anglaise » a disparu... Comme elle ne connaît pas Cyd, elle ne peut pas s'en servir comme image... Mais, au fond, chacun est comme ça, incapable d'imaginer que quelque chose se passe en dehors de soi, ailleurs, sans commune mesure... Ce principe a une extension : l'acte sexuel de l'autre n'est pas représentable... On ne lui prête que sa propre projection... Pour Flora, il est clair que je dois passer mon temps à essayer de baiser telle ou telle femme de l'entourage qu'elle me connaît, au Journal ou ailleurs... Elle évoque des silhouettes... Elle y croit dur comme fer... Alors que je n'y ai même pas pensé... Qu'elles me déplaisent le plus souvent... Des goûts et des couleurs... Ça ne se discute pas... La seule chose qui compte pour Flora, pour toute femme, d'ailleurs, c'est précisément que ça fasse entourage... Famille un peu trouble... Intrigue... Enfin, qu'une histoire puisse se nouer, avoir un sens, une fin... Une technique des situations étanches les unes par rapport aux autres désoriente toute la comédie... Un homme qui arriverait à se taire complètement sur la question deviendrait impensable. S'il arrive à ne plus se vanter. Même de biais. Silencieux. Seul. Très présent et complètement absent. L'effervescence redouble. Ne débouche sur rien. Mais alors, plus de roman? Si les personnages ne se rencontrent pas? N'ont pas de rapports entre eux, sauf pour le narrateur? Liberté inadmissible? Dissolution sociale?

Flora s'arrange, tout en m'injuriant, pour me montrer qu'elle a mis son attirail de bas noirs jarretelles... Sa tenue de combat...

Je pense avec amusement que les exorcistes ont dû bien connaître autrefois, dans la nuit des temps, ce genre de mise en scène... Les insultes que leur servait le « démon », les critiques mystérieusement adaptées aux points vulnérables, l'effet de double vue, de divination, n'avaient d'autre but que de provoquer une complicité, bien sûr... Sommation à se plier au spasme... A la Loi...

Après quoi, c'est de nouveau la politique... Les centres d'intérêts de l'époque... Pacifisme... Neutralisme... Pologne... Fusées américaines... Russes... Pershing... SS 20... Elle y met pourtant moins d'intensité que d'habitude... Comme si elle se rendait compte que tout cela aussi va passer très vite, sera démodé dans cinq ans... Vieilles affaires des années 60... 70... La Chine... Berkeley... L'Italie... L'Allemagne... 68... Le féminisme... Le terrorisme... Les « brigades » ceci... Les « fronts » cela... Enfin, il faut bien faire semblant... J'ai un geste vague...

« Tu deviens bouddhiste, ou quoi ? »

A propos de bouddhisme, je viens justement de revoir Helga... Elle rentre de Calcutta via Berlin... Ce qu'elle raconte de Berlin est assez fou... Des concerts de 2 000 punks-funks avec le cirque habituel, chaînes, cheveux verts ou rouges, tatouages, sueur, unisexes, et gueulantes les bras levés dans le genre :

> « Geh in den Krieg!
> Tantzt den Mussolini
> Tantzt den Adolf Hitler! »

Ou encore :

> « Deutschland
> Deutschland
> Alles ist vorbei! »

C'est reparti... Sur le mode : allez, on s'éclate...

Helga est grande, blonde, plutôt belle, avec le regard un peu vitreux, pas très frais, du poisson qui a beaucoup mariné dans l'héroïne, la coke... Elle a fini par trouver son gourou en la personne d'un Indien illuminé prêcheur qui lui fait faire des « rebirth »... Elle a « rebirthé » déjà deux ou trois fois... Avec une difficulté, dit-elle, pour bien passer sa tête entre les jambes imaginaires de sa grande matrice personnelle... Elle trouve que je ne connais pas encore l' « enlightment » définitif... Mais que ça pourrait venir... Si j'étais plus discipliné, moins désinvolte... Je ne suis pas loin de la lumière, mais il faudrait que je fasse un effort... Depuis quelque temps, d'ailleurs, je me rends compte que tout le monde n'arrête pas de me répéter la même chose : je suis trop ceci, pas assez cela... Les thèmes changent, mais l'accusation reste identique... Quelque chose, en moi, ne va pas... Pas question de baise, avec Helga... Elle est au-delà... Stabilisée... Frigorifiée... Je retrouve toujours la même rengaine : épanouissement sexuel, immersions... La grande misère de toujours, en train d'inventer ses causes imaginaires, ses compensations... Helga me montre des sermons de son gourou... Pas difficile... Je me demande ce que je fous à écrire mon roman alors qu'il y a une immensité de crédulité à exploiter... On prend le ton « au-delà »... Au-delà, c'est ici et maintenant... L'Absolu, c'est moi... Ni ceci, ni cela... Un flot de sérénité... Votre question prouve votre limitation... Votre souffrance n'est due qu'à votre étroite enveloppe... Le gourou a une tête de vieille mère fiévreuse roulée dans l'opium... Caca-flash... Rien de plus « lumineux », en effet; de plus fixé dans la « connaissance » qu'une certaine férocité de base, lutte pour l'espace en expansion, blabla mort... Même cuisine pour tout le monde... Formules passe-partout... Le vide, la non-dualité, un poil de Bouddha, une pincée de Jésus pour draguer l'Occidental en dérive... Et hop, l'allée et venue dans le train fantôme... Le « rebirth »!

Helga part pour le Texas... Ils ouvrent là-bas un « ashram »... Les Américains leur paraissent mûrs pour la Révélation... Questions de fric, je suppose... Je dis à Helga qu'ils auront là-bas une sacrée concurrence... Gourous à la pelle! Extases toutes les cinq minutes! Survols par milliers! Ça ne fait rien, elle adore son Aryen primordial... Elle porte sa photo en collier... Comme une chienne... C'est le meilleur... Le seul... Elle durcit ses yeux... Elle survit comme ça...

Je réussis à renvoyer doucement Flora... C'est un art. Il faut promettre de se revoir le plus vite possible. Des dates. Inscrire les dates. Les répéter dix fois. Toujours le même soupir de soulagement quand l'une d'elles s'en va...

Je peux enfin ouvrir tranquillement mon courrier... Tiens, le dernier livre de Charles Bukowski... *Women*... Nom de dieu, mon titre... Heureusement que l'éditeur français l'a laissé en anglais... D'ailleurs, aucune importance... Plus on est d'expérimentateurs, mieux c'est... Que chacun raconte... D'ailleurs, il n'a fait que reprendre lui-même le titre de la grande série de peintures de De Kooning... Sacs d'apparitions grimaçantes... Vampires des pubs... J'aime Bukowski... Droit au truc... Ciblé... C'est bien... Très bien... Les Français s'en souviennent un peu parce qu'un soir, en direct de l'émission littéraire télévisée que tout le monde regarde ici religieusement le vendredi soir (enfin, tout le monde : le grand-petit-monde éditions-media), il a commencé à tripoter la cuisse de sa voisine romancière psychologue... Il a continué en débouchant une bouteille de vin blanc... Il s'est mis à la descendre... Au goulot... On l'a viré... Gentiment, mais fermement... Son livre? Très bon, un peu répétitif. Mais c'est le sujet qui veut ça... Comment il se saoule, baise, fait des « lectures » dans les universités... Il croise Burroughs dans le même

circuit... Tous les écrivains un peu difficiles en sont là...
Ils ne se disent rien... Clientèles différentes... On prend
les dollars, bonsoir... Lui, il fonce chaque fois sur une
femme... Il y en a toujours une qui veut embêter le
type ou la fille avec qui elle est... C'était bien, déjà, *Les
Contes de la folie ordinaire, Mémoires d'un vieux dégueulasse*... Un Français n'oserait jamais... Horizons bleuâ-
tres... Tortillages... Elucubrations alchimiques... Brocé-
liande by night... Le rivage des myrtes... Le secret des
Pyramides... La main de Mme de Rênal sous la table...
Les soupirs d'Elsa... L'enfant et les sortilèges... Buko a
compris une chose : il ne faut pas retarder les scènes...
Les états d'âme de l'auteur ne sont plus dans le coup...
Droit dans le panneau... Scène primitive devant tout le
monde... De Proust à Bukowski, on peut dire que le
roman a fait un saut... Mauvais goût acharné... Mais
finalement, voyons... Il y croit quand même trop à la
toute-puissance féminine... Il laisse grossir son ventre,
bière, décomposition... Son « poireau », dit-il, pour
évoquer sa queue... Son « biscuit »... Est-ce que c'est
mal traduit ? Mais non... Il lâche sa « purée »... Dans les
« chattes »... Il « plante son poireau »... Il « trempe son
biscuit »... Quand il n'est pas trop bourré... Bite et
biture... Elles font un peu semblant... Ça le remue très
fort... Neuf fois sur dix, il est vrai, il se renverse sur le
côté avant de finir, trop de bière, impossible... C'est
vraiment ce que les féministes auraient appelé autrefois un MCP, *a male chauvinist pig*... Mais qu'est-ce
qu'elles vont faire maintenant du *pig* conscient, ruti-
lant, poussé à bout ; du cochon content de l'être et
voulant sa caricature ?

Pourtant, elles lui écrivent... Voilà le truc... La publication dragueuse... Il a ce qu'il mérite... Elles ne se
trompent pas de destinataire... Elles viennent en avion
le sauter chez lui des quatre coins des Etats-Unis...
Secrétaires, vendeuses, coiffeuses... Et tout de suite :

au lit! A dada! Pas mal... Avec moi, c'est le malentendu complet... Elles m'idéalisent... Elles m'aiment... Elles me font le coup arrière-plan... Schizophrènes... Paranoïaques... La chose distinguée... Question d'image... De « niveau social »... Tandis que lui... Il est presque clochard, moche; mais un truc dans l'œil alcoolique, une torsion attendrissante dans ses veinules de vieux nez pourri... Elles rêvent plus ou moins de le prendre en charge... C'est ça ou l'identification frénétique... Le toi-c'est-moi à n'en plus finir... Elles m'écrivent aussi, oui, et même sans arrêt, mais jamais de trucs sales... Alors que, lui, elles l'attrapent comme ça : photos pornos, culottes en lambeaux... Avec moi, elles poétisent, elles délirent... Elles tiennent à me montrer qu'elles sont beaucoup plus folles que personne n'oserait l'imaginer... Ma préférée vit en Suisse... Elle ne demande pas à me rencontrer; elle se contente de me raconter comment elle fait l'amour avec son mari en pensant à moi... Je ne réponds jamais, bien sûr... Mais je me surprends parfois à souhaiter plus de détails... Physiques, physiques! Rien à faire, elles voilent... Elles ont tendance au rideau... Pas de mots... C'est pour les hommes, les mots; pour les animaux... Non, non, mousselines, ombres, allusions... Mon apparence les égare... Les tient à distance... Sauf une ou deux qui téléphonent comme ça, de temps en temps... Quelques ignobleries... Pas grand-chose... Ou alors des silences un peu essoufflés, prometteurs... Est-ce qu'elles se branlent vraiment? Difficile à dire... Ça m'étonnerait... La mécanique se construit toujours sur le mensonge de l'un ou de l'autre... Très rare de trouver celle qui sait pourquoi et comment arranger le décor... Cyd... Quand elle me glisse à l'oreille qu'elle est allée acheter un « string » en pensant à moi... Qu'elle s'est enfermée dans les chiottes, chez des amis, pour se toucher en disant mon nom... Vrai ou pas vrai, là, c'est de toute façon plus vrai que le vrai, ce n'est plus le problème... Elle s'excite de m'exciter... Cas particulier...

Tout de même, Bukowski n'est pas Bataille... Il est tout en extérieurs, sans variations... Vite à la baise, c'est tout... La grande nouveauté, c'est qu'il enregistre la transformation des femmes... Le raz de marée de masse... Les Américaines d'accord, mais c'est en train de venir partout... Leurs initiatives... Leur nouvelle hygiène... L'influence du SGIC en profondeur... Leur côté troupier, maintenant, déluné, dépoétisé, rentre-dedans... Elles y vont carrément... Rien à perdre.. Croient-elles... Plus de préparatifs... Ça, et l'argent... Mutter of fact! Les bonshommes sont très en retard... Empêtrés d'images... Comme les femmes autrefois... Chassé-croisé... C'est drôle... Cavalerie à l'envers... De plus en plus, de franches réalistes, froides, sexistes, s'échangent des types comme des gadgets... Elles feignent d'accepter les situations les plus scabreuses... Ménages à trois... A cinq... A sept... Pure tactique, et d'ailleurs Bukowski en témoigne... Derrière, c'est toujours, et plus que jamais, la même virulente jalousie qui règne... Le hurlement n'est pas loin... Il arrive... Il est là... Il éclate... Elles tentent le breakdown du mâle qui s'était découvert... Assoupi, amoindri... Ayant baissé sa garde... Ouvert sa porte... Jamais! N'oubliez pas : jamais! Sous aucun prétexte! Gardez un œil ouvert! Le revolver sous l'oreiller! Souplesse de western! Le bras rapide vers le tiroir! Position verticale, d'un coup!

La verticale, tout est là... Sans quoi, vous devenez leur mère, c'est fatal... Elles se recroquevillent comme ça dans leur vieille maman que vous devenez insensiblement pour elles... Elles ont un devenir automatique de radiateur électrique... De grille-pain... Ça me frappe dans les cocktails... Les femmes et leurs mères... Les types devenus mères... A leur insu... Ils titubent là-dedans sans s'en rendre compte... C'est hallucinant...

243

Pas un homme... Rien que des femmes, et, du même coup, pas une femme! C'est là, visible, étalé, cimetière ciel ouvert... Vieillerie... Les homos s'en tirent un peu mieux... Ils ont pris les devants... Si j'ose dire...

Tiens, un autre livre... *La Cérémonie des adieux*, de Simone de Beauvoir... Les dernières années de Sartre... Encore le sujet, on n'en sort pas... Je réentends Fals : « Ecoutez, cher, on est entré dans la grande affaire... Vous êtes encore jeune mais vous êtes au courant... C'est surprenant... Nous sommes au moins deux à saisir... Moi, je m'en vais... J'en ai assez vu, entendu, fourbu... » Petit ricanement rentré... Bref regard par-dessus ses lunettes... « On est à la charnière, vraiment... Au milieu du gué... Attendez-vous à tout... Je vous préviens sérieusement : à tout... »

Qu'est-ce qu'il voulait dire exactement? Changement de coordonnées? Boussoles affolées? Nouvelles sainte-tés? Nouveaux crimes?

C'est quand même curieux comme Beauvoir est fascinée par la dégradation physique de Sartre dans les derniers temps... Elle découvre le corps ratatiné de son grand homme quand il fout le camp... Elle tient un journal minutieux de sa chute... Irréprochable règle-ment de comptes... En tout bien tout honneur... Ses absences; comment il se met à faire pipi un peu partout... Ses fréquentations douteuses... D'anciens révolutionnaires tournés vers dieu, faisant de l'hé-breu... On dirait que ça la choque plus que tout, ça : dieu, l'hébreu... Elle publie un long entretien, le der-nier, qu'elle a eu à Rome avec Sartre. Du genre : vous ne croyez pas en dieu, Sartre? – Bien sûr que non. – Vous êtes sûr? – Evidemment. – Vous ne croyez qu'en l'Homme, n'est-ce pas? – Bien entendu. Ouf! On aurait pu avoir peur... Il est essentiel, dans la Religion du temps, de bien faire préciser ce point, pierre angulaire d'un humanisme intégral. Dieu n'existe pas. Tous les hommes sont mortels. Les plus grands connaissent la misère des petits. Liberté. Egalité. Fraternité. Une fois Sartre mort, à l'hôpital, elle veut s'allonger près de lui sous le drap. L'infirmière de garde l'en empêche à cause de la gangrène. Comme dit Kate : « Le désespoir justifie tout. »

Etre avec lui au tombeau, mélanger les restes...

Si dieu n'existe pas, il y a quand même une chance que les cadavres se retrouvent dans le grand Tout... Le Cycle... Dans la poussière sans sexe... Alors que, ressuscités, on ne sait jamais, une trace de différence pourrait subsister...

Tous les matins, en allant au Journal, je passe devant une maternité. Sur le fronton, en forme de triangle on peut lire :

MATERNITÉ

C'est les trois qui font quatre. Sacrés Français...
Dernière générosité de Sartre : à supposer, après tout, qu'il ait eu un doute passager sur dieu, il n'allait tout de même pas choquer Beauvoir sur le socle, la base... Délicat, discret, jusqu'au bout...

C'est vrai qu'elles vont fatalement aux placements, à l'immeuble... Aux appareils en général... Ménagers... Moquette, fauteuils, commodes, placards, buffets... Au notaire... Quand elles se rendent compte, un jour ou l'autre, après avoir beaucoup remué en pure perte, qu'elles n'ont pas franchi la barre, il y a bien long-temps... La barre? Oui; pubère... Regardez-les, c'est frappant... Toujours mentalement plus ou moins treize, quatorze ans... Douze-treize... Le moment où le glisse-ment de terrain, la catastrophe, se sont produits... Le ratage de la communion solennelle... Le saignement... Flagrant... Indubitable... Accablant... Et se répétant... la lune... Irritabilité particulière, quelques jours avant... « Le corps empoisonné prêt à éclater », me disait, je m'en souviens, Diane... La honte, la douleur, l'engorge-ment... Se sentir courbée là-dessous, pliée, humiliée... Il faut les comprendre... Il faut apprécier jusqu'au bout ce qui se joue là... Notre condition...

Comment traiter ce cafouillis originel? Ce creuset sanglant?

Comment se détacher de ce recommencement du ravage?

Je regarde mon sexe, là, ce matin... Je médite un peu sur ses aventures... Urine et sperme... Deux mécani-ques... Deux vies sans rapport... Deux identités...

Au repos; bandant; branlé; sucé; pénétrant; éjacu-lant; reposant...

Un jour, il se décomposera et disparaîtra... Avec son stock de mémoire singulière... Mal dite, mal transcrite, ce n'est jamais vraiment ça... L'homme superflu... Inu-tile... Sauf comme recharge transitoire... Pile... Pile ou face? Pile! C'est tombé sur moi... Le hasard... Face veut dire petite locomotive sur les rails des générations... Tututt!...

Difficile à dire, ce qu'on vit dans cette gouttière du temps... Sur le toit du temps... Gorge serrée... Rendez-vous... Illuminations... Vibrations... Je n'en finirais pas d'en décrire les dessous... C'est fou, ce qu'on peut accumuler malgré soi dans cette région de la commo-tion... Dans les talons... Tout le reste n'est rien... « Pen-sées »...Cendres...

246

C'est pourquoi la vérité de la sensation est toujours religieuse... La nier, c'est réduire ou affadir la panoplie des sens... Débrancher par bêtise, ou insensibilité (ça revient au même), le radar humain... Couper ses antennes...

Voilà ce que les rites, tous les rites, disent... Même s'ils sont accomplis ou vécus somnambuliquement...

Je revois une circoncision... Qui n'a pas assisté à cette scène n'a rien vu du nerf profond de l'existence... Le bébé mâle, dans son berceau, bien paré... La famille, les amis, les témoins... L'arrivée du rabbin opératoire, souple, à son affaire... Avec son petit barda pharmacie... L'agitation angoissée des femmes... Au bord de l'évanouissement ou de la curiosité soufflée... Les hommes avec leurs chapeaux sur la tête... La Passe... Le Grand passage... « Hébreu » veut dire « passeur »... Sortie d'Egypte... Incision de l'hiéroglyphe à vif... Un saut hors des astres... Par-dessus la biologie... Mer Rouge... Marins de la terre... Venant de très loin pour aller plus loin... On est en 5741... C'est tout récent par rapport aux dynasties-pyramides... Oreille de Chéops écoutant l'axe en spirale de la Voie lactée... Colosses de Karnak... Colonnes de Louxor... Un coup de ciseau dans tout ça... La Mila... Le Môhel... « Sois loué, Eternel notre Dieu roi du monde, qui nous as sanctifiés par Tes commandements et nous as ordonné la circoncision. »... La coupure a lieu... « Qôdesh! »... Le bébé crie... Il est reçu dans la Parole... L'assemblée répond : « Puisse cet enfant, qui entre dans l'alliance, grandir dans la Thora, la Khoupa, les bonnes actions. »... Violence sublime... Boucherie retournée en éclair... Du sexe à la gorge... Ouverture du larynx... Séparation de la Mère... Nœud du son... On dit que le prophète Elie se tient, chaque fois, en retrait, invisible, pour veiller sur l'opération... Il en aura vu, des flots de sang... Il en aura entendu, des prières... Comme pour la

Pâque, où son verre de vin est servi... Au cas où il serait vraiment là, tout à coup, précédant d'un brin le Messie...

Fabuleuse ténacité nerveuse... Bien faite, au cours des âges, pour inquiéter les voisins... On comprend les chuchotements, les rumeurs... Les bruits de crimes de sorcellerie frappant les esprits faibles... Concierges... Femmes de chambre... Livreurs... Forcément, puisque ça se passe sur la serrure même, la clé...

Ce qui ne veut pas dire que ceux qui se servent de cette clé savent ce qu'ils font... Loin de là... Ça se répète, c'est tout... Comme nous, avec notre baptême... Je me rappelle celui de Stephen... Un jour d'orage... Dans la petite église du village de la côte sud-ouest de la France où nous allons, Deb et moi, en vacances... C'est moi qui l'avais voulu... Deb n'était pas très chaude... Raison de plus pour insister... Je savais que ça paraîtrait saugrenu... « Comment? Vous avez fait baptiser votre fils? »... J'entendais d'ici les voix... Professorales... « Ton fils? Baptisé? »... Ça n'a pas manqué... Fermeture aigre et retrait des visages... Comme s'il s'agissait d'une obscénité... Mais oui, l'obscénité est là, aujourd'hui, c'est drôle... Vraiment comique...

Donc, un orage à tout casser... Océan déchaîné... Rouleau vert soulevé des vagues... Mouettes folles... Stephen effrayé, pleurant... Le curé pressé... Ces étrangers... La petite église comme une barque emportée... Personne, simplement nous trois et les enfants d'un des marins du port comme parrains... Eclairs et tonnerre... «In nomine Patris, et Filii, et Spiritus Sancti. »... L'eau et l'huile... L'eau et le feu... Et moi, au grand étonnement de Deb, du curé, des enfants, me mettant à lire à haute voix une épître de saint Paul : « *En effet, tous ceux qu'anime l'Esprit de Dieu sont fils de Dieu. Aussi bien n'avez-vous pas reçu un esprit d'esclaves pour retomber dans la crainte; vous avez reçu un esprit de fils adoptifs qui nous fait nous écrier : Abba! Père!... »*

Il faut dire que la scène était du plus bel effet... Voix et fracas... Le curé a fait sonner les cloches, comme il se doit... On a distribué quelques bonbons aux deux petits ahuris... On est rentré par la plage... Le soleil était revenu, le vent soufflait toujours... Stephen ne pleurait plus, c'est moi qui le portais, emmitouflé, calme...

La perpétuité; la sortie... Porte-tambour des générations... Circoncision ou baptême... Deux logiques... Deux façons de traiter la fatalité de la reproduction des corps... De ne pas les considérer comme « naturels »... J'avais essayé de parler de ça avec Fals... Ces petites affaires symboliques... Une partie physique enlevée, la partie pour le tout... L'ensemble renvoyé à sa source vibratoire... Mais ça le laissait froid... Il préférait méditer sur les sépultures... Les rituels funéraires... Préhistoire... Surévaluation des morts... Egyptien, au fond... Sarcophages... Momies doubles... Moi, ce qui me frappe, c'est cette intervention brusquée, ces chocs vigoureux parlés en pleine naissance... Le branchement au commencement... A l'autre bout : « Laissez les morts enterrer les morts. »... Un peu d'encens... Qu'ils reposent en paix... Résurrection? Deuxième naissance? Comme on voudra... Encore faut-il se débarrasser de la fascination des restes... Des hallucinations en tombeaux...

D'où venait cette pente chez Fals? De la fréquentation incessante du cimetière analytique, je crois. Hypnose latente... Demi-jour allongé... Sinistre va-et-vient divan-fauteuil... Ils n'arrivent plus à se réveiller vraiment... Trop de rêves... Trop d'évocations souterraines... Trop d'états semi-comateux... Trop de spectres... Voyez le bureau de Freud, tel qu'il a été photographié en 1939, juste avant l'entrée des nazis à Vienne... On dirait un antre de voyante, coussins, vitrines, portraits d'enfants, tapis brodés, statuettes dans tous les coins...

Passion archéologique... Fouilles... Miasmes de l'envers du décor... Concrétions conjuratoires... Thèbes... Hantise des temples... Tragédie stoïque de son visage à la fin... Et que ça te remonte par les parois négatives de la perception embrumée; et que ça te chuchote dans les plis du rideau morose... J'ai mieux compris, avec le temps, les colères soudaines de Fals... Ses explosions rouges, aphasiques... Sa manière, parfois, de foutre tout le monde dehors... De tabasser ses patients... De donner des coups de pied dans les guéridons, à la grande terreur de sa vieille femme de ménage... Ou, au contraire, son mutisme abattu, hébété... Il oscillait d'un pôle à l'autre... Avec la rage de celui qui, bien que payé très cher, se sent fixé là, bouclé là pour la cérémonie des lémures; baisé là, dans son fauteuil, par tout le poids rusé du rejet humain... Il s'en tirait par ses conférences... Ses messes... Tout le religieux refoulé venait là... « Fals? Vous plaisantez, un grand rationaliste », disaient ses proches disciples pour lesquels un père n'est jamais trop savant. « Un initié de haut rang, un " chaman " », glissaient les autres d'un air entendu pythagorique... Mais, finalement, quoi? Un pauvre homme comme n'importe qui, accablé par la répétition somnambule; contraint d'écouter toujours les mêmes demandes, émois, conneries, dérapages, fausses révélations, interprétations, confusions... Oui, qu'est-ce qu'ils auront pu s'ennuyer tous, et Werth, et Lutz; qu'est-ce qu'ils auront pu faire semblant pour ne pas se déjuger, *avouer!* Avouer quoi? Que même là où ils étaient parvenus; à cette place tellement désirée par les autres, il n'y avait rien... Rien à voir; rien à comprendre...

Ça y est... La Pologne!... Coup d'Etat militaire...

Liaisons coupées... Blindés dans les rues... Milice aux carrefours... Arrestations... Couvre-feu... Contrôles... Un dimanche matin, bien entendu... Paris endormi; grisaille... Je suis dans la salle de bains... Deb me hurle... Le téléphone sonne... C'est S. ... Sa femme est déjà partie... Il ne sait pas où elle est... J'avais presque oublié que Sophie est polonaise... Ses parents là-bas... Je dis à S. de venir chez nous... Il arrive. Il est furieux. Je ne l'ai jamais vu aussi énervé. Il marche de long en large. « Excusez-moi, me dit-il, je m'en vais. »

Il reste... On devait travailler aujourd'hui... Au lieu de quoi, on attend, là, le coup de téléphone de Sophie... Collectes... Manifestations... Flashes d'informations... Ce qu'on avait prévu en somme. Depuis l'attentat contre le Pape, place Saint-Pierre... Le tueur turc embusqué dans la foule, tirant au pistolet par-dessus sa tête... Professionnel... La tache rouge s'élargissant sur la soutane blanche... Le rouge et le blanc... Jean-Paul II s'effondrant lentement dans sa jeep comme dans une grande toile de Rubens... L'assassinat de Kennedy... Martin Luther King... Sadate... Tireurs de l'ombre passant de plus en plus au grand jour... C'est la guerre... Versions contradictoires... Intoxications... Brouillages... Cubains, anti-Cubains, mafia, Libyens, Iraniens... Déstabilisation... Forçage... Varsovie... Les noms polonais se mettent à crépiter partout : Gdansk... Katowice... Poznan... Lublin... Stettin... Poméranie... Silésie...

Bordel, quelle merde... Ça n'a jamais été à ce point... Dégoulinade générale... Plus que jamais l'Eglise, seule, dans la nuit... Allons, soyons sérieux, c'est vrai, il n'y a plus qu'elle... Ironie... Ruse infinie... La vieille Eglise, celle des deux mille ans qui viennent de s'écouler comme un rêve... Celle du calendrier... Le coup du calendrier, pas facile à faire, n'est-ce pas? Lune... Soleil... 1789? 1917? Deux poussées...

« On connaît trop mal, me dit S., la folie des

révolutionnaires français pour remplacer le calendrier grégorien... Et savez-vous comment s'appelait le type qui a préparé la réforme adoptée par la Convention le 5 octobre 1793? Son nom? Je vous le donne en cent? Mille? Cent mille? ROMME! Avec deux M! C'est lui qui a fait adopter les divisions de la nouvelle ère... Celle de l'Être suprême républicain en train de répandre ses flots de têtes égalitaires... Les mots, eux, ont été inventés par l'un des plus mauvais poètes que la France ait jamais compté... Fabre d'Eglantine... *Il pleut, il pleut, bergère*... Lui-même raccourci en 1794... Modérantisme... Danton... Ah, cette obsession d'en finir avec Rome! La voie Luther d'un côté... La voie antique de l'autre... Retour à la Nature! Bergère! Depuis le temps que la planète tourne autour de ça, toujours beaucoup plus qu'on ne croit... Axe et ressort de la révolution universelle... Si *Hitler* n'avait pas rimé avec *Luther*, ça n'aurait pas marché... Tournez... Tournez, petites marionnettes, il en restera toujours quelque chose... Donc, les mois nouveaux à la fin du XVIIIe siècle : vendémiaire, brumaire, frimaire, nivôse, pluviôse, ventôse, germinal, floréal, prairial, messidor, thermidor, fructidor... Et les jours : primidi, duodi, tridi, quartidi, quintidi, sextidi, septidi, octidi, novidi, décadi... Hihi! Quel embarras dans la bouche! Révolution sociale, régression de langue... Curieux... Nouveaux droits, gueule de bois... Assassinats... Empâtement vocal... Mais le plus effarant n'est pas là, continue S. Il fallait évacuer les saints... Par quoi les remplacer? Le christianisme est officiellement aboli. L'infâme est écrasé. La substance règne à nouveau, transparente Héloïse. Le Vicaire Savoyard a gagné. Genève pavoise. Emile va tout nous dire. Eh bien, les saints vont céder la place à la campagne comme chez soi, réhabilitée. Au rural en soi. Ecoutez ça! (Il consulte ses notes.) Il y aura le jour du raisin, du safran, de la châtaigne, du colchique, de la carotte, de la pomme de terre... Voilà pour les plantes... Et puis les animaux : jour du cheval, de l'âne, du bœuf, de l'oie, du dindon, du faisan... Et puis, les instruments du paysan de la nouvelle terre illuminée : la cuve, le pressoir, le tonneau, la charrue, la pelle... La faucille, quoi! Le marteau! Et savez-vous que tout ça est repris tel quel en URSS? On efface le temps linéaire judéo-chrétien, on revient au temps cyclique exactement comme sous les nazis! Fête de l'arbre, du bouleau russe, du premier sillon, des récoltes... Solstices! Equinoxes! Paganisme slave! Nourrice! Baba!

– L'intention, au départ, est assez charmante, dis-je, utopique, poétique...

– Oh oui! Oh oui! Fleur bleue sur sang bleu... Enfin, ça a duré treize ans... Le 22 Fructidor an XIII, la commission du Sénat, présidée par Laplace, prépare le retour honteux à Grégoire XIII... Napoléon impose la chose le 1er janvier 1806... La nouvelle religion est officiellement répudiée, on revient subrepticement à l'ancienne. Mais je vous lis le document, il est trop beau, il est inouï :

« " Senatus Consulte
sur le rétablissement du calendrier grégorien
du 22 Fructidor an XIII
(Bulletin des Lois, no 56)

« " Napoléon par la grâce de Dieu et la constitution de la République, Empereur des Français, à tous présents et à venir, salut.

« " Le Sénat, après avoir entendu les orateurs du Conseil d'Etat, a décrété et nous ORDONNONS ce qui suit :

« " Article Ier : A compter du II Nivôse prochain, premier janvier 1806, le calendrier grégorien sera mis en usage dans tout l'empire français. " »

Voilà!... S'il y a une victoire célèbre et ignorée de la Papauté, c'est bien celle-là... A pic sur le temps et les signatures... Le calcul... Vous vous imaginez signant aujourd'hui un chèque : décadi pluviôse an 190? Jour de la *cognée*? Pauvre Robespierre... Mais écoutez encore ça, c'est d'Octave Aubry dans son livre *La Révolution française*, je crois que ça vaut le coup pour votre roman :

« " Le 20 Prairial (on est donc en 1794), le réveil sonne dans les sections à cinq heures. Le ciel est splendide, transpercé de rayons. Les maisons sont ornées de feuillages et de guirlandes, les rues jonchées de fleurs. A toutes les fenêtres, des drapeaux, des banderoles; les bateaux qui sillonnent la Seine sont pavoisés. A huit heures, le canon du Pont-Neuf appelle les sections au jardin des Tuileries. Porteurs de branches de chêne, les hommes se placent sur la terrasse des Feuillants; les femmes et les jeunes filles, vêtues de blanc et chargées de roses, occupent la terrasse du bord de l'eau; les adolescents sont massés dans l'allée centrale. Les députés arrivent peu à peu. En costumes de représentants (culottes de peau, habit bleu à collet et revers rouge, ceinture tricolore, grands chapeaux empanachés), la plupart tiennent à la main un bouquet d'épis et de roses.

« " Le défroqué Vilate, juré au tribunal révolutionnaire et fervent ami de l'Incorruptible, rencontre celui-ci aux Tuileries, dans la salle de la Liberté. Robespierre lui a fait donner un logement au pavillon de Flore. Vilate l'invite à déjeuner chez lui. De sa fenêtre, il jouira du coup d'œil. Maximilien accepte. Il est vêtu d'un habit d'un bleu tirant sur le violet et d'une culotte de basin. "

– Basin?

– Etoffe croisée en coton. " Il porte jabot et manchettes et, comme d'habitude, a ses cheveux soigneusement poudrés.

« " Il mange peu. Son appétit a toujours été médiocre. Par instants, il va regarder à la croisée la foule qui ondoie joyeuse sous le soleil. Son visage est adouci, chauffé par une émotion sincère : – L'Univers est ici rassemblé, s'écrie-t-il! Ô Nature, que ta puissance est sublime et délicieuse! Comme les tyrans doivent pâlir à l'idée de cette fête! " »

S. m'intrigue une fois de plus. Il est persuadé de l'importance comme mystique de ce genre d'événements. C'est son côté surréaliste, en somme... En lisant ce passage à haute voix, il vient d'être entièrement dans la scène... Je m'attendais à le voir se dresser brusquement devant moi en habit bleu, en perruque poudrée... Il est plus français qu'il ne pense... Cette période de l'histoire, en tout cas, lui semble capitale pour comprendre tout le reste jusqu'à nous... Et même la situation en Pologne aujourd'hui, de même que le soi-disant accord de Yalta... De Rousseau à Marx, et au-delà... De la Nature à la Science... Il me rappelle que Sade, à ce moment-là, échappe de justesse à la guillotine... Il me montre l'acte de sa condamnation à mort, signé Fouquier-Tinville... Des rapports de police à l'époque... Trois catégories de citoyens dénoncées : les aristocrates et leurs complices; les « fanatiques » (chrétiens); les libertins... Au nom de la Vertu, bien sûr... Ça nous fait penser qu'un philosophe français, ami de Lutz, vient d'être arrêté à Prague sous l'inculpation de trafic de drogue... On lui a mis quelques petits paquets d'héroïne dans sa valise... « Droits de l'homme »...

« Vous n'imaginez pas, me dit S., vous, un étranger, le système de dictature scolaire sur cette période... Je ne sais même pas si vous devez écrire tout ça. Le régime actuel est très " révolution française ", il s'apprête à commémorer solennellement 1789, c'est l'horizon indépassable... Dès que vous touchez à ça, ici, c'est tout de suite " fasciste! ", " Pétain ".

– Il faudra parler de ça aussi, dis-je.

– Oh oui! Ce n'est pas ça qui pourrait nous arrêter! Nous sommes des catholiques " anglais ", n'est-ce pas? Mais vous allez choquer... Désorienter... Révulser... Le téléphone obligatoire en France, c'est DANton 17-89... Presque pas ROBespierre 17-94... Ou alors en cachette... Plus du tout NAPoléon 18-04... Discrétion... Trop de morts suspectes... Inutiles... Mégalomanie... Non, l'idéal est REV 17-89... L'idée pure... Il est vrai que ça repart très fort dans le genre macabre avec LENine 19-17... Et TROtski 19-36... Sans parler de BAKounine 19-68... Allô? ALLÔ? La ligne est parasitairement encombrée par HITler 19-33, ou MUSsolini 19-22, ou FRAnco 19-37, ou PETain 19-40... Et STAline 19-42! Toujours en activité? Allô? Allô? Le circuit est vraiment superoccupé... Assailli... Drôles de voix!

– Mais enfin, lui dis-je, vous pensez vraiment que tout ça tourne autour de Rome? Est-ce que ça n'est pas délirant de votre part?

– Mais non! Mais oui! Rome... Reflet de Jérusalem... Projection... Que vous preniez l'année juive (cinq mille ans et des poussières) ou l'Hégire islamique (pour l'Islam nous sommes aujourd'hui en 1398) sans parler de ceux qui fantasment leur descente ésotérique des Egyptiens ou des Sumériens, le problème c'est la date... La DATE... 1981... After Christ... Comme disent, de façon conciliante, les Anglo-Saxons... BC! AC! Il s'ensuit des différences d'appréciations considérables... Manières de faire le tri... En tout cas, le paradoxe est là : on dit 1981, et on ne sait même plus de quoi on parle... Vous savez qu'Orwell était branché, 1984? La date?

– Non, qu'est-ce que c'est?

– 1984 = 5744 en hébreu. Or les lettres qui forment 5744 sont Tav, Shin, Mem, Daled. Ce qui veut dire : " détruit "... Mais si vous êtes en 5984, année maçonnique de la " vraie lumière " dont le premier mois est en mars?

– Vous n'êtes quand même pas pour l'Ancien Régime?

– Bien sûr que non... Quand c'est mort, c'est mort... »

La radio donne les nouvelles de Pologne. Milliers de pèlerins à la Vierge Noire. « La Vierge Noire, c'est Isis! » vient de me dire Boris au téléphone... Toujours cette façon d'éviter... Partout, à tout instant... Et Iahvé n'est, lui aussi à ce compte, qu'une figure babylonienne sublimée... N'importe quoi, pourvu que ça rappelle *avant*, autre chose...

« Imaginez le *Te Deum* de 1802, me dit S. L'année où paraît *Le Génie du christianisme*. Best-seller immédiat. Coup de génie. Vous l'avez lu?

– Pas vraiment.

– Vous devriez. Tout le XIXe siècle l'imite. Jusqu'à Proust compris. Vous savez ce que Chateaubriand dit de la publication de son livre dans les *Mémoires d'outre-tombe*? Une jolie phrase : " L'empire voltairien poussa un cri et courut aux armes. " Voici d'ailleurs comment il note les conséquences de son bouquin : " On ne se sentit plus obligé de rester momie du néant, entouré de bandelettes philosophiques : on se permit d'examiner tout système, si absurde qu'on le trouvât, *fût-il même chrétien*. " Il a enfin cette remarque, pleine de portée pour l'époque : " La littérature nouvelle fut libre, la science servile. "

– Et votre de Maistre?

– L'admiration principale de Baudelaire, avec Poe? Ecoutez, on peut difficilement être plus méconnu. C'est un des plus grands Français, pourtant, avec Bossuet, Pascal, Sade. Cela vous apparaîtra très vite si vous dépassez le préjugé Rousseau. Mais entendez-moi ça, je l'ai apporté pour vous. »...

On repart au whisky. Sophie et Deb chuchotent dans un coin... S. se met à lire...

« " Il y a dans la révolution française un caractère

satanique qui la distingue de tout ce qu'on a vu et peut-être de tout ce qu'on verra. Qu'on se rappelle les grandes séances! Le discours de Robespierre contre le sacerdoce, l'apostasie solennelle des prêtres, la profanation des objets du culte, l'inauguration de la déesse Raison, et cette foule de scènes inouïes où les provinces tâchaient de surpasser Paris; tout cela sort du cercle ordinaire des crimes, et semble appartenir à un autre monde. "

– Pas mal, dis-je. Surprenant. »

Il continue.

« " La génération présente est témoin de l'un des plus grands spectacles qui, jamais, ait occupé l'œil humain : c'est le combat à outrance du christianisme et du philosophisme. La lice est ouverte, les deux ennemis sont aux prises, et l'univers regarde. " »

Sophie est rentrée tout à l'heure, pâle, essoufflée. Elle a passé sa journée avec des amis polonais... Ce qui les scandalise le plus, dit-elle, c'est qu'on vienne avec des drapeaux rouges leur chanter *L'Internationale* pour les soutenir... Et puis qu'on les défende au nom de la Révolution française... Ou de l'authentique révolution russe... Enfin quoi, au nom de la révolution qui n'aurait pas dû dérailler... Elle ne *devrait* pas... Elle a déraillé? Tant pis, ça ne prouve rien. Révolution toujours... Religion contre religion...

En tout cas, ce que l'univers regarde, ce soir, à la télévision, c'est la réception au Kremlin pour les soixante-quinze ans de Brejnev (à qui, donc, le Système vient de réoffrir la Pologne sur plateau d'argent) et les discours du Pape.

Reagan parle aussi, bien sûr dans son style série B cow-boy... Mais comme New York me semble loin, tout à coup; si loin... Je me revois marcher, il y a à peine un mois dans Madison Avenue... Soleil plein visage... Air léger... Est-ce que c'est la même planète? Soleil, vent doux et léger; océan vertical, léger... Insouciance de Cyd, temps libre...

Kremlin : ensemble mécanique et somnambulique de trognes aux bustes chamarrés de décorations (on imagine ce que Chaplin en ferait : comme celles qu'il arrache en trépignant à Goering dans *Le Dictateur*); ligne quasi paralytique de vieillards représentant la plus grande force militaire mondiale actuelle...

Le Pape : survivant blanc, courbé sur ses feuillets qu'il lit avec application...

On dit que Brejnev est soigné, depuis longtemps déjà, par une voyante géorgienne, un « médium »... C'est vrai qu'il a l'air sous hypnose... Novocaïne... Opium...

« Mais vous savez bien, dis-je à S., que la plupart des gens vous diront qu'il n'y a qu'à les renvoyer tous dos à dos. Ni Brejnev, ni le Pape!

— Je sais, je sais... Rien de plus facile à dire. Nous l'avons tous dit un jour ou l'autre. Nos amis rationnels... Anarchistes... Critiques... Anglo-Saxons... Bien sûr, bien sûr... Mais nous n'en sommes plus là... Et puis vous ne pouvez pas ignorer qu'en répétant ça aujourd'hui, de façon de moins en moins convaincue, comme s'ils se doutaient de quelque chose d'horrible, de vertigineux, *au fond* ils choisissent quand même l'un des deux.

— Brejnev améliorable? Staline incident de parcours? Le système évolutif? Le socialisme *quand même*? Un jour? Un beau jour? Les lenteurs de l'histoire?...

— Evidemment. Brejnev, pour eux, est une ruse du Temps. Le Pape, lui, une erreur irréductible. Hors monde. Brejnev serait éducable *philosophiquement*... Mais écoutez encore ça : " Ce qu'il y a de plus frappant dans la révolution française, c'est cette force entraînante qui courbe tous les obstacles. Son tourbillon emporte comme une paille légère tout ce que la force humaine a su lui opposer : personne n'a contrarié sa marche impunément. La pureté des motifs a pu illustrer l'obstacle, mais c'est tout; et cette force jalouse, marchant invariablement à son but, rejette également Charette, Dumouriez et Drouet. "

— Toujours de Maistre?

— Toujours. " On a remarqué, avec grande raison, que la révolution française mène les hommes plus que les hommes ne la mènent. Cette observation est de la plus grande justesse; et quoiqu'on puisse l'appliquer plus ou moins à toutes les grandes révolutions, cependant elle n'a jamais été plus frappante qu'à cette époque.

« " Les scélérats mêmes, qui paraissent conduire la révolution, n'y entrent que comme de simples instruments; et dès qu'ils ont la prétention de la dominer, ils tombent ignoblement. Ceux qui ont établi la république l'ont fait sans le vouloir et sans savoir ce qu'ils faisaient; ils y ont été conduits par les événements : un projet antérieur n'aurait pas réussi... Ces hommes, excessivement médiocres, exercèrent sur une nation coupable le plus affreux despotisme dont l'histoire fasse mention et sûrement ils étaient les hommes du royaume les plus étonnés de leur puissance. "

— Vous allez nous faire tomber le Panthéon sur la tête!

— Vous ne croyez pas si bien dire... Il faudrait écrire un livre sur les batailles plus ou moins secrètes pour l'occupation du Panthéon. Vous savez qu'au départ il s'agit d'une église dédiée aux apôtres par Clovis... L'église Sainte-Geneviève... La valse des cadavres commence dès 1780... Voltaire... Rousseau... Mirabeau... Ce dernier remplacé par Marat sur ordre de la Convention... Et puis on enlève Marat en février 1795... Et ça continue... Finalement, ça se stabilise avec Hugo... Déisme... Prédication planante... Tout le monde s'endort... Mais comme dit encore de Maistre : " Je comprends comment on peut dépanthéoniser Marat, mais je ne concevrai jamais comment on pourra démaratiser le Panthéon. " Enfin, nous n'allons pas nous perdre dans les mystères de Paris... Dans les conflits d'obélisques... Cependant, vous remarquerez que c'est la même chose à Moscou, à Pékin... Mausolée... On laisse Lénine... On enlève Staline... On démausoléifie Staline, mais comment déstaliniser le Mausolée ?

– Et le Panthéon, c'est encore Rome ?

– Eh oui... Transformé par Boniface IV en Sainte-Marie-aux-Martyrs... Vous avez là *La Madonna del Sasso* de Lorenzetto, avec les restes de Raphaël dans les soubassements de la statue... On les a retrouvés en 1833...

– Cadavres, cadavres...

– Tout est là ! Dalles tournantes ! Esprits frappeurs ! Encore un peu de Chateaubriand ? " La Révolution est à l'aise pour servir ceux qui ont passé à travers ses crimes ; une origine innocente est un obstacle. "

– En somme, l'hypothèse la plus intéressante, dans tout cela, est le mouvement inconscient. L'idée d'un sommeil...

– Oui. Chateaubriand a l'air réveillé, mais il fait la guerre avec Homère dans ses bagages. Regardez comme il insiste sur les contradictions révolutionnaires. Le sang coule, mais les bergeries fleurissent. Marat est adoré comme Jésus. " Les pères montrent à leurs enfants le *dada* qui conduit la charrette au supplice. " On est philanthrope en tuant. Tout est fait, sur fond de discours fleuris et bien-pensants, " la mécanique sépulcrale ", la " machine à meurtres ", la " machine à sang ".

– Enfin, la peine de mort vient d'être abolie ; la guillotine entre au musée...

– Certes, mais par décret, comme le calendrier

grégorien. Et contre la majorité de l'opinion, les sondages le montrent. Analyse? Aucune. Le dormeur se retourne, c'est tout.

– Sade seul réveillé?

– Voilà. »

Quelques jours après, c'est Noël. On décide de regarder la messe de minuit à la télévision, histoire de voir comment Wojtyla tient le coup après ses deux balles dans le ventre, en mai... Je pense à Saint-Patrick, à New York, où ont lieu, sur le parvis et dans la Cinquième Avenue, des manifestations polonaises... Avec des pancartes où on peut lire croix gammée = faucille et marteau... « Est-ce que ce n'est pas *exagéré*? » a demandé le directeur du Journal... « On publie? »... On publie...

Voilà Saint-Pierre... Génie de Bernini... Le baldaquin baobab... Spirales... Débordement baroque... Gros plans sur des visages africains... Japonais... On les dirait plus nombreux que les blancs...

Jean-Paul II semble avoir retrouvé ses moyens... Ça me rappelle sa visite à Auschwitz... Encore une date, celle-là, peut-être la plus importante de toutes... Il tourne autour de l'autel avec l'encensoir... Récite et chante d'une voix ferme... Soulève son hostie et son ciboire avec force... Tourne à 360°...

Sophie est à genoux sur la moquette, elle pleure... Deb est un peu agacée, je sens ça... S. très attentif, muet... Il doit y avoir des malaises plus ou moins feutrés, comme ça, un peu partout dans les appartements... « La barbe avec ton Pape! »... J'ai reçu un mot d'Helga, du fond de son ashram : « Est-ce que ton Pape va un peu remuer son gros cul pour les Polonais? »... Elle croit me choquer... La pauvre... Tous ces cons et

262

toutes ces connes en sont encore à penser qu'on est catholique par refoulement sexuel... Propagande depuis deux siècles...

« Benedicat vos Omnipotens Deus, Pater, Filius, et Spiritus Sanctus... »

Bon. C'est fini. C'était la guerre des ondes. Litanies contre chars et fusées... Sophie s'en va. Elle a encore une réunion... Deb va se coucher...

« Mais enfin, dis-je à S., comment avez-vous pu être un instant " compagnon de route " des communistes?

— Compagnon de route! rugit-il. Comme si je n'étais pas une route à moi seul! Et même une autoroute! Mais je vois que vous ne connaissez pas bien la société française... Pur rapport de forces à un moment donné... Je vous expliquerai... »

Sa désinvolture me désarme parce qu'elle ressemble à la mienne. Il refuse toujours de faire la moindre autocritique. Sa fantaisie du moment avant tout. C'est ce qu'on lui reproche. Et en même temps je sais bien qu'il a raison... Dédain de se justifier... Pas de « parcours »... S'il n'y avait pas de sens? Si le masque était fondamental? Si l'apparence de vérité n'était que mensonge? Si le fait de prendre sur soi, en passant, le costume du mensonge était la plus haute vérité?

« Bon, dis-je. Mais quel est le rapport de tout cela avec les femmes?

— Essentiel, dit-il. Les guerres de religion ne signifient rien d'autre que le contrôle des femmes. C'est-à-dire de la reproduction. La religion de LA Femme, comme les autres. Simplement, dans ce dernier cas, c'est une classe privilégiée de femmes qui contrôlera les autres.

— De ce point de vue, dis-je, le judaïsme et le christianisme sont mal partis. Plus personne n'en veut n'est-ce pas? Je viens encore de lire un article de Bernadette expliquant que la Bible est faite par les hommes pour les hommes. Enfin, vous voyez, dans la ligne du fameux " rapport ".

— Toujours la même rengaine, dit S. La Bible est le code des exploiteurs, des capitalistes, des obscurantistes, des colonialistes, etc. Et maintenant : des hommes. En face, et contre, vous avez : la nature, l'innocence, la science, le panthéon et... les femmes. Bien. Et alors? So what?

— Brejnev et les femmes, même combat?

— Pauvre Brejnev, figure transitoire, n'oubliez pas qu'il n'est qu'une écume, que nous travaillons sur l'hypnose de base. Brejnev est le nom d'un crustacé qui aura rêvé être Brejnev. Sous le regard d'Andropov... D'Androgynopov... Habituons-nous à la dimension des organes, à leur silence, à leur évolution des grands fonds... Regardez la tactique communiste actuelle, et à travers elle, la Tactique tout court de la religion la plus religieuse. Celle de la matière animée... D'un côté, violence ouverte, relais terroriste. De l'autre, pacifisme, neutralisme, écologisme, gynécologisme, tranquillité, petits oiseaux... Ce deuxième volet est décisif. Vous attrapez les femmes par là, et surtout en promettant le monde le plus désexualisé possible.

— Mais on pourrait dire que c'est le message chrétien, aussi bien?

— Eh oui, et c'est la raison pour laquelle la concurrence est si farouche. En réalité, il ne s'agit pas de la même désexualisation. Pas du tout.

— La différence?

— Elle tient au point de départ. Dans la perspective théologique, le sexe, donc la reproduction, est le Mal. Mais un Mal inexpugnable, transcendant, rôdeur du dedans. Dans le rabattement totalitaire, c'est une aberration parfaitement traitable. Le totalitarisme n'est rien d'autre que la croyance à une castration réglable. Raisonnable. Supportable. Dédramatisée. D'où l'antijudaïsme constitutionnel. Pourquoi? Parce que les juifs repoussent, précisément, une castration " universelle ". C'est la leur, à leur manière exclusive qui est la bonne, ils ne peuvent pas transiger là-dessus.

– Et l'antijudaïsme chrétien? Catholique?

– Il a été d'une autre nature. Du moins en principe. Le drame, c'est que les catholiques, malgré Vatican II, le concile le plus important de l'Eglise, restent bourrés de païenneries diverses, bien entendu. Mais à mon avis, ça commence à se décaper... Je ne vais pas vous relire saint Paul, mais tout de même, je crois que nous avons là, sous les yeux, dans les événements, ce qu'il a dit il y a deux mille ans... " Car si leur mise à l'écart (il s'agit des juifs) fut une réconciliation pour le monde, que sera leur admission, sinon une résurrection d'entre les morts? "

– L'Inquisition était pressée d'en arriver là?

– Nous n'avons pas fini de payer ce prix du sang versé pour convaincre par la force... Ce n'est que justice. Que n'ont-ils compris Paul, ces crétins pervers! " Si quelques-unes des branches ont été coupées tandis que toi, sauvageon d'olivier, tu as été greffé parmi elles pour bénéficier avec elles de la sève de l'olivier, ne va pas te glorifier aux dépens des branches. Ou si tu veux te glorifier, ce n'est pas toi qui portes la racine, c'est la racine qui te porte. Tu diras : on a coupé des branches, pour que, moi, je fusse greffé. Fort bien. Elles ont été coupées pour leur incrédulité, et c'est la foi qui te fait tenir. Ne t'enorgueillis pas; crains plutôt. Car si Dieu n'a pas épargné les branches naturelles, prends garde qu'il ne t'épargne pas davantage. Considère donc la bonté et la sévérité de Dieu : sévérité envers ceux qui sont tombés, et envers toi bonté, pourvu que tu demeures en cette bonté; autrement tu seras retranché toi aussi. Et eux, s'ils ne demeurent pas dans l'incrédulité, ils seront greffés; Dieu est bien assez puissant pour les greffer à nouveau. En effet, si toi tu as été retranché de l'olivier sauvage auquel tu appartenais par nature, et greffé, contre nature, sur un olivier franc, combien plus eux, les branches naturelles, seront-ils greffés sur leur propre olivier! "... Les chrétiens représentant la contre-nature des juifs-nature! Avouez qu'on ne peut être plus net! Il faut toujours revenir à Paul... »

Je m'aperçois que S., maintenant, a toujours sur lui une petite Bible à la couverture de cuir rouge sombre. Il la sort de temps en temps, la compulse comme un ordinateur. Il semble la connaître presque par cœur. C'est un spectacle de prestidigitation mentale assez drôle à observer.

« Olivier, olivier, dis-je, est-ce qu'il n'y a pas un Pape qui doit porter ce surnom vers la fin des temps, selon Malachie?

— Oui, le prochain, dit S., l'avant-dernier, " Gloria Olivae ", la gloire de l'olive... Pour l'instant, nous avons " De labore solis ", le travail du soleil. En effet...

— L'huile, l'onction, le nom. »...

Il se remet à lire.

« "Ennemis, il est vrai, selon l'Evangile, à cause de vous, ils sont, selon l'Election, chéris à cause de leurs pères. Car les dons et l'appel de Dieu sont sans repentance.

« " En effet, de même que jadis vous avez désobéi à Dieu et qu'au temps présent vous avez obtenu miséricorde grâce à leur désobéissance, eux de même au temps présent ont désobéi grâce à la miséricorde exercée envers vous, afin qu'eux aussi ils obtiennent au temps présent miséricorde. Car Dieu a enfermé tous les hommes dans la désobéissance pour leur faire à tous miséricorde. "

— La dernière encyclique, là, miséricorde...

— " Dives in misericordia. »...

Deb rentre dans la pièce brusquement... C'est une façon de nous dire que ça suffit comme ça. « Vous voulez de la bière? – Non, on a fini. »... Messe basse... Chuchotements d'hommes... Trucs plus ou moins homosexuels, non? Secte cinglée...

S. rit. Il force un peu la voix.

« " Ô abîme de la richesse, de la sagesse et de la science de Dieu! Que ses décrets sont insondables et ses voies incompréhensibles! *Qui en effet a jamais connu la pensée du Seigneur? Qui en fut jamais le conseiller?* (Ça, c'est Isaïe 440-13, dit S., un très bon numéro de téléphone par les temps qui courent!) Ou bien *qui l'a prévenu de ses dons pour devoir être payé de retour?* Car tout est de lui et par lui et pour lui. A lui soit la gloire éternellement! Amen. " »

Deb est repartie se coucher d'un air excédé. La nuit est très avancée, maintenant... Trois heures du matin... Il est né le divin enfant. Hautbois et trompettes. La conversation ne peut plus que traîner...

On boit encore un peu... Détails techniques...

S. me laisse ses notes... Il prend un chapitre à revoir... S'en va...

Appelons-la la Présidente... Etrange aventure... Je dîne avec elle, seul, chez des amis... Elle arrive en cours de soirée... Pardon du retard... Ses fonctions... Le ministère... La question brûlante de la commission X... Le fameux procès Y en cours... Elle me regarde à peine... Mais tout de même un peu... Et même beaucoup pendant deux secondes... Au bout d'un moment, elle veut mon avis de journaliste étranger... J'improvise... La Présidente semble me suivre... Elle n'est pas mal du tout... Un peu forte, beaux yeux noirs creusés... Tailleur Chanel... Forte mâchoire... Bouche épaisse...

Elle se lève pour téléphoner... J'attends un peu, j'en profite... Je vais aux toilettes... Kate, qui me surveille du coin de l'œil, me lance un regard écœuré... Voilà la Présidente en même temps que moi dans le couloir... Elle s'en va... Chauffeur... « Est-ce que je peux vous raccompagner », dit-elle en forçant sur l'accent distrait... Trop aimable... Si, si, très... On y va. Les gens un peu surpris, sans plus. La Présidente m'enlève. Regard de Kate.

Tous les deux à l'arrière de la voiture. Oui, il faudrait reparler de tout ça... Votre point de vue m'intéresse... Si, si, nous comprenons le plus souvent assez mal les Américains... Téléphonez-moi... *Voulez-vous?*

C'est presque un ordre... Le surlendemain... Petit déjeuner chez elle. Appartement sur la Seine... Elle est en déshabillé bleu ciel... Toute soyeuse... Songeuse... Jus d'orange, thé, café, œufs à la coque, toasts, brioches, beurre, confiture... Il fait chaud... Vent glacial dehors; rafales sur l'eau gris et jaune... Je la regarde, là, mûre, massive, sûre d'elle, fort chignon brun, plutôt petite, ramassée... Entrée d'une femme de chambre discrète... Madame n'a plus besoin de rien? Je peux m'en aller?

Ça y est, on est seuls, c'est clair. Il est huit heures et demie. Il ne se passe plus rien le soir ou la nuit, maintenant; tout le matin... Renversement des plaisirs... La Présidente ne fait pas particulièrement attention à moi... Elle parle de la situation... Elle se fait les ongles... Lentement... Longuement... On évoque New York...

« Je crois d'ailleurs que je connais une de vos amies, qui m'a parlé de vous avec beaucoup de sympathie.

– Oui?

– Voyons, comment s'appelle-t-elle, déjà? Son prénom... Comme cette grande danseuse de comédie musicale... Vous savez, enfin, celle qui a *les* jambes...

– Cyd?

– C'est ça! Cyd Mac Toy, je crois? Une Irlandaise?

– Anglaise. Mac Coy.

– Cyd Mac Coy... Dans la télévision, je crois? Nous étions chez une amie commune à Long Island... Charmante... »

Chez Dora... Bien sûr... Le réseau... J'aurais dû m'en douter... Ainsi elles ont dragué Cyd après mon départ... Logique...

La Présidente me sourit directement, maintenant.

C'est quand même le meilleur moment, juste avant que l'espace bascule. La Présidente sait ça, elle aussi. Feu vert, suspension du temps...

Elle se renverse doucement dans les coussins bleus de son divan.

« Pourquoi ne venez-vous pas près de moi? »

C'était gémi, imperceptible; sa voix...

Je bondis presque. Elle a la bouche entrouverte. Sa langue musclée aussitôt. Le déshabillé ne fait pas long feu. Orient. Parfums. Elle a de grosses cuisses vibrantes. Des seins lourds et doux. Elle me met vite la tête entre ses jambes. Elle est toute en feu. Se lève brusquement, va fermer les tentures. Revient dans la pénombre. Reste immobile. S'agenouille. Ouvre ma braguette. Prend ma queue avec autorité. Suce. Relève la tête.

« Vous savez que Cyd est vraiment très jolie? »

Bon dieu, elles ont dû baiser ensemble, je vois ça d'ici... La Présidente m'embrasse au souffle. Elle a beaucoup pensé à tout ça.

« Cyd vous aime réellement, je crois? »

C'est le moment de la mettre. Elle veut.

La Présidente est toute concentrée. Elle halète. Elle va jouir. Elle jouit. Je jouis avec elle.

C'est une brève. Un peu vieux style, mais le vieux style a du bon, confort Louis XV, collier de perles...

Quand je pense que La Présidente est socialiste... Et, donc, bisexuelle à ce que je vois... Chez elle!

La Présidente est audacieuse... La Présidente est insensée... La Présidente me plaît.

Un peu de salle de bains, là, derrière.

On reprend du thé, du café. Cigarettes.

« Et il paraît que vous écrivez un roman? »

Là, je suis pris au dépourvu. J'aurais pourtant dû m'y attendre. Tu te ralentis, chéri! Mais tout va si vite, désormais. Plus vite que mon roman. Qui traîne un peu, ces jours-ci... L'hiver...

« Mais... oui...

— Comme c'est intéressant... Oh, excusez-moi, mon cher, vous voyez qu'il faut que je m'habille... J'ai une réunion dans un quart d'heure... Je vais encore être en retard... Appelez-moi dans une dizaine de jours, *voulez-vous*... Nous parlerons de votre roman... Et puis j'ai d'autres choses à vous dire... »

Bordel, le « rapport »... Bien sûr...

Qu'est-ce que fais pour la saluer?

Je lui baise la main.

Elle me caresse la joue.

« A bientôt! »

Je me retrouve un peu sonné sur les quais... Le vent... Pas loin de Notre-Dame... Tiens, je vais y faire un tour... Relance médiévale... Les media... L'Eval! Plusieurs plans à la fois... Mobiles-immobiles... Carnaval... Les événements se succèdent à toute allure, grotesques, grimaçant, sublimes, intérieurs... Ne t'étonne de rien... Attends-toi à tout...

La cathédrale est déserte. Fantômes... 6 janvier 1482... Esméralda... Frollo... Quasimodo... Oh, oh! Hugo! Chauve-souris gothique... Arcs... Ogives... Rosaces... Gargouilles... Le style « lancéolé »... Le style « rayonnant »... A développer aujourd'hui... Pas besoin de bohémienne, d'archers, d'archidiacre... L'histoire quotidienne suffit...

Kate au téléphone... « Alors, qu'est-ce qu'elle t'a dit dans la voiture?

– Mais rien de spécial.

– Menteur! Tu dois la revoir?

– Pas précisément...

– Tu sais que c'est une sauteuse terrible?

– Ah bon? Ça n'a pas l'air.

– Très dissimulée! Très! Qu'est-ce que tu fais samedi?

– Rien. Je travaille.

– Ah! Ton " roman "?

– Oui.

– Mais tu travaillerais peut-être mieux à la campagne, non?

– Non, j'ai besoin de ma bibliothèque, tu sais...

– Quand est-ce que tu me montres un bout?

– Ecoute... Non... Tu sais... Superstition... Quand ça sera fini...

– Si j'étais toi, j'essaierais quand même de la revoir.

– Qui?

– La Présidente...

– Tu crois?

– Ne fais pas l'idiot... Mais sois prudent, crois-moi... Allez, ciao! »

J'appelle Cyd. Elle n'est pas à New York... San Francisco... De toute façon, elle doit passer par Paris dans huit jours...

Plausible une affaire entre elles? En passant? Soirée floue? Pourquoi pas? Ce qui m'étonne davantage, c'est que Cyd ait parlé de moi... Dora, plutôt. Ou Helen. Ou

Jane. A moins que la Présidente ne mente... Que ses renseignements ne viennent d'ailleurs...

Ce qui est intéressant, dans la vie, c'est quand elle se met à ressembler au roman qu'on est en train d'écrire... Magie? Oui. A partir du moment où on commence un livre, le paysage bouge... Ballet insidieux... Les personnages réels, là, se déplacent... C'est comme s'ils essayaient d'échapper à ce qu'ils soupçonnent qu'on est en train d'écrire d'eux... Comme s'ils s'engageaient dans des diversions parallèles... Pour rectifier votre mémoire... Dans un sens plus favorable, plus flatteur... Les femmes ont sur ce point une plasticité particulière... Un radar... Un neuvième sens... Elles sentent le récit possible... L'écriture... Elles viennent s'interposer... S'inter-proposer... Contrat tacite, on dirait, entre elles, pour freiner le mâle, ou plutôt la main qui pourrait tracer... Elles se comprennent d'un mot... D'un clin d'œil... D'un sous-entendu... D'un silence entendu... D'une pression des doigts... Consciemment? Non, non, à l'instinct... Tout à coup, il faut de l'argent... Du temps... Elles vous font de véritables prises de temps... On dirait un complot qui n'a pas besoin d'être dit... Même pas pensé... D'ailleurs le véritable complot n'a pas besoin d'exister comme tel, il se fait dans l'ambiance, dans les petites choses... Spontanément... Sécrétivement... Il ne faut pas que ça s'inscrive... Ou le moins possible... Je veux dire : noir sur blanc... L'inscription vraie doit être réalisée en « réel »... Trois dimensions... Enfants, cadeaux, installations, relations... Il faut savoir décomposer en un instant une apparence féminine. *Tissus, métaux, cuirs.* Fringues et insignes de propriété. Souliers. Sacs. Bijoux. Rotation et rutilation de Maya... Le voile... C'est beau, fascinant; ou alors brusquement dérisoire, vide... Une femme égale au moins dix volumes non écrits...

Je vais de temps en temps prendre un verre au

bar du Ritz, rien que pour prendre des notes, des croquis... Sur le motif... Les bars, les plages... Festivals narcissiques... En voilà deux, là, à côté de moi, au moins cent mille francs sur elles, bagues, colliers, bracelets, qui minaudent... Elles étincellent l'une pour l'autre devant leurs bonshommes réduits à l'état de figurants à chéquiers... Regards purs, innocents... Parades... fossettes... Rires en dessous... Ça y est elles ont vu la façon dont je les vois... Elles jouent pour moi... Se remaquillent... Sacs lézard... Poudriers de nacre... Tubes de rouge d'or... La langue sur les lèvres, la blonde... Et puis l'attitude faussement désarmée, enfantine, rusée... La main sur l'avant-bras d'un des types... « Non! pas possible? »... Coulée de l'œil vers mon œil, aussitôt détournée... Elles boivent leur vodka glacée... Se racontent entre elles... Se donnent du feu... Croisent les jambes... Les décroisent... Sans oublier le petit geste sacré de tirer un peu la jupe sur les genoux... Pour souligner... Le genou dit tout... Toujours... Coude initiatique... Tout l'invisible au genou... Parfum dans le cou... Derrière les oreilles... Les lobes... Entre les seins... Les types sont partis, maintenant, elles deviennent aussitôt plus sérieuses... Font leurs comptes... Et le tien t'a donné combien?... Et le tien?... M'oublient presque... Me retrouvent de temps en temps...

A une autre table, ça, c'est des jeunes mariés montés à Paris... Elle, le regard renversé, brûlant... Un de ces regards qui veut dire : enfants, cris, poupées et jouets, appartement, voiture, maison de campagne, fourrures, diamants, jardins, robes, maman contente, et la maman de maman comblée, ravie... Un amant plus tard... A travers lui... Lui, c'est-à-dire l'embrayeur... Tout ça... Mari-mère... Père Noël... Magistrat... Docteur... Il sort sa carte bleue... Elle l'adore... Aucun charme, pourtant... Mais justement... Barbu... Monocorde...

Qu'importe! Pas le flacon! L'ivresse! Pas de concurrence en miroir! Sécurité! La vraie vie! Le *revenu*... Est-ce qu'elle ne vaut pas tout ça? Davantage? Je la regarde fixement. Elle ne me voit même pas...

Ou encore l'été au bord de l'océan... L'étalage des peaux; épreuve des seins nus, cuisses, fesses, cellulites... Indifférence énorme de l'eau... Moisissure des bords... La crème ceci, la recrème cela, le front, les yeux, le nez, petites tapes... Machines d'angoisses... L'image... Le bronzage... Rétroviseurs partout... Il faut... Sirènes pharmaceutiques... Pieuvres méticuleuses... Poulpes-pommades... Vases grecs pour supermarchés... Bacchantes *discount*... Vaches sacrées... Culte improbable... Auquel il faut se préparer, sans arrêt... Pourquoi? On ne sait pas... Il faut... C'est comme ça...

Qu'est-ce qui les tenaille? Les pousse? La sensation d'être là pour servir le rien, le gouffre, le pourtour chatoyant du noir absolu? Elles sentent... Elles ne peuvent pas savoir... Par définition... Même quand elles disent « la mort », le sens leur échappe... Le sens du non-sens...

Vierges noires... Vénus de banlieue... Kleenex... Coton... Serviettes hygiéniques... « Je suis malade »...

Le corps des femmes est hypothétique... Navigation au jugé... Approximation permanente... On peut en faire jouir une, brusquement, en lui caressant l'omoplate, en lui léchant les paupières, en la touchant au nombril... Si ça ne vous est jamais arrivé, vous n'y connaissez rien...

Cosa mentale... Elasticité hystérique... Ou alors, carrément, le piston... Mais rien n'est sûr... Ça dépend des intérêts en jeu... De la magnéto imago... De quoi jouit une femme? De la représentation qu'elle se fait de l'ensemble des rapports sociaux. C'est comme ça que vous pouvez savoir si vous êtes, ou non, devenu le chevalier au blason... L'homme, enfin... Qui peut aussi bien être une femme... Question de pouvoirs...

J'ai compris... La Présidente s'est mis dans la tête de faire mon éducation... J'ai vu ça quand elle a commencé à me parler de musique... C'est comme ça que les choses deviennent brusquement ennuyeuses... Flora *bis*... Côté institution... Elle voudrait que je l'aide... Que je lui trouve des « idées »... En échange, diagonale dans les sphères d'influence... Et puis, elle me révélerait la culture... Mozart... *La Flûte enchantée*... Ou plutôt, elle se révélerait l'infini de la culture à travers moi... Peinture... Littérature... Montée des classes moyennes... La Présidente est issue d'un milieu modeste... Ascension fulgurante... Vague rose... Elle fait partie de la petite bourgeoisie française à l'assaut de l'appareil d'Etat... C'est le vertige... Couloirs, palais, lambris, plafonds et dorures... Prise de Versailles... Que faire ? Comment maîtriser la situation ? « Présenter » le mieux possible ? Se fabriquer une mémoire ? Une généalogie ? Une « classe » ?

J'ai vite constaté que la baise était simplement pour elle un appât... Ça ne l'intéresse pas... Technique de prise de contact... Son mari a disparu dans un rôle inférieur... Elle cherche un collaborateur intime... Je vais laisser tomber... Elle comprendra... Discrétion assurée.

Elle ne m'a même pas demandé, fût-ce indirectement, par allusion ce que je savais du WOMANN, du SGIC... Je me suis inquiété pour rien... Ou bien elle a changé d'avis en cours de route, prudence... Ce qui a été déterminant, par contre, c'est quand je l'ai entendue dire d'un collègue journaliste qu'il faisait de « l'anti-communisme primaire ». Ça, c'est le test, la sonnette d'alarme... Le mot de passe qui ne trompe pas... Vision du monde... Dialectique... Progression subtile... Le cric temporel... La pompe des phénomènes en série... « Anticommunisme primaire » est une marque de mort... Comme, ailleurs, ou autrefois, « communiste »... Chez nous, pendant l'affaire McCarthy... En ce moment en Argentine... A vrai dire, les deux réactions se rejoignent, évoquent la même fascination... L'Histoire... La Purification... Le reste aux poubelles... Tout ce qu'on vous demande, en cet endroit précis, n'est d'ailleurs pas d'être *pour* ou *contre*, mais de comprendre et d'admettre la marche obligatoire du monde réel... La nécessité... Le mal nécessaire... Pour l'instant, du moins... Surtout, dans ces moments-là, ne pas réagir, ne rien laisser paraître... Ne pas lancer comme ça m'est arrivé une fois, avec Kate et Boris, qu'on aurait pu reprocher à un libéral de 1930 de faire de « l'antinazisme primaire ».

« Tu ne vas pas mettre nazisme et communisme sur le même plan!

– Vraiment? Mais le nazisme n'a peut-être pas eu le temps de s'adapter? Peut-être serait-il aujourd'hui aussi présentable que le communisme "évolué"? Pas celui du Cambodge, bien sûr, mais l'occidental? Appuyé sur quelque chose qui n'est pas lui tout en étant lui? Efficace; scientifique en diable; préoccupé de "modernité"; ouvert aux nouveaux courants de pensée ou d'art; toujours plus biologiste, énergétique; défendant les travailleurs contre l'oppression de la finance internationale; pas antisémite, antisioniste seulement...

– Insoutenable! Ignoble! Inadmissible! »

Etc. Etc. Pas la peine de se perdre dans ces discussions écrites à l'avance...

« Nihilisme! Désespoir! Néant! »

Ah oui, j'oubliais, il faut absolument un but, un sens,

une direction, un espoir... Vous comprenez? Les jeunes! LES JEUNES! Tables rondes! Forums! Débats! Emissions en direct! Empoignades! Salades!

Non. Silence. Car derrière tout ce bruit se profile toujours, immanquablement, la vieille question d'ombre que personne ne pose jamais. JAMAIS. « Pourquoi quelque chose plutôt que rien? » Le devoir de chacun, là, est d'esquisser un geste d'impuissance philosophique. On ne connaît pas la réponse. On ne peut pas la connaître. On ne doit pas. Quelqu'un connaît-il la réponse? Oui! Moi! Alors? Non... Je n'ai rien à dire. Ça ferait trop de peine. Aux femmes. A l'opinion. Au tissu. A maman. A toutes les mamans. Surtout aux futures mamans. Et qu'est-ce que le futur, sinon une immense maman en puissance? Qui sont ici, pour le moment, des fillettes gonflées d'espérance... Et tellement en avance sur les garçons, *n'est-ce pas?* Oui, oui, et pour cause...

« Mais dis-moi, tu voudrais peut-être monopoliser l'avenir à ton profit? Ça va bien de dire que tout cela n'a aucun sens! Encore faut-il en avoir les moyens? LES MOYENS! Les corps sont là, ils vont continuer d'arriver là, c'est la grande écluse, il faut bien se débrouiller avec eux. Et se faire élire par eux, d'une façon ou d'une autre... En avant, donc! Ou alors en arrière! Réactionnaire? C'est ça que tu veux? »

Bon. Silence. Jamais d'opposition déclarée. Repérer les individus doués, et basta. Ceux et celles qui n'ont besoin d'aucune justification, d'aucune théorie. Qui essaient de vivre dans l'instant. Qui se savent joués dans l'instant... Voilà pourquoi la réponse est toujours érotique... Mystique? Oui, si vous voulez, mais pas sans vérification érotique... Vérification? Oui, oui...

Je déçois ma Présidente. Séparation à l'amiable...

Cyd arrive à Paris. La Présidente? Oui, elle se

souvient vaguement... Une soirée à Easthampton... Drague? Je suis fou! Mais non...

On est dans l'appartement qu'elle habite maintenant quand elle passe ici... Près du Luxembourg, tout près de chez moi, c'est pratique. Elle sort de son bain. Peignoir bleu. Quatre heures de l'après-midi. Elle me regarde. « Tout va bien? » Elle est quand même pressée de faire l'amour, c'est ce que j'aime le plus chez elle, pas une minute à perdre, incommunicabilité, on y va... C'est vrai qu'elle m'aime, au fond, c'est-à-dire qu'elle trouve en moi sa bonne image, sa queue féminine, sa meilleure façon (parmi d'autres, et pourquoi pas) de tourner sur elle-même à travers moi... Rituel chaque fois aussi précis, aussi réussi... Je caresse ses cheveux blonds... Je mange sa peau... Elle m'embrasse sans arrêt aujourd'hui, elle veut en finir avec la respiration, elle le dit...

Elle aime le mensonge de la vie, Cyd, c'est sa joie... Sans cesse renouvelée... Santé d'acier... Elle est en train de relire *Juliette ou les prospérités du vice* pour savoir si on peut enfin en tirer une bonne adaptation pour la télévision... Circuit privé... Câble spécial... Elle veut mon avis... Sur le vif... Je lui fais remarquer que ça ne me paraît pas représentable... Entièrement filmable... Que tout se passe à l'audition, avant la vue, ou plutôt dans une visibilité fibrée, invisible... Que si c'est trop visible, découpages en morceaux, sang qui coule, cervelles explosées, hurlements, c'est le contraire de l'excitation qui a lieu... Inhibition... Refoulement... Qu'il faut donc seulement « voir » ce qu'on écoute... Silencieusement... Orgie de plume et d'oreille... Sade, dans la vie, sensible... Révulsé par la violence réaliste... Bien sûr...

Cyd me montre un passage : « Rien n'égalait les crises voluptueuses de la Durand. De mes jours, je n'avais vu une femme décharger ainsi : non seulement elle lançait son foutre comme un homme, mais elle accompagnait son éjaculation de cris si furieux, de blasphèmes tellement énergiques, et de spasmes si violents, qu'on eût cru qu'elle tombait en épilepsie. Je fus enculée comme si j'eusse eu affaire à un homme, et j'y ressentis le même plaisir. »

« Eh bien! me dit-elle en se relevant, es-tu contente de moi?

— Oh! foutre, m'écriai-je, tu es délicieuse, tu es un vrai modèle de lubricité! Tes passions m'embrasent : rends-moi tout ce que je t'ai fait.

— Quoi! Tu veux être battue?

— Oui.

— Souffletée, fustigée?

— Assurément.

— Tu veux que je pisse sur ton visage?

— Sans doute, et que tu te dépêches; car je bande et veux décharger. »

On rit. Dialogue militaire. Marivaux forcé. Mais on est excités quand même. Cyd a envie de faire pipi. On va dans la salle de bains. Je m'allonge dans la baignoire. Elle s'accroupit sur mon visage. Elle lâche son jet chaud, là, sur ma figure, mes yeux. Qu'elle est belle comme ça, tendre, enflammée, gémissante, rouge, en train de donner tout son plus intime tiède assoupi... Elle soupire, elle va sur les cabinets, commence à se branler, les cuisses écartées... Je viens, je la prends à genoux, en force...

On se lave. Elle nous sert un thé. On regarde les arbres du parc.

« Comment faire pour transposer Sade, dit Cyd, son énergie?

— Il faudrait trouver autre chose pour aujourd'hui, dis-je.

— Tu as entendu parler des films de la Mafia?

— Les meurtres sexuels en direct? Oui, ça a servi à

effrayer. Mais l'érotisme est un acte purement intérieur. C'est l'intériorité brûlante elle-même qui est la
plus censurée, pas le spectacle.

– Tu crois donc que c'est réservé à la littérature?

– Il me semble. Le truc est verbal, en tout cas. D'où
la difficulté, la rareté.

– Tu regardes les écrivains en fonction de ça?

– Ah, toujours. Je vais droit à une scène sexuelle
quand il y en a une. Mais tous les lecteurs en font
autant. Le lecteur est un enfant. Même s'il raconte le
contraire. D'autre part, toute la vulnérabilité d'un
auteur est là. Sa naïveté. Ses manies, ses limites. Son
rapport avec le sexe est exactement du même ordre
que celui qu'il a avec les mots. C'est ça qui est
tellement extraordinaire. Tu as vu le passage de *La
Nausée* de Sartre, abandonné par lui dans la version
définitive sur pression de l'éditeur? Merde! Comme
s'il y avait de quoi fouetter un chat! Une petite fille
violée, le récit dans un journal, érection vague du
narrateur et, à ce moment-là, disparition de la ponctuation dans la narration... Sartre ne tient pas plus de
cinquante lignes. L'échauffement rythmique n'est pas
son fort... C'est à partir de là que la politique l'attend
comme compensation. Et la dictature pointilleuse et
puritaine de Simone de Beauvoir. Ecrivains surveillés
par les femmes... Se détacher, écrire *quand même* des
cochonneries mélodiques, c'est de l'héroïsme pur. »

Cyd vient s'asseoir sur mes genoux. M'embrasse.
Elle s'est habillée, maintenant. Chemisier blanc et
pantalon noir. En beauté. Parfumée, souple.

« Et ton roman, il est érotique?

– Il me semble. Mais pas comme on croit.

– Roman philosophique? Comme Sade?

– Sade, c'est plutôt de la philosophie appliquée.
Désarticulée. Ravagée. Le point fondamental est d'ailleurs de faire dire *je* à une femme dans l'aventure.

280

C'est l'impossible en action. Ruse extrême. Mais sa philosophie a vieilli, il faudrait la renverser.

– Comment ça?

– Dieu tenait encore le coup à l'époque. On pouvait taper dessus un grand coup. Il commençait à faiblir, soit, mais quand même. Aujourd'hui? My god!

– Ecoute, il y a encore des tas de gens qui y croient... La "moral majority"!

– Oui, mais sans envergure. Pas excitants. Pas excitants à choquer. Pitoyables. On ne peut aimer scandaliser qu'un pouvoir fort, scientifique, sérieux, compliqué. Lis le *Voyage d'Italie* de Sade. Regarde tout ce qu'il connaissait. Florence... Naples... Rome... C'est par rapport à l'Italie encore flamboyante que tout ça a lieu. A l'Eglise... A la monarchie...

– Quel serait l'équivalent aujourd'hui?

– Mais justement... Le contraire... La politique... Le sexe réduit à l'argent. Le sexe obligatoire! A la limite, un livre érotique serait maintenant une apologie du détachement...

– Les infortunes du vice? Les prospérités de la vertu?

– Sodome risible! Gomorrhe dérisoire! La vertu traitant le vice par le vice! Le mal par le mal! Le bien là où on l'attendait le moins! Idée très jésuite, d'ailleurs. Sade est un très bon élève des jésuites...

– On ne jouit qu'en contradiction?

– Evidemment.

– Donc?

– Tu prends le monde moderne; le monde " libéré ", argent, sexe, violence, publicité, politique cynique, spiritualisme, occultisme, pornographisme, et tu introduis un personnage qui démontre, en s'en mêlant, la religion vide, conne, qu'il y a derrière ça.

– le sexe restant moteur?

– Bien sûr... Curiosité enfantine increvable... Seulement l'excitation ne viendrait plus du crime puisque le crime, l'intrigue intéressée et la malveillance perverse organisée sont partout. Elle surgirait de l'apprentissage vertigineux de la pudeur. La brusque ou progressive perception du bien au milieu des orgies les plus noires... Tu vois ça? Le monde devenu sadique renversé par un geste sadien de négation lumineuse! Le sexe traversé! Transvasé! Transparentisé! Clé de l'abîme! Fin du film!

— Mais ça risque d'être chiant! Invendable!

— Pas sûr, puisque ce sera *mal*. Et jugé tel. Imagine une pute, c'est-à-dire presque n'importe quelle femme d'aujourd'hui, découvrant la passion et la réserve délicate en plein bordel... Et pourquoi pas dieu? La Foi?

— Dieu à travers le vice? Complètement inattendu?

— Voilà!

— Intéressant. »

Cyd reste songeuse. Sa cigarette brûle sans elle. Elle m'embrasse de nouveau.

« Tu ne veux pas m'écrire ça?

— Pas le temps, chérie.

— Ce serait pourtant bien... *Le Boudoir mystique*... Quel film! »

Elle redescend son visage entre mes jambes. Rouvre ma braguette. Me refait bander doucement. Elle doit se projeter mentalement quelques rushes. Bande-son. Mouvements. Couleurs. Elle insiste... Elle veut absolument que je jouisse... Que je la mouille bien, là, dans sa bouche pulpeuse... Dans sa gorge, dont je touche au-dehors la peau de soie brune en train de vibrer... Que tout ce que j'ai dit soit pour elle... Concrétisé, avalé...

S. me téléphone. Il veut que je prenne note d'un poème de prisonniers polonais que Sophie vient de lui traduire. Il a été écrit au camp de Szczblinek. C'est un chant de Noël.

Une grande voix brise le silence du camp
Jeunes et vieux sont debout près des barreaux
Nous passons Noël à Szczblinek
Et nous nous en souviendrons toute notre vie

Les arbres de la forêt sont endormis sous la neige
Le vent emporte notre chant dans la nuit
La Pologne qui coule dans nos veines
N'est pas morte et ne mourra pas tant que nous vivrons

Nous vous implorons par-delà nos murs, Roi nouveau-
                                             [né
Ouvrez-nous les grilles et réveillez toute la Pologne
Réveillez chaque ville, chaque village
Votre pouvoir peut faire cesser la nuit

Nous croyons en vous, Seigneur qui êtes aux cieux
Et nous croyons que vous nous aiderez à chasser ceux de
                                             [Moscou
La Pologne qui coule dans nos veines
N'est pas morte et ne mourra jamais, rien que pour votre
                                             [gloire.

En me lisant ça, la voix de S. est bizarrement tremblante. Moi aussi, je suis ému. C'est là que je me rends compte à quel point il aime Sophie. A quel point il peut être sentimental, lui si dégagé d'habitude. Je réentends mon dialogue avec une amie israélienne, à New York... « Ces Polonais nous ont fait assez de mal, à nous, juifs... – Mais c'est autre chose, à présent, vous le savez bien... Juifs et catholiques dans le même sac... – Comment voulez-vous que nous ne soyons pas méfiants par rapport à cette Eglise? Trop de mal, trop de mal... – Les choses se mettront en place toutes seules, quoi que vous pensiez, vous verrez... – En définitive, il y a combien de catholiques? – 800 millions. – Ah bon? – Qui ne sont plus antisémites, ou du moins qui n'ont plus la moindre excuse dogmatique pour l'être. – Vous croyez? – Je veux le croire. » Son sourire désabusé, terrible... « Ecoutez, j'ai de la sympathie pour vous. Mais je ne peux pas vous cacher que la communauté est très réticente... J'entends des choses très dures. " Qu'ils crèvent ces Polonais! " Des réactions comme ça... – Je comprends... Mais ça ne change rien à la mutation en cours, je vous assure... – Vous croyez? Vous croyez vraiment? »

Deux mille ans... L'histoire Pie XII...

Mais, précisément, il y a du nouveau sur Pie XII...

Voici ce que je lis dans un hebdomadaire qui s'appelle *Regards*, « le seul hebdomadaire juif de Belgique en langue française, Organe du Centre communautaire laïc juif »: « *Pie XII et les juifs, nouvelle version* : Deux diplomates allemands en poste à Rome trompaient les autorités nazies pour permettre au pape Pie XII de protéger les juifs de Rome en 1943, affirme un prête historien britannique, le père Derek Holmes, dont le livre *La Papauté dans le monde moderne* vient d'être publié à Londres.

« Selon le père Holmes, la cité du Vatican et plusieurs immeubles du Vatican à Rome abritaient au moins la moitié des juifs de Rome tandis qu'un écran de " mensonges tactiques " était délibérément créé par les deux diplomates allemands pour tromper Berlin. Ainsi le Saint-Siège, les nonces et l'Eglise catholique tout entière auraient sauvé quelque 400 000 juifs d'une mort certaine. »

Il s'agit du numéro 41, du 2 au 8 octobre 1981, page 11.

Je viens d'écouter la cantate n° 6 de Bach, *Demeure parmi nous, car le soir approche*. J'entends le poème polonais sur le fond mouvant de la grande protestation solennelle des chœurs :

Ô demeure parmi nous, Seigneur Jésus-Christ
Car le soir est maintenant tombé
Ne laisse pas s'éteindre pour nous
La clarté de la divine parole!
En cet instant d'affliction extrême
Accorde-nous, Seigneur, le don de constance,
Afin que nous gardions vivants jusqu'à notre dernier
                               [souffle
Ta Parole et ton Sacrement.

On entend la musique... Ce qu'on croit être la musique... Mais les paroles? Les paroles *de* la musique? Qui sont comme de nouvelles paroles dans des gorges vivantes sous la parole? Qui donc les entend du dedans? Vraiment? Constamment? Qui éprouve réellement ce qui se passe dans le souffle vivant du chant?

Ou encore la Passion selon saint Jean, le lent début planant et tourbillonnant, sulfureux, avant le cri nerveux unanime...

S. me parle : « Cœur de l'énigme... Cœur du crime... J'entends comme un immense gémissement lancé et répercuté dans l'ombre, – les corps suppliciés, les os cassés; le tremblement de la mort sur elle-même, indifférente, acharnée... J'ai le plus souvent l'impression d'être un survivant d'une catastrophe vécue à côté de moi, sur une scène parallèle... Populations, déportations, trains, froid, neige, camps, chambres à gaz... Cela s'est passé, cela a eu lieu, et nous sommes là, tranquilles, à peine tranquilles... Je ne sais pas si vous pouvez comprendre... Vous n'avez pas habité l'Europe à l'époque... Vos parents n'ont pas été pris dans cette énorme grimace vomie... Déjà, un Français a le plus grand mal à ressentir ça réellement, viscéralement... Nous avons été " protégés "... A quel prix... Il faut que je vous raconte... En tout cas, il faut trouver par rapport à tout ça une rupture absolue, vous comprenez, *absolue...* »

Tiens, il ne plaisante plus. Il m'en dit davantage, maintenant, en dix minutes, qu'en deux ans de conversations... La source de sa *Comédie*, ce serait donc ça? Son obstination serait là? Il faut que j'écrive rapidement sa vie, un jour ou l'autre... En tout cas, il rentre de plus en plus dans mon roman... Il se fait là, dans la narration, une place bizarre, insistante...

Cyd m'écrit :

« Je suis délicieusement seule et bien ce soir. J'ai envie de t'entendre parler de mon cul, de t'entendre chuchoter qu'il t'excite tout le temps. Chéri, je voudrais que tu jouisses maintenant. Je t'en prie, laisse couler ton foutre en pensant que je l'avale. Pourquoi ne t'ai-je pas encore obligé à te branler sur mon visage? Il faut absolument que tu le fasses. Imagine mes joues ruisselantes de ton lait! Je crois que je me tordrais de volupté en même temps que j'écarterais les jambes et les cuisses, je te demanderais de vérifier que je mouille avec une incroyable facilité. Je t'adore, et dès que je commence à sentir ta queue contre moi alors que je n'ai pas encore quitté ma robe, je voudrais m'allonger sur le sol en gémissant. Mais j'aime trop sentir ta bouche. Je veux tellement sentir ta langue, ton souffle, et idéaliser de nouveau le plaisir presque enfantin que j'éprouve à t'embrasser. Je veux que tu saches que je t'aime comme une petite fille ou une petite sœur lisant l'après-midi, dans le jardin, fortement troublée par un désir inconnu mais sûr de sa violence réalisée un jour.

Cyd.

« Pense à mon projet! »

Elle est repartie pour New York. Elle a posté la lettre le lendemain matin à Roissy.

Voilà. L'époque. Il faut simplement s'habituer à ses changements de degrés.

L'obscurité, à présent. Long soir. Marée bleu-noir, assourdissement général.

Je ne réclame rien. Je n'attends rien. J'accepte de disparaître isolé dans n'importe quel coin de la scène. Je ne demande même pas que quelqu'un vérifie que mon souffle ne ternit pas encore un miroir. J'ai confiance dans ma mort. Dans ma nullité. J'ai confiance. Seule confiance. J'ai devant les yeux, à l'instant, la buée de la respiration de Cyd devant la glace du couloir de son appartement, pendant que je l'encule, debout, jupe retroussée et bas noirs, peau soyeuse sous mes mains, bouche ouverte, la sienne, basculant lentement pour aller embrasser son image. Elle se dévisage. Elle se photographie, là, les yeux bien ouverts, queue dedans, dans l'instant.

C'est beau, une femme qui n'a pas peur.

Je lui dis : « Rappelle-toi bien ce moment; je veux que tu te souviennes de ce moment. »

Elle : « Oui. »

Moi : « Pourquoi ris-tu? »

Elle : « Je ris de me sentir aussi légère... Sans tragédie, flottant comme ça, pour rien. Je ris du mensonge universel sur tout ça. J'ai envie de tout ce que tu veux. Et aussi de ce que je veux. Aucune importance. Je t'aime beaucoup. »

Moi : « Viens sur le lit, maintenant; viens te venger de ma queue. »

Elle : « J'aime que ta bite soit à moi; j'aime la sentir gonfler quand je veux, te dicter le moment de perdre ton sperme. »

Le mot français « bite » enchante Cyd. Elle le répète avec délectation. C'est mieux que le « cock » anglais. Elle se regarde encore. Ses yeux verts sont un peu injectés de sang.

La mauvaise littérature sera toujours la meilleure. La plus balbutiante sera toujours la plus excellente.

Je dois dormir.

Tout est gris, ce matin; je suis seul. Je rentre dans le malheur quotidien, l'absence. Je n'ai pas d'amis; je ne peux pas en avoir. Personne à appeler. Parfait.

Qu'est-ce qui s'est passé hier? Ah oui, ma queue dressée dans le sexe de Cyd, sa main devant dans la fourrure, sa main descendant pour se branler en même temps.

Bon. J'ai eu tout ça. Et le reste. Et les autres. Et rien. Physique de l'antimatière. Pas grave. Irréalité sur-le-champ. Voie de la connaissance! Chaque fois la négation, un peu plus. Le sexe est notre outil dématé-rialisateur. Traverseur. C'est logique. D'où viennent les non-enfants? les non-hommes? Le non-monde? Oui. S'il faut baiser les femmes, c'est pour toucher cette négation au plus près. La plupart l'évitent. Restent dans le cercle et la sphère. Pas de trouée. Pas de narcissisme en éclats...

S. m'a dit la dernière fois : « Je crois que le moment est venu pour vous d'aller faire un saut à Rome. Prenez Rome! Prenez le roman! »

D'accord.

288

Rome, hôtel Raphaël... A côté de la Piazza Navona...
Fontaine de Bernini... Un rêve... Celui-là... Je cours
d'une merveille à l'autre... D'éblouissement en éblouissement... A corps perdu... Bernini... « Les brumes de la
Contre-Réforme »... Je viens de lire cette phrase super-
idiote dans une préface à *Renaissance et Réforme* de
Michelet... Mon dieu, tout à refaire... A réécrire... A
réexpliquer... Quelle fatigue... Et à quoi bon? Scolarité
stéréotypée partout... Ou bien on ressent personnelle-
ment le baroque, ou bien rien... Dimension intime...
Tourbillon en soi... Vagues privées... Dans le sang...
Dans le voile agité dedans, le rideau désir... Fenêtre,
air du large...

On sait que Bernini est venu en France, appelé par
Louis XIV... S'il était resté, le Louvre ne serait pas ce
qu'il est... Il se serait arrondi, ballonné, allégé, ouvert...
Le Louvre! Mais impossible... Rigidité royale... Antipa-
pale... « Classicisme français »... L'Etat c'est moi...
Protestantisation insidieuse... Suédisation... Kremlini-
sation... Colbertisme... Intrigues de Perrault... Bernini à
la porte... Trop mouvementé... Le confort du secret
l'emporte... Façade maussade... Contes de fées derrière... Alors que quoi? Le Baroque consiste à étaler, à
montrer, à surmonter, à excéder, à torsader, à varier, à
virer... Les « brumes de la Contre-Réforme »! Laissez-
moi rire... *La Vérité révélée par le Temps*... La voilà à la
villa Borghèse... Renversée, rieuse, comme inondée...
Le pied gauche sur la boule terrestre... La main gauche
éloignant d'elle, à bout de bras, le masque du soleil...
Statue commencée en 1646... Inachevée... Inacheva-
ble... Hommage discret, ambigu, à Galilée? Plus encore... Découverte de la gravitation d'autre chose...
Gravidation... Ce n'est pas des astres qu'il s'agit, mais

de l'invisible, ou plutôt du trop visible pour être visible... On fait toujours trop attention aux femmes, ou pas assez... Difficile de trouver la juste distance... Incurvation... Creux muet... Contorsion rentrée... Elle rit aux anges...

Saint-Pierre... On dirait que l'air change de substance quand on a passé les grilles, la colonnade, l'obélisque, et qu'on monte par l'escalier magique... Légèreté argentée... Comme à New York... Le baldaquin... Abeilles, branches de laurier... Tombeau de l'apôtre, coupole avec l'inscription « Tu es Pierre et sur cette pierre » etc. Entre les deux, surplombant, donc, l'autel où se disent les grandes messes solennelles, Bernini a frappé... Ce sont *ses* colonnes qui s'élèvent dans l'axe... Son offrande permanente, sa fumée d'encens transformée en volutes palpables... Sa fusée vision méditée prière... Son pape et ami, Urbain VIII, Maffeo Barberini, lui a rendu cet hommage : « Homme rare, artiste sublime, destiné de par la divine volonté et pour la gloire de Rome, à illuminer son siècle. » La colombe, en haut, ailes déployées... Et, dans le fond de la Basilique, la gloire du Saint-Esprit... Dégoulinade de foutre d'or, hublot vide...

Je me dirige vers la chapelle du Saint-Sacrement... Adoration perpétuelle... Une quinzaine de religieuses sont là en permanence... Moches, condamnées... Sauf deux, là, en extase... Vietnamiennes en bleu... Fragiles... Elles sont emportées dans leur contemplation de l'ostensoir d'argent... Devant des bouquets d'œillets rouges... Elles sont ravissantes... Je m'assois près d'elles... Je les regarde... J'ai l'impression qu'elles vont s'envoler... Vraiment, elles lévitent presque... Elles deviennent aussi minces, translucides que le cercle de pain là-bas, très loin, tout près, qu'elles adorent comme le vrai corps de dieu descendu ici-bas, remonté là-bas, incarné tout bas par ce signe poinçonné mangeable... Oui, c'est ça, petit rond du ticket transcendant qui tombe... Flocon... Dans l'ivresse... Le corps sur le bout de la langue... Le silence, maintenant, est assourdissant... On dirait que l'incessante prière intérieure le fait éclater de partout... Je pense à Diderot, bien sûr... Aux *Pensées philosophiques*...À propos de la formule « Tu es Petrus, et super hanc petram aedificabo ecclesiam meam », jeu de mots fondamental de l'Eglise, Diderot écrit : « Est-ce là le langage d'un Dieu, ou une *bigarrure*, digne du Seigneur des Accords? »... Le Seigneur des Accords, c'est Etienne Tabourot, né à Dijon en 1549, mort en 1590... Auteur des *Bigarrures* (1572), recueil de rébus, d'équivoques, de calembours... La vérité se révèle dans l'équivoque... Le lapsus... Le mot d'esprit... J'imagine Diderot à côté de moi, aujourd'hui, après la victoire de la science et de la philosophie sur les deux tiers de la planète... Victoire invivable pour deux milliards d'habitants... Je lui parle de Freud, à Diderot; je lui demande d'observer les deux religieuses ravies asiatiques... Il se trouble... Comme les temps ont changé!... Et rechangé! Et changé encore! Nous retournons à la villa Borghèse en traversant le *Pincio*... Il regarde la statue de Byron... Celle de Goethe... Celle de Chateaubriand, devant laquelle il a un air vaguement confus... Nous revoici ensemble devant *La Vérité révélée par le Temps*... « Mais le Temps n'est pas représenté, dit-il. – Bien sûr, dis-je, c'est son absence même qui est la réponse... C'est sa non-présence diffuse qui dévoile la nudité renversée du monde. Et le comique insondable d'avoir pensé qu'il y en avait un. – Un quoi? – Un monde! – Vous voulez dire qu'il y en a une infinité? – Même pas. Rien. Vraiment rien. – Comment ça, rien? Ni terre, ni soleil, ni galaxies, ni cosmos, ni infiniment petit, ni infiniment grand, même pas le rêve de d'Alembert, ni la vie, ni les espèces, rien! Simplement une femme qui rit face à rien! Ah, vous êtes vraiment fou, mon cher! »

Diderot s'éclipse... Je redescends vers la ville... Le jour clair d'hiver tombe, bleu et rouge, dans les lignes puissantes des arbres... Je suis toujours surpris par la vivacité de la végétation à Rome... Sève au milieu des pierres... Vert-noir véhément dressé...

Piazza Navona. De nouveau, la fontaine des quatre fleuves, de Bernini... Je ne m'en lasse pas... Grotte de chevaux emboîtés... Renversement des pesanteurs... Enjambements d'encolures, de jambes, de têtes; serpent-dragon dans l'ondulation vibratile; et le blason tiare à clés coiffant l'effraction... L'obélisque rose qui s'enlève au-dessus de ça comme un obus spatial couvert d'hiéroglyphes... Et l'eau... Gouttes dans le vent... Rides... Fouillis heureux...

« Alors! On est à Rome! »

La voix derrière moi.

Kate.

Elle est avec un ami italien... Week-end... Elle en a donc trouvé au moins un qui prend trois jours avec elle... Petit, brun, râblé, l'air épuisé...

« On déjeune ensemble? »

Pas moyen de refuser.

Le type nous laisse.

« Alors qu'est-ce que tu fais là?

— Je suis venu voir un peu les formes... Je prends des notes... Bernini...

— Ah! La *Sainte-Thérèse?* Tu es sur les traces de Fals?

— Pas spécialement Sainte-Thérèse... Il y a bien d'autres choses...

— Ah oui? »

292

Kate ne sait pas de quoi je veux parler. Elle a entendu Fals, un jour, improviser, dans une de ses Conférences, sur la Sainte Thérèse de l'église de la Victoire, ça lui suffit. D'ailleurs, Fals voyait là une image de la « jouissance féminine », et pas du tout une sculpture du débordement du plaisir mâle... Etrange chassé-croisé... Habituel dans les histoires d'art... Le sujet au lieu de l'auteur : le thème naturalisé plutôt que la source du geste... Cette affaire de sainte Thérèse en extase, piquée dans ses draperies par un ange à flèche dorée, c'est d'ailleurs ce que ses auditeurs n'aimaient pas trop chez lui... Sa sensualité trouble, religieuse... Ses dérapages, inspirés et désinvoltes, en dehors de la science, vers la volute métaphysique... Kate n'aime pas qu'on s'égare dans le dessous des phénomènes... En tout cas, pas dans le dessous de l'Eglise... Un peu d'occulte, soit, mais pas dans cette région...

« Tu veux mettre Rome dans ton roman?

— C'est ça! Montrer que tous les romans mènent à Rome!

— Tu sais qu'à Paris, autour du Journal, on te trouve de plus en plus étrange?

— Dis-moi tout, mon ange...

— Ah non! Ça suffit! Arrête de me parler sur ce ton! " Mon petit ", " mon petit chou ", " ma petite chérie ", " mon enfant ", " mon ange "... Ce n'est pas drôle. Tu es grotesque quand tu dis ça.

— Mais enfin, c'est au quatrième degré, pour rire...

— Non.

— Excuse-moi. Dis-moi ce qu'on dit de moi.

— Eh bien, que tu te désintéresses de tout, que tu laisses tout aller... Que tu es obsédé par le succès commercial... Que tu ne penses plus à rien...

— Tu veux dire quoi, à rien?

– La politique... Les affaires... Que tu te retires... Que tu vieillis...

– Mais c'est vrai, en un sens... »

Kate me regarde avec commisération. C'est comme si je m'éloignais sous ses yeux, comme si je devenais, très loin d'elle, un point minuscule, inessentiel, déjà balayé par l'histoire... Le rêve de Kate : que les hommes soient très jeunes, ou définitivement vieux... Sur le point d'être, ou « has been »... Cherchant la solution de l'énigme, ou réfugiés dans la sagesse impuissante... Trépidants, ardents, idéalisants; ou, au contraire, philosophes, lents, résignés... Jeunes, on peut les « initier »... Vieux, on redevient, à leurs côtés, la petite fille éternelle... Mais le type quarante ans, libre, en forme... Horreur!

« On dit même que ton roman n'est pas fameux...

– Comment ça? Personne ne l'a lu!

– Si, si, Boris dit qu'il en a vu quelques pages... Que c'est du sous-Céline... Avec toutes tes obsessions contre les femmes, il paraît... Si c'est ça, tu vas te ramasser, mon vieux... D'ailleurs, Flora en a parlé à Robert, à Madrid, qui me l'a dit... Délire contre les femmes... Weininger! L'inspirateur d'Hitler! Tu écris un roman nazi? Toi? Tu vas te planter, crois-moi! »

Boum! On en apprend tous les jours... C'est la guerre! Attaque! Contre-offensive généralisée! Dîners! Cocktails! Rencontres! Chuchotis! Il paraît que... Le pauvre... Il est fou? Qu'est-ce qui a pu le rendre comme ça? C'est curieux... Remarquez, il a toujours été bizarre... Il n'aime pas les femmes? Ah non, c'est comme ça... Complètement bloqué là-dessus... Il n'arrête pas... Mais d'où ça vient? Sa mère? Sa femme? Une déception récente? Qui ça? Laquelle? La petite blonde, là, avec qui on l'a vu à New York? Flora prenant les devants... Pas étonnant... Elle sent... Elle prépare le terrain... Est-ce qu'il n'a pas toujours été homosexuel, *au fond*? Non, non... mais êtes-vous sûr qu'il s'agisse bien des femmes? Peut-être vise-t-il autre chose à travers ça? Vous croyez? Mais quoi? *Quoi?*

« Et qu'en pense Deborah? »

C'est une des rares fois où Kate prononce le nom de Deb... D'habitude, elle l'ignore... Fait semblant qu'elle n'existe pas... L'affaire est sérieuse... Quand le réseau social en personne vous parle de votre femme, c'est que quelque chose lui échappe, qu'il cherche une information sur votre stabilité, vos intentions réelles, votre évolution...

« Je crois qu'elle trouve ça plutôt bien... Amusant... Exagéré mais amusant... De toute façon, tu sais, elle n'a fait qu'en parcourir des passages. »...

Le visage de Kate blêmit. Il s'amuse avec sa femme! Le crime! J'observe maintenant attentivement ses lèvres serrées, son menton, son nez. Tout le ressentiment mélangé du monde est là, noué blanc sur trois centimètres. Le code fielleux en direct... Arrêtons-nous un instant. Regardons de près l'axe inconscient de notre condition à travers les âges. Regardons sourdre ici l'impalpable liquide empoisonné sur lequel nous flottons, nous rêvons... Le bord rétractile des huîtres... Les cils du reproche... Ça se passe bien au-delà d'elle, depuis toujours, pour toujours, du moins tant qu'il y aura cette matière animée là... C'est mon tour d'être saisi par le pathétique, le torrent de pitié, l'attendrissement sur nous tous, ratages, cadavres en préparation... Weininger! C'est vrai qu'il s'est un peu énervé, celui-là... Kantien... Juif converti au protestantisme... Vienne 1903... La haine de soi... Jusqu'au coup de pistolet, à l'aube, à vingt-trois ans... Qu'est-ce qu'il dit, finalement? Qu'il faudrait être pour *les* femmes contre *la* femme... Que la difficulté, dans cette affaire, consiste à permettre l'*individualité* contre l'espèce, la race... Il faut le lire, ce n'est pas si simple...

« Toute individualité se pose en ennemie de l'esprit de communauté, et on le voit justement dans la manière dont l'homme de génie, expression la plus haute de l'individualité, vit sa propre sexualité. Tous les grands hommes, qu'ils soient artistes et donc aient la liberté de l'exprimer, ou philosophes et ainsi ne l'aient pas – ce qui est la raison qui les fait trouver secs et sans passion – par conséquent tous les grands hommes sans exception, dans la mesure où ils ont une sexualité développée l'ont en même temps pervertie : tous souffrent soit de sadisme, soit de masochisme, ce dernier cas étant sans doute celui des plus grands. Or ce qu'il y a de commun à toutes les perversions est un *refus* instinctif de l'union physique, de la communauté physique, une *volonté* d'*éviter* le coït. Car un homme vraiment grand ne saurait voir dans celui-ci plus qu'un acte animal, écœurant et sale, et ne saurait en tout cas le célébrer comme un mystère divin. »

Contre l'accouplement, l'abouchement, la fusion, le « maquerellage »... Mais finalement trop dans « l'idée », trop protestant puritain, Weininger... Il constate que les femmes n'arrivent pas à la composition musicale, à l'architecture, à la sculpture... Ça scandalise... Est-ce que c'est faux ?

« Tu ne veux pas m'en montrer vingt pages ? »

Kate vient presque de hurler. Elle voudrait pouvoir en dire *son* mal, de mon livre, pas celui des autres, pas les approximations ni les informations des autres... « Moi, je sais, j'ai vu. »... Laisse-moi te saboter, *moi !* Laisse-moi te freiner, *moi*, seulement *moi ! Moi !*

« Non, vraiment, c'est gentil à toi de me le demander, mais quand ce sera fini... Après tout, il est possible que ce soit une erreur. Peut-être même que je renoncerai à le publier... Mais enfin, erreur pour erreur, autant aller jusqu'au bout. »

Elle rechange de visage. A me voir comme ça hésitant, faible, elle s'adoucit. Elle m'observe de biais. Je redeviens exploitable? Fondable? Manipulable? Des doutes? Un peu de souffrance? Un manque? Un besoin?

« Tu as de l'argent?

— Un peu. C'est mon année sabbatique, tu sais bien... Mon année des sorcières...

— Tu es vraiment un sale gosse...

— N'est-ce pas?

— Un sale gosse hystérique...

— Oui! Oui!

— Mais pourquoi?

— Je suis comme ça... Je trouve même qu'on devrait me payer chaque fois que je suis gentil. Rien ne m'y oblige. Tu sais ce que j'ai vraiment envie de décréter dans mon cas au point où on en est maintenant de la guerre permanente des sexes? A présent que tout sera de plus en plus une question de banque d'embryons? J'ai envie de demander un salaire pour chaque éjaculation! Sinon, chasteté, méditation, prière. »...

Elle bande. Elles bandent toujours quand elles sentent qu'on est vraiment au-delà... Ramenez-moi celui-là! Au bercail!

« Ça va, ça va. Tu restes jusqu'à quand?

— Je pars demain.

— Moi aussi. Tu prends quel avion?

— Onze heures.

— Moi aussi.

— Ah, épatant. »

Elle réfléchit à toute allure. Son Italien n'a pas l'air de peser très lourd. Elle est venue pour « couvrir » je ne sais plus quel congrès... Psychanalyse... « Incons-

297

cient et Politique »... Ce genre-là... « Sexe et culture »...
« Crise et Démocratie »...

« C'est chiant, dit Kate, mais très bien organisé... La
pensée de Fals est dans de bonnes mains... Il y a
beaucoup de Japonais, cette fois... Et deux Russes! Et
des Brésiliens très bien... »

Fals... Sa « pensée »... L'héritage... Comme tout ça me
paraît loin maintenant... Est-ce que ça m'a jamais
intéressé? Autrefois? Course pour le contrôle des
psychismes... Coulisses de la castration... Eprouvettes
de l'hystérie... Je revois l'un de nos derniers dîners... Il
était avec une de ses « élèves »... Assez belle, grande,
bien habillée, cuir noir... Et lui, à un moment, l'air
fatigué, rêveur : « C'est curieux comme quand une
femme cesse d'être une femme... c'est curieux comme
elle peut écrabouiller l'homme qu'elle a sous la
main... » Soupir et rire. Et la fille, giflée de plein fouet :
« Vous avez dit... *écrabouiller?* »... Et Fals, avec son rire
faussement idiot : « Ecrabouiller, oui... Pour *son bien*,
évidemment. » Et de lever son verre de champagne...
Ça me revient maintenant... Ce qui me frappe après
coup, c'est qu'elle n'a pas demandé « Qu'est-ce que
vous voulez dire par : quand une femme cesse d'être
une femme? »... Non... Comme si ça allait de soi...
Comme si on savait de quoi il s'agit quand une femme
devient une femme... Tout en l'étant déjà... Il ne s'agit
pas de sa puberté ou de sa perte de virginité, bien
entendu... Pas du passage de jeune fille à femme, pas
plus de femme à vieille femme après la redoutable
traversée ménopause... Pas de l'épisode mer rouge...
Non... La mutation est plus fondamentale... Une femme
serait de temps en temps une femme?... Pour un
temps?... Un laps? Pas la grossesse, non, non... Un
intervalle bizarre... Pas prévu au programme... Selon
qu'elle rencontre ou non la Fonction... Ce qui arrive à
un homme à un moment donné... Ce qui se pose sur

lui à l'improviste... Mana... Phallus... La fonction qui, à ce moment-là, rencontre une femme, dégage *une* femme *dans* une femme... La déroute du somnambulisme mécanique où elle est prise de mère en fille, et de grand-mère en petite-fille, et d'arrière-grand-mère en petite-fille de petite-fille... Précisons mon but : j'écris ici une apologie des femmes, bien sûr... Des unes-femmes... Des fois que ça se produit... Sorties de la chaîne... Pas des femmes « en soi » : des événements-femmes... Aussi rares que le scintillement phallique lui-même, transversal, évanouissant... Le phallus n'est pas *cratique*... « Phallocrate », ça veut dire moisi du phallus... Le coup du phallus, c'est d'élire son homme... Poker!... Quant aux femmes en soi, elles sont une simple réserve de « moments-femmes »... Compris? Non? C'est décidément difficile à expliquer... Mieux vaut mettre en scène... C'est vrai qu'il faut une perception spéciale pour saisir le coup... Nervure esthétique... L'œil de la liberté... Elles sont en attente de la liberté... Je vois ça dans les aéroports... Les visages cadenassés, durs, en famille... Ou, à l'envers, les yeux fiévreux... A cause d'elles, nous sommes en vie, c'est-à-dire soumis à la mort. Et pourtant, sans elles, impossible de trouver l'issue. Elles sont ensemble s'il s'agit de la grande croisade antihommes. Mais dès qu'il y en a une... Toutes contre celle-là...Pas d'ennemies plus farouches d'une femme que les femmes... Mais celle-là même, ensuite, rentre dans le rang... Pour empêcher l'une... A son tour... Comme elles se surveillent! S'envient! S'épient! Au cas où l'une d'elles aurait la fantaisie, là, sur-le-champ, sans prévenir, de devenir femme... C'est-à-dire? L'écho de la gratuité sans limites, du point de fuite secret, sans retour... Passage du Malin! Diablerie!

Je quitte Kate. Je sais ce que je veux revoir. La fontaine du Triton... Le bas-relief de la sacristie de

Santa Maria Maggiore... Une *Assomption* de Bernini...
L'envol marbré, le néant soufflé... Et puis je refonce à
la villa Borghèse regarder à nouveau son *Enlèvement
de Proserpine...* Idem... L'art du rapt... Rififi aux enfers...
Les mains, les cuisses, les pieds, la trace des doigts
dans la peau pétrifiée, criante... Le chien à trois têtes,
en bas, gueules ouvertes... Sacré Pluton... Bernini céleste... Enlèvement! Enlèvement! *Tollé!* Exclamation!
Sérail crocheté!

Il est mort le 28 novembre 1680, au 12 de la via della
Mercede, son palais romain.

Je dîne seul, heureux. Scampi, Valpolicella, murmure de Mozart... Ma main court sur le papier du
carnet. Carnet palpitant sur le cœur. Cœur des phrases. Dernier salut à la fontaine des quatre fleuves
éclairée. J'aimerais dormir là, dans le débordement
incessant, frais.

Revenir à Rome. Bavardage de Kate au-dessus des
Alpes... Son discours est aussi agité, figé, borné, inéluc-
tablement à contresens, que les pics neigeux... Il paraît
que l'Himalaya de la philosophie, Hegel, placé là, en
bas, pour la première fois devant le spectacle a simplement laissé tomber : « C'est comme ça. »

C'est comme ça.

Dans son genre, Kate est irremplaçable : elle comprend tout à l'envers. Tout. Sans hésitation. Mais elle
pense la même chose de moi. Son hostilité hercy-
nienne à mon égard est pour moi la meilleure bous-
sole : la ressentir, l'aggraver, c'est suivre le nord, à
coup sûr... Le lecteur veut savoir si je l'ai enfin baisée?
Mais non! *Of course not!* J'ai fait le coup évasif...

Ysia! Elle téléphone depuis Roissy... Elle arrive de
Chine... Quelques jours à Paris avec le cirque de

Pékin... « Échanges culturels »... Il vient d'y avoir une représentation de *Carmen* là-bas... Chanteuses et chanteurs chinois... Chef d'orchestre français... *L'amour est enfant de bohème*... Tout va décidément de plus en plus vite... Bordels! Miaulements! *Il n'a jamais, jamais connu de loi!*... Ah, *Carmen!* Les volumineuses dadames roucoulantes, en province, après les déjeuners, renversées contre les pianos à queue dans les salons sombres... Années trente... Fonçant sur les gros messieurs congestionnés du premier rang des fauteuils... Le notaire... Le docteur... Carmen Bovary... *Si tu ne m'aimes pas, je t'aime; et si je t'aime, prends gâââââârde à toi!* Ils en tremblent encore dans leur tombe... La flamme du Sud... En Chine, maintenant!... Panique des secrétaires du Parti... *Prends gâââââârde à toi!*

On se voit après la représentation du cirque? Bon. Elle fera semblant de rentrer à son hôtel avec la troupe qu'elle est censée guider, renseigner... Troupe superbe, d'ailleurs... Zigzags d'hirondelles... Acrobaties sur vélos... Ballons d'équilibre... Planches basculantes... Vases juchés sur les fronts... Plongeons groupés... Pyramides tordues, dégringolantes... Une science... Une aisance... Une désinvolture... Effets de joncs... Brise... Les femmes, surtout, sont inouïes... Volantes... Nacrées...

J'attends Ysia dans mon studio à une heure du matin... Elle arrive... Tout essoufflée... Elle se jette dans mes bras... Chérie... Elle sent bon... Tout son corps sent bon... Tout son mince corps préparé, chaud, délié, privé trop souvent d'amour, sent bon... Elle m'embrasse et m'embrasse et m'embrasse... Me gave de salive... Ce qu'elle doit s'ennuyer, la plupart du temps... Visites, petits détails, politesses, ruses, administration, contrôles... Est-ce qu'elle est membre de la *Gong'anju*, la sécurité publique, le KGB chinois, la GAJ? Peut-être... Mais on ne parle jamais société... Pas un mot sur la Chine... J'ai caché les livres sur la répression, les camps, les prisons... Pire que jamais, espionnage partout, arrestations, procès sommaires, passages à tabac, « rééducation »... Pour l'instant, elle se débarrasse violemment de tout ça... C'est mon rôle... Comme si elle allait au bordel... L'homme-bordel, nouvel être... A inventer... Une fois de plus, je suis épaté par son savoir-faire spontané... Presque mieux que Cyd... Comme si elle portait en elle, vivantes, les racines écrites du *Tong-hsuan-tse*... Positions-postures... Gestes de fond... Mimiques-cellules... Le dévidage de la soie... Le dragon qui s'enroule... Le poisson quatre-yeux... Les canards mandarins... Les papillons voltigeants... Les canards planants... Le pin aux branches basses... Les bambous près de l'autel... La danse des deux phénix femelles... Le vol retourné des mouettes... La gambade des chevaux sauvages... Le coursier au galop... Le tigre blanc qui bondit... La cigale brune collée à un arbre... Le phénix qui se joue dans la crevasse de cinabre... L'oiseau-roc s'élevant au-dessus de la mer... Le singe qui embrasse un tronc en gémissant... Chat et souris dans le même trou... Chiens courant au neuvième jour de l'automne...

Enfin, tout ça... L'emmêlé, l'aventure brodée dans les membres... Ysia ne parle pas... Elle monte sur moi, descend le long de moi, fait palpiter sa petite bouche maniaque sur mon sexe... Elle soupire, gémit... Elle m'enveloppe, elle me catastrophe; elle se fait traverser, cambrer... Se dégage... Replonge... Happe... Revient... Où est-ce qu'on est maintenant? A Paris? La nuit? A Shanghai? Pékin? Je me lève à un moment dans le noir, moi, grand Blanc, je vais boire un verre d'eau dans la cuisine, je regarde par la fenêtre, en passant, les platanes du jardin de la cour, nus et noirs sous la lune... Sur la table, les journaux de la veille... Les titres, les affaires... Scandales? Dossiers qui sortent? Qui rentrent? Ni vu ni connu? Ils me sautent à la figure, les journaux, comme jamais, comme déjà jaunis, entassés, brûlés, oubliés... Dollar à plus de six francs... Toujours... Information principale... Très loin, très loin, le bruit politique; très loin, autrefois, en arrière... Rafale avalée par le vide en cours... Le « feuilleton » de X... La chronique de Y... L'éditorial de Z... Et l'article de Kate, là, qui trouve le dernier bouquin féminin ultranul « déchirant », « bouleversant », « criant d'authenticité »...

Je reviens dans la chambre. Ysia est déjà rhabillée, fume. Elle prendra un bain à son hôtel. Taxi. A bientôt. Elle a évité, comme d'habitude, toute discussion, toute intimité. Elle risque gros, c'est sûr... Technique de rêve...

Exclamation de S. ... Dans la séquence sur Saint-Pierre-de-Rome, j'aurais dû me promener avec Sade! Bien sûr! C'est la clé de *Juliette*! Ce que personne ne veut voir, me dit-il, c'est que tout le roman est construit autour de cet épisode central... La messe des messes noires! Comme quoi Sade a bien compris l'essentiel... C'est vrai... Il a senti comme personne qu'il fallait culminer là... Au point juste! Au lieu même de la négation suprême de la matière! A l'oméga du parcours! Faire fulminer le retour du refoulé! Les cultes abolis! Les plus archaïques! Récapituler l'histoire du coït! Depuis la préhistoire la plus enfouie! Avec une majesté de dinosaure! Insatiable! Ecumant! Sacrifices humains! Mayas! Trip de tripes! Giclages en pleins charniers sucessifs! Viscères déployés! Cervelles éclatées! Fœtus foulés aux pieds! Tringlages de culs à la chaîne! Gougnoteries en série! Décapitations! Monstruosités lentes! Pantelantes! Le plus amusant, c'est la façon dont le mot de l'époque pour désigner le pénis, la queue, la bite, a vieilli... Le *vit*... Le vit du Pape! Démasqué par la philosophie échappée du boudoir

pour entrer triomphalement dans la basilique!
Aujourd'hui, me dit S., l'Eglise devrait être remplacée
par l'Université, la Sorbonne ou Paris VIII; ou, encore
mieux, par une salle de rédaction de la télévision, la
nuit... Voilà comment vous devez baiser pour passer
demain à l'antenne à l'heure de plus grande écoute...
Tout évolue... On pourrait garder Juliette... La philosophe en action... Le pauvre Pape mis en scène par Sade
n'est autre que Pie VI, Jean-Ange Braschi, né en 1717,
mort en France, à Valence, en 1799... Les dates parlent
d'elles-mêmes... Je n'ai pas besoin de vous faire un
dessin... Sade fait de Pie VI un blasphémateur, un
enculé-enculeur, un fouteur, un dépeceur... Il semble
éprouver une rage particulière, le délicieux Marquis, à
représenter tout ça sous le baldaquin de Saint-Pierre...
Les hosties consacrées posées sur les vits en érection
et aussitôt transférés dans les culs forcés des victimes... Quel éloge de la transsubstantiation! Quelle
vertigineuse analyse concrète de l'Eucharistie! Quelle
intuition du fonctionnement du grand TUBE humain,
du serpent digestif lui-même! Quel prodigieux effort
de *résistance* à l'endroit exact où la péripétie humaine
est intrinsèquement dévoilée! Quelle vision! Des messes incessantes mêlées à des sacrifices répétés! Inouï!
Sade, ou la Théologie malgré lui... On immole les corps
attachés aux quatre colonnes... Bref, Bernini a beaucoup frappé l'imagination de notre écrivain le meilleur, le plus honnête... Et Rome! Et l'Italie! Le Vésuve!
Naples! Olympe Borghèse! Princesse! La Duchesse
Grillo! Le cardinal de Bernis! Albani!

Habileté de Sade... C'est le Père supérieur violé par
la fillette en fureur... Le Père qui tourne au vert... Le
grand Pervers mis à nu par l'échevelée paranoïaque en
personne! Le fin fond du Récit! Curiosité brûlante! On
s'en doutait! On s'en doutait! Même si c'est archifaux,

c'est vrai quand même! Le Démon en direct! L'effroyable cynisme imparable!

J'accorde tout cela à S. ... Il est plein de son sujet... C'est plus fort que Diderot... Plus acharné... Plus révélateur de la tornade qui a secoué la France, puis l'Europe, puis le monde...

« Un homme comme moi ne se souille jamais, ma chère fille, me répondit le Pape. Sucesseur des disciples de Dieu, les vertus de l'Eternel m'entourent, et je ne suis pas même un homme quand j'adopte un instant leurs défauts. »

Sade se fait baiser comme un Pape... Insulter, fouetter, ordurifier, sans perdre un instant sa souveraineté... Il se donne le démon femelle adéquat... Le succube rationaliste de luxe! Juliette est implacable! Elle dérobe la caisse! Pille le trésor! Elle arrache les faux-semblants de l'hypocrite! De l'infâme! Elle veut une franchise totale, Juliette! La Vérité! La virilité! Caton! Brutus! On les voit, ces deux-là, dans le théâtre en question! La gueule qu'ils feraient! L'Antiquité à poil! Dans la sodomisation intégrale! Platon et Aristote en orgie!

Voyons ce que dit Sade du Christ, résumant l'esprit de l'époque et le portant immédiatement à son comble : « Examinons donc ce polisson : que fait-il, qu'imagine-t-il pour nous prouver son Dieu? Quelles sont ses lettres de créance? Des gambades, des soupers, des putains, des guérisons de charlatan, des calembours et des escroqueries. » Comme le dira plus tard Goebbels, dans le genre sinistre : « Plus c'est gros, plus ça marche. » Rien n'est plus crédule que l'espèce humaine, surtout quand on lui prêche l'incrédulité! Logique à suivre... Assez simple, au fond... Vous prenez ce qu'il y a de plus respecté, de plus sacré; vous foncez dedans froidement... Vous montrez que ça ment partout et toujours... Que ça ne montre des vertus que pour dissimuler des vices... Ça fonctionne! A coup sûr! Tel est le Ressentiment latent! Vous faites pisser la vésicule! Déborder la bile! Comment ça? A l'héroïne! A la femme porte-lumière! A Lucifer! Elle a des nerfs d'acier! Rien ne l'arrête! Le coup de génie est là! Une femme ravageant la baise! Comme si c'était possible! Crédulité surplombante! L'impossible, donc le réel dont on rêve! Et dire que Fals, je m'en souviens, trouvait que Sade manquait d'humour! Mais enfin!

« Plus un être a d'esprit, plus il brise de freins; donc l'homme d'esprit sera toujours plus propre qu'un autre aux plaisirs du libertinage. »

Le « vit » du Pape! Cadeau du vice à la vertu! Merci! Il n'y a que les vrais salopards pour trouver Sade « illisible », « monotone », « ennuyeux »... Quand vous entendez ça, gaffe! Vous êtes chez les ploucs qui croient que tout ça est réel! Que le Pape n'arrête pas d'enculer les masses!

« Sade, continue S., est visiblement révulsé, ou feint de l'être, allez savoir, par deux choses... La première : que quelqu'un ait osé donner un coup d'arrêt à la nature dans ce qu'elle a de plus sacré, l'excitabilité sexuelle... Il ressent ça comme une castration insupportable. Il veut démontrer qu'il n'en est pas question; que la machine à faire du foutre à travers le meurtre est infinie comme l'espace et le temps – montrant par là même, précieuse démonstration, qu'à la base de toute sexualité il y a, en effet, le meurtre... La seconde, et nous retrouvons ici le lieu commun des Philosophes, consiste à s'indigner que ce dieu parle par des jeux de mots... " L'imbécile Jésus, écrit-il, qui ne parle que par logogriphes. " Tout le christianisme – comme le judaïsme, d'ailleurs – est fondé, c'est ça l'horreur, sur de " fades allégories où les lieux sont ajoutés aux noms, les noms aux lieux, et les faits toujours sacrifiés à l'illusion ". C'est l'indication de l'autre monde par dérivation. Plus de limites aux corps, or on ne vibre que sur cette limite... Du coup, cette histoire de Pierre devenu pierre à l'envers de la pierre tombale sur laquelle on jouit, leur paraît une plaisanterie du plus mauvais goût. De quoi s'agit-il? D'affirmer, des *noms*, des *lieux*, et surtout des *faits*... La philosophie est toujours plus ou moins policière dans l'âme. Elle doit récuser l'équivoque, le sexe métaphorisé. Elle coupe. Elle découpe. Pourquoi? Parce qu'elle ne saurait douter un seul instant de la réductibilité de toutes choses à une mesure simple. Littérale. Ô hystérie! Et la mesure des mesures, si ce n'est l'Idée, c'est du moins le Sexe. Pas vrai? L'Appétit! La Volonté de Puissance! Allons! Allons! On ne nous la fait pas! On sait à quoi s'en tenir! Derrière les apparences... Et les beaux discours... Et les Sermons... Et les processions... Et les confessions... Branlettes! Sucettes! Tromperie partout, passion d'abuser pour exploiter... Extraordinaire, non, de penser que les hommes ont pu former le délire de croire à une volonté consciente de mensonge, à un grand théâtre de dupes voulu et organisé... Notez que ce délire viendrait d'une femme devenue enfin lucide, portant donc désormais le flambeau de la vérité... D'ailleurs, vous n'avez qu'à rouvrir *Le Rêve de d'Alembert*... Ça finit sur des considérations sur les manipulations génétiques... Même que Mlle de Lespinasse en est tout émoustillée... Par le docteur Bordeu... L'homme descendant du singe... L'orang-outang exposé en 1720 à la foire Saint-Germain... Création d'hommes-singes qui serviraient de *porteurs*... Eh, eh, pourquoi pas? En distinguant les races? Première classe, deuxième, troisième... Déjà, dans un appendice à son fameux Rapport secret, le WOMANN envisage la classification des reproducteurs selon des degrés... Il y aura l'homme-ménage; l'homme-nounou; l'homme-valises... Le donneur de sperme dans la rotation du capital engendreur... Et puis le fantaisiste, l'amant possible en détente... J'ai bien entendu, comme vous, été pressenti dans la troisième catégorie... Au plaisir des dames... L'extra...

« Cela dit, ajoute S., le cas de Sade reste incroyable. Quel romancier! En réalité, sa provocation est si énorme qu'elle demeurera toujours ambiguë. Point d'orgue. Machine infernale. Tant qu'il y aura des corps... Finalement, il n'y a pas d'autre inconscient que l'inhibition à lire Sade... Et j'appelle inhibition non pas seulement le fait d'être incapable de le lire par écœurement ou dégoût, mais aussi celui de le prendre à la lettre. Comme cet ineffable crétin, peintre, je crois, ou plutôt peinturlureur surréaloïde, qui s'est fait imprimer au fer rouge, un soir, les capitales SADE sur la poitrine, au cours d'un pauvre rituel fétichiste... Le surréalisme! Parlons-en! Les pruderies occultes de Breton... L'imposture minaudière d'Aragon... L'exaltation antisexuelle d'Artaud... Seul Bataille garde un peu d'allure dans ce grand capharnaüm refoulant... Surtout par rapport à Sartre... La *nausée*... C'est le cas de le dire... Genet... Bref, sexuellement, rien... Quel désastre... Le " nouveau roman "? Vous voulez rire... Rien, rien, pas la moindre femme plausible... Donc : rien... Pas un livre... Même pas un passage érotiquement consistant... Mais passons! Musique! Enfonçons-nous dans le mouvement! »

Il me fait écouter le morceau qui est, selon lui, la meilleure bande musicale pour Sade... *La casa del diavolo*, de Boccherini... Un truc flamboyant dramatique, tout en spirales, de la dernière violence... Boccherini... Méconnu... Mort à Madrid en 1805... Et puis Scarlatti... Domenico! Clavecin furieux, passion sèche... Mort lui aussi à Madrid (tiens, tiens) en 1757... Je repense à la petite Louise travaillant et retravaillant ses *Sonates*... J'ai envie de l'appeler pour savoir ce que sont devenus ses doigts... Tourbillons, soubresauts d'abîmes... Vrillage du nerf... Commotion claquée... Feu de joie... Scarlatti! Un dieu! La lettre écarlate!

« Vous savez qu'avec la radio, le disque et tout ça, le clavecin revient très fort, me dit S... On rerentre par l'intérieur du son dans l'intimité du petit salon d'autrefois... Le château abstrait! Finesse aristrocratique! Pour tous! Plus besoin, comme au XIXᵉ, du piano déclamatoire pour grandes salles de concert... Meeting... Non, écoutez-moi cet orage de pincements! Ecrire comme ça! Droit dans la syllabe! Crépiter comme ça! Pas un atome de graisse psychologique! D'organologie pseudo-romantique! Imaginez de quelles femmes ça vient... Qu'on nous les donne et redonne! Pas la moindre vapeur! Verdurin foutue! Sa fameuse migraine deviendrait une tumeur si on lui foutait du Scarlatti à la tête! La danse, mon cher, le tumulte clair! Pas d'avenir! Tout dans l'instant! Ramassé, strict! Tout bien là, sarabande en soi, devant soi! »

Mais oui, c'est Flora, maintenant... Je l'avais oubliée... Complètement!... Le temps de souffler... Réflexe de poumon, en somme... Elle est là... Elle rentre d'Amérique centrale... Du Mexique... Elle va me raconter son voyage en détail, j'en suis sûr... Soyons poli... Attachons notre ceinture... Feignons... Elle va au moins me demander comment je vais? Non. C'est merveilleux... Elles sont décidément énormes... Grosses d'elles-mêmes et d'elles-mêmes, et encore d'elles-mêmes en elles-mêmes. Par angoisse? Bien sûr. Et la mélopée reprend. Voilà les Caraïbes... Pauvreté de la population, pollution, corruption, révolutions... Salvador, Nicaragua, Guatemala... Stratégie de Cuba... Les temples mayas... Olmèques, toltèques, aztèques... Politique et tourisme.... Ça semble lui avoir fait un choc... Grand culte du néant forêt vierge... Murailles de crânes... Jeu de paume à têtes de mort... Le passé, l'immense passé, l'avenir... Cycle pourriture végétale... L'évolution répétant sa déglutition... Démagogie et démographie... Tomberçaux, cadavres épanouis... Coups d'Etat en préparation... L'intrigue... Flora est en pleine forme... Ou du moins veut me le faire croire... Sa petite voix criarde crépite à toute allure... Ça marche, là-bas... Arrivages de pleuples frais... Naïfs, emportés... Perméables à la propagande... Enthousiastes... Prêts au sacrifice... Rien à perdre que leurs chaînes... Pouvant mourir pour l'idéal... C'est d'ailleurs vrai que les pouvoirs en place sont horribles... Disparitions... Viols... Tortures... Massacres de femmes et d'enfants... Il a du pain sur la planche... Il faut planifier l'horreur... La rationaliser... La démocratiser... Ah, s'il n'y avait pas les curés, comme d'habitude, qui détournent et freinent le mouvement avec leurs timidités d'au-delà... Ce n'est pas qu'ils soient du mauvais côté, pas plus qu'en Pologne, mais quel retard... Tout cet effort pour en arriver là, reprise de l'archaïsme, cardinaux, crosses, incantations et génuflexions...

Flora me regarde. Je ne bronche pas. Je sens que quelque chose ne va pas dans sa prédication... Un doute, une hésitation... Une fatigue... Une immense fatigue, oui, c'est ça... Crise de foi... Raté dans l'hypnose... Ce n'est pas qu'elle va se réveiller, non; mais elle ne peut plus dormir comme avant...

« Et à Madrid, tu as vu Robert ? dis-je.

– Ah oui... (Elle hésite.) Il m'a parlé de ton livre.

– Il en a entendu parler ?

– Bien sûr. »

Le silence. Rien ne va plus. Flora n'ose pas m'attaquer de front... Elle n'ose pas non plus me proposer de baiser tout de suite, comme autrefois... Le ressort s'est détendu... La mécanique est grippée... Avant, tout était simple, elle parlait, je lui répondais un peu, ça l'ennuyait, elle venait aussitôt me fermer la bouche, puis : au travail... Des idées pour ses conférences, ses discours... Feutre à la main... Noircissant des pages... En vrac... Réalisme... Pas un moment de détente... Le complot à chaque instant... Je sens que ça ne l'arrange plus... La dérivation-parasite est enrayée... Comme si j'étais désenvoûté, hors d'atteinte...

« Robert est comme moi. Il pense que ton titre est mauvais.

— *Femmes*? C'est provisoire...

— Oui, franchement mauvais. Trop général. Traînant partout. Magazine. Genre mièvre. Poétique. Ça fait Virginia Woolf.

— Virginia Woolf?

— Enfin, d'après lui, c'est un mauvais titre. Et je crois qu'il a raison.

— Tout dépend du contenu, non?

— C'est important, un titre. Celui-là n'est pas bon.

— Pourtant, c'est le sujet... En apparence, du moins... »

Flora fait la moue. Elle sait. Elle connaît ceux qui savent. En réalité, ce n'est pas du titre qu'il est question. N'importe quel titre serait mauvais à ses yeux. La vérité, c'est que je ne devrais pas écrire de roman. Je ne devrais surtout pas écrire, *ce* roman. C'est net, irréfutable. Je ne suis pas fait pour ça. Je ne dois pas. Il faut que je me tienne à la place que la communauté veut bien m'assigner. Celle d'étranger journaliste-penseur. Et, par rapport à Flora, celle de fouteur-conseiller. Le reste est inutile. La fiction est inutile. Sauf celle qui est prévue, programmable; qui va dans le sens convenu... Je sais trop de choses, et si je les dis... En revanche, je ne sais pas ce qu'il faut savoir... Et ce qu'il faudrait savoir, dans mon cas, c'est me taire...

« Tu veux que je te dise ce que dit Robert?

– Je t'en prie.

– Eh bien, que tu es en train de traiter les femmes comme Céline les juifs...

– Mais d'où sort-il ça?

– Il l'a entendu dire par quelqu'un qui en a lu des passages. Tu es devenu d'extrême droite, c'est sûr.

– Mais enfin! Personne n'a rien lu! »

Flora bâille. Cette conversation lui semble superflue. Elle a sa version; elle est officielle dans le tissu occulte; elle la croit, c'est tout. Elle doit avoir envie de retourner au Nicaragua. Et peut-être, quand même, que je l'aide à écrire un « point de vue »... Pour le *Times*...

Céline! Après Weininger... Bien sûr... Tous les monstres!... Et me voilà en massacreur de l'humanité... Proposant le génocide des femmes... Qui serait le seul vrai, entre parenthèses... Le gynocide! A la source! Au cœur du triangle obscur! C'est affreux... Je suis perdu... Démasqué... Jugé... Dix fois fusillé, pendu... Interdit... Saisi... Escamoté... Découpé en mille morceaux... Désintégré... Expédié dans l'oubli roussi...

Je pense à *Mea Culpa*... Tous les ennuis de Céline, en 1936, sont venus de là... C'est son pire pamphlet, le plus lucide... « L'envie tient la planète en rage, en tétanos, en surfusion... Tout créateur au premier mot se trouve à présent écrasé de haines, concassé, vaporisé. » Retour d'URSS... C'est-à-dire de l'avenir... Blasphème... Après, il a foncé directement dans l'antisémitisme, idiotie superficielle... Oubliant le mal en soi... Voulant trouver une cause... Isolant les juifs, comme s'ils étaient pour quelque chose dans l'origine de la mécanique animée! Il se met à défendre la santé, l'authenticité, la femme! Contresens gigantesque! Erreur de diagnostic! Médecin de banlieue! Génial

périphérique! A l'envers! Au contraire, au contraire...
S'il n'y avait pas les juifs et leur acharnement à
désigner le point de fuite universel, la pente et la fente,
on ne saurait rien de l'imposture a priori! De la
perpétuation par illusion! De la chute elle-même! Moi
qui vis avec une Bible sous mon oreiller! Qui suis à
fond pour « l'affaire Pierre et Paul », succursale de la
banque Moïse... Elle-même filiale du coup de force
Abraham... Rattrapant Adam... Produit par Dieu en
personne! Moi qui ne songe d'ailleurs qu'à rendre les
femmes légères, agréables... Qui passe mon temps à les
aider, à les calmer, à les déplier, à les rassurer, à les
exalter... Qui considère ça comme une mission métaphysique... Comme si je ne m'attendrissais pas sur
elles... Sur leur sort épouvantable... Leur courage...
Comme si je n'avais pas la plus profonde compréhension émue pour leurs difficultés... Leurs « problèmes »... Comme si j'avais une seule fois avoué à l'une
d'elles qu'elle m'ennuyait à mourir!... Ou que sa bouche était trop grosse... Pas assez... Sa voix blessante...
Ses gaffes accablantes... Non, non, jamais! Gentleman!... Comme si je ne pleurais pas tous les jours de
constater leurs efforts pour exister... Mieux : comme si
je ne proposais pas de leur remettre définitivement et
ouvertement les clefs de l'existence à condition, bien
entendu, qu'il soit bien établi et publié partout que
l'existence est une malédiction... Seulement améliorable par volupté, musique, science du coït... Mon dieu,
qu'on est incompris! Calomnié! Rabaissé! Ratatiné! Je
vois d'ici l'article de Rodolphe : « Une copie célinienne
: Monsieur X, que l'on dit d'origine américaine, publie
ces jours-ci un roman sur les femmes tout à fait dans
le style de Céline. Comme son ami S., qui a accepté de
signer le livre dans sa version française, Monsieur X
fait preuve d'une faculté de mimétisme assez étonnan-
te. On se rappelle peut-être que, dans sa laborieuse

Comédie sans un seul signe de ponctuation, le charabia le plus illisible que l'on ait élucubré à ce jour, S., mais la prétention ne l'a jamais étouffé, se prenait déjà pour Joyce. Voilà donc nos deux amateurs réunis dans un plagiat supplémentaire. C'est complet. »

Je ne m'étonne pas de la réaction de Flora... Normal... Leur littéralisme... Leur manque à la métaphore... Leur obsession de vous obtenir en réduction, là, poupée, poupon, bébé paquetable... Dès qu'une femme vous voit, avant même que vous l'ayez vue, vous pouvez être sûr qu'elle a déjà ajusté sa *lentille* où vous lui apparaissez avec la dimension en question... Elle ne vous voit d'ailleurs jamais *vous* mais, comme le dit Goethe, dans son inénarrable Fausterie à la diable-pour-rire, en pointillé... Les Mères... N'apercevant, autour de leur trépied, que les modèles qui ne sont pas encore nés... Une sorte d'abstraction future... Grains caviar... Toute l'alchimie, d'ailleurs (dont ne saurait nous parler la prédication goethique, et pour cause) est de transformer cette lentille où vous êtes regardé sous forme d'homonculus fuligineux en *loupe* faisant converger les rayons invisibles de la passion sur votre pénis... Optique! Microscope! Haute précision! Télescope! Astronomie pour les doigts! Joaillerie dans les bouches! Qu'elles deviennent amoureuses de votre queue! Qu'elles en soient folles! Qu'elles y retrouvent le sein perdu à transformer à tout prix en enfant! Magie! Coup de baguette! Landau virtuel dans le gland! Débrouillez-vous pour que le miracle leur paraisse possible... Envisageable... Sinon : rien... Une femme qui s'est persuadée : 1° qu'elle n'aura pas, ou plus, d'enfant de vous; 2° que vous n'êtes, ou ne serez pas, son enfant; 3° que vous n'êtes même pas son phallus de remplacement baladeur lui rapportant des sensations fortes avec d'autres femmes (ou d'autres hommes, encore mieux : si vous êtes homosexuel, elle vous sera tendrement attachée), – celle-là ne vous aime plus... Plus du tout. Vous n'êtes plus rien pour elle. Sauf de l'influence ou du fric. Ou encore, éventuellement : nounou. Fric, mec! Ou bien : aide! promène! achète! rapporte! Le directeur-pédégé-nounou, voilà l'idéal... Se faire estimer d'elles?... Possible, à condition de ne pas avoir couché, naturellement, acte impardonnable comme chacun devrait le savoir...

Dans ce que je dis, où est le crime? Tout ça est vrai, vérifiable, court les rues et les chambres, s'exhibe partout... Un remède? Aucun. Une issue? Pas la moindre. On pourrait seulement, il me semble, s'amuser un peu plus... Qu'on s'emmerde comme jamais, tout le monde en convient. Atmosphère juste respirable. Au moins dans nos régions. Peut-être que c'est différent dans le troisième monde? En «voie de développement»? A Caracas? Beyrouth? Sous les balles? A Singapour? Damas? Dakar? En secret, au fond des hôtels ou des ambassades? Peut-être qu'on retrouve là, dans l'angoisse et l'insécurité, la chaleur, la fraîcheur des bonnes vieilles intrigues... Insécurité, manque de liberté, bonnes conditions pour bander...

Mais je vois que Flora s'endort en face de moi... On sort... On prend un thé... Elle n'essaie même plus de m'intéresser à son programme... On se quitte pour une fois soulagés en même temps, je crois...

Femmes... Un mauvais titre? Pour un jugement global sur un point du temps, de l'espace? Sur l'état social? Sur le degré de développement de l'histoire humaine? Allons donc! Excellent, au contraire... Une date. Dans l'histoire de la littérature. Du roman. De la réalité-vérité tout court. De la chose en soi. De l'énigme en super-soi. Du secret de l'insaisissable polichinelle. Du mot sur le bout de la langue, là, que tout le monde cherche depuis qu'il y a problème et blabla.

Qu'est-ce que dit Marx déjà? L'énorme barbu qui ne mollit pas? Le seul spécialiste brutal du billet de banque? Le grand homme de toutes les fortunes? Le seul vrai penseur à la mode dans l'obsession générale? L'affreux matérialiste? L'inhumain? Le forçat? Le gratteur inlassable mangé de furoncles aux fesses? Le visionnaire planétaire? Le plus grand meurtrier de tous les temps? Le contemporain capital? Le terroriste sombre? Le trop connu, méconnu, dictateur des situations? Celui qui connaît les prix? Les taxes? La valeur ajoutée? Les quanta?

Oui, qu'est-ce qu'il dit là-dessus, Marx, déjà? Maintenant que ses livres sont momifiés ou contestés partout, pas facile... Une autorité pourtant... Qui aurait impressionné Flora... Oui, ça me revient, dans une lettre... Ah, voilà, Londres, 12 décembre 1868, à Kugelman : « Le dernier congrès de l'American Labor Union marque un très grand progrès, en ce sens, notamment, que les travailleuses y ont été traitées sur un pied d'égalité absolue, tandis que de ce point de vue on peut reprocher aux Anglais et plus encore aux galants Français une grande étroitesse d'esprit. Quiconque sait un peu d'histoire n'ignore pas que de grands bouleversements sociaux sont impossibles sans le ferment féminin. Le progrès social se mesure exactement à la position sociale du beau sexe (les laides comprises). »... Marx! Prophétie américaine! Bien sûr! Dix ans après la publication de *Madame Bovary*!... Flaubert est en train de rédiger *L'Education sentimentale*... Voilà! Voilà! Le bouleversement, aujourd'hui, c'est moi!... Le « beau sexe »! Quelle expression! Comme il est embarrassé là-dessus, Marx! Mais voyons... De quand datent les *Etudes sur l'hystérie*, de Breuer et Freud? 1895... Nouvelle époque... Observation... Théorie... Le noyau... Les strates... Aussi important que Copernic-Galilée... Souvenirs... Oublis... Vivacité... Sondages... Anatomie des recoins... Résistances... Découverte des courants divers... Première cartographie du triangle noir... Exploration de la Namibie... Précision merveilleuse, ce Freud... : « Pour nous figurer l'enchaînement logique, nous nous représenterons une baguette pénétrant par les voies les plus sinueuses, depuis la périphérie jusqu'aux couches les plus profondes et inversement, mais plus généralement de l'extérieur au noyau central en s'arrêtant à toutes les stations, ce qui rappelle le problème des zigzags du cavalier sur les damiers du jeu d'échecs. » Tout ça en parlant... Sur les divans... Bâton de Moïse... Mat du fou et du cavalier!... Directement de la matrice au cerveau... Dans la doublure nerveuse... Le corps des siècles en expansion... On vous explique tout! Le péché originel! Pourquoi vous êtes là! Transis... En transit... Votre déficience d'engendrement... Toujours la même histoire... Proust va venir... Ce n'est pas encore assez... Jimmy Joyce! Céline! Les cavaliers modernes! Bernini 2000! Me voilà! Au galop!...

Il ne faut pas croire que Flora m'a quitté comme ça, tout de même... « Tiens, Malmora m'a dit le plus grand mal de toi. Il te trouve très antipathique. Il te déteste. »... Ou encore : « Cette fois, tu as nettement grossi. »... Les petits trucs habituels... Pour piquer, dissoudre, entamer, déséquilibrer; déclencher le besoin calmant, le cachet anesthésique, le vaccin nerveux sexuel... Selon elle, je dois avoir besoin d'elle... Je ne peux pas me passer d'elle... Mais non, rien... Aucun effet... Fatigue... La prochaine fois, peut-être... On verra bien...

V

Robert est donc entré dans la valse... Sacré vieux pédé... Instinct sûr... Alliance subtile avec mes femmes... Contre moi... Je le sentais un peu bizarre, ces derniers temps, au Journal... Logique... L'amitié? Oui, mais pas jusqu'à mettre en cause le credo sub-pénal! Maman! La loi de Maman! La grande peur de Maman! Excitation, idéalisation, dépression... Toute une conception du monde! Psychoaffective... L'envie! Une envie du Diable! La vigilance enchaînée... Froncement immédiat... Sodome, province de Gomorrhe... J'avais oublié... Mais bien sûr... Allumage de tout le réseau... Méfiance... Défense de la capitale Maman! Le Principe! Le SGIC!...

Robert est amoureux à peu près tous les trois ans... D'une âme incarnée dans un corps... D'une palpitation spirituelle... En général, des garçons sans grand intérêt, mais qu'il trouve sublimes tout à coup... Il vous en parle à mots couverts... Toute sa conversation y revient... Olivier... Alain... Jean-Claude... Ils lui ont dit quelques platitudes? Il s'extasie... Avec des mines entendues... Gourmandes... Ça ne l'empêche pas, bien entendu, de draguer sans arrêt partout, de ne pas pouvoir vivre autrement son emploi du temps... Mais la perspective reste quand même celle de l'Idée tendue dans l'accouplement du Même... La pensée à deux... L'initiation... Platon... Le secret... Un ésotérisme tordu jusqu'aux moelles... Toi c'est moi... Moi c'est toi... Il n'y a que Moi dans le Toi... Très jaloux des femmes, ne pensant qu'à ça, mais tout de suite avec elles si le danger menace... Protéger l'Androgyne! L'Herma! Le Phrodite! Et le danger, c'est tout simplement l'homme qui en vaut deux... L'averti... L'anti-inverti... Celui qui se comprend lui-même... Une horreur! Qui n'a pas besoin de formation... De philosophie... Oiseau rarissime! Mais ça arrive! L'athée intégral! Le Créateur! Ou son spectre! Comme elle est juste, la formule de Proust, s'agissant de cette région : « les célibataires de l'Art »... La mariée tenue au chaud par ses célibataires mêmes...

J'ai remarqué qu'un cliché revient sans cesse dans les articles de Robert... « Les êtres et les choses »... Ah, les « êtres et les choses! » C'est comme un mot de passe, un signe de reconnaissance, un geste ésotérique discret s'achevant dans la nostalgie... Robert, pourtant, écrit peu... C'est son drame... Il trouve que j'écris beaucoup trop... Sans recul, sans arrière-plans, sans allusions suffisantes, sans brumes... Je crois qu'il me trouve vulgaire, au fond, appelant trop les « êtres et les choses » par leurs noms... Trop désinvolte... Ne laissant pas assez place à l'équivoque... A la mousseline... Au velouté... Au suranné... Bref, au climat dans lequel s'épanouissent vraiment « les êtres et les choses »... Indirectement... Capillairement... Comme si je refusais le végétal... L'animal... Comme si la mort me laissait froid... C'est le moins que l'on puisse dire... Les revoilà toujours avec leur histoire de mort... Qu'est-ce qu'ils peuvent l'aimer! Qu'est-ce que ça peut les rassurer! Les légitimer! LA MORT! Ça me rappelle l'air enflammé de Bernadette me disant : « Je ne comprends pas comment tu peux mesurer l'érotisme par rapport à une sensation de Mal... Moi, je crois qu'il suffit qu'il y ait *la mort*... »

J'attaque Robert :

« Tu as vu Flora pendant ton reportage à Madrid ? »

Légère grimace. Calcul au cent millième de seconde. Doit-il mentir? Non.

« On a déjeuné ensemble... J'ai oublié de t'en parler ?

— Il a été question de moi ?

— Non... (microrictus). Ou plutôt si, un peu, vaguement. Elle s'inquiète de ce que tu diras d'elle dans ton *roman*... Etant donné ton sujet... »

Robert a prononcé « roman » à un millimètre près de l'intonation employée il y a quelques mois par Jane à New York... Je m'en souviens exactement. Je le regarde. Il est penché en avant dans son fauteuil, au-dessus de son bureau encombré de papiers... Son regard vert me fixe avec franchise... Dans « roman », prononcé par lui à l'instant, un orage bref vient de passer avec violence... Dégoût... Mépris... Genre taré... Indigne d'un esprit supérieur...

Il allume une cigarette.

« Il paraît que tu y vas fort ?

— Mais personne ne l'a lu!

— Ah bon? Pourtant... Voyons... Boris, non? Tu lui as montré? Il prétend qu'il y a au moins quatre procès en germe dans ton livre.

— Comme ça?

— Des parents... Des familles. Des associations... Des particuliers ou particulières mis en cause et reconnaissables... Il prétend qu'aucun éditeur n'osera le publier...

— Enfin! C'est fou! Boris n'en a pas vu la moindre syllabe... Il veut simplement me démolir parce que lui-même prépare un bouquin pour les prix... Et de toute façon, les droits du romancier? Ceux de la fiction? Du moment qu'il n'y a pas les noms propres? Est-ce qu'on ne peut pas raconter ce qu'on veut? »

Robert me regarde en souriant. Son grand corps un peu mou est maintenant une boule nerveuse. Lui aussi, visiblement, *sait*. Non, on ne peut pas raconter ce qu'on veut! Non, l'imagination n'a pas tous les droits, et doit même être étroitement surveillée si l'on ne tient pas à la divulgation du secret... Bien sûr que le roman est la chose la plus dangereuse... Le risque n'est pas d'ailleurs d'appeler « les êtres et les choses » par leurs noms, ni de les poétiser dans une intention mythique, mais bien de les faire exister sous d'autres noms plus vrais que les vrais... La magie du roman est de traiter la magie elle-même... La magie noire des doubles, de l'empoisonné travail invisible de substitution permanente qui fait que la vie est vécue par d'autres personnages que ceux qui se croient en vie... Le roman est démoniaque... Le roman est le diable du diable; le diable au service de la vérité... Or la vérité n'est rien d'autre que la compréhension de plus en plus profonde de la possession universelle... Inconsciente... *Les Possédés*... Je le vois, là, Robert, sous mes yeux, littéralement *tenu :* content de lui, angoissé, ne se doutant de rien, frissonnant sans s'en rendre compte, persuadé d'être dans la trame du pouvoir occulte, sonnambule, à peine agacé d'avoir devant lui quelqu'un qui ne *sait* pas, qui ne *comprend* pas...

C'est la fin de l'après-midi au Journal. J'ai achevé de rédiger quelques commentaires de politique étrangère. Depuis quelque temps aussi, je sens que Robert est un peu distant avec moi sur ces sujets... Il n'a pas partagé, presque tout de suite, ma passion pour la Pologne... Pour la situation désespérée des chrétiens du Liban... Il a eu une réflexion pincée, ironique, sur mon apologie, pourtant froidement motivée, de Jean-

Paul II... Il m'a regardé sans rien dire quand je lui ai annoncé que j'allais faire un tour à Jérusalem... Il m'a déconseillé fermement de publier cet article contre Cuba... Je sais qu'il continue de fréquenter des intellectuels proches du Parti... Oh, bien sûr, critiques, très critiques... « Droits de l'homme », et tout... Mais quand même, en famille... « Sens de l'histoire »... Nécessité... Réalité...

« Tu veux couvrir ce congrès à Milan?

– C'est quoi?

– Un truc socialiste...

– Pourquoi pas?

– Il faut qu'on te voie un peu, mon cher. Année sabbatique, " roman ", d'accord, mais une ponctuation visible, de temps en temps... Tu sais qu'il y a toujours des intrigues. »...

Robert ne perd pas une occasion de me rappeler la précarité de ma situation. Personne n'est irremplaçable. Même pas moi, bien entendu, malgré mes qualités, ma culture... Tout le monde s'épie d'un bureau à l'autre. D'une page du journal à l'autre. Combien de place? De colonnes? Qui a sa photo? Qui a la droit de rédiger les « chapeaux », en caractères gras, signés par des initiales... Qui dirige vraiment les « suppléments »? Lutte au millimètre carré... Grignotages... Mordre sur l'espace de l'autre... Augmenter son propre cubage d'air imprimé... Ils se haïssent fraternellement... Au jour le jour, minute par minute... Concentration de jalousie, bataille des images, avec toute la chaleur, pancréatique, hépatique, de la frénésie de soi-seulement-soi... Et puis, il y a les jeunes... Qui poussent par-derrière... A eux de jouer... Quand Robert dit « les jeunes », c'est de toute son âme idéale, de tout son système nerveux... Comme Kate... Ce qu'ils préfèrent, tous les deux, c'est d'avoir un « jeune » dans leur bureau venant demander un emploi... Une montée en

grade... Ou simplement un conseil... Comment percer...
S'imposer... Signer... Longues routes! Tortueux che-
mins! Epreuves multiples! Accidents variés! Ruses!
Relations! Habiletés! Baise utile! Les affaires, quoi...
Savoir tester les jeunes, tout est là... Laisser miroiter...
Patauger... Saquer... Relancer... Resaquer... Rerelancer...
Faire attendre... Oublier... Promettre... Laisser entre-
voir... Fermer... Entrouvrir... Cirque et fantômerie...

Je regarde Robert avec sympathie. Lui aussi, il est
passé par la circonvolution de la transmission... Quand
il était « jeune »... Initiation... A lui de gérer la douane,
maintenant... Responsable de son culte particulier... La
tradition sodomienne... Arrivée des candidats... Tempé-
raments... Alpinistes de l'Idée... Ascension du pic par la
face ouest...

Je m'envole donc pour Milan... Grand Hôtel, via
Manzoni... Le bar est charmant, grand, désuet, confortable, c'était l'hôtel de Verdi... J'ai emmené Deb, ça ne
lui déplaît pas deux jours en passant... Le Duomo
blanc hérissé dédié à *Mariae nascenti*... Scala? Non,
dîner tranquille chez Savini... On se repose... On rentre
se coucher tôt; on dort... J'aime dormir avec Deb, elle
flotte légèrement dans le sommeil, comme en écho...
Plume tiède... Bonne peau... Les femmes, ça se juge la
nuit, dans le renversement des pétales... Tout sort... La
tranquillité ou le quotient de ressentiment...

J'assiste à mon congrès, le lendemain matin...
Conneries habituelles. Puis, Deb veut faire des courses,
bien entendu... Souliers... On se retrouve à flâner dans
la galerie Victor-Emmanuel... Sous les grandes verriè-
res... Et qu'est-ce qu'on voit, là, tout à coup, devant
nous? Une masse informe, oscillante, grisâtre, tassée,
beige, portée à bout de bras par deux gardes du corps,

« ex-jeunes-poètes-romantiques-membres-du-Parti »...
Aragon! Lui-même... Tel qu'en lui-même enfin l'absence d'éternité le change... Le surréalisme vitreux... Le communisme hébété... Ne voyant rien... Ne percevant rien... Vieillard de paille... Promenade du guignol... Balade de la sorcière emmitouflée... Ils lui font faire une tournée en province... Chez le Parti-frère italien... Propagande en biais... Récitation de poèmes en présence de l'auteur au bord du magma final... Je réentends sa voix pointue maniérée, emphatique... *J'ai maaaaarché sur la trrreille immmmense de ta rooooooobe!*... Nasal... Des vers d'Henry Bataille, je crois... Chez lui... Il avait lu un article de moi sur le surréalisme, il voulait me voir... J'avais vingt-deux ans... S. a eu la même expérience quand il a été propulsé, à vingt ans, comme un jeune écrivain d'avenir simultanément par Mauriac et Aragon... Il n'aime pas trop parler de cette époque... Il en a honte... Comme il a honte du petit roman qu'il a publié à ce moment-là et qu'il a tout fait pour retirer de la circulation... Alors que, moi, je le trouve très supérieur à tous les débutants d'aujourd'hui... Un style, une souplesse... Stendhal... « Non! non! » fait S. absolument intransigeant sur sa recherche actuelle... Il ne se rend pas compte qu'il est dans un désert complet? Que tout le monde s'en moque? Trouve ça fou? Sans intérêt? Peut-être, mais c'est sa fierté... Etre le monstre incompréhensible... Bizarre type... Prêt à crever d'orgueil sur son chef-d'œuvre inconnu... Dans son barbouillis rythmique...

Quel show, Aragon! Il n'arrêtait pas de me lire ses trucs à haute voix... Pôêêêêmes! Ça n'en finissait pas... Se moquant éperdument de la fatigue ou de l'indifférence de l'auditeur... Habitué à régner sur les foules magnétisées a priori du PC... De l'écriture automatique à Thorez... Des tables tournantes à Duclos... De Staline à la Femme avant de laisser éclater au grand jour sa préférence pour les garçons... *La femme est l'avenir de l'homme*... C'est de lui, je crois, cette perle des perles! Elsa! L'amour! Œuvres croisées! Destins entrelacés! Foules folles! Match au finish avec Sartre-Beauvoir! A qui sera le vrai couple idéal! La vraie gauche! L'androgyne le plus réussi à gauche! Résultat : Beauvoir a gagné haut la main, et c'est justice... Pourquoi? Raison simple... Le Nom... Simone de Beauvoir... Aristocratique... Retour du refoulé monarchiste... Et puis... Mais oui! Beauvoir? Bovary! Triomphe absolu de Flaubert!

Quelle est la phrase la plus fameuse de Sartre? Celle qui est à la fin des *Mots*? Celle que les écoliers de l'avenir devront recopier cent fois pour bien se pénétrer de l'humanisme nouveau? « Tout un homme fait de tous les hommes et qui les vaut tous, et que vaut n'importe qui. »

Qu'est-ce que vous entendez? A l'oreille? *Tout... Tous... Vaut...*

Toutou-veau.

C'est le fin mot de la théorie totaliste et anti-totalitaire. Le totalitarisme réalise l'idée totaliste qui est faite pour se récrier contre lui. Si vous préférez, c'est la doctrine du vaut-d'homme... Le complément subtil du veau d'or? Oui... Sartre a d'ailleurs gagné en dollars... On dit que les livres d'Aragon se vendent de moins en moins... Mauvais pari sur le rouble...

Disons la même chose autrement :

Socrate est immortel;

Or Socrate est un homme;

Donc tous les hommes méritent d'avoir un nom.

Je m'en souviens au tympan, d'Aragon... Je n'en pouvais plus... Cloué dans mon fauteuil par la voix se voulant hugolienne (mais, après tout, Hugo devait être aussi barbant... Ah, les soirées de Guernesey, guéridons balbutiants, alexandrins ronfleurs!), je changeais

comme je pouvais de position sous les bombardements incessants de la prosodie-toc... Ah, le ruminant!
Ah, le pontifiant! Ah, l'assommant! Je le regardais à la
dérobée pendant qu'il s'enroulait dans son creux lyrique... Maquillé? Non? Pas possible? Mais si... Fond de
teint... Déjà... Grosses taches rougeâtres sur les joues,
les mains... Et Elsa entrant sans arrêt dans le bureau
pour chercher des ciseaux... De la colle... Des enveloppes... Un briquet... Bizarre... Très agitée... Comme si...
Ah, mais bien sûr, où avais-je la tête... Non! Si! Moi? Ah
non! Vérifications... Drôle d'enfer... L'amour! Qu'est-ce
qu'elle redoutait? Espérait? Qu'il essaie de me tailler
une pipe, là, entre deux envolées épiques? Peut-être
qu'elle aurait participé? Si ç'avait été mon genre? Mais
alors, je n'ai rien compris! Robert rira quand il lira ce
passage...

Quel est le roman d'elle qu'elle m'a dédicacé ce
jour-là? Aucune idée... J'ai dû le jeter en sortant... Je
me rappelle seulement la formule à mourir de rire :
« A machin, *maternellement.* » Ça ne doutait de rien,
ces stars! Ça se prenait déjà pour le Père-Mère planétaire! Pas d'enfants, eux non plus... Qui nous délivrera
des paternités et des maternités imaginaires?... La
petite mère des peuples... Bossue... Il paraît qu'elle
interdisait à Aragon de se baigner... De se mettre en
maillot...

Il est pathétique, Aragon, en Œdipe désarticulé,
aveugle, dans l'après-midi milanais... Deb est ahurie...
Pour elle, quand elle était lycéenne, à Sofia, c'était le
poète français... Le génie de la langue... L'héritier de
Maïakovski... En plus civilisé... Le phare du sentiment...
L'étoile de la rédemption mondiale... Pourtant, elle
préférait Dostoïevski... Elle lisait Baudelaire en cachette... Puis Freud...

L'un des deux gardes du corps me reconnaît... Me

fait signe... Bye bye! Il reprend son pantin sous le bras... Misère... Ils s'éloignent...

Le soir, on va dîner, Deb et moi, chez Alfio... On parle de tout... On rit beaucoup... On rentre... On fait doucement l'amour... Voluptés du mariage... Tendre Deb, au fond... Sagesse... Qu'est-ce qu'elle dit? Que les gens sont décomposés par leurs passions. Qu'il suffit de maintenir fermement sa position pour qu'ils soient ahuris. On fume ensemble dans le lit. J'aime une fois de plus son intelligence. En revanche, elle ne comprend rien à la musique... Donc à la métaphysique... Rien de plus amusant que d'avoir des controverses religieuses avec sa femme... Nouveau genre... Elle n'est vraiment pas catholique du tout... Et moi, de plus en plus... Pour des raisons esthétiques? Mais oui... Stephen et moi, on est catholiques... Père et fils... Contre Maman... Qu'on aime beaucoup, la question n'est pas là... Mais il faut dire que ça renverse des siècles et des siècles où c'était le contraire! Où c'était Maman qui défendait la foi par pruderie et les hommes qui essayaient de s'en tirer dans les coins... La relève a eu lieu... Humour énorme! La fantaisie incarnée par Rome! Si j'avais à revenir dans le passé en connaissance de cause, je suis sûr maintenant que je m'engagerais dans les armées pontificales... Pour le drapeau jaune et blanc... Contre Garibaldi! Contre Cavour! Stendhal, écœuré par ce profanateur endurci, me fait quand même un clin d'œil dans l'ombre...

Amandine! Ce n'est qu'un cri! Le bébé éprouvette *français!* La petite Jézutte *française!* Une victoire de la Science! Et de l'orgueil national! On se produit soi-même! La nouvelle religion illustrée! Lourdes enfoncé! Fatima ringard! L'aurore du genre humain se saisissant comme humain dans le regroupement de l'humain rien qu'humain en train de maîtriser l'avenir humain! Grand moment! Si on changeait de calendrier? Ah, c'est vrai, il y avait déjà une Anglaise... Louise Brown... Et puis d'autres, en préparation, un peu partout... Deux aux Etats-Unis... Trois au Mexique... Quatre ou cinq au Canada... Toujours des filles? En tout cas, les deux premières... Doigt de dieu! Je lis dans notre Journal que la mère aurait murmuré, contente mais un peu déçue : « Et maintenant, je veux un garçon! »... Comme Emma, détournant la tête lors de la naissance de la petite Berthe... Préjugé archaïque... Rien à faire... Emma! Emma! Et moi? Personne avant moi, j'en suis sûr, ne s'est permis d'entendre *ovaire* dans Bovary... Personne non plus n'a vraiment fait attention où des *bovins* disent la vérité sonore de l'atmosphère magnétiquement amoureuse... Il n'y a plus de critique littéraire! Vous n'aurez qu'à lire ce qui s'écrira de ce livre... Elles tiennent tout... L'édition... Les journaux... Télévison... Radios... Pourtant, me direz-vous, X, Y et Z sont bien des hommes? Vous croyez? Vous en êtes certains? Oui, sans doute, mais entièrement encerclés par ces dames... Bromurés sans s'en rendre compte... Pris par la bouffe, la vanité, la facilité... Soigneusement bridés... Ou encore, refoulés à mort... Inoffensifs! Spiritualisés! Réfugiés dans le borborygme de l'Absolu, dernière bulle oxygène!

Quoi qu'il en soit, Amandine a sa photo partout à la une... Le ministre de la recherche scientifique envoie ses vœux... Le curé de service, préoccupé, dit qu'il l'accueille avec amour, tout en mettant en garde contre les débordements de ce genre... Elle est là, bouffie, irréfutable, la bébée nouvelle, la nouvelle Eve, Marie de l'immatriculée conception! Enfin une vraie apparition de la Vierge! Je calcule : dans quinze, vingt ans, en se regardant, elle pensera qu'elle a été regardée dans son berceau à des millions d'exemplaires! Elle se dira : « C'était moi? » Le doute... Je suis prêt à parier qu'elle sera, elle et les autres, une alliée tardive... Je serai vieux... Je les appelle à moi... Mes filles! Venez! Que je vous raconte! Venez! Je vous dirai tout! Cherchez-moi! Cherchez votre vrai papa. Si je suis encore là!

Comme l'a hurlé un jour Bernadette dans une réunion publique : « Mais pourquoi leur faut-il un père? »

Oui, pourquoi?

On se le demande.

Regardez pourtant comme c'est merveilleux : nature, scissiparité...

Eh bien, ils en voudront et elles en voudront, du père, c'est promis... Prophétie... Ils et elles ne pourront pas respirer vraiment longtemps dans votre couveuse... Croyez-moi... Il y aura une dépression... Des guerres... Un malaise de plus en plus lourd... Ils voudront savoir... Elles voudront voir... Ils et elles demanderont forcément pourquoi... Comment... Qu'est-ce que ça signifie au juste... Pas de comment? Pas de pourquoi? Ah, non, trop facile...

Qu'est-ce que c'est, tout ce cinéma? Qu'est-ce qu'on fout là?

Je note qu'une nouvelle association a été fondée... L'ANDRIAH... « Association nationale pour le développement et la reconnaissance de l'insémination artificielle humaine. »

En avant!

Je lis que de nouvelles méthodes sont en cours :

– Les anneaux vaginaux stéroïdiens, qui restent en place en délivrant des progestatifs hostiles aux spermatozoïdes. Ce procédé annule les manipulations mal supportées qu'implique la pose d'un diaphragme et en augmente l'efficacité.

332

– Le LHRH administré actuellement par pulvérisations nasales, qui est une hormone sécrétée par l'hypothalamus et qui inhibe l'ovulation. Ce « pschitt-pschitt » antibébé paraît super-efficace.

– Le vaccin contraceptif : une piqûre par an. Expérimenté en Inde, on ne sait pas encore les risques qu'il comporte d'intolérance, d'échec ou de stérilité.

– Et enfin la noix de coco suprême, l'œuf de Pâques *ad hoc*, le RU 486, la nouvelle pilule antiprogestérone, qui fait tomber le petit sac fécondé piégé !

Mais c'est plutôt l'envers dont on ne parle pas... La science des prélèvements... L'art des implantations... La nouvelle agriculture... Kolkhozes... Serres... Pas nécessairement le sperme... Un jour ce sera la salive, vous verrez... Le moindre éternuement pourra être mis à contribution... Le fait accompli... Les géniteurs malgré eux... A la caisse !...

Depuis qu'on ne parle plus que de cette petite chose de base qui expédie l'humanité dans sa quatrième dimension, on dirait que l'histoire bafouille. Qu'il ne se passe plus rien. Que tout se répète. Et en effet... Les voitures sautent un peu partout, au hasard... La morosité gagne... L'Angleterre attaque l'Argentine... L'inspiration ne va pas fort... A qui la faute ? A Voltaire ? A Rousseau ? Non, à moi... Ça me pend au nez...

Et les femmes, les pauvres femmes, dans tout ce micmac ? Les voilà interviewées, sondées, affichées comme du bétail à longueur de pages... Comme si ça allait de soi... Comme si elles ne pouvaient penser qu'à ça... La foire ! Bovidées ! Bovarysées ! Bovulées ! Pas une qui refuse... Pas une qui rejette la violence d'être réduite à sa seule fonction physiologique... C'est bien vous, là ? C'est bien vous, dans votre corps ? Allez donc dire non à la Science ! Qui prend parti pour vous par-dessus le marché ! Qui vous tend la liberté du marché ! Alors, elles répondent... Elles s'exhibent, niaises... Elles veulent bien... Plutôt... Pour ce qu'elles ont à perdre, de toute façon... Amertume... Clientèle rêvée... Enquêtes... ` Profils... Portraits... Statistiques... Emissions... Rencontres... Solidarité...

Je les vois, le matin, en accompagnant Stephen à l'école... Mal réveillées, les traits tirés... Titubantes... Hallucinées d'ennui... La soirée de la veille a encore été accablante... Dîner morose... Télé... Mari chiant... De plus en plus renfermé... Enfin, il paie... Encore heureux... Un amant? A quoi bon? Comme s'il n'y avait pas assez d'emmerdements... Les amies? Encore plus déprimées... Elles sont là, dans le petit jour, avec leurs gosses criards... Quelques pères, silencieux comme moi, des ombres... On prend l'autobus, Stephen et moi, il veut toujours aller sur la plate-forme, éviter les autres... « Papa! La trompette! »... Papa fait la trompette... « Papa! On saute! »... On saute à l'arrêt... « Papa! un croissant au beurre! »... On va à la boulangerie... « Papa! A dada! »... Papa fait le cheval... « Papa! On chante!... – Quoi? – *Dépo!* » *Dépo*, c'est comme ça que commence l'air de ténor dans le *Magnificat* de Bach... Un des premiers morceaux que j'aie fredonnés à Stephen dans son berceau... *Deposuit potentes de sede, et exaltavit humilies...* Vocalise vers le bas pour peindre rapidement la chute des puissants... Et puis vers le haut pour tracer l'assomption des humbles... Très moral... La Justice Divine... Je pense qu'il s'en souviendra... Renversement des perspectives... Un jour ou l'autre... Parfois, quand on est un peu en avance, on va au café tous les deux... C'est encore la nuit, en hiver... Stephen boit un verre de lait... Je lis mes journaux... Paris se met en place, circulation, rotation, vibration... Je rentre dans mon studio... Je ferme les rideaux... Je sors ma machine...

Rien qu'une soirée!... Une petite nuit tout seul... Pour respirer... Je fais ça de temps en temps... Je dis que je pars en voyage... Je reste dans mon coin, ou je vais à l'hôtel, ou alors je ne me couche pas, je marche jusqu'au matin dans Paris... Méditation jusqu'à l'aube... Sensations... Ce soir, par exemple... Quelle joie... Je me paie un bon dîner dans un quartier très éloigné de chez moi, j'honore l'artiste au travail... Si je ne le faisais pas pour moi, qui le ferait? Plus personne ne sait recevoir, organiser un repas, parler pour parler... Plus une femme, ou presque... Fin de la civilisation, en somme.... Elles n'ont plus le temps... Ni l'argent... Plus de froufrous, d'équivoques, d'indiscrétions, de salons... Plus de jeu... Béton partout... Ce serait drôle, pourtant, de remettre les réceptions à la mode, robes, séductions, regards en dessous, esprit, mots d'esprit... Qu'est-ce que la petite bourgeoisie? Je me rappelle que c'était la question de Werth, à la fin de sa vie... Il aurait voulu pouvoir « sortir »... Se préparer... Puis briller... Draguer sans en avoir l'air... Dix ans au moins que je n'ai pas vu à Paris un dîner supportable... Dix ans que je mange mal et que je bois mal partout, noyé de discours tournant autour de l'utile, des affaires immédiates en cours... Publicité... Rentabilité... Plus une seule « maîtresse de maison »... C'est fini, liquidé, aussi loin que châteaux et brocarts... Proust à table dans un appartement d'aujourd'hui? On frémit... Plus le moindre *dessous*... Qu'est-ce que la petite bourgeoisie mondiale, la middle class partout présente, de Leningrad à Los Angeles, de Stockholm au Cap? Risquons la réponse : le *collant*. Le collant et la laque. Le collant laqué. Une femme en collant, et l'asphyxie règne... On étouffe rien que d'y penser... Le collant, en effet, implique la fonctionnalisation définitive, la séparation tranchée entre dehors et dedans... Il suppose qu'une femme sait d'avance ce qui *ne va pas* se passer, d'ambigu, de chatoyant, de frôlant... Mme de Guermantes en collant! Odette en collant! Mlle de Vinteuil et son amie en collant! Rideau sur la perversité, housse, naphtaline... Grève générale... La plus attirante créature du monde est morte, en collant... Je parle seulement des conséquences sur la culture du temps, la conversation, la façon d'être... Nourriture, dessous féminins, langage : tout est là... La science du vin... Le savoir-faire dans le vain... Le rôle de l'écrivain... Lectrice qui es arrivée par miracle jusqu'à ces lignes, si tu as un collant, sache que tu n'es pas digne de lire ce livre! Ni aucun livre! Tu t'en moques peut-être, mais tu as tort. Ton intérêt est en jeu, plus que tu ne crois...

Machiavel à la fin de ses aventures, retiré à la campagne, en disgrâce... Il s'invitait lui-même à dîner... Il s'habillait en prince comme pour rencontrer Thucydide, Tite-Live, Tacite... La barbarie régnait selon lui, de nouveau... Les Cours périclitaient... C'est reparti par la suite... Ça repartira... Déjà quelques-unes se plaignent... En cachette... Une étincelle peut mettre le feu à toute la plaine... Elles sentent que quelque chose ne va pas... Elles essaient d'improviser un peu... Maladroitement encore... Ce n'est qu'un début... Le temps d'apprendre... Petites culottes... Ironie allumée... Savoir reconnaître un pomerol d'un médoc... Le totalitarisme, comme on dit pudiquement maintenant pour éviter de penser qu'il s'agit simplement de la pente inévitable humaine, ne sera vaincu que par le raffinement... Un raffinement systématique, sauvage... Pas par les bons sentiments... Surtout pas! Ne vous répandez pas en déclarations... Taisez-vous... Défendez farouchement votre vie privée... Améliorez-la sans cesse, sans raison, par principe... Le seul danger est dans la montée du dégoût et du renoncement à la vie en soi et pour soi... Soyez monstrueusement repliés... N'adhérez pas à la plus absurde des croyances consistant à penser que le monde est absurde... Ne croyez pas non plus qu'il ait un sens... Pas le moindre!... Ne vous laissez pas assister, maternaliser, sécuriser par le spectre social; rentrez chez vous, ne manifestez pas, ne vous dispersez pas, ne traînez pas, parlez de choses parfaitement inutiles... N'importe quoi, pourvu que personne n'en ait dit un mot dans le mois... Filtrez en paroles... Pour rien... Dans la pudeur la plus stricte... Et allez dormir... Vous verrez le lendemain... Déjà un mieux... Beaucoup mieux...

Attention à la pulsion de mort cybernétisée, conquérante! Le plus tard possible au cercueil ou au crématoire! Le mieux!

J'ai dit.

Il me trouve étrange, le maître d'hôtel, là, tout seul, devant mon chandelier, en train de boire mon champagne et de prendre des notes dans mon carnet... Cette fois, je rentre... Comme je le fais quelquefois, je prends le téléphone, j'appelle des numéros au hasard... Prélèvements sur les états d'âme... Swift disait qu'un gouvernement subtil ferait examiner tous les matins le caca de ses administrés... Je pense, moi, que le seul son de leur voix disant « allô? » renseigne sur leur attitude fondamentale... Je conseille le truc aux chefs de parti... Si j'en juge par les « allô? » de ce soir, tout va très mal... La monnaie vacille, le moral est à vingt mille lieues sous les mers... L'avenir n'a aucun sens... 80 % de brutes, surtout les femmes... Il est vrai que je les dérange... Sans rien dire... Mais quelqu'un qui s'amuse ne semble jamais dérangé... Aboiements... Pour voir, par jeu, j'appelle laquelle? Pour entendre où elle en est? Tiens... Judith, par exemple... Vous vous souvenez... Celle qui voulait tant un enfant... Celle qui m'aimait tellement sans conditions... Trois ans, déjà... Ce n'est pas bien, ce que je fais... C'est même très mal...

Tant pis... Sonnerie... Elle répond... Je ne souffle pas mot, j'écoute... Et la voilà qui se met à parler toute seule... « Allô?... Allô... Pablo?... Pablo?... Ç'est toi?... Tu es là? »... Elle est absolument sûre que c'est Pablo... « Pablo? Je sais que c'est toi... C'est quand même étrange que chaque coup de téléphone anonyme coïncide avec ton arrivée à Orly... Tu vas bien? Ta tante va bien?... Pablo? Tu ne veux rien dire?... Tu pourrais me dire quelque chose, quand même?... Pablo? Et tes cousines? Elles vont bien? » Silence... L'agressivité, maintenant... « Dis donc, t'es parti sous la douche? »... Silence... « T'as besoin de vaseline?... Tu t'es fini dans la salle de bains? »... Silence... Dépression... « Pablo? Alors, tu ne veux toujours rien dire?... Eh bien, tu vois, je suis seule... Depuis mon avortement. »... Tremblement... « Voilà! »... Silence... « Eh bien (voix au bord des larmes), si tu ne dis rien, je raccroche. »...

Elle raccroche. Ah, ce Pablo!... Désarmant, tout ça... Vulgarité à pleurer, vraie souffrance... Je ne me souvenais pas d'une intonation aussi populiste... Elle devait prendre avec moi un ton distingué... Belle, Judith? Mais oui, très belle... Elles s'expriment simplement comme ça aujourd'hui... « Eh, çui-là, il a qu'à aller se masturber aux chiottes! »... « Eh, vieille bite! »... Ce genre de douceurs...

Il y a, en ce moment, en France douze millions de femmes entre quinze et quarante-neuf ans.

L'arc de fonctionnement laminoir...

Mais le fait nouveau, très nouveau, c'est leur apparition sur la scène terroriste... Allemagne... Italie... Pistolet... Mitraillettes... Elles surgissent des voitures, abattent des démocrates-chrétiens... Un attaché d'ambassade israélien à Paris... Tué à bout portant par une petite brune en baskets...

J'allume la télévision... Infos... Baptême de Maria-Victoria, la fille de Walesa, toujours en prison... La police et la milice encerclent l'église... La foule est là, énorme... Le baptême catholique comme subversion... « Vive le Pape! »... Vouf!...

J'éteins. Je regarde au-dehors les appartements, les petites familles en train de regarder leurs écrans... Une nuit comme les autres... Les lumières disparaissent les unes après les autres... Chemises de nuit. Pyjamas. Comprimés. Dents. Rectums. Cabinets. Soupirs. Digestions. Millions et millions de corps abandonnés. Maladies. Malaises. Euphories. Menstrues et brûlures. Hôpitaux dans leur clarté bleue. Boîtes à sono ravageante. Sueur. Déhanchements. Rêveries. Little Ninive... Strips. Homos. Came. Passes. Rondes. Banlieues. Métro. Bois... Le président dort mal. Le ministre pense à son discours. Le banquier à cette légère courbe dépressive du mark. Le professeur à son collègue. Le psychanalyste à son ancien psychanalyste. Bernadette au nouveau coup publicitaire à monter sur les femmes, et à cette petite-là, qu'il faut surveiller... Flora pense qu'elle m'en veut. Cyd m'oublie. Ysia vole vers Pékin. Diane marche quelque part dans Athènes. Kate voit en relief, les yeux fermés, sa signature au bas de son article de demain matin...

« Ah, vous êtes là? »

Boris exulte. Il a des choses importantes à me dire.

« Mon vieux, vous n'avez aucune chance pour les prix... C'est dommage... C'est vraiment dommage... Vous ne devriez pas concourir. J'ai vu Truc, il est formel.

— Ah bon?

— Aucun chance! Aucune... Quelqu'un a lancé votre nom pour voir. Silence glacial... Recul... Je suis désolé.

C'est curieux, tout de même, comme vous êtes détesté... Haï...

– Mais pourquoi?

– Vous savez bien... Mauvaise image... Au fait, vous en êtes où? Ça marche?

– Difficile..

– Il y a une intrigue, au moins?

– Une intrigue?

– Enfin, une histoire... Qu'on suit... Qui progresse... Qui évolue... Qu'on peut raconter... Résumer...

– Oui, je crois.

– Comment, vous croyez? Vous n'en êtes pas sûr? Est-ce qu'il y a des scènes? Des dialogues? De vrais personnages?

– Il me semble... Et vous?

– Oh moi, j'ai presque fini... *L'Eternel féminin*, je vous ai dit?... Sublime! A faire sangloter les chaumières!... Emouvoir Margot, tout est là!... Si, si, je vous assure... Déjà trois cent mille exemplaires commandés par les clubs...

– On m'a dit que vous disiez partout que vous aviez lu mon manuscrit?

– Ah bon? Non? Quelle idée! J'ai simplement parlé de nos conversations... Peut-être...

– Mais quelles conversations?

– En tout cas, je passe demain à 20 h 30 sur la première chaîne... Vous me regarderez?... Je pense à un coup fumant... Il faut que je vous raconte... Un machin génial... Vous avez vu mon interview dans *Scratch*? Non? Pas encore? Quatre pages! Trois photos! Je suis très bon, excellent! On déjeune?

– Je pars demain.

– Encore! Mais qu'est-ce que vous avez? On n'arrive plus à se voir... Vous rentrez quand?

– Huit, dix jours...

– Bon, je vous rappelle, et on se voit tout de suite...

J'ai un vrai coup en préparation... Non, vraiment... Un scoop énorme... Ça va vous amuser... Ciao! »

Boris saute sur un autre client... Trois cents coups de téléphone par jour... Une moyenne... Propagande intensive... Tenir les ondes... Les visibles; les invisibles... Dérouter, suggérer, désinformer, s'informer, redésinformer... Un vrai travail de services secrets... Jamais en repos... Le repos serait la dissolution... C'est un standard électronique à lui tout seul... Vers la fin de l'après-midi, il sait tout... Les cotations, les variations, les oscillations... Brouillé... Réconcillié... Rebrouillé... Reréconcilié... Aucune importance... Fiction pure... Frénésie des médias... Damné avec plaisir... Pas le choix... Course à l'image... Traître au jugé... D'une vérité jamais prise en défaut, donc, puisque tout est faux, à chaque instant partout et en tout...

« L'éternel féminin... » Ça lui va très bien... A condition de comprendre qu'il s'agit de ce qui n'arrête pas de changer! La force du changement! Ni ça... Ni ça... Ni ça... Encore... Fuite en avant, de biais, par tous les côtés... « L'éternel féminin qui vous attire sans cesse vers le haut? » Pauvre Goethe... Faust est peu de chose comparé à Boris... Le Diable lui-même est un amateur... Le « prince des puissances de l'air », comme dit saint Paul... Oui, mais les démons savent-ils qu'ils le sont? Pas sûr... Peut-être quand même... Je l'ai vu trembler quelquefois, Boris... Un drôle de frémissement sur son visage brusquement figé dans l'hébétude, fugitive conscience de la vanité de l'agitation qui le tient... Coup de débilité basaltique... Vieille racine... Queue de lézard pourrie... Crapaud Macbeth... Emasculin... L'éternel féminin? Vers le haut? Déesse blanche? Béatrice montgolfière? Vénus cachée? Mais non... Bien concrètes dans la pesanteur, ici, maintenant, les femmes : visages, bouches, maquillages, bassins, cuisses, jambes... Bien décidées à vous attirer vers le bas...

Toujours plus bas... Est-ce vrai, ce qu'on raconte? Que Boris a eu un cancer des couilles? Qu'il s'en est tiré de justesse? Stérilisé à mort? Aux rayons? Que sa femme, depuis, lui a fait le coup de l'enfant d'origine X? Règlements de comptes dans l'utraviolet... Petits épisodes d'aujourd'hui... Fioritures... Ourlets... Rapiéçages... *Rosemary's Baby*... Si on scrute les vies... Chaque fois une bizarrerie, là... Qu'il ait besoin de se raconter n'importe quoi, je le comprends... Qu'il remue sans cesse sur ce gril, je le plains, je prie silencieusement pour lui... Qu'il passe son temps à me rabaisser, amen...

UNE ROMANCIÈRE ANGLAISE DES PLUS ORIGINALES! ANGELA LOBSTER!

« Evelyn, jeune universitaire anglais au nom déjà ambigu, quitte l'Angleterre pour une Amérique en décomposition livrée au vandalisme et à l'anarchie, envahie par les rats; y rencontre un alchimiste tchèque qui réussit la transmutation de l'or mais meurt dans un supermarché, battu à mort; couche avec ce qu'il pense être une prostituée noire et splendide qu'il contraint à avorter dans un flot de sang; s'enfuit dans le désert.

« Là, il rencontre les femmes de Beulah, ville souterraine, gérée par des amazones qui, elles-mêmes, dépendent de la Mère (Terre-Mère, Mère castratrice, bref toutes les litanies de la femme-mère), énorme, larvaire, à plusieurs seins et chirurgienne. Evelyn, dont on aura recueilli le sperme, doit, après une remarquable intervention qui le fait complètement femme, être inséminé et donner naissance au premier rejeton de ce type. L'opération s'accompagne d'un conditionnement psychologique : la nouvelle Eve doit se sentir tout à fait femme. Eve atterrit chez Zéro, phallocrate avec buste de Nietzsche sur sa table, et maître borgne et unijambiste d'un harem de sept femmes (une par jour) dans lequel l'arrivée de la huitième jette la pagaille. Brutalement déflorée, Eve devient femme à part entière et soumise, quand ce n'est pas à Zéro, aux corvées ménagères. »...

ÇA C'EST RÉDIGÉ COMME PUBLICITÉ! ENFIN UN VRAI ROMAN! « LES HORMONES DE L'ÈVE NOUVELLE! »

« Note sur l'auteur : Déjà très connue dans son pays, Angela Lobster est en train de devenir tranquillement une des meilleures romancières anglaises. Sept romans, deux recueils de nouvelles, un essai, couronnés par trois prix. Elle pratique ces genres avec un égal bonheur, sans compter poésie et critique littéraire. »

Je veux! Je veux! Bravo Angela! Une Anglaise? Pas étonnant! L'audace! Voilà un éditeur français conséquent! Qui publie cette merveille entre *La Question Jésus*, *Racines du nazisme*, *La Boulette eucharistique selon le Nouveau Testament* et *Le Socialisme jugé par l'histoire*... ÉDITIONS DU VESTIBULE... Ça inspire confiance... L'anonymat occulte...

En tout cas, cette Angela est pour moi! Je le sens! J'en suis sûr! Je m'en roule par terre! Par terre-mère! Membre du WOMANN, certainement... Tendance dure... Vite un mot à Cyd, à New York, pour qu'elle achète la version originale... On ne sait jamais... Les traductions... Ça va la faire rire... Une Anglaise, comme elle... Quel film!...

Qu'est-ce qu'ils veulent de plus, comme roman, que la vie de tous les jours, à présent, dépensée pour rien, en roue libre?... Prenez les petites annonces... C'est évident... La situation vous saute aux yeux... *Libération* pour les enfoncés du métro... *L'Obs* pour les rescapés à moquette... Employés, ouvriers, cadres moyens, cadres

343

supérieurs... Il suffit de jeter un coup d'œil, vous avez la vision globale.. Le « petit fait vrai »... Sado, maso, uro, d'un côté... Fleur bleue et roucoulade de l'autre... Orgies ou poésie à la noix... Scatologie, sentiments... Précisions organiques, envolées lyriques... Entre les deux, la permanente requête féminine : stabilité, sécurité, davantage « si affinités »... Les affinités! Electives! Electorales!... Homos, lesbiennes, bisexuels et trisexuels, couples prétendument échangistes (désir du mec), solitudes criantes, brèves rencontres, manèges, obsessions, fantasmes... Je prends au hasard... Tenez, Rouen a quand même bien changé depuis Flaubert... « Jeune homme ayant un bon physique et étant fétichiste acharné du jambon désire recontrer une jeune femme ayant les mêmes goûts pour faire des ébats en femme jambon. Rendez-vous jeudi prochain entre quinze et seize heures au pied du momunent de la grosse horloge. J'aurai un jambonneau sous le bras. Vous m'accosterez en me demandant : c'est du lard ou du cochon? »

Plaisanterie? Idiote? Code au 13e degré? Voilà un artiste d'aujourd'hui. Postsurréaliste. A l'aise. Désillusionné. Cultivé. « Porc frais de mes pensées », écrivait Sade à sa femme...

Ou encore : « J'étais dans le métro, vendredi 12 dernier, entre République et gare de Lyon, vers 19 h. Tu étais à côté de moi, te tenant toi aussi à la barre du wagon de tête. Je suis rousse avec les yeux bruns et la peau très blanche, et avais ce jour-là la nuque découverte. J'avais un manteau rouge et (tu l'as remarqué...) une jupe noire fendue. Ta main très douce m'a fait frémir... Tu avais l'air assez grand, brun, et... viril. J'aimerais follement correspondre avec toi de mes fantasmes. Ecris-moi vite, mais discrètement. »

Hou-hou.. Peau blanche... Jupe fendue... Nuque découverte... A moins qu'il s'agisse d'un homo essayant

344

d'attraper enfin, tactiquement, l'hétéro profond de ses rêves...

Ou, plus simplement communiqué militaire parmi des milliers d'autres : « Jeune homme de 23 ans, brun, 1,68 m, cherche un mec de 18 à 30 ans, pour bien s'amuser (baise, pompe). Photo à poil si possible et discrétion indispensable. »

Etc. Etc. On n'en finirait pas... Peu importe... Les poèmes d'aujourd'hui sont là... Les romans d'aujourd'hui sont là... Instantanés, fulgurés... Foire, lueurs... Petites bouteilles sur la mer déchaînée de Metropolis... Prostitution trépidante... Courts-circuits dans la Rome antique... Qu'est-ce qu'ils deviennent, ces amateurs d'un jour ou de quelques mois? Comment vieillissent-ils? Finissent-ils? Dans quel enfer d'ennui? Comment décrochent-ils, peu à peu, du souterrain marché rotatif?

Il n'est pas difficile de constater que tout le bazar, homosexualité mâle comprise, et peut-être surtout, n'arrête pas de tourner autour de l'affaire-femme, l'enfer-femme... Cinéma... Peur panique de découvrir qu'il n'y a rien, là... Rien du tout... Projection... Quelle énergie! Quelle foi! Quels sacrifices! Quelle ascèse! Monastère à l'envers... Exercices hallucinatoires... Ruminations... Prières... Attentes... Extases... Pressements du divin... Bureaux... Ateliers... Autobus... Celle qui demande qu'on la sauve de Mantes-la-Jolie... Celui qui espère que Vitry ne sera pas son dernier horizon mental... Celui qui ne l'a vue qu'une fois... Celle qui va chercher son mot poste restante... L'immigré... Le Noir... L'Arabe... Le loubard... Le jeune bourgeois éperdu de timidité... Se demandant si, cette fois, il osera se laisser enculer... Tous et toutes avec cet espoir que quelque chose pourrait arriver, enfin... Souriez si vous voulez, je trouve ça dix mille fois plus vrai, plus passionnant que les essais philosophiques ambiants...

Phénoménologie de la perception... Critique de la raison dialectique... Millionième commentaire de Kant... Voilà des acteurs pris à la gorge, on entend leur voix entre deux trains, entre deux sirènes d'ambulances... Gloire à vous, petits annonceurs! Chéris et chéries! Honneur de l'époque! Obstinés du trafic! Rêveurs maniaques! Sentinelles de la liberté cocasse en action! Vous jugez superflus la littérature et le spectacle actuels? Vous vous foutez de ce qui passe aux étages convenables supérieurs? Vous avez raison! Je suis avec vous! Ne faiblissez pas! Réclamez toujours plus de place! Que les journaux soient pleins de vous, uniquement de vous; bousculez les rubriques; que ça en devienne tellement chiant, tellement dérisoire que tout le monde s'en trouve détaché par contrepoids, et du coup : nouvelle ère! Qu'elle soit bien étalée, là, devant les yeux, à chaque instant la vérité en clin d'œil, la sensation-reptation! Tendresse, cochonnerie, amour! Toute la gamme... Indéfiniment parcourue par la Grande Déesse Illusion...

Ach! Paris! Ville fumière! Capitale de la vicelette en carton bouilli! Grosse Tradition! S'effritant quand même avec l'âge... Les Français s'habituent mal, on dirait, à être devenus la Hollande... Dans le meilleur des cas... Ou peut-être la Finlande? Qui sait? Province... La Deuxième Guerre mondiale les a vraiment eus... Sursaut dans la dimension de Gaulle-Sartre... Le dernier tandem à prétentions... Tyran éclairé... Philosophe planétaire... Dès les années 70, tout était fini... Il ne restait plus que la Technique et la Science... Autre régime... C'est de là, bien entendu, que date le démarrage de fond du mouvement femmes... Pour boucher le trou... Béant... Irrésistible... Pot aux roses presque découvert... On risquait de s'éveiller... De tout découvrir... Surtout pas! Mouvement recouvrant autre chose, bien sûr... En réalité, signe le plus remarquable de la transformation du *hard* en *soft*... C'est S. maintenant, qui parle... Pour lui, la vraie révolution, c'est depuis dix ans... La couleur télévisée... Les cassettes... La vidéo... Magnétoscopes... Même McLuhan a été timide... Mutation fabuleuse... Remodelage du dehors-dedans... Changements de coordonnées... Tout dans l'acoustique... Jugement dernier anticipé... Passage au trans-monde... Matériel-immatériel... Surhumain... Soft! Longueur d'ondes des anges! Ou des démons... Mort de l'homme? Beaucoup de blabla là-dessus, un détail... Heidegger? Oui, oui, mais trop lent... Nouvelle Contre-Réforme... Explosion! Puissance de l'audition!... Tout ce qui vient avant est emphatique, appliqué, emprunté, arthritique, rhumatismal, ridicule... Fascisme, stalinisme, terrorisme sont des efforts désespérés pour ralentir la softisation... Convulsions de l'hystérie touchée au cœur... Se défendant farouchement... Contre la relativité... A coups de grosse voix... Et de Loi... Mais rien à faire, la marée blanche est partie, la radio libre est inarrêtable, ça émet 24 sur 24, c'est le tourbillon!

S. m'explique comment il a enregistré l'intégralité de sa *Comédie* en lisant lui-même à toute allure : douze heures, et ce n'est pas le premier volume, ajoute-t-il fièrement... Il est malade... Il est persuadé d'avoir accompli un acte hautement liturgique... Une sorte d'exorcisme... Il se balade un peu partout, maintenant, pour lire en public le début de son second volume, toujours sans ponctuation, entouré par huit écrans de télévision... Sur six écrans un film où l'on voit rapidement Venise, S. en train de jouer au tennis, des incrustations de flashes pornos, une tête de bébé endormi, des fontaines... Sur les deux écrans qui restent, il se fait prendre en direct colorisé en train de cracher sa prose vaudou, transpirant, cataleptique... J'ai été le voir... C'est très beau, si l'on veut, stupéfiant de virtuosité... Personne n'y comprend rien... L'assistance est soufflée... Elle retient vaguement qu'il réclame la fin de la reproduction humaine, l'expérience enthousiaste du gouffre, un culte ironique de la Vierge Marie... Il faut dire qu'au bout d'une heure de rafale éloquente, percutante, on a l'impression d'avoir entendu un résumé des 2 000 ans écoulés... Il renouvelle le genre apocalyptique... Dans le style sportif... Le plus étonnant, c'est que son truc opaque et d'une seule coulée à l'œil, apparaît, à l'écoute, clair, polyphonique, harmonieux, mélodieux... Il se déplace là-dedans comme dans une partition légère, tour à tour comique, lyrique... Avec des esclaffements, des accélérations, des protestations, des baisses de tons, des éclats chansons... Nouveau troubadour, ménestrel... Le jongleur de Notre-Dame... Compositeur-interprète... Il aime Miles Davis... Bref, véhément...

L'essentiel de son message, si j'ai bien entendu, est une violente dénonciation de l'emprise sexuelle... De l'emprise tout court... On dirait un hymne gnostique, avec même, détail révélateur, l'évocation de la « noria » manichéenne... La roue qui trie les âmes, évacue les unes, précipite les autres... Salut et condamnation... Mouvement perpétuel dans la trame... On parle un peu de tout ça... Les Manichéens croyaient que les êtres humains étaient divisibles en trois classes : hyliques, psychiques, pneumatiques... Corporels, spirituels, méta... Que pour arriver au pneumatique, c'était toute une affaire... Que les Archontes, les autorités du Mal, étaient là, sans cesse, derrière un monde enchaîné, envoûté, dont nous n'apercevons que la crête de ténèbres vaguement éclairée, pour séduire et retenir les cadavres vivants prisonniers... Les contremaîtres de la mauvaiseté primordiale apparaissent mâles aux femelles, et femelles aux mâles... Du moins en principe... Eh! Eh!... L'important est d'arriver à faire dégorger leur semence aux acteurs humains... Pour nourrir la machine... La grande machinue à duplication? La duplicité photocopieuse? La matrice en soi? Oui, me dit S., écoutez ces vers de Baudelaire :

Machine aveugle et sourde, en cruauté féconde,
Salutaire instrument, buveur du sang du monde...

Salutaire? Solitaire? La broyeuse? La recomposeuse? La louve évoquée par Dante au début de son voyage infernal? Enfin, l'essentiel est cette volonté absolument méchante au départ... Désir jaloux... Matière... Al-Hummama... L'instigatrice, l'inspiratrice... L'esprit des ténèbres... Souffle immonde contrôlant le monde... Et les petits pions sur l'échiquier... Se mouvant dans la fumée, le feu, l'air, l'eau, la nuit... *Iram in facinoribus, libidinem in flagitis*, comme dit saint Augustin... « La colère dans les infamies, la concupiscence dans les stupres. »... On ne peut s'en sortir qu'en entendant une sorte de cri fondamental, d'appel... Entraînant vers la voie lactée, lumineuse, des chants, prières, récitations, psaumes... Colonne de gloire et de louange... *Sanctus* permanent... Spirale animée... Harpe et luth... Si on s'en tire, ça s'appelle « être réconcilié avec la droite de la paix et de la grâce »... *Ad dexteram Patris*... Etrange figure de ce *Jesus Patibilis* qui manifeste que le monde tout entier est la croix de la lumière...

S. est emporté par son sujet... C'est un pneumatique en acte... D'où son style, dit-il en riant... Il prétend en tout cas que les hyliques et surtout les psychiques sont aujourd'hui particulièrement d'attaque... Et que la psy rampante les démultiplie sur la scène... Pour m'achever, cette fois encore, il me ressort son saint Paul, *Corinthiens*, 2 : « L'homme psychique n'accueille pas ce qui est de l'Esprit de Dieu : c'est folie pour lui, et il ne peut le connaître. Car c'est par l'Esprit (ou le Souffle) qu'on juge. L'homme du Souffle, au contraire, juge de tout et n'est jugé par personne. »... Le Souffle, dit-il, c'est toujours lui qu'on oublie...

Mais alors, le jeu sur les mots, les altérations, les permutations de syllabes... Kabbale? Si on veut... S. me prête des articles de Gershom Scholem qui vient de mourir à Jérusalem... Et il me lit ceci, à propos de l'infini : « Le regard de la Kabbale découvre tous les mondes, et jusqu'au mystère de l'*En-Sof*, à l'endroit même où je me trouve. Il n'y a pas besoin de spéculer sur ce qui est " en haut " ou " en bas ", il faut seulement (seulement!) pénétrer le sens du lieu où l'on se trouve soi-même. Pour ce regard métamorphosant, tous les mondes ne sont, selon l'expression d'un grand Kabbaliste, rien d'autre que " les noms tracés sur le papier par l'essence même de Dieu ". »

Ouais... Ouais... Tant qu'à faire...

Ici. Maintenant. Vraiment ici... Vraiment maintenant...

J'ai rendez-vous avec la Présidente. Chez elle, pour le petit déjeuner... Qu'est-ce qu'elle veut?... Mais rien... Baiser, tout simplement... Se détendre... Elle est gaie... On baise très bien...

« Alors, comment va votre roman?

— Couci-couça... Il devient métaphysique, je crois...

— Hou là! Dans quel sens?

— Biblique!

— Biblique? Quelle idée? Aujourd'hui? Dieu vous intéresse?

— Je trouve cette affaire bizarre... Mal expliquée... Il y a peut-être des tas de choses nouvelles à en dire?

– Mais enfin, vous n'êtes tout de même pas *croyant?* »

Ce n'est pas la première qui me pose la question avec, dans la voix, une stupéfaction en arrière d'elle-même. D'effroi... C'est là qu'on est devant un choix... C'est là qu'on est lâche... Que le coq chante...

« Non, bien sûr.

– Alors, pourquoi? La mode?

– Peut-être... Pourquoi pas? La mode est souvent vraie...

– C'est quand même inouï, ce retour à Dieu! Il n'y a donc plus un seul philosophe sérieux parmi les intellectuels?

– La philosophie n'attire plus.

– Et la politique?

– Non plus.

– Alors, quoi?

– Rien... L'art... La métaphysique...

– Ou le terrorisme, vous ne croyez pas? En tout cas, la société actuelle ne va pas dans votre sens, mon cher.

– Qui sait?

– Vous pensez que les femmes vont tolérer ça?

– Non, mais si ce phénomène se produit, elles doivent bien y être pour quelque chose... Il a dû y avoir un tassement quelque part...

– Et leur libération?

– Si c'en est une?

– Enfin! C'est toujours mieux que ce que *Dieu* proposait, non? J'ai vu récemment un film sur la libération des femmes en Asie centrale par la révolution soviétique... C'est extraordinaire... Toutes ces femmes jetant leurs voiles au feu, leur tchador... Pensez à l'Iran... C'est accablant... Enfin, comment *vous*, pouvez-vous hésiter là-dessus? Ou alors, de quoi parlons-nous?

– Bien sûr... Je me demande simplement si l'on ne passe pas, sans cesse, d'un faux dieu à un autre faux dieu...

– En tout cas le prétendu vrai a parlé. Et ce qu'il dit est suffisamment éloquent pour justifier toutes les oppressions...

– Dieu misogyne?

– Et comment! »

Sans doute... Sans doute... Rien n'est plus évident... Mais comment lui expliquer que l'absence proclamée de dieu risque de l'être autant... Autrement... Avec les modernisations qui s'imposent... Elle ne l'admettra jamais... Ni personne... Je ne peux pourtant pas lui mettre sous les yeux qu'elle vient de jouir grâce à l'intervention discrète, indirecte et professionnelle de dieu... Mauvais goût... Restons gentleman... C'est pourtant ce que je viens de concrétiser... Démonstration pratique...

La Présidente se penche vers moi par-dessus son thé :

« Dites-moi, vous avez participé à des mouvements politiques, il y a dix ans?

– Un peu... De loin... Verbalement... L'affaire " maoïste "?

– Mais on m'a dit que vous aviez été très engagé! Très " red "! Tout à fait stalinien!

– C'était l'amusement de l'époque... La Chine... Romantisme...

– Mais certains ont pris ça très au sérieux... Je vous trouve bien léger...

– Il a dû m'arriver de signer ou d'écrire des choses incendiaires, c'est vrai.

– Mais oui! C'est ce qu'on m'a dit... Cachottier! En tout cas, je peux vous dire que vous vous êtes fait des ennemis acharnés à ce moment-là, semble-t-il... Et qui sont maintenant, vous vous en doutez, proches du pouvoir... J'ai entendu des choses très sévères sur vous, mon cher... Amusantes, je dois dire, quand on vous connaît... Sur vous, et votre ami, là, l'écrivain d'avant-garde, comment s'appelle-t-il, déjà?

– S.?

– C'est ça... L'hermétique... L'illisible... Celui qui écrit sans ponctuation... On vous traite tous les deux de tous les noms, vous savez? »

Ah, tout de même, le rendez-vous avait bien une raison... Pas de gratuité totale... Je baise, mais je suis surveillé... Je vais et je viens librement, c'est entendu, mais j'aurais besoin d'un soutien, ma vie sociale est fragile... Qui s'est occupé de moi? Oui, oui, je vois... Michel, le poète banquier gauchiste... L'épisode avec l'amie de sa femme... Et le non-épisode avec sa femme elle-même... « Les hommes torchent les lois, dit Céline, les femmes font l'opinion. »... Marie-France... J'étais encore célibataire? Ou mon mariage avec Deb n'était pas encore connu? Anyway... Je plaisais beaucoup à Marie-France... On sortait ensemble avec son mari, des amis... Elle, une blondasse pâle, bourgeoise alsacienne, pointue, mangée de migraines... Elle me draguait... Je me rappelle un soir, dans une boîte, un slow, et son genou droit direct dans les couilles... Insistant... Déclaratif... Poussant... J'ai cru, cette fois-là, qu'elle allait m'enfoncer le pubis entier... Et moi : rien... Erreur! Inconscience de la jeunesse! Elle avait une copine, Marie-France... Une grosse petite rebondie châtain... J'ai oublié son prénom... Si, Martine, je crois... Une nuit, tard, je me retrouve ivre mort sur son lit... Nu... J'ouvre un œil... Elle est dans la salle de bains... Appartement superchic, avenue Foch... Sa tenue de cheval est jetée en désordre sur un fauteuil... Je ne me souviens de rien, ou presque... Elle revient en chemise de nuit... Je vois tout dans un éclair... Je referme les yeux... Elle s'installe pour dormir... Ça y est! Le lendemain, elle me fait apporter chez moi une chaîne haute-fidélité... On avait dû parler musique pendant le dîner, qu'est-ce que vous avez comme installation, oh rien du tout, un machin banal, etc. Trois jours après, elle a pris deux billets d'avion pour un week-end au Caire... Les Pyramides! Son et Lumière! Honeymoon! A la source-Isis! Je refuse... Elle m'écrit... Elle me donne rendez-vous dans un bar... Où arrivent aussi, comme par hasard, Michel et Marie-France... Médiation... Mariage! Raté! Marie-France me regarde avec fureur... Elles avaient tout arrangé... Et tout leur milieu avec elles... J'épousais l'une... Je satisfaisais l'autre... Je devenais l'intime du mari... Je mettais un peu d'animation dans leurs relations anémiques... Et à moi les appartements! Les tennis! Longchamp! Figuration intelligente! Golf! Juan! La Mamounia à Marrakech! Le Sahara Palace! Et la gauche par-dessus le marché! Puisque j'avais tendance à être d'extrême gauche... Un garçon brillant, prometteur, d'extrême gauche doit aller à gauche... Rejoindre! Comprendre! Mûrir! Trouver sa responsabilité! Dans le sens de l'histoire! La gauche modérée... La vraie... Le PC ouvert! Trotskisme diagonal... Evolutif! Planifié! Le socialisme bien compris! Mon dieu, quelle vie j'aurais aujourd'hui, au lieu d'être classé automatiquement à droite sans le moindre soutien de la droite, et pour cause! Sans la moindre proposition *Figaro!* Oui, c'est ça que la Présidente veut dire... Quel âne j'ai été! Incorruptible sans même savoir! Pas par morale, par ennui! L'imprévoyance! L'insolence! La cigale ayant chanté tout l'été... M'obstinant à me dépenser ici ou là, au hasard... Quand la bise fut venue... Et le pire de tout! J'épouse une étrangère! Pour elle-même! Sans aucune couverture financière! Et de l'Est! Et belle! Et intelligente! Et pas triolable! Et je ne me rallie même pas à cette case-là! Prévue! Aragonide! Sartreuse! Et je continue à me dépenser quand même! Toujours des femmes! Malédiction! Les Erinnyes! Je deviens illico fasciste! Drieu la Rochelle! Nazi! Antisémite! Tombeur de la République! Infréquentable! Fanatique! Pervers! Intrinsèquement! Bon, ça m'amuse un moment... Je leur donne satisfaction... Je joue un peu... Mais c'est que tout le monde se met à prendre la farce au sérieux... Le petit clan bafoué remue ciel et terre... Que je suis le plus sombre salaud que la terre ait jamais porté... Un Beria virtuel... Un Himmler en puissance... On ne m'invite plus... Quarantaine... Cordon sanitaire... Protéger les femmes! Les filles! Les sœurs! Les belles-sœurs! Les cousines! Les tantes! Les grands-mères! Voilà ce que c'est que de ne pas être homosexuel! Quand la société se fâche!... Aucune excuse! Dangereux! Les bonnes mœurs! Violeur de Jeanne d'Arc! Pollueur d'Elsa! Blasphémateur de Beauvoir! Assassin de Marie Curie! Bourreau de Louise Michel! Corrupteur de Mme de La Fayette! De George Sand! De la princesse de Clèves! De Mme de Sévigné! De Louise Labé! De Mme de Staël! De Christine de Pisan! De Rosa Bonheur! Amant secret de la Reine! Autrichien! Complot! On va vous apprendre à refuser le contrat social! Rousseau! La nation elle-même! Sale Yankee! Métèque! Impérialiste! Irrationaliste! Obscurantiste! Vous allez voir ce que c'est l'âme française! Autrefois confite... Maintenant progressiste... Même topo... Toute la crasse catholique reconvertie en trip maçonno-contraceptif! De l'hostie à la tablette en pilule! Kangourouterie symbolique! Direct! Maîtrise destins! Eternelle bourgeoisie sans rêves...

Restons calme. En réalité, la Présidente est en train de m'avertir gentiment... Ma situation au Journal n'est pas bonne... Ça creuse fort sous mes pieds si je comprends bien...

« Vous savez, lui dis-je, il n'y a plus que la littérature

355

qui m'intéresse vraiment... Le reste me paraît flou, inutile... Approximatif...

– La littérature? Mais laquelle? »

Je lui fais un petit exposé... Sur le XXᵉ siècle... *Ulysse*... 1922... L'avènement des perceptions-protons... Chocs minuscules... La pensée par légèreté des déplacements... Le monologue de Molly... La révolution de faire parler pour la première fois en première personne une femme depuis l'intérieur de ses règles... Le nouvel art de la parole dans l'instant... Le *spot*... L'épopée immédiate... Faulkner... Le dernier Céline... *Rigodon*... 1960... Le langage de l'après Deuxième Guerre mondiale... En attendant la suivante, qui est déjà là depuis longtemps... Qui s'étend sous nos yeux...

Je vois que ça l'ennuie vite. Bon, ça suffira pour aujourd'hui... A bientôt... Au retour des voyages... Les siens... Les miens...

Cette fois, le Diable me rend visite en personne. Il me parle.

« Me voilà assis, ce douzième jour d'août 1766, en gilet pourpre et pantoufles jaunes, sans bonnet ni perruque. »...

Tu l'as reconnu? Laurence Sterne.

Il est là pour toujours. Il fait beau. Il écrit.

Le roman est ici chez lui.

Tu dois le ramener à cette légèreté sans contraintes. Assez de nihilisme! De maussaderie! De dérobades plus ou moins poétiques! Lever du jour! Soleil!

J'aime à la folie ces attaques des vieux auteurs. Par exemple, la « déclaration » qui ouvre *Gil Blas de Santillane* :

« Comme il y a des personnes qui ne sauraient lire

sans faire des applications des caractères vicieux ou ridicules qu'elles trouvent dans les ouvrages, je déclare à ces lecteurs malins qu'ils auraient tort d'appliquer les portraits qui sont dans le présent livre. J'en fais un aveu public : je ne me suis proposé que de représenter la vie des hommes telle qu'elle est; à dieu ne plaise que j'aie eu dessein de désigner quelqu'un en particulier! Qu'aucun lecteur ne prenne donc pour lui ce qui peut convenir à d'autres aussi bien qu'à lui, autrement, comme dit Phèdre, il se fera connaître mal à propos. *Stulte nudabit animi conscientiam*. Quiconque en mes portraits se sera reconnu, mettra sa conscience et sa sottise à nu. »

Tu pourrais mettre ce paragraphe, aujourd'hui même, en tête de ton roman?

Mais dis-moi, soyons sérieux, peut-être faut-il se replier? Changer son fusil d'épaule? Brouiller les pistes? Dépister les flairs? Semer un peu les suiveurs? Marcher un moment dans l'eau?... Voyons... Ce livre... Ce titre-là, gênant... Pourquoi ne pas le changer?... *Femmes*, est trop particulier, provocant... Trop général, aussi bien... Réducteur... Il n'est quand même pas question ici que des femmes, n'est-ce pas? Trop d'indignité, trop d'honneur... Les pauvres... Pourquoi les embêter... Aucune raison... D'autant plus que ce sont elles qui achètent les livres... En réalité, il ne s'agit pas d'elles, n'est-ce pas? Pas d'elles en tant qu'elles... On pourrait croire à une limite, à une fixation personnelle de ta part... Qu'est-ce que tu dis, déjà, au début?

Le monde appartient aux femmes.

C'est-à-dire à la mort.

Là-dessus, tout le monde ment.

C'est vrai, c'est bien vrai... Et nul ne le sait mieux que moi, le père du mensonge... Qui ai arrangé ce décor pour qu'il ne puisse jamais être éventé... Et que tout ait l'air du contraire... Surtout sur cette question...

Mais précisément, c'est *trop* vrai! Beaucoup trop brutal! Analyse sauvage... Invraisemblable. Tu n'aurais jamais dû écrire ça d'emblée. Tout indique le contraire. Ton récit va tomber à plat. Raconte! Raconte! C'est tout. Pas un mot de plus! Réceptacle! Imprégnations! Tu étais trop énervé quand tu as lâché ça. Mauvais début! Et l'intrigue? Qu'est-ce que tu veux raconter, au fait? Mais oui, voilà, ça ferait un excellent titre de remplacement! Dans la même ligne! En plus large, plus ambitieux! Plus « profond »!

La Fin du monde

Pourquoi pas? En même temps, habile spéculation de marketing sur l'effet produit par la publication enfin modernisée des prophéties de Nostradamus... Crédulité! Un zozo naît toutes les cinq minutes... La science-fiction marche à cent pour cent... Les gens veulent savoir... Ils se sentent de plus en plus vulnérables... Dans un théâtre douteux... Qui pourrait flamber après tout d'un moment à l'autre... Vers 1998... Ou 1999... Ou 2020... Ou 3040... Ça peut dépendre des ultimes préparatifs en coulisses... Des fantaisies de l'atome, là, dans ma main... Des humeurs quasars... D'un dictateur à la bombe... D'un fou... Du hasard... De l'arrivée du Messie, j'oubliais... Ou de son retour! Au choix...

La Fin du monde. Roman

Tac!

Comment? Personne n'y a pensé?

A la recherche du temps perdu... Le Procès... Les Somnambules... L'Homme sans qualités... Le Voyage au bout de la nuit... Le Bruit et la Fureur... L'Innommable...

Bien.

La Fin du monde?

Parfait.

C'est net, global; c'est crise et mutation; c'est fatal...

Tu peux t'étonner de ne pas l'avoir trouvé plus tôt. D'autant plus que ça colle très bien avec ton projet qu'il ne faut surtout pas révéler au lecteur... La vérité, enfin, sur le secret-femmes, sur le secret qui transpire à travers les femmes et dissout la croyance qu'il y a un monde et une nécessité de ce monde... Démasquage du pouvoir de la mort... Chut! N'ébruite pas la nouvelle! Bonne! Très bonne! L'Evangile selon saint Discret!

Plus de monde! Plus de mort!

Plus d'humanité! D'univers! Plus rien!

La narration s'achève avec toi! Grande dernière! Electrons! Rideau! Roulements! Salves!

Ou bien, peut-être : *La Clé de l'abîme*?

Ou encore : *Bordel*? *Bacchanale*? *Extase*?

Ou encore : *La Vérité révélée par le temps*, en hommage à ton Bernini? Trop long.

Non : *La Fin du monde*, là, bien carrée, en capitales rouges, dans toutes les vitrines, juste avant la fin.

Tu me dis : et l'*Apocalypse*? Oui, bien sûr... Si quelqu'un est allé droit au cœur du sujet, c'est bien lui... Avec ma complicité, d'ailleurs... Et dire que je ne touche pas le moindre droit d'auteur... Quelle injustice... *La Deuxième Apocalypse*? Non. Une suffit. Sa vérification se fait attendre, c'est entendu, le suspense est un peu démodé, mais enfin il y a eu là un effort. Pas de concurrence déloyale. *Apocalypse now*? Hollywood? Non. *La Fin du monde*, ça a peut-être l'air exorbitant, prétentieux, mais imagine simplement l'effet au milieu des autres volumes... La fin des livres... Pardon? Quoi? *La Fin du monde*? Ni plus ni moins? Tout simplement... Vous, alors... Directement dans l'assiette. Et pour pas si cher...

Saint Jean est d'ailleurs notre maître à tous... Je t'étonne? Si tu savais! Ecoute ça : « Il me transporta au désert en esprit. Et je vis une femme assise sur une Bête écarlate couverte de titres blasphématoires et portant sept têtes et dix cornes. La femme, vêtue de pourpre, étincelait d'or, de pierres précieuses, et de perles : elle tenait à la main une coupe en or remplie d'abominations et des souillures de sa prostitution... Elle se saoulait du sang des saints et du sang des martyrs de Jésus... »

« Eh! Oh! » dis-je.

Le Diable s'arrête. Je ne le vois pas. Je l'entends. Il a une voix douce, nerveuse...

Il me lance :

« Bon! Eh bien, garde *Femmes*, puisque tu y tiens! Mais je t'aurai prévenu! Très mauvais pour la sortie de ton livre! Ne compte pas sur moi! N'oublie pas que je dirige les médias, les supports! »...

Il disparaît.

Je me réveille. J'ouvre mon *Apocalypse*.

« Les eaux, poursuivit l'Ange, où la Prostituée est assise, ce sont des peuples, des foules, des nations et des langues... – Payez-la de sa propre monnaie! Rendez-lui au double de ses forfaits! Dans la coupe de ses mixtures, mélangez une double dose! »

Enflammé l'apôtre! On ne le tient plus! Romancier radical... Au commencement, le Verbe... Et à la fin, la victoire du Verbe du Commencement... Contre toutes les intrigues et les « fins » imaginées en cours de route... Sur tous les écrans... La Bête, le Dragon, le Faux Prophète... Et la fleur qui s'épanouit sur leur triple charnier : La Prostituée... Une seule force d'un bout à l'autre de l'alphabet – bonjour! « Je suis l'Alpha et l'Oméga, le Premier et le Dernier, le Principe et la Fin. Heureux ceux qui lavent leurs vêtements, ils pourront disposer de l'Arbre de Vie et pénétrer dans la cité par les portes. Dehors les chiens, les sorciers, les impurs, les meurtriers, les idolâtres et tous ceux qui se plaisent à faire le mal. »

Ça fait beaucoup de monde à la porte!

Et de plus en plus!

Pourquoi écrivez-vous? Celui-là, au moins, connaît sa réponse....

Mais ça me rappelle quelque chose... Une séquence dans une orgie à New York... Je m'étais retrouvé avec une fille dans les chiottes, elle était assise, nue, sur le trône... Elle venait de me faire jouir... Sa main droite était pleine de sperme... Elle regardait sa main, la tête penchée, elle approchait lentement sa main de ses yeux dans un geste de délire mystique... Cocaïne? Sans doute. Mais je revois son visage hagard, halluciné tout à coup, transmutant et adorant la liqueur blanchâtre, une torsion des traits jamais vue, en train de passer ailleurs... Comme dans une crise d'épilepsie... Mon foutre était devenu sa bave... Folle... C'est une des rares fois où j'ai eu peur... Vraiment peur... Qu'elle ne revienne pas... Qu'elle soit entièrement mangée par l'autre côté de la chose... Elle était dans un groupe un peu spécial... Sans nom... Secte... Prostituée d'occasion, au service des invités de sa maîtresse... J'ai été obligé de l'essuyer, là, avec mon mouchoir, de la réveiller en la giflant presque... C'est dans ces moments qu'on voit, qu'on entrevoit... Très vite... La grimace de l'Autre... Inconscient... Elle dormait... Assise sur les cabinets au fond du sommeil... Et, en même temps, mimant un rituel sans âge... Prêtresse-de-la-grande-affaire-de-l'envers... Aujourd'hui, en pleine ville? Je l'ai portée dans la salle de bains, j'ai mouillé son visage, j'ai trouvé une chambre vide, je l'ai allongée sur un lit... Ça baisait un peu partout dans les coins, murmures, essoufflements, gémissements... Je me suis tiré en douceur... Pleine lune sur Broadway, je me souviens... Babylone...

Voyageur, résumez-moi vos impressions de la terre...
Eh bien, mon ange, je n'ai rencontré partout que des
gangs à peine dissimulés de cinglés ou d'assassins
virtuels... Voilà... Bout de l'enquête... Cinglés, ils le sont,
c'est sûr... A mort... Ça se fait tout seul... Mais il ne faut
pas croire qu'ils savent à quoi ils appartiennent... De
quoi ils sont membres... Vous voulez une définition de
dictionnaire? Claire, mathématique? Voici : le démoniaque se reconnaît à ceci qu'il croit que rien ne lui est
extérieur... Folie?... Observez... Constatez...

Je visionne... J'essaie de les passer en revue... De
calculer s'il n'y en aurait pas un à sauver, ici, là...
J'hésite un peu... Non... Vanités... Buée des buées...

Ils sont accrochés... Came... Petit coup de menton à
l'horizon des deux yeux... La pose... La superpose...

Et j'ai le regret d'affirmer que derrière cette maladie
insolente, insistante, grotesque, on trouve toujours,
immanquablement, la vieille, si vieille et anonyme
prétention féminine, son creux gonflement inné...
L'hystérie n'est qu'un détail, une cloque infime de la
nappe d'enveloppement profonde... C'est là qu'ils se
regardent sans fin dans les glaces, qu'ils se prélassent
et s'embrassent... Eux, rien qu'eux, toujours plus eux,
sans cesse eux...

D'où l'accusation symétrique adressée à celui qui
tentera d'échapper à cette affaire d'œuf... D'être un
monstre d'égoïsme... D'insensibilité... D'orgueil...

Je revois Bernadette n'arrêtant pas de me reprocher
mon narcissisme tout en cherchant à chaque instant,
avec une satisfaction angoissée, son visage dans les
miroirs... Blason de l'épopée entière...

C'était à mourir de rire. Simplement parce que je ne
rentrais pas dans le jeu. Dans l'empire de la dette. De
la prétendue réciprocité...

Chaque fois qu'un type est maniéré, stéréotypé, se

répète, se laisse aller au contentement qui l'habite, à la naïveté qui le tient, ouvrez les yeux et voyez. C'est affreux. Comique. Indescriptible. Mais oui, c'est Elle qui revient, là, même chez le plus contrôlé, pas de doute. La grande Pute imaginaire est là, fait la roue, s'exhibe, sans se douter une seconde qu'elle pourrait être vue d'ailleurs et réduite en poudre... La grande Paonne immortelle... Léon!...

Pédés ou pas, idem. Ils en viennent tous à ce point de féminisation, à un moment ou un autre. C'est la Loi.

Il n'y a que des femmes... On pourrait aussi bien dire qu'il n'y en a pas... Rien. Amusant, non, tout ce racontar pour du vide? Beaucoup de bruit, de fureur, pour une écharpe soufflée!

On comprend que le Peuple élu ou l'Eglise se disent être, d'une façon ou d'une autre, les épouses de dieu... Plaintes des prophètes... Infidélités... Dieu misogyne? Oui, dans la mesure où il essaie de n'être pas humain, tout simplement. Moindre des choses...

Dans quel ordre, déjà, s'énoncent les goûts du Prophète lui-même? Muhammad? Sur lui la paix!... « Les femmes, le parfum, l'oraison... » C'est ça... Ce qu'il y a d'impalpable, d'immatériel... *An-nisâ*... D'expressivement vite effacé... Dans l'ordre du moins au plus, je suppose... Non sans humour... Le Coran est plein d'humour... Exemple : « Si un mari répudie sa femme trois fois, il ne lui est permis de la reprendre que lorsqu'elle aura épousé un autre mari, et que celui-ci l'aura répudiée à son tour. Il ne résultera aucun péché pour aucun des deux s'ils se réconcilient croyant pouvoir observer les préceptes de Dieu. » Ou encore : « Les maris sont supérieurs à leurs femmes. Dieu est puissant et sage. » Prions pour qu'il soit encore écouté sur ce sujet! Vœu pieux! Shakespeare! Molière! Mégère apprivoisée! Précieuses allégées!

En tout cas, je peux prendre appui, moi, sur la Sourate 113, l'avant-dernière, *L'Aube du jour*...

Je prends refuge en Allah, Maître de l'aube,
Contre le mal de ce qu'Il a créé,
Et contre le mal de la ténèbre lorsqu'elle s'abat,
Et contre le mal de celles qui soufflent sur les
[nœuds,
Et contre le mal de l'envieux lorsqu'il envie.

Ce qui attire mon attention, c'est que le même mot arabe, *falaq*, signifie, à la fois, l'aube ou l'aurore et *la fente*... Dieu, maître de la fente... Les sorcières soufflant sur les nœuds... L'envie comme principe du mal... L'ouverture, pourtant... Faut-il insister? Non, non... Que celui qui a des oreilles entende... C'est ma sourate préférée... Elle me protège... Dieu est clément et miséricordieux! Il connaît mon cœur... Il sait tout...

Je repars pour New York... Cette fois, Lynn est venue me chercher à Kennedy... Cyd est à San Francisco, elle sera là demain... On va chez elle... Lynn est de passage, elle aussi, elle donne une conférence à l'université sur Faulkner... Je vais me promener seul... Je retrouve mon ponton sur l'Hudson... C'est l'hiver, il fait beau, tranchant de froid, je cours... J'arrive au bout du grand radeau de planches désert... Je me mets à crier... Je hurle, là, tout seul, pendant un quart d'heure... L'eau miroitante grise clapote contre les piliers de bois...

J'invite Lynn à dîner. On va manger des clams au One Fifth... Puis on rentre chez Cyd... On ne fait pas l'amour, on écoute de la musique... On s'embrasse quand même un peu... J'aime ses cheveux châtains, ses mains...

Le lendemain, Cyd nous amène chez des amis à elle... Cocaïne et héroïne sur la table... Traînées blanches... « Petites lignes »... Pailles de celluloïd... Ils sniffent... Ils s'en foutent plein les sinus... Trois types et deux filles punks... Cyd a sur elle du bon haschisch... De l'afghan... Vive la résistance afghane! Quelqu'un parle de la guerre là-bas... Produits chimiques employés par les Soviétiques... Interventions biologiques... Un des types a lu des articles... Le prochain affrontement mondial risque d'être vraiment joyeux... Bacille du charbon pulmonaire... Encéphalites... Botulisme... Typhus... Fièvres diverses... Jaunes... Marron... Paralysies... Asphyxies... Millions de morts en dix minutes par aérosols... Vaporisations par avions... La mort diffuse... Respirée... Suggérée... Expérimentations, déjà, en Asie... Laos, Cambodge...

La conversation dérive sur la communication... « On parle du chant des baleines, dit l'un des types, mais on ignore encore sa vraie nature et sa signification. Les sons s'étalent sur une large bande de fréquences. Ils descendent au-dessous de ce qu'une oreille humaine peut détecter. Un chant typique dure environ quinze minutes, le plus long une heure. Souvent, ils se répètent, identiques, mesure pour mesure, note pour note. Il arrive que les baleines quittent leurs eaux hivernales au milieu d'un chant, pour le reprendre lorsqu'elles reviennent, six mois plus tard, exactement à la note où elles l'avaient interrompu. Le plus souvent, à leur retour, elles changent leurs vocalises. Il est très fréquent que les membres d'un même groupe entonnent en chœur le même air...

— Voilà qui aurait enchanté le vieux Melville, dis-je.

— Melville? fait l'une des filles punks.

– Savez-vous maintenant, continue le type aux baleines, de combien un *virus* a besoin comme unités d'informations? Dix mille environ. Cela fait une page de livre.

– Ça dépend de quel livre, dis-je.

– Et une bactérie? continue-t-il, un million. Cent pages imprimées. Et une amibe? 400 millions, donc 80 volumes de 500 pages chacun. Et un être humain? Cent mille milliards, c'est-à-dire le nombre de connexions entre neurones dans le cerveau. Donc : 20 millions de volumes...

– Un bipède qui meurt, et la perte de la bibliothèque d'Alexandrie? Virtuelle? dis-je.

– Davantage! fait le type. Exaltant, non?

– La bibliothèque d'Alexandrie? » dit l'autre fille punk.

Et ainsi de suite. Joyeuse soirée. On rentre Cyd, Lynn et moi... On se couche tous les trois... Cyd est fatiguée, laisse opérer Lynn... Elle s'occupe de nous... Elle nous suce longuement, l'un après l'autre. Pendant ce temps, Cyd m'embrasse. Elle jouit la première, sous la langue de Lynn. A partir de là, elle descend sur moi, chasse Lynn, qui vient m'embrasser... Lynn me regarde bien dans les yeux quand je jouis dans la bouche de Cyd. C'est moi qui vais la sucer, maintenant, Lynn... Elle jouit assez vite, mouillant beaucoup et discrètement...

On dort d'un seul coup. Café pour moi dans le soleil vif. Elles parlent de leurs petites affaires en buvant leur thé... Comme si de rien n'était, naturelles, de bonne humeur... Ça peut donc être aussi comme ça... Une fois sur cent mille... Ombrages, calme, fleuve doux... Brèves rencontres... Heureusement qu'on se quitte... Tout l'art est là...

Lynn s'enferme pour revoir sa conférence... « La révolution du temps dans *Le Bruit et la Fureur* »... On vient de publier des lettres de Faulkner à sa dernière jeune amie, Joan Williams... 1951... 52... « Tu écriras, un jour. Tu n'as peut-être rien à dire pour le moment. Il faut avoir au fond de ses entrailles quelque chose de brûlant qui vous force à parler; tu n'en es pas encore là, mais ne t'inquiète pas; que tu écrives ou non, peu importe; écrire, cela compte seulement si on en ressent le besoin, quand rien, rien, rien sinon l'écriture ne peut vous apporter la paix. » Et encore : « Es-tu heureuse, découvres-tu quelque chose que tu ignorais hier? Raconte-moi tout... Tu vois ce que je veux dire : quelque chose de nouveau qui fait que cela valait la peine de vivre hier pour vivre aujourd'hui, et comme tu sais que tu pourras encore découvrir quelque chose de nouveau, cela vaut la peine de vivre aujourd'hui pour vivre demain. » Et encore : « En tant que membre de l'espèce humaine, tu souffriras de ta condition d'artiste. Tu dois t'attendre au mépris, à l'aversion, à l'incompréhension de tes semblables, que le destin n'a pas condamnés à créer quelque chose de nouveau et de passionné. Aucun artiste n'y échappe. » ... Et enfin : « J'ai appris à écrire en lisant d'autres écrivains. Pourquoi refuses-tu d'en faire autant? »

Sans commentaires... Courbe classique... Lynn m'a montré sa conférence... Correcte, universitaire... Ce qu'il y a de mieux, évidemment, ce sont les citations... Voilà le sublime Faulkner, inimitable : « Le sang paternel hait, plein d'amour et d'orgueil, tandis que le sang maternel, plein de haine, aime et cohabite. » Ou bien : « C'est ce qu'on veut dire lorsqu'on parle du sein du temps : l'agonie et le désespoir des os qui croissent, le cercle rigide qui enserre les entrailles outragées des événements. » Parallèles, balancement de la phrase, large ellipse, savoir sexuel de la mort...

J'accompagne Cyd faire des courses sur la Cinquième... On déjeune au 666...

« Pourquoi restes-tu à Paris? dit Cyd, tu es mieux ici, ça se voit.

– Je suis pratiquement français, maintenant...

– Mais *non*, tu *n'es pas* français, tu sais bien!

– Peut-être... Enfin, ça s'est fait comme ça... »

Son *non!* a été très énergique. Elle m'embrasse en riant.

« Ça avance, ton roman?

– Pas mal, mais je me demande si je saurai jamais raconter vraiment une histoire...

– Oh, alors, arrête tout! L'histoire est capitale. Début, évolution, progression, fin. Sans quoi, inutile. Un roman, c'est un film. Un film, c'est un poids de dollars... Le dollar exige son type de roman... Point. Le reste est littérature!... Excuse-moi!

– Je sais... A combien est le dollar en francs, aujourd'hui?

– Six francs quatre-vingts...

– Presque le double d'il y a trois ans?

– Voilà... Enfin, chéri, tu n'as rien à voir avec tous ces intellectuels sophistiqués qu'on invite pour meubler l'Université, n'est-ce pas?... Comment c'est, déjà? Le " nouveau roman "? Ce vieux gadget pour les profs? Pourquoi ne veux-tu pas travailler vraiment? La vie est supervivable ici, je t'assure. Tu réussirais très bien. Les gens te reconnaîtraient tout de suite. Ici, tout est physique. Et tu *es* physique. »...

C'est vrai que je respire mieux dès que j'ai retraversé l'Atlantique... C'est vrai qu'ici personne ne cherche trop à savoir d'où vous venez, ce que vous pensez... Sauf le circuit de contrôle « européen », justement... Présence... On l'a, ou on ne l'a pas... Présence, éloquence... L'originalité, l'énergie, la conviction attirent inévitablement l'attention... Alors qu'en France... Repli, économie...

« Les Français ne voudront jamais de toi, au fond,

continue Cyd. C'est le peuple le plus xénophobe et le plus spontanément raciste de la terre. Malgré les apparences et les grands principes. N'oublie pas... Le peuple le plus froid, le plus ranci, le moins accueillant... Et pourtant la France est agréable à vivre, oui... Mais ils sont a priori contre nous... Surtout contre nous, Anglais... Jeanne d'Arc... Napoléon... Sainte-Hélène... Fachoda... Mers el-Kébir... Allô? Ici Londres, les Français parlent aux Français!... Ils sont gênés dès qu'ils ont un Anglais devant eux... Apparition... Culpabilité... Complexe de supériorité et d'infériorité... Shakespeare... C'est leur fameuse Révolution, je crois, ressassée à l'école... Mon premier est français. Mon deuxième allemand. Mon troisième russe. Et mon tout?

— Yougoslave, dis-je! La Yougoslavie est la forme ultime. Tu sais ce que dit Chateaubriand? " La malveillance et le dénigrement sont les deux caractères de l'esprit français. "

— Sérieusement, tu ne crois pas que tu perds ton temps à Paris?

— Peut-être...

— Ce serait facile de te faire transférer ici, tu sais. Je peux en parler au *New York Times.* »...

Oh, oh, c'est la première fois que Cyd s'intéresse d'aussi près à mon avenir... Attention...

« Tu sais, lui dis-je, tout est pareillement vivable ou invivable aujourd'hui... New York... Paris... Rome... C'est le mouvement qui compte... Comme si on se déplaçait dans le Journal télévisé, justement...

— OK... »

On se balade encore un peu...

Je prends un taxi devant Saint-Patrick... Elle est là, élancée, dorée, fine, dans son tailleur gris... Signe de la main... J'ai encore le goût de sa peau dans la bouche...

Je dis au chauffeur d'arrêter? Non... Elle disparaît dans la foule...

Cocktail à Paris... Pour Burgess... Son livre, *La Puissance des ténèbres*, a donc fait du bruit... C'est mon sujet... Qu'il a traité à l'envers... On est en train de le fêter pour ça, je suppose... Il prédit la chute de la Papauté... Vatican II instrument du Diable... Je m'approche de lui... Il a l'air bizarre... Recroquevillé... Ne regardant pas dans les yeux... Ailleurs... Je lui demande quel est, à son avis, l'événement le plus important de la dernière période...

« Le centième anniversaire de la naissance de Joyce?

— Certainement, dis-je. Mais il y a sans doute plus important encore. »...

Je lui montre une page du *New York Times* que je viens de ramener... La nouvelle, c'est la reprise des relations officielles entre l'Angleterre et le Vatican... Pour la première fois depuis 1534... Date à laquelle Rome a refusé de reconnaître le divorce d'Henri VIII avec Catherine d'Aragon et son remariage avec Anne Boleyn... On va vers la réunification des Eglises chrétiennes... Protestantisation des catholiques? Au contraire! Partout l'Eglise romaine avance à grands pas... Fin de la Réforme...

Il fait la grimace. Il est furieux.

« Je n'aime pas ce Pape, me dit-il. Trop politique!

— Ah, n'est-ce pas? dit Kate, qui vient de se joindre à nous.

— Vous trouvez? dis-je.

— Trop politique! Trop politique!

— N'est-ce pas! N'est-ce pas! » hurle Kate.

Burgess se dérobe. Il veut avoir son cocktail tranquille. Il s'en fout. Il ne s'en fout pas du tout. Il a déjà eu assez d'ennuis comme ça pour se faire accepter, bien que catholique. Il s'excuse de l'être. Il passe son temps à ça. La mode, maintenant, c'est de regretter les splendides liturgies latines d'avant le Concile... De la part des intégristes? Mais non, ce sont des progressistes qui vous sortent ça en ajoutant que l'Eglise s'est trop adaptée au monde... Curieux... En pleine affaire polonaise... En pleine liquidation, à l'intérieur de la hiérarchie de la vieille croûte antisémite... En plein feu et sang partout... Curieux, curieux...

Burgess me regarde avec méfiance... Il croyait m'intéresser avec Joyce... Qu'est-ce que je viens l'embêter, là, avec mes provocations?...

« C'est tout de même intéressant, non, dis-je, de voir que la Réforme tout entière tourne autour d'histoires de mariages... Luther... Calvin... Tous envie de se marier! Quelle idée!

– Vous n'êtes pas contre le mariage des prêtres? hurle Kate à Burgess... Vous n'approuvez pas, j'espère, la position de l'Eglise sur la contraception? L'avortement? L'homosexualité? »

Je m'éloigne. L'émission habituelle. Il faudrait que l'Eglise catholique, apostolique, romaine, issue de l'Evangile et de Pierre, approuve le tripotage génital de l'humanité... Alors qu'elle a pour principe d'en marquer les limites... Comme si l'essentiel était là!... Comme si la sexualité n'était pas une infirmité!... Lourde ou légère, ça dépend des dons... Qu'on y soit soumis, soit. Qu'on se débrouille comme on peut avec, soit encore. Mais en faire une valeur! Et demander en plus à l'instance de l'au-delà de légitimer cette erreur!... De plus en plus curieux...

Je sors. Je vais prendre un verre, seul, au bar du Pont-Royal... Encore des écrivains... Gabriel García Marquez, assis entre une grosse vache brune au regard impérial et un petit journaliste penché, respectueux, en train de l'interviewer... William Styron, au bar, avec une grande rousse... García Marquez a l'air d'un ancien *vaquero*... Devenu propriétaire d'hacienda... Caban bleu marine, casquette de marin, responsable... Styron est en blouson, l'air étudiant vieilli, décontracté, un peu mou, féminin... Du charme... On s'est vu chez des amis à New York... Il me fait un clin d'œil...

Burgess fait sa fortune sur Rome... García Marquez sur le tiers monde, l'Amérique latine et Cuba... Styron sur le Sud et, ces temps-ci, sur Auschwitz... Best-sellers... Je les regarde avec attention et, d'ailleurs, sympathie... Les écrivains sont sympathiques... Quand on sait ce que ça demande comme effort de tenir sur la page contre tout et tous... Des trois, Styron est le plus à l'aise, le plus à l'abri... America!... Dollars!...

Il y a aussi des Suédois parlant fort, sans arrêt... Un peu saouls... Ya! Yo! Yeou! Et encore Ya! Et Yeou! Yô! Sur tous les tons possibles... Des officiels... J'entends revenir le mot *Nobel*... Décidément, c'est une réunion au sommet... Des noms d'écrivains français arrivent... Ils rient... Ils font la grimace... Yô! Yeou!... Ils parlent de l'archevêque de Paris... De son origine juive...Lustiger!... Loussssstiguerrr!... Yô!... Yeou!... Youde?... Yô!... Et puis ça repart sans doute sur la littérature... Le Nobel... Yeou!... Yô!... Ya!... Yao!... Yô...

Tiens, mais qui est là aussi, seule, dans un coin?... Mais oui, c'est elle... Diane... Tragique, superbe, robe noire, cheveux blonds... Là j'ai un coup au cœur... Nos regards se croisent... Elle détourne la tête... Deux minutes après, un type la rejoint... Un ex-élève de Fals... Le réseau psy... Ils s'en vont...

Eh bien, me voilà seul comme jamais, non? Une bouffée de joie m'envahit... Je suis un peu ivre... Encore une coupe de champagne en l'honneur de la confusion des temps... De la grande tribulation du non-sens et de l'échange des rôles... Du toboggan des identités... Plus rien ne tient? Tant mieux!... On va enfin pouvoir savoir ce qui tient...

Encore une coupe... Puis je vais rentrer dans mon studio, me relever vers minuit, travailler jusque vers trois heures du matin, aller dîner dans mon endroit nocturne à Montparnasse... Une sorte de bar-snack ouvert jusqu'à l'aube... En longueur, demi-obscurité d'aquarium, presque exclusivement réservé aux putes du quartier... Pas d'intellectuels, là; pas la moindre personnalité ambiante... Il faut prendre Paris comme ça, par la nuit profonde... Abandonner les jours, les soirées... Je rentre vers quatre heures par les petites rues désertes... Après avoir avalé une omelette et une demi-bouteille de bordeaux... C'est l'heure des travelos du boulevard Raspail... Après celle des maisons de rendez-vous, rue Sainte-Beuve ou Chaplain... Les Glycines... Les Hortensias... Petits hôtels discrets, confortables... Volets fermés des rez-de-chaussée... Ils dorment tous... Et toutes... Au carrefour Vavin, la statue éclairée de Balzac, par Rodin... Balzac veille... Personne ne le voit... Il est là, renversé en arrière, comme un autre Moïse épaté par l'apparition de Dieu... Au pied du Sinaï... De la montagne de ses livres... A contre-courant de tout Paris, qui file vers la Seine par le boulevard, fleuve éteint... Moine en bronze... De temps en temps, un gamin va pisser sur son socle... Gros tuyau-phallus XIXe... La comédie humaine... Bruissante en papier... Ah, les « courtisanes »!... Encore un mot disparu avec la chose!... Comme « splendeur », d'ailleurs... Il reste « misère »... Splendeur et misère des courtisanes... Disparition et misère des disparues... Voilà un mot d'avenir, « misère »... Pas seulement matériel... Cours constant...

La nouveauté, à New York, c'est l'essoufflement de l'intelligentsia plus ou moins proche du lobby pro-soviétique... Ou du moins son affaiblissement... Démodage... Helen a même fait une déclaration sur la Pologne... Elle a découvert que le communisme n'avait plus d'excuses... Qu'il n'était peut-être, finalement, qu'une variété du fascisme... Alléluia!... Tempête dans les buildings!... Dévaluation du roublar!... On n'imagine pas à quel point les Américains cultivés ont aimé la Russie... La révolution russe... Il faut voir, par exemple, comment Nabokov a eu les pires ennuis, aux USA, avec les célébrités locales, journalistes, universitaires... Dans les années 50... Comment Jakobson s'est opposé à ce qu'il enseigne à Harvard... Je l'ai connu ce bon vieux linguiste, S. aussi... Il me parlait souvent de Maïakovski... Enfin, toute une époque... Formalisme, futurisme... Cercle de Moscou... De Prague... Science de la littérature... Phonologie... Même chose en peinture, en sculpture, en architecture... Malevitch, Lissitski... L'ère moderne... L'alphabet nouveau... Table rase, on reprend les éléments à la base, on repart à zéro, on construit un monde plus harmonique, plus démocratique, plus spirituel, plus essentiel... L'art minimum... Anonyme... Chacun étant tout le monde à la fois... Vie des atomes... Cônes remplaçant l'icône... Puritanisme... Comme si l'Italie n'avait jamais existé... Négation de Rome, Florence, Venise... Eh, eh, tout est là! Relance américaine... Civilisation ex nihilo!... Fonctionnelle... Culturisme, machinisme, scientisme, mysticisme... Zozos illuminés... Trans-mentaux... Figures avalées... Contemplation pure... Immaculation du Concept...

Tout ça a été beaucoup pensé, réfléchi, vendu... Reréfléchi, repensé, revendu... Mais il paraît que les prix se bloquent... S'effritent... Sous les coups de la télévision!... Premiers symptômes chez *Sotheby*... Kandinsky à l'arrêt... Mondrian saturé... Malevitch en baisse... Contre-attaque de Picasso... L'Italie via l'Espagne!... C'était couru!... Implacable tenue de Rembrandt... Retour du Greco... Boum sur Delacroix... Oui, oui, *Sardanapale*... « On m'a dit, écrit Baudelaire, que Delacroix avait fait autrefois pour son Sardanapale une foule d'études merveilleuses de femmes, dans les attitudes les plus voluptueuses. »... Mélange cramoisi sur le bûcher imminent... Torsion du pinceau dans les corps... Contemplation pourpre de la vanité des sens... Le Penseur devant le torrent des catapultages libidinaux... La grande noyade... Nonchalance fiévreuse de Sade... Sadanapale!... Allez au Louvre!... Relisez Baudelaire!... Remuez-vous un peu!...

VI

Le lendemain, en sortant, la première chose que je vois, ce sont les titres gros-gras !... Boris enlevé !... Par le Front d'Action Révolutionnaire Occidental !... Le FARO !... C'était ça son scoop !... Bon dieu, il a tout organisé de main de maître... Juste après une émission de grande écoute à la télé... Il disparaît dans la nuit... Dès le lendemain, les médias s'émeuvent... La police est sur les dents... Les télex crépitent... C'est la gloire !... Exactement ce qu'il attendait... Génial !... Le FARO communique ses exigences... Démission du gouvernement... Transformation de Notre-Dame en maison de la contre-culture... Abolition immédiate de tous les cultes... Rupture diplomatique avec les Etats-Unis impérialistes... Demande à la Russie d'en finir une bonne fois avec le clergé polonais... Dissolution de l'Etat d'Israël... Les photos de Boris s'étalent partout... On repasse pendant les journaux télévisés des extraits de ses interviews... Sa femme apparaît en larmes... Sa mère déclare que les ravisseurs n'ont pas à attendre un sou de sa famille ; que, d'ailleurs, il est ruiné... Son vieux père cardiaque est traîné dans les conférences de presse... L'affaire prend en trois jours des dimensions nationales... Le Président est interrogé pendant son voyage au Gabon... « Monsieur le Président, vous avez écrit il y a dix ans, quand vous étiez encore dans l'opposition, durant votre longue si longue marche vers le Pouvoir, que Boris Fafner était un poète fulgurant, un nouveau Rimbaud... Maintenez-vous ce jugement? Laisserez-vous la France perdre une personnalité de cette envergure?... Allez-vous sacrifier à la Politique le plus grand écrivain de sa génération? »... Le Président toussote en direct... Il déclare que tout est mis en œuvre pour retrouver Boris... Que les droits sont les mêmes pour tous les citoyens... C'est un peu froid vis-à-vis de Rimbaud... N'empêche... Le raz de marée médiatique est lancé... Plus c'est gros, plus ça marche... Boris Fafner était juste en train de terminer son sixième roman *l'Eternel féminin*, un livre à la gloire de l'amour redécouvert... Une inspiration wagnérienne... Un immense chant de tendresse et de reconnaissance à la femme éternelle... « Oui, nous avait-il déclaré, je veux aller à contre-courant d'une époque en décomposition... Retrouver les vraies valeurs sans âge... Je pense à la jeunesse que l'on bafoue, que l'on trompe... Je veux lui redonner le droit d'espérer... Un désespoir lucide et positif... Gide a menti en disant qu'on ne pouvait pas faire de bonne littérature avec de bons sentiments... Je prouve le contraire, je réconcilie la vie avec l'Idéal... » Magnifique!... Provocation suprême... Se déguiser en grenouille de bénitier... En Parsifal pour dactylos... Les journaux féminins sont immédiatement pour lui... Un homme qui dépose les armes... Qui reconnaît son impuissance profonde par rapport au mystère inépuisable de la vie... Bientôt, la police déclare que le FARO est probablement une groupuscule d'extrême droite... De mieux en mieux!... Boris devient une victime de gauche... Malgré les ricanements des intellectuels qui crient à la mystification, Boris tient la une pendant une semaine... Il éclipse l'actualité... La guerre des Malouines... Les vacillations du franc... Le voyage du Président en

Afrique... L'attentat de la rue Marbeuf, et ses morts bien réels... Triomphe de la fiction... Je tremble deux minutes, quand je lis qu'au moment de sa disparition, en sortant de chez Lipp, Boris avait rendez-vous avec un journaliste américain... Le clin d'œil pour moi!... Je m'attends à être interrogé par la police... Mais non, rien... Au Journal, tout le monde rigole, mais ça fait vendre... Ah, ces Français!...

Au bout de dix jours, quand tout le monde commence quand même à s'inquiéter ou à redouter l'envoi d'un orteil de Boris par la poste à son vieux papa si charmant, si « vieille France », il réapparaît, désinvolte... Multiplie les dépositions contradictoires... Les déclarations embrouillées... Cette fois, les journalistes se fâchent... L'insultent un peu, pour la forme... Ça relance la machine... Ecume des jours... Pré-pub pour *L'Eternel féminin*... L'éternel pubisien...

« Allô? Allô? Vous allez me défendre? Ecrire un article? Dire que je suis avant tout un grand écrivain?

– Sans doute, sans doute, mon cher... Mais plus tard... Pour l'instant, je repars...

– Comment? Encore! Mais vous avez bien le temps de faire quatre feuillets entre deux avions!

– Je crains que non, hélas...

– Si vous y arrivez, je vous jure une amitié éternelle! Vous pourrez me demander n'importe quoi!

– Désolé, désolé... Remarquez, je crois que j'aurais un bon titre de papier sur vous : *Éloge de l'imposture*. Dans un monde archifaux, seul le comble du faux peut dire la vérité du faux... Vous voyez le genre...

– Splendide! Ecrivez-le! Je viens le faire prendre demain! Pour *Scratch*!

– Malheureusement, je prends l'avion tout à l'heure...

– A votre retour, alors?

– C'est ça, c'est ça... On verra... »

Boris repart sur d'autres lignes... L'enquête s'embrouille... Il porte plainte contre ses détracteurs... Multiplie les mises au point nobles... Attaque les commentateurs... Parle de dieu... Met en cause les Syriens... Les Libyens... Les Palestiniens... Les Arméniens... Les Israéliens... Les Cubains... Le truc retombe un peu, tout de même... Le bon vieux théâtre reprend ses droits... Cinéma... Syndicats... Pathétique Boris!... Avec son obsession d'être reconnu comme « grand écrivain »... Par tous les moyens... Comme si ça pouvait encore exister, l'adoration des foules pour l'incarneur de littérature!... Le coup Hugo!... Très XIXe, Boris... A jamais... C'est fini, tout ça... Mais ça continue plus que jamais en farce... Lui, il est fixé au courant qu'on branche à quinze ans... Le nouveau Rimbaud!... Toc!... La crasseuse pureté ignare, se croyant sublime, des adolescents... Il se débat... Et toute une société arriérée avec lui, en somme... Epouvantée de découvrir son reflet fidèle... Enfin, tout n'est pas perdu... Il suffit qu'il fasse un peu l'enfant souffrant... Languissant... Le coup du mystère féminin, surtout... Le lys dans la vallée!... C'est magique...

S. connaît Boris depuis longtemps... Ils ont eu vingt ans ensemble... Personne, d'ailleurs, ne connaît mieux que S. les recoins des milieux littéraires et politiques français... Il a laissé tomber, maintenant... Il mène une vie parallèle... Sans se plaindre... Ou parfois un peu... Lassitude... C'est vrai qu'il n'obtient finalement qu'une position de ghetto, à peine tolérée, même pas dorée... L'exil intérieur... Il trouve ça inévitable, logique... Toujours sa *Comédie*...

Il y a, entre Boris et lui, une sombre histoire du

temps de la guerre d'Algérie... Quand ils ont fondé tous les deux leur petite revue d'avant-garde... Laquelle est devenue aujourd'hui, grâce à l'obstination butée de S., une sorte d'institution internationale... C'est elle qui a publié les meilleurs travaux de Werth, Lutz, Fals, et de tant d'autres... Qui a établi leur réputation... Qui continue, en provoquant sans cesse le ressentiment de l'establishment... Boris, à l'époque, a tout fait pour prendre la revue à S... Tout, y compris le fait de l'envoyer, avec la complicité de son père, ex-préfet de l'administration de Vichy, dans le désert algérien... A la frontière tunisienne... Là où l'on mourait beaucoup, sur un barrage électrifié... C'est à l'intervention personnelle de Malraux que S. doit d'avoir été libéré... Un de ses plus proches amis a été tué là-bas, dans les djebels... S. me dit souvent qu'il y a deux périodes clés dans l'histoire de France moderne... 1940-1942, le grand secret... Et 1958-1962, le cancer discret... Vases communicants entre les deux périodes... Antisémitisme, nationalisme... Censures, silences... Dérobades... Pour S., Boris est le plus pur produit de la bourgeoisie de ces temps-là... Une bourgeoisie en dégradation accélérée... Remplacée par rien, d'ailleurs... C'est tout le problème... D'où crise des « valeurs », corruption ambiante, vacuité redoublée, technique... Ajoutez à cela la faillite de la grosse banque stalinienne, et la boucle est bouclée...

Il me montre un article contre lui de Frank Cressel, l'éditorialiste du *Jour*... Un de plus... Cressel est l'écrivain préféré de ces dames... Elles le trouvent touchant, délicat, merveilleux, d'un esprit fou... Il a l'habitude de parler de ses manies, de la cuisine qu'il aime, de ses séjours dans les hôtels de province... Il est tellement *français*... Comme, en plus, il est juif, et avec humour, c'est-à-dire avec de fines pointes d'antisémitisme contrôlé, c'est l'extase... Comme Proust! Comme Proust!

Ce n'est qu'un cri! Tout finit par ce « comme Proust », à un moment ou à un autre, en France... Il faut écrire en Kômmproust!... Cette fois, Cressel se plaint que S. figure dans le dictionnaire Larousse... Ou Hachette... Ou Robert... Il trouve injuste de ne pas y être, lui, dans le dictionnaire, le petit Frank, avec sa photo... En couleurs!... La plus difficile à obtenir... L'équivalent du portrait à l'huile... Comme Proust, peint par Jacques-Emile Blanche!... L'ovale napthé du visage... Le dandy blanchi par la connaissance des nuits... Le pervers qui a renoncé à l'être, c'est trop fatigant, le nonchalant détaché survolant les habitudes humaines, celui qui sait exactement ce qu'on doit dire, à quel moment, et à quelle petite-bourgeoise épatable de l'après-guerre... Une voiture de sport renouvelable... Deux ou trois maisons de campagne... Quelques petits rires étouffés... Une façon d'avaler les mots, comme autrefois, quand il y avait un seizième arrondissement... Cressel est le bon juif de la région, celui qui a de soi une haine modérée, auto-apitoyée, comme on l'aime... Il est la preuve vivante, presque empaillée, qu'il n'y aura pas de représailles dans la grande affaire de la littérature française fin XIXe-XXe ...Vous m'avez compris... Celle qui culmine au Vel d'Hiv... C'est un plaisir salubre hebdomadaire, de voir comme Frank Cressel aime notre beau pays... Ses raffinements de terroir... Sa tradition moraliste... Saint-Simon adapté... Sainte-Beuve loustic... La Bruyère en poudre... Chardonne!... La petite méchanceté gratuite qui fait pschitt!... Voltaire sautilleur... Giraudoux!... Il peut compter sur l'affection de toutes les cheftaines des « suppléments »... Le « Tremplin des livres »... Il les subjugue en bon vieux garçon inoffensif qu'il est... Avec ses humeurs... Mon dieu, qu'il est imprévisible... Et si drôle!... Tantôt ronchon, bougon, et puis, tout à coup, inexplicablement gentil... Ecrivain jusqu'au bout des ongles!... C'est-à-dire sans œuvre, c'est le point capital... Une « œuvre », quelle vulgarité!... Non, l'enfance prolongée... Les moues... Les moues d'esprit... Il est vraiment adorable...

Il faut bien voir, dit S. que tout ça fonctionne en circuit fermé, surveillé... La rubrique du *Jour*... Le feuilleton du *Temps*... La photo en couleurs dans *Scratch*... L'interview osée, détendue, dans *Mâle*... Le billet perfide dans *Peristyl*... Le reportage complet dans *Rétine-Magazine*... L'information plutôt à droite qui fait semblant d'être à gauche... Le contraire... A droite, vous devez plus ou moins vous intéresser, sous des apparences saines ou frivoles, à la perspective occulte; à gauche aussi, mais tout dépend de manière plus directe du réseau Madame ou Homo... Malheur à celui qui n'est ni résigné bon teint, ni relâché dans l'ordre... Malheur au trop cultivé, à l'emmerdeur, à moins qu'il soit étranger et vivant ailleurs... Amérique latine... Afrique du Sud... Figure honorable de l'émancipation universelle... De l'humanisme lointain...

Tout ce petit monde se connaît, sait tout de tous et de chacun, veille à ce qu'il en soit bien ainsi, enregistre au jour le jour les déplacements, les prix, les maladies, les liaisons transversales, les crises de ménage, les « passions »... Une seule condition, je l'ai dit, pour être admis : pas de vie privée... Participer gentiment, d'une façon ou d'une autre, à la prostitution éclairée... Oh, rien de terrible, non... La vie, simplement... La vie qui ne mène à rien en cachant le rien... La modestie... Le vivable en commun... Famille...

S. me parle un moment de tout ça, gaiement... Aucune importance... Revenons à notre sujet... Il revient d'un festival sur la Côte... Enthousiasmé par une boîte de nuit, Le Divan, où les corps se désarticulent, comme partout à la même heure selon le décalage horaire, sous le tir croisé des spots lumineux... Projection sur grand écran de bandes dessinées...

Mickey... Rien de plus à la mode que *Mickey*... Il a observé les filles en train de danser... Il n'y a plus qu'elles... Les types ne sont plus du tout dans le coup... Robots fatigués, raides... Tuteurs lourds... Débordés par la végétation... Ils restent assis, ou essaient de devenir des filles s'ils dansent... Envers de la tapisserie d'autrefois... Elles ont pris complètement le contrôle de l'axe nerveux... Elles mènent le bal... Eux, ce sont des manches à balai, tout juste... « Mais les films, dis-je... – Quels films?... – Les films du Festival?... – Ah oui, me dit-il, tout le monde s'en fout, c'est le prétexte-fric, mais il faut bien blablater autour... Tiens, *old sport*, je vous ai ramené une perle... Un article sur Antonioni, à propos de son film *Identification d'une femme*... Notre sujet! Notre sujet! Voici : « Dans son film, évidemment, Antonioni ne parvient pas à identifier totalement une femme, LA femme... Son personnage confond celles qu'il croise dans la vie et celles qu'il rencontre dans son imagination. Pour lui, la femme reste toujours dans le domaine de l'indéchiffrable. " Un homme ne peut raisonnablement comprendre tout le comportement d'une femme, dit Antonioni. Je ne suis pas Stendhal, mais les rapports entre les deux sexes ont toujours été le sujet central de la littérature... Il en sera ainsi lorsque les gens iront vivre sur d'autres planètes! Pour moi, la femme a probablement une perception plus profonde que celle de l'homme. Peut-être est-ce dû au fait – mais je dis peut-être une sottise – qu'elle est habituée à recevoir, comme elle accueille l'homme en elle, et que son plaisir consiste précisément à l'accueillir. Elle est disposée à accueillir la réalité, oserai-je dire, dans la même position totalement féminine. Plus que l'homme, elle a la possibilité de trouver des solutions adaptées selon les cas. " »

– Parfait! dis-je. Sans commentaires! Premier prix!

Oscar! Palme d'or! Pénis d'argent! Clitoris de platine! Anus de bronze! On le met au répertoire... Résumé global!... »

Le lecteur raffiné aura sans doute tressailli, il y a un instant, en lisant, dans la bouche de S., l'expression « old sport »... Il aura reconnu Gatsby... *Gatsby le magnifique*... Fitzgerald, bien sûr... Bonjour... *Tendre est la nuit*... *Les Enfants du jazz*... *un diamant gros comme le Ritz*... *L'Envers du paradis*... Et ce grand chef-d'œuvre court : *La Fêlure*... Francis Scott Fitzgerald... Le charme des années 20-30... Origine catholique irlandaise, soit dit en passant... Chaque fois que je vois Long Island, je pense à la fin de *Gatsby*... « L'île antique qui a fleuri autrefois aux yeux des marins hollandais – le sein vert et frais d'un monde nouveau. »... Les femmes et l'argent... Dans la voix même... Daisy... La mort de Myrtle... Et cette réflexion, probablement la plus juste qu'on ait jamais faite sur une femme... Jordan... « Elle était incurablement malhonnête. Elle ne pouvait même pas supporter de se sentir dans une situation désavantageuse pour elle... Cela me laissait indifférent. Chez une femme, la malhonnêteté est une chose qu'on ne blâme jamais profondément; chez celle-ci, je le regrettai en passant, puis j'oubliai. »... Encore un, qui a connu, mieux que personne, le tir de près, le défi poussé à bout de la vague de fond... Sa propre femme... Zelda... Elle voulait écrire... Le dépasser sur le terrain même du récit... Elle est devenue folle... On l'a internée... Fitzgerald est mort complètement oublié, dans l'alcool... Gloire posthume... Le charme...

« Qu'avons-nous d'autre dans notre encyclopédie, mon cher Pécuchet? dis-je à S.

– Voulez-vous une statistique toute récente?

– Pourquoi pas?

– Voici : les hommes meurent en moyenne à soixante-neuf ans; les femmes à soixante-dix-sept. Les hommes se suicident trois fois plus que les femmes.

– Normal. Rien d'autre ?

– Voulez-vous la liste des soins d'un institut de beauté ? Je la trouve elle-même un paragraphe parfait. Linguistiquement et sémantiquement.

– Je vous en prie.

– Vous allez voir, c'est assez craquant... Je vous lis; les prix sont donnés en francs :

Nettoyage de peau avec peeling ou ampoule	70,00
Soin complet-Nettoyage de peau peeling ampoule-sourcils-remise en beauté . .	100,00
Traitement antirides	80,00
Soins jeunesse	55,00
Soins du décolleté	40,00
Maquillage de jour	30,00
Maquillage du soir	40,00
Epilation 1/2 jambes-bras entiers	40,00
Epilation jambes entières	55,00
Epilation aisselles ou maillot	20,00
Epilation sourcils	18,00
Epilation lèvres ou menton	13,00
Teinture cils	38,00
Teinture cils et sourcils	48,00
Bronzage intégral en cabine VULVA	
Abonnements : nous consulter.	

– Merci, mon cher, notre ouvrage devient sérieux, documenté, fondé, nécessaire... J'entendais déjà les accusations de monomanie gratuite, d'idée fixe, de machisme obsessionnel... De " roman à thèse "!... Vous avez raison : cette liste est un poème en soi, plus beau et plus vrai que les œuvres réunies complètes de Paul Eluard, René Char et Saint-John Perse... L'intitulerons-nous : " Les soins d'Elsa " ?

– Ainsi ferons-nous, Bouvard, pour porter l'énervement de notre lecteur à son comble! Ainsi ferons-nous avec un mauvais goût intraitable! L'histoire nous en saura gré...

– Dans un deuxième ou troisième temps seulement, je crains... Car il me semble que j'entends d'ici les dents grincer, les vésicules se tordre, les bouclettes s'électriser...

– Qu'importe! Nous sommes les pionniers de la nouvelle liberté! Poquelin avec nous!... Molière nous approuve!... Comme les jésuites l'ont bien élevé au collège de Clermont! Molière, ou l'humour jésuite absolu! Comme Bossuet! Sans eux, quel désert! Quel Orient d'ennui!

– Autre chose, mon cher Darwin? »

Là, S. me tue... Il a amené cinquante livres pour enfants... Vingt disques... Tous plus idiots les uns que les autres... La Bible pour les tout-petits... Revue par le FAM... Sur décision du ministère... Avec apologie d'Eve!... « La première maman du monde! »... C'est débile à souhait... Tout le paquet sur la merveille Maman... Ça sort de partout... Propagande... Dessins, couleurs, refrains, voix maniérées, ampoulées, emphatiques... MAMAN!... MAMAN!... Assez! Je n'en peux plus...

S. remballe son dossier.

« Je croyais qu'on travaillait, fait-il, un peu pincé.

– D'accord, dis-je, mais pas trop réaliste...

– Vous voulez des considérations plus théoriques?

– Je ne sais pas...

– Quand même, dit-il, vous pourriez écrire un chapitre sur le commandement n⁰ 1 de la religion psychanalytique... Le désir du fils pour la mère... Et, par conséquent, la haine du père... Imaginez que quelqu'un bousille cette affaire de mère désirable...

– Impossible, dis-je. Toute la civilisation tient là-dessus.

– Oh oui! Oh oui! Comme vous dites! L'inceste! Le désir d'inceste! Surtout fixer là! Bien là! Et ne nous dites surtout jamais qu'elle serait pitoyable et indésirable! Tout, mais pas ça! Péché suprême! Impardonnable! Loi des lois! Tu ne découvriras jamais que ta mère n'a jamais été qu'une petite fille ruminante, perdue, voire franchement comique...

– Pécuchet, je note, mais vous êtes abominable...

– Certes! D'autant plus qu'après ça, je vous mets le SGIC sur le dos, et pas qu'un peu!

– Pécuchet, nous supprimerons ce passage à l'impression!

– Pas question, mon cher Bouvard! La Science doit avoir ses martyrs!

– Vous n'avez pas un peu de publicité pour corser le tout?

– Mais si, bien sûr... Voilà... L'eau de toilette qu'il vous faut! Celle du narrateur en action! Ecoutez :

« " L'Homme est rare! La fraîcheur de l'Homme Z. bouleverse les notions de fraîcheur habituelles. C'est une fraîcheur mate. Voluptueuse. Gorgée de menthe crépue, de baie de genièvre, de sauge, de coriandre, et d'ylang-ylang. Une tempête d'accords boisés encanaillés d'épice et d'ambre. "

– Ah! Mais c'est que j'adore ça, Pécuchet! L'ylang-ylang! La potion magique! L'odeur primale! Le Sinanthrope! L'Homo Pekinensis Erectus! Le géniteur bantou! De Lascaux! Vous m'avez eu!

– C'est ça! C'est ça! crie S... Au travail! *Romancier!* »

Deb doit avoir raison... Ce livre est trop décousu... Je vois qu'elle le lit avec plaisir, sans sauter une page ni un paragraphe, mais qu'elle ne m'en parle plus, ensuite; qu'elle oublie tout... Est-ce le sujet? La composition? Elle vient de me redire que, tout de même, il faudrait une histoire... Que les personnages se *rencontrent*... Que les personnages-femmes se voient... Discutent... Donnent leur avis... Sur moi? Oui, en somme...

Il faudrait que le narrateur soit un peu relativisé... Ridiculisé...

J'essaie d'imaginer les scènes... Le rendez-vous entre Flora et Cyd... Cacophonie! Ou entre Ysia et Kate? Même pas trois minutes d'entretien... Entre Diane et Deb? Voyons...

Il y a un don de femmes, comme il y a un don des langues.

La réciproque n'est pas vraie? Une femme ne pourrait pas parler les hommes? Si, sans doute, mais à condition de les réduire sauvagement à leur dénominateur commun. Mais je vous arrête! N'est-ce pas ce que vous faites vous-même? Oui et non... Je suis prêt à parier qu'il serait impossible qu'elles se reconnaissent ensemble par rapport à moi... Je me trompe peut-être... Un tribunal? Franchement, non, je ne vois pas ce qu'elles auraient à se dire... Quelques banalités sur mes défauts les plus apparents? Après quoi, deux camps immédiats... Celles qui m'aiment plutôt; celles qui me détestent... Celles qui m'aiment plutôt s'aiment bien elles-mêmes... Celles qui me détestent ne peuvent pas se souffrir... Aucun intérêt...

L'intrigue? L'histoire? Mais c'est l'Intrigue! Mais c'est l'Histoire! Transposables, indéfiniment, dans tous les espaces et dans tous les temps! De l'illusion! De la désillusion! Et de l'illusion de nouveau! Et de la désillusion encore! De l'art d'aller de l'une à l'autre... Sans fin... Le mouvement...

Je pense à une idée amusante de S., exprimée dans sa *Comédie*, mais tellement prise dans son langage de magma-flux continu que personne, j'imagine, ne l'a

remarquée... Il s'agit d'une proposition de retournement des Evangiles... Exposition de leur envers... Au
lieu d'émettre un message à perpétuer par douze
disciples (dans la même version, à quelques variantes
près), le héros mettrait au point une manière de se
faire censurer de douze façons différentes par douze
femmes... Chacune dans son style, sa langue... Projet
diabolique... Puzzle de silences, de malveillances, d'in-
terrogations... De ravages de cerveaux... D'ineffables
minutes... De haines... D'identifications ratées... De fré-
missements réussis... D'implosions... Voilà... Indices
pour l'enquêteur à venir... Qui remarquerait peu à peu
les contradictions... Etait-il bon? Oh oui! Méchant?
Très méchant! Généreux? Magnifiquement! Pingre?
Incroyablement! Etait-il vrai, sincère? Oh, comme personne! Menteur? Le mensonge incarné! Pur, désinté-
ressé? Exactement! Calculateur? Sans arrêt!... Il ne
pensait qu'à lui... Qu'à ses petits trucs d'écriture... Lion
superbe? Oui, oui... Maquereau de biais? Puisque je
vous le dis!... Fort? Très fort... Faible? D'une faiblesse
insensée... Beau? Ah oui, plutôt très beau... Non, pas
mal, banal... Courageux? Oui! Non! Il fallait faire
toutes les choses concrètes à sa place... Non! Oui et
non!... Vous a-t-il aidée? Beaucoup! Jamais! Vous a-t-il
exploitée? Pas le moins du monde, au contraire!... Ah,
ça oui!... Et comment! Constamment! Etc. Etc.

Pas le Christ... Ni l'Antéchrist... Le Parachrist... L'insaisissable en personne... Par-delà le bien et le mal...
Au-delà des définitions...

Il y a d'ailleurs beaucoup de choses nouvelles à dire
sur le Christ... Tenez, prenez l'épisode Judas... Un des
plus discutés, en somme... Le plus vertigineux... Le
cœur du crime... Vous ne manquez pas de gros malins
qui vous sortiront tranquillement qu'en somme ils
s'étaient plus ou moins mis d'accord... Judas et le Fils
de dieu... Coup monté... Fumant... Il fallait qu'il soit

crucifié à cette date précise... Pour la Pâque... Ou bien, à peine plus élégamment, on vous dira que Judas a compris et deviné mieux que personne les intentions de son Maître... Sa voix cachée... Il est le disciple le plus fin, le plus intelligent, Judas; le plus lettré... Une sorte de Renan de l'époque... Il saisit dans une illumination comment le nouvel angle peut être fondé... Ça revient quand même toujours à faire de Jésus le complice de sa propre mort... Supermasochisme... Hyper-auto-sadisme... Avec triomphe imparable au bout... Tout s'éclaire... Un léger forçage... Un petit rien qui produit le bruit que l'on sait...

Moi, je pense que les choses sont plus simples encore... Plus simples et plus horribles... Et que le vieux Melville en a deviné le profil mieux que personne dans l'histoire de son beau marin, *Billy Budd*... A mots couverts... C'est ce qu'il appelle le « mystère d'iniquité »... Judas, c'est la passion sexuelle même parvenue à son plus haut degré d'excitation... De manie... Je l'aime, donc je suis lui, dans sa toute beauté, sagesse, bonté, désirabilité; donc il faut qu'il meure... Car chacun tue ce qu'il aime... Après tout, ce n'est qu'un homme, n'est-ce pas? Divin, soit, mais un homme... Un homme comme ça, voulez-vous que je vous dise, doit être éternisé par la mort... Par le sceau brillant de la mort... Etre fixé comme une apparition sans lendemain... Pour toujours... Qui ne se dégradera jamais... Il va l'avoir tout à lui, pour lui seul, là, dans le secret... Judas est devenu une vraie femme!... C'est Vénus tout entière à sa proie attachée!... Il sent que Jésus ne veut pas l'aimer vraiment... Qu'il ne l'a pas vraiment élu... Qu'il préfère la moindre prostituée... Au point de se faire oindre, à Béthanie, par l'une d'elles... Lui!... Des pieds à la tête!... Toute cette huile dégoulinante!... Et chère!... Cette crème!... La métaphore est insupportable!... Lui!... Se jetant en pâture à la vulgarité féminine adorante!... Gaspillant l'argent de la caisse en parfums... Avec cette pute hystérique... Et laide comme un pou, par-dessus le marché!... Une ex-vicieuse, faisant l'hypocrite... Si vous croyez qu'on ne vous voit pas!... Qu'on ne vous déchiffre pas!... Ah, je t'apprendrai, moi, scrupuleux entre les scrupuleux, fidèle entre les fidèles; moi qui connais les petits détails du sublime spectacle; moi que tu as attaché aux tâches les plus ingrates; je vais t'apprendre à prendre ton pied comme ça, en public, des mains d'une traînée!... Avec cette tranquillité... Cette indifférence... Comme si tu n'éprouvais rien... Est-ce que, d'ailleurs, les choses sacrées ne doivent pas rester entre hommes?... L'onction!... Entre membres du Conseil?... Judas est dans la plus grande confusion amoureuse, Satan est entré en lui, oui, comme l'esprit mauvais de Iahvé fondant sur Saül devant la grâce et le rayonnement musical de David... On veut tuer parce que c'est trop beau, on sait qu'on ne pourra pas tuer, mais on veut tuer quand même, l'attirance est trop forte... Et ce Jean-là, comme un autre Jonathan, qui semble tout comprendre... Avec ses visions de fin du monde, comme si le monde devait finir... L'agneau!... Le crétin!...

Ce qu'il veut, Judas, c'est qu'on s'explique enfin entre hommes, ce n'est pas une question d'argent, mais non, les trente deniers ce n'est rien, juste une petite touche d'ironie anale en passant... Le Principe de Réalité, quoi... Mais ces imbéciles ne comprennent rien à la Passion... Ils vont condamner l'Admirable comme un vulgaire illuminé, tapageur... Les imbéciles!... Au lieu de lui faire une mort grandiose!... Devant tout l'équipage réuni... Au coucher du soleil... Dans la gloire de la lumière... Un truc dont on puisse jouir sans l'avoir vraiment voulu, mais puisque c'est trop beau, trop vrai, voulez-vous me dire ce qui est supérieur à la mort pour en être digne ?... L'Idéal... Gâché... Piétiné... Catastrophé... Qu'il aille se pendre, maintenant, l'excès homo... Qu'il aille au moins mélanger son cadavre à celui de l'Autre... On va s'aimer au tombeau, dis, Maître ?... Je vais du moins t'avoir tout à moi dans les ossements du Shéol ?...

Quelqu'un qui a bien saisi tout ça de l'intérieur, par la suite, c'est Saül, bien sûr... Shaoul... Paul... Judas reconverti... C'est pourquoi, d'ailleurs, il insistera tellement sur la résurrection des corps... Paul ? C'est la profondeur de Judas au grand jour... On sait les conséquences... Irrésistibles, il fallait s'y attendre... Fulgurante démonstration, comme le feu de la vérité... « L'épine dans la chair. »... Oui, oui, on a compris... Damas !...

Que voulez-vous, tout ça est dans l'air... Greco est de nouveau à la mode... Grande rétrospective au Prado... Je saute à Madrid... Dieu, que c'est beau !... Les articles, ici et là, sont merveilleux de naïveté bien-pensante... Tiens, en voilà un justement de Kate dans le Journal... La pauvre, elle qui ne sent rien à la peinture... Qui, en musique, ne voit pas plus loin que le bruit de Puccini ou de Verdi... Qui ne saurait pas reconnaître un Fragonard d'un Watteau... Enfin, il faut croire que Greco est un créneau... Voici donc Kate dans son numéro habituel... Surtout n'allez pas penser que Greco se jetait dans cette frénésie déformante par conviction religieuse... Ou mystique... Non !... Pensez-vous !... Surtout pas !... Certes, il semble avoir soutenu de toute son énergie maladive la campagne de l'Eglise à l'époque de la Contre-Réforme, mais c'est par hasard... Les circonstances... Personne ne choisit sa date de naissance... Ce qu'il cherchait, bien entendu, c'est la Peinture dans la peinture... La peinture en soi !... L'évolution de la peinture !... Les limites de la peinture !...

Qu'est-ce que c'est gênant, n'est-ce pas, que le

Concile de Trente ait produit des milliers de chefs-d'œuvre, et le Progressisme appliqué tant de croûtes!... Quel ennui que l'abominable Inquisition soit doublée de tant de merveilles, et Goebbels ou Jdanov de tant de merde à mettre aux chiottes du temps!... Quelle croix pour l'esprit de philosophie!... Que faire? Qui nous débarrassera de cette contradiction irritante?... Citez-moi un grand artiste révolutionnaire?... David? Le Serment des Horaces et des Curiaces?... Hou!... Marat dans sa baignoire!... Hou!... Hou!... Picasso!... Ah, voilà... Toujours lui!... Le rusé! L'habile! Exploitant la région naïve! En réalité, il est mort monarchiste... Vous ne le saviez pas?... Je vous l'apprends!... Vélas-quez!... Brecht, alors?... Un roman de Brecht? Non... Je précise ma question : citez-moi un grand romancier à l'idéologie progressiste-révolutionnaire?... Voyons, voyons... Pas du tiers monde, hein? Vous allez encore me dire García Marquez... Attendez, attendez... Oui, il faut avouer que ce n'est pas évident...

Greco, c'est l'extase, c'est la douleur, c'est le ruissel-lement de la joie et de la douleur, c'est la convulsion et l'élongation de la foi plus forte que la douleur, c'est la lumière des larmes, c'est la vision à travers les larmes et l'orage de la voix de dieu, c'est la souffrance d'avoir un corps de mort et le bonheur inouï d'être le seul à avoir ce corps emporté dans la quatrième dimension des flammes... Cette Assomption! Ces christs exsan-gues, perdus! Ces rafales de saints! Dix Jean! Vingt Pierre! Quinze Jacques! Huit Philippe! Trente Domini-que! Cinquante François! Un défaut de l'œil? Mon œil! Un œil crucifié, oui, comme le recommandait saint Ignace... Mettez-vous sur le bois... Cloué... Respirez comme vous pouvez... Voyez le Golgotha tordu au-dessous de vous... Entrez dans la cage thoracique condamnée à terme... Sentez vos poumons... La brû-lure intense du front... La couronne d'épines... Buisson ardent... Comme une rage de dents intensive... Le déchirement des poignets... Des pieds... Dites-vous que c'est à jamais... Pour les siècles des siècles... Là, maintenant, pour toujours... L'asphyxie... *Eli, Eli, lamma sabactani!*... Jérusalem à Tolède... Le ciel comme le rideau du Temple... L'éclair du jugement... La méditation du désert...

Je vous dis que la peinture se faite toute seule... La littérature et la musique aussi... Les couleurs et les gestes s'appellent... Les rouges, les jaunes, les verts... Les phrases comme des plis du souffle... Seulement, voilà, il faut y aller carrément, se laisser couler les yeux ouverts, pâtir... Monsieur défend l'inspiration à présent? Monsieur ne craint pas d'être obscurantiste? Oui, oui, Leçon des Ténèbres!... Plus de lumière!... Toujours plus!...

Je file à Barcelone... Le cirque de Pékin y donne deux représentations, vous m'avez deviné... Je connais Barcelone comme ma poche... Vieux truc de jeunesse... Disparaître là-bas est pour moi un jeu d'enfant... Trois jours avec Ysia... Je ne vous dis pas l'hôtel... Un rêve... On va dîner dehors, à Montjuich, sur la colline... Printemps déjà... Lauriers-roses... La ville scintille au-dessous de nous... J'ai des souvenirs, ici, ce sera pour une autre fois... Pourvu que Flora ne soit pas en Espagne en ce moment... Elle serait hors d'elle de savoir que je suis sur son territoire... Mais non, elle est encore en Hollande pour une tournée de conférences... Sur la Paix... Que la vie peut être amusante en chassés-croisés, sauts, raccourcis, mascarades, vaudeville, comédie sans fin... C'est ce que Deb appelle, avec une ironie mi-amusée, mi-amère, mes « batifolages »... « Tu as oublié? C'était encore pendant un de tes batifolages. » Batifolages, fariboles... *Faribole*, c'est dans *Alice au pays des merveilles*, que Stephen est en train de lire... Le chat du Chester!... Celui qui n'a qu'un sourire... « Je lui permets de me baiser la main, dit la Reine... – J'aime mieux pas, dit le Chat... – Qu'on le décapite! dit la Reine... – Mais on ne peut pas le décapiter, dit Alice, vous voyez bien qu'il n'a qu'un sourire!... – Tout ce qui a une tête peut être décapité! dit la Reine. Le reste n'est que fariboles. »... Ou encore Kate, quand je rentre d'un de mes voyages : « Alors, toujours *papillonnant?* »... Toute la tactique de Kate, maintenant, est de me présenter comme un personnage aimable mais toujours changeant, un superficiel agité, une feuille emportée par le moindre vent, un bouchon à la surface des eaux, un ludion, un sablier qui n'arrête pas de se renverser... Pas sérieux... Sans profondeur... Puisqu'elles le disent... Ça plaît bien aux hommes qu'on dise ça de moi... C'est commode... Ah, celui-là, encore un de ses jeux du moment, une de ses lubies, aucune importance!... Ces Américains, d'ailleurs... D'accord... Qu'on me foute la paix... Je ne compte pas... On ne peut pas compter sur moi... OK!... OK!... Le prix à payer pour qu'on vous pardonne de vivre... Je batifole, je faribole, je papillonne, je retourne ma veste et mon sablier de plus en plus, j'oscille, je zigzague, je m'envole, je ne suis pas là, je n'existe pas... Girouette... Pas de pensée, rassurez-vous; pas de conséquences... Laissez-passer... Quand je pense à ce qu'ils ont réussi à faire de Fals, un des types les plus drôles que j'aie connus... Un monstre... Un épouvantail... Pour congrès pharmaceutiques... A l'hôtel Hilton universel... L'Hiltonisation, mal du siècle... Il faut les voir, avec leurs symposiums, leurs congrès, leurs traductions simultanées, leurs écouteurs aux oreilles, cent millième assemblée du Parti... Quel Parti? LE PARTI, toujours le Parti, il n'y en a qu'un, avec cette odeur caractéristique entre désinfectant et phénol... Quelle bornure!... Quelle chenille!... Parti? Oui, c'est ça, je suis parti... La chair est triste hélas?... Mais non, pas triste du tout... Bye-bye!...

On marche, Ysia et moi, dans le jardin tropical près de la Citadelle... Je l'ai bien détaillée pendant le dîner, son tailleur noir, sa blouse blanche, ses cheveux noirs courts et ses yeux noirs, si beaux... Comme deux coups de pinceau luisants, vifs... Les dîneurs aussi la regardaient... Chinoise... On est dans l'ombre, maintenant, ni vu ni connu... J'embrasse son petit corps noir brûlant sous les feuilles... Je me répète le mot : « noir »... C'est plein de couples dans les bosquets... Les Espagnoles fraîches, un peu transpirantes, rebondies, nues sous leurs robes... On trouve une terrasse à l'écart... On s'embrasse à pleine bouche, salive et morsure... Il faut entendre *femme* comme *fame*, en italien... La faim... Il faut savoir transformer une femme en faim... En véritable appétit de luxe... Luxure... Transsubstantiation... Sinon... Ysia m'a dit tout à l'heure qu'elle avait plutôt faim... Et voilà, il n'y a personne ici, à l'écart, elle s'appuie au rebord de la terrasse de pierre chaude, elle me tourne le dos, relève sa jupe... Je la baise, là, au-dessus du port... J'encule la caravelle de Colomb, là-bas, en contrebas, et les docks, et le fourmillement insouciant des rues, et le brouillard nocturne, bleuté, au-dessous des arbres... Ysia tourne son visage vers moi, j'ai sa langue de côté tordue... Elle aime Barcelone, elle trouve que ça ressemble à Shanghai...

Pourquoi elle est aussi follement imprudente, tout à coup? Elle va me le dire tout à l'heure... Pour l'instant, je pense qu'elle ne sait pas ce qu'est « l'inconscient », Ysia, elle est comme moi... Ce qui l'intéresse, c'est simplement la possibilité du temps libre, le moment où on peut s'échapper, trouver des complicités, respirer, nager... Animalement... On est affreusement superficiels... C'est ignoble... Ça me rappelle une lettre de Freud à Jung, du 19 septembre 1907 : « Quand j'aurai tout à fait surmonté ma libido (au sens ordinaire), je me mettrai à un traité sur " La vie amoureuse de l'espèce humaine ". »... Quelle idée!... Quelle idée, surtout, de s'écrire ça entre hommes... Pas baiser! dit Balzac... Trente pages en moins!... Bizarre... Lettres de Flaubert? Déjà mieux... Tout de même... Goudron XIXᵉ!...

Ysia remue doucement ses fesses douces avec de petits gémissements... Je la sens très bien... Elle aussi... Elle va jouir... On jouit...

> *Quel plaisir de se promener dans le jardin*
> *Toutes les plantes émettent des parfums*
> *Je fais le tour de l'infini.*

On reste assez longtemps dehors, dans la nuit... Elle me dit qu'elle va être mutée à Tokyo... Plus d'Amérique... Plus d'Europe... Pour l'instant... Elle est un peu soucieuse... Avant de rentrer dans sa chambre, à l'hôtel, elle me donne un gros manuscrit en chinois... Sans rien dire, mais c'est évident...

De mon côté, lors de son dernier passage à Paris, j'ai prêté à Ysia des livres sur le taoïsme... Le grand bouquin de Maspero, ce chercheur français de génie, mort comme par hasard à Buchenwald... Je voulais qu'elle m'explique mieux ce qu'est le *Lingbao*, le « joyau sacré »... Une mythologie qui a de quoi fasciner un écrivain... Comme la Bible... Elle me le rend... Elle a coché un passage...

« Si les ouvrages qui se réclament du Livre de la Grande Profondeur se laissent dater sans trop de peine, il est difficile d'arriver à des résultats précis pour ceux qui se réclament du Joyau Sacré, *Lingbao*... Le Joyau Sacré, ce sont les livres saints

400

eux-mêmes, qui se sont créés spontanément par la coagulation des Souffles Purs à l'origine du monde, sous forme de tablettes de jade gravées d'or. Les dieux, qui ne sont pas assez purs pour les contempler directement, les ont entendu réciter par le Vénérable Céleste du Commencement Originel, *Yuanshi Tianzun*, qui seul peut les lire, ayant été formé spontanément, lui aussi, par la coagulation des Souffles à l'origine du monde, en même temps que le Joyau Sacré, et ils les ont à leur tour gravés en caractères sur des tablettes de jade et les conservent dans les palais célestes. Je ne sais quand l'expression de Lingbao a commencé à être en usage. Les livres les plus anciens du Lingbao, qui paraissent avoir été des rituels de certaines cérémonies religieuses, remontent eux aussi au moins au IIIe siècle. Les livres doctrinaux de ce groupe me semblent être apparus plus tard. Le plus important d'entre eux, le " Livre du Salut des Hommes Innombrables, par le Vénérable Céleste du Commencement Originel ", *Yuanshi wuliang duren jing*, doit être des confins du IVe et du Ve siècle, époque où la tradition du Lingbao paraît avoir commencé à se répandre et à prendre la première place dans le Taoïsme. »

Imaginez un peu l'homme qui a rêvé autour de tout ça dans un camp de concentration nazi... Ou dans un asile psychiatrique en URSS ? Par exemple à Tbilissi ? Ou dans un camp de rééducation en Chine ?... Ysia se raidit... Tabou... Elle me montre simplement du regard le manuscrit qu'elle vient de me donner... Silence... N'empêche, je vois qu'elle est plus qu'intriguée par ces vieux machins de sa propre culture qui lui sont interdits là-bas... Qui lui reviennent par moi... Contes... Légendes... Poèmes... Techniques d'immortalité... Rouleaux et peintures... Comme l'histoire de la tortue sortant de la rivière *Luo* avec les caractères chinois gravés sur sa carapace... L'eau... Les Souffles... Le jade qui résume tout... Je la revois, la *Luo*, mince filet sombre au-dessous de moi, pendant mon voyage... Rives encaissées, nappe de lumière jaune en plein visage, filet d'encre, en bas... Pont de bambou suspendu...

Le Joyau sacré?... Pas besoin de vous faire un dessin?... Ce ne serait pas mal non plus, comme titre... Mieux que *Les Bijoux indiscrets*!... Plus profond!... Encyclopédique!... L'Asie!...

« Ecoutez, me dit S., souffrir ou ne pas souffrir, tout est là. Ou, du moins, tout *revient* là... Pensez au grand spasme hurlant et muet, au râle inconscient des agonisants, celui que vous ne pouvez plus traiter qu'à coups de palfium... Vous prenez votre élan chaque matin de la connaissance de la mort comme masse spongieuse... Vous vous rappelez la douleur du nerf le plus vif sur le gril de la douleur... Brûlure généralisée... Vous restez là un bon moment... Et puis : à la phrase! foncez!

« L'essentiel c'est de bien se mesurer à la bêtise. A son volume énorme, accablant, mécaniquement remonté. Chaque nuit, ou presque, je me réveille avec des sueurs d'angoisse tellement ce que je suis en train de ruminer en dormant est bête... Le jugement m'assoit d'un coup sur les draps... Si j'ai bien photographié l'usine à idiotie permanente que je suis, ça va un peu mieux le lendemain... Distance... Il faut se sentir écrasé, là, au fond, par la connerie qu'on produit... Qu'on absorbe... Qu'on reproduit... Les stéréotypes... Les minuscules vanités... La vermine des intérêts... Ah, c'est que notre fonction est morale, que voulez-vous !... Elle l'est malgré nous !...

– Mais c'est l'enfer !

– N'exagérons rien, dit S. J'ai en ce moment une jeune maîtresse de vingt-cinq ans, sage, belle, vicieuse, délicieuse... C'est très tenable, vous en savez quelque chose... A condition de ne pas perdre son temps... De compter comme un fou son temps... Mais poursuivons...

– Tout se passe comme si j'étais au moins trois en moi, dis-je. Le vivant, l'écrivain, son sexe... Etrange trinité... On ne fait qu'un, mais on est distincts... C'est la même vie, mais ce n'est pas la même...

– Cette sensation est déjà le fond de l'expérience... A partir de là, l'important est la liaison... Le récit lié... En souplesse... Vous devenez le sous-marin de vous-même, l'explorateur de ce qui vient de vous arriver, l'auteur de ce que vous venez de faire... Vous vous réveillez de plus en plus... Vous vous apercevez que vous passez votre temps à être envoûté... *Voûté*... Sous la voûte... Dans la crypte osseuse... Votre corps est votre tombeau... Il n'y en a pas d'autre... Votre composition vaudra ce que vaut votre art personnel de la décomposition...

– On garde les femmes comme sujet ?

– Bien sûr ! Plus que jamais ! Gardiennes du sépulcre, don't forget !... Vous savez ce qui peut arriver de mieux à un homme et à une femme ?

– Dites toujours...

– C'est d'arriver à faire semblant, ensemble, de se détester... A en rire... C'est très difficile... C'est le point suprême. J'y arrive plutôt avec Sophie... Il faut dire que les nouvelles femmes de l'Est sont très en avance... Quand elles ont compris ! Et vous, avec Deborah ?

– Je crois... Non ?

– Voilà... D'où l'apologie simultanée de la famille et

du libertinage... De l'amour et de la débauche... De la plus grande fidélité et de la plus grande infidélité... Parvenu là, tout va bien, vous épatez votre temps, vous le hérissez, vous êtes célèbre. Vous devenez l'Œdipe à l'envers, vous renversez Antigone, Jocaste, Tirésias, le Sphinx et la Compagnie, les oracles, la ménagerie; vous abolissez la tragédie, vous êtes la comédie en personne, Thèbes est frappée d'épouvante... Mais attention! Discipline de tous les instants!... L'argent... Le temps... Regardez, de plus en plus, le nombre d'hommes qui se laissent maintenant mettre *enceintes*... C'est plus cher, de plus en plus cher, ils sont épuisés, ils s'effondrent avant terme, n'oubliez pas qu'elles sont obligées de chercher ça... Votre écroulement dedans... A vous de tenir... C'est le jeu... Pénible? Amusant? Peu importe!

— Les homos?

— Plus dans le coup! Terminé! Antiquité! Le secret au grand jour... Retournement! Projecteur rasant!... De toute façon, leur seul rêve est d'être comme des femmes à queues l'un avec l'autre et l'un pour l'autre. Ils vivent de la projection de leur éblouissement réciproque à elles. Elles s'aveuglent, vous comprenez? Sur le thème : elle l'a! elle l'a! On sait qu'elle ne l'a pas, on ne peut pas se résigner à le savoir, tout cela est archiconnu, allez, tourne, manège!

— Quelqu'un vient de me dire : " Alors, vous pensez que les femmes sont le mensonge ontologique lui-même? "

— Mais oui! Hontologique! Parfaitement! Si elles arrivent à vous faire honte, justement, vous êtes foutu! Nouveau système nerveux à inventer, mon cher! A toute épreuve! Le style c'est l'homme? Entendez-le en anglais... Le *steel*... Retour au fleuret... J'ai oublié de vous dire que mon grand-père maternel était champion d'escrime... De toute façon, quoi? Vous n'avez pas demandé à exister, et elles sont obligées, quoi qu'il arrive, de justifier plus ou moins l'existence. Autrement dit : la mort. La vie! La mort! La vie! La mort! La vie! Teuf-teuf! Ne sortez pas de là, le reste s'ensuit. C'est à travers elles qu'il faut passer... Pas à côté... Ni au-delà... Ni en deçà... Votre corps vient de *leur* corps? Eh bien, c'est en retraversant leur corps que vous avez une petite chance de surplomber votre corps...

– Ce n'est pas toujours exaltant...

– A qui le dites-vous... Mais *sursum corda*! Choisissez... Inventez... Ne faiblissez pas dans l'invention, sans quoi vous retombez avec elles!... Même la plus sublime peut se transformer en citrouille d'une seconde à l'autre... Restez carrosse!... Lanterne!... Magie!... Embellissez!... Valsez!... Planez!... Parlez-vous à vous-même!... Faites vos meilleurs numéros en jouant du luth pour vous-même!... Enchantez-vous!... Lévitez!... Rejetez fermement toute psychologie!... Pas de doutes!... Pas un atome de jalousie!... Les dieux d'Epicure!...

– Les dieux d'Epicure?

– " Un dieu est un animal indestructible et heureux. "

– Pas de relâchement? Pas de repos?

– Pas une goutte! Sous aucun prétexte! C'est la guerre! A la moindre pause, l'adversaire s'engouffre dans vos retranchements, occupe le terrain, présente la note!... D'autant plus lourde qu'elle a été différée! Méfiez-vous des investissements à long terme! N'oubliez pas que vous êtes en sursis!... A crédit... Jamais gratuit...

– Jamais?

– Jamais! Grands dieux! Vous perdez la tête?

– Mais Cyd? Ysia?

– Exceptions qui confirment la règle!... Vous stabilisez leur image narcissique... En passant... Pour l'instant... Une chance... Vous êtes chanceux, c'est un fait.

Soyez sûr qu'elles en font payer d'autres... Deux fois plus...

– Mais la passion? La passion sexuelle?

– Investissements... Investissements... Cartes de crédit!

– Vers quoi?

– Le rétablissement de l'ordre... Un cran au-dessus... Spirale... A leur corps défendant, d'ailleurs... Désolées... De stupre en stupeur... Domestique... La haine à feu doux... L'emprise maman... Les longues journées et soirées pour rien... Vieillesse prématurée... Morose... Victoire de la Méduse!... Loi de pierre!...

– Mais pourquoi? Pourquoi?

– Pour rien! Pour qu'il soit dit! Le Commandeur! La Commandeuse! La Commanderie! Sanction de l'irrémédiable!

– De nos jours encore?

– De nos jours surtout!... Corps avachis devant les récepteurs... Télé mortelle!... Plus de conversation... Le silence... L'ennui... Les comptes... Les impôts... Côte à côte d'elle et sa mère!... Le side-car cercueil!... Petit bordel des enfants... Le bruit sous fureur... Fatigue... Au premier qui meurt!... Coucou! Caveau-lune! A l'urne! A voté! A vau-l'eau! Baise inerte... Plus un effort... Elémentaire, Watson!...

– Trop d'ironie!

– Schlegel, mon cher : " L'ironie est la conscience claire de l'agilité éternelle, de la plénitude infinie du chaos. " »

Si Molière revenait?... Mais il ferait exactement la même chose!... Tout... A peine transposé... *L'Ecole des femmes*... *Les Précieuses ridicules*... *Le Misanthrope*... *Tartuffe*... *Dom Juan*... *Le Bourgeois gentilhomme*... Ou

peut-être plutôt : Le Petit-Bourgeois Méchantfemme...
Le Malade imaginaire... Ou plutôt : L'Analysant par
Suggestion... Ça ferait scandale... On se plaindrait à la
cour... Armande Béjart lui ferait des ennuis, finirait par
s'entendre beaucoup mieux avec un comédien médiocre... Les salons fulmineraient des excommunications...
Il y aurait des cabales... Bref, il ferait ce que tout
écrivain a toujours fait et fera toujours... Mises en
scène... Révélations coudées... Se reconnaisse qui
veut... Célimène... Arsinoé... Philaminthe... Ou plus
tard : Laclos... Je vous écris les nouvelles *Liaisons
dangereuses*? Mon dieu, c'était bien innocent, tout ça...
La Marquise va-t-elle tomber? Elle a semblé, l'autre
soir, avoir un léger vertige... Elle résiste encore... Je la
prends en tenaille... Mes affaires avancent... Mes batte-
ries sont dressées... Je sens qu'elle faiblit... Elle n'a pu
s'empêcher, hier, de m'abandonner son mouchoir... La
prochaine attaque sera foudroyante, fatale...

Ou encore, Restif à toute allure... *Mon calendrier*... Et
les prénoms XVIIIᵉ, comme des nœuds de soie de
l'époque : Apolline, Honorine, Rosine, Nanette, Méla-
nie, Fanchon... Poudre de squelettes, maintenant...
Minois sur la page...

S. jubile. Il a toujours rêvé de s'abandonner un peu à
ses qualités classiques... Ça le repose de son fumeux
opéra moderne... Esotérique et anticosmique... « Alors,
me dit-il, la prochaine aventure? Le prochain
décor? »...

Il faut reparler un peu des frigides, dis-je, de celles
qui ne savent même pas qu'elles le sont... C'est quand
même la majorité... Tenez, Mildred... Une Américaine...
Elle peint... Elle veut exposer... Elle m'invite chez elle...
Je vois tout de suite les tableaux au mur... Archinuls,
dans le genre abstrait, fond de teint coulant sur la
toile... Mi-khôl, mi-rimmel... Là-dessus, elle me fait une
déclaration... Que quand elle m'a vu, ça a été le choc...

Immédiatement... Un bouleversement de sa vie... Elle est grande, brune, pas mal du tout, avec de grands yeux noirs qu'elle pousse en avant avec conviction... Vrai regard élastique, brûlant, de film muet... Valentino... Un peu graisseux... Brillantine... C'est dans un hôtel particulier, à Neuilly... Il est minuit, je sais que la porte s'est refermée sur moi, elle doit redescendre avec moi pour m'ouvrir... Le plus tôt sera le mieux... J'attaque... Tango sans musique dans le living... Un peu de canapé... Bouche à bouche... Au lit... Elle me suce un peu en me demandant si j'aime ça... Sans plus, évidemment, que voulez-vous dire?... Oui! Oui! avec l'air enflammé en rut?... C'est déjà l'échec... Là-dessus, elle se retourne carrément, me présente ses fesses... Voyons... Rien... Vague oscillation ennuyée... Je comprends qu'elle attend que je me montre viril, en piqué, sans m'occuper d'elle... Que je termine, et qu'on n'en parle plus... Lavabo... C'est-à-dire qu'on commence à parler de choses sérieuses... De son « travail »... Des articles possibles sur son expo... Bon, j'abandonne... On fume, assis sur le lit... Elle n'est pas du tout gênée, au contraire, ce n'est que le début du cinéma-cauchemar... Bien entendu, je vais rester pour la nuit? Non? Mais c'est impossible!... Mais c'est affreux de ma part!... Après le choc qu'elle a subi!... Elle sent... Elle pressent... Elle est sûre qu'on est faits l'un pour l'autre... C'est viscéral... Astral... C'est évident... On n'y peut rien... Elle gémit... Elle pleurniche... Je pense à la porte fermée... J'ai peur qu'elle ne veuille pas m'ouvrir... Ouf, ça y est...

Après quoi, les jours suivants, rafale de téléphones... Elle fait le tour des amis... Elle organise des dîners auxquels elle sait d'avance que je n'irai pas... « Mais il faut que je me défende », me dit-elle... Se défendre de quoi? Du peu d'intérêt que j'ai pour elle?... Ça peut quand même rapporter... Elle fera comme si on avait

eu une « liaison »... Ça devrait attirer quelques types...
Il n'y a pas de petits profits... Il y en aura même
certains qui croiront se rapprocher de moi comme ça...
Ou me la souffler, encore mieux!... Levier homo...
Magnétique... Voilà un autre chapitre : celles qui
laissent courir le bruit que... Sous-entendus... Lointains... Avertis... On est très amis... On l'a été... On
pourrait l'être... Hameçonnage de l'homme à l'autre
homme... L'homme un peu en relief négocié dans les
intervalles... Auprès d'un jeune ambitieux... En ce
moment, il y a un homme dans ma vie... Enfin, c'est
tout à fait secret, n'est-ce pas?... Vous comprenez, à
cause de sa situation... De sa femme... Entendez : je
serai peut-être sa femme... Après tout... Ou encore : X?
Ah oui... Mais si vous saviez... Non, non, ce n'est pas du
tout ce que l'on croit... Loin de là!... Je pourrais vous en
dire davantage... Bien davantage... Une autre fois... Il
m'a confié certains détails... Mais parlons d'autre
chose...

Il y en a que ça fait bander... Moi, non... J'ai plutôt
pitié de l'homme en question... Qui se croit sûrement
pas vu-pas pris, naïveté bien masculine... Qui pense
que c'est Lui... Gratuit!... Pour ses beaux yeux!... Il est
vrai que sa mère lui a toujours dit qu'il avait de beaux
yeux... Il est donc aimé pour lui-même?... Voyez-moi
ça!... Le gros lapin!...

Qui m'a fait le coup, déjà, avec Fals?... Ah, oui...
Elissa... Un cas, celle-là... La Minerve des philosophes,
en son temps... Grande bringue... Egyptienne... Direc-
trice de *Toth*, la revue universitaire du dessous des
tables... La Science de l'Ecriture... Je me rappelle... Elle
recevait chez elle, tous volets fermés... A la lueur des
bougies... Un antre de voyante... Mystère... Boule de
cristal... Tarots... Mi-juive, mi-arabe... « Un génie »,
disait la rumeur... Elle écrivait sans cesse sur de petits
cahiers... ses rêves... On arrivait, elle vous asseyait sur

un divan, elle se mettait à lire à haute voix... Comme Aragon!... Ça n'en finissait plus... La cure à l'envers... Une drôle de petite voix montée, acide, se voulant mélodieuse... On la disait proche des ministères, quels qu'ils soient... Pouvoir et Inspiration... L'égérie surréaliste idéale... « Vous connaissez Elissa? Quelle beauté, non? Quel visage! On dirait Néfertiti! »... C'était le slogan... La malédiction des Pharaons... Ce qu'elle écrivait? Des histoires sans suite, hallucinées... Délires, vols planés, dédoublements, réincarnations, apparitions, processions des morts, amours fous dans la quatrième dimension, plaintes d'Eurydice, soupirs de Didon, confidences inédites de Jocaste, messages d'Isis... La Grèce à gros bouillons... Sapho en fureur... Au bout d'une heure, on était entre le sommeil profond et le hurlement... Entre l'hypnose et la crise de nerfs... Je me pinçais la cuisse, froidement... Avec un petit « ah! » de temps en temps, façon de montrer que j'étais toujours bien là dans la chevauchée fantastique... De jour, Elissa distribuait négligemment les informations... Elle obtenait des postes... Des déplacements... Des reclassements... Des disgrâces... Des faveurs transitoires... Elle convoquait chez elle la crème de l'intelligentsia parisienne... Des célébrités professorales, bousculées par les événements de mai 68, se croisaient dans son escalier... Elle était vraiment à la mode...

Elle me trouvait bizarre, Elissa... Pas comme les autres... Je n'avais rien à lui demander... Je n'écrivais pas de thèse... Je ne postulais pas... On avait une amie commune, Marthe, qui était rageusement amoureuse d'elle... Marthe voulait absolument que je sois ébloui par Elissa... Que j'en tombe à la renverse... Que ça devienne un roman... Une explosion littéraire... Marthe, en somme, m'avait nommé son phallus délégué... Un honneur dans l'armée lesbienne... Sans me demander

mon avis... Ça allait de soi... Un Américain sur le Nil...
Antoine en location pour Cléopâtre... Le barbare introduit dans les salles dérobées du Palais... Que je m'éva-
nouisse! Que je me prosterne! Que j'adore mon impératrice!... Hélas... Hélas... Elissa me laissait de marbre...
Elle avait beau s'agiter, se renverser sur ses coussins
en minijupe, ondoyer, onduler, me lire de plus en plus
nerveusement ses papyrus, je la trouvais, moi, de plus
en plus toc, apprêtée, affectée, à côté de la plaque...
Maniérée à vomir... J'arrivais chaque fois avec de
bonnes intentions, pourtant... Mais non, rien à faire...
Sa bouche trop poule... Ses guibolles maussades... Ses
genoux cagneux... Son osseusité... Une énorme énergie,
dedans, c'est vrai, bien faite pour exalter des professeurs, soit, et même une lesbienne érudite, mais pas
un véritable amateur, impossible... La situation devenait scabreuse... Elissa m'embrassait, me touchait un
peu... Rien... D'habitude, je peux pourtant être poli...
C'est à ce moment-là qu'elle a commencé à me vendre
un peu d'homme... Dernier médicament... Aphrodisiaque ultime... A? B? C? D? Non?... Alors, Fals?... Elle
savait que celui-là m'intéressait... Qu'il y avait peut-être
là une chance... « J'ai encore dans la bouche le goût
amer de son sperme, me dit-elle une fois droit dans les
yeux... Beaucoup de sperme, tu sais. » Là, en principe,
j'aurais dû m'avouer vaincu... Surtout qu'elle me donnait tout pour rien, si je peux dire; les clefs de son
appartement, la libre disposition de son corps...
Qu'elle m'avait détaillé les dîners avec Fals, les hôtels
de luxe avec Fals, les bijoux offerts par Fals... Et
montré les lettres... Les petits pneumatiques tendres.
« Chérie, à ce soir 20 h 30, à La Diligence, sans faute. »...
Des réflexions très compromettantes pour ses proches,
ses élèves, son entreprise même, dont je pouvais
vérifier ainsi qu'il la jugeait inutile et désespérée...
Séduction à l'égard d'Elissa?... Oui... Non... Elle était là,

411

frémissante, en plein cadeau... Hélas... Hélas... Le goût... L'instinct... Incontrôlables papilles... Pauvre vieux Fals en train de se faire pomper la moelle épinière par cette pseudo-pythie...

Elles sont devenues amies, avec Kate... Puis Bernadette s'est emparée fermement du lot... Maelström féministe... C'est la période où Kate a écrit ses articles les plus poivrés... Les plus révélateurs, aussi, de la nouvelle et très ancienne religion en marche... Je me rappelle celui où elle racontait comment elle avait célébré, en famille, mais sans homme bien sûr, l'arrivée des règles de sa fille... Au champagne... Pour bien montrer à quel point on pouvait être fière d'être une femme... Comment on surmontait la vieille malédiction... Elle remarquait simplement comment son jeune fils était resté réservé pendant la fête... Pour conclure qu'il serait rééduqué, lui aussi, dans le monde radieux de demain... Un monde où toutes les mères et toutes les filles du monde se donneraient la main dans une ronde fleurie au-dessus du cadavre du Moloch dragon patriarcal... Phallocrate... Judéo-chrétien... N'était-ce pas charmant, cette évocation des linges délicatement ensanglantés portés avec orgueil par les mères sur les places publiques? Cette levée en masse du refoulement originaire? Les filles désormais affranchies de la honte, dressant leurs jeunes corps à peine nubiles vers une vigoureuse procréation en commun? Ah, nobles Spartiates!... On sentait passer, dans tout ça, un courant néo-classique, des frontons, des frises, des couronnes, des initiations dans la nuit... Des rites inconnus... Désenfouis... Le retour, enfin, de la Grande Déesse... Déméter... Coré... Un frisson pur... Je ne sais pas qui a répété à Kate ma remarque négligente qu'elle n'aurait jamais pensé à fêter de la même manière la première éjaculation de son fils... Qu'il y avait là une forme d'injustice, n'est-ce pas? Le premier jet de foutre, c'est tout de même un événement? Elle ne m'a pas parlé pendant deux ans... Elle ne me le pardonnera jamais... Femmes sans enfants... Mères sans maris... Enfants sans pères... Toutes à la recherche de maris et de pères, mais, en criant le contraire... Elissa aussi finissait par me demander si je croyais que Fals aurait pu l'épouser... Vers trois heures du matin... « Epouser »... Le mot venait comme une hostie sur les lèvres... Mais, dès le lendemain, c'était bien entendu les tracts, les proclamations...

Elissa publiait des « romans poétiques »... De plus en plus sans succès... Le dernier que j'ai lu était une sorte d'hymne à Bernadette... Sauveuse du genre humain... Gomorrhisme courtois... Emberlificotage déchaîné... Litanies à Vénus... Gougnoterie métaphysique... Accablant de niaiserie... Bernadette devenait la Nature Primordiale... La Source Alchimique... La Bonté Rayonnante... Quand on la connaît... Elle qui est la méchanceté et la malveillance mêmes... La chafouinerie... La biliosité incarnée... La laideur en acte!... La tortuosité de l'esprit de vengeance mille fois recuit, ramassé... Le venin spontex!... Belle comme telle, si l'on veut... C'est mon point de vue... Oui, une sorte de beauté nécessaire... Mieux qu'Elissa... Que tout le monde a plus ou moins lâchée, peu à peu... On aime les vrais méchants, pas leurs adeptes... Même les Américaines l'ont abandonnée... Trop compromettante... Trop cinglée...

Kate, pour la continuation de sa carrière, a pris ses distances avec le FAM... Mais je crois qu'elles ont gardé, Bernadette et elle, un pacte secret... Une stratégie en commun... Une liste noire sans cesse remise à jour... Je dois être un des seuls présents depuis le début et toujours debout, invariable... Le nom souligné trois fois... A l'extrait rouge-brun de menstrues sauvages... C'est Flora qui a employé cette image, dans un moment d'abandon... Au moment où elle a été pressentie, elle aussi, pour jouer le grand jeu et où elle n'a pas hésité à trahir ses sœurs, la perverse... Elissa et Bernadette l'ont convoquée un soir pour lui parler de moi... Les murs en résonnent encore...

Le rôle joué dans l'affaire par une perversion de l'analyse, dites-vous? Déterminant. Manipulation psychique... Terrorisme intime... Moonisme mittel-europa... Nouvelle façon de faire du renseignement et du guignolisme à distance... Le recrutement de secte avance dans la région... Tête de Freud!... Lui si scrupuleux, si digne!... Il paraît que les Russes, piétinant dans la parapsychologie, ne verraient pas d'un mauvais œil ce ramollissement des cerveaux... Ces piqûres intranerveuses, délétères... Vulnérabilités... Déséquilibres... Besoin... Drogue d'un côté, confessions de l'autre... En tout cas, il est facile de vérifier que les cadres de l'organisation sont des ratés de l'analyse... Interruption prématurée... Suffisamment au courant, cependant, pour savoir comment on peut fixer des ruminations, énerver et coincer une sexualité modeste en impasse... Quasi-impuissance pour l'homme... Noyau frigo paranoïaque pour les femmes... Le tout lié à la brûlure de plus en plus exsangue d'être une merde, un déchet... Ça rend dix fois plus revendicatif... Obsédé... Magouille... Canaille... La logique de secte est toujours la même... Parasitisme et pression... Curieux analystes, qui insistent pour garder leurs patients, leur téléphonent, les obligent à revenir, jouent de la promesse de promotion sociale, font miroiter des voyages, des publications... Racontez-moi vos rêves... Tiens! Vous connaissez Machin? Comment ça?... Où ça?... Précisez... Précisez encore...

On comprend que les différents services secrets soient intéressés par un réseau virtuel aussi complet et discret... Economique... Aux dernières nouvelles, donc, les Russes auraient dix bonnes longueurs d'avance... Ils mélangent un peu tout, médiumnisme, transmission de pensée, barres de fer tordues, mais ça ne fait rien... On leur a dit que le freudisme marchait bien en France, va pour le freudisme... Pourquoi pas?... Aux USA, la confusion est trop grande... Libre concurrence... Charlatanisme bariolé... Dollars... Mais quelque chose de plus centré, de plus contrôlé, de nationalisé en douceur, de jacobin télépathique, c'est tentant... L'important, c'est de rester ensemble... que ça passe ensemble... Qu'il y ait quelque chose, là, derrière, s'imposant à tous... Vous voulez l'appeler « inconscient »?... Si ça vous chante... Du moment qu'il y a groupe... Magma commun... Il y a des négociations à mots couverts... Ces mouvements de femmes, surtout, sont prometteurs... Pacifistes... Ecologiques... Antiimpérialistes... Antibibliques... Liés aux fondements révolutionnaires... Quand même... Malgré tout...

Sur quoi vous découvrez que vous êtes surveillé en permanence... Qu'une sorte de nuage vous précède, vous colle à la peau... Scaphandre... Ramifications imprévisibles... Rien de plus stable que le Sectisme... Ça joue sur le velours humain... Peurs, inhibitions, régressions... Crédulité des mâles... Rien de mieux partagé que le Refoulement... Ça fonctionne 24 sur 24...

Tenez, je vais vous dire, il y a le goulag dur et le goulag mou... Diffus... Le moulag... Vous n'avez pas le droit de plaisanter avec ce mot! Lequel? *Goulag*... Pourquoi pas? C'est odieux! Mais non, attendez, on va seulement le faire vivre un peu en français... Prévision philologique.

Qu'est-ce que vous entendez dans *goulag*?

D'abord un nom divin... De déesse... *Goula*... « La Grande », en Chaldée... Associée à Ninib dans le panthéon assyro-chaldéen... On revient toujours au Panthéon, c'est fatal. Goula, donc, c'est la chaleur qui tue ou qui vivifie... Déesse de la médecine...

Et puis *goule*, du mot *ghul*, qui signifie « fondre impétueusement »... Vampire femelle qui dévore les morts pendant la nuit... Houg!...

Les goules, sous l'apparence de femmes jeunes et séduisantes (oui! oui! encore!), se réunissent dans les cimetières, déterrent les cadavres et les dévorent. De jour, elles procèdent par égorgements et boivent le sang de leurs victimes...

Goule, c'est aussi, tout bêtement, la bouche, la gueule.

Une *goulée*, c'est une portion de terre pour nourrir une personne. « Une brebis qui bêle perd sa goulée. »

Vous avez, dans la foulée, *goulet* et *goulot*, selon que vous envisagez une rade ou une bouteille. Vous pouvez l'employer aussi pour désigner les ouvertures coniques garnissant l'intérieur des verveux et des nasses par où le poisson pénètre à l'intérieur sans pouvoir ressortir (un poisson averti en vaut deux! mieux vaut être un poisson rouge que mort!).

Amusez-vous un instant en pensant qu'il y a aussi *gouliafre*, *glouton*, *goulu*, *goulotte* et *goulette*, et aussi *goulier* : mâchoire inférieure et partie antérieure du cou du porc.

Je n'insiste pas sur *goulasch*.

Ni sur *gouine* qui, de toute évidence, se meut sur le même territoire.

Voilà *Goulag*! Le séjour humain en soi-même! Et ici,

comme dans tout bon dictionnaire novateur, carte majeure, citation de Rimbaud :

« Elle ne finira donc point, cette goule reine de millions d'âmes et de corps morts *et qui seront jugés*! (C'est lui qui souligne.) Je me revois la peau rongée par la boue et la peste, des vers plein les cheveux et les aisselles et encore de plus gros vers dans le cœur, étendu parmi les inconnus sans âge, sans sentiment... J'aurais pu y mourir... L'affreuse évocation! »

Question de vision, que voulez-vous... « J'ai vu l'enfer des femmes là-bas. »... Ou encore : « C'était bien l'enfer, l'ancien, celui dont le fils de l'homme ouvrit les portes. »

On ne saurait être plus net... Que celui qui a des oreilles entende!... S'il lui reste des oreilles!... S'il n'est pas déjà saisi par les ouïes!... Pas par l'androgyne... Par la *gynandre*!... L'être préhistorique et posthistorique... Impensé avant moi!... Catimini des zombies!...

Tiens, revoilà Flora... Nouvelle tactique... Ce n'est pas elle qui me téléphone ou vient me voir, mais Sandra, une amie à elle, dont elle m'a parlé quelquefois... Espagnole aussi... De Madrid... Grande blonde aux yeux bleus... Scénariste... En cuir, chapeau cloche... Quelque chose de raide, comme quelqu'un qui a trop souffert des articulations... Arthrose?... On déjeune ensemble... Très vite, elle me fait l'apologie de Flora... « Quelle femme!... – Mais bien entendu, dis-je. – Est-ce que vous vous rendez compte de ses qualités de *femme*? insiste Sandra. – Mais ça me paraît évident, dis-je.

– Enfin, je veux parler de ses capacités érotiques, dit-elle.

– Sans doute...

– J'étais chez elle récemment, je la regardais, elle était assise en face de moi, cela m'a littéralement sauté à la figure. C'est un tigre, non?

– C'est une femme remarquable...

– Qu'est-ce que vous faites ce soir?

– Je suis pris, malheureusement.

– Nous aurions pu aller dîner chez des amis... Enfin, si vous ne finissez pas trop tard, passez? »

Elle me laisse l'adresse, le téléphone... Je n'y vais pas, bien sûr...

Quelques jours plus tard, Flora :

« Alors, il paraît que tu as essayé de draguer Sandra?

– Mais pas du tout...

– Elle m'a dit qu'elle avait eu le plus grand mal à se débarrasser de toi l'autre jour à déjeuner, que tu voulais absolument la retrouver le soir même...

– Ah bon?

– D'ailleurs, je te comprends plutôt, elle est très attirante. »...

Voilà!... Le tir indirect!... La reprise en main diagonale!... Flora reste sur sa religion : 1º Je dois automatiquement ne m'intéresser à une femme qu'en fonction d'elle... 2º Toute femme qu'elle ne connaît pas n'existe pas... 3º Il est impossible que je travaille, je passe mon temps à baiser... Ainsi en a décidé, une fois pour toutes, la Nature qu'elle m'attribue au nom de la communauté tout entière... On *doit* ne penser qu'à ça... Hommage à l'Idole... Mais comment faire comprendre à une femme qu'on ne désire pas forcément une femme qui l'impressionne, elle? Marthe m'en a voulu à mort de n'avoir pas frémi en rencontrant Elissa... Flora, maintenant, se dit qu'elle pourrait mieux me contrôler en gérant certaines arrivées et certains départs... Puisque je ne veux visiblement pas changer ma vie légale... Qu'il n'y a vraiment aucune chance de me voir divorcer, quitter Deb... Etre la deuxième femme impliquerait qu'on joue le rôle de la douane... Prélèvements sur les produits de luxe... Rapports réguliers sur les va-et-vient... Tout, mais pas qu'un autre circuit, sans relations avec celui dont on a l'habitude s'établisse... Ce serait l'immoralité même!... Le contraire de l'Ethique!... Quand Flora parle de « l'Ethique », c'est vraiment que ses calculs n'arrivent pas à leurs fins... Les femmes sont éminemment « éthiques »... Sociales... Nationales... Sororales... Raciales... D'instinct... Dans une violence absolue muette... A la limite, il n'y a pas d'autre péché mortel que de refuser la femme que vous suggère plus ou moins ouvertement une autre femme... Y compris par ses scènes de jalousie... C'est comme ça que vous vous rendez opaque... Irrécupérable pour *l'intrigue, l'histoire*...

Flora, je l'ai déjà dit, ne veut rien et ne peut rien savoir des femmes qui me plaisent. Elle se trompe immanquablement dans ses attributions... Bon, on n'a pas les mêmes goûts, voilà tout... Mais j'ai l'impression que, depuis quelque temps, cette question l'affole... Elle sent que quelque chose lui échappe... Cyd? Elle ne comprendrait rien à Cyd, à son charme, à sa liberté... Ysia? Elle n'a pas la moindre idée de son existence... Les erreurs de Flora me font rire... Comme j'ai toujours ri des fautes de sensibilité sur ce sujet... N'oublie pas ton rire! C'est lui qui a raison par avance! C'est lui qui aura complètement raison, un jour!

On se brouille à vue d'œil, Flora et moi... Elle ne me demande même plus de lui écrire le moindre article... C'est la vie... Glissement de terrain... Géologie...

Une autre qui vient aux nouvelles, c'est Jeanne, grande prêtresse des bizarreries... Jeanne est la femme d'un peintre célèbre, spécialisé dans les dessins et tableaux érotiques... On s'est un peu connus de près autrefois... Elle organisait des « séances »... Qu'elle racontait à son mari... Pour ses croquis... De temps en temps, elle lui amenait un « modèle »... Une débutante pour des mises en scène sadomasochistes... Chaînes... Fouet... Anneaux... Colliers de chiens... C'est comme ça qu'elle tient son peintre, Jeanne... En attendant d'être Veuve... Mais le type est costaud, méfiant, paysan, il tarde à tomber malade, il résiste... Les Veuves! « Savez-vous combien il y en a en France? m'a lancé une fois la Présidente... Vous connaissez leur poids électoral?... – Non... – Quatre millions, mon cher, pensez-y. » J'y pense... Les usantes... Les abusantes... Avec leurs artistes, leurs poètes, leurs essayistes en boîte... Courant les galeries et les éditeurs, négociant minutieusement les restes... Notes, préfaces, inscription du prénom enlacé au NOM... Les originaux... Les cartons secrets... Les inédits... Et les légales ne sont peut-être pas les pires!... Il y a les mystiques... Les cornettes de la sanie... Les lévitantes du squelette mélodique... Les possédées de la cendre inspirée... Les Avila du crâne à pensée... Les Lisieux du sacrum rythmique... Les Catherine de Sienne du radius-pinceau... Les Marie du tibia des rimes...

Donc, Jeanne veut savoir où j'en suis... Si on peut encore compter sur moi pour le lobby sexuel tordu... Si tout le petit cirque en question est susceptible de m'exciter encore... Elle passe son temps à voir des gens épatés par ce genre de distractions... Elle est touchante, sympathique... Créatrice dans son genre... Ça vaut bien les croûtes sophistiquées design de son mari... C'est même mieux... Tableaux vivants... Toujours identiques... Une femme crucifiée à qui on jette des œufs... Un éphèbe dont on a fait délicatement couler quelques gouttes de sang... Des serviteurs, des servantes... Elle se fait passer les plats à table, avec quelques amies émoustillées sans dessous, par de jeunes garçons nus qui viennent ensuite les sucer à quatre pattes... Ou encore, l'esclave est introduit les yeux bandés... On lui révèle une jeune beauté ligotée... Ils s'aimeront peut-être... Si Maîtresse le veut... Etc. Etc. Jeanne ne m'a jamais demandé de participer, mais elle me raconte... Elle aime surtout raconter... Echanges d'informations avec ses collègues sodomiens... Elle fait une exception pour moi... Trois ou quatre fois, ce qu'elle a eu envie de faire, c'est de m'offrir un de ses « modèles » en sa présence... De braves filles intimidées, obéissantes, désireuses de réussir... J'en ai usé, je l'avoue, en donnant quelques signes extérieurs de sadisme, coups de ceinture, gifles légères... Pendant que Jeanne se branlait... Des petits trucs comme ça, quoi... Vraiment pas grand-chose... Mais qui, sur le moment, ont l'avantage du coup de vent, de la fraîcheur décalée... J'aime bien Jeanne, au fond, à cause de son obstination enfantine...

« Alors, qu'est-ce que tu fais en ce moment? Ton roman?

— Je voyage beaucoup, tu sais...

— Je sais... Je crois que j'ai quelqu'un pour toi...

— Qui?

— Une fille merveilleuse... Qui veut un écrivain...

— Un écrivain? Vraiment?

— Quand peux-tu?

— Ecoute, je repars après-demain...

— A ton retour, alors?

— C'est ça... Avec plaisir. »...

Elle sent que je ne suis pas très chaud, Jeanne... J'échappe au radar... On ne sait plus bien où me localiser à la tour de contrôle... C'est d'ailleurs ce qu'on lui a dit... A la réunion mensuelle du SGIC... Ou bien lors de son récent voyage en Amérique, quand elle a rencontré ses amies du WOMANN... Celles qui sont curieuses... J'hésite à lui suggérer que son spectacle est un peu démodé... Voire franchement ringard...

Même si elle y a introduit les nouveaux trucs à la mode... Le cuir... Ça ne se fait plus en appartement, voilà... Il y a les boîtes si on veut... Et encore, une fois qu'on a vu ça trois fois... Les trucs de groupe?... Années 60... 70... Années transitoires... Education... C'est vrai que quelque chose est passé par là autrefois... Question d'âge, aussi... Après quarante ans, laideur... Dans la tête, ou rien... Un dérapage de temps en temps, je ne dis pas, pour garder le sens des volumes... On est devenu trop lucide, on perçoit au premier coup d'œil les mécanismes de pouvoir, de domination... Et puis, il ne faut pas se connaître... Dès qu'on se connaît, ces machins sont brûlés... Tournent en famille... Et famille, c'est précisément ce que je ne suis pas du tout, sauf la mienne... « Oui... je sais, me fait Jeanne, tu es devenu très *famille*, n'est-ce pas?... Je ne te comprends pas... Moi, je n'ai pas de famille. »... Ton un peu rageur... nostalgique... J'ai envie de lui répondre de s'allonger et de me raconter son dernier rêve... Je lui démontre en dix minutes qu'elle n'a pas quitté ses parents d'un millimètre... Mais à quoi bon? Quel analyste je ferais, pourtant!...

Jeanne n'a pas eu d'enfants... Elle croit probablement détester les enfants... Mais Elissa, en revanche, avait trois enfants, et c'était comme si rien ne s'était jamais passé pour elle... Etonnante virginité de la plupart... Le train passe à travers elles... Pas de marques... Sauf cet écho de démence, hein? Vierges!... Vierges!... C'est pourquoi, sans doute, ce truc de la Vierge les met si souvent en fureur...

C'est vrai que, depuis que j'ai commencé ce livre, je sens autour de moi une sérieuse odeur de police... Elle devait être là, bien entendu, mais je ne faisais pas attention... Ecrivez, écrivez, tant que vous n'aurez pas cette sensation nette, absolument pas inventée, vous saurez que vous n'écrivez rien... Rien d'intéressant, en tout cas... Vous commencez simplement, sans illusions... Vous découvrez peu à peu le malaise... Ça doit suinter de vous... Emaner même de votre sommeil... Vous me direz que le premier plumitif venu peut se donner cette impression à bon compte... Et s'imaginer, dans son inutile et pesant charabia, qu'il a toute la planète aux trousses... Peut-être, peut-être... Et pourtant... Comment s'appelle cet essai, déjà? *Persecution and art of writing*... Vraies persécutions? Fausses? Tout est là...

Voilà le filet : opinions, fascinations, convictions, maladies, monnaies... Mailles serrées... Dès qu'une déchirure, en un point, risque de se déclarer, activité fébrile du tissu pour nettoyer, colmater... On a raison de dire : « le corps social »... Il a son immunologie mécanique... A chaque instant... Partout... Bien avant les couplaisons, et les familles, et les clans, et les régimes... Les substances se portent rapidement au lieu dangereux... A la moindre inflammation supposée... Elles sentent... Elles flairent... Elles sont voyantes... Vers le halo suspect... Avec une sûreté d'amibes... Les glandes veillent... Essayez donc de vous attaquer aux glandes... Vous verrez...

Tiens, je rencontre Jean-Luc, ancien révolutionnaire, ex-« maoïste »... Il est professeur en province, maintenant... On marche dans les Tuileries...

« Eh bien, ça va, dit-il. J'apprends de mieux en mieux l'arabe.

– Pour tes recherches sur l'Islam?

– C'est plus qu'une recherche, mon vieux, tu sais bien. »

J'avais oublié... Le retour des maoïstes à Dieu... La crise spirituelle après l'échec de 68 et les révélations

conjuguées de Soljenitsyne et de la réalité concentra-
tionnaire chinoise... Le grand reflux... Le retour de
l'Esprit... Miracle... Explication du fait que la France
n'ait pas connu, comme l'Allemagne et l'Italie, le
vertige terroriste... Les Brigades Rouges virtuelles
françaises devenues milices célestes...

« J'ai eu l'autre jour un examen, dit Jean-Luc; il
fallait que je traduise au pied levé un texte particulièrement compliqué d'un mystique arabe du XIIIᵉ siècle...
Eh bien, ça m'est venu d'un seul coup... C'est là que tu
t'aperçois que l'archange Gabriel agit. »...

Il a dit ça en riant, mais concentré quand même.
Plus détendu, c'est un fait, que lorsqu'il citait Mao...
D'autres sont revenus au judaïsme... « Revenus », c'est
beaucoup dire... Ils l'ont brusquement découvert...
C'était sur la table, à côté d'eux, ils n'y avaient jamais
fait attention... La lettre volée... Du maoïsme au
mosaïsme... C'est ainsi qu'Albert, un sociologue correct, a commencé, il n'y a pas longtemps, à me parler
du Tétragramme avec des airs insondables... Très bien,
très bien... D'autres, plus rares il est vrai, retournent à
leur christianisme enfantin... Enfin, le menu est vaste :
soufisme, bouddhisme, ésotérismes divers...

Pour Jean-Luc, j'ai toujours été un amateur, un
révolutionnaire d'opérette... Qui se trouvait là, pas
loin, parce que c'était le courant... Je lui rappelle cette
grande soirée de « bilan », où il portait la valise
d'Alain, le leader le plus radical du mouvement...
Analyse de l'action menée sur tous les fronts (les
usines! l'université! les campagnes! les syndicats! les
immigrés! les quartiers! les femmes!)... Alain est en
train de terminer son discours... « D'ailleurs, camarades, comme l'a dit le camarade Staline, ce qui compte,
c'est ce qui croît et se développe. »...

Un silence respectueux, ou stupéfait, ou les deux,
accueille cette conclusion audacieuse... Il faut avouer

que c'est fort... Tout le monde sait qu'un des grands problèmes des « maos » est de se démarquer de Staline... Des générations antérieures... Du formol passé... De l'affaire URSS... Pour inventer une autre expérience, la vraie, la remontée aux sources, la rectification généalogique entamée par Lutz, la ligne directe Marx-Engels-Lénine-Mao... TGV... On a décroché le wagon Staline... Il est en quarantaine... Voie de garage... En observation... En démolition souhaitée... Alain, donc, ce soir-là, joue gros... Sa réputation... Ses troupes... Ses meilleurs lieutenants... Ses femmes... Mais non, pas ses femmes, elles le regardent les yeux brillants fixes, elles sont au courant... Silence... Il faut bien que quelqu'un se dévoue...

« Oui, dis-je, en forçant légèrement ma voix pour faire enfin apparaître ma pointe d'accent américain d'habitude imperceptible; oui, mais je trouve que La Fontaine a eu un mot encore plus génial : " Rien ne sert de courir, il faut partir à point. " »

Atmosphère à couper au couteau... Meurtre dans la cathédrale... Est-ce que je vais être expulsé, exclu séance tenante?... Personne ne me voit plus... Tous les yeux sont sur Alain, négligemment assis au coin du bon feu de cheminée, dans ce confortable salon du Marais... Chez son amie de l'époque, une petite blonde psychanalyste acquise aux idéaux radicaux...

Alain garde dix secondes la tête baissée... Dix secondes de Sibérie... De pelotons d'exécution... De balles dans la nuque... De fils électrifiés... De baignoires... De produits chimiques... De parapluies empoisonnés... Il ne tourne pas la tête vers moi... Il la remonte lentement... Et puis, il rit... Et tout le monde se met à rire... Si le chef rit...

« Tu te souviens? dis-je à Jean-Luc.

— Pas du tout, me répond-il, sèchement. Tu es sûr? J'ai complètement oublié. Alain avait du génie, d'ailleurs. Le meilleur lecteur de Hegel qui ait jamais existé en France. Meilleur que Lutz, en tout cas... Et toi, qu'est-ce que tu fais maintenant ?

– J'écris un roman.

– Un roman ? Je croyais que tu écrivais dans les journaux américains... Que tu ne t'intéressais qu'aux trucs d'avant-garde... Comme S. ... On m'a même dit que tu étais devenu catholique, mais je ne l'ai pas cru, bien sûr.

– Je n'ai pas à *devenir* catholique, dis-je. Je le suis, c'est tout.

– Ah bon ? En tout cas, tu sais, à l'époque, tu étais évidemment un peu suspect à cause de ton origine américaine, mais personne ne savait que tu étais juif.

– Mais, mon cher, je ne suis *pas* juif. »

Jean-Luc se penche vers moi sans me voir... Ah oui, je comprends... J'ai eu mon nom dans un des tracts du mouvement, autrefois, dénonçant les ennemis de l'intérieur... J'étais épinglé avec cinq ou six autres... Comme « sioniste furieux »... Pour quelle raison ? Oublié ! Un machin à propos d'Israël... Est-ce que c'est Jean-Luc qui l'avait écrit ? Je n'ose pas le lui demander... Il ne s'en souvient sans doute pas... Tiens, il consent de nouveau à ma présence...

« Tu sais que Boris dit partout maintenant qu'il est catholique ? C'est ton influence ? Il prend le train un peu tard, non ?

– C'est son droit, dis-je. Même s'il s'agit de sa millième provocation. Si ça lui chante... Ça lui fera plutôt des ennemis...

– Donc, un roman ?

– Oui, un roman.

– Et sur quoi ?

– Les femmes.

– Ah bon ? »

Il est désorienté... Il ne lit jamais de romans... Phénomènes... Il change de conversation... Il est toujours aussi intelligent, cultivé... Une grande génération sacrifiée, finalement, ces types... En tout cas, ils n'ont pas rejoint le gros de la famille... Tombés loin de Moscou... Perdus pour la gauche... Le PC... Qui en fait une crise de dépit bien compréhensible... Tous ces cadres choyés envolés... Nourris pour rien dans les écoles de l'Etat... Ils flottent dans des régions intermédiaires... L'archange Gabriel... Le Tétragramme... La psy... Ou alors, plus carrément, la drogue, l'homosexualité, l'alcool... Va pour le Tétragramme ou l'Archange... Ça les oblige à lire... A apprendre des langues...

« Tu as fait du chinois, non? dit Jean-Luc.

— Un peu... Pendant deux ans... Je ne le regrette pas... Mais c'est comme le piano, tu sais, il faudrait en faire deux heures par jour... Le plus intéressant, c'est d'apprendre à placer de nouveau sa voix... Les tons... Et puis, il y a le taoïsme. »...

Je lui récite quelques vers de l'époque *Tang* en chinois... Je pense à Ysia... Aux ramblas...

Jean-Luc ne veut pas être en reste... Trois phrases en arabe...

« Mais, dit-il, je ne rêve pas? J'ai quand même lu un article de toi en hommage à Jean-Paul II? Consacré à la théologie? A Duns Scot?

— Oui, ce pape me plaît plutôt... Et la théologie, c'est très chic, je t'assure. »...

On rit... Drôle d'époque... Quand je pense que... Et que... Et que... Les souvenirs viennent... On ne s'est pas vus depuis dix ans... Celui-ci? Celle-là?

« On s'est quand même beaucoup amusés, non? dit Jean-Luc. C'est ce qu'*ils* ne comprendront jamais... *Ils* n'y ont jamais rien compris... Tu te rappelles? " On a raison de se révolter! "... Le grand slogan mao par rapport à *eux*... Rien à regretter... On y était ou on n'y était pas, c'est tout. »...

Je suis content qu'il m'accorde aujourd'hui un certificat qu'il m'aurait implacablement refusé hier... J'y ai donc « été »... Où? Bof, dans l'aventure, le désordre, l'énergie en trop... Les discussions, les nuits blanches...

« Je t'envie l'arabe, dis-je. Ce qui me tenterait maintenant, moi, c'est l'hébreu... Pour mieux lire la Bible...

– Ah oui, l'hébreu. »...

Est-ce que je me trompe? Est-ce qu'il n'y a pas eu, là, dans la voix de Jean-Luc, une légère, oh très légère, réticence? Mais non, voyons, les temps paranoïaques sont passés... Il est de bonne foi... Ouvert... Décidé à se renseigner au maximum sur tout ce qu'on nous a caché... Les grands-parents, les parents, le lycée, l'Ecole normale, l'Université... La philosophie-Reine... La Politique-En-Soi...

« Et Lutz! dit-il... Quelle histoire... Et Andreas!... Et la mort de Fals! »...

Voilà, ça devient une réunion de vieux... Un pastiche de Flaubert... Les visages qui défilent... La mort... Il le sent... On écourte...

On est arrivés devant le Louvre.

A bientôt!

Je vais vers la Seine, il revient dans le parc. Je le regarde s'éloigner... Il n'a pas vieilli... Quelque chose de l'ancien étudiant insolent, têtu... A jamais... Il se retourne... Me hèle...

« Et envoie-moi ton *roman*? D'accord?

– Sans faute! »

Neuf heures du matin... Téléphone de Christian, l'éditeur...

« Dis donc, le manuscrit chinois que tu m'as donné, tu sais ce que c'est?

— Non, je n'ai pas pu le lire, bien sûr... Mais je m'en doute... Un truc dissident, non?

— Fumant, mon vieux! Le témoignage qu'on attendait! Comment as-tu eu ça?

— Un ami... Je ne peux pas te dire...

— Fumant! Fumant! Merci... Tu verras! »...

Dix heures... On sonne à la porte du studio... Non? Si!

Descente de Flora... Elle hurle...

« A Barcelone! Chez moi! Tu es ignoble! Ignoble! Et avec une Japonaise, on m'a dit? »

Je ne réagis pas... C'est trop... *Too much*... Cette fois, c'est vraiment la dernière... Elle renverse ma machine à écrire... Elle tape du pied dedans... Envoie valser mes papiers... Et puis, elle s'arrête brusquement... Reprend trente tons plus bas...

« Cela fait cent fois que je te demande qu'on aille ensemble en Espagne... Tu as toujours refusé... Inventé mille prétextes. »...

C'est vrai... je n'ai jamais réussi à être assez goujat pour lui dire qu'un voyage avec elle *m'ennuyait*... Tout simplement... Qui rendra jamais justice à l'incroyable délicatesse des hommes?... A leur ingéniosité dans la feinte et l'invention plutôt que de blesser définitivement une femme?... En lui avouant enfin la vérité : qu'on n'a pas envie...

Je suis quand même sur le point de la lui crier, la vérité, ce matin : PAS ENVIE!!! VOUAF!!!

Pas envie, pour une baise un peu tendue, de l'entendre discourir interminablement des petites histoires politiques... Pas envie de subir, pour la millionième

429

fois, le récit falsifié de nos relations... Sa générosité...
Ses sacrifices... Sa fidélité... Mon égoïsme, ma mesquinerie, ma froideur, mon esprit intéressé... Sa constance... Mes variations... Sa grandeur d'âme... Mon
étroitesse de caractère... Sa largeur de vue... Mon côté
borné... Sa moralité... Mon cynisme... Sa vraie culture...
Mes coupages de cheveux en quatre... Sa franchise...
Mon hypocrisie... Sa loyauté... Mon jésuitisme...

J'y vais une bonne fois ? Cette fois ? Mais non... Et
puis, on ne sait jamais, ça peut être dangereux pour
Ysia...

« Comment ça, Barcelone ! Mais je n'ai pas bougé
d'ici !

— Menteur ! On me l'a dit au Journal ! Et quelqu'un
t'a vu là-bas !

— J'ai peut-être dit que j'allais en Espagne pour avoir
la paix... Quant à celui ou celle qui m'a vu, hallucination... C'est courant, tu sais. »...

Oui, pourquoi ne pas la dire, la vérité ? C'est pourtant mathématique... Exemple : « As-tu remarqué que
c'est toujours toi qui m'appelles ? *Toujours ?* Jamais
moi ? *Jamais ?* »... Aussi plat que ça ? Mais oui... Et Flora
le sait bien... Le fond de son exaspération est là... J'ai
très pitié d'elle, maintenant... Je ne sais pas quoi faire
pour éviter de l'humilier davantage... Si encore j'avais
eu envie de sa Sandra, offerte gentiment pour pimen-
ter nos relations qui s'en vont... Elles auraient pu
parler de moi ensemble... Ça les aurait occupées... Ne
plus désirer quelqu'un, c'est ne plus désirer son désir...
Ses projections... Ses fantasmes... Son cinéma... L'ennui
du débranchement sexuel entre homme et femme !...
L'ennui sans bornes... L'Océan... Le Sahara... L'Amitié ?
Oui, peut-être, après les massages modérés, pas trop
poussés... Et encore... Mais là...

Il y a encore un an, Flora serait passée de sa scène à
l'attaque directe... Main au panier... Mais ça ne marche

plus... Elle n'a plus la force... C'est cassé... Quoi? Qu'est-ce qui est cassé? Mais oui... Voilà... Elle regarde les papiers par terre... Ce ne sont pas des feuillets tapés à la machine qu'elle voit... Non... Mais comme du sang... Ou de la merde... Un insecte rampant... Une araignée...

Elle est tout simplement en train de ne plus pouvoir puiser dans sa réserve à mépris... Elle ne « m'aime » plus... Elle ne me hait plus de façon excitante... Inhibition physique... Il existe bel et bien, ce « roman » impossible!... Du coup, j'existe aussi... Symboliquement... Bon ou mauvais... Preuve de ma mauvaise volonté... De mon autonomie... De mon indépendance... De ma masturbation non dérivable... Du fait, à ses yeux, inconcevable, que j'ai une vie en dehors d'elle... Une autre « conception du monde »... Signe tangible que je suis vraiment monstrueux... Tout le reste n'est rien... Les femmes?... Autant en emporte le vent!... Les changements d'opinions... Aucune importance!... Non, là nous sommes arrivés à l'impardonnable... A la trahison suprême... Un roman!... Lisible!... Que tout le monde pourra lire!... Trahison des Mystères!... Vipère lubrique!... Renégat d'Eleusis!...

Je ne savais pas que j'étais entré dans une sorte de gouvernement fantôme... Une société secrète... Donc, avec un devoir de réserve... *Je ne savais pas que j'étais mort!*... Des écrivains, soit, il en faut... Des clowns aussi... Des danseuses... De grands enfants attardés... C'est excellent pour la galerie... Ça soulage les imaginations... Sans trop de risques, n'est-ce pas? Ils sont si mignons, avec leurs obsessions, leurs thèmes, leur Moi exacerbé, leurs manies... Comme Malmora... *Vecchio porcellone*... Il en faut, il en faut... Surtout que ça ne dérange personne... En surface... Pas trop d'audaces... Pour les Prix!... Rien à craindre, allez, ils respectent trop leur Mère, c'est connu... Je veux dire les majuscules... La Vie, l'Inexplicable, l'Infini, l'Homme, la Mort, le Cosmos... Des gens charmants, les écrivains, on peut les placer de temps en temps ici ou là, comme des potiches, ça ne fait pas mal, ça fleurit, ça fait culture... En fin de journal... En « document »... « portrait »... En « nous allons plus loin avec »... Photo du type sérieux, méditatif... Son enfance... Péroraison sur toutes choses... Sagesse discrète... L'expérience intérieure... Autrement dit : cause toujours...

Est-ce que quelqu'un de réellement important écrit un *roman*? Vous voulez rire... Flora n'a pas du tout accepté de me palper la racine en tant que romancier virtuel!... Jamais de la vie!... Elle a bien voulu m'aimer comme elle-même... C'est-à-dire comme quelqu'un d'important... A ses yeux, du moins... C'est-à-dire qui s'occupe des vraies questions... Le pouvoir... Les rapports de force... La manipulation du décor lui-même, dans lequel, ensuite, des écrivains viennent rêver pour tous, un moment... Ou plutôt, nous y revenons, elle m'a aimé comme quelqu'un de parfaitement mort... « Je l'aime, donc il est mort. »... C'est un des deux syllogismes clés, selon S. ... Ce qu'il appelle les deux syllogismes de l'hystérique... Le premier : « Il m'aime, or je ne suis rien, donc c'est un con. » Le deuxième, donc : « Je l'aime, or je suis lui, donc il est mort. » Il y a aussi ce que S. nomme sa « grande loi ». La voici : « Pour une femme, un homme est tout entier un sexe érigé ou un trou, mais jamais un corps muni d'un sexe qui soit autre chose qu'un trou. » Vous me copierez ça dix mille fois... Après quoi, vous pouvez partir en voyage...

Oui, quand elles se donnent vraiment à fond, c'est qu'elles pensent qu'on la bouclera... Ou qu'on sera bouclé... Qu'on sera mort pour le récit... Ecrivains, vous n'avez rien connu, ou presque... Vos livres le prouvent... Vous n'êtes pas dans le coup...

Elle est là, fascinée comme par un cobra, Flora, par les papiers qu'elle a fait voler par terre... Elle marche dessus, maintenant, sans le vouloir vraiment... C'est à *eux* qu'elle fait sa scène, désormais... Au principe de toute littérature... Je ne suis plus là... Mon sperme n'aurait pas dû donner *ça*... Ou encore, soyons horriblement exact : « Quoi? il lui en est encore resté pour écrire *ça*! »... Accident, anomalie, cauchemar... Perturbation biologique... Négation des vases communicants... De la thermodynamique entière... Si je pouvais ne pas être là!... Si elle pouvait tout brûler, là, tout de suite!... Et que je parte en fumée comme je suis venu!... Méphisto funeste!...

Je vais vers elle... Je l'embrasse doucement sur le front... Elle ne réagit pas... Je l'entraîne vers la porte... Elle se laisse faire... Elle s'en va... Lourdement... Sans un mot... Attention à la compassion!... Non, trop fatigant... Inutile...

Rousseau écrit, à propos de Mme du Deffand : « Je finis par préférer le fléau de sa haine à celui de son amitié. » Bien dit... Tournons la page...

« Viens si tu peux, je suis au Savoy. A toi. Cyd. »

Week-end à Londres... Cyd me reçoit... Je ne bouge pas de sa grande chambre... Elle sort pour une affaire... Je dors... Elle rentre... On fait l'amour... Elle téléphone... Elle ressort... Je regarde la télévision, je redors... On reste dîner ici? Oui... Champagne et caviar... Dimanche matin... Petit déjeuner... On refait l'amour... Cyd téléphone... On va se promener dans Hyde Park...

Cyd est très gaie, ici, plus qu'à New York...

« Devine chez qui on va prendre un *brunch*?
– Oui?

– Chez ma mère. »...

Elle me regarde en coin... Mais oui, pourquoi pas? Chez sa mère... Venant de toute autre que de Cyd, je crierais au guet-apens, à l'attentat... Mais non, elle m'enchante... Sa mère habite près de Kensington... C'est une à peine vieille dame très fine, très calme... Elle est revenue habiter l'Angleterre après la mort de son banquier de mari... La conversation glisse.... Malouines... Naissance du garçon de Lady Di... Visite du Pape... Affaires d'espionnage... L'IRA infiltrée par les Russes... On est très bien, tous les trois en train de manger nos œufs brouillés au lard...

« Et vous êtes journaliste, monsieur?

– Oui... En vacances...

– Il écrit un roman, maman, dit Cyd.

– Un roman? A novel?

– Oui...

– Sur quel sujet?

– Les femmes d'aujourd'hui...

– Ah! Enfin le point de vue d'un homme! Elles ont beaucoup changé, n'est-ce pas? Ou peut-être pas tellement? Quel est votre avis?

– C'est cela... Beaucoup et très peu... Il faut essayer de décrire...

– C'est toujours la même histoire sous d'autres formes?

– En somme...

– La même histoire que depuis Shakespeare? Avec voitures, avions, ordinateurs, bombe atomique, fusées spatiales? Comédie? Tragédie? *Les Joyeuses Commères de Windsor? Macbeth?*

– Difficile de faire mieux que Shakespeare...

– Vous aimez Virginia Woolf?

– Beaucoup... *Mrs Dalloway*...

– Ah, n'est-ce pas? C'est son meilleur, je trouve... Et ses idées sur les femmes, n'est-ce pas? Très en

434

avance... Prophétiques... N'est-ce pas? On s'en aperçoit aujourd'hui... N'est-ce pas?...

– Bien entendu. »...

Elle est en train de me trouver charmant... C'est l'essentiel...

« Et toi, chérie, dit-elle à Cyd, tes affaires?

– Ça va très bien, maman... Les contrats pleuvent...

– Ah, la télévision!... Tu n'en es pas fatiguée?...

– Je ne la regarde pas, maman... Je la fais...

– Et New York? Pas trop épuisant?

– Non... Mais ça fait quand même plaisir de se retrouver à Londres...

– Et vous, monsieur, à Paris?

– Toujours la même chose, madame... Paris... Vous savez. »...

On rentre à l'hôtel... Cyd est ravie... Sa mère m'aime... Elle le lui a chuchoté dans le couloir lorsqu'on est partis... Tout s'est passé en douceur... Du coup, Cyd me fait encore une fois l'amour... Avec tendresse... Et autorité... On arrive à disparaître savamment... En miroir... Plus rien... Plus personne...

« Tu sais ce qui me ferait plaisir, chéri? Vraiment?

– Dis toujours.

– Qu'on soit ensemble à Venise. Pour la Biennale.

– Venise, oui... La Biennale, non.

– Alors, oui?

– Oui.

– Tu es un ange. »

Elle m'accompagne à Heathrow... On ne s'est pratiquement rien dit, cette fois... Banalités, caresses, repos... Elle m'embrasse beaucoup... Les Anglaises...

C'était mon week-end à Londres.

Bon, il faut replonger seul, maintenant... J'hésite... La disparition en plein Paris, une fois de plus, dans un hôtel du centre? Versailles? Le Trianon? Marches dans le parc? Non... Je sais... Comment n'y ai-je pas pensé plus tôt? Le Plaza Lucchesi, bien sûr... A Florence... Vue sur l'Arno boueux jaune? Non, la chambre 177, celle qui donne sur Santa Croce... La coupole... Chapelle des Pazzi...

M'y voici... Face au temps lui-même, cette fois, je sens... Dieu, que la Toscane est belle! Comment peut-on vivre ailleurs?... J'ai coupé tous les ponts; personne, sauf Deb, ne sait où je suis... Englouti d'un coup... Comme tout s'efface vite, sans restes... Comme tout peut s'oublier instantanément... J'applique sans attendre le programme maximum... Coucher 22 h. Lever 6 h. Petit déjeuner terrasse 7 h 15. Travail jusqu'à midi. Déjeuner 12 h 30. Deux cafés au soleil, lecture jusqu'à 14 h. Sieste jusqu'à 16 h. Travail jusqu'à 19 h 30. Dîner léger. Au bout de trois jours, progression dans la nuit. Travail de 21 h 30 à une heure du matin. Préparation pour 6 h. Respiration.

Chauffer la page. Dégager le poignet. Chaque détail compte. Souffle, digestion. Savoir ce que dit le sommeil.

Joie.

Au bout de cinq jours, je vais tous les jours dans une des chapelles latérales de Santa Croce... Là où sont les Giotto... Saint François... On n'est pas nombreux, à huit heures... Quatre vieilles femmes, le sacristain presque paralysé, et moi... Le petit curé sans âge arrive avec sa serviette de cuir élimé... S'agenouille devant l'autel... Passe dans la sacristie... Revient en chasuble... Sonne sa cloche intérieure en entrant... Et il y va... Rapide... « Nel Nome del Padre e del Figlio e dello Spirito Santo. »... « Signore, pietà... Cristo pietà... Signore pietà. »... Il fonce vers la consécration à travers le

Credo et l'Evangile... « Aspetto la resurrezione dei morti e la vita del mondo che verrà. »... Puis la communion... Puis la conclusion... « Vi benedica Dio Omnipotente Padre et Filio e Spirito Santo... La messa è finita, andate in pace. »... *Messe*, n'est-ce pas, veut dire *renvoi* : vous êtes *renvoyés*... Allez...

Je reprends un café en sortant... Un tour dans le cloître, et ensuite dans la *Pazzi* blanc, gris et bleu, avec ses médaillons de Della Robbia... Les quatre évangélistes, la plume à la main... Je cours vers ma chambre... Allez, allez, mot à mot... Allez les petites lettres, allez les phrases... Avec la bénédiction de la Sainte-Trinité... De la Vierge Marie, des Apôtres, des Martyrs et de tous les Saints... Ah, elle ne vient pas comme ça l'effusion du Saint-Esprit!... Du Spirito Santo!... Il est vrai que je m'occupe de matières spéciales... Peu orthodoxes... Douteuses... Inflammables...

Il faut s'obstiner... Rester assis, en éveil... Ça pourrait couler, d'un moment à l'autre... Déplacer les syllabes... Corriger de vieux carnets... Faire le noir...

Je ferme les volets... Je laisse l'été dehors... Les collines, les oliviers, les ifs, les pins, les clochers... Ou alors, je vais dormir un peu dans les jardins de Boboli, en haut, dans le Paradis terrestre... *Foresta spessa e viva*... Roses jaunes... Personne... On est hors saison... Et puis je rentre, deux pages de plus...

Vers six heures, whisky... Au dîner, demi-bouteille de vin rouge... Pas une goutte d'alcool dans la journée... Chasteté... Evaporation progressive de l'activité sexuelle...

Depuis ma terrasse, je peux voir, cette fois, dans un des appartements voisins, une fille d'une vingtaine d'années, brune, qui lit à plat ventre sur son lit... Elle est presque nue, en short bleu... Elle est là tout le temps, plongée dans son bouquin, passionnée, remuant les fesses entre les pages... Qu'est-ce qu'elle peut bien lire? Pourquoi écrire autre chose que ce qu'elle lit? Tiens, elle met un disque... Français... Le truc de *Chagrin d'amour*...

> *Sous mes pieds y a la terre,*
> *Sous tes pieds y a l'enfer!*

Petit rythme saccadé rapide... Points de suspension... Récit haletant... Gifle des chœurs...

Au huitième jour, le corps commence à vivre une autre vie... Aérienne, légère... Feu doux continu... Les enchaînements se proposent d'eux-mêmes... La mémoire vient vous faire honte pour tout ce que vous alliez négliger... On a presque son tapis volant... La magie vous reprend... Quel drôle d'animal, le langage... Fidèle, patient, supportant tout, vos suffisances, vos appétits, votre grossièreté incessante, et pardonnant, pardonnant toujours, revenant comme chez lui en vous... Le voici... Petit souffle... Qu'il ne s'arrête pas!... Qu'il reste avec moi!... Il s'interrompt... Il s'en va?... Reviens, vrai dieu de vrai dieu, lumière de lumière!... Ne m'en veux pas!... Reviens!... « Ne considère pas nos péchés, dit le prêtre à l'office, mais la foi de ton Eglise. »... Voilà!... Je suis une minuscule église... Sous la tente... Un nomade dans le désert... Indigne d'allonger sa silhouette à l'intérieur de tes murs, mon dieu!... Attention... Allons-y doucement... Le revoilà... Pointe des pieds... Bout des lèvres... Ecartant l'espace comme un rideau...

« Et voici que Iahvé passe. Un vent très fort secoue les montagnes et brise les rochers par-devant Iahvé; mais Iahvé n'est pas dans le vent. Et après le vent, un tremblement de terre; mais Iahvé n'est pas dans le tremblement de terre. Et après le tremblement de terre, un feu. Mais Iahvé n'est pas dans le feu. Et après le feu, le son d'une brise légère. Dès qu'il l'entendit,

Elie enveloppa son visage de son manteau et sortit. Il se tint à l'entrée de la grotte et voici qu'une voix lui parvint et dit : " Qu'as-tu à faire ici, Elie ? " Il dit : " J'éprouve un zèle ardent pour Iahvé, Dieu des armées. C'est qu'ils ont abandonné ton alliance, les fils d'Israël, ils ont démoli tes autels et ils ont tué tes prophètes par l'épée. Et moi je suis resté seul, et ils en veulent à ma vie pour me l'enlever. " »...

Il la gagne, sa montée au ciel, Elie, dans le tourbillon du char et des chevaux de feu !... Il la gagne en sachant se tenir, seul, sur la montagne... « Et les corbeaux lui apportaient du pain et de la viande le matin, du pain et de la viande le soir, et il buvait au torrent. »... Vous trouvez ça dans le premier livre des *Rois*, un des plus troublants et emportés de la Bible... C'est le seul volume que j'ai avec moi, la Bible... Ça suffit amplement... Elie et Jézabel... Affaire clé... Encore une femme... Qui a tout de suite compris, mieux que tout le monde, le danger d'un personnage comme Elie... Il va nous casser le coup-la-Déesse... Renverser nos idoles... Egorger nos eunuques préférés... Nos travelos chéris... Déconsidérer nos sorciers... Nos tours de passe-passe... Profaner le sanctuaire de la grande matrice adorée... Compromettre la cuisson au four... Et le pays tout entier, si on le laisse faire... Si on le laisse prêcher son dieu d'en haut, invisible, intouchable, impalpable... Qui se fout des choses les plus sacrées... Des galettes consacrées... Des œufs de fécondation peints... Du pieu primordial, surtout... Des dessous d'alcôve... Quel bonhomme antipathique, sec, insensible... Le contraire du cinéphile souhaité !...

J'ai décidé de voir d'un peu plus près les histoires de femmes dans cette région... Mais ça sort de partout !... Mais ça ne parle que de ça !... Mais c'est passionnant !... On ne nous dit rien de l'essentiel de ce roman-là... C'est pourtant clair, explicite... A chaque instant...

Toutes les péripéties viennent des femmes, à travers les femmes... A commencer par celles des patriarches!... Des matriarches très respectables!... Tenez, vous brûlez de savoir actuellement quand Israël et les Arabes seront réconciliés? Je vous le dis : quand Sarah et Hagar ne se feront plus la tête... Résolution 242!... Ce n'est pas pour demain!... Tout part de là.. Et la ruse de Rébecca!... Et le match Rachel-Léa par rapport à Jacob!... A se rouler par terre!... Le Mundial!... Léa commence par une rafale de quatre enfants... Quatre fils... Rachel en reste baba... Elle a été cueillie à froid dans la surface de réparation... A l'arraché... Coup franc!... Penalty!... Corner!... De la tête!... Comme compensation, elle demande à Jacob de baiser sa servante, Bilhah, « pour qu'elle enfante sur mes genoux, et que, moi aussi, j'aie un fils par elle! »... Bilhah enfante un fils... Et puis un autre!... Mais Léa contre-attaque après la mi-temps... Propose aussi sa servante à Jacob... Zilpah... Nouveauté!... Ça marche!... Deux coups, deux fils encore!...Cloc!... Ça nous fait combien, attendez... Huit!... Après quoi, on passe à une sombre affaire de dopage... Mandragores... De l'hébreu *dûdâ'îm*, dérivé de la racine *dwd*, d'où *dôd*, bien-aimé, au pluriel *dôdîm*, caresses... Le héros est un peu crevé... Duel aphrodisiaque... Mais c'est Léa qui gagne encore... Reprise de volée... Cinquième fils!... Et encore un!... Sixième pour elle!... Ça n'arrête plus... C'est hallucinant... Inutile de dire que, dans tout ce forcing, Jacob, comme Adam d'ailleurs, semble parfaitement passif... C'est elles qui décident... Se battent à coups de reins... D'embryons... On n'arrête pas de vous suggérer que ce fameux patriarcat est en réalité un matriarcat de fer!... Epuisant!... Jacob est un forçat du pénis!... Un mineur des couilles!... Un prolétaire du gland!... Léa pousse même le luxe jusqu'à enfanter une fille, Dinah... Gaspillage!... Pour bien insister sur son dynamisme... Cette fille va se faire violer un peu plus loin, d'ailleurs, mais ne nous embrouillons pas... Rachel est au désespoir!... Elle n'a toujours pas d'enfant à elle, vraiment à elle... Enfin, dieu se laisse émouvoir... Ça vient... « Elohim se souvint de Rachel, l'écouta et ouvrit son sein. »... Et voici qui? Oui, c'est lui!... Joseph!... Le grand Joseph, celui d'Egypte... Affaire à suivre... Mais Rachel va jusqu'au bout de sa longue percée... Elle meurt en enfantant Benjamin... Le petit dernier... Adorable... Où est-ce qu'on l'enterre, déjà, Rachel?... A Bethléem... Tiens, tiens...

Ouf!... Je ne sais pas si vous vous y êtes retrouvés... Mais le récit, lui, est admirable... Imperturbable... Toutes ces expériences donnent même à Jacob la science des manipulations génétiques... Il arrive à faire copuler des brebis dans son intérêt... Les brebis tachetées... Enfin, disons simplement qu'il est passé par les plus dures épreuves... Il est digne de lutter avec l'Ange!... De prendre le nom d'Israël...

Rachel... C'est elle que Jacob aimait... Trop... D'où tous ces enfants à sa sœur... Mais ce n'est pas la quantité mais la qualité qui compte... Ce qu'il fallait démontrer... Merci Elohim!... Bonsoir...

Voilà la Genèse... Le Commencement... L'art du tir à l'arc... La gynéco-théologie précise... Toutes les autres généalogies sont confuses... Floues... Voyez l'Egypte, l'Inde, la Grèce... Seule la Bible vous met le nez dessus, là et pas ailleurs, pas dans les nuages, pas dans la coquille idéale sortant des ondes alors que l'aurore aux doigts de rose dispose ses divins reflets... L'accouplement n'a rien de divin... C'est la caisse... Ne cherchez donc pas dieu où il n'est pas... La psy devait naître dans ces parages? Bien sûr...

Comment s'appelait la nourrice de Rébecca? Question à cent francs... Deborah... Que veut dire Deborah? Question à deux cents francs... *L'abeille*... On en trouve une autre du même nom, dans les *Juges*... Elle est prophétesse... Elle monte au combat... « Réveille-toi, réveille-toi, Deborah! Réveille-toi, lance ton chant! »... Une abeille qui chante?... Le plus vieux poème biblique... C'est la femme d'un certain Lappidoth dont le nom, lui, signifie *torches*, *éclairs*... Comme Baraq, lequel donne un coup de main dans l'opération de commando contre Sisera... Ce dernier étant assommé par Yaël, de l'hébreu ya'êl, *antilope*, qui l'a recueilli chez elle afin de mieux l'achever pendant son sommeil...

Enfin, bon, on n'en finirait plus... Ce qui me frappe à nouveau, c'est le jeu des noms... La trame des noms... Au moment des naissances... Traductions... Transpositions... Actes de louanges... Soupirs... Invocations...

Cela dit, dieu, donc, ouvre les matrices quand ça lui plaît, surveille les opérations, oublie, s'absente, revient, se réserve en principe les premiers-nés, la pointe fendante des corps, bref se représente toujours comme l'axe du flux qui court, sa ponctuation, le surveillant à éclipses de ses dérapages... Du coup, il est très jaloux... Ne supporte pas qu'on s'écarte de lui... Qu'on dérive du côté des dieux féminins avec lequel il n'arrête pas de régler ses comptes... Astarté... L'Ashérah, compagne de Baal, symbolisée par le pieu sacré... Dieu n'est pas pieu du tout!... Il est très contre... Il s'ensuit des massacres divers... La femme au pieu, voilà qui est singulièrement parlant, non? Ici... Rien qu'ici... Maintenant... Tout maintenant... Rien d'autre... Amnésie... Fermeture d'horizon... Cycle... Retour éternel... Pas la Loi, les Règles... Et, sans arrêt, voilà le peuple, élu par le sans-figure, qui dévie, se remet à s'attacher au tronc, aux statues... « Israël habita aux Shittim, et le peuple commença à forniquer avec les filles de Moab. Elles incitèrent le peuple aux sacrifices à leurs dieux, le peuple mangea et il se prosterna devant leurs dieux. Israël s'attacha à Baal-Péor, et la colère de Iahvé s'enflamma contre Israël. »... On y revient constamment, c'est raconté dix mille fois... C'est endémique... Aimanté... Collant... Gluant... Libidinant... C'est plus fort qu'eux... Toujours le même scénario... A ce moment-là, Iahvé envoie quelqu'un... Prophète, chef de bande... Il coupe le pieu sacré... Détruit l'autel de Baal... Interrompt l'orgie molle... Le train-train moulant... Défie les magiciens locaux, cosméticiens de la cocotte locale, et les extermine... Eventre l'un... Poignarde les autres... C'est reparti... Pour retomber... Pour repartir encore... Péripéties du désir... Tension vers la vraie jouissance qui déracine et vous fait sauter, au grand scandale des tenanciers et des tenancières de la boutique à coupons spermiques...

L'acteur principal, à quelques exceptions près (Elie), voit dieu, se couche devant lui, s'étonne de ne pas mourir, observe ses commandements, gagne sur toute la ligne, puis *perd la mémoire*... Etrange... Par exemple, Salomon... Il construit le Temple... Le Temple des temples... Aidé par le maçon libanais de Tyr, là, Hiram... Pas content de son salaire, pour les siècles des siècles... Jaloux... Ressentiment... Grosse affaire... Légendes là-dessus... La reine de Saba en est épatée, de ce Temple... Dieu y manifeste solennellement la présence de son Nom... Nuée... Tout a l'air terminé... Mais stupeur : « Or le roi Salomon aima beaucoup de femmes étrangères, outre la fille de Pharaon : des Moabites, des Ammonites, des Edomites, des Sidoniennes, des Hittites, d'entre les nations dont Iahvé a dit aux fils d'Israël : " Vous n'entrerez pas chez elles et elles n'entreront pas chez vous, car il est sûr qu'elles entraîneraient votre cœur à la suite de leurs dieux ! " Mais Salomon s'attacha à elles par amour. Il eut sept cents femmes princesses et trois cents concubines. Ses femmes entraînèrent son cœur. »

Salomon lui-même?... Le Sage des Sages?... Remarquez ce détail charmant : 700 femmes, 300 concubines!... Davantage de femmes que de concubines!... Davantage de problèmes que de plaisirs!... Bien vu... Performance... Superprofessionnel!... Le chant des chants... Cantique des Cantiques... Quelle décadence, de nos jours!... Mais enfin, ce vaste filet miroitant l'entraîne vers Astarté, d'où chute pour ses descendants... Et ainsi de suite... Il a perdu le fil du dieu vivant, Salomon... S'est endormi dans la mollesse des spectres... Il se déprime... J'aurai le même sort que l'insensé... Pourquoi ai-je été plus sage?... A quoi bon?...

Entrez vraiment dans la Bible, vous n'en sortez plus... C'est ce qui est en train de m'arriver à Florence... J'ai commencé par vouloir préparer un peu mon prochain voyage à Jérusalem... Me voilà pris dans le plus grand roman policier des siècles... Je la connaissais, la Bible, bien sûr... Mais elle se met, elle, à me connaître de plus en plus... C'est autre chose... C'est moi l'énigme... C'est elle la façon de présenter l'ensemble des solutions... Mon petit curé, tous les matins, en lit un passage... Exode... Deutéronome... Isaïe... Psaumes... Dans la perspective chrétienne, bien entendu... C'est toute la question... Je ne dis pas que la perspective soit fausse, mais enfin, elle dispense le plus souvent de comprendre les fondations... A l'inverse, la science des fondations en arrive à faire négliger le toit, la vue d'ensemble... Tout ça est plein de très bonnes intentions... Organisation symétrique du malentendu... Bizarre...

Mais enfin, je parle en romancier, n'est-ce pas... Qui rêve la nuit de ce qu'il aura le lendemain à écrire... La grande scène du Sinaï... Les tonnerres qui veulent dire les voix... La fumée... La colonne de feu... « Ils virent le Dieu d'Israël. Sous ses pieds, il y avait comme un ouvrage en plaque de saphir et d'une pureté pareille à l'os des cieux. » Je rêve de cette plaque bleue... De cette eau solide... Je me réveille en sursaut... Je crois l'avoir vue... Approchée... Touchée... Les yeux ouverts, assis dans mon lit, écoutant la nuit, j'ai moins d'existence que mon rêve...

Je repense au match Rachel-Léa... Deux sœurs... Quand sa servante, Bilhah, enfante à sa place un second fils à Jacob, Rachel s'écrie : « J'ai lutté avec ma sœur des luttes surhumaines, et je l'ai emporté! »... Lutte avec le non-ange... Le nom de ce fils-là, Nephtali, renvoie à l'hébreu Naphtâlî, « ma lutte »... Niphtaltî : j'ai lutté... Naphtâlîy : luttes de dieu, etc.

Voilà qui nous éclaire un peu quand même... Une femme ne voit pas plus loin que son bout de femme... Que son autre femme... Que les femmes en général... C'est son approche de dieu... Violente... Enfantement pour écraser l'autre... L'acte sexuel est évidemment secondaire... De même, si Rebecca décide de tromper Isaac en faveur de Jacob, c'est bien qu'elle ne peut déjà pas encaisser les femmes d'Esaü : Judith et Basemah... Jacob ira se marier ailleurs... Sarah et Hagar, n'y revenons pas... Et Eve? Elle qui dit avoir « acquis un homme grâce à Iahvé »?... Jeu de mots sur qanîti, « j'ai acquis » et Caïn, en hébreu *Qayin*... Cette manie de transformer les enfants en mots d'esprit... Comme si le mot d'esprit était l'envers ou l'antimatière des générations... Qui sait?... Et Eve, donc, qui lui donne l'idée de l'autre femme, de l'horizon-femme? Le Serpent? Et la mort commença? Et la boucle se boucla?... Voilà... Tu pourrais n'être pas la seule dit le Serpent... Lilith... Assure-toi donc que tu es la Seule... L'arbre du bien et du mâle... Adam ne compte pas...

Robot à peine pensant... Golem... Marionnette... On en fait ce qu'on en veut... Commodité... Mari... Figurant...

C'est bien ce qu'on retrouve partout, il me semble... Cet inconcevable mépris des femmes pour l'homme-en-soi... Cette admiration farouche les unes pour les autres... Flora, par exemple... Elle ne pense à moi que comme à-femmes... Le reste est bla-bla... C'est bête? Oui, mais incurable... J'ai d'ailleurs mis longtemps à comprendre que c'était précisément leur bêtise qui me fascinait... A ce point-là? Non, ce n'est pas possible!... Un tel aveuglement? Non, c'est pas vrai!... Si... Il y a un plaisir pervers à en refaire sans fin l'expérience... A les contempler indéfiniment en train d'aller se planter sur le platane sacré... Un homme, c'est vite vu, petit morceau de viande en plus, et alors? Pfuitttt! Tandis qu'une femme! Si elle en avait un, de morceau, ce serait autre chose! D'incommensurable... Voilà pourquoi elle en a été injustement privée... Du vrai zappendice! Tappendice! Davantage que des enfants! Des légions d'enfants! Virtuels... C'est l'homme qui est stérile, manquant, bouché, angoissé, avec son phallus fragile, inconséquent, piteusement castrable, titubant, bouché, d'un chiffon l'autre!... Tandis qu'une femme *sait*! Elle est en prise directe avec dieu, elle!...

Que dieu parle, en effet, ça leur paraît toujours superplu... Artificiel... Théâtre d'ombres... Mégalomanie de compensation... Détournement masculin... Non, Il est là, bien là, s'occupant de la grande Tringle... Celle qui expédie les corps dans la roulette-expansion...

On comprend les précautions bibliques... Les onctions imprévisibles, en courant... Les élections anticipées... Différées... Détournées... Quel boulot! Toujours à recommencer, d'ailleurs... Pour l'instant, si vous m'avez suivi, merci, je me contente d'attirer votre attention sur cette façon de baptiser l'événement-bébé... De le commémorer en calembour... C'est très significatif... Très... Sarah rit, incrédule, à l'idée d'être engrossée à son âge? Tac, Isaac arrive et Isaac veut dire « rire »... Et qu'on ne m'objecte pas une fois de plus que l'âge de Sarah est une « métaphore », non, c'est bien de ses règles qu'il s'agit... Elle ne les a plus... Le texte est précis... Fécondation impossible...

Je réentends le rire sardonique de Flora quand je lui disais, parfois, pour m'excuser de ne pas la voir plus souvent, que je « travaillais »... « A d'autres! »... Elle me regardait fixement... Des femmes! Encore des femmes! Seule possibilité... Sinon, quoi?... Rien...

Comment pourrait-on aimer être seul? Absolument seul?

Qui pourrait croire à ma vie actuelle, là, en pénitence effervescente, dans ma chambre, à Florence? Personne... Il invente... Il arrange après coup... Les livres s'écrivent tout seuls, c'est connu... Quoi? Vous dites? Iahvé parlait à Moïse face à face? Au bout de quarante jours? Et il lui parlait encore dans la Tente du Rendez-vous, sur l'Arche du Témoignage, d'entre les deux chérubins aux ailes déployées placés aux extrémités du propitiatoire? La voix de dieu. Emission en direct? Depuis le Paradis, sans doute? Et puis quoi encore? Vous n'allez quand même pas avaler ça, non? Mise en scène! Mise en scène! Pour capter le pouvoir à son profit, oui, et abuser les simples d'esprit!... A d'autres!...

Je téléphone quand même à Deb tous les deux ou trois jours... J'aime les grésillements, les hésitations, parfois, des coups de fil internationaux... *Long distance*... On a de temps en temps la chance d'entendre les voix se chevauchant dans toutes les langues, se parasitant, s'annulant, se multipliant, pressées de se donner des nouvelles élémentaires d'un bout à l'autre du satellite roulant... Business... La Bourse... Vendez! Achetez! Baissez! Montez! Nuages d'intérêts et de tendresse stéréotypées, magnétiques... Chéri! Darling! Honey! Sweetie! Querido! Liebling! Carino! Mon ange!... Le temps qu'il fait... L'argent... Tout va bien...

« J'ai eu une drôle de visite, me dit Deb.

– Ah bon?

– Une petite Espagnole brune aux yeux bleus... Très agitée... Dans la politique, je crois? Valenzuela? Flora Valenzuela?

– Qu'est-ce qu'elle veut?

– Eh bien, mon petit, on peut dire que tu fais des ravages!

– Qu'est-ce qu'elle t'a dit?

– Beaucoup de choses... On en parlera à ton retour, si tu veux bien...

– Rien de grave?

– Ça dépend du point de vue... Disons plutôt pathético-comique...

– Bon. Ne t'énerve pas, surtout.

– Je ne m'énerve pas le moins du monde. Tu vas bien?

– Ça va. Et vous?

– Stephen est enrhumé... Il ne va pas à l'école...

– Fièvre?

– Un peu.

– Rien de spécial?

– Le Journal a téléphoné. Ils se demandent où tu peux être encore passé.

– Qu'est-ce que tu as dit?

– Que tu étais en Thaïlande, pour voir. Ça avance, ton truc?

– Pas mal.

– Ah, oui... Il faut que tu appelles un numéro à

Rome... Ça fait trois fois qu'ils te demandent... Ça a l'air urgent...

– A Rome?

– Oui, le type avait l'air embêté de ne pas te trouver. »...

Deb me donne trois numéros... Demandez le poste 333... Je ne vois pas... Un hebdo, sans doute... Traduction d'article...

Donc, Flora tente le grand coup... L'attaque en piqué, directe... Raid sur les arrières... Offensive sur le sanctuaire privé... Tentative de solidarité féminine... « Vous ne vous doutez de rien... Vous ne voulez rien savoir... Mais, croyez-moi, c'est un menteur... Il ment comme il respire. »... J'imagine la scène d'ici... Je sais aussi que ça ne marchera pas... Deb est bien trop intelligente... Le premier énervement passé... Tout ça pour essayer de perturber mon atterrissage, au retour... Je pénètre dans la vision de Flora... Tribunal révolutionnaire... Justice populaire... Morale... J'entre, les menottes aux poignets... Les femmes que j'ai abusées siègent... Elles prennent la parole l'une après l'autre... Je suis confondu... En détail... Déplacements, noms des hôtels et des restaurants, déposition des femmes de chambre, dates, témoins accablants... Chacune des victimes raconte... Les crimes du vampire... Je suis condamné sans pitié... La porte de mon cachot se referme sur mon désespoir... Mon sexe est emprisonné dans un étui de fer... C'est la nuit... Mais voici un bruit de pas dans les couloirs humides... Je me dresse sur ma paillasse... On ouvre la lourde porte grinçante... Va-t-on m'assassiner subrepticement comme les héros de la Fraction Armée Rouge sauvagement éliminés dans leurs cellules par les tueurs impérialistes?... Une ombre se glisse jusqu'à moi... Masquée... C'est la fin... Flora!... En bas noirs, jarretelles, dentelles... Elle se jette sur moi, ouvre l'étui sexuel avec une petite clé dissimulée dans son soutien-gorge, me viole, toute rugissante de volupté... Je gémis avec elle... Ça dure quelques mois... Le temps de me rééduquer complètement... De me faire adorer la vraie divinité outragée... Le coït? Un lavage de cerveau... Encore un coït, encore un lavage de cerveau... Après quoi, on me fait sortir discrètement... Je suis mort socialement... Démuni... Entièrement dépendant de Flora qui m'emploie désormais comme secrétaire-confident... Je passe mon temps à lui taper ses discours... Je suis son organe... Entièrement à ses ordres... Humilié comme il convient... Je m'use... Je vieillis... Je meurs dans l'oubli...

A propos, ce coup de téléphone à Rome... C'est quoi? Un reportage, peut-être? Bien payé? Voyons toujours...

« Allô? Ici la Secrétairerie d'Etat... Le 333?... Monsieur? Comment? Un moment s'il vous plaît. »...

Bon dieu, mais oui!... Ma lettre au Pape!... Jointe à mon grand article sur lui, paru dans le *New York Times*!... Repris en Angleterre, un peu partout... Lui disant que j'aimerais bien le rencontrer un jour... Mais comme ça, sans insister... Quoi encore? Oui, dans le même courrier, ma petite étude sur Duns Scot parue à tirage limité... Et mon court essai sur la nouveauté théologique chez Joyce...

« Allô? (Un type me parle en anglais.)... Ah, c'est vous!... On vous cherche depuis quelques jours... Bien... Où êtes-vous?... Florence?... Magnifique!... Est-ce que vous pouvez être à Rome après-demain matin?... Oui?... C'est parfait... Directement au Vatican? A onze heures? Extrêmement précises? Perfectissime!... Sa Sainteté vous accorde une brève audience... Qui restera confidentielle, si vous voulez bien... Demandez-moi en arrivant (il me donne un nom polonais)... Soyez *très* exact?... D'accord?... Parfait... Parfait... A jeudi! »...

Bon... Après tout, ce n'est pas si invraisemblable... En

ce moment, le Vatican fait feu de tout bois... Préparons-nous donc à voir le successeur de Pierre... Auquel ont succédé, si je me souviens bien, Lin, Clet, Clément, Anaclet, Evariste, Alexandre, Sixte, Telesphore, Hygin, Pie, Anicet, Soter, Eleuthère, Victor, Zéphyrin, Calixte, Urbain, Pontien, Anthère, Fabien, Corneille, Lucius... Sautons dix siècles... Martin V, Pie II, Sixte IV, Alexandre VI, Jules II (bonjour Michel-Ange!) Léon X, Paul III (les jésuites! le concile de Trente!), Clément VIII... Sautons encore quatre siècles... Grégoire XVI, Pie IX (l'Immaculée Conception, l'infaillibilité pontificale, le *Syllabus* – 1864 – contre « le panthéisme, le communisme »), Léon XIII, (*Aeterni Patris*, *Rerum Novarum*), Pie X, Benoît XV, Pie XI (contre le fascisme, le nazisme, le communisme), Pie XII (l'Assomption!), Jean XXIII, Paul VI, Jean-Paul 1er, et enfin le premier pape non italien depuis 455 ans, Jean-Paul II...

Finalement, cette longue histoire tient en quelques lignes... A peine un commencement... Cela dit, il faut que je révise un peu les sujets d'actualité... Qu'est-ce que les anglicans n'acceptent pas, au fait?... La présence réelle, l'invocation des saints, la prière pour les morts, le purgatoire (très important, le purgatoire, salut Dante!), le célibat des prêtres... Ce n'est pas rien, en effet... La Transsubstantiation...

Etat des effectifs : Catholiques : 803 millions... Orthodoxes (affaire cruciale du *filioque*) : 133 millions... Anglicans : 50 millions... Luthériens : 42 millions... Récupération en cours... Ils se croyaient en avance... Ou dans la voie royale... Erreur...

Combien de juifs? Décisif... 13 millions... 6 millions aux USA... 3,2 millions en Israël... 1,7 en URSS... 700 000 en France... 390 000 en Grande-Bretagne... 380 000 au Canada... 240 000 en Argentine... 110 000 au Brésil... Comme dit toujours Esther, « vous êtes plus nombreux mais nous sommes les meilleurs. »... OK...

Islam? 450 millions... Autre versant...

Etonnante fin du XXᵉ siècle... Récapitulation... Crible... Montage... C'est inespéré d'être romancier aujourd'hui!... Mieux que jamais!... A condition d'oser... Français, encore un effort!... Je viens de voir la liste des best-sellers en France dans un hebdomadaire en vente ici... Rien que des femmes!... Des romans historiques féminins!... Eau de rose... Genre : le roi l'ayant regardée ce jour-là, Marie se sentait flotter dans l'air parfumé du parc... Un Américain quand même... Un Anglais... Un Rhodésien... Pas un mâle français dans le romanesque public!... Considéré malgré tout comme « littéraire »!... Profil d'un pays... Sûr... Sous les lits... Dans les salles de bains...

Encore une journée de travail... Ma petite voisine lit toujours avec passion son livre mystérieux dans sa chambre... Toujours à plat ventre... Et en short... Elle ne lève pas le nez... Elle remue à intervalles réguliers... Douce masturbation inconsciente... Soleil... Soleil Florence... Bleu Divine Comédie... Je revais faire un tour dans la chapelle Pazzi... Filippo Brunelleschi... Son art poétique... Son testament d'architecte... Le temple du son... La boîte à musique absolue!... Sans bords... Ouverte de partout... En l'air... Capsule interspatiale intégrale... Il faut que je demande au Pape d'être enterré là, dans un coin... Par dispense spéciale... Sous une dalle... Pas d'inscription, pour ne gêner personne... Ne pas faire de jaloux... Là, sous le bleu-blanc-gris... Dans l'absence de pesanteur insolente... Ne cherchez pas... Il n'y a pas mieux... On n'a rien construit de plus beau sur cette planète démente... Fin de l'après-midi... Les cloches sonnent un peu partout...

Je prends un train du matin... J'arrive au Vatican à l'heure dite... Je pénètre à l'intérieur... Impression de se retrouver au Tibet, ou plutôt nulle part, tout à coup, en pleine Rome... Espace négatif... Antimatière du décor... Un petit prêtre polonais rebondi, jovial, me reçoit aussitôt... On file à travers des bureaux, des galeries, des couloirs, des bibliothèques... Calme et branle-bas de combat... Les gens ont l'air d'être en guerre... Ils le sont... Chantier en cours en plein musée. Veille de ruine ou de renaissance... On avance, on tourne, on monte, on descend, on remonte, on redescend... Il m'abandonne dans une petite pièce obscure, en me disant d'attendre... Me fait un signe de la main... S'en va...

J'attends assez longtemps... Presque une heure... La pièce est si sombre que je distingue à peine les meubles anciens... Les tableaux... Volets et rideaux fermés... Je dois être quelque part au-dessus de la place Saint-Pierre, à l'est...

La porte du fond s'ouvre... Silhouette blanche... C'est Wojtyla... Il me fait signe d'entrer... Me prend la main... Me fait asseoir devant son bureau... S'assoit en face de moi... Me regarde...

« Nous parlons anglais ? dit-il en anglais.

– En français aussi bien, dis-je en anglais.

– Ou en italien ? dit-il en italien.

– Ou en russe ? » dis-je en russe.

Il rit.

« Pourquoi pas en polonais ? dit-il en anglais.

– Disons en français, dis-je en français, si Sa Sainteté le veut bien.

– Eh bien, dit-il en français, vos articles m'ont plu... Je les crois bienvenus après mon voyage à Londres... Vous connaissez les difficultés... Les préjugés... L'incompréhension que rencontrent les dogmes mariaux...

J'ai peu de temps, mais j'ai vu que vous aviez aussi des intérêts littéraires et théologiques?

– Oui, dis-je. Je pense que nous sommes à la veille de grands événements sur ce plan.

– Cet écrivain irlandais... Difficile... Joyce?

– Une merveille, Votre Sainteté.

– Il y a tant de choses que je n'ai pas lues! dit-il en levant un peu la main droite... Mais tout n'est pas dans les livres, n'est-ce pas? »

Il me regarde en souriant. Œil perçant. Corps très ramassé sur lui-même, pas près de se rendre... Habitué à souffrir, se taire, passer. Fatigué, aussi... Sculpté...

« Et Duns Scot? dit-il. Notre Subtil? Il vous intéresse aussi?

– Beaucoup. Il me paraît très moderne.

– Il l'est! Il l'est! dit le Pape en tapant de la main sur le rebord de son fauteuil rouge. Vous écrivez autre chose dans le même sens?

– Non, dis-je. Ou peut-être si. Un roman.

– Un roman? »

Silence.

« Ecoutez, dit-il, j'ai très peu de temps, mais je tenais à vous voir. Vous êtes jeune, vous écrivez. Vous pouvez faire beaucoup pour l'avenir... Vous savez que nous allons créer un Centre de Culture Pontifical?

– C'est une excellente idée, dis-je.

– On verra! On verra! » dit-il en riant.

La question sur l'attentat me brûle les lèvres... Ce Turc qui a tiré sur lui... Qui est derrière? Quoi?... Les Russes?... Comment se sent-il?... Non...

« Votre Sainteté écrit toujours des poèmes? dis-je.

– Pensez-vous! Où prendrais-je le temps? Ce n'étaient d'ailleurs que des exercices de jeunesse... Mais en voici la dernière traduction... En hébreu... »

Il se lève assez souplement, passe derrière son bureau, me tend un petit volume en caractères hébraïques...

« L'hébreu est une langue pleine d'avenir, dis-je.

— Vous pensez aussi? J'ai demandé à notre Commission d'être plus active...

— La Bible, dis-je... En hébreu...

— Vous parlez comme saint Jérôme! *Hebraicam veritatem*... Oui, oui... Il y a encore beaucoup à faire. »...

Je n'ose pas lui demander pourquoi le Vatican ne reconnaît pas encore, diplomatiquement, l'Etat d'Israël...

« Le temps presse, dit-il... Je vous propose que nous récitions ensemble un Notre-Père... Cela dit tout. »...

Il se lève. Je me lève.

Notre Père qui es aux cieux
Que ton Nom soit sanctifié
Que ton règne vienne
Que ta volonté soit faite
Sur la terre comme au ciel
Donne-nous aujourd'hui notre pain de ce jour
Pardonne-nous nos offenses
Comme nous pardonnons à ceux qui nous ont
[offensés
Mais ne nous soumets pas à la Tentation
Et délivre-nous du Mal
Ainsi soit-il.

Là, il se produit quelque chose... Comme si la voix du Pape était devenue verticale, soudain... Il vient à la fois de s'élever et de s'enfoncer sous mes yeux... Style caverneux, abîme... Et en même temps aérien, transparent... Bon. Chaque mot a été chargé... Bizarre prière, si on y pense... Le silence, maintenant, est énorme. Il reste là... Figé... Je plie le genou droit... Je sens sa main voltiger au-dessus de ma tête, et c'est le latin, cette fois :

« In nomine Patris, et Filii, et Spiritus Sancti. »

C'est terminé.

Il me prend la main, m'entraîne de l'autre côté de la pièce, ouvre une petite porte dans le mur. « Par là... Par là... Au revoir... Portez-vous bien...

– Merci », dis-je.

Petit geste... Il referme la porte.

L'escalier privé dévale à pic jusque dans une cour... Cent mètres, et je suis sur l'esplanade de Bernini... En pleine lumière... Jets d'eau d'argent... Souffle bleu...

Dans le train, je lis quelques articles sur l'évolution de la Papauté... Toujours le même refrain... Trop de politique... De spectacle... Le Pape superstar... Les dépenses exagérées... Publicité... Trop de conservatisme, encore, sur les questions sexuelles... L'homosexualité, la contraception, l'avortement... Le refus d'ordonner des femmes... Le célibat des prêtres... Rigidité à l'égard des transsexuels... Pèlerin de la paix? Oui, mais... Et puis les scandales financiers... Banco Ambrosiano... Pauvre Ambroise!... La Mafia... La loge maçonnique P2... Le cardinal lituanien douteux... Les transactions immobilières via les Bahamas... Finalement, on en revient toujours aux considérations organiques... Je n'arrive pas à comprendre comment les auteurs desdits articles imaginent un Pape à leur convenance... Tenant un bordel pour hommes? Une clinique gynécologique spéciale? Distribuant la pilule, comme autrefois, les indulgences? Devenu la religieuse de ses religieuses? Non, évidemment, le mieux ce serait plus de Pape du tout... Bien entendu... En finir avec cette absurdité d'un autre âge... La Vierge Marie! L'Infaillibilité! Tout cela est incompatible avec un humanisme ouvert... D'aujourd'hui... Ce n'est même pas à discuter... Peut-on imaginer un système plus rétrograde, irréel, que celui de l'Eglise catholique? Défi aux mathématiques... A l'ethnologie... A la physique... A la physiologie... A la biologie... A l'astrologie... Pardon, je voulais dire à l'astronomie... De quel signe êtes-vous, au fait? Moi, c'est Sagittaire, ascendant Verseau... Ah, excellent! Tout à fait dans le vent!... Tiens, une interview de Borges... Il parle du voyage du Pape en Argentine... Il appelle Jean-Paul II « cet important fonctionnaire italien »... Il rappelle son origine à lui, méthodiste... Et le voilà reparti dans l'occulte, suis-je moi, ou bien suis-je un autre qui rêve être moi?... To be or not to be... Tchouang-Tseu... Alchimie... Formule magique... Deux vers de Dante, toujours les mêmes... Le livre de tous les livres... Babel... L'Aleph... Numéro habituel...

Je réentends la Présidente : « Vous savez, les vrais problèmes ne sont sans doute pas là où l'on croit... On met tout l'accent sur les problèmes de sexualité et de reproduction, mais on est beaucoup plus discret sur l'hygiène... On dirait que l'hygiène est plus tabou que le sexe... Vous n'avez pas idée à quel point, pour les femmes notamment, la simple *propreté*, la propreté élémentaire, est une chose récente... Oui, oui, la propreté des dessous... Fin des années 50... A peine... Une enquête vous stupéfierait... Le respect de soi... De son corps... Regardez toutes ces silhouettes prématurément usées, à la dérive... Maternités? Pas seulement... Il n'y a pas si longtemps qu'on faisait la vaisselle avec des cristaux de soude, mon cher... Et le linge!... Songez seulement à l'évolution des *matières*... Le *nylon*, tenez, voilà une des plus grandes révolutions de tous les temps... Interrogez des grands-mères... Les bas de nylon!... Le Lycra! Le vinyle! L'arnel!... A la place de l'atroce soie artificielle... Voilà... Vous lisez Balzac? Proust? Vous n'ignorez rien des taffetas de Mme d'Untel, des châles de Mlle Du Truc, mais les dessous?

Jamais!... Promotion des dessous! Désacralisation! Très important! La chimie aussi, bien sûr, mais restons dans l'ordre... Et les déodorants! Les démaquillants! Le vernis! Les laques! Les bains moussants! Les crèmes! Nous tenons là le véritable progrès... Bien loin des questions métaphysiques... La lutte avec les curés, pour le contrôle des âmes?... Autre chose... Pouvoirs... Et n'oubliez pas qu'il faut tenir compte qu'elles aiment *aussi* se détruire... Comme pour se punir... La question sexuelle est distincte de l'entretien quotidien... Certes les deux choses sont liées... Mais l'entretien d'abord!... Ne confondons pas. »...

Propos très sages... Qui auraient ravi Flaubert... Tiens, il dit quelque chose au sujet de l'Immaculée Conception, Flaubert... Dans sa correspondance?... Je dois avoir ça dans mes notes... L'Immaculée Conception, hein, c'est-à-dire la conception sans péché de Marie elle-même via sa mère, Anne, et pas l'Incarnation... Problème différent... Tout le monde confond... Ignorance!... Le point de suture entre mère et fille... Point stratégique... D'une tout autre nature que l'engendrement du Fils par le Saint-Esprit...

Ah, voilà... « Une des causes de la faiblesse morale du XIXᵉ siècle vient de la *poétisation* exagérée de la femme. Aussi le dogme de l'Immaculée Conception me semble un coup de génie politique de la part de l'Eglise. Elle a formulé et annulé à son profit toutes les aspirations féminines du temps. » Et ça, que j'avais oublié, du 19 juin 1876 à Mme Roger des Genettes : « Connaissez-vous les *Fioretti* de saint François? Je vous en parle, parce que je viens de me livrer à cette lecture édifiante. Et, à ce propos, je trouve que si je continue, j'aurai ma place parmi les lumières de l'Eglise. Je serai une des colonnes du temple. Après saint Antoine, saint Julien; et ensuite saint Jean-Baptiste; je ne sors pas des saints. »...

Flaubert a tort de s'étonner, c'est normal... Mais, d'ailleurs, il ne s'étonne pas... Il chiffre un message... et Baudelaire, quand il découvre la vérité depuis l'autre côté? Paradoxe apparent? Logique profonde? « Qui est plus catholique que le Diable?... Je suis un catholique incorrigible. »... Les déclarations abondent... Conscientes... Provocantes... Sans illusions...

Béatification de Flaubert et de Baudelaire? Je vais proposer ça au Centre Pontifical... Ça ferait du bruit dans l'Université... Pour quelques siècles...

Me revoici dans ma chambre à Florence... Encore une semaine... Restons tendu... Ma petite voisine, de l'autre côté de la rue, est toujours collée à son livre... Tiens, mais voici un autre spectacle... Un couple pédé... Un grand poilu-moustachu... Un jeune efféminé... Américains... Ils font l'amour sur le lit dans la chambre à côté de celle de la lectrice... Très traditionnels... Hétéros en plein... Monsieur sur Madame... Madame, les jambes en l'air, caressant les fesses à poil de Monsieur... C'est mou, lent, insistant; c'est touchant... Le quiproquo organique... Les homos ne peuvent pas savoir ce qu'est un cul... Les délices d'un cul... Puisqu'il n'y a pour eux qu'un vagin de cul... Quelle tristesse! Quel rétrécissement des contours!... Quel tunnel d'équivoque!... Quel faux rebond!... Je les croise plus tard dans la rue, sages, irréprochables, très jeunes mariés... Catalogues, musées... Splendeurs italiennes...

Je me demande quand même ce qui m'attend à Paris... Comment Deb a pris la tournée de Flora... Qui n'en est sûrement pas restée là, d'ailleurs... Visites... Blabla... Bombardement des aéroports... Tronçonnage des routes... Explosion des dépôts de munitions... Destruction des ponts... Soulèvement militaire... Je risque de retrouver mon paysage en poudre... Pour Deb, je suis à peu près tranquille... Réaction d'analyste... Concrète... Elle montera ses prix...

Je relève la tête... Mes deux gentils pédés sont de nouveau dans leur chambre à coïter conjugalement... Avec une obstination sépulcrale... Ils pétrifient un peu l'atmosphère... La Bible est sévère avec eux... A l'époque, les prostitués mâles, sacrés, pullulaient près des temples... En Babylonie... En Syrie... Ils s'introduisent en Israël en même temps que l'idôlatrie... Toujours l'Ashérah, le pieu, et ses conséquences... Des « chiens », dit le texte hébreu... En l'occurrence, ce sont plutôt des toutous somnambuliques... Cintrés...

Encore quelques jours seul... De plus en plus seul... Pourquoi ne pas rentrer dans un couvent des environs?... Sans blague?... Disparaître là... Que c'est tentant!... Du papier... De l'encre... Whisky caché... Et puis quoi? De quoi d'autre aurait besoin une forme déjà en cendres, un squelette en sursis? Etre en vie? Pourquoi? A quoi bon? Comment? *Se sentir* en vie, vous voulez dire? Avec ces fleurs, là, devant moi? Devant mes yeux? Mais les yeux qui sont pour le moment mes yeux viennent de plus loin que les fleurs qui sont là devant des yeux... Etre enfermé là-dedans!... Qui me délivrera de ce corps de mort?... Cellules tirées vers moi, contre moi... Comment rejoindre ce que je sens plus loin que ce moi qui ne sent que ce que je sens?... Voile... *Pulchritudo saeculorum*, comme dit Augustin... « La beauté des siècles »... Mon œil... Je suis seul, mais voulu par dieu, une pensée de dieu, une portion, une parcelle éternelle de la louange qui lui est adressée... La voix de ces êtres parlants, c'est leur évidence même... Le verbe... Oui, c'est ensemble et éternellement que tout est dit... Tu ne fais pas autrement qu'en disant... Le souffle, l'esprit, planant au-dessus, pesanteur inversée, lancée... Quand notre âme aura traversé les eaux qui sont sans substance... A qui le dire?... Comment le dire?... Porte ton poids d'évanouissement!... *Dixi, et salvavi animam meam!*...

Nous sommes à l'ère de la publicité et de la mystique... La publicité ravage l'ensemble de la représentation... Achève la comédie comme comédie... Ramène la désinvolture XVIIIe. La lucidité, aujourd'hui, est là... Cyd... Musique, ironie... Ce qui plaît à Mme Duchnock règne enfin sur le monde... On ne va pas plus loin que Mme Duchnock... Pas de profondeur... Surface en surfaces... Flash... Sourire... Achetez... C'est mieux... Lessive... Parfum... Comment on fabrique la *vox populi*... Désir des masses... Marketing... Science des glandulations... Science très subtile, je ne plaisante pas... Les plus hautes qualités d'appréciation et d'intuition sont requises... Persuader en douceur... Etre plébiscité... Adopté... Vous n'y êtes pour rien... Ce sont eux qui décident...

Et puis le feu, la flamme invisible, derrière... Irreprésentable... La voix qui vient du feu...

Je peux aussi bien me dire : ouf! encore un jour sans femmes... Il sera toujours temps d'y retomber... Bientôt... La chair est faible, hélas... Heureusement qu'il y a un livre qui résiste à toutes les lectures... Ouf, encore un jour sans Flora, en tout cas!... Pas de téléphone, pas de pression, pas de parasitage, pas de bavardage, pas d'allusions empoisonnées, pas de séduction forcée, pas de « grande séance »... Ta queue, chéri! Je veux voir le sperme sortir! Houic! Sur les seins!... Sur les yeux!... Partout!... L'avaler!... Miam!... Prends-moi!... Encore!... Je t'adore!... Je t'aime!... Suce-moi!... Caresse-moi!... Enfonce-moi!... Et les pleurs de joie, quand ça jouit, pauvre silhouette coincée dans le spasme... Ah, humanité! Humanité!... Flot du temps...

Soleil couchant sur Florence; soleil rouge sur la mince frise des séraphins des *Pazzi*...

VII

Un des avantages d'être la plupart du temps en voyage, c'est qu'on saisit mieux les glissements du jeu... Comme les gens que vous rencontrez un an après : coup d'œil immédiat sur leurs bouffissures... Leur usure... La peur du visiteur étranger vient de là... Regard... Rayon X... Fouille express du Néant... Coup de gomme... Apparition du rictus... Carré blanc volant... De même pour les mots... Les stéréotypes... Chaque époque a ses soulignages... Ses répétitions, ses tics... Ses furoncles verbaux... En ce moment, en France, il y a un adverbe... Qui revient tout le temps... Partout, à la télévision, à la radio, dans les conversations... *Effectivement*... « Oui, je me suis dit qu'*effectivement*. » ... « Je vous répondrai qu'*effectivement*. »... « Je crois qu'*effectivement*. » ... Voilà une épidémie... Toutes classes sociales mêlées, à la moindre occasion, hommes et femmes... Ils pourraient dire : « En effet. »... Non... *Effectivement*... Hommes politiques, syndicalistes, commentateurs, intellectuels, sportifs... Ma concierge... Mon directeur... L'électricien... Le banquier... La boulangère... Le mannequin... La pute... Les speakers... Les acteurs... C'est hallucinant... Mot de passe inconscient, involontaire... Abcès fugitif vivant sa propre vie dans les bouches... *Effectivement!*... Nageoire... Reflet brisé... Bulle terne... *Effectivement*... Ils sont responsables...

Prenant part aux affaires... Participateurs... Décidés, compétents... Informés... « Effectivement, nous avions prévu que le chômage ne dépasserait pas les deux millions. »... « Le dollar, effectivement, a encore frôlé les sept francs. »... Les standardistes... Les chauffeurs de taxi... Les bourgeoises, ou ce qu'il en reste... *Effectivemôn!*... Comme ça... Sans raison... *Car effectivement*... En désespoir de cause... C'est le cas de le dire... Ils sont maintenant cramponnés à l'affirmation de la Cause... Si elle avait foutu le camp?... S'il n'y en avait plus? De causalité? Du tout? Si tout continuait comme avant, mais en chute libre? *Effectivement*... Les réserves ont croulé! L'ordinateur central a sauté! « Effectivement, nous sommes sur les lieux de la catastrophe... Devant nous s'étend un paysage indescriptible de barres tordues et de murs éventrés... Madame? Qu'est-ce qui s'est passé? Vous avez assisté au désastre?... – Effectivement, j'étais à ma fenêtre, quand j'ai senti tout l'immeuble osciller... – Vous avez pensé à quoi?... – A un tremblement de terre... – Effectivement, il devait y avoir de quoi, j'imagine. »... Effectivement...

Il n'y avait déjà plus beaucoup de mots en circulation... Cette fois, c'est la pénurie sèche... Il va encore falloir se restreindre au Journal... « Vous et vos digressions philosophiques! Les faits! Les faits! Ecrivez simple, direct! 800 000 exemplaires!... – Mais j'essaie de varier un peu!... – Bon sang, vous savez bien que les lecteurs ont horreur de la variation... Ils veulent le même numéro tous les jours... LE MÊME!... – Disons alors que c'est pour m'amuser... – Effectivement. »... Là, c'était l'emploi ironique... On a l'impression d'une bride... D'une laisse invisible... D'une muselière en action... *Effectivement*... Du verbe *effecter*... Mieux qu'*effectuer*... Qu'est-ce que ça effecte! Dur! Constamment!... Preuve qu'il ne se passe pas grand-chose... Effectivement... Compensation... Réparation... Acte de conjuration... Au cas où tout serait devenu sans prise... Où rien n'aurait plus d'effets... Où les effectifs présents ne seraient plus qu'une illusion filandreuse... On dit un effectif? Donc : une effective... L'effective? MENT!... Tu causes, tu causes, c'est tout ce que tu sais faire!... Effectivement...

Je suis peut-être plus sensible à cette manie locale, soudain, fulgurante, à cause de ma qualité d'étranger?... Possible... Il faut dire aussi qu'écrire vous met dans un état d'hyperréceptivité aux tournures, aux mots... Vous êtes écorché vif... Vous entendez tout grossi, en écho... Comme si vos interlocuteurs étaient en train de vous dire pour la deuxième fois ce qu'ils commencent à peine à vous balbutier... Vous écoutez trop... Vous n'écoutez plus... Vous vous mettez à lire trop vite dans les pensées... Vous finissez les phrases qu'on vous adresse, avec leurs compléments silencieux d'annulation... Vous les entendez se murmurer mentalement le contraire de ce qu'ils viennent de dire... « Très bien! » avec conviction?... « Dégueulasse! » Je montre un de mes papiers à Robert? « Excellent! »... Donc : « Pas fameux! »... Robert, qui vient de me dire : « Il n'y a plus rien à raconter. Le fric, mon vieux, le fric! Les affaires... Tout le reste est littérature... J'espère que ton livre tient compte de cette réalité... Au sommet, crois-moi, il n'y a plus que l'argent... C'est tout... Plus rien d'autre... Des chiffres en train de se calculer tout seuls dans les crânes... Dépenses... Recettes... Prévisions. »...

Effectivement...

Réflexion de Deb, une ou deux fois par jour : « Depuis combien de temps est-ce que tu n'écoutes plus ce que je dis? »... C'est vrai... Il faut que je me surveille...

Donc, mon retour à Paris se passe comme prévu... D'ailleurs on ne semble pas avoir remarqué mon absence... On peut disparaître, aujourd'hui, sans que personne y fasse attention... Mourir, idem... Se suicider... Aucune importance... A peine trois rides dans l'eau... Trois minutes pour les plus connus au Journal télévisé, c'est un comble... Pas le temps... Business... Loto... Accelerando... Comme l'accident de Werth... Ah bon, il n'avait qu'à pas tomber, celui-là... Sort commun... Pertes et profits immédiats... C'était autrefois, il y a bien longtemps, que l'aventure humaine était une grosse affaire sérieuse... Compliquée!... Lourde d'émotion!... Lointains temps humains!... Aujourd'hui, je vous en fabrique, des corps... Un de perdu, mille en couveuses!... On ne sait plus où donner de la tête, que voulez-vous!... Mais quelqu'un d'exception? Un génie, peut-être? Bof!... On a du sperme de génie en conserve... On le reproduira... D'ailleurs, le génie... Entre nous... On a beaucoup exagéré sur tout ça, vous ne trouvez pas?... Refrain romantique... Nous sommes heureusement à l'ère de l'égalité de fer et des petits malins généralisés... Chacun pour soi, *pressing* pour tous... Pas tomber, pas souffrir, tout est là...

Pauvre Flora!... Son truc n'a pas marché... Tout le monde s'en fout... Deb la première... Pas le temps! Pas le temps!... Psychologie? Passion? Scènes d'amour? De jalousie? En film, d'accord... Mais dans la vie... Démodé... Vieux disque... L'*intrigue* ne fonctionne plus... L'*histoire* non plus... Sauf pour faire 500 000 entrées dans les salles... Pour le feuilleton à épisodes après dîner... Avec même un assassin en prime!... Bonbons!... Savonnettes!... A se demander si, *dans la vie*, les scénarios de pouvoir et d'argent prennent encore... S'il y a même encore un *dans la vie*?... Pas sûr... Effectivement... Alors quoi? Qu'est-ce qu'on va raconter? Comment nourrir la machine? Qu'est-ce qui peut mobiliser les gens? Rien... Impensable!... Impossible!... Et pourtant vrai... *Eppur, non si muove!*... La terre est plate... Galilée revient avec cette bonne nouvelle, et, cette fois, se fait brûler pour de bon... Rien à savoir de plus !... Rien à explorer !... Simplement un dixième de l'humanité bouffe mille fois plus que le reste... Statistique !... Photo !... Le mystère à sec... Quelle époque !... On s'arrache les cheveux dans les rédactions... Les ventes stagnent... Scandales ? Vouf !... Saturés !... Prodiges scientifiques ? Blasés... Crimes ? Sans doute, comme d'habitude, mais ça commence à bien faire... Guerres ? A la suivante... Perversions ? Banal... On a l'impression que les nerfs ne répondent plus... Salive de plus en plus rare... « Monsieur le directeur, c'est étrange, mais parfois je me demande s'ils sont *encore humains.* »... Football ? Oui, dieu merci, mais pour combien de temps ?... Crise de la presse écrite... A présent qu'on leur a donné le spectacle pour tous à la même heure tous les soirs, il n'y a plus rien d'autre... Image pour l'image... Cerveau dehors, étalé... Du moment qu'il n'y a pas de panne d'électricité... Comme dit Cyd : suppression de la télévision ? Révolution tout de suite... L'ère des câbles...

Elle y est arrivée à sa terre promise, l'humanité... Ruisselante de produits ménagers... Encore quelques décalages ? Des inégalités criantes ? Des injustices hurlantes ? Soit... Mais le paradis existe, ils l'ont trouvé, c'est bel et bien terminé... Climatisation... Vitesse de croisière... Coucou les origines !... Cavernes !... Tentes !... Anthropophagie !... Tout ça pour en arriver là... Bonjour-bonsoir... That's the end, folks !... C'était notre super-superproduction en couleurs, reliefs, chaud et froid, grain de la peau, mondioscope !... Sons et odeurs !... Vous ajoutez les sentiments intérieurs... Peu de chose... Ticket affectif...

Il y a encore quelques années, la tournée de Flora aurait pu être désastreuse pour moi... Mais aujourd'hui... En pleine apocalypse douce... Il était à

Barcelone avec une fille? Une Japonaise? Eh, foutre, grand bien lui fasse!... Finalement, il n'y a plus que Flora, une anarchiste révolutionnaire, pour croire aux valeurs bourgeoises... Le mariage... La fidélité... La famille... L'Etat... Elle les combat, c'est-à-dire qu'elle veut les régénérer... Pour en profiter, en parasite avisée, contestataire... Que la Loi soit vraie... *Enfin vraie*!... Quelle idée!... Mettons que ça impressionne encore quelques cadres ambitieux et ardents des systèmes totalitaires... Un secrétaire de Parti en Géorgie... En Lituanie... Et encore!... Fini! Fini! Ça ne branche plus, le chantage social, comme au bon vieux temps des villages! La magie féminine du popotage est brisée dans l'œuf!... Au moment même où elles triomphaient, elles avortent! Echec en finale! Juste au bord! L'hystérie soufflée!...

Je viens de voir, comme deux milliards de téléspectateurs, le dernier match de la coupe du monde... Mais qu'est-ce qu'il fait donc, cet avant italien, là, Tardelli, en gros plan, après avoir marqué son but? *Un signe de croix!* Malédiction! Rien ne bouge! Devant la planète entière! Remerciement urbi et orbi! Plus fort que le Pape lui-même comme propagande! Abomination et désolation! *In hoc signo vinces!* Devant le Roi, la Reine, le Président, le Chancelier, la Presse internationale, les cent mille spectateurs de Madrid, le public des cités, les foules anonymes emportées dans la nuit cosmique!... Un signe de croix des plus catholiques... Superstition? Enfantillage? Le Christ vainqueur avant-centre! Bouquet! Fête à Rome! Cris et pétards...

Deb me parle donc à peine de la visite de Flora... Haussement d'épaules... Je constate qu'ailleurs c'est pareil... Deux ou trois allusions pincées de Kate... Un air interrogateur de Robert... Un sous-entendu appuyé de Boris... Autant en emporte le vent... Autre indice?

Oui, la Présidente devait m'appeler... Elle ne le fait pas...

« Vous connaissez Paule Schreber? me demande en passant le directeur du Journal.

– Très vaguement...

– Pas assez pour l'interviewer? Malgré vos vacances? (Tiens, mes « vacances » finissent par l'énerver sérieusement.)

– Je ne crois pas.

– Ah bon, Kate m'avait dit...

– Elle a dû se tromper... »

C'est Kate, bien sûr, qui interviewera la Présidente sur la Côte... Pour l'été... Les plages... Où en sont les sexes? Non, la guerre n'aura pas lieu! Et autres bricoles... Du genre : le féminisme à outrance engendre le machisme... Il est temps de nuancer... Repli stratégique... Traversée du désert... Elles décrochent... On laisse tomber les agents trop mouillés... Brûlés... « Elissa? Quelle salope! », laisse tomber froidement Kate en conférence de rédaction... Nouvelles consignes du FAM... du WOMANN... du SGIC... Redistribution des rôles... Nouveaux emplois... Fin de la lutte armée... Ligne politique... « Bernadette? Elle est folle. »... C'est ce qu'on entend maintenant... Bouclage de l'âge héroïque... UNESCO... ONU... Création de « Centres Virginia Woolf » en Afrique... Nos grandes martyres : Camille Claudel... Victime de tueurs butés : son frère, Rodin... Excisions, infibulations... Scandale du tri des fœtus en Inde... Nationalisation des réserves de sperme des prix Nobel... Autres réseaux... Renouvellement des cadres... Courses aux places dans l'institution... Soyez sociâââles!... Je me demande si je ne préférais pas encore les anciennes chieuses à mort, ouvertement paranoïaques... Non... Tant pis... Le temps passe...

Effectivement...

A propos de folie... Je me suis mis à lire Kraepelin...
Emil Kraepelin, psychiatre allemand fin XIXᵉ début
XXᵉ... Mort en 1926 à Munich... Un des derniers conseils
ambigus de Fals... « Comment, vous n'avez jamais
regardé les *Leçons cliniques sur la démence précoce et
la psychose maniaco-dépressive*? Erreur, mon cher...
Vous devriez. »... Je suis son avis par-delà sa mort... Ce
qui m'y a décidé, c'est ma brusque rencontre avec
Lutz, au carrefour de l'Observatoire... Il y a eu non-lieu
dans son affaire... Il sort librement quand il veut de
son hôpital psychiatrique... On s'est retrouvé face à
face... Bon dieu... Fin d'après-midi... Cette silhouette
massive et courbée, là, devant moi... Ces yeux globu-
leux, vides, chimiques sur moi... C'est bien lui... Est-ce
qu'il me reconnaît?... Il baisse aussitôt la tête... Presse
le pas... S'éloigne... J'hésite à le rejoindre... Je laisse
tomber...

Kraepelin est né en 1856, la même année que Freud.
Il est aussi froid, extérieur, brutal, que Freud est
sensible, délicat, rêveur... Mais le désespoir lucide
qu'ils ont en commun doit être désormais celui du
romancier moderne qui, depuis longtemps, aurait dû
abandonner la psychologie pour le fantastique macabre et sans pitié du tissu réel. Kraepelin est un
écrivain de premier ordre. Jugez-en:

« Messieurs, on est presque obligé de porter le
malade que je vous présente aujourd'hui; il marche en
effet les jambes écartées et ne pose à terre que le bord
externe des pieds. Il commence par jeter ses pantoufles, puis il chante un cantique et répète plusieurs fois
cette phrase : " My Father, my real Father "... Deman-
dons-lui son nom. En réponse il s'écrie : " Quel est
votre nom? Que ferme-t-il? Il ferme les yeux. Où est-ce
qu'il entend? Il n'entend rien, et ne peut rien com-

prendre. Comment? Qui? Où? Quand? Qu'est-ce qui lui prend? Si je lui dis de regarder, il ne bouge pas. Dis donc, regarde un peu ici! Quoi? Qu'est-ce que c'est? Attention. Si je dis cela, quoi donc? Pourquoi ne me réponds-tu pas? Tu redeviens de nouveau grossier? Comment peut-on être aussi grossier? Tu es un grossier personnage, un sale personnage. Je n'ai jamais vu un salaud pareil. Tu veux de nouveau recommencer. Tu ne comprends donc rien, rien, je te dis? Veux-tu obéir? Tu ne veux pas obéir? Tu augmentes tes insolences? " Ses injures finissent en cris inarticulés. »

Ou encore :

« Notre malade se mit à pousser des cris monotones et insupportables. On ne pouvait l'interrompre qu'en lui posant des questions, auxquelles elle répondait toujours, il est vrai, mais de façon abracadabrante. Elle a été le serpent tentateur dans le paradis. Elle a séduit son mari qui, du reste, s'appelait Adam. Elle a attiré la malédiction sur son mari, sur elle et sur ses enfants; elle a rendu tout le monde malheureux; c'est pourquoi on la fait brûler. Elle est déjà en enfer; elle voit là dans le gouffre ses horribles péchés. Le firmament est tombé; il n'y a plus ni eau, ni argent, ni nourriture; elle a tout détruit, elle a causé la ruine du monde. " Le monde entier pèse sur mon âme. " Elle s'accuse de tous ses crimes dans une lettre adressée au tribunal auquel elle demande son incarcération, et signe cette lettre : " le Diable ". »

Ou encore :

« Celle-ci ne se considère pas du tout comme aliénée. Elle mêle volontiers à ses discours incohérents des bribes de mauvais français et des citations défigurées ou absurdes : " L'ingratitude est la louange du monde; beaucoup de mains, beaucoup d'idées. " Elle répète à satiété quelques locutions du genre : " Merde du diable dans les pieds de l'âme; pied de l'âme dans la merde du diable. "

« Tantôt gaie, tantôt niaise, parfois érotique ou agacée, elle aime beaucoup les allusions sexuelles ordurières et les injures. Elle bavarde continuellement, sans laisser à son interlocuteur le temps de placer un mot. Son langage est guindé au plus haut point. Elle sépare chaque syllabe, accentue les finales, prononce les G comme les K, les D comme les T; elle parle comme un enfant, sans finir ses phrases, en déformant les mots, en créant des néologismes et en sautant d'une idée à l'autre. Tous ses gestes sont lourds, raides, uniformes; elle grimace sans cesse, sautille et bat des mains. Elle se plaint évidemment d'atteintes sexuelles. Les poumons, le cœur, le foie, tout a été arraché. Elle fait précéder son nom de la particule " de ". »

Ou encore :

« Celle-ci s'exprime sans regarder son interlocuteur et parle sur un ton mielleux et recherché qui lui vaut un cachet bien à part. Mais enfin, depuis des années, elle entend des voix qui l'insultent et attentent à sa pudeur. Les voix sont très nettes, dit-elle, et viennent sans doute d'un télescope. Ses pensées sont énoncées avant qu'elle les ait émises. On travaille son corps : sa matrice a été changée et tirée au-dehors; on lui projette des douleurs dans le dos, on lui pose de la glace sur le cœur en lui serrant le cou; on lui blesse la colonne vertébrale, et enfin on la viole. Quoique se plaignant ainsi, elle ne ressent pas de grosse émotion. Elle pleure bien de temps en temps, mais détaille les phénomènes morbides avec une intime satisfaction, et y glisse même une nuance érotique. Tout en réclamant sa sortie, elle se laisse facilement consoler d'être ici. »

Voilà... Démence précoce... Stupeur ou excitation

catatoniques... Formes paranoïdes... Etats terminaux... Mélancolie... Etats circulaires dépressifs... Excitation maniaque... Etats mixtes maniaco-dépressifs...

Flexibilité cireuse... Echopraxie... Echolalie... Suggestibilité... Négativisme...

« La malade mourut phtisique dans un asile de chroniques au bout de cinq ans. Elle était restée abrutie, négative, maniérée et de temps en temps un peu excitée. »

Est-ce qu'à la limite il ne pourrait pas s'agir de *n'importe qui*? De parfaitement « normal »? Une fois, disons, *poussé à bout*? Emma Bovary? Celle-ci? Celle-là? Celui-là? Fragilité de la pellicule apparente... Dessous, le chaos... Nous sommes des malades essayant de nous persuader que nous sommes moins malades que notre voisin... Mentaux... Trop mentaux... Etonnant qu'il n'y ait pas davantage de tortures directes, de caca lancé dans les poires... Les déments mangent le morceau... Ils avouent... Ils tombent en morceaux... Basculez un peu l'individu, il tombe en poussière, épileptique, il s'évanouit en flaque, en serpillière... Folie d'imaginer qu'il y a quelque chose derrière tout ça... Une explication... Qu'on irait chercher... Extirper... Mais non, l'ultime limite est simplement l'idiotie incommunicable... Une vision de romancier ne peut déboucher que sur l'horrible hilarité des asiles, la pourriture du sacré dans les soubresauts du délire, la chute de la prétendue fée ou sorcière dans la digestion bestialisée...

C'est entendu, ils ont tous vu et ils verront tous ça pour finir... Une seule grimace occupant l'espace et le temps... Tourbillon de débilité... Le meurtre ou la compassion sans limites : il faut choisir... Terreur ou miséricorde... Jouissance ou charité... Au milieu, de façon désinvolte, et parce qu'il faut bien s'occuper, vous pouvez mettre la Science...

Guerre au Liban! Juste avant mon départ pour Jérusalem... Avancée foudroyante de l'armée israélienne... Beyrouth encerclé... Bombardements, pilonnages... Tyr, Saïda... Vieille histoire qui n'en finit pas... Comme il fallait s'y attendre, déchaînement des discours... Je préfère ne pas être au Journal en ce moment... Je fais quand même une petite visite pour prendre le pouls... Kate est hors d'elle... « Nazis! Des nazis!... – Qui ça?... – Les Israéliens, bien sûr!... – Nazis?... – Oui! Ils sont devenus comme leurs anciens bourreaux! Les juifs sont les nouveaux SS! »... C'est parti... « Tu ne vas pas dire le contraire? Tu ne vas quand même pas les défendre?... – Si tu crois que ça m'amuse de voir tuer des gens... – Mais c'est un génocide! Ils veulent exterminer les Palestiniens jusqu'au dernier! »... C'est tout son système nerveux qui frémit, je ne l'ai jamais vue dans cet état, on dirait une torsade électrique... Bien entendu, les Palestiniens sont le moindre de ses soucis, il faut entendre d'autres mots sous les mots, savoir reconnaître d'autres personnages sous les personnages... Elle s'arrête, elle me regarde intensément... « Oh, évidemment, toi et tes origines. »... Ça y est! Je suis redevenu américain en trois jours... Juif d'honneur, en somme... Assimilé... Dangereux à gauche... Suspect à droite... En quelques heures les pétitions se multiplient... Les mêmes noms reviennent, depuis longtemps blanchis sous le harnais de la protestation rituelle... Pour le Bien, contre le Mal... Exigences... Dénonciations énergiques... C'est une tradition française, vous ne la rencontrerez nulle part ailleurs... Constituer des listes... Embrasser d'un seul regard des gerbes de signatures... Vérifier si un tel et une telle sont bien là, avec un tel et un tel... Tiens? Il n'y a pas Untel?... Tiens, Untel a quand même signé?... Non, il proteste deux jours après... Il a cédé au lobby!... Non, c'est la mère de sa femme... Ah, bon... Les intellectuels éclairent les tyrannies... Platon standard!... On est Philosophe ou pas grand-chose... Ce qui est frappant, dans ce cas, c'est à quel point tous les points de comparaison sont allemands... Ou russes... Arafat compare Begin à Hitler attaquant Moscou... Il se prend donc pour Staline gagnant la Deuxième Guerre mondiale et sauvant la civilisation de la peste brune... Et voici Goebbels!... Non, c'est vous!... C'est vous!... Je vous dis que c'est vous!... J'ai mes fiches!... Hitler... Himmler... Goebbels... Nuit de cristal! Solution finale! Longs Couteaux! Fasciste! Semi-fasciste! Terroriste! Hyène sanguinaire! Ghetto de Varsovie! Oradour!... Sacrilège!... Communiqués... Contre-communiqués... Négociations fébriles qui s'évanouissent le lendemain sous les obus et les bombes... Reviennent... Repartent... Avertissement de Brejnev... Veto des Américains... Course à pied de la France... De l'Egypte... Déclaration autrichienne... Recul des Syriens... Cessez-le-feu... Rupture du cessez-le-feu... Transgression... Couvre-feu... Feu!... Fasciste!... Cessez-le-feu, de nouveau... Rebombardement dans les ruines... Dévaluation du franc... Austérité... Blocage des prix et des salaires... Boum!... Huit étages en moins... Nuages de fumée... Gravats et cadavres... Reboum!... Pour mener à bien le changement... Culture populaire... Complot américano-sioniste... Carlos... La Main Rouge... Le Croissant d'Acier... Voitures piégées... Rockets... Ambassades en miettes... Kadhafi demande aux Palestiniens de se suicider pour que leur sang devienne le carburant (sic) de la Révolution en marche... Khomeiny idem... Mécontentement des agriculteurs... Des sidérurgistes... Déficit du commerce extérieur... L'Iran réattaque l'Irak... Les Sikhs se révoltent... Les Vietnamiens continuent à se noyer en fuyant... Le révérend Moon bénit 1 500 mariages à New York avant d'être condamné pour fraude fiscale... Feu!... Cessez le feu!... Feu!...

Tout ça s'est corsé récemment à cause des « révisionnistes » qui soutiennent que les chambres à gaz n'ont jamais existé... Selon eux, invention sioniste... Fabulation masochiste intéressée... Pour toucher des dommages et intérêts... Ces juifs, évidemment... Pendant la guerre, en Europe, ils ont disparu on ne sait comment... Six millions dans la nature... Fumée sans feu... On réfute ces nouveaux historiens? Ils insistent... Mais leurs réfutateurs se mettent à traiter les Israéliens d'hitlériens... La confusion est à son comble... Hitler est un cercle dont la circonférence est partout et le centre nulle part... A croire que des chambres à gaz hypermodernes sont en cours de construction, au moment où je vous parle, dans les souterrains de Jérusalem... Tenez, par exemple sous le Saint-Sépulcre... Pour gazer les Arabes... Les Chrétiens... Les Druzes... Les Positivistes... Non, pas les Chrétiens, les Chrétiens aussi sont nazis!... La preuve, c'est qu'ils s'appellent « phalanges » au Liban... Les « phalanges chrétiennes »... Continuateurs de Franco... Violant et pillant sans retenue avec la Vierge Marie sur leurs étendards... Le Sacré-Cœur brodé sur leurs poitrines... Quoi? Vous dites que j'exagère? Je l'ai vu... De mes yeux vu... D'ailleurs, on trie les prisonniers en leur peignant une croix noire sur le dos... Une croix!... Les croisades!... Godefroi de Bouillon!... Frédéric Barberousse!... Richard Cœur de Lion!... Les juifs, fer de lance de l'invasion chrétienne!... Ou le contraire!... L'Histoire perturbée de fond en comble!... Deux mille ans pour rien!... Mais Saladin veille!... Il va revenir!... Allah est grand!... Guerre sainte de tous côtés... Djihad!... Bizarrement, on reste quand même toujours en

Allemagne... En Pologne... On n'en sort pas... Hitler... Auschwitz... L'imagination a des limites...

Le Journal est sens dessus dessous... Les polémiques se succèdent... Les témoignages... Les cris du cœur... Les appels à la raison... En vain... Ils sont tous ravis de se réempoigner là-dessus... Une aubaine !... Tout le refoulé depuis quarante ans ressort... Les ruminations... Ou peut-être depuis plus longtemps... Un siècle... Trois siècles... Dix siècles... Six mille ans... Voilà ce qui arrive avec le mot « juif »... Il allume la durée entière... Les momies sortent des placards... Astarté, Cybèle resurgissent avec de grands airs... Les pharaons viennent réclamer leurs impôts... Passions transmises... Vingt mille volumes sur la question... Cinquante mille hypothèses... Feuilletage des générations... On s'en doutait, mais la confirmation, là, en quelques semaines est flambante... Le rendez-vous qui rend fou... l'oméga des nerfs...

J'écoute une émission de radio... Les différentes tendances politiques françaises sont représentées... Les interlocuteurs s'engueulent... Courtoisement... Fermement... C'est le jeu... « Laissez-moi parler. »... « Je ne vous ai pas interrompu, ne m'interrompez pas. »... Deux, au moins, le communiste et le gaulliste, ont l'air saouls... Voix grailleuses... Ils ne sont d'accord sur rien... Economie... Elections municipales... Mais, tout à coup, un grand silence se fait... Une porte s'ouvre... Une foi commune... L'évidence... Face au drapeau... Il s'agit de condamner Israël... L'unité nationale est ressoudée... Ils sont d'accord... Pour des raisons diamétralement opposées... Ils sont émus, enfantins... J'ai l'impression qu'ils vont se mettre à chanter *La Marseillaise*... *Le Chant du départ*... Les juifs sont maintenant des Allemands... Les Allemands étaient des juifs... En collaborant avec les Allemands, en 40 ou 42, les Français abusés collaboraient donc par anticipation avec les juifs?... En arrêtant des juifs, ils ne faisaient qu'arrêter des Allemands en puissance?... Vous me suivez? Le tour est joué... Eh! Eh!... Personne n'est coupable... ou plutôt : les innocents étaient *déjà coupables*... Vous voyez bien ce qu'ils font quand ils sont devenus forts... Voulez-vous que je vous dise, les juifs doivent rester faibles, humiliés... Ou alors, ils se mettent à devenir nazis... Comme tout le monde... Rien de nouveau sous le soleil... Maréchal, nous revoilà... Bonnes têtes des flics français au Vel d'Hiv... Bons vieux caleçons bureaucratiques, avec des noms comme vous et moi, au moins, Bousquet, Leguay, Drumont, Darquier... Autre chose que Dreyfus... Pytkowicz... Aronowicz... Fellmann... Les juifs d'aujourd'hui étant les Allemands d'hier, on peut toujours appeler une de leurs divisions *Das Reich*... Et les imaginer très bien, en grands blonds, cuirs transpirants, brutaux, enfermant les femmes et les enfants dans une église de village avant d'y mettre le feu... Une petite église, comme celle des affiches roses de la « force tranquille »... Aujourd'hui des Arabes? Hier, ç'aurait été des paysans français... Oradour, Oradour, sombre plaine !... Voilà ce que c'est de ne pas aimer Baudelaire !... On est insensible aux variétés du Mal !... On se trompe sur les Fleurs de la région... Peau de banane !... Enfin, tout ça pour dire qu'on n'a pas eu tellement tort, nous, les Français, de prendre les devants autrefois... De faire même du zèle... De les expulser, ces nazis en gestation, y compris leurs enfants, là-bas vers l'est... Chez eux...

Ou alors, le scénario change... Les Israéliens sont comme des Français en Afrique du Nord... Colonialistes... Ils doivent en passer par où les Français réactionnaires sont passés... En Algérie, par exemple... Qu'ils se retirent... Qu'ils acceptent l'indépendance des populations... Mais pour aller où? Qu'ils rentrent chez eux! Mais où? Pas en URSS, tout de même? Non, mais aux

Etats-Unis... Chacun sait qu'Israël est une excroissance de l'impérialisme américain... Mais Jérusalem? La Bible? Tout ça? Roman-feuilleton! Mythologie à dormir debout! On n'organise tout de même pas l'existence humaine à partir d'un livre!... Regardez ce que ça donne en Iran... *Das Kapital*? Ah, scientifique, ça!... Aucun rapport!... Et puis : Gazoduc!... Sibérien!... 5 500 kilomètres!... 5 milliards de francs!... 12 000 emplois pour nous! Là-bas, esclaves!...

De même qu'il y a quarante ans j'aurais été juif, cosmopolite, dégénéré; de même, aujourd'hui, je me retrouve yankee, machiste, hitlérien, et... encore juif. Sans l'être. Tout en l'étant. Un écrivain est toujours juif. Pourquoi? Peut-être parce qu'il n'accepte, au fond, de parler et de se taire qu'à sa manière. Pas de communauté des sensations. Pas d'inconscient collectif. Mais alors, juif absolu, hein, et même juif des juifs? Kafka... Céline... Tous tendus vers cette ligne d'horizon... A l'endroit... A l'envers...

Flora m'aurait critiqué, il y a quarante ans, avec la même sévérité qu'aujourd'hui... Avec la même spontanéité; la même bonne foi émerveillée; la même perversité inéluctable... Le corps qui dérange... Le grain de sable gênant les rouages... Le traître... L'absence de sérieux... Le pornographe... Le manque de morale ou de sens... Traduisez : le virus attaquant la nature, empêchant son épanouissement matriciel... Il y a quarante ans, le virus était un microbe attaquant la Santé fondamentale des Forts... C'est maintenant une maladie sophistiquée écrasant les Faibles... Va-et-vient... Oscillation... Pendule... De quelque côté qu'on le prenne, le germe étranger est toujours étranger... Pervers... Intrinsèquement... Génétiquement... Non, décidément, le Juif n'a rien à voir avec le Nègre ou l'Arabe... Ni avec les Femmes ou les Pédés... Ni avec les Francs-Maçons, stupeur récente... C'est autre chose...

De méta-métaphysique... Bien entendu... L'hébreu n'était donc ni ceci, ni cela... Ni comme ceci, ni comme cela... Pas gitan... Ni universel comme on l'avait cru... Universel, oui, mais autrement... Pas dans les termes de l'humanisme « naturel »... Eh non... Ils sont vraiment contre nature... Et dire qu'on les a protégés contre les chrétiens... Voilà comment ils nous remercient... Ils avaient gardé leur projet derrière la tête... Ils ne veulent plus construire le socialisme, maintenant!... Ni la Matrie!... La Ruche!... L'Autruche!... Ils poursuivent leur aventure sur leur propre lancée... Par la force... Au mépris de l'histoire comme on l'a réglée... Avec leur Bouquin dans sa langue originale... Sabir millénaire!... Jamais complètement traduisible, en plus!... Bouquet!...

On a perdu les femmes en route? Mais pas du tout! Rappelez-vous le *Rapport*... Mais si, je vous en ai parlé au début... Ça vous avait paru saugrenu... Vous ne m'aviez pas cru... Vous pensiez que j'exagérais pour les besoins de ma cause... Comme si j'écrivais un « roman à thèse »... Un pamphlet... Mais non... Je ne décris pas le dix millième de ce qui se passe; je suis en dessous des horreurs... Vous verrez avec le temps, quand il y aura des fuites... Il y en a toujours... Heureusement...

Bref, les premiers soupçons sont venus des Etats-Unis... Que le féminisme était une judéo-phobie... La lune!... Ça crevait les yeux, mais il a fallu qu'un certain nombre de juives, plus jeunes, plus informées, plus audacieuses, commencent à en avoir les oreilles agacées... Ça leur est monté à l'intelligence... Le divan... Le tympan... Freud... J'ai reçu peu à peu des témoignages indirects... Puis des lettres... Gratinées!... Ça continue... Eh bien, voilà... On se traîne dans le désert, et puis, un beau jour, des oasis se révèlent... Tout ce que j'ai écrit jusqu'ici est bien vrai, à cent vingt pour cent... Trop vrai! me direz-vous... Le roman n'a pas à être vrai... Mais si!... C'est lui la vérité, au contraire... Tout dépend du système nerveux de l'auteur... Combien il peut en supporter, de vérité, en cours de route... Ce n'est pas parce que l'époque a été aux langueurs qu'il faut accepter la somnolence ambiante... Je vous dérange le paysage? Tant pis! Ne m'excusez pas! Censurez-moi! Ça ne changera rien à l'affaire... J'ai saisi une lumière sur le fond des choses, je ne la lâche plus... « Manet n'a pas l'air de se rendre compte, écrivait Baudelaire, que plus l'injustice augmente, plus sa situation s'améliore. » Il se rendait très bien compte, Manet!... Il aurait simplement voulu que les événements se bousculent un peu dans son sens... Qu'on voie bien l'*Olympia*, quoi, le laminoir face à face...

Ce n'est qu'un début... Peu à peu, tout de même, grâce à des explorateurs courageux comme moi, qui n'ont pas peur de se faire casser les pattes en permanence, les pointillés se rejoignent... Commencent à tracer les lignes du masque... On y voit mieux... On respire un peu... Le famanimisme se fissure... La revendication de plénitude organique se trouve en défaut... Vous savez, les trucs du genre : ce ne sont pas les juifs seulement et, peut-être pas surtout, qui ont été persécutés au cours des temps... Mais les homosexuels! Les sorcières! Les femmes! Air connu... La scie!... Embargo sur le Manque!... C'est pas toi, c'est moi!... C'est nous!... Compétition... Mimétisme... Physiologie... « Différence »... Comme s'il y avait une Identité!... Par rapport à laquelle il faudrait absolument se faire reconnaître!... Un Corps des corps!...

« Ça m'amuse que vous ayez employé plus haut la formule latine " Dixi et salvavi animam meam ", me dit S.

– Pourquoi?

– Parce qu'elle apparaît brusquement chez quelqu'un où on ne l'attendrait pas un instant...

– Qui ça?

– Marx... A la fin de sa *Critique du programme de Gotha*... Texte essentiel... Pas assez connu... Aussi révélateur, dans son genre, que la *Question juive*, cet aveu des aveux... La *Critique* est prophétique... Vous savez comment les docteurs marxistes traduisent cette formule catholicissime? En note?

– J'avoue que non.

– Tenez, j'ai l'édition en langue française publiée à Pékin... Regardez : " J'ai dit ce que j'avais à dire; j'ai la conscience tranquille. "... Amusant, non? Au moment même où Marx vous glisse en latin qu'il est sans illusions sur la suite, qu'il n'était déjà pas marxiste et que, tout compte fait, à y regarder de près pour l'éternité, il a une âme... *Dixi et salvavi animam meam*!... Ironiquement? Bien sûr... C'est-à-dire, dans son cas, aussi sérieusement que possible... " J'ai dit, et j'ai sauvé mon âme. " La " conscience tranquille "? Tu parles!... Voilà une citation qui vaut son pesant de sous-entendu!... Vous auriez dû la rappeler à Lutz...

– Il s'en est peut-être souvenu un jour, dis-je.

– " J'ai tué, et j'ai sauvé mon âme? "

– Plutôt : " Je n'ai pas pu dire; alors, j'ai tué. "

– Oui, ce doit être ça... Les corps sont des phrases figées... Qui s'empâtent... Des reflets de verbe engrossés-gonflés... Jusqu'à ce qu'ils crèvent... Il faut apprendre à se voir comme ça... A ses dépens...

– Ratés du langage...

– Toujours... C'est pourquoi les écrivains sont si touchants, non? On les déteste... On les aime... Ils rappellent le Truc... Ils ne décrochent pas de la révélation qui est là... Ils s'obstinent... Aucune persécution, aucune humiliation ne peuvent leur faire lâcher prise...

Ils racontent n'importe quoi pour faire sentir la courbure... Mais pas n'importe quoi vraiment, n'est-ce pas? La mise en bulle... Les méandres du claquage et de l'illusion...

– Où en sommes-nous?

– Ça avance... Vous mettez le maximum de chances contre vous... C'est-à-dire pour vous, puisque nous sommes dans l'antimatière... Vous devriez déplaire à tout le monde à la fois. En bric. En broc. En vrac. En bloc. Simultanément. Un triomphe!...

– Ça va nous mener à quoi?

– A la solitude extasiée... Sombre et lumineux regard sur le vide...

– Vous plaisantez, mais vous oubliez que c'est vous qui signez le bouquin... A qui on va l'attribuer, donc, malgré vos dénégations... Moi, je m'éclipse... Je disparais... J'échappe aux Erinnyes... Je n'y suis pour rien... Vous m'envoyez un chèque... Je reprends mon déguisement... Mes articles de politique étrangère... Mes voyages ici ou là...

– Et moi ma *Comédie*... Personne n'y comprend rien ou presque... Je suis tranquille... Je m'enferme, je me retire, je percute mes syllabes, je nage un peu, je dors... J'atteins l'état ultime défini par Bossuet : " Un dépouillement intérieur qui, par une sainte circoncision, opère au-dehors un retranchement effectif de toutes les superfluités. "

– Effectivement...

– Voilà!

– Je pense que, comme narrateur, dis-je, j'ai droit à l'*Odyssée*, chant XVII? " Les dieux prennent les traits de lointains étrangers et, sous toutes les formes, s'en vont de ville en ville inspecter les vertus des humains et leurs crimes. "

– Je vous en prie. Nous aimons les citations. Ça énerve le lecteur, mais ça le cultive malgré lui... Vous êtes un drôle de Grec... Mais vous permettrez que je vous rajoute un peu de Chateaubriand? *La Vie de Rancé*?

– Ça ne pourra pas nous faire de mal...

– " Les annales humaines se composent de beaucoup de fables mêlées à quelques vérités. Quiconque est voué à l'avenir a au fond de sa vie un roman pour donner naissance à la légende, mirage de l'histoire. "

– Parfait... C'était notre université parallèle... Notre Pléiade en digest... Mais, dites-moi, où en sont les grandes manœuvres pour la commémoration périodique, systématique, éternelle et transéternelle de la Révolution française?

– Fébriles, comme d'habitude... Disons pourtant que ça piétine un peu. Le courant passe mieux quand le Monarque porte un nom à particule... " Droits de l'Homme ", ça marche encore, mais en général, séparé du contexte... Sinon, la Terreur est toujours là... Ça jette un froid... Comme l'Inquisition sur les Evangiles... Et Staline sur l'Humanisme marxiste... Et on a beau expliquer qu'il n'y a aucun rapport entre la théorie et la pratique, vous savez comment sont les cobayes... Ils en voient toujours un... C'est difficile, aujourd'hui, d'avoir la Doctrine sans taches!... Vous remarquerez quand même que s'il y a un dieu qui ne ment pas, littéralement, sur sa juste férocité occasionnelle, c'est Iahvé... En quoi il a toutes les chances d'être le Vrai... Tu ne tueras pas, sauf quand je te dis de le faire... La mort en connaissance de cause, définie, délimitée... Intermittences du dieu des armées... Un coup de Rigueur, un coup de Miséricorde... Il faut avouer qu'en ce moment il charrie plutôt sur Beyrouth...

– Je viens de lire le discours d'un professeur au-dessus de tout soupçon, dis-je. Pendant un symposium à propos de ceux qui nient le génocide des juifs par les nazis. Il a dit textuellement : " L'existence des chambres à gaz est aussi indubitable que le fonctionnement de la guillotine pendant la Terreur. " Comparaison n'est pas raison, mais avouez que le rapprochement est bizarre... Malicieux... Va dans votre sens...

– Tout à fait. Devinette de famille. Charade. Mon premier, mon second, mon troisième, mon Tout... Ah, ces aristocrates raccourcis dans les têtes!... Et ces " fanatiques", comme on disait à l'époque... Entendez : de simples croyants, des prêtres... On en plaisante encore, n'est-ce pas, dans ce doux pays... Comme me disait l'un de mes professeurs au lycée, quand je lui avouais que Marat, ou Robespierre, me faisaient vomir... de même d'ailleurs, que Fouché, Fréron, Tallien, Barras... et Napoléon... : " Allons, allons, vous en faites des histoires!... Petite nature! "...

– En effet...

– Vous oubliez : *effectivement*!

– Effectivement... Mais quand même! Robespierre! L'Incorruptible!

– Oui, c'est curieux... Il y avait donc la pureté et la corruption. Coude à coude. Perruque à perruque. Il semble qu'on n'arrive jamais à ce qui serait le couple parfait : l'impureté et l'honnêteté...

– Vous voulez dire que le Crime, en réalité, est perfusé d'Idéal?

– Mais oui, c'est évident... Rousseau couvrant des pervers... Mieux vaudrait Sade fondant des Justes!...

– Vous et vos paradoxes!...

– Croyez-vous? Et si je vous disais que Rousseau + Perversion est la forme même de la tyrannie qui ne se rend pas compte du Mal? Inconsciente? Féminine, au fond... Hystérie dont profite la saloperie... L'éternelle Héloïse... Le Mal par Innocence... Et que cette tyrannie ne saurait être abolie que par Sade + Conscience... Et distance... Représentation du crime, abstention dans les faits... Ce serait d'ailleurs assez " freudien ", comme on dit... Sauf que ce brave Freud se berçait encore de Goethe...

   — Vous rêvez!

   — Je rêve... Je rêve d'un monde où l'on s'ennuierait moins, surtout... Puisqu'on sait tout. »...

Trois jours rapides à New York pour le Journal... Je partirai de là-bas pour Jérusalem... Je descends chez Cyd... Fin d'après-midi... Longue séance immédiate devant la glace... Elle a mis une jupe bleue fendue, elle est à genoux, elle me suce en se regardant, en détaillant bien le contraste entre ses mains et sa bouche et la chose dégoûtante qu'elle pulpe... Ignoble... Un aussi fin visage, d'aussi jolis doigts, des lèvres aussi pures, distinguées, farfouillant ce boudin dressé... Affreux... On s'amuse... J'aime sa cuisse gauche tendue, découverte... Elle veut qu'on aille dans les chiottes, elle veut m'avaler, là, moi assis, nu, comme si j'étais attaché, crucifié... J'ai un doigt dans son cul, elle serre les fesses, je lui dis qu'il faut qu'elle *pense* à ce qu'elle fait, que les gestes et les images sont sans importance, fausses, dérisoires, que c'est sa pensée que je veux, formulée, dure... Je sens son cul se resserrer... Je lui dis que je suis dans sa pensée, maintenant... Dans son cerveau... Abstrait... Jusqu'au plus impalpable d'elle... Je vérifie, devant, si elle mouille... Oui... Beaucoup... Plein la paume... Je vais jouir très fort, renversé, à fond dans sa bouche... On va sur son lit... Elle me fait revenir en me murmurant doucement des saletés compliquées... Histoires de couture... Avec ma queue... Ma bite... Parfois je ne comprends pas bien ce qu'elle balbutie... Elle chuchote pour elle-même... Pour personne... Pour une oreille qui n'existe pas... Mais je n'existe pas... Tout est là... Des recettes de crèmes, mon

sperme comme un fard conservé en boîte... Comme un
lait démaquillant plutôt, pour le soir... Des scènes de
visite médicale... Des opérations chirurgicales... Tout
ça tendrement, gémissant, chauffant... Fil... Aiguille...
Blouse blanche... Nue sous une blouse blanche... Palper, évaluer, piquer... Couper... Découper... Réparer...
Refermer... Alcool sur la blessure... Laisser un bout...
Juste un bout... Un bourgeon... Cicatrice... Qu'elle
lécherait de temps en temps... Qu'elle montrerait, en
signe de dérision, à ses amies... Elle me déteste?... Oui...
et comment!... Sale queue des hommes... Dont ils sont
si fiers... Ils y croient... Les imbéciles... Les cons... Ou
alors, je suis son frère imaginaire qu'elle retrouve
après l'école... Elle doit m'accompagner aux cabinets...
Me déculotter... Me faire faire pipi... M'embrasser un
peu la languette... Pas trop... Comme ça, en passant...
Que je l'attende... Que je brûle... Que je ne pense qu'à
ça pendant les cours... Que je la supplie en rentrant...
D'approcher le bord de ses lèvres... Un effleurement...
Que j'en jouisse mentalement tout tordu... Larmes... A
bout... Ou encore, elle passe la main sous mes draps, le
soir... Avant qu'elle aille retrouver papa, la salope...
Comment elle pensera à ma boule jutante dans sa
bouche en se faisant prendre... Au moment où elle
criera bien...

Clandestinité... Mensonges... Cyd jouit avant tout de
mentir... C'est son côté vrai... Désarmé... Puisqu'elle *sait*
qu'elle ment... Dangereux savoir... Qui rend trop raffiné... Ironique... Seul... C'est ce qui lui donne, dans la
vie courante, son air « irréprochable »... Un peu
professeur... Mais aussi son humour, sa générosité...

Son audace nerveuse, aussi... Comme quand elle est
arrivée, une fois, à Paris, avec son filet de steak acheté
chez le boucher, son couteau de cuisine dans son sac...
Pour couper le morceau, là, devant ses yeux, pendant
que je la pénétrais par-derrière... Viande rouge et

sperme blanc, invisible, en elle... Voilà ce qu'elle voulait sentir... Annulation des matières... Dépassement...

Que ce soit répugnant pour vaincre la répulsion... Jouir au-delà... Brûler le dégoût, l'ennui, les sentiments, les bandages, l'entretien quotidien, profane... Que ce soit ridicule... Tuer le ridicule...

Au moment où ces conditions sont remplies, elle accepte de se faire baiser, vraiment baiser, avec le sexe entier, grand, dur, en elle... De petite fille, de petite sœur, elle passe au registre femme... Violemment... Brûlant d'un coup les préparatifs... La voilà de nouveau devant le miroir, bombant ses seins, se regardant bien en face, ses yeux fous, maintenant, vert tempête... On passe de l'insinuant millimétrique au brutal... Instantané... On jouit ensemble, maintenant, vie jetée en avant, gratuite, se sachant déjà épuisée, informe...

Coup de fouet dans l'air...

Après quoi, rien ne s'est passé... Salle de bains chacun de son côté... Elle se remaquille... On fume... On enchaîne... Ce n'était pas nous... Comme ça, impossible de tricher... Souplesse...

Le père, la mère, le fils, la fille, le frère, la sœur, le mari, la femme, l'amant, la maîtresse, l'oncle, la tante, le neveu, la nièce, le cousin, la cousine – tout ça embouti dans la rencontre qui se fait sauter – ouf!

Les homosexualités violées au passage... Les corps morcelés expédiés à la poubelle... Circulation du sang, des liquides... bonsoir...

On commence bouche à bouche, langue à langue, fusion... Fin dans la séparation maximale... Pas de récits de famille ou d'enfance... Il y a des divans pour ça... Est-ce que je sais seulement l'âge de Cyd? Oui, vingt-huit... Et moi trente-cinq déjà... Encore quelques années, trois ou quatre, avant qu'elle ait l'obsession enfant?... Et moi? Combien de temps avant que tout ça me paraisse vaseux? Tais-toi, raconte...

Promenade... J'ai envie de revoir la Frick Collection...
Villa bourrée de chefs-d'œuvre... *Le Cavalier polonais*,
de Rembrandt... Il est là, oblique, farouche, surgi rouge
du fond marron jaune du paysage... Bonnet de fourrure, arc et flèches... Apocalypse en éveil...

« Pourquoi " cavalier polonais "? dit Cyd.

– C'est un tableau bizarre, plein d'allusions occultes,
comme souvent Rembrandt, dis-je. Question métaphysique dessous. Controverse religieuse, je ne me souviens pas exactement... Mais regarde comme il fend la
salle. Le temps. Comme il sort de terre. De la terre. Du
limon terreux. En regardant quoi? Ça me rappelle
maintenant que l'armée polonaise a aidé à arrêter
celle de Soliman devant Vienne... Tu sais que c'est de
cette époque que datent les *croissants*? Les croissants
qu'on mange... Tu sais aussi que Nietzsche aimait à se
comparer à un cavalier polonais?

– Ah bon? »

Cyd veut bien me croire... Elle supporte gentiment
mes petites conférences improvisées... On sort de la
Frick, on marche jusqu'au Plaza pour prendre un
verre... C'est le New York ensoleillé vibrant des grands
jours d'été... Avec l'océan comme debout, quelque part,
derrière la lumière... Cyd veut mon avis sur ce qui,
pour elle, est déjà la vieille littérature américaine...
Salinger...

« Très bien fait, dis-je, très habile... Très utile témoignage sur le matriarcat américain, non? Les *Nouvelles*... Un psy te dirait que ce sont de remarquables
mises en scène du complexe de castration... *Un jour
rêvé pour le poisson-banane*... *Jolie ma bouche et verts
mes yeux*... Années 50... C'est pudique... Bien dialogué...
comme Hemingway... En moins fort. »...

On marche encore un peu dans Madison... On rentre
chez elle... On refait doucement l'amour... On sort dans
la nuit... Dîner aux Artistes... On va sur la Septième

Avenue écouter un contrebassiste qu'elle vient de
découvrir...

– Alors, tu restes à Paris? dit Cyd.

– Je me demande... Je me demande de plus en
plus...

– Viens donc ici...

– Peut-être. »...

Le reste du temps, elle me parle de ses projets de
télévision... Elle est vraiment agréable, comme ça, dans
la chaleur du début juillet, nue sous sa blouse blanche,
sa jupe... Les musiciens sont lancés... *These foolish
things*...

« Et Lynn? dis-je.

– Elle est à Los Angeles. Elle ne revient pas avant
l'automne... Peut-être avant...

– Tu fais quoi, toi?

– Je reste ici pour le travail... Week-ends à Easthampton. »...

Elle ne me demande rien sur mon roman. Elle n'y
croit pas tellement, au fond... Elle m'aime... Elle est
moi... Elle m'embrasse... On rentre chez elle... On est
crevés et un peu ivres... On dort...

Je me réveille dans la nuit... Cyd respire calmement
sur mon bras droit... Il me semble que quelque chose a
pivoté en moi et très loin dans le recul de l'espace...
Dérapage glacé... Dénivellation d'atomes... Je suis un
caillou noir... Je vois mon cavalier polonais s'engouf-
frant dans la Cinquième Avenue, galoper dans Central
Park, se cabrer frémissant sur les docks... Il vole, il
zèbre le théâtre entier... Trois heures du matin... Grand
silence... Récapitulation... Je suis perdu dans le récit, là,
maintenant, en pleine obscurité, yeux ouverts... Je me
lève, je vais dans la cuisine de l'appartement de Cyd,
j'ouvre une bière... Je m'allonge dans le living... Lumière...

« Merde, qu'est-ce que tu fais?

– Je rumine un peu.

– Tu n'as pas sommeil?

– J'avais soif. »

Cyd va se verser un whisky... Elle est un peu bouffie, ébouriffée, cheveux blonds dans les yeux, nue... Elle vient contre moi, m'embrasse...

« Tu vas me manquer tout l'été, dit-elle.

– Toi aussi.

– Venise en octobre?

– D'accord.

– Je viendrai peut-être à Paris avant... Tu auras fini ton bouquin?

– J'espère...

– Ça va se terminer comment?

– Je ne sais pas encore...

– Bien? Mal?

– Ni bien, ni mal, je suppose... Ambiguïté... Genre flottant... Sans réponse... A partir d'un certain moment, tu sais, on ne voit plus que des calculs de volumes, des tangentes, des cylindres, des trucs comme ça... Sphères rentrant les unes dans les autres, géométrie interne... Peinture sans lignes ni couleurs... Musique sans sons ni notes...

– Ça va marcher d'après toi?

– Non... Mais tant pis... Ça m'amuse vraiment de le faire...

– Tu es drôle. »

Elle voudrait que ça « marche » pour moi, Cyd; que j'aie une vie plus aérée, riche; une vie plus libre, une vie comme on a une vie... Elle se souvient qu'elle gagne beaucoup plus que moi... Elle a son paquet de cartes... Bleues, jaunes, blanches... J'ai vu son regard, tout à l'heure, au restaurant, quand j'ai sorti mes billets... Des dollars à la main, c'est triste... Pas de banque ici?... Je n'existe pas... Quelqu'un comme moi ne devrait pas avoir à compter... Oui, pourquoi est-ce que je n'arrive

pas à rentrer dans la vraie vie... Américaine, bien sûr...
Loin de tout... Au-dessus...

Elle met un disque... Sonates de Scarlatti pour
résumer un peu... Combien de temps qu'on se connaît?
Un an? A peine... Paris... New York... Clavecin de biais,
dans les plumes... Mouettes... Vent...

L'avion d'El Al est plein de jeunes filles... Petites...
Treize ans... Quinze ans... D'où sortent-elles? Du
Pérou... De Lima... Cuzco... Elles vont passer trois mois
dans une école, en Israël... Pour améliorer leur
hébreu... Leurs connaissances religieuses... Rachel...
Ruth... Myriam... Sarah... On passe de l'anglais à l'espagnol... Et vous, vous allez pour quoi? Journaliste?
Politique? Reportage?... Non? Personnel, alors?... Ah!...
« And you are jewish?... – No... – Oh, *don't feel bad!* »...
Ce « don't feel bad », navré, enjoué, est un monde... Je
ne suis pas juif?... Bien que sympathique?... Ça ne fait
rien... Il ne faut pas que je prenne ça trop au tragique...
Bien entendu, ma vie, à partir de là, n'a plus grand
sens, mais quand même... J'ai le droit... Je mange mon
premier repas kasher... Voilà, on vole vers Tel-Aviv...
La petite Rachel me raconte sa vie... Ou plutôt le trajet
de sa famille... Je m'y perds un peu... La Russie...
L'Egypte... La Bulgarie... L'Espagne... Bordeaux... Puis
le Pérou... Elle y est née... Pour retourner là-bas... En
Palestine... C'est-à-dire vraiment quelque part... La première fois qu'elle y va... Comme moi... First time! First
time!... La primera vez... Elle est très brune, grosse,
minuscule, l'air intelligent... Elle est sincèrement pei-
née que je ne sois pas juif... Mais enfin... Tout le monde
ne peut pas l'être... C'est ainsi... Question de chance...
Divine? Même pas... Je suis marié? Ah, mon cas
s'aggrave... Des enfants? Un? Seulement? Mon cas est

désespéré... Un garçon? Allons, finalement, ce n'est pas si mal...

J'ai trouvé, à Kennedy, un vieux numéro du Journal... Je le lis distraitement... Mais je ne rêve pas?... Non... Enorme!... Une tournée organisée par le ministère de la Culture au Mexique... Avec Simone de Beauvoir et... Aragon!... Je me frotte les yeux, j'ai peur d'inventer la nouvelle... Mais non... Sublime! Inespéré! A pic pour mon roman... A la limite, ça s'écrit tout seul... Qu'est-ce qu'on va leur faire faire là-bas? Réciter *Le Corbeau et le Renard*? Danser le menuet? Un défilé de mode? Introduire une représentation des *Fausses confidences*? Une exposition en mémoire d'Oradour? LE COUPLE FRANÇAIS! Enfin réparé! Parfait! Pauvre Sartre! Effectivement! C'est vrai qu'au fond il avait un côté métèque... Nauséeux... Suspect... Pas poétique... Pas vraiment tourné vers les femmes... Pas assez... Le mariage d'Etat Aragon-Beauvoir!... Pour relancer l'exportation! Je n'aurais pas osé y penser!... Génial!... Foules attendries, ravies... Scoop mondial... Happy end!... Je suppose qu'il va y avoir des meetings... Des cocktails... Des séminaires... Non, pas des « séminaires », on ne doit plus employer ce mot, c'est une déclaration de Bernadette que je trouve en tournant la page du même numéro... Elle a dit ça dans un « Rassemblement Féministe Constructif »... Avec des « génésiaires », donc... *Séminaire* est à rayer du vocabulaire... Parfum chrétien... Sexiste... Venant du Concile de Trente... Oui, oui, c'est Bernadette elle-même qui attaque le Concile de Trente!... Tout va bien!... « Génésiaire »... Quelle trouvaille!... Gésier gêné des chaisières...

Adieu Elsa, si vite oubliée!... Trop russe!... Bye-bye vieux Sartre à peine enterré!... Front Commun!... Rouge et rose! Populaire!... Beaugon!... Aravoir!... Le ministre est d'abord passé par Cuba... Non sans s'inquiéter discrètement du sort, en prison, de mon poète catholique, là, Valladares... « Catholique buté » comme dit la rédaction des *Temps modernes* à propos des Polonais... Tiens, au fait, où est passé Walesa? Toujours en prison lui aussi?... Ah mais! Si vous croyez que la lutte des Lumières contre l'Obscurantisme peut connaître une minute de repos en ce monde!... Répression des idiots de la famille!... Castro fait un éloge appuyé des Encyclopédistes et de la Révolution française... Il reçoit le ministre en short, dans sa somptueuse villa... Marque d'estime toute spéciale, particulière, d'après les observateurs branchés... Le ministre est « séduit », constate les immenses réalisations du pouvoir populaire pour vaincre l'analphabétisme et la superstition, mais garde quand même ses distances géopolitiques... L'étalage du muscle du Leader, cette cuisse voltairienne, ce mollet poilu, cambré, là, sous son regard, ne lui suffisent pas? Malaise...

L'avion arrive à Lod... Montée en voiture vers Jérusalem... Bien entendu, mes amis, ici, comme partout, sont progressistes... Embarrassés... Cette guerre... L'opinion internationale... Les Palestiniens... L'OLP... Les morts de la population civile libanaise... Oui, oui, bien sûr... Je l'ai dit, je le redis, je le redirai autant qu'il faudra, je suis de gauche, absolument de gauche, sans arrière-pensées, sans hésitations, là!... Aucune vocation au martyre!... Pour la paix! Pour la reconnaissance réciproque de toutes les parties en cause!... Shalom!... Mais alors, pourquoi est-ce que personne ne me croit vraiment tout à fait? Pourquoi ai-je le sentiment, une fois de plus, d'être jugé de droite? Et pourquoi les zozos de droite me trouvent-ils immédiatement de gauche? A ma simple façon de parler? De plaisanter? De me taire? De manger? De boire? De fumer? Toujours une question d'accent... De gestes... Trop comme ceci... Pas assez comme cela... Sel au mauvais moment... Sucre quand il ne faut pas... Enthousiasme pour des choses que personne ne connaît... Goût de la contradiction... Légèreté dans les choses graves... Gravité dans les légères... Irresponsable... Insolent... Ah, je n'en peux plus! Je veux qu'on me dise où je suis!... Si j'ai oui ou non la permission de respirer!... Si mon existence est un songe!... J'ai peur... Je ne sais plus ce qu'ils veulent... Avoir raison... Se sentir dans le Bien... Soit... Soit... Comment les faire participer à l'Angoisse qui n'est même pas de l'angoisse?... C'était pas si mal, l'Absurde, après tout... La racine de Sartre qui n'en finissait plus de n'avoir aucun sens, là, sous les yeux du narrateur... On en déborde de Sens, maintenant... De Bon Sens... De Conformisme avec un grand C, ou plutôt avec un grand Con... Ça coule... De partout! Dans toutes les directions!... Rendez-nous ce bon vieil absurde! Excellent dans les périodes de crise... Ce qu'il y a de moins salaud dans les guerres, au fond... Vanité des vanités, buée des buées...

Mes amis, qui s'attendaient à une grande soirée de discussion, sont un peu surpris qu'à peine arrivé à Jérusalem, je leur demande d'aller au Mur... On y va... C'est la nuit... M'y voici donc, avec ma calotte de carton bouilli sur la tête... Il y en a des piles à l'entrée... L'endroit est éclairé par des projecteurs, avec des tas de bibles sur des tables hautes recouvertes de velours brodé pourpre ou bleu... Je vais me mettre au milieu des types qui sont là en train de psalmodier, le visage collé à la pierre... Western Wall... Kotel... Hérode... Mur du son... C'est le cas de le dire... Je suis entre un jeune soldat qui a posé sa mitraillette à côté de lui pour gémir aigu à toute allure et un vieux rabbin polonais barbu à voix rauque... Je mets ma main contre la paroi chaude... J'écoute... J'écoute les mots arrivant de si loin jusqu'ici... Dans des gorges vivantes... Qui ne devraient pas l'être... « Et même l'étranger, qui n'appartient pas à ton peuple Israël et qui viendra d'un pays lointain à cause de ton Nom, parce qu'on y aura entendu parler de ton grand Nom, de ta main forte et de ton bras étendu, s'il vient prier en cette Maison, toi, tu écouteras dans les cieux, lieu de ton habitation, et tu agiras en tout selon ce pour quoi t'aura invoqué l'étranger, afin que tous les peuples de la terre connaissent ton Nom, en te craignant comme fait ton peuple Israël, et pour qu'ils sachent que ton Nom est invoqué sur cette Maison que j'ai bâtie. »

Les *Rois*... C'est Salomon qui parle, ici, en inaugurant le Temple dont il reste ce bout extérieur... Sacrée séance... La Maison du Nom... Impossible... Fondations sous les spots... Avec les mosquées par-dessus, dans l'ombre... Omar... El-Aqsa... Les bases du Nom... Ses racines à vif... Et la récitation continue, pressée, qui monte vers cette absence recouverte plus présente que toute présence... Pas besoin d'en savoir très long pour sentir en un dix millième de seconde, physiquement, que c'est là que ça se passe... S'est passé... Se passera... Fatal... Obligatoire... Concentré nerveux... Subatomique... Pile du Temps...

« Que si vous et vos fils vous vous détournez de moi et n'observez pas mes commandements et mes préceptes, que je vous ai proposés, si vous allez servir d'autres dieux et vous prosterner devant eux, alors je retrancherai Israël de la surface du sol que je leur ai donné, je rejetterai loin de ma face cette Maison que j'ai consacrée à mon Nom et Israël deviendra un objet de satire et de sarcasme parmi tous les peuples, cette Maison tombera en ruine. Tous ceux qui passeront auprès d'elle seront stupéfaits et siffleront, ils diront : pourquoi Iahvé a-t-il agi ainsi à l'endroit de ce pays et de cette Maison? Et l'on dira : c'est parce qu'ils ont abandonné Iahvé, leur Dieu, qui avait fait sortir leurs pères du pays d'Egypte, et ils se sont attachés à d'autres dieux, ils se sont prosternés devant eux et les ont servis : voilà pourquoi Iahvé a amené sur eux tout ce malheur! »

Ils sont donc là... Ils font le siège de leur mémoire... Ils ont survécu... Ils vivent... Ils viennent de partout... Et moi avec eux... Pourquoi? C'est comme ça... Il faut croire que c'était écrit dans mon jeu... Il fallait que je vienne ici pour le savoir... De plus loin que moi... Pour plus loin... Remarquable obstination, quand j'y pense... J'ai donc entendu quelque chose? J'ai été entendu? Quoi? Quand? Comment? Où ça? Je ne peux pas ne pas penser, tout à coup, à la splendeur intérieure de Saint-Pierre de Rome... Un certain nombre de juifs inspirés, dans les années 70, ont compris qu'il fallait aller carrément au nord-ouest, prendre la capitale de l'oppresseur... Pendant que les Romains détruisaient le Temple et Jérusalem... Vases communicants... Ruse... Mais le lieu essentiel reste ici... La construction devrait être ici... Même les mosquées, là, en haut, sont les émetteurs-radars de l'unité en attente...

Il percute sourdement la pierre, l'hébreu... Comme si la voix se vocalisait d'elle-même... Comme si la Voix parlait de la voix... Tout le corps, de la tête aux pieds, dans la voix... Balancé par elle... Traversé par elle, comme une maille d'un filet invisible, d'une immense nasse impalpable... Les synagogues m'ont toujours fait penser à des studios d'enregistrement...

Tu as entendu leurs insultes, Iahvé,
toutes leurs machinations contre moi,
les lèvres de mes agresseurs et leurs intentions
sont contre moi tout le jour.
Regarde-les assis ou debout,
c'est moi qui suis leur chanson.

Qu'on le veuille ou non, l'atmosphère, ici, est immédiatement mystique... Un mélange de gaieté, de tragique, de mots d'esprit... Un de mes amis, tout à l'heure, en évoquant la situation au Liban s'est mis tout naturellement à citer Isaïe : « Le Liban est dans la confusion, il se tache de noir. »... Je ne veux pas céder aux effets faciles, mais quand même... L'air... Densité légère... Nacelle... La guerre des galaxies... Science-fiction...

Je vais dormir... Je vais revenir... J'arrive au petit matin... Je m'assois à côté de quatre vieillards barbus de Rembrandt... L'un d'eux me dit bonjour... Shalom... Ils récitent... Ils n'en finissent pas de réciter... Corps à corps avec le mur... Il faut que les énormes moellons ne soient plus qu'une vibration continue de syllabes... Je ne comprends rien... Je vais peut-être me réveiller, je rêve...

> Tu t'es enveloppé de ton nuage
> Pour que la prière ne passe pas
> Tu fais de nous une ordure, un rebut
> au sein des peuples.

Ils forment une sorte de chœur maintenant... Le plus vieux, un peu en arrière, les entraîne... La guerre... Beyrouth... Phantoms... F 16... Bombes... Souffrance... Ils sont les plus forts... Pour l'instant... Jusqu'à quand ?... Ils savent que la haine contre eux est éternelle, éternellement organisée, spontanée, canalisée, exploitée... Israël, juif des Nations... Etat dans les Etats... Trouble de l'Etat jusqu'aux fibres... Aimant... Pôle...

Il a consumé ma chair et ma peau,
Il a brisé mes os
Il a bâti contre moi...
J'ai beau crier et hurler
Il a étouffé ma prière
Il a muré mes chemins avec des pierres de taille
Il a fait dévier mes sentiers...

Ils ont maille à partir avec le dieu pas commode... Le guetteur... Le percepteur... La fonction qui vous ressort des années après un machin de rien du tout... Une somnolence... Un stationnement interdit... Un dépassement de ligne... Ce n'est jamais ça...

De quoi peut se plaindre l'homme
qui vit malgré son péché?

De rien, en effet... A y regarder de près... Et puis les morts se vengent toujours... Tous les morts... Comme si l'ensemble des morts était là, en puissance... Meule terrible... Broiement... Petits bouts de papier dans la pierre... Voix du fond des pierres dans la pierre... Il faut la voir, la pierre de Jérusalem... Blanc et jaune, ivoire soufré, flash d'ossement... Tombeau? Oui... Mantegna... Piero... Le tombeau des tombeaux, la pierre tombale elle-même... Toute la ville... Cimetière... Messimetière... Le Nom plus fort que la Mort? Tout se joue là... En plein soleil... Pas au Saint-Sépulcre où des moines orthodoxes gras, d'une propreté plus que douteuse, vieilles bonnes femmes suintantes de miellosité moite, vous entraînent dans un coin pour vous vendre une fleur séchée de la terre sainte et vous murmurer une bénédiction en vous aspergeant d'une sorte d'eau de Cologne diluée bénite... Toujours les Russes... Et voici les cars de touristes suisses... Ils se précipitent pour embrasser la pierre témoin de la

résurrection du Christ... Allemandes en folie... Luxem-
bourgeois pâmés... Américains galvanisés... Japonais
photographes... Non, mieux vaut monter au mont des
Oliviers, et regarder là, sur la base de l'Ascension, le
cap Canaveral du temps, la dégoulinade étincelante
des tombes jusque dans la vallée... Géhenne... Attention! Pour les croyants, le Messie doit rentrer par là
dans la ville, Jérusalem, Ariel, Fille de Sion... Ils se sont
donc fait enterrer sur son chemin par milliers pour
pouvoir se dresser immédiatement, au jour de la
résurrection, dans son sillage... Mais c'est comme s'ils
étaient déjà dissous en surface, depuis toujours, dans
le tremblement de chaleur coupante... Debout!... Pierre
sur pierre!... Four!... Hostie!... Fournaise du jour sans
fin!... Et contre ce jour, le retardant par tous les
moyens, une armée immortelle de ténèbres, bave,
sang, merde, ignorance, mensonge... Erreur bétonnée,
fraude incarnée... *Perduta gente*... Le ciel haut et la
pierre, les lumières de montagne fraîche, appellent
leurs mesures... Aire d'envol... Ou d'atterrissage... Double ville descendant, parée... Glycines rouges comme
des rubis... Cloches de Notre-Dame de Sion, là-bas, sur
la colline, en face de ma chambre... Dormition...
Assomption... Bon, est-ce que tous les personnages
sont là? Est-ce qu'on peut frapper les trois coups de la
Pièce-Limite? De la Représentation en soi? Si vous
avez un meilleur scénario, vous le dites... Vous télépho-
nez à Hollywood... Mais voilà : on dirait que la Répétition bat déjà son plein... Qu'on vient juste de rouvrir
le vrai théâtre... Le *Globe*... Shakespeare!... Nations...
Langues... Couleurs... Pupille... Tympan central...

Maintenant, je fonce en voiture vers Qumrân... Mer
Morte... Manuscrits... Disons-le : c'est un peu pour ça

que je suis venu... Vieille curiosité... Pour les voir...
L'endroit où on les a trouvés en 1947... J'avais vu des
photos, enfant... Ça m'avait frappé... Trouvaille des
bédouins dans les grottes... L'Ecriture sortant du
rocher... Coups de baguette magique... L'addition de
40-44... Jolie!... Beaucoup de bruit pour rien... Massacres pour pas grand-chose... Vous ne connaissiez pas la
partition, voilà tout... Rien de nouveau sous le soleil...
Un soleil flagrant, sec, conserve le toujours nouveau
très lisible... Millions de victimes? Et alors?... Toujours
les mêmes mots... C'est raté, une fois de plus, le coup
table rase... 1947! Coïncidence? Je roule à toute allure... 15 juillet 1099... Prise de Jérusalem... Il y a donc
883 ans... 1204... Sac de Constantinople... Lépante,
1570... Vienne, 1683... La lumière tape à pic sur les
montagnes désertiques, ocre... Grises... Rouge-gris...
Brunes... Violacées... Je ne sais plus... Sueur... Tentes
bédouines, chameaux... Implantations de HLM futuris-
tes, avec antennes de télévision, débarquement martien sur la lune... Je plonge vers la plaine... Dans l'huile
bouillante... Voilà, c'est ici, à droite, dans ces trous du
roc... Horizon mercure mer brumeuse... Puits... Terriers
d'ermites... Esséniens... Pas faciles... Vision tranchée!...
« La guerre entre les fils de la lumière et les fils des
ténèbres, »... Scribes scrupuleux, transpirant dans le
jour de feu... Nuits glaciales, je suppose... Corps accrou-
pis... Appliqués... Silhouettes traceuses... « De même
que tu ne sais pas quel est le cheminement du souffle
selon les os de la femme enceinte, de même tu ne
connaîtras pas l'œuvre de Dieu qui fait tout. »...
Je remonte sur Jéricho... Oasis... Palmiers... Fruits...
Plus vieille ville du monde, il paraît... Fouilles... A côté,
en haut d'un pic, le monastère de la Quarantaine... Ou
de la Tentation... Vous savez, quand l'Autre Lui offre,
après son jeûne, la puissance, la richesse, la gloire...
« Si tu es vraiment le Fils de Dieu... – L'homme ne vit

pas seulement que de pain... – Arrière, Satan! »... Enfin, tout le cirque... Le grand lever de rideau... Avant le drame proprement dit... Démasquage du metteur en scène par l'auteur... Ne mangez pas et ne buvez pas pendant quarante jours et quarante nuits, et la vérité vous apparaîtra, sans fard... J'ai essayé une fois... J'ai tenu dix jours... Avant de filer droit dans la dépression cotonneuse... D'où je suis ressorti avec quelques observations utiles... Comme dans la maladie... Sous sérum... Service militaire... Réformé pour « terrain schizoïde aigu »... Muet... Borné... Renseigné!... Plaisanterie... On est ici dans un tout autre sport... Regard à travers les phénomènes... Les organes... La circulation... Depuis l'origine... Diable... Bouffe, baise, fric, pouvoir... BBFP!... Minable! Squelette ambulant! Pourriture imminente! « Si tu es vraiment le Fils de Dieu. »... Avec un corps? Un vrai corps? Alors, les pierres comme du pain?... C'est vrai qu'il est de Bethléem, qui veut dire « maison du pain »... C'est vrai qu'on a presque envie d'en manger de cette pierre-là, bizarrement parlante à la bouche... Faite pour le palais, on dirait... Pain, Pierre, Parole... Plouf dans la Mare!... Voler dans les airs? Se faire porter par les anges? Grossière provocation... « Adore-moi. »... Ah, là, on est sur le Truc... Proposition, Pacte... Contrat... Signature... Culte...

En réalité, ces Hébreux, conduits par leur dieu imprononçable à éclipses, ont dû se battre sans arrêt contre la Religion terrestre elle-même... La BBFP!... Bouche d'ombre!... Rectum capital!... Méduse... Pour l'extirper, l'épuiser, ça ne demande pas moins que des millénaires de millénaires... Au jour le jour... Cent fois par jour... C'est sans fin... Ça n'a ni commencement ni fin... On comprend qu'ils tiennent à s'arrêter en profondeur au moins une fois par semaine... Shabbat!... Pour montrer qu'il y a là un passage à vide... Rien à voir avec le dimanche... Au contraire, comble de concentration... Le repos de dieu qui est censé se dire « OK! », à moins qu'il commence à regretter son erreur... « Tu ne trembleras pas devant eux, car Iahvé, ton Dieu, est au milieu de toi, le Dieu grand et terrible. »... Ils sont mille fois moins nombreux?... Ça ne fait rien, dieu s'occupera des rebondissements de la bataille... Et demandera même qu'ils soient exterminés, les autres, purement et simplement... L'anathème... Contre les Hittites, les Gargashites, les Amorrhéens, les Cananéens, les Périzziens, les Hévéens, les Jébuséens... Génocides, si vous voulez... Dieu abominable, cruel, jaloux, inflexible, sanguinaire? En un sens... C'est son côté gauche... Il a deux côtés... Destruction... Bénédiction... La Loi... Une Loi sans crime, on se demande bien ce que ça pourrait être? Ah oui, les chrétiens, la grâce... Mais à trop refouler le côté gauche, il finit par ressortir dix fois plus sauvage ici ou là... Le dieu d'amour intégral bénissant des massacres? Fâcheuse contradiction... Le côté droit est sublime, soit, mais n'oubliez pas le gauche... Au fond, les chrétiens ne croient pas en dieu... Ils s'en imaginent dispensés... Exemptés... Bonne affaire!... Plus de mort!... Sur quoi ils s'engouffrent dans la première idéologie à charniers venue... Petits Œdipes... Ils croient que le Fils est venu pour éliminer le Père...

Le côté gauche n'est pas civilisé!... Jamais!... Aucune confiance dans la civilisation... Vision des coulisses... Mais évidemment, si vous tuez au nom de la Loi, vous lui devez des comptes dix fois plus sévères... Dieu se fâche sans arrêt... Relâchement... Mollesse... Toujours trahi... Profits... Prostitutions... Adultères...

Quoi? Vous dites? La synthèse des deux côtés? Eh oui, c'est toute la question...

Voyons... « Palestine »... « Palestinien »... D'où vient le mot? De *Philistin*? Oui... Les Philistins, envahisseurs venus de Crète et des autres îles, sont les Poulasati des textes égyptiens... Leur pays s'appelle Poulastou, ou Pilistou dans les inscriptions assyriennes... Le nom de Palastou, en hébreu Péléshéth, est l'origine de celui de Palestine : extension à l'arrière-pays d'un vocable qui ne désignait qu'une partie de la côte...

Qui est chez soi? Allez savoir!... Et depuis quand? Comment définissez-vous le *où* et le *quand?*... Conflits de propriétés vieux comme le monde... Mégalomanies diverses... Comme celle de la Bible est la plus consistante, elle embête la terre entière, c'est vu... Il y a ceux qui vous disent : Ecoutez, ça suffit, nous allons faire commencer l'Histoire *ici*. Non! *Là!* Ah, et puis, tout bien réfléchi, ce sera plutôt *là*. Ou *là*. »... Cette fois, ça y est! Naissance du Christ! Hégire! Révolution française! Russe!... Au début, tout paraît merveilleux... Les Droits de l'Homme, ce n'est pas illuminant, peut-être? Affichés dans toutes les écoles?... Mais oui! Mais oui!... L'Emancipation des juifs... Notamment... Ah, c'est trop!... Merci!... « Tous les hommes. »... « L'Homme. »... Nous aimons l'Homme, a dit le ministre à Cuba... Bien sûr, bien sûr... Ça paraît solide, l'Homme, enfin concret, sans discussion possible... Ne me dites pas que c'est une religion... Tolérance!... Et les femmes? Mais les femmes aussi... Dans l'Homme? Naturellement... C'est la raison pour laquelle on ne voit pas pourquoi ces juifs veulent rester juifs... Mais, professeur, ils disent qu'ils ont toujours eu leurs dates!... Peut-être, mais les Egyptiens aussi! Les Grecs! Les Mayas! L'Inde!... Ce n'est pas une raison suffisante! « Hommes » avant tout!... Oui, oui, mais ils veulent être en continuité... Par langue morte... Et, en un sens, regardez, c'est troublant, n'est-ce pas, la manière dont ils sont restés mêlés au récit... Ils ne disparaissent pas... Ils ne stagnent pas à l'écart... On ne peut pas les ranger au musée une fois pour toutes... Ils sont là, dans le système nerveux, accrochés, tenaces... Inventifs... D'où leur réputation... Les crises... Et, de temps en temps, déportations, expulsions, ghettos, rouelle, interdictions, étoile jaune, chambre à gaz... Au nom du Tout... Ça vous donne mal à la tête? Tant pis! Qu'est-ce que vous voulez que j'y fasse? Etendue et complexité du Texte!... Lecteurs pressés s'abstenir!...

Bon... En définitive, la seule façon de s'en sortir avec tout ça serait de définir la vraie Origine... Celle de tous les hommes... Claire... Evidente... Autorégulée... Mais, justement, c'est là que les ennuis commencent... Protéines? Cocotier? Chimpanzé?... Sans doute, mais ça laisse froid... Et c'est même là que Maman revient comme chez elle... A point nommé!... Matière... Cosmos... Soupe de l'univers... Vénus, mère des espèces... *Aeneadum genetrix*... Evolution si vous y tenez, mais tissu commun... Palpable... Pour Maman, pas de dates... Elle confondrait vite les prénoms... C'est elle, un point c'est tout!... La Mère du Savant!... Tous les hommes sont frères, ils sortent de la même Mère... Fin de l'histoire, se mettent-ils à rêver... Tu parles!... Ou encore l'histoire sera celle de la Science... Mmmmmm... La mémoire est rebelle... « Je suis une mémoire devenue vivante, note Kafka. D'où l'insomnie. »...

Le Sommeil ne marche pas. La Nature non plus. La mort comme simple épisode ne convainc personne. La Réconciliation est toujours prématurée. J'ai beau avoir la clé des névroses, ça nous fait une belle jambe. La Sagesse n'arrive qu'à quelques-uns. Et encore! Autrefois! Désir plus fort! Increvable! Retirez-vous si vous préférez, jugez toute cette agitation détestable, enfermez-vous dans la contemplation... Poèmes... Philosophies... Plût au ciel que les hommes soient tous sages, poètes, philosophes! Mais à peine avez-vous décrété qu'il doit en être ainsi, c'est l'Enfer...

Je vous l'avais dit, murmure Iahvé... Le chuchotement reprend son ampleur... Le best-seller des best-sellers reprend son goût poivré, dérobé...

> Ce qui déjà fut est
> et ce qui doit être a été
> et Dieu recherche ce qui fuit...

Alors, vous renoncez à la Raison? Mais non, mais non, au contraire...

Je m'attarde un peu dans Jéricho... Poussière sous les arbres...

Voiture vers Bethléem... Ah, quand même, une église catholique!... J'avais fini par penser qu'à part le judaïsme et l'islam, il n'y avait que des orthodoxes, arméniens, jacobites, nestoriens, maronites... Petite église franciscaine moderne... Propre... XIXe... Croûte de l'Assomption avec pèlerins bêlants... Un peu d'orgue, là, juste à côté... Oui... Un concert... Répétition pour le soir... Mon dieu!... Enfin!... Musique!... Vivaldi!... Je ne sais pas si ma religion est la vraie, mais elle a la musique... Donc elle est vraie... Quoi? Bach catholique peut-être? Blasphème! Non-sens! Mais si, mais si, baroque, italien... Messe en si... Messie... Le meilleur Credo qu'on ait écrit pour l'unam, catholicam, apostolicam ecclesiam... Tout dans l'*am*... Luther? Episode!... Venise à la source!... Ah, Giudecca, je meurs pour toi!... Dix notes, et tout est changé... Trois mesures, et le mystère se découvre... On me joue trente secondes de Gloria près de mon cercueil, et je jure que je ressuscite... Expérience à faire... Je suis dans les disques, dans tous les disques... Dans toutes les cassettes... Oui, c'est lui, je n'invente rien, le Gloria pour deux sopranos, alto, chœur et orchestre... Un ensemble d'étudiants... De Jérusalem... Pas mal... Voyons si je me souviens... Oui... 1. Gloria in Excelsis. 2. Et in terra Pax (chœur). 3. Laudamus te (duo : deux sopranos). 4. Gratias agimus Tibi (chœur). 5. Propter Magnam Gloriam (chœur). 6. Domine Deus (air : soprano). 7. Domine Fili Unigenite (chœur). 8. Domine Deus, Agnus Dei (air : alto et chœur). 9. Qui tollis (chœur). 10. Qui sedes ad dexteram (alto solo). 11. Quoniam tu Solus Sanctus (chœur). 12. Cum Sancto Spirito (chœur)...

Je sors sur la place. Fin d'après-midi jaune... Je bois un coca-cola tiède dans un café arabe... Devant moi, toute une famille s'entasse dans un taxi... Le père, la mère, le grand-père, quatre jeunes enfants, un bébé collé à sa mère... Ils ne vont pas tenir... Si... Ils embrassent un frère, un cousin... Une fois... Dix fois... Ça n'en finit plus... Le bébé pleure... Ils sont très beaux dans la lumière chaude... Irréels... « Bibliques »... Ni malheureux, ni heureux... *Là*...

Bethléem... Tourisme... Rien... L'ancienne Ephratah, pourtant... Là où Rachel est morte en accouchant... Comment appelle-t-elle son fils en agonisant, déjà? *Bénôni*, « fils de ma peine »... Malédiction... Que le père Jacob, se sentant visé, et qui vient d'obtenir de dieu, à Bethel, son nouveau nom, Israël, rattrape immédiatement... De justesse... Un père, re-nommé par dieu, re-nomme son fils pendant que la mère de ce fils meurt... Il l'appelle donc Bén-yâmîm, « fils de la droite »... Ouf!... Vite, de gauche à droite... Benjamin... Le jeune frère de Joseph... Qui l'aime particulièrement... Rencontre en Egypte... Une fois de plus, télescopage des lieux, des morts, des enfantements, des noms... Sans parler des fausses couches!... Des grosses-ses nerveuses!... Des avortements spontanés!... Incomptables!... Comme si tout se faisait *à travers*... A travers la reproduction des corps... L'espace... La parole... Pour ouvrir sur autre chose... Quoi? Bethel? « Maison de Dieu »... Nom ancien : Louz, amande, amandier... Vision de l'Echelle... Lutte avec l'Ange...

Quant à toi, Bethléem, Ephratah,
bien que tu sois petite parmi les clans de Juda,
de toi sortira pour moi
celui qui doit être dominateur en Israël
et dont les origines sont de toute antiquité,
depuis les jours d'antan!...

Michée, chapitre V... Un des douze... Prophètes... Pas apôtres... Quatre grands, douze « petits »... Quatre canons de prophétie : Isaïe, Jérémie, Ezéchiel, Daniel... Douze fugues : Osée, Joël, Amos, Abdias, Jonas, Michée, Nahum, Habacuc, Sophonie, Aggée, Zacharie, Malachie... Musique! Musique!...

Je reviens vers Jérusalem... Je commence à comprendre leur mot pour décrire le retour... La « montée »... *Alyah*... En effet, la ville est comme défendue, inaccessible... Cercle magique... Vous grimpez en tournant dans sa direction, vous savez qu'elle vous attend quelque part derrière le ciel des montagnes mauves, et tout à coup, elle est là... A la fois au sommet et encaissée... Cône renversé... On dirait qu'elle tient sur un point... Découvrir ce point!... Hors sépulcre!... Se battre pour le tombeau du Christ, quel contresens!... Quel aveu!... Comme s'ils avaient voulu qu'il soit fixé à l'endroit et au moment de sa résurrection... Le mettre à la chaîne... L'empêcher de revenir... Manie du lieu... « L'hystérie est liée au lieu. » ... Eh oui... Le lieu pour se défendre de dieu... Un point qui ne soit pas dans le temps ni l'espace? Mathématique? C'est comme ça qu'on a fait des progrès en calcul... En raisonnement... Al-Khârismi... Le zéro... Le vide... *Sifr*... Chiffre... C'est par la quatrième croisade qu'on a avancé dans l'histoire des cartes... Astrolabe... Via Venise, une fois de plus... Je crois l'entrevoir, ce point, devant mes yeux, voltigeant, diagnonal, rapide... Brûlant... Ravageant... Noir... Point sur l'i... Juste le temps, l'intervalle, le blanc d'un cri silencieux, massif...

Labyrinthe... Ruelles... Je vais dîner dans la ville arabe... Je marche longtemps... Il y a un bar encore ouvert en face du *King David*...

Je bois avec une fille qui s'ennuie... Blondinette... Kitty... Je suis américain? Ça va... Je vis en France? Drôle d'idée... Je suis journaliste? Politique? Comment tout ça finira?

« Par s'arranger, dis-je... Peu à peu... Insensiblement... A travers mille et une péripéties... Jamais... Et pourtant quand même...

— Avec d'autres guerres?

— Espérons que non... Mais comme la guerre est permanente. »

D'après ce que je comprends, ce n'est plus tellement l'époque romantique, ici... Problèmes concrets... Inflation... Plaisanteries sur la monnaie locale, le scheckel... La vraie monnaie, c'est le dollar, bien sûr... Comme partout! Il n'y a que les Français, je l'ai noté plus d'une fois, qui ne veulent pas s'en rendre compte... Le Français qui calcule immédiatement en dollars est une rareté biologique... Même les Russes sont en avance là-dessus...

« Et qu'est-ce que vous pensez de notre renouveau religieux? Des gens fanatiques, non? Dangereux? Vous avez vu la suspension des vols d'El Al le samedi? Pour respecter le Shabbat? Sous prétexte que la tradition n'a pas de prix?

— Vous croyez? Je ne me rends pas compte... Peut-être... Malgré tout, c'est autre chose qui est en train de se passer?... Non?...

— Quoi?

— La technique... La technologie... Planète. »...

On s'ennuie... Elle sourit un peu... Je lui parle sans conviction de New York... De Paris... Elle voudrait aller à Paris... Elle est née ici... Parents polonais... L'Université... Bref, bref... Deux heures du matin... Je lui prends la main... On va dans ma voiture... Rue sombre... On flirte... Je sens qu'elle a un moment d'étonnement en touchant ma queue... Ça me rappelle ce que m'a dit Esther, une fois... « La circoncision, c'est mieux pour baiser... Pénétrer... Mais le prépuce est meilleur pour les à-côtés... Ça glisse mieux... C'est plus souple. »... Compensation... Sucrerie païenne... Capoue... Bien entendu, je sais, la question est plus métaphysique... Susceptible de développements brillants... Pénétration des voiles et des écrans divins... Extase dans le sanctuaire... Vision face à face... Une autre fois!... Vous permettez quand même qu'on s'amuse? Qu'on se détende?... Que le voyageur se calme le système nerveux?...

Musée de Jérusalem... Jardin dessiné par un Japonais... Deux sculptures de Rodin... Adam! Balzac!... Une de Picasso... Et les salles archéologiques... Voilà, voilà... Chalcolithique!... C'est fou ce qu'il y a à exhumer du désert... D'autant plus que les temps sont venus... Messianiques, je ne sais pas, mais radiographiques, sûrement... Allez, sur la table!... L'addition!... Le bilan!... The bill!... Tri final!... Israël, filtre des nations!... Ça risque d'être long... Inventaire... On en découvre tous les jours... Des trucs qu'on ne comprend même pas... Des civilisations qui vous laissent pantois... Je vous dis qu'on est sur Mars... Que la terre n'est plus la terre... Qu'elle est devenue céleste en vingt ans... Qu'on la découvre comme si on était des mutants... Venant juste de débarquer en surface... Des vrais profondeurs... Du temps non pas seulement perdu mais

anéanti... Depuis le big-bang originaire... Vers le bang-
bing de la fin... Un souffle, peut-être... Aussi furtif,
imperceptible, que l'explosion de départ aura été
forte... Vuiff!... Léger vent, aussi discret que ces rouleaux d'Esther de toutes les époques, là, sous vitrine,
venant d'Alsace, d'Italie, de Turquie, de Hollande, du
Maroc, d'Allemagne, et, encore une fois, de Pologne...
Le Livre d'Esther était très populaire... Manuel de
survie en exil... Du bon usage de la Diaspora... Assué-
rus... Le jardin royal... *Pardes*... Les eunuques... Comment devenir reine... Protéger son peuple... Mardo-
chée... Complot démasqué... Institution des *Pourim*...
Du mot *Pour*, voulant dire : *sort*... Commémoration...
Le nombre de petites Esther qui ont dû se prendre, et
se prennent encore pour Esther!... Racine!... Alexan-
drin d'âge d'or...

Ah, la voilà!... Devant moi!... Moins mille deux cents
ans!... La Grande Mère Mycénienne... Variante de la
Dieue tous azimuts... Figuration la plus impressionnante que j'aie jamais vue... Un siège, tout simplement... Dossier haut... Avec deux seins à peine renflés à
l'intérieur de la plaque verticale... Un fauteuil à seins...
L'Olympia... Phèdre... Un bassin-trône... La Mère la
Chaise!... Electrique!... La bergère en soi!... La Faute
plantée!... L'Assise!... Mais l'assise debout, si on peut
dire, faisant la loi de ses quatre pieds droits... Guillotine! Veuve!... Cérès SS!... Statue pas très grande, quoi,
un mètre, élégance énigmatique... Oui, c'est bien la
Figure qui convient... Oui, c'est bien ça qu'on trouve
partout devant soi si on sort d'Egypte... Décision
intérieure... Et encore aujourd'hui, là, ici, ailleurs, à
chaque instant... La Parque... La Forme... L'Etalonne...
Le concept sculpté de la suggestion fessière... Ishtar...
Vénus... Astarté... Passez muscade!... Muscadins indivi-
duels sans poids!... Gros corps superflus! Cartouches!
Photomatons! Recharges! Disparaissez! Revenez! Pour

frire!... Voici donc l'Une des marées humaines... La tisseuse... La reine des cieux sur la terre... L'Urne exécuteuse à jamais... La Grande Célibataire attendant ses mariés de pied ferme... La chaise de Van Gogh? Elle-même! Paille pour le berceau... Bois du cercueil... Mais ici en pierre... Le roc déclaré!... Le Soc... Le socle du Toc!... En tout genre... Sépulcre dressé!... Vivant!... Vous narguant!... Même pas!... L'indifférence écrasante!... Aveugle, sourde, incompréhensiblement détachée... Chatte des corps!... Avant vous, après vous... Salut les gnomes!... Et gnomo factus est!... Juste le temps de s'asseoir, de faire un peu caca, d'avoir ses passions et ses menstrues physiques, mentales, et hop! à la trappe!... La trappe aux ego!... Banquette des siècles... Salle d'attente de la chirurgie... Placenta éjectable!... Cuisinière de choc!... Eve... L'Evier!... Quelqu'un a donc façonné ça... Merveille... L'attrape-nigaud à la stèle... Béatrice du pétrifié!... L'anti-Pietà!... La dalle!...

L'ami qui m'accompagne est un peu étonné de me voir arrêté, là, devant Notre-Dame... Il se demande ce que j'ai... A quoi correspondent ces grognements, cette jubilation... Pourquoi je me baisse pour la regarder en dessous, de côté, par-derrière, de face, et encore... Et de nouveau... J'en halète presque... Ah, elle est inamovible, c'est sûr... Ah, il faudrait un miracle pour la décoller du sol... Le sol, c'est elle... Mettre le sol en l'air, on ne voit pas qui... Le Plan, c'est elle... La Pesanteur... Mais ce n'est même pas la pesanteur... La détermination, plutôt... La définition... La négation qui fait apparaître... Qui rend tangible... Qui appelle à exister... *Omnis determinatio est negatio*... Omnis!... Isis!... Nourrice!... Sémiramiss!... J'imagine que c'est sur ce genre de strapontin que les femmes venaient accoucher... Je suis belle, ô mortels, et sur mon sein de pierre... Ce dossier à seins!... Quel coup!... Belle, ce n'est pas le mot... Trop vraie pour être belle... Mieux que ça...

> Comme elle est assise à l'écart
> la ville populeuse
> elle est comme une veuve
> la princesse parmi les provinces!

Là, c'est de la Jérusalem de l'époque qu'il est question... Dans les Lamentations... La grande Jérémiade... En hébreu, ce texte s'appelle seulement, comme c'est l'usage, de son premier mot... *Comme*... *'êykâh!*... Le prophète se plaint de la dégradation de la ville sainte, consécutive au péché, c'est-à-dire, comme toujours, de la prostitution sous-jacente... C'est le premier mot qui lui vient... Comme!... Comme elle est assise!... Le mur du comme!... Devant lequel ils viennent gémir des quatre coins de la terre... Ah, les lieux saints! Jérusalem... La Mecque, avec sa pierre noire... Toujours la pierre!... Et Lourdes, avec ses béquilles accrochées au rocher, ce n'est pas mal non plus... Enfin, plus vulgaire, je vous l'accorde... On a les apparitions qu'on peut...

« Lui qui change le rocher en nappe d'eau, le caillou en fontaine. »...

Bon... Eh bien, maintenant, je vous propose de terminer la visite par le clou... L'adversaire numéro un de la Mère la Chaise... Le meilleur de tous les temps... Pour le rencontrer, il faut pénétrer dans *The Shrine of the Book*... Le Sanctuaire du Livre... Bâtiment spécial... Blanc éclatant... En forme de soucoupe volante... Les Martiens sont parmi nous... Les abominables petits hommes verts... Les *scrolls!* Les *Dead Sea Scrolls!* Ils sont là... Dans une cabine circulaire, très 2001... Le long des murs... Et lui, au centre... Comme il se doit... Dans une sorte de piston prêt à s'enfoncer sous terre par mesure de protection... Abri atomique... Angoisse!...

515

Morceau sans prix!... Rouleau des rouleaux!... Secret radium!... Du moins pour moi... Isaïe... De droite à gauche... A l'envers de l'horloge du temps visible... Pattes de mouche des caractères... Avec un drôle de graffiti, là, style serres d'aigle, pour le nom imprononçable... Papier roussi, mangé, séché, brûlé... Glissé dans les grottes... Isaiah!... Yes-ha'yâhû... Salut de Iahvé... Le maniaque du *reste*...Quelque chose restera... Et reviendra... Une souche... Une trace... Un trait... Une graine de fond... Une empreinte... Détruisez tout, il restera quand même un résidu de résidu de résidu... Presque rien... Plus qu'il n'en faut... Pour tout comprendre... Pour tout recommencer... La preuve... Son et lumière... Stupeur du passé...

> Devant moi pliera tout genou
> et jurera toute langue
> en disant : c'est seulement en Iahvé
> qu'est la cause juste, et la force!
> Jusqu'à lui viendront, honteux,
> tous ceux qui s'étaient enflammés contre lui.

Je suis là, le nez contre la vitre... Tableau de bord... Je tourne autour du manuscrit... Je sens la fournaise du Qumrân... Drôle de pays, décidément... On sent les vagues successives de l'histoire... Ancienne... Romains, croisés, Arabes... Moderne... D'abord les constructions modèle allemand... Bauhaus... Puis yougoslave... Puis américain...

Qui a œuvré, qui a agi?
Celui qui, depuis le commencement, convoque les
[générations,
Moi, Iahvé, le Premier,
Avec les dernières je serai le même
Les îles voient, et elles craignent,
Les extrémités de la terre tremblent.

Qui aurait pu prévoir, ou même soupçonner, tout ça, il y a cinquante ans? Personne... Il s'est passé plus de choses en trente ans qu'en deux siècles... Et, pour moi, davantage en deux ans qu'en trente ans... Cieux roulés, déroulés... On ne va pas s'embêter dans les vingt ans qui viennent...

J'annule les signes des augures,
je fais délirer les devins,
je fais revenir les sages en arrière,
et je réduis leur science à de la démence.

Je vous entends d'ici... Et les personnages? Que sont devenus les personnages? Que font-ils? Où sont-ils? Nous voulons les personnages! Pas l'auteur! Les personnages! Ce qui leur arrive! La suite de la bande dessinée! NOUS-VOU-LONS-UN-VRAI-RO-MAN! Moues... Tumulte... Sifflets... Bâillements... Patience!... Insatiable lecteur! Avide lectrice!... Vous allez les retrouver bientôt... Mais oui... Ah, vous voulez absolument être dans le récit, n'est-ce pas? Dès que les personnages s'éclipsent un moment, vous avez peur d'être chassés du volume? Vous tenez à votre place? A votre couchette? A votre coussin imaginaire? Si le narrateur est trop seul, libre, vous perdez le fil? Vous avez peur qu'il vous laisse tomber? Qu'il se retire dans son monastère? Parti comme il est, avec sa manie biblique... Désillusionné comme on le voit... On ne saisit pas très bien comment il pourrait avoir encore des passions et des aventures... Et Flora? Kate? Bernadette? Boris? Robert? La Présidente?... Et Diane? Ysia? Lynn? Cyd?... Et Deb, si sympathique?... Et la baise, alors?...

Elles vont rentrer... Ils vont revenir... Laissez-les se changer, se remaquiller... Réfléchir par rapport à moi... M'évaluer en silence... Calculer la meilleure façon de jouer avec moi... En bien... En mal... Plutôt en mal, disons la vérité... Vampires!... Comme vous!... Ah, vous me tuez, à la fin!... Votre malveillance systématique m'accable!... Jamais contents!... L'œil rivé aux faiblesses!... Aux longueurs!... Aux petits côtés!... Attendant farouchement que je ne sache pas comment continuer... Que je cale... Que j'abandonne... Comptant les mots, les signes typographiques... Ne pensant qu'aux remous autour, peu importe ce qu'il y a dedans... Tirage... Publicité... Influence... On lui en donne? Un peu? Pas du tout? Franchement, ça ne me paraît pas indiqué par la conjoncture... Tout s'y oppose... Je vous devine préparant déjà vos dérobades... Vos changements de conversations... Vos formules meurtrières... Articles... Dîners... Téléphones... Bruit qui court...

D'où le fait que je traîne un peu... Encore deux jours ici... Je reviens de Haïfa, sorte de Barcelone sous le mont Carmel... Jérusalem, de nouveau... Je retourne au Mur... Au mont des Oliviers... J'ai emporté avec moi l'*Autobiographie* et les *Exercices spirituels* d'Ignace de Loyola... J'apprends de lui qu'il a eu la jambe esquintée, quand il était jeune soldat libertin, par un boulet de canon français lors du siège de Pampelune... Et puis qu'il a été un peu bousculé par les Turcs à Jérusalem... C'est son expérience franco-arabe!... Son pèlerinage ici, grande histoire... Toute l'époque... Barcelone, justement... Venise... Risques sur mer... Comme Cervantès qui n'a jamais été si actuel, de même que Swift et Sterne... Dire, aussi, qu'Eléonore d'Aquitaine est venue ici... Oui, elle-même... La petite-fille du premier des troubadours, le duc Guillaume... Croisades... Pogroms... Ruse de l'histoire, puisque c'est à partir de ces persécutions que les juifs ont commencé à revenir ici...

Sermons du *Doctor Mellifluus*... saint Bernard... « Les juifs sont la chair et les os du Messie; si vous les molestez, vous risquez de blesser le Seigneur à la prunelle de l'œil. »... Bien dit, mais cause toujours!... Excitation générale... Brasier d'infamie...

Allons, je m'égare encore... Les *Exercices* sont parus à Rome en 1548... En pleine Réforme... Scandales financiers! Les indulgences! Pauvre cardinal d'aujourd'hui entraîné dans un krach bancaire... Rien de nouveau... Ignace est venu au mont des Oliviers voir une pierre qui aurait gardé, au décollage ascensionnel, la trace des pieds de notre Seigneur... Il y va... Les Turcs le ramassent, le secouent un peu... Mais il veut y aller de nouveau pour vérifier dans quel *sens* les pieds sont imprimés... Le droit, le gauche... Faire un croquis... On voyait de ces choses en ce temps-là... Peu importe... « Le premier prélude, pour la composition du lieu, sera de regarder par l'imagination les synagogues, les villages et bourgades que le Christ traversait en prêchant. » Voilà... « Je me considérai comme un abcès ou une fistule. »... Excellent... « La construction du lieu pourra être d'imaginer que nous voyions notre âme enfermée dans ce corps corruptible comme dans une prison, et l'homme lui-même exilé dans cette vallée de misère au milieu d'animaux sans raison. »... Bien sûr, bien sûr... Il voit la vie rythmée par deux courants opposés, diastole, systole : la désolation, la consolation... Deux étendards : Lucifer à Babylone, le Christ à Jérusalem... « Le colloque se fera en imaginant Jésus-Christ présent devant moi, fixé à la croix. »... Eclairage Greco?... Vous y êtes... Mais le meilleur est dans ce qui vient... Le paragraphe 325... A méditer sérieusement avant de refaire surface dans le monde... De sortir de ma navette spatiale... Règle éternelle... Pas une ride... A rediffuser...

« Quelques règles pour discerner les mouvements

de l'âme que suscitent les divers esprits, afin de n'admettre que les bons et de repousser les mauvais.

« La douzième : Notre ennemi revêt la nature et le tempérament féminin quant à la fragilité des forces et à l'entêtement de l'esprit. Car de même qu'une femme luttant avec un homme, si elle le voit lui résister sans fléchir et avec ténacité, cède aussitôt et tourne le dos, tandis que si elle remarque qu'il est timide et fuyant, elle atteint à une audace extrême et l'attaque férocement – de même le démon est-il habituellement tout à fait déprimé et affaibli chaque fois qu'il voit un athlète spirituel riposter aux tentations d'un cœur assuré et le front haut. Que ce dernier tremble, au contraire, à la pensée d'avoir à subir ses premiers assauts et qu'il semble perdre courage, alors il n'y a pas sur terre bête plus furieuse, agressive et tenace contre lui que cet ennemi pour assouvir, à notre dommage, le désir de son esprit mauvais et obstiné. »...

Est-ce que ce n'est pas charmant ? Je vous l'avais dit...

Je rentre à Paris au cœur de juillet... Deb et Stephen sont déjà partis en vacances, et m'attendent... S. est en Italie... Robert en Espagne... Flora ne donne aucun signe de vie... Kate « couvre » les festivals pour le Journal... Atmosphère tassée... Attentats... Bombes... Beyrouth brûle sur tous les écrans...

Téléphone... Boris... Je déguise ma voix, je fais l'Américain ami occupant le studio pendant les vacances et ne comprenant pas un mot de français...

« Dites-lui de lire le dernier numéro de *Scratch*! hurle Boris.
– Sorry...

520

– Le plus vite possible !

– Sorry... Sorry. »...

Il voit que son interlocuteur ne capte pas, ou ne veut pas capter, le message... Peut-être a-t-il reconnu ma voix quand même... Mais, pour lui, aucune importance... Pas d'autres langues... Pas d'autres discours que le sien... La publicité en acte... Impérative !... Il ne parle pas anglais ? Et alors ? Il s'en fout !... La planète est à lui !... Nombril !... L'univers, cette semaine, est suspendu à *Scratch*... Est-ce que le dernier numéro est bien dans tous les kiosques ?... Il a dû vérifier ce matin très tôt... Il frémit... Il n'en peut plus... Il convulse... Alors l'anglais ! Le chinois ! Le swahili !... Il raccroche furieux... Quoi encore ? Un truc politique, sûrement... Avec photo pleine page, à le voir dans cet état...

Je descends acheter le canard... Mais oui... Epatante, la photo de Boris... En compagnie du Président en exercice... Vieux cliché, mais quand même... Interview sanglante... Attaque à boulets rouges du régime... Potins ! Anecdotes !... Du meilleur !... Il raconte des déjeuners et dîners avec la classe politique en place... Comment on s'est servi de lui... En lui promettant ceci... Cela... Sans rien lui donner pour finir... Direction d'une chaîne de télévision... Administration de l'Opéra... Ambassade à Stockholm... Ministère des Loisirs... Le plus drôle est en effet que tout le monde apprenne que des animaux de pouvoir à sang froid aient cru l'avoir dans leur poche... Le parasiter... Le manipuler sans risques... Ah, la littérature !... Ne pas aimer Baudelaire et dire que Boris est le plus grand écrivain de sa génération !... Confusion Napoléon III !... Gauche, droite, ce n'est pas bien grave... Boris vient donc de repasser à droite ? Après avoir essayé de tomber à gauche ? Mais non, il sera de nouveau à gauche demain... Pour la plus grande joie de ceux qu'il insulte aujourd'hui... Pas de quoi s'énerver... Tout est arrangeable... Agitation pubertaire... Collège... Doigts dans le nez... Broutilles... Valse triste... Petite branlette médias...

Pauvre Boris... Pas de chance! Cinquante enfants carbonisés dans un car! La *une* lui échappe... Le ton est à l'émotion... Déferlement de cercueils... Messages divers... Conseils... Terreur sur l'autoroute... Encore des bombardements sur Beyrouth... Trop de morts!... De misère!... Son truc fait narcissique, frivole... Dépit amoureux... « Les hommes politiques disparaîtront, mais mon œuvre restera », dit-il... Quelle œuvre?... Aveu d'angoisse touchant... Il a peur de disparaître avec la *combinazione?*... Dont il est le produit architypique?... L'ingrat!...

Je fais de nouveau mes valises... Préparatifs de plongée... Quelques disques... Ne pas oublier la raquette... Livres? La Bible... Un dictionnaire d'hébreu...

J'ai un moment d'éblouissement dans l'escalier. Je m'aperçois que je suis fatigué... Vieillissement? Bien possible... Vous savez quand on vieillit? Quand on commence à précéder ses gestes... A y penser... A se les raconter rapidement avant de les faire... Penser avant d'agir... Maturité? Non, usure... Enkystement du cerveau... Ralentissement de réparation des cellules nerveuses... Les circuits se « photographient »... Pour économiser... Il faut dire que j'ai plutôt forcé tous ces derniers temps... Trop d'avion...

Je reviens dans le studio. Je m'allonge. Je me relève, je mets Paul Desmond dans *You go to my head*... Un de mes disques préférés... Percy Heath à la basse... Je me retrouve aussitôt dans l'un des taxis jaunes aux amortisseurs défoncés de la Cinquième Avenue, descendant à toute allure vers le Village, brinquebalant et zigzaguant... Bank Street! Café : le NO NAME... Mon studio là-bas... L'Hudson... Le soleil sur les planches, au bord de l'eau...

Téléphone de Cyd.

« Ton voyage? C'était bien?

– Très bien.

– Des découvertes?

– Plein... Il faudra que je te raconte... Et toi?

– Ça va... Je pars demain.

– Pour Easthampton?

– Oui, après un tour en Californie.

– Longtemps?

– Un mois... Je t'appelle de New York à mon retour?

– D'accord... Lynn viendra te rejoindre?

– Oui... Elle s'ennuie...

– Je comprends... Pas trop de chimie, OK?

– On pensera à toi...

– C'est gentil.

– Oh! dis donc, on t'aime!

– J'espère.

– Ton bouquin?

– Pas eu le temps... Je vais m'y remettre...

– N'oublie pas! L'histoire! Cinéma!

– Roman policier!

– Je t'embrasse!

– Moi aussi.

– J'ai été revoir le Rembrandt.

– *Le Cavalier polonais?*

– Oui... Je l'ai mieux vu qu'avec toi.

– Forcément...

– Comment, *forcément?*

– Je veux dire : de façon plus personnelle...

– Oh, macho!

– Je te signale que le macho revient à la mode! Sondages formels! Le monstre! Excitant! Nouveau! Curiosité!

– Je sais! C'est vrai! C'est terrible!

– Je suis terrible?

– Tu es adorable! Je t'aime!

– Tu aimes un macho?

– Mais non! Tu es un ange! Tu sais bien! Tu fais semblant!

– Quelle heure est-il pour toi?

– Dix heures et demie... Donc pour toi quatre heures et demie?...

– Oui, un après-midi très chaud... J'ai envie de toi.

– Moi aussi.

– Tu es habillée comment?

– Rien! Il fait très chaud ici aussi, tu sais...

– Tu te caresses?

– Evidemment! Toi aussi?

– A l'instant.

– Je t'embrasse.

– Ciao!

– Ciao! »

On s'est tellement branlés au téléphone, Cyd et moi, y compris au-dessus de l'Atlantique, qu'on ne va pas recommencer... Juste pour se rappeler les bons moments... Le plein feu des débuts... Abréviation... Mot de passe... Les petites saloperies en passant sont l'équivalent actuel des messages d'amour romantiques... Echevelés... Humides... Poitrinaires... Elle se lève, elle va s'habiller, sortir, déjeuner... Je commence, moi, ma fin de journée... Crépuscule à Paris... Difficile... Seul? Oui, préférable... Sinon, obligé d'avoir des opinions... Réciter les journaux... Mots d'esprit à inventer... Fatigue... Pas envie de dire du mal de qui que ce soit... Sensation : roulement des morts... Crânes emportés par l'ombre... Comment peux-tu si vite oublier, lecteur, lectrice, que ton *crâne*, oui, tes orbites vides, iront définitivement toucher la poussière, le feu, le terreau graisseux?... Accélération... Malentendu à son comble...

Je sais pourquoi les Français préfèrent « oublier »
l'existence de l'Amérique... Il y a là, pour eux, une
humiliation personnelle... La Fayette? Non... Sensation
pesante d'une plus grande ville, plus libre, levée là-bas
après eux... Un jour en plus... Refaire le temps perdu de
la journée, avec plus de moyens... Plus modernes... Ils
se sentent provinciaux, ils préfèrent ne pas le savoir...
Et puis, c'est la langue et la nationalité, le français, la
moins représentée là-bas... Goutte d'eau... Même pas...
Anglais, Italiens, Allemands, Slaves? Partout... Les
Espagnols, eux, ont toute l'Amérique latine, New York
est une ville où on parle partout espagnol... Et même
chinois!... Le français, en revanche, y est introuvable...
Pas dans le coup... Canada? Québec? Non, humiliant,
c'est le Morvan... L'accent... Un Français à New York?
Regardez-le... Perdu... Débordé... Jaloux... Pour un Français de France, qui n'a pas mis les pieds là-bas, ça
n'existe pas, tout simplement... Pays mythique... Pas de
famille... Cinéma, musique, littérature? Oui, sans doute, mais comme si c'était fabriqué dans une usine
chimique sous l'océan, ailleurs... Les Français sont
restés chez eux... La planète tourne sans eux... Six
heures du soir : je me sens glisser dans la foule de la
Cinquième, tout revient toujours, plus ou moins à la
Cinquième, ou Broadway... Mouvement en arrière de
moi, encore du soleil, encore du temps libre, c'est
encore le matin pour Cyd, la pleine lumière... Ce
qu'était l'Italie pour les individus à tempérament du
XIXe, pour Stendhal, disons, et n'en parlons plus, New
York devrait l'être pour un écrivain français d'aujourd'hui... Les auteurs policiers, oui... Mais les autres...
Ceux de la « culture »... « Noble »?... Où sont-ils
passés?...

Téléphone... Kate...
« Alors, tu es rentré?
– Tu vois...

– C'était comment?

– Très bien.

– Tu as vu des gens importants? Tu as des trucs sur la guerre?

– Non, tu sais... Des amis... Des contacts personnels...

– Pas d'article?

– Non... Des choses pour moi. »...

Je sens qu'elle est soulagée... Du moment que je n'essaie pas d'occuper la « une » du Journal... Que je me retire, lentement... Qu'on peut penser que j'ai disparu dans les sables... Ah oui, c'est vrai, qu'est-ce qu'il devient?... On ne sait pas... Il voyage... A moins qu'il n'ait rien à dire... Il est déphasé...

« Tu n'es pas libre à dîner? » dit Kate, gentiment.

J'hésite... Une soirée seul est sans prix, par principe... Et puis, bon, il faut quand même que je sache un peu où j'en suis dans les têtes... Contrôle financier...

« Attends... Oui... Je peux m'arranger... Plutôt tard?

– Closerie, dix heures?

– D'accord. »

Je range des papiers... Photos... Lettres... Factures... Carnets... Notes volantes... Tout ce qu'on écrit pour rien... C'est fou... Sur le moment... Cendres... Il faudrait tout détruire... Brûlez tout...

« Alors, tu n'es quand même pas devenu sioniste? »

Kate est mal bronzée, marron, chiffonnée. Blanche en dessous. Aigre. Crevée.

« Sioniste? Pourquoi? Non... Quelle idée... Tu bois quelque chose?

– Un whisky. Ce Reagan est fou!

– Tu crois?

– Mais oui! Tiens, je viens d'avoir encore un coup de téléphone de Bob... Depuis New York... L'Amérique ne peut plus le supporter! Ils en ont assez! Plus qu'assez! »

Bob m'a téléphoné aussi à mon retour... J'ai remarqué en effet qu'il me parlait de Reagan avant de prendre de mes nouvelles... Façon de me dire que je déplais à mes amis en ce moment... Appelez-moi donc « Reagan »... Ou quelque chose d'approchant... Dieu sait pourtant à quel point je me fous de Reagan!...

« Il est temps de l'arrêter, dit Kate sombrement, d'un air responsable. Lui, Begin, et toute la clique...

— J'ai vu que l'agence Tass traite les Israéliens de "cannibales", ce qui ne manque pas de sel, dis-je. Elle demande qu'on leur mette la "camisole de force"... Enfin, elle les compare une fois de plus à Hitler... Ça fait beaucoup...

— Ça ce sont les Russes, mon vieux... Ils exagèrent... Mais il n'en reste pas moins que...

— Oui, oui... Mais quand même...

— Alors, là-bas?...

— Eh bien, tu sais, Jérusalem. »...

A peine ai-je ouvert la bouche que je constate que Kate n'écoute pas... Ça ne l'intéresse pas une seconde... Je me contente donc de deux ou trois banalités touristiques... Elle est agitée... Elle suit son idée... C'est étonnant comme les intellectuels se parlent de leurs passions privées à travers la politique...

« Alors, tu es brouillé avec Flora?

— Ah bon?

— Ecoute, c'est de notoriété publique... Elle te traite partout de réactionnaire... De machiste bureaucratique...

— Flora aime bien les formules...

— Mais elle est déchaînée... Qu'est-ce que tu lui as fait?

— Mais... rien...

– La Présidente m'a parlé de toi... Avec sympathie, je dois dire... Elle te trouve intelligent. »...

Kate me scrute du regard, professionnelle... Professionnel, je suis...

« Elle va bien? dis-je.

– Epatante... Le combat promet d'être encore rude... Tu sais que l'IVG n'est pas encore remboursée par la Sécurité sociale?

– Ah bon?

– C'est scandaleux... Economiser *là-dessus!*

– Les avortements?

– Oui! C'est inouï, non?

– C'est vraiment la crise... Mais ça reviendra... Remarque qu'en un sens...

– Quoi encore? »

Kate prend l'expression à la fois pincée, résignée et ravie de quelqu'un qui va subir une provocation... Une provocation délicieuse, s'entend, qui doit vous renforcer dans votre opinion, votre conception du monde... Je veux bien lui faire ce plaisir... Feindre que l'abominable adversaire existe... Comme avec les enfants... Le loup!...

« Eh bien, si je n'avais pas peur de te choquer, dis-je...

– Mais non, vas-y, je sais d'avance...

– Quoi?

– Allez, vas-y...

– Bon... En strict raisonnement économique, cette suspension du projet de remboursement de l'avortement – suspension contre laquelle je m'insurge, note-le, et que j'espère provisoire –, indique, si l'on peut s'exprimer ainsi...

– Vas-y, accouche!

– ... une revalorisation inconsciente et symétrique du sperme...

– Tu es dégoûtant!

– ... qui suivrait ainsi le cours du dollar et de l'or !...

– Arrête !... Mais, tiens, qu'est-ce que tu penses de la croisade culturelle contre l'impérialisme financier et intellectuel des Etats-Unis ? Contre les stéréotypes américains envahissants ? »

Riposte au foie... Directe...

« Ah, très bien, ça ! Beau défi ! Ça ne manque pas d'allure ! Panache ! Très *french* !

– Sois sérieux. Ton avis ?

– Qu'est-ce que tu veux que j'en pense ?... Rien !...

– Tu ne fais pas un papier là-dessus ?

– Je ne pense pas... Non. »...

Nouvelle satisfaction pour Kate... Je vais me taire... Pas d'article sur Israël, pas de défense des Etats-Unis... Pas d'occupation de la surface imprimée... C'est l'essentiel...

« Qu'est-ce que tu fabriques en ce moment ? dit-elle, presque aimable.

– Eh bien... mon roman...

– Ah oui, c'est vrai, ton *roman*. »...

Voilà... C'est de nouveau comme si j'avais dit une obscénité... Il continue avec son *roman* !... Ce mot, prononcé par moi, a des effets magiques... Une fois de plus, je suis frappé par la mobilité du visage de Kate... Animé et puis, sans transition, plombé... Institutrice... Alors, votre leçon ? Bon élève pendant trois secondes... Et puis non !... Collé !... Cancre !... Dissipé !... Pervers !...

« Et tu en es où ? » dit-elle, glaciale.

Je ne vais quand même pas lui répondre : « En ce moment ! Ici ! Maintenant ! Avec toi ! Dans ce dialogue même ! »

« J'ai un peu perdu mes personnages en route, dis-je... Je les retrouve... Je fais le point avec eux...

– Je voulais dire : combien de pages ?

– 529...

– 529 ? »

Elle me regarde sérieusement... Trop long!... De deux choses l'une... Ou bien mon « roman », cette saloperie probable contre les femmes, est très réussi pour que je sois allé aussi loin... Ou bien, c'est nul, et je ne m'en rends pas compte... Donc, terminé pour moi... « Vous avez vu son roman? Le pauvre! »...

Elle hésite entre les deux hypothèses...

Je vois qu'elle penche doucement vers la seconde... Planté! Foutu! Hihi!...

Elle se contrôle.

« Et tu vois toujours S.?

– Oui... Mais il n'est pas là en ce moment...

– Qu'est-ce qu'il fout, celui-là?

– Il est en Italie... Il part deux mois en Australie, je crois...

– Bon débarras!

– Pourquoi?

– Oh, dis donc, ça suffit comme ça! Tu as lu son dernier truc sur la Vierge?

– Oui... Curieux, non?

– Délirant, oui!

– Je ne trouve pas... Qu'est-ce qu'il essaie de démontrer? L'équivalence limite entre Phallus et Parole... Il suffit, pour la rendre sensible, de penser qu'une femme, et une seule, aurait été trouée de l'intérieur par le verbe de dieu... Sa Parole... En accouchant, logiquement, d'un corps ressuscitable...

– Et ta sœur? Ça va pas la tête!

– Ce fantasme, si c'en est un, serait donc au plus près de l'impossible des phénomènes, donc du réel qui n'est pas la simple réalité...

– Et puis quoi encore!

– Il s'ensuit que la Vierge Marie elle-même est définie comme un trou... Le contraire absolue de la Mère Phallique... Entièrement un trou. Son corps est un trou. De part en part... D'où son immaculée conception et son assomption. Ce qui revient enfin à présenter lumineusement le vagin comme un faux trou sans cesse rebouché sur lequel le monde entier, halluciné, se casse le nez...

– C'est le cas de le dire!

– On peut considérer qu'il s'agit de la meilleure critique de tout le refoulement sexuel chrétien... Et peut-être, du refoulement et de la religion en général... S. démontre d'ailleurs ça à partir de Dante... En suivant l'emploi du terme *mezzo* dans *La Divine Comédie*... A la fois « milieu » et « ventre » « matrice »... J'ai trouvé ça extrêmement brillant... Théologico-freudien...

– Théologico, peut-être... Freudien, sûrement pas!...

– Tu veux parler de l'humour?

– Bof!... Tu lis sa revue? Son dégueulis sans ponctuation?

– De temps en temps... Un peu difficile pour moi...

– Il y a eu une époque où c'était pas mal, c'est vrai... Progressiste, d'ailleurs... Mais maintenant... Sans intérêt... On n'y trouve plus que les élucubrations de S. ... Tout le monde s'en fout...

– Que tout le monde s'en foute n'est peut-être pas un critère... Surtout actuellement...

– Mais si, voyons! J'espère que son éditeur va arrêter ça...

– Ce serait dommage... C'est bien de parler de Dante, non?

– Oui... Oui... Et de Shakespeare aussi, pourquoi pas?

– Et alors?

– Mais enfin! Tu n'as pas l'air de te rendre compte! Tu ne comprends rien à ce pays! On vit une époque de changement... Attendue depuis longtemps... Plus profonde qu'on ne croit... Tout bouge! Très vite! A toute allure! Les intellectuels doivent suivre le mouvement... »

Ça y est, elle me vend le Programme. On est au café... J'abrège... Je lui demande ce qu'elle fait, cet été... Si elle part...

« Oui... En Inde... Et toi?

— Je vais essayer de trouver un endroit ici, au bord de l'eau, pour écrire. »...

Je ne lui dis pas où je vais...

Tiens, mais qui vient d'entrer dans le fond, là-bas? Louise!... Vous vous souvenez? Non... Vous ne vous souvenez jamais de rien... La pianiste... La pianiste du début... D'autrefois!... Elle est avec une amie... Elles cherchent une table... Je leur dis de venir... L'amie de Louise, autrichienne, est chanteuse...

« Tu t'intéresses toujours au piano? dit Louise... A Scarlatti? Haydn?...

— Mais oui, plus que jamais...

— Tu sais que Haydn marche très fort maintenant? Ce n'est pas comme quand on se voyait? Tu te souviens? Tu parlais toujours de l'injustice dont Haydn était victime... Toujours ta haine du XIXᵉ siècle?...

— Ah, vous êtes de vieux amis? dit Kate.

— Mais oui, dit Louise... Très vieux... Dix ans? »...

Je regarde ses mains. J'aime ses mains...

« Est-ce qu'il était déjà misogyne? demande Kate.

— Misogyne? dit Louise.

— Elle ne sait pas? dit Kate, en se tournant vers moi.

— Quoi? » dit Louise.

Je remets la conversation sur la musique... Kate, furieuse, finit par s'en aller... Je reste avec mes deux filles... Je bois un peu... J'essaie de les entraîner dans une boîte... Elles refusent... Louise me dit de l'appeler... Je finis seul à Montparnasse... Très bien...

Téléphone-réveil... Sept heures du matin... Valises... Quelques livres de plus?... Un ou deux Hemingway, peut-être? *Cinquante mille dollars? En avoir ou pas?* Mais où sont-ils passés? Introuvables... Un Miller? *Printemps noir?* Non, c'est lu... Alors? Quelque chose pour garder la forme... Petites descriptions... Dialogues... Quoi?... Non, rien... Tant pis, la télévision fera l'affaire... Observation des tics... Publicité... Magazines...

Train vers l'île de Ré... Comme la note de musique... Au large de La Rochelle... Un petit côté Long Island... S. me prête sa maison... Il n'y va pas cette année, il passe d'Italie en Australie avec Sophie... Universités... « Envoyez-moi les chapitres là-bas, je vous les mettrai en kangourou »... Dernière conversation avant son départ...

« C'est là-bas! Là-bas!

– Quoi, *là-bas?*

– La Suisse de la Troisième Guerre mondiale!... Le triangle d'or de l'an 2000!... L'endroit d'après la catastrophe!... Australie!... Nouvelle-Zélande!... Sydney!... Melbourne!... Auckland!... Croyez-moi!...

– Vous êtes sûr?

– De toute façon tout vaut mieux qu'ici en ce moment...

– Il semble, en effet...

– Effectivement!

– "Car effectivement."...

– Je vous confie ma baraque... Prenez soin des fleurs!... Tondez le gazon!... Sophie téléphonera à Deb pour les détails... Vous verrez, c'est vivable... C'est là que j'écris le mieux mon truc... Respirez les nuits...

– Comment ça va, votre "truc"?

– Ah, épouvantable... Je ne progresse plus que millimètre par millimètre... Je ne me comprends plus moi-même... Je ne déchiffre presque plus mon écriture... J'ai l'impression qu'ils m'ont eu... Je n'arrive pas à me souvenir de la raison pour laquelle je me suis enfermé là-dedans... Coup de tête... Orgueil... Finalement je crois que tout le monde a vu juste... Ça ne vaut rien... Pas tripette... Galimatias... Hébreu... Chinois... Grimoire... Canular... Illisible... Pure maladie... Je n'y peux rien... C'est raté... Trop tard...

– Allons, allons...

– Si! Si! Ils sont dans le vrai... C'est moi qui me trompe... Je me suis toujours trompé... Je suis construit pour avoir tort...

– Comment ça?

– Maladie!... Maladie!... Et pourtant, vous savez, j'y ai cru!

– Mais j'en suis sûr!

– J'y croyais!... C'est étrange... Vous ne pouvez pas imaginer comme j'ai pensé à ce projet... Combien j'ai travaillé... Pioché, cogité, médité... J'ai vécu avec... A chaque instant... Je vais d'ailleurs continuer. Mais quelle amertume!... Remarquez, de temps en temps, j'ai la sensation que le vent revient, gonfle la toile... Mais non... Tous ces mots inutiles enfilés... J'ai honte... J'aurais dû me tuer dix fois...

– Vous exagérez...

– Pas le moins du monde... Je suis mort... Je me suis égaré à mort... J'aurais d'ailleurs dû me méfier... L'euphorie, un certain état vibrant de certitude, mauvais signes... Le chef-d'œuvre inconnu... Tout à coup, bouillie sur la page... Cacophonie... Catastrophe... Les yeux qui vous tombent des yeux... Le langage!... Mais il n'y a rien dans le langage!... Mystification... Automystification, c'est plus grave... Ridicule absolu...

– Mais qu'est-ce que vous allez faire?

— Vivre modestement... Ne rien dire... Disparaître le plus possible... Continuer à écrire ça, puisque c'est une question nerveuse, maintenant... Drogue... Yoga privé... Inutile! Inutile! Pas de quoi se vanter!... N'importe quelle vie humaine me paraît plus pathétique, authentique, que la mienne... Quel gaspillage!... Quelle erreur!...

— "Ma vie n'est qu'un accident, je sens que je ne devais pas naître : acceptez de cet accident la passion, la rapidité et le malheur."...

— Qui c'est, ça?

— Chateaubriand.

— Belle phrase, mais une phrase... Non, tout est beaucoup plus sordide ou sans intérêt... Au choix... Selon l'humeur... C'est vrai que, pendant que je vous parle, je sens que le vieux démon se réveille... La vieille fierté des nuits blanches, des notes fiévreuses, des corrections, digressions, interpolations, soustractions, injections... Peut-être que j'ai raison, après tout... Invention de l'hologramme verbal... Sculpture lumineuse... Résumant tout... Recomposant tout... Chaque partie valant pour le tout... Dimension inouïe...

— Génie incompris?

— Voilà!... Rions... On verra... Allez, un autre verre... L'important est de vivre le plus longtemps possible, de mourir avec sa vision la plus forte... Bonnes vacances!... A bientôt! »...

VIII

La maison est cachée dans un renfoncement de l'île... A l'endroit le plus étroit, un isthme... D'un côté l'océan; de l'autre, aussitôt, une série de lacs intérieurs, de lagunes, de marais salants comme un échiquier de miroirs... C'est l'un des arrière-grands-pères de S., officier de marine à Bordeaux, qui est venus s'installer ici pour chasser... Vieille ferme isolée, rasée par les Allemands, en 1942... « Mur de l'Atlantique »... Ils foutaient en l'air tout ce qui gênait leurs canons vers le large... Reconstruction après la guerre... De nouveau un jardin, des arbres... On voit l'eau de partout, on a l'impression d'être constamment traversé par l'eau... L'île est plate, couverte de cupressus, de pins parasols bas et de vignes... Radeau comme un plancher de pont de bateau... Lumière bleu-blanc, nacrée, papillons dans l'air...

J'ai une grande pièce à l'écart du centre de la maison... Ma machine à écrire donne sur un laurier... Droit devant moi, je pourrai observer les marées monter, descendre, remonter lentement, souvent avec le vent, du fond de l'horizon vert... En route pour le mouvement immobile... Navigation des navigations... Il va falloir y aller, cette fois, jour et nuit, à l'envers de l'ombre...

On dîne joyeusement, Deb, Stephen, et moi...

J'ai emporté mes anciennes notes sur Shakespeare... Pour cet essai jamais rédigé... Travail de jeunesse... Je viens de les retrouver à Paris... Informations, actualités, massacres, communiqués?... Je sais trop ce qui va se passer... Revenons au sujet des sujets... Je sens que c'est là, peut-être, dans ces papiers fiévreux, presque oubliés... Qu'est-ce que j'essayais de dire?

D'abord, à propos des *Sonnets*, qu'il faut entendre le mot lui-même, en anglais, avec le *t* final... *Son*, fils... *Net*, filet... Fils-filets... Nappe de rimes conçue et cousue dans ses mailles les plus ténues, et jetée, tendue, pour prendre le fils dans la volonté du père, ou si l'on veut, mais ça revient au même, le jeune homme aimé dans le désir de celui qui revit par lui et en lui... Mélodie-piège de la paternité déléguée... Technique et rythme de méditation enflammée sur le temps à la fois théâtre et mémoire... Platon renversé... Imitation des *Psaumes*? Oui, à condition d'entendre là, tout à coup, inversé, un dieu souffrant qui chercher à rappeler son image à lui à travers l'erreur féminine... Homosexualité? Trop simple... C'est surtout de lui, et de lui seul, de ses différentes incarnations qu'il s'agit...

La question père... Tout Shakespeare est là... L'inceste en plein jour... Périclès... Père-fille... L'énigme... *The riddle*... Et Hamlet, bien sûr, mais on se trompe trop sur Hamlet...

Supposons maintenant que je sois Shakespeare... Ça ne coûte rien... L'obscurité s'amasse pour livrer son mot, le vent souffle dans la fenêtre... Je me joue rapidement toutes les pièces à la fois?

Appelons Sophocle :

J'invoque Bacchus, le compagnon des Ménades errantes,
qu'avec sa mitre d'or et sa face vineuse
il vienne à la lueur des torches...

Ou plutôt, ici même, Tirésias, parlant d'Œdipe :

On verra qu'il est père et frère de ses fils;
qu'il est le fils et le mari de la femme dont il est né,
qu'il a la femme de son père et qu'il est le meurtrier de
[*son père.*

Prêts? Pour la solution des siècles?

Rideau... Je suis en désordre à la fois Coriolan, César, Antoine, Lear, Richard III, Nietzsche, Dionysos et le Crucifié, Othello, Timon, Prospero et Ariel, je suis théâtre, je suis rien, les atomes se dévoilent, la réalité s'évapore... Viens toi aussi, bien sûr, Cléopâtre : « Je suis feu et air, mes autres éléments je les renvoie en bas. »... Nous allons vérifier ce qu'est cette opération de renvoyer les éléments vers le bas... Distillation matérielle... Viens avec ton aspic sur le sein comme un enfant qui tète...

Entrent brusquement Hamlet et sa mère... Il lui fait le coup de la comparaison des portraits... « Have you eyes? Have you eyes? »... Elle y voit ou elle n'y voit pas? Est-ce qu'elle peut contempler autre chose qu'elle-même? Elle est aveugle... Elle est trop en vue, dans la vue... Il essaie de l'amener à le regarder, lui, le fils, à travers la figure du père assassiné... Poison dans l'oreille pendant la sieste... La torpeur... Comme Adam endormi par dieu, pour se faire tirer Eve de la côte... Avant la Paradis... Maintenant, mangé à moitié, les yeux vides, il revient, là, par le dessous de la scène...

Jure! *Swear!*

Je jure. I swear. *Sword*, épée...

Vous pouvez imaginer l'éternel Polonius caché pour observer l'épisode sexuel qu'il soupçonne entre Hamlet et sa mère?... Polonius a trop lu les Grecs... Cette obsession n'en finit d'ailleurs pas de dérégler Ophélie...

Si le fils baise sa mère? Ou du moins en meurt d'envie? Pli obligatoire? Sophocle le dit? Shakespeare ne le dit pas... Il ne va pas du tout dans ce sens... Pas du tout... Au contraire... Ce que ne veulent pas admettre une seconde les légions de Polonius effarouchés dissimulés dans les tentures et teintures de leur maman-reine... Ils y croient de toutes leurs forces au désir du fils pour sa mère!... C'est ce qu'elle leur a dit... Ça expliquerait le meurtre... Mais non... C'est d'abord elle!... Bien elle!... C'est pour cela qu'elle ne sait pas faire la différence entre deux hommes, au fond...

Ah, *black lady!*

Il faudrait montrer comment tout se passe dans les jeux de mots... Pas un seul traité systématique sur les jeux de mots dans Shakespeare? Pas plus que dans la Bible? Mais à quoi donc passent leur temps les chercheurs?

Quand l'acteur est à ce point l'auteur lui-même, vous avez le retournement complet de l'exhibition, la déroute des généralités, la panique de la communauté et du clan jusqu'à l'os... Matricide... Secret des secrets... Etouffé dans l'œuf... Temple de l'œuf... Lever la pierre? Tombale? Dire vraiment pourquoi? Sans se laisser impressionner par ceux et celles qui sont capables de se tuer sous vos yeux plutôt que de le permettre? Kamikazes du grand mystère? Somnambules sacrificiels? Impossible... Le spectacle s'éternise... Mais Shakespeare n'est pas dans le spectacle, raison pour laquelle on le rejouera indéfiniment sur fond de stupeur... Ce qu'il est? Point de fuite... Diablerie glissante... Alchimie... Baguette d'hallucination... Musique...

My spirit! crie Prospero.

« All hail, great master! Grave sir, hail! », répond sur-le-champ Ariel, le salut du souffle...

Est-ce que vous entendez bien *grave*, la tombe? Et *hell?* L'enfer? Le maître du tombeau d'enfer?...

La Tempête... Sur l'île, comme un cercueil ouvert... Fracas et brise légère... Tout dans le son, la courbure du son...

Encore une affaire anti-mère... Sycorax, la sorcière, avait enfermé Ariel dans un pin... Bien entendu, tout cela n'a rien de mythologique... Réalisme... Description des chambres de la cité... Londres... Le spectateur comprend tout de suite... Maintenant, vous voulez savoir ce qu'est vraiment ce pin? L'arbre de la vie et du mal? Je vous le dis? Allez!

« Sa racine est amère, ses branches mort, son ombre est haine, son feuillage mensonge, ses bourgeons sont la crème du vice, le fruit de la pourriture, la semence de l'envie, le germe des ténèbres. »

Vous trouverez ça quelque part dans *Le Livre secret de Jean*, vieux machin gnostique...

Bave Caliban, fils de sorcière... Son rêve, justement, comme par hasard, est de « peupler » la région... Le contraire du *spirit!*... Chant de victoire éphémère sur le matriarcat, *La Tempête?*... Oui, le temps d'une représentation, comme *La Flûte enchantée*... Sans autres armes que celles de la parole... Magie et prononciation...

> *O, how this mother swells up toward my heart!*
> *Hysterica passio! – down thou climbing sorrow,*
> *thy element below. Where is this*
> *daughter?*

Ici, c'est Lear qui se plaint... Mais c'est à désespérer des traductions... Comment voulez-vous comprendre *l'esprit* de Prospero, si vous n'entendez pas *Ariel* dans « All hail, great master! Grave sir, hail! »... Si vous n'avez pas le sens des lettres qui soufflent, des lettres volantes... Ça y est! Vous y êtes? Vous avez enfin l'oreille? A! RI! EL? Et comment voulez-vous vous y retrouver, dans le cri de cochon qu'on égorge de Lear, si vous lisez que le mot *mother*, qui s'étale devant vous en toutes lettres, est rendu pudiquement en français par « levain morbide »?... Sans doute, sans doute, mais c'est bien de *mère* qu'il s'agit! Membrane-vinaigre! Amère remontée du fiel-bile coincé des bas-fonds!... *Hysterica passio!* En plus, il vous met les points sur les i! En latin! Comme un médecin de l'époque! Docteur Shakespeare!...

> *Oh, comme cette mère me remonte au cœur!*
> *Passion hystérique! – arrête ta marée soucieuse,*
> *ton élément est en bas. Où est cette*
> *fille?*

Le voilà, le roi fou, en train d'essayer de renvoyer sa mère sous ses pieds, alors qu'elle lui soulève le cœur... Aussitôt après, il cherche sa fille... Il n'est qu'un lieu de passage empoisonné entre mère et fille... Envers et endroit... Lear... Ear... Oreille et tympan... Cloison d'hymen!... C'est là qu'il vient vous parler, Shakespeare...

Pourquoi les Français traduisent-ils ça si mal? Ils sauvent leur mère, ils la gardent pucelle... Jeanne d'Arc... Ils ne sentent pas l'action de l'intérieur; ils ne prennent pas le risque membraneux, chauve-souris, vampire; ils n'osent pas descendre la grotte; ils ne jouent pas physiquement leur vie... Ça les laisse frigides... Sourds... Vierges... Regardez Gide transposant *wretched queen* par : « ô misérable mère! »... Et « petit rat » au lieu, froidement, de *mouse*, pour Polonius... Polonius est une souris. Pas un rat. Encore moins un *petit rat!* Quant à la Reine, elle n'est pas seulement « misérable », l'adjectif est faible, mais *wretched*... Qu'est-ce qu'on pourrait inventer? *Coulée!*...

Je suis mort, reine coulée, adieu!

Il meurt... Il dit qu'il meurt... Elle sombre... Le reste est silence... C'est beaucoup mieux que la scène avec le Sphinx... La Sphinge... Ou que Jocaste allant se pendre en coulisses... Ici, vous voyez tout... Elle est comme un navire qui fait naufrage... Le poison dans l'oreille, elle le boit... Il faut entendre ici de la coque et de la quille autour... Du bateau ivre! Du remous! Du tourbillon! Du ressac! Des algues! De la méduse! Du bouillonnement! Des coraux! Des poulpes!... Elle est percée! Elle coule! Tout ça se passe sur mer... Danaïdes!... Il faut être un peu marin pour lire Shakespeare... Sans quoi, pas la peine... Vent... Cordages... Poulies... Taquets... Haubans... Bâbord et tribord... Les quarts... Les lanternes... Les apparitions... La suite à Melville... A Céline sur la Baltique... J'ai vu sa maison d'exil, là-bas... Bicoque pour chien... Toit de chaume... Barque à l'ancre... Korsor... Klarksvogaard... Pommiers en fleur blanc-rose au-dessus d'une crique où nageait un cygne... Baltique, « mer muette »... Elseneur...

De même, Gide traduit « too, too solid flesh », par « chair massive »... Chair massive! Hamlet! Alors qu'on entend dans les mots, qu'on *voit* dans la répétition même de *too*, l'action de se cogner littéralement à son propre corps... A son mur physique... Difficulté de passer dans le son...

> *Oh, si cette trop, trop solide chair*
> *pouvait se dissoudre en rosée!*

La rosée, chair des fées... Leur travail pendant la nuit, délicat, imperceptible...

Autre traducteur, autre exemple... *La Tempête*... Là, c'est encore plus grave... Art poétique, testament... Si

Shakespeare écrit : « noises, sounds, sweet airs » (et vous êtes immédiatement dans Dowland, Byrd, Purcell; *Fairy Queen* dans l'enchantement contagieux, flexible), ce n'est pas pour qu'on traduise par : « résonances, accents, suaves mélodies »... Au lieu, simplement, de « bruits, sons, doux airs »... Qui indique une gradation dans le pouvoir musical... Une définition du tissu dont notre petite vie est faite, comme les rêves... Entourée, comme une île, précisément, par le zéro de l'eau noire du sommeil... Lui-même bulle de néant... Lequel peut quand même être évoqué, convoqué, déplié un instant, par la science des bruits, des sons, des doux airs... Comment voulez-vous avoir prise sur les hallucinations que nous sommes si vous ne prenez pas les mots dans leur nombre, dans leur nerf et dans leur nervure, j'allais dire leur *pavot*?...

Châtrage insidieux... Même pas volontaire... Martyre de l'homme sensuel, impulsif et noble... On n'écoute pas vraiment ce qu'il dit... Comment il le dit... Le père d'Hamlet, et Hamlet lui-même, Lear, Othello, Timon, Antoine... Domination féminine, vieille, si vieille histoire... Lady Macbeth, les filles de Lear... C'est en 1603 qu'Elizabeth, reine d'Angleterre, cède la place à Jacques Ier... Shakespeare va pouvoir forcer la note... Les révélations sur la vraie monstruosité féminine datent de 1606...

Bon, récapitulons. 1564, naissance. 27 novembre 1582, il est épousé par Anne Hathaway... Elle a vingt-six ans, lui dix-huit. Elle est déjà enceinte de Susanna, qui naît six mois après le mariage... 1585 : naissance des jumeaux. Le fils : Hamnet; la fille : Judith... Il n'a que vingt et un ans!... Elle a frappé vite, et fort... Le drame, la tragédie essentielle, c'est évidemment la mort de Hamnet à l'âge de onze ans, en 1596... Il n'a plus que deux filles... Dont l'une, donc, on l'oublie trop, ne peut être que le double hallucinant du garçon mort... Son père meurt en 1601... L'année de Hamlet... William a alors trente-sept ans...

Ce qui est le plus étonnant, c'est que personne n'a l'air vraiment à l'aise avec la transposition Hamnet/Hamlet... Soulevée par Joyce dans *Ulysse*, pourtant... Pas lu... Comment ne pas voir, bon dieu, que Shakespeare est, à ce moment exact et métaphysique, entre son père et son fils, morts? Qu'il est aussi bien par-delà la vie, au-delà du théâtre, spectre même des spectres, à la fois son père et son fils? Qu'il peut se demander ce que c'est que d'être avec ces deux cadavres inégaux en mesure, cause et effet, en arrière de lui, en avant de lui? Je suis vide, peut-il enfin penser, c'est pourquoi la nature a horreur de moi... Sa mère a eu raison de son père, sa femme de son fils... Et comme sa femme l'a épousé de force, rendu père de force, il rentre comme personne les yeux ouverts dans la plainte de son propre père assassiné comme lui dans la mécanique, pour la mécanique, reproduction des vivants et des morts et des vivants par les morts... La vie est un songe? Pas seulement... Le songe est une vie plus profonde que la vie, puisqu'il permet aux morts de venir révéler comment ils ont été, par violence, en vie... Insémination artificielle... La mort d'Hamnet devenue la vie et la mort d'Hamlet, c'est la manière dont Shakespeare nous parle de l'horreur du trafic matriciel... Perpétué en toute innocence naturelle! Bien sûr!... L'horreur qui fait qu'il est là... A la place de ceux qui sont avec lui dans le lien mortel... Il se cache lui-même en spectre sous la scène et, depuis la mort, en vrai souffleur-régisseur, s'envoie régler ses comptes en surface... Il dégage son fils mort, Hamnet, des limbes où il est resté pris, il le délègue, mûri, l'épée à la main, exposer le crime de l'existence... William n'a pas su sauver Hamnet? Au point de lui préférer sa jumelle au prénom meurtrier, Judith?...

Net? Filet? Voilà... Il va l'armer, maintenant... D'un heaume... Helmlet... Il efface une lettre... Ce *n*... Il la remplace... Par ce *l*... Histoire de golem... Reste de toute façon, le *Ham*, l'âme de la volonté de William... William H... Dédicataire des *Sonnets*... Le spectre est Shakespeare, Hamlet est Shakespeare, mais surtout Shakespeare est refermé sur Shakespeare... La généalogie est rectifiée, la naissance vaincue, remise à la verticale, théâtre dans le théâtre, donc crime dans le crime, mort passant du côté de la vérité, vérité dans la vérité, miroir brisé des ténèbres... Hamnet Shakespeare devenu Hamlet, William est réellement Shakespeare, il occupe son nom de part en part... En pure perte, d'ailleurs!... Disparaissons!... Noyons tout!... « I'll drown my book! »... Allons! Let's go! I am! Let!... D'une lettre, il a délivré de la mort; d'une lettre il a laissé passer l'autre mort... Il y en a deux... Abîme...

Livre tibétain... Excommunication d'Elizabeth en 1570... Massacre de la Saint-Barthélemy, 1572... Assomption du Greco, 1577... *Jérusalem délivrée*, 1581... Exécution de Marie Stuart, 1587... Destruction de l'Invincible Armada, 1588... Mort de la mère de Shakespeare, 1609... Retraite à Stratford, 1610... Procès de Galilée, 1615... On ne peut pas dire que l'époque est terne... Elle hurle de tous les côtés... Toujours la guerre de Troie... Cafouilleuse, louche, inutile, grotesque... Voyez *Troïlus et Cressida*, dans la foulée d'Hamlet... Il enfonce le clou, Shakespeare; le clou anti-amour, anti-grec... Anti-héroïque et anti-olympique... L'*Iliade* ridiculisée... L'*Enéide* sanglant vaudeville... La carte sexuelle en plein jour... Biblique... *King James*... Mélange de mensonges, de trahisons loufoques, de vanités ramifiées... Comédie de la tragédie... Avec la coquette automatique au centre... Oui, il peut se balader, l'œil clair, sur le champ de bataille, il connaît le ressort, le muscle invisible, l'astuce de l'excitation pour rien...

Magie, peut-être, mais ici, sur la scène, il faut bien subir l'enchaînement des causes et des effets, autrement dit le détour des générations, les péripéties du pouvoir... Encore heureux si, de fils confit de la mère, on peut s'élever, comme Prospero, au rôle détaché de père de fille, sans illusions... Lâcher sa fille, son mirage, sa Miranda, secret des Etats...

Après quoi, on peut tirer l'échelle de sa propre apparition physique... Dissoudre les formes... Enfouir ses calculs... Envoyer ses formules à vingt mille lieues sous les mers... Et dormir sans rêves... Revenir en somme à la condition qu'on n'aurait jamais dû quitter si les filles ne sortaient pas de leurs gonds pour devenir des mères produisant et assassinant des pères afin d'en obtenir des fils contraints de les saborder elles-mêmes... Le cirque... Not to be... N'avoir jamais souffert d'être... Adieu... Excusez-moi d'avoir été là...

Je lève les yeux... La tempête avec laquelle j'ai débarqué sur l'île vient de s'arrêter... Le laurier est immobile... Le ciel plombé noir s'est figé en plaques grises annonçant la transformation du ciel... Marée haute au point d'équilibre... Une goutte en suspension, pas plus... C'est le soir, Deb et Stephen vont aller se coucher... Les fleurs du jardin respirent... Trèfle, lavande, roses, géraniums, glaïeuls, marguerites, bégonias, fuchsias, veigelias, cannas... Magnifique, les cannas... Fleur charnue, éclatante... Le catalpa et le mimosa boivent l'obscurité... Le pin parasol, les arizonas la filtrent... L'herbe se retourne, on dirait... Stephen vient me dire bonsoir... Papa s'est mis tout de suite à travailler, dès son arrivée... Son « roman »... Qu'est-ce que c'est, un « roman »? Une histoire? Avec des avions? Oui... Je t'expliquerai plus tard... Pour l'instant, pas de bruit, d'accord? D'accord. Promis? Promis. Deb est en forme, déjà bronzée, reposée... Je continue dans la nuit... Ma vitre se couvre de papillons

bruns, de moucherons, de moustiques... La chaleur
revient... Une existence éphémère veille avec moi...
Comme du fond de la préhistoire, animée, réduite...
Pattes... Antennes... Vibration stupéfaite... Carbone 14
en lambeaux... Je vois, dans la fenêtre, un reflet de
mon visage mangé d'insectes... Ça fait un assez joli
tableau fantastique avec la lumière intermittente du
phare... Le phare des Baleines, là-bas... Construit en
1854... 55 mètres... Escalier de 257 marches... Feux
portant à 75 kilomètres... Allô, Nantucket? Allô tous les
trois-mâts de tous les temps, fantômes à la surface des
flots? Allô le Hollandais volant? Lord Jim? Billy
Budd? Le Vieux Marin lui-même?...

J'allume la radio... Comme on est au large, les postes
émetteurs étrangers arrivent mieux jusqu'ici... L'Angleterre, très nette... This is the BBC third program...
J'aime bien l'emphase discrète du « this is »... Thisiss!
Bibici!... On dirait que le speaker annonce chaque fois
l'entrée de la reine... Aboiement... Tambours... Et en
même temps rien de déclamatoire... Non, la civilisation
sûre d'elle-même au-dessus des eaux, grave, dieu et
mon droit, la Tamise, la City bancaire... Et puis l'Espagne... Saint-Sébastien... La Conche luisante... Casino...
Palaces, terrasses...

Voix d'une nuit d'été... Obéron... Titania... Puck...
Elfes... Lulla, lulla, lullaby!... « Ahora vamos a escu-
char. »...

Je descends dans le bureau de S. Je regarde sa
bibliothèque... Une Bible du XVIIe... Homère... Les Tra-
giques... Virgile... Lucrèce... Plutarque... Mme de Sévigné... Sade... *Œuvres complètes* de saint Bernard... Eh
bien, on ne s'ennuie pas au bord de l'océan, pendant
les nuits d'août... Mais il y a aussi, en désordre, de
vieux livres reliés en cuir... Des traités de navigation...
Les côtes de l'Afrique... Un cours de physique... Un
autre de géométrie... *L'Eloquence française*... *L'Homme*

et la création... 1860... Des trucs comme ça... XIXe...
Lectures d'un capitaine au long cours, dans sa cabine
ou sur le pont, quelque part entre Bordeaux et Singapour, ou Bombay... Journaux...

« *Dimanche 8 juin 1862*

MÉMORIAL BORDELAIS

*Journal Politique, Commercial, Maritime, Industriel,
Littéraire et d'Annonces Judiciaires.*

Service des dépêches télégraphiques.

Raguse, 5 juin

Le 2 juin, à Piperi, Abdi-Pacha, avec 12 000 Turcs, a
attaqué Mirko, qui était à la tête de 8 000 Monténé-
grins. Les Turcs ont perdu 400 hommes et les monta-
gnards 200.

Lundi et mardi, Dervisch-Pacha a suivi la frontière
du Monténégro, sans quitter le territoire de l'Herzégo-
vine.

Rome, 5 juin

Hier, le pape a accordé une audience à l'infante
Isabelle, ancienne régente du Portugal.

Les cardinaux de Bonald, Donnet et Schwarzemberg
sont arrivés avec treize évêques, dont trois français, et
trois d'Orient.

Il y a en ce moment à Rome 44 cardinaux, et
278 évêques.

Vienne, 6 juin

La négociation des 50 millions de nouveaux lots
d'Autriche est close. Ils ont été souscrits par la maison
Rothschild, le Crédit Mobilier Autrichien et MM. Gold-
schmidt, de Francfort, au prix de 88. (88 quoi ?)

Turin, 5 juin

Des lettres de Rome, du 3 juin, portent que les
Français ont arrêté près d'Albano deux fourgons
contenant des armes : ces fourgons étaient escortés
par des gardes pontificaux.

New York, 5 juin

Le manifeste adressé au gouvernement mexicain par MM. Jurien et de Saligny, plénipotentiaires français, au sujet des cessions de territoires qui pourraient être faites par ce gouvernement à des Etats étrangers, vient d'être officiellement dénoncé au président Lincoln par M. Mercier, notre ambassadeur à Washington.

Navires en partance

Pour Montevideo, directement.

Départ fixé le 5 juillet.

Par le navire de première classe *Immaculée Conception*, capitaine Monnier. On prendra du fret pour compléter, et des passagers de première et deuxième classe. »

(Oh Isidore Ducasse!)

Il y a tout, dans le *Mémorial Bordelais*... Les « rapports de mer »... Les observations météorologiques... Les bulletins financiers... Les ventes... Les convois funèbres... Les correspondances particulières... Les petites annonces, bien sûr...

« M. Joyaux, marchand de chevaux, a l'honneur de prévenir qu'il vient de transférer son établissement de la rue Burguet à la rue Durand, nº 81 (côté de la Croix-Blanche), et qu'à cette occasion il a reçu un grand nombre de beaux chevaux de tout genre. »

Et puis le feuilleton... *Marie-Anne!*...

« Elle me reçut dans sa chambre; elle était seule. Son beau visage était profondément altéré, ses yeux secs et brillants étaient pleins de fièvre, de passion contenue et de dignité. Qui nous eût vus l'un et l'autre m'eût pris pour le coupable et elle pour l'offensée. »

Eût!... Eût!...

Lire ça au milieu de l'océan Indien!...

Je sors dans le jardin. Le ciel est dégagé, maintenant... Grande Ourse sur la gauche... Le phare vient frapper faiblement un des murs blanchis à la chaux... Velours... Etoiles... Petit souffle passager, dans ta cage thoracique, assis, là, devant l'eau et la nuit fondues, salut!... Au revoir!... Bonjour de nouveau!... Adieu!... Tiens, te revoilà quand même, vivant dans un corps vivant, avec ses veines et ses nerfs, et sa digestion, et son cerveau milliards de neurones?... Main dans les cailloux... Main dans le terreau des fleurs... Et pierre dans le noir liquide pour voir si on rêve... Où sont-ils passés, tous ceux d'avant, et déjà tous ceux d'après qui sont comme ceux d'avant par rapport à la Voie lactée, crachat blanc, jet de foutre larmé dans son axe?... Coup de chiffon, tableau, craie crissante... Non... Rien d'écrit... Rien de lisible, en tout cas... Pas le moindre chiffre... Et moi, le milliardième connard à le constater en dedans... « Je te multiplierai comme le sable de la mer. »... Les étoiles ne suffisaient pas... Il fallait le désert et les plages... Transformé en foules... Marché du matin... Abcès des ventres les uns contre les autres... Enfants qui crient... Et les mémères, et les mémères, et les mémères, pour l'éternité des mémères... Sacs, porte-monnaie... Combien? Mettez-m'en un peu plus... Viande, poisson, légumes... Et le pain... Tout le caca du jour à refaire... Et demain pareil... Impossible de se garer... Le bruit... Les bébés affolés par terre... Des hommes? Où ça? Ah oui, quelques mémères d'un genre particulier, sans seins, ventripotents, shorteux, slipeux, explosés, rougis à la graisse... « Bisons futés. »... Ravagés par le « non! » ancestral grouillant... Pas la moindre chance... Pas se faire remarquer... De biais... Invisible... Question nerveuse... Chut!... La tête en avant... « Eh! merde! Vous pourriez faire attention! »... J'en ai bousculé une... Un mâle... Je fonce... Il faut se chantonner quelque chose dans ces moments-là... Pharmacie... Tabac... Poste... Trois points chauds...

J'ai toujours pensé qu'il y avait un repli de la nuit à droite ou à gauche... Derrière, tout près... En écartant l'espace d'un bond... S'en aller... Sans reste... Ah, voilà,

« fantasme »!... Gendarmerie psychique... Qu'est-ce que j'ai encore lu d'amusant, l'autre jour? A propos de Joyce? « La castration symbolique... se manifeste dans ses effets... L'image du Christ avait jadis permis de projeter le fantasme d'une naissance échappant au sexe et, du coup, à la mort. »... Etc. Holà, professeur! Que vous me semblez sage! Comme vous distinguez, d'un coup d'œil, le rapport du plumage au ramage, les vains efforts du phénix des hôtes de ces bois!... Comme le Christ vous envie, du fond de son échec naïf, d'être encore là pour lui dire quel aura été son fantasme!... Quel fromage! Quel camembert! Entrée solennelle de la psychanalyse dans le temple philistin principal!... *Le Sexe et la mort*... Ben voyons... Mais quoi? J'entends un perturbateur? Qu'est-ce que vous murmurez, là, au fond? Que *le* sexe n'aurait rien à voir avec *la* mort? Quoi? Qu'est-ce que vous dites? Rien de plus évident, pourtant! Quoi? C'est parce qu'on reste en deçà du sexe qu'on meurt? Pour qui vous prenez-vous? Sur quoi vous appuyez-vous? Sade? « Rien n'est plus beau, plus *grand*, que le sexe, et hors du sexe, point de salut? » Au secours! La Bête! Psychanalyse urgente! Sauver l'Université! Mais de quelle mort parlez-vous? De quel sexe? Eh bien, le mien, le vôtre, celui de tout le monde; vous, moi, ma sœur, ma grand-mère, mon cousin, la famille en tout cas, qui a toujours été plus ou moins dans l'enseignement, bien sûr!...

Comment? Qu'est-ce que vous dites encore? S'il y a *deux* sexes, alors il y a *deux* morts?

Tiens, c'est vrai, personne n'a pensé à ça... Mais à première vue, c'est absurde... Vous ne voudriez tout de même pas qu'on donne de l'homme la définition suivante : incapable d'être intégralement sexuel, il meurt?

Le retour de dieu à l'envers? Mieux vaut ne pas s'y arrêter... Ou bien il faudrait tout repenser! Tout

reprendre! Depuis le début! Ce ne serait pas sexuellement que l'homme a chuté du Paradis, en a été
expulsé, mais parce que quelqu'un en lui, à côté de lui,
a songé à *profiter* du sexe? A le rentabiliser? Le
Serpent? Eve? L'image en miroir au lieu du sexe? La
reproduction? Et hop! tout est foutu? La mort? La vie,
maladie du ressentiment contre le sexe perpétuant la
mort?... Arrêtez!... A la porte!...

Voilà ce que j'aperçois... Pas de sexe et sexe se
rejoindraient impensablement en dehors de la mort...
Le royaume de la mort, lui, ne serait que freinage et
attiédissement du sexe... Prétention à savoir faire
avec!... Fausses raisons!... Fausses justifications!... Fausses représentations!... Laissez venir à moi les petits
enfants et les saints... Mais aussi les aventuriers qui ont
aperçu, dans leur acharnement, la vraie limite du
monde... Il n'y a de naissance, et de renaissance, que
par rapport au sexe qui échappe à la mort... Dans la
flûte enchantée elle-même... La mort? Refus de la
musique en soi!... Médisance!... Nuisance!...

Méditation en cachette... Je regarde quelques étoiles
filantes... Brefs orgasmes dont personne ne jouira
jamais... Feux froids... La comète de Halley sera dans
les parages de notre pointe d'épingle terrestre en mars
1986... Exactement le 8 et le 12... A 150 millions de
kilomètres de nous, environ... On lui enverra pour la
première fois des sondes dans la chevelure... Gaz et
poussières... Le noyau? On n'en sait rien... Glace?... Elle
passe tous les soixante-seize ans... La dernière fois,
donc, en 1910... On en parle depuis l'an 231 avant le
grand fantasme!... Elle a d'ailleurs été excommuniée
par Calixte III en 1456... Attention! Attention! Achtung!
Folie! Destruction! Carnage!

Stephen n'en finit pas de gonfler ses ballons... Ses bouées... Un chat... Un cygne... Un canard... Donald Duck... « Papa! Encore une pochette de ballons! »... Rouges, blancs, jaunes, verts... Ronds ou longs... Parfois, ils explosent... Il pleure trois secondes... Recommence... Le phénomène l'émerveille... Il passe son temps dans l'eau... Bonheur... Pelle, seau, pâtés, tunnels, avions dessinés sur le sable, tout y passe... Il a commencé à faire de l'avion à six mois... Entre Paris et New York... Maintenant, bien entendu, c'est pilote qu'il veut être... Aviateur... Décoller, voler, s'en aller... Attention les passagers... Attachez vos ceintures... Eteignez votre cigarette... Merci!... Thank you!... De loup que j'étais dans le fond des couloirs, je suis devenu Pussy Cat... Mais on fait toujours les samouraïs le matin, sur la pelouse... Jôôôôôôô!... Rôôôôôôô!... Je pousse mes grognements pseudo-japonais... Il m'imite... Frappe de plus en plus fort... Bientôt six ans... Je pense au Nô... La « fleur merveilleuse »... *Kyûi-Shidai*... « A minuit, le soleil luit! »... « Le style tout en charme subtil, au-delà de tout éloge, l'émotion au-delà de toute conscience, l'effet visuel d'un degré au-delà de tout degré, voilà *la fleur merveilleuse.* »... Il faudrait pouvoir écrire comme ça... Racines des verbes, tiges des noms, pétales d'adjectifs, pistils de la ponctuation... Papillon sur le tout... Envolé!... Glissade...

Deborah travaille à son livre sur l'hystérie... J'entends crépiter sa machine à écrire... On se fait, comme ça, de petits duels d'artillerie... Elle prépare ses cours pour Columbia... Sur Kafka... On en parle un peu le soir... La voilà nue sur la plage... De temps en temps, on se fait des scènes amères, bien cadrées, simples, stéréotypées... Tout dans la tradition... Genre obligatoire... On vit à la Rubens... Quoi? Vous dites? Pas le temps... *Garden of love*...

C'est bien « culturel », tout ça!... Mais non... Baignades, soleil, re-baignades... Et les vagues, le tennis, les vagues... Poisson grillé... Solitude à trois... Ce n'est pas bien... Vous n'avez pas honte? Avec ce qui se passe!... Liban! Pologne! Afghanistan! Feu et sang!... Mais c'est comme ça qu'ils voudraient vivre tous ces corps jetés dans l'enfer des guerres par les « états-majors », les gouvernements, les « fronts »... Maniaques de l'histoire... Comme s'il se passait réellement quelque chose... Tueurs, blablateurs... Ils aiment ça, au fond, pétrir du viscère sous eux, se rouler dans la merde humaine avec des idées et des plans plein la tête... Ils disent que c'est « important »?... Mais rien n'est important!... Sauf les respirations noyées, gaspillage... Ils se jettent leurs cadavres à la tête... Echafaudent des « explications »... Il y en a toujours... Thèse... Antithèse... Démonstration... Contre-démonstration... Je connais la drogue... La plus dure... Tubes entiers chaque matin...

Quand on revient sur les époques troublées, catastrophiques, et elles le sont toutes, qu'est-ce qui reste, finalement?... Tableaux, livres, musique... Ils le savent... C'est ça qu'ils veulent empêcher, au fond... Le reste est sans raison...

Stephen est assommé par sa journée d'océan.... Il mange comme quatre... Des beignets... Des « friands »... Saucisses... Francfort! Strasbourg!... Voilà des villes!... Je vais le mettre au lit... On joue un peu avec ses jeux : « Lego », « Clipo »... Je lui fais faire sa prière... Parfaitement... Au nom du père, du fils et du sain d'esprit... Non, chéri... Du Saint-Esprit... *Tesprit!*... Du sain d'esprit... *Tesprit!*... Bon... Je vous salue Marie... « Le fruit de vos entrailles », ça, c'est un peu plus compliqué... Priez pour nous, pauvres pécheurs... Pauvres pécheurs?... Maintenant et à l'heure de notre mort...

Deb ferme les yeux sur ces pratiques obscurantistes... Névrotiques... Ridicules... Ringardes... Charmantes... Puisque j'y tiens...

Tiens, voilà Edwige sur la plage... Cadre féministe ancien... Plutôt brave... Elle ne nous quitte plus... Elle récite de temps en temps son catéchisme... Vieille hypnose... L'androgyne... La mère à qui l'on doit tout... Spoliée depuis toujours... Les pulsions élémentaires... L'âme de la matière... La fusion... La transfusion... La timidité, lâcheté, peur, étroitesse, mesquinerie, sécheresse des hommes, les pauvres... Les zoms!... L'exploitation millénaire des femmes... Le patriarcat judéochrétien...

« Tu as vu la tuerie de la rue des Rosiers? dis-je.

— Oui, c'est affreux... Mais ce Begin est un taré, non? »

Edwige est juive... Elle ne sait pas très bien ce que ça veut dire... Persécution vague... Elle n'est pas antisémite, non, grands dieux, mais tout de même, il faudrait retrouver ce qui a été écrasé par la Bible... Autre chose... Derrière... Une autre vérité...

« Eh bien, les cultes maternels, dit Deb, c'est clair! Justement ce que la Bible n'arrête pas de combattre...

— Oui, et avec quelle sauvagerie! dit Edwige. Il faudrait quand même désenfouir tout ça...

— En somme, dit son mari, résigné, le féminisme n'est pas antisémite, mais propose de sauver le judaïsme de lui-même? »

La réflexion se perd dans l'eau, les baigneurs, les enfants qui courent... Les planches à voile sont en train d'envahir le décor... Les bonshommes montent sur leurs trottinettes flottantes, tombent, s'assomment à moitié, nagent, se rétablissent, repartent...

« Tu as regardé le film sur les bébés éprouvettes hier soir? dis-je.

« – Moi, je n'ai pas pu, dit Deb, je trouve ça dégoûtant.

– Il paraît que c'était passionnant, dit Edwige.

– Superbe, dis-je. J'aime bien voir les vagins en gros plan, pénétrés d'aiguilles... Les tuyaux, les tubes... Magnifique!

– Sadique! » dit Deb en riant.

Edwige a pâli. Elle se lève, nue, inquiète de l'effet que produisent ses fesses, entraîne Deb dans l'eau... Lui dit un peu de mal de moi, je suppose, entre deux brasses... Gentiment, comme ça, pour voir...

« Tu n'aimes pas qu'on se mette nu? me demande Edwige.

– Pas particulièrement, dis-je... Ça me trouble. »

Elle hausse les épaules... Elle essaie d'entraîner Deb dans une discussion psychologique... Deb répond psy...

En fin d'après-midi, j'écoute une émission de jazz à la radio... Un type a eu l'idée de diffuser en même temps les déclarations des hommes politiques entre 1938 et 1944 et les enregistrements qui se faisaient au même moment... Voix de Thorez en 1939... « Il faut que tous les Français s'unissent. Tous les Français républicains héritiers de 1789!... Les hommes du parti ouvrier, les communistes... Et les socialistes, les hommes de la Paix! »... Suit immédiatement un disque de Lester Young... Et puis Billie Holliday... *Lover Man*... Montage sans commentaire... Kathleen Ferrier et Billie Holliday... Bon, je veux bien que ces deux-là définissent une nouvelle ère pour les femmes... Et donc pour l'humanité entière... *Kindertotenlieder*... *Lover Man*... La gorge, les poumons... Les sinus de Billie Holliday... Le jazz en avance sur toute cette époque? Tellement net! Passons...

Je refais connaissance avec mon corps... Je l'amaigris, le durcis, le plonge et le replonge, le fais flotter, l'étends, l'allège, le brûle, le sèche, lui donne une autorisation plus fine de dormir... Il a les visions de la nuit, celles de l'après-midi... Ce n'est pas la même nage, le même sommeil... Différences de courants, de profondeurs... Je regarde... Et puis, je regarde encore... La mouette qui plane, descend, pique... Le vert n'est jamais stable... Le bleu non plus... Cris d'oiseaux... Tas de sel, odeur de violette... Fleur de l'air et de l'eau, travail silencieux à l'envers du jour, langue nocturne venant goûter la salive de la terre poreuse... Ça se fait lentement, imperceptiblement, milligramme par milligramme... Sel de jour, rosée la nuit...

« On devrait se retirer dans ce genre d'endroit, dit Deb.

– Pourquoi pas?

– C'est curieux comme personne ne nous convient, non? Ou ne veut de nous? On ne fait pas ce qu'il faut?

– On est trop intelligents. On s'aime trop.

– Oh, dis donc! Non, je crois qu'on reste étrangers, c'est tout... A moins de s'installer une bonne fois à New York?

– Pourquoi pas?

– J'ai eu une sorte de révélation, la dernière fois, au Japon, tu sais?... A Kyoto... Qu'on allait vraiment vers le vide...

– Oui?

– Tu n'écoutes pas ce que je dis!

– Mais si! »

Stephen entre, avec son dragon cerf-volant et ses jeux de construction... Encore des avions... Pan Am... Air France... Transworld Airlines... British Airways... Lufthansa... Swissair... Air Inter...

« Stephen! Arrête! Pas de bruit!

– Un tout petit peu !

– Non, ça suffit! »

Deb est organisée... La maison... Stephen... Son propre travail... Plus la plage, le tennis, les fleurs... Plus la séduction... Elle vient de temps en temps, vers la fin de l'après-midi, cueillir des feuilles de laurier sous mon arbre... Je les retrouve dans le lapin... Dorades... Soles... Amen.

J'ai emporté un peu de haschisch... On le fume, ensemble, le soir, sous les pins... Elle s'endort rapidement sur mon épaule... Je vais la coucher... Je reprends devant ma machine... Une phrase... Deux... Ça ne va pas... Ça suffit comme ça... Ou alors, ça marche, c'est la nuit favorable, voilà, je deviens un grain échappé du bloc... Une particule de l'envers en bulles, un mobile d'antimatière, un *boson*, comme dit la physique d'aujourd'hui... Noté Z zéro... Z_0... Combien d'écarts sont possibles? Avant de retomber? D'oublier? D'être de nouveau réveillé? De rentrer dans l'embouteillage?...

Après l'amour, avec Deb, on sombre aussitôt l'un à côté de l'autre... Sitôt jouis, sitôt endormis... L'amour, c'est ça... La possibilité d'inconscience immédiate à deux... La petite guerre de la cohabitation – tu es trop ceci ou cela – tu n'es pas assez ceci ou cela – toi évidemment! – avec toi, bien entendu! – ne peut pas mettre en cause le plaisir des jambes dans les jambes, l'odeur de la peau qu'on aime sentir, respirer... Les joues... Le cou...

Petit déjeuner, la fenêtre ouverte sur l'eau... Informations à la radio... Liste des courses à faire...

On se retrouve dans les vagues... Rouleau de la houle, gifles d'écume... Stephen dans sa bouée rouge essayant de nager... On converge les uns vers les autres... On s'embrasse... On rit...

Je vois que le Journal a commencé une grande enquête après les attentats récents... « Les Français sont-ils antisémites ? »... Cette blague !... Il suffit de faire le relevé quotidien des murmures... J'ai un ami français, à Paris, qui a appelé son fils David... Il n'est pas juif... Il raisonnait à l'anglaise... Phonétiquement... *Deillevid!*... Il m'a raconté qu'une amie de sa femme, à la clinique, l'avait pris à part pour lui dire : « Mais tu lui donnes d'autres prénoms en même temps, n'est-ce pas ?... – Non... David, c'est tout... Pourquoi ?... – Mais, pour qu'il puisse choisir plus tard ! »... Et une autre : « Pourquoi tu ne l'appelles pas plutôt Christian ? »... Comme s'il y avait le moindre rapport entre « David » et « Christian » !... Comme si la *traduction* de « David » était « Christian » !... Et un autre : « Alors, tu as donné à ton fils un prénom sioniste ? »... Et encore un autre : « Mais pourquoi *David ?* D'où ça t'est venu ?... – Des Psaumes... C'est aussi bien que Victor Hugo, non ? »... Bref, me racontait-il, ça n'a pas arrêté pendant trois mois... Si nous avions été juifs, ma femme et moi, je suppose que personne ne nous aurait rien dit... Les juifs, bon, ça va, c'est normal... Mais un non-juif français qui donne à un enfant un prénom juif !... Provocation !...

J'avais du mal à le croire, je me demandais toujours s'il n'exagérait pas... Et puis j'ai vécu ici, j'ai entendu, surpris, observé, constaté... Ça saute sans cesse aux oreilles... Peut-être qu'ils ne s'en rendent pas compte eux-mêmes, d'ailleurs... Elément psychique naturel... Générations... Conneries rampantes en famille... Ecole muette ou dissuasive... J'ai fait deux ou trois sondages, comme ça, autour de moi, en passant... Des questions bateaux sur la Bible... Vraiment énormes... Du genre : comment s'appelaient les patriarches ? Qui a circoncis

Moïse? Qui était le père de Salomon?... Désarroi éloquent... Des gens « cultivés », pourtant... Mais vous auriez obtenu la même stupeur avec Jupiter et Vénus, me dira-t-on... Peut-être... C'est vrai que l'analphabétisme bat son plein... Table rase... Jeunesse archinulle! Vieillards précoces gâteux! Ecrivains ignares! Plus de grec! Plus de latin! Alors l'hébreu peut, a fortiori, aller se faire foutre! Plus d'Histoire! Plus de Mémoire! Patates! 1984! *Novlangue!* On y est... Oui, mais il y a toujours ces juifs qui y tiennent, à leur hébreu!... Qui continuent à le déchiffrer ouvertement, à le marmonner... Ça donne des complexes... D'infériorité, maintenant... Avant, on pouvait les regarder de haut, ces pouilleux parfois riches, qui ne voulaient pas d'Apollon et d'Aphrodite... Des mille et une merveilles d'Athènes ou de Rome!... Des miracles du vrai Messie... Maintenant, ils inquiètent... La Science ne leur suffit pas... Ils gardent l'intériorité!... Ils en savent plus... Toujours avec leur bouquin poussiéreux plus ou moins hiéroglyphique... Qui prétend éclairer l'origine et tout raconter depuis elle, en plus!...

L'antisémitisme n'est plus un racisme... C'est le préjugé anti-intellectuel lui-même... A moins de faire de l'intellectuel une race à part... Mais oui, au fond... Double système d'existence... On n'a pas besoin d'un double système... Un suffit... Sonnette! Sauvette! Pavlov! Salive! Bile! Petite éjaculation grise! Roulement!

Bon, laissons-les parler... « Idées »... Pas un qui racontera une anecdote personnelle... Qui en dirait plus, pourtant, que mille dissertations... Juste un petit truc, là, qui vous est arrivé... Que vous avez saisi au vol... Une intonation... Une mimique... Un sous-entendu... Qu'on voie si vous êtes vraiment au courant...

Téléphone de S. ... De Rome...

« Ça va? Vous êtes content de la maison?

– Epatante.

– Curieux endroit, non? Il fait beau?

– Splendide! Et vous, vous partez quand pour Sydney?

– J'ai annulé!... Ça m'ennuyait trop!... Je rentre...

– Bientôt?

– Dans dix jours... On retravaille tout de suite? Vous avez avancé?

– Pas mal... Moins vite que prévu, mais pas mal...

– Vous avez été dérangé par les événements?

– Un peu... Ça bouge quand même beaucoup, non?

– Oh, vous savez... Toujours moins qu'on croit... Il ne restera plus, bientôt, que la terreur pour nous obliger à penser qu'il se passe quelque chose...

– Et vous, c'est reparti?

– Mais oui! J'y *recrois!* Rome! Bernini! Grâce à vous!

– Baldaquin?

– Baldaquin! »

Il a l'air joyeux...

« Vous avez pensé aux fleurs? dit-il.

– Elles sont exubérantes... En pleine forme... Les roses...

– Les cannas?

– Particulièrement.

– Le canna est aux fleurs ce que la sole est aux poissons... Simplicité, générosité...

– "Plante herbacée vivace, à fleurs irrégulières, à tige souterraine, épaisse, à racines adventives, et donnant des bourgeons qui se développent en branches aériennes, portant des fleurs alternes, engainantes et terminées par des grappes de fleurs en cymes scorpioïdes, accompagnées de bractées colorées. Origine : pays tropicaux, surtout l'Amérique du Nord et l'Asie."

– Effectivement!

– OK! Sophie va bien?

– En pleine Assomption! Vierge Noire! Pologne!... Et Deb? Stephen?

– Au mieux...

– Bientôt!

– Bientôt. »

Téléphone de nouveau...

« Allô?

– Allô?... Comment vas-tu? »...

La voix est lointaine... J'hésite trois secondes... Mais oui, c'est elle... Flora... Je l'entends à peine...

« Où es-tu?

– Mmmamaba...

– Où ça?

– MA-LA-GA!... Tu es devenu sourd?

– Tu vas bien?

– Très bien... Je suis avec quelques amis... Malmora... Tu te souviens?

– Mais oui... Comment il va, celui-là?

– Il écrit... Un gros roman... D'amour... On parlait de toi, il y a cinq minutes... Ça m'a donné l'idée de t'appeler... Au Journal, on m'a dit que tu étais chez des amis dans le Sud-Ouest?

– Oui...

– Tu travailles?

– Autant que possible... Et toi?...

– Justement, je voulais ton avis... »

Non!... Pitié!... Ça recommence!... Comme si de rien n'était... A qui il vaut mieux téléphoner, à New York, pour un papier d'ensemble sur le terrorisme en Europe... Elle vient d'avoir des contacts... Elle ne peut pas me dire lesquels... « De très haut niveau »... Oui, à propos du Proche-Orient, bien sûr... Et au-delà... Est-ce que je ne pense pas que?... Après Beyrouth?... En relation avec les derniers développements en France?... Je pourrais peut-être téléphoner au *New York Times*? Et bien entendu revoir son papier?...

Je fais semblant de ne plus entendre... Je m'accroche à mon laurier lumineux et vert, là, devant moi... Je grogne... « Ne coupez pas! »... Je crie... Allô! Allô!... Je raccroche... Je décroche... Je *deviens* le laurier... Je disparais dans ses feuilles... Dans son odeur...

Flora pensera que les communications téléphoniques sont difficiles avec la province française. Pas de circuits... En tout cas, je constate qu'elle a fait ses comptes... Froidement... Je peux encore servir... Mon anglais...

Courrier réexpédié... Petit mot de Cyd au studio... Elle va à Berlin à la fin du mois... Elle sera deux jours à Paris...

Je ressors dans le soleil... Je marche dans les marais... Je rejoins l'océan par un chemin perdu dans les herbes... Personne... Je nage tout seul, là, avec trois mouettes posées près de moi... Elles s'envolent un peu, paresseusement, passent au-dessus de moi, se reposent à vingt mètres... On joue comme ça un moment dans le silence... La surface bleue, à peine ridée, est comme une respiration suspendue... Peau divine... Je rentre, j'observe la maison de loin... Stephen vient de se réveiller de sa sieste, il court dans le jardin, un de ses avions à la main... *Pussy cat!* il crie... *Pussy cat!*... Il me cherche... Deb sort aussi... *Pussy?*... Je les regarde... Ils ne me voient pas... Ils s'assoient sur le banc, face à l'eau montante... Je les regarde, couché dans l'herbe, comme si j'étais mort, depuis l'au-delà de ma mort... Peut-être qu'ils penseraient à moi de temps en temps... Intervalles... Sacré Pussy!... Bizarre, avec ses manies, sa façon de ne pas soutenir les conversations, de ne rien raconter, au fond, de s'enfermer des heures et des heures... La silhouette brune de Deb paraît fragile, tout à coup, dans l'après-midi vertical, violent... Elle boit son thé... Temps pour rien... Cri des mouettes inlassables autour... Mot anglais meilleur : *gulls!*... Oui, Long Island... Les maisons peintes en blanc, gazon et jets d'eau... Belport... Watermill... Easthampton... Départs du vendredi hors de la ville surchauffée, moite, dans les grosses voitures... Aussi chaud, l'été à New York, que glacial l'hiver... La même aile miroitante d'un bord à l'autre : l'Atlantique n'a pas encore tout dit... Vibration trouée en hauteur...

Pussy!...

« Tu sais ce qu'écrit Kafka? me dit Deb en levant les yeux de son livre.

– Vas-y...

– " Le célibat et le suicide se situent à un niveau de connaissance analogue, le suicide et le martyre nullement, le mariage et le martyre peut-être. "

– Il faut que tu relises ses lettres à Felice... Et celles à Milena... Felice, Julie, Milena et, tout au bout, les cahiers d'exercices d'hébreu, et Dora... Il est enfin décidé au mariage... Il va mourir suicidé de l'intérieur et martyrisé... Les deux à la fois...

– Et ça : " Il peut exister un savoir du diabolique, non pas de croyance en lui, car plus de diabolique qu'il y en a ici, cela n'existe pas. "...

– Dans le mille... Définition du siècle qui vient... Nouvelle perception des corps comme erreurs... Tout corps humain peut être considéré comme une proposition malhonnête de l'espace...

– Et ça : " Le vrai adversaire fait passer en toi un courage immense. "

– Voilà... Concentration de Kafka... Une concentration nerveuse comme on n'en a pas vu avant lui...

Adaptée à la désolation qui vient... Désolation sans précédent, sagesse sans précédent...

– Et ça : " Croire signifie : libérer l'indestructible en soi; ou plus exactement : se libérer; ou plus exactement : être indestructible; ou plus exactement : être. "

– Tout dans le mouvement de la phrase... Révélation dans la correction grammaticale méditée ouvertement... Hamlet...

– Et ça : " Le Messie viendra dès l'instant où l'individualisme le plus débridé sera possible dans la foi. "

– Mystérieux, ça non? Mais logique... La boucle bouclée...

– Oh, j'ai pensé à toi, il y a une chose drôle dans la dernière interview de Faulkner, reprend Deb... Tiens, écoute, c'est republié dans *Time*... On lui demande ce qu'il pense de l'influence de la science sur la littérature... " Tout le monde parlait de Freud quand je vivais à La Nouvelle-Orléans, mais je ne l'ai jamais lu. Shakespeare ne l'a pas lu non plus, je doute que Melville l'ait lu, et je suis sûr que Moby Dick ne l'avait pas lu. "

– Hommage à Freud... Shakespeare, Melville, Moby Dick comme spontanément freudiens... Manière tranquille, pour Faulkner, d'affirmer qu'il est aussi, en passant, Shakespeare, Melville, Moby Dick... Ou encore, la Bible elle-même... C'est-à-dire, notamment, Freud... Redevenu baleine et se crachant en Jonas... On n'en sort pas... Tu sais de quand date la *King James Version* en anglais?

– J'ai oublié la date exacte...

– 1611... L'année de *La Tempête*... L'anglais devient là, officiellement, la première langue du monde, non? »

Stephen dort... On sort dans la nuit... Chauves-souris

tourbillonnant sous les arbres... L'île, emportée dans l'obscurité liquide, est comme un tapis de terre volant en silence... On regarde les constellations... On va se plonger une dernière fois dans l'eau...

Je pars demain matin... Je range mes affaires... Je reste assis, seul, dans la grande pièce que j'habite depuis un mois... Traces de sable sur le carrelage... Lampe rouge, lit vert... Devant moi, comme un blason de ce voyage qui n'en finit pas, ma machine à écrire fermée, la Bible, une bouteille de whisky... Et le narrateur... Western métaphysique... Jeu de cartes, bouteille, revolver... Toile cubiste... La voiture dehors... Cheval... L'étiquette jaune et rouge du JB, *Justerini and Brooks, Ltd, 61, James Street, London*... By appointment to Her Majesty the Queen... By appointment to Their Late Majesties George III, George IV, William IV, Victoria, George V, George VI, and to his late Royal Highness, The Prince of Wales (1921-1936)... Monarchie palais-langue... Grands crus... Bordeaux... « Claret »... Le palais pour la bouche... De la gueule ou pas... Le bon vieux banal JB... Les deux grandes lettres, bien droites, rouges, comme des colonnes... Celles du temple, d'ailleurs... Jâkîn... Boaz... Justice et force... Jâkîn, « il rend ferme »... Boaz, « par lui, la force »... La maison *Justerini and Brooks*, pour ces quelques lignes, devrait me payer mon whisky à vie...

Veilles de départs... Accélération du cerveau... On se repasse vite le film des séjours... Les prévisions des situations nouvelles... On trie, on projette, on esquisse, on pare les coups qui vont venir, on devance les conversations futures... Il y a le département sensations... Plaisirs assurés... Dégoûts probables... Les points forts du passé... Les endroits négligés... Les faiblesses honteuses... Les décisions accomplies... Les promesses non tenues... Complots en cours dont on ne sait rien, mais qu'on comprendra tout à coup, en trois secondes... La façon dont on est négocié, là-bas, dans le grand tripot... Les amis toujours plus amicalement ennemis... Les ennemis toujours plus proches, vrais amis... Chacun dans sa brûlure de temps, ses ruminations... Ambitions, rages... Tout se déroule toujours comme prévu et rien n'arrive jamais comme prévu... Mélange des deux, logique et surprise... Vacherie de base... Attends-toi à tout...

In exitu Israel de Aegypto...

Le psaume 113, selon les Septante et la Vulgate... Le 114 et le 115, d'après l'Original, confirmé par Qumrân...

Quand Israël sortit d'Egypte,
la maison de Jacob de chez un peuple barbare...
...
Non pas à nous, Iahvé, non pas à nous,
mais à ton nom rends gloire
pour ta grâce, pour ta vérité!
Pourquoi les nations diraient-elles :
« Où donc est leur Dieu? »
Notre Dieu est dans les cieux,
tout ce qu'il veut, il le fait.
Leurs idoles, c'est de l'argent et de l'or,
œuvre des mains de l'homme :
elles ont une bouche et ne parlent pas,
des yeux et ne voient pas,
des oreilles et n'entendent pas,
un nez et ne sentent pas,
elles ont des mains et ne touchent pas,
des pieds et ne marchent pas,
elles n'émettent aucun son de leur gosier.
Que deviennent comme elles, ceux qui les font,
tous ceux qui ont confiance en elles!

Je revois Jérusalem dans le soleil... Ils sont en train, là-bas, en ce moment même, d'envoyer ça dans la pierre... Chateaubriand, dans l'*Itinéraire de Paris à Jérusalem* : « Lorsqu'en 1806, j'entrepris le voyage d'outre-mer, Jérusalem était presque oubliée; un siècle antireligieux avait perdu mémoire du berceau de la religion : comme il n'y avait plus de chevaliers, il semblait qu'il n'y eût plus de Palestine. »... Qu'est-ce qu'il dirait aujourd'hui?...

Déjeuner chez la Présidente... En tout bien tout honneur... Elle est sur une autre longueur d'ondes... Rentrée des Pouvoirs... Rien dans son attitude, maintenant, ne laisserait supposer qu'on s'est approchés de près... De tout près... Secret d'Etat... Elle m'a marqué ça tout de suite, d'une poignée de main en retrait... Forme d'été... Chemisier blanc... Chignon strict... Ça m'arrange...

« La politique? dit-elle, mais, mon cher, l'essentiel est de tenir l'axe, le pignon public... L'opinion... Les gens veulent s'indigner très fort à la moindre chose... Et puis oublier le plus vite possible... Vous les accompagnez, c'est tout... Dans l'émotion et l'indignation... Et presque aussitôt dans l'oubli... C'est un art... L'art suprême!... Méconnu!... L'invariable milieu... Un côté bouddhiste...

– Vous devriez écrire un livre, dis-je.

– Vous êtes fou!... Mais non... Les écrits ne restent pas... Ils se démodent... Et vous, comment ça va au Journal? Qu'est-ce qu'on pense du terrorisme? »

Je réponds les banalités qui courent... Je fais allusion à Flora... La Présidente a un mouvement de recul...

« Oh, celle-là! Je dirai qu'elle connaît *trop bien* la question!...

– Ah oui? dis-je. Pourquoi? »

La Présidente me regarde avec commisération... Maternellement...

« Mais enfin, dit-elle, vous vous doutez bien qu'il y a des choses... Des compromissions. »...

Flora terroriste? De loin? En « couverture » respectable? Ah bon... On met parfois des années à apprendre le point décisif en un éclair, par une réflexion de biais...

« Vous êtes au courant des tractations en cours? » dit-elle.

Ça, c'est gentil... Elle sait que je ne sais rien... Elle va m'apprendre... La rotation des capitaux, donc des influences... L'activité des groupes industriels se répercutant dans l'information... Le relais des banques... Comment mon sort se joue là-haut, dans l'Olympe des bilans, transferts et holdings... Est-ce que je sais vraiment à qui j'appartiens, là, tout de suite? Je cite des noms... Elle lève les yeux au ciel... Je ne suis décidément pas dans le coup... J'ai chanté tout l'été, ou quoi?... Pauvre insecte!... Je ne sais pas ce qui arrive? Le trou financier dans l'acier qui percute de plein fouet le vidéodisque? La dérive du matériel électronique raflé par les Japonais sur ordre des Américains? Qui affecte précisément la chaîne de journaux dont je fais partie? Tout cela sur fond géopolitique ultra-complexe? Guerres, balance des paiements, taux d'intérêts, serpent? Personne ne m'a mis au courant? De l'évolution des comités de surveillance des caractères typographiques?

« Mais enfin, dit la Présidente, qu'est-ce que vous avez fabriqué pour être aussi loin de vos propres affaires?

— Mon roman, dis-je.

— Effectivement, dit-elle, votre roman! Excusez-moi, j'avais oublié. »...

Elle rayonne d'ironie... Elle me voit vraiment en miettes...

« Mais c'est ce qui arrive qui est un roman! dit-elle. Que personne n'écrira jamais, d'ailleurs...

– La baleine Monstro, dis-je.

– Quoi?

– La baleine Monstro... Vous ne connaissez pas?

– Qu'est-ce que c'est que ça?

– Dans *Pinocchio*, dis-je... Mon fils est en train de le lire. »...

La Présidente fronce... Elle n'aime pas que j'évoque ma famille... Ça fait gnangnan... Elle est polie...

« Et alors?

– Eh bien, l'énorme baleine Monstro avale toute la petite compagnie de Pinocchio... Son père, le chien, l'oiseau, je ne sais plus... Mais Pinocchio a gardé une boîte d'allumettes... Il allume un feu dans la baleine... Qui vomit tout. »...

La Présidente me regarde comme si j'étais un doux débile... Charmant garçon un peu faible d'esprit... Pas mauvaise affaire, mais hélas, aucune ambition... Ne sait pas « coucher utile »... Aucun avenir... Carrière brisée...

« Et dieu? me dit-elle en riant.

– Très occupé en ce moment, non? dis-je.

– J'espère qu'il ne vous parle pas trop souvent? » C'est ça... Charmant, un peu fou...

La Présidente sort pour téléphoner... Je vois sur sa table les derniers essais publiés... Raymonde Foucal, *Apologie des règles*... Amalia Joris, *La Menstruation dans la joie*... Oh, oh, changement de ligne du FAM!... Nouvelles instructions du WOMANN!... Réorientation stratégique du SGIC!... Pilule, contraception, stérilet, induction des règles, avortement, passent au second plan... Retour à la nature!... Au rythme fondamental!...

Economies!... Revalorisation du sol!... Du sang!... Reprise des cycles!...

J'ouvre un livre au hasard, je feuillette...

« La musique n'ouvre plus rien, elle rend celui qui l'écoute opaque à autrui, sourd au propre et au figuré. Si la musique n'est plus l'origine et l'accompagnement de l'histoire des corps et des ruptures qui traversent les vies, si elle est déversement répétitif et négation des personnes, si elle n'est que le lieu commun de masses hypnotisées, alors il faut la détruire pour que réapparaissent les vibrations qui nous fondent comme entités humaines. »

Je vois... L'Amérique satanique... Jazz... Rock... Pop... Walkman... Wagner?... Détruire la musique? Programme ambitieux...

« La pilule et le stérilet permettent aux hommes de prouver sans répit leur puissance (voilà au moins un auteur optimiste), mais s'ils répandent leur semence dans un tonneau des Danaïdes (comme le " déversement " de la musique?), cette folle générosité n'atteste jamais de leur puissance de vie, puisqu'elle n'est jamais suivie d'effets. »

Danaïdes? La cause et l'effet? La *vie?*

Nouveau catéchisme...

Corrigeons la phrase : « La pilule et le stérilet permettent enfin pour la première fois aux hommes d'être pleinement en vie parce qu'ils répandent leur semence dans une absence de tonneau que les Danaïdes n'ont plus à remplir. Cette générosité raisonnable atteste leur libération de la mort, puisqu'elle est rarement suivie d'effets. »

Et ajoutons un vers de Baudelaire : « La haine est le tonneau des pâles Danaïdes. »...

La Présidente rentre dans la pièce... Je repose le livre... Elle me jette un regard soupçonneux... Bon, je ferais mieux de me retirer... Je me lève... Je lui baise la main...

Je demande à Robert confirmation des nouvelles pour le Journal... Il est soucieux, en effet... On est rachetés par une filiale de ITT... Où entrent de gros capitaux arabes... Il m'assure que ça ne va pas changer grand-chose... Je peux donc être sûr du contraire... Mais il a un truc plus important à me dire... Il ne voulait pas m'en parler plus tôt...

« Oui? dis-je.

– Eh bien, tu sais... Ça m'est venu pendant l'été... J'écris... Un roman...

– Ah bon!

– Ça ne t'ennuie pas?

– Pourquoi veux-tu que ça m'ennuie?

– Je ne sais pas... Ton roman à toi... Il faut surtout éviter qu'ils soient publiés ensemble...

– Tu as déjà un éditeur? dis-je.

– Oui, j'ai signé hier... Un contrat très intéressant... Chez Hiram... Avec un prix littéraire en vue...

– Attention à Boris!

– Tu as des nouvelles?

– Non, mais il doit être en train de finir...

– Il m'a téléphoné... Il est très excité... Tu sais comment s'appelle son bouquin?

– Non?

– *L'Abîme*! Tout simplement!...

– *La Course à l'abîme?*

– Non, *L'Abîme*... Et toi, toujours *Femmes*?

– Oui...

– Pas très bon, je trouve... Fade... Cinéma... Tu as signé quelque part?

– Non...

« – En tout cas, je ne pense pas qu'il risque d'y avoir quoi que ce soit de commun entre nos deux livres?

– Sans doute...

– Quand est-ce que ça se passe, le tien?

– Mais... aujourd'hui... Partout... A tout instant...

– Ah oui... dit Robert. Mais tu vois, moi, il y a une chronologie... Une histoire... Un scénario précis... D'un point à un autre... Qu'on suit. »

J'ai compris... Robert écrit le roman que je ne saurais pas écrire... Se prépare à avoir le succès que je ne peux pas obtenir... L'idée lui est venue par Boris... Ou Kate... Ou Flora... Elle a germé en lui dès le premier jour où il a connu mon projet... Maintenant, il pourra dire, avec les autres : « Oui, son roman... pas mal... Difficile à avaler... Mais attendez le mien, vous allez voir ça. »... Et le reste... Ah! population des médias!... On devrait les appeler les *médiens*... Un médien, une médienne... Médium comédien... Passes magnétiques, hypnoses à distance, fluides baladeurs, vampirismes aux aguets... Toujours dans le mimétisme, le reflet immédiat, l'image qui saute sur sa proie d'ombre... Les vivants sont le troupeau des médiens... Allant, venant, travaillant, croyant sentir, avoir une histoire... Ne se doutant de rien, « marchant », répétant... Ils sont greffés! Au médien! Au méridien central! Radical! Pendant le sommeil même! A l'agonie! Dans les coïts! Jour et nuit!...

Je découvre de plus en plus comment pour eux, pour elles, je suis une caméra, un écran, un projecteur, un simple miroir... Ils veulent que je les renvoie à eux-mêmes, que je les enregistre... Ils me demandent d'être leur auteur caché... Leur cause qui n'apparaîtrait jamais... Le mort au bridge... Leur témoin silencieux, masseur... Ils se regardent en moi... Se reconstituent en face de moi... Succubes!... Comme s'ils étaient suspendus dans un intermonde morcelé et désincarné... J'apparais, leur identité se rassure... Ils me révèlent immanquablement, dans la fièvre de la découverte, ce que je leur ai dit il y a huit jours ou un an... Ils m'annoncent soudain qu'ils sont en plein dans ce que je suis censé faire... Un roman? Bien sûr! Cinquante romans!... C'est un compliment inconscient... Un hommage... Va pour le roman de Robert... J'attendrai les autres...

« Je viens de relire *L'Education sentimentale*, dit Robert... Flaubert est vraiment le Maître des maîtres...

– Je préfère *Madame Bovary*, dis-je, l'*Education* me paraît un peu délayée...

– Comment peux-tu dire une chose pareille?...

– Ça a vieilli... Ce livre l'a ennuyé lui-même... Femmes impossibles... Le procès de *Madame Bovary* l'a effrayé... C'est chaste et détourné... Mme Arnoux est assommante... Rosanette... Non, relis les dialogues, tu verras... On ne peut plus lire cette pruderie approximative... Là, Proust a gagné... Haut la main... Bien qu'il ait considérablement vieilli, lui aussi...

– Proust? Vieilli? »

Robert s'étrangle, il a violemment rougi...

« Je veux dire l'idéalisation des femmes chez Proust, dis-je... Sa méchanceté, elle, est admirable...

– Parce que, toi, tu fais dans le *hard*, sans doute? »

Robert sourit d'un air apitoyé... *Hard* veut dire public restreint, petit tirage... Eh! Eh!... *Pas de prix!*... Bousculade interdite à l'intérieur des « êtres et des choses »... Réaction choquée... Muette... Pas besoin d'insister... Et puis, je suis américain, je n'ai donc qu'à suivre ma pente brutale, pavé mal vendable... Et comme je suis, par ailleurs, trop intellectuel sophistiqué... Mais pas de la façon qu'il faut non plus... Jamais ça!... Dans quelque temps, d'ailleurs, l'originalité sera de nouveau de *ne pas* écrire de roman... Tour d'horloge... La mode m'a rejoint... Autrefois, c'était l'essai philosophique... Comment? Vous n'écrivez pas un essai? Votre vision du monde? Non... Une autocritique, alors? Non plus? Un roman? Non... Une pièce de théâtre, un scénario de film? Non, non... Alors, quoi? Des poèmes? Votre journal intime? Non... Alors, quoi? Ah, voilà...

Cyd dans son studio... Elle part après-demain pour Berlin... Grande séance... Longtemps côte à côte dans la demi-obscurité rouge et noir des rideaux tirés, longtemps à chuchoter joue contre joue... Sa bouche dans mon oreille... Toutes les saloperies qu'elle a pensées... Comment elle a baisé en pensant à moi... Les détails... Deux hommes... Lynn et elle... Langues, souffles, sexes, chaîne des corps... Tout son art de l'obscénité de plus en plus chaud, raffiné... La jalousie jouée comme plaisir... Ce que les *Sonnets* de Shakespeare ne laissent qu'entrevoir... *My female evil... As black as hell, as dark as night*... Sauf que Cyd est blonde et claire... Et que ses yeux sont verts comme l'océan que je viens de quitter, pendant les orages... Plaisir du mélange des crimes sans importance de l'amour... *Then, in the number, let me pass untold*... Laisse-moi passer hors du nombre... Je veux être le seul dans le nombre... Le seul à qui tu dis tout... Le seul en toi, plus profond que toi... Cyd, Cydie, Cyda, Cressida... Je repense rapidement à Flora... C'est ça, finalement qui lui a fait peur : la pureté du vice, la morale de sa vérité... Quelle tristesse, une femme qu'on n'a plus envie de baiser, quelle fatigue, quelle dépression après la petite mort sombre... Trou noir dévitalisant... Mauvaise humeur ou migraine ou lourdeur abattue pendant trois jours...

Quel drame que la volonté d'utilisation du sexe, sa mise en place, sa profanation... Sauf exceptions, et le plus souvent seulement pour un temps, elles ne voient aucun inconvénient à l'insertion banalisée des organes dans la vie courante... Ménagèrement... Il y aurait la baise *en plus*, comme moment de détente à travers l'ennui... L'enfer même... Pas Danaïdes pour un sou! Rien à craindre! Instinct de propriété forcené!... Alors que la gratuité du vice, la profonde tendresse du vice...

Bonheur avec Cyd... Peau, salive... Elle veut me manger, aujourd'hui, mais vraiment, mais comme jamais, mais à en mourir...

Toutes les fois où elle aura crié, là, sous mes mains... Eventail des soupirs et des faux sanglots... Guirlande dans la durée folle...

On ne se parle pas... Demain... Elle a quelque chose à me dire...

Le lendemain, je l'attends dans un café du boulevard Saint-Michel... Il fait très beau, Paris est encore vide, c'est encore la bonne période de la circulation pour rien, des après-midi pour rien... Filles un peu nues, jambes brunes... La voilà... Elle s'assoit... Elle m'embrasse par-dessus la table... Tiens, il y a une petite bousculade, là-bas... Trois hommes et une femme qui courent... Jeunes... Avec des vestes kaki sous lesquelles on dirait qu'ils dissimulent de drôles de tubes... Ils s'approchent... Cyd ouvre la bouche pour me parler... Ils s'approchent encore, ils sortent leurs trucs luisants... La fille brune regarde dans notre direction... Ils sont à vingt mètres...

Je ne sais pas ce qui a précédé... Le bruit, ou le choc de matraque dans le bras gauche... J'ai seulement le temps de voir la bouche de Cyd ouverte démesurément vers moi... C'est WELL ou WHAT qu'elle allait dire... Et maintenant, les syllabes indéfiniment allongées sont imprimées dans l'air jaune et noir... Comme dans les cris des bandes dessinées... WEEEEEEELLLL... WHAAAAAAATT... Ou plutôt, seulement, WWWWWEEEEEEAAAAAA... J'ai juste le temps de voir des gens se jeter par terre, d'entendre les premiers hurlements éclater, de sentir les tables du café s'écrouler, tout le château de cartes du décor soufflé par la panique... Pistolets-mitrailleurs, je connais la musique... Je sais aussi comment on s'évanouit à l'improviste, le couloir cinglant à mille à l'heure dans le front, le nez, les oreilles... Ça y est...

J'entends vaguement les ambulances... J'ouvre les yeux à l'hôpital... Brûlure côté gauche... Un type est penché sur moi... « Vous l'avez échappé belle... Ce n'est rien... Presque rien... Vous êtes sonné?... Ça va aller mieux tout de suite... Ne bougez pas...

— Où c'est, ici? dis-je.

— Cochin.

— L'amie avec qui j'étais?

— Je ne sais pas, monsieur.

— Une Anglaise...

— Je ne peux pas vous dire... On a réparti les blessés dans différents endroits...

— Il y en a beaucoup?

— Une vingtaine, ils ont tiré dans le tas.

— On sait qui a tiré?

— Mais je ne sais pas... La police est là-bas...

— Vous pouvez prévenir quelqu'un?

— Bien sûr. J'allais vous demander si vous le vouliez. »

Je donne le numéro de Deb, dans l'île...

Une infirmière passe.

« Vous avez vu une Anglaise? dis-je.

— Une Anglaise? Blessée?

— Je ne sais pas, dis-je. Elle était avec moi.

— Ah, c'est elle?...

580

— Quoi, *elle?*

— Attendez, ne vous énervez pas, je ne peux rien vous dire, je reviendrai... »

J'ai un pansement d'urgence sous le bras. La balle a dû m'effleurer, sans plus. J'ai mal, mais je suis lucide. Un gros type entre. Police. DST.

« Vous êtes américain?

— Oui. Mais je vis et travaille en France. J'ai les deux nationalités. Je suis journaliste.

— Je viens de voir ça sur vos papiers. Les voici. Vous étiez avec une ressortissante anglaise, Mme Mac Roy?

— Mac Coy, dis-je. Cyd Mac Coy. Oui. Nous avions rendez-vous là.

— Je suis désolé, monsieur...

— Elle est très gravement atteinte?

— Elle est décédée, monsieur.

— Quoi?

— Décédée... Je suis désolé... Elle a été tuée sur le coup, vous savez. En plein cœur. Sûrement sans souffrance... Vous connaissez sa famille?

— Oui, dis-je.

— Ça ne va pas? On m'a dit que vous étiez blessé très superficiellement. C'est pourquoi je me permets... Elle était entre vous et les coups de feu, n'est-ce pas?

— Elle est anglaise, mais elle vit aux Etats-Unis, dis-je. Elle est journaliste de télévision. Mais sa mère habite Londres...

— Nous allons demander au consulat... Ou à l'ambassade...

— Est-ce que vous pourriez aussi prévenir une amie à elle, dis-je. A Los Angeles. »...

Je donne le numéro de Lynn...

« Vous préférez que je revienne pour vous poser quelques questions? dit le gros type transpirant, délicat.

– Non, dis-je. Allez-y.

– Ça va ?

– Ça va.

– Vous étiez là par hasard ?

– Absolument par hasard.

– Vous n'avez reconnu personne ? Vous pourriez décrire les membres du commando ?

– Sûrement pas, dis-je. Je n'ai rien vu. Rien.

– Vous êtes sûr ?

– Sûr.

– Vous aviez reçu des menaces ? J'ai vu dans votre passeport que vous étiez en Israël il y a un mois... Pensez-vous qu'il y ait un rapport ?

– Je ne vois pas lequel, dis-je. Vraiment pas.

– Vous êtes israélite, monsieur ? Excusez-moi, vous comprenez... En ce moment...

– Pas le moins du monde, dis-je. Mais je suis plutôt fatigué.

– Excusez-moi, monsieur. Effectivement... Merci. On peut vous joindre à votre adresse ?

– Oui. »

Je m'évanouis doucement... Je sonne... L'infirmière réapparaît...

« Monsieur ?

– Je ne me sens pas au mieux », dis-je.

Elle pousse le gros type attentionné vers la sortie... Elle me fait une piqûre... Le cœur... Solucamphre...

« Vous allez vous en tirer admirablement, dit-elle. A peine une éraflure. Vous pourrez sortir dans deux jours, au plus tard. Votre femme a été tuée ?

– Une amie, dis-je.

– Ah... pardon... Appelez-moi quand vous voudrez. »...

Elle sort...

Cette fois, je m'en vais... Carrousel des déformations... Je commence par vomir... Deux fois... Je n'arrête

582

plus... C'est mon estomac qui veut sortir... La brûlure à gauche s'accentue...

Je sonne.

Une autre infirmière apparaît. Curiosité... Le grand Américain blond, là, un peu sanguinolent dont la femme a été tuée dans l'attentat du boulevard...

« Quelle heure est-il? dis-je.

— Huit heures... Vingt heures...

— Ça s'est passé quand?

— Vers cinq heures.

— J'ai mal.

— Ce n'est rien... Je vous refais une piqûre... Vous allez être très vite debout... Vous êtes sous le choc. »...

Je repars... J'ai mon corps à rechercher, tout près, très loin... Bras gauche en perte de vitesse, là-bas, dans la marge... Cyd est en train de devenir ce bras, d'emporter ce bras... J'ai devant moi, en gros plan, son visage gai, content de me voir et le WWWW-WEEEEAAA de ses lèvres plaqué sur la boucherie générale... Dis-moi où tu es maintenant, ne t'en va pas... L'explosion brûle, nous brûlons ensemble sur le macadam du trottoir...

Le gros type prévenant revient...

« Excusez-moi, monsieur... Vous avez beaucoup voyagé ces temps derniers... Etats-Unis... Italie... Israël... Vous êtes allé en Chine... Puis-je vous demander si c'était pour des raisons politiques?

— Pas du tout, dis-je.

— Vous n'étiez pas en reportage?

— Non, dis-je. C'était pour moi. J'écris un roman.

— Un roman? Sur les événements actuels?

— Oh, de très loin, dis-je. Un roman philosophique, si vous voulez...

— Vous n'êtes pas allé au Liban?

— Jamais.

   – Et, dans vos contacts, vous n'avez rien remarqué d'anormal?

   – Ecoutez, dis-je, le hasard doit exister.

   – Mme Mac Coy n'avait pas d'activités politiques?

   – A ma connaissance aucune, dis-je. Sûrement pas.

   – Excusez-moi, vous comprenez...

   – L'attentat a été revendiqué? dis-je.

   – Pas encore... Enfin, il doit faire partie de la série... Vous avez une hypothèse?

   – Aucune.

   – Excusez-moi... Mais nous craignons maintenant d'être dans la situation de l'Allemagne et de l'Italie récemment, vous voyez...

   – Ce serait logique, en effet.

   – Vous souffrez?

   – Un peu.

   – Vous n'avez aucune déclaration particulière à faire?

   – Si, dis-je, j'ai envie de fermer les yeux. »

   Il s'en va...

J'ai la fièvre, maintenant... Plongée... Il y a longtemps que je n'ai pas tremblé comme ça dans la magnéto du délire... Depuis l'enfance... Shaker des cellules... Je tremble, je transpire, chaud-froid sec nerveux... Qu'est-ce qui monte, à présent, dans la scène à images, déclamation, vocifération, escarpement de cordes et de voix?... Ah oui... Télévision... Wagner... Walkyrie... Siegfried... *Le Crépuscule des dieux... Parsifal...* Le cri continu... Fond des gorges, canyons des couleurs, rochers, fente hurlante dans le feu du souffle... Tout l'appareil poumon déchaîné... « Racaille divine, frivole et lubrique. »... Oui, oui, la mort souriante.... « Dans un rire, nous sombrerons. »... Je vois les larynx avalant les courbes... Erda... La Wala... RDA!... Sortie de son sommeil terreux, prophétique... Avec ses filles-veuves parquées... Elles n'arrêtent pas de crier... En bavaroisprussien... En arabe... Mutter!... Rhin artificiel, foies d'acier... Fricka faisant sa scène à Wotan borgne... Comme Armande à Fals, autrefois... Flora courant dans les bois... Egarée parmi les linceuls... Ils veulent manger les débris de Cyd, là, tout de suite... S'en cannibaler-pourlécher... Viens ici, toi aussi, viens qu'on t'emmène... Somnambules rapaces en chute libre... Ça gueule de plus en plus fort... Dans ma tête ou dans la pièce à côté... Je sonne... L'infirmière vient... « Vous ne pourriez pas baisser la télévision... – Quelle télévision ? »... Bon, les pleureuses du vent, maintenant... Et les filles hypnotisées par leur père, et leur père retournant à sa mère, et sa mère retournant à sa mère, et l'éternelle gigogne venant se convulser dans le son funèbre... Frêne du monde... Feuilles machine... Extrastrong... Source... Dragon... Frusquin!... L'anneau et le heaume... Le sang dans les coupes... Notung!... L'épée! Sœur du manque!... Et la phrase qui va et vient, se brise, se disperse, se taillade, s'appelle elle-même de loin, en écho, s'annonce à coups de cor, se casse, revient, oscille, meurt, se recompose aussitôt, se divise, revient... Spectre en soif... Fluidor... Chevaliers des tables tournantes... Termites dans le plancher... Vaches sacrées beuglant à la lune... Anima! Anima!... Coup de fouet des violons en pleine moelle épinière... Frisson 8!... Ils s'endorment, ils croient se réveiller ils se rendorment et croient enfin être réveillés, toujours en criant... Les oiseaux parlent, c'est la moindre des choses, les arbres ont des renseignements spéciaux, la métamorphose est branchée... Je t'inceste à mort... Et je te rendors... Olympe drogué, pauvres Grecs, charmant Ovide... Poison, philtre, c'est toi que j'attendais mais ce n'est pas toi puisque toi c'est moi et que moi-même je ne suis plus moi... Le héros se roule sur le sol... Il baise sa sœur... Elle le pompe... Il est transpercé par la lance de Papa sur l'ordre de

585

Maman... Son fils reparaît porté par un loup... Romulus!... Oremus!... Il crie toujours dans la foulée de sa mère perdue expirante... Accouchement des douleurs... Forceps by night... Conversation des hiboux... Fureur impuissante du traître... Triomphe du mensonge... Expiation de la faute originelle... On ne sait pas très bien laquelle, mais le déluge, lui, est inévitable... Biblique Wagner!... Ça va mal finir... Wallallâh!...

Pendant ce temps, mon sang à moi fait son tour... Il me parcourt... Il me plèvre... Me tape dans les tympans... Me brûle la nuque... Me revient dans la glotte... C'est maintenant que j'ai peur... Petite feuille! Papillon pollen!... J'ouvre un œil pour vérifier si je suis toujours là... Table de fer... Murs blancs... Accident... Cyd?...

Là, je replonge... Coupable? Mais non! Rien du tout! Si! Non! Tu vas l'être... Les revoilà... Dans les veines... Flot de came... *L'Or du Rhin*... Et quand la came se met vraiment à crier, vous êtes au bord... C'est le dehors qui vient vous chercher dedans, il n'y a plus de dedans... On peut dire qu'il l'a fondu en fibré, celui-là, son phallus-trombone, de tous les côtés à la fois, parcelles éclatées famille... Leitmotiv... Hamleitmotiv... Mesure pour mesure... Stop!... Coupez!...

Nuit noire... La première infirmière est penchée sur moi... On a prévenu tout le monde... Votre femme arrive... Vous allez dormir, maintenant... Dormir... Blonde aux yeux bleus... Air breton... Chemisier blanc de Cyd dans l'après-midi, jupe grise... Béton... Platanes... Sourire-béton-platanes... WWWWWWWWW-AAAAAAAAAA!...

Ça repart plus bas dans la piqûre... Elargissement des graves... On peut faire donner les clarinettes, là, les hautbois... Laisser se remuer l'orchestre... Qu'il se prélasse et s'engouffre... Qu'il semble crever bouche ouverte... Pour rebondir à la caisse... Bong! Rebong! Baguettes feutre!... Trafic de cadavres sur les hauteurs... Morgue céleste... On va vous trier ça... Par les jambes... Qui est-ce que j'entends chuchoter dans un coin? Kate et Bernadette... En tchador... Qu'est-ce qu'elles font là? Non, non, dans Puccini ou Verdi, à la rigueur, mais pas dans Wagner!... Pas le droit!... Elles ont l'air de vieilles paysannes auvergnates voulant s'introduire de force dans *Macbeth*... Avec leurs fichus... La Présidente passe, très droite, dans le fond... En robe du soir... Gutrune!... Gutrune!... Elle ne me voit pas... « Je ne le connais pas... Jamais salué... Toujours eu plutôt mauvaise opinion de lui. »... Elle s'éloigne majestueusement... Des ambulances traversent les ponts à pleines sirènes... Navettes de flics arrachant l'espace comme un sparadrap... Les circuits électriques s'allument... Billards des dieux robots... Pubs géantes... Time Square... Des agents secrets, à cœur de plastique, déguisés en terroristes cherchent des terroristes déguisés en agents secrets... Ils s'embrassent en grognant gaiement... Se battent à coups de parapluies empoisonnés... De boulettes radioactives... De lampes à irradiations cancérigènes... Se terminent à bout portant au laser...

Et voici les écartelés, les décapités, les pendus, les garrottés de tous âges... Suivis des guillotinés, très dignes, Robespierre et Louis XVI en tête portant leurs têtes... Les électrifiés... Les gazés... Les baïonnettisés... Les fusillés... Les déportés en masse, avec leurs pyjamas fluorescents... Les goulaguiens, brandissant des posters géants de Soljenitsyne... Trotski avec son piolet hologrammé dans le crâne... Les Polonais en procession derrière une vierge noire aux gestes lascifs... Encore une fusée russe... Chinoise... Ysia me fait un geste obscène à travers un hublot... Et puis les Vietnamiens, les Palestiniens, les Salvadoriens, les Bulgares, les Roumains, je m'y perds... Les mises à feu se succèdent toutes les dix secondes... « Viens! Viens! »...

Cyd m'appelle... Elle embarque à Canaveral... Ou Baïkonour... « Viens! »... L'orchestre fonce, maintenant, les violoncelles sont directement perfusés aux amphétamines... Un haut-parleur, à intervalles réguliers, du haut d'un mirador, aboie : « Wagner revient! Wagner vous prévient! »... Fusée des écrivains, avec une immense faveur rose à la pointe du gland électronique... Homère, Sophocle, Virgile, Dante, Shakespeare, Cervantès, Sade, Chateaubriand, Balzac, Flaubert, Baudelaire, Proust, Kafka, Joyce... Artaud en Marat!... Céline, bien entendu, avec son verre d'eau et ses nouilles, et son étiquette : inventeur trois points... La fusée Brottin!... Autrefois métro... Miracles de la technique!... Faulkner, seul et silencieux dans son coin, buvant son dixième whisky... A l'étage au-dessous, les penseurs... J'entends Fals me crier de loin depuis l'une des cabines : « N'oubliez pas!... A tout! Je vous ai dit à tout! Attendez-vous à tout! »... Il tripote nerveusement quelques vieux bouts de ficelles... Werth me fait un pâle sourire amical... Il tient par la main sa mère couverte d'appareils photographiques japonais en bandoulière... Lutz est là aussi, entre la vie et la mort, avec un drôle de bonnet d'astrakan traversé de fils sur la tête... Il crie que la fusée « Symbolus » ne pourra jamais partir... Qu'elle sera clouée au sol par l'aviation israélienne... Par la Wermacht! La Wermahcht!... Fals essaie de le faire taire... La Wemecht?... Mais Lutz gueule de plus belle... Wehmahcht! Wemacht!... Céline tape du pied : « Silence, là-dessous! »... Lutz s'arrête... Il est couvert de neige... Verre de vodka à la main... Et voici Flora, qui veut partir par ses propres moyens! Comme en 14! Comme en 70! A cheval! En bas résilles, entraîneuse de saloon! Avec García Marquez en croupe! Havanes et pesetas! En sombreros tous les deux!... Les guillotinés ont beau leur crier qu'il n'y a plus de cheval, que c'est fini depuis un siècle, ça ne fait rien, ils veulent

absolument partir à cheval!... Avec un jeu de tarots!...
Effectivement, fait la Présidente, songeuse, en rajustant ses badges sur son décolleté : SGIC, WOMANN,
FAM, SOLIDARNOSC, KGB, MOSSAD, CIA, SDEC...
Flora agite son épée... Un sabre de bois... García
Marquez éperonne Rossinante... Fals essaie de les
calmer... « Rien n'est tout! Rien n'est tout! »... Sans
succès... Il leur lance des pelotes de laine... Mais quel
est ce vieux cultivateur souabe, avec son béret sur la
tête et sa croix gammée dans le dos?... Petite moustache... Femme voilée à son bras... Goethe? Non... Le
vieillard murmure... « Seul un Dieu. »... L'orchestre
ralentit... Soupire... Spot rouge signifiant le coucher du
soleil... « Seul un Dieu pourrait. »... Pizzicati des
violons... « Seul un Dieu pourrait aujourd'hui nous
sauver... – Lequel? » glapit sa vieille compagne en
deuil, voûtée forêt noire... – Tais-toi, Erda, gémit Heidegger... – Lequel, imbécile? »... Elle insiste... « Dis-le,
puisque tu sais tout! »... Il baisse la tête... Les violoncelles vomissent... Elle le gifle... La fusée s'envole...
Symbolus en flèche... Extase des cordes... Orgasme
latéral des bassons...

J'ouvre les yeux... Ça va mieux... Deux heures du
matin... Douleur supportable... La fièvre est tombée...
J'évite de penser à Cyd... Je repousse l'image de la
pensée et l'image de l'image de cette pensée... Regard
de la petite brune en kaki tournée vers nous, brève
pupille, décision des doigts... Je l'ai déjà vue? Non. Et
pourtant, si. Non. Quand même... Pas elle, son
regard...

Je m'endors.

Huit heures... La mère de Cyd entre dans ma chambre en pleurant... On se balbutie trois fois rien... Oui, je lui écrirai... Oui, je viendrai la voir à Londres...

Deb et elle se croisent dans le couloir...

« Eh bien, ce n'est rien, tu vois... dit Deb en m'embrassant.

– La chance...

– Tu étais avec une journaliste américaine?

– Oui...

– Tu la connaissais bien?

– Assez.

– Elle a été tuée sur le coup?

– Oui, dis-je. A ma place...

– Allons, mais non, ne sois pas idiot... Ça pourrait arriver à n'importe qui n'importe quand aujourd'hui. Tu as mal?

– Presque plus. Tu as été prévenue correctement?

– Très bien. J'ai eu peur. Stephen demande pourquoi Pussy Cat est malade...

– Toi qui voulais des événements romanesques... Au lieu de " fantasmes "...

– Je dois dire. »...

Elle m'embrasse encore... Me laisse... Va acheter deux ou trois trucs... Va revenir...

Le gros type bienveillant rentre...

« Vous êtes sûr que vous ne les avez pas vus? dit-il.

– Mais non... Tourbillon, c'est tout.

– Vous ne pouvez pas me dire combien ils étaient? Deux? Trois? Quatre?

– Plutôt trois... Mais, vraiment, je ne suis sûr de rien...

– On nous dit maintenant qu'il y avait une femme...

– Ah bon?

– Vous ne l'avez pas remarquée?

– Non.

– Vous connaissez Flora Valenzuela?

– Oui.

– Elle est en Espagne en ce moment?

– Je pense...

– Vous avez été lié à des mouvements politiques d'extrême gauche, il y a dix ans?

– Oh, très peu... Jamais de façon sérieuse...

– Maoïste?

– Quelques articles au maximum, dis-je. C'est vieux... Plus rien à voir depuis longtemps...

– Vous n'avez pas gardé de contacts dans ces milieux?

– Aucun, non. »

Il s'en va... Routine... Deb m'apporte les journaux... Mon nom est cité à côté de celui de Cyd... « Couple de journalistes américains. »... Deb fait la grimace... « Pourquoi *couple*?... – Style journal », dis-je... La rédaction me téléphone pour avoir mes impressions... Je leur dis qu'il n'y a rien... Qu'ils me laissent tranquille... Cyd? Non... Rien de particulier... J'ai Robert à l'appareil... « Tu sors quand?... – Ce soir... – Il faut que je te voie tout de suite. »...

Lynn m'appelle... Elle vient à Paris...

Un malheur n'arrive jamais seul? Bien sûr... Vous tenez le bon bout... Le mauvais... Ça dure dans le même sens jusqu'au renversement... Et ainsi de suite...

« J'ai bien peur qu'il n'y ait des compressions importantes de personnel, me dit Robert sans presque me demander comment je vais...

– Sois précis.

– Eh bien, je crois que ton poste est supprimé dans

le nouvel organigramme... Tu devrais peut-être voir les syndicats. »...

En somme, il me licencie... Obligé de changer d'employeur... De *ployeur!*... J'ai l'air malin, en chômeur, avec mon pansement sous le bras... Téléphone à New York... J'allume le circuit là-bas...

Kate entre dans mon bureau, épanouie...

« Alors, mon pauvre vieux, tout en même temps? Tu n'as pas mal?

– Ce n'est rien...

– Tu connaissais bien cette Mac Coy?

– Assez bien...

– Qu'est-ce que tu vas faire?

– Je vais voir avec les Etats-Unis... Et toi, l'Inde? »

Elle s'y met... Guide bleu... Interminable... Et puis, elle est très triste... Butterfly, sa petite chatte angora, est morte... Son amour... Elle en a les yeux pleins de larmes... Heureusement qu'elle repart sur-le-champ pour Naples... Congrès officiel... Les cultures méditerranéennes... Sous la présidence de García Marquez...

« Quel grand écrivain! dit Kate. Son dernier livre est un chef-d'œuvre... Une force! Un talent! Il est très sympathique...

– Sans aucun doute, dis-je. Qu'est-ce que c'est " les cultures méditerranéennes "?

– Eh bien... Les cultures latines... Le grec...

– Et les Arabes?

– Ah oui, effectivement.

– Et Israël?

– Israël dans la Méditerranée? Ah oui, c'est vrai, on n'y pense pas immédiatement...

– Ça fait quelles langues, tout ça?

– Français, latin, grec, arabe, italien, espagnol...

– Et l'hébreu, dis-je.

– L'hébreu?

– Israël...

— Ils parlent hébreu?

— Hébreu et anglais... Yiddish...

— Au fait, ton roman?

— Plutôt arrêté, dis-je.

— Tu en étais où?

— Vers la fin. »...

Je recommence à avoir mal... Attente cicatrice... Irritation... Sang à vif...

Robert revient... Il essaie de me faire comprendre que mon poste pourrait être maintenu... Mais que... Enfin, il faudrait que je change d'image... De marque d'image... J'étais un peu unilatéral... Je pourrais équilibrer... Avec un effort... Tiens, pourquoi je ne ferais pas un grand papier où je reviendrais sur mon passé?... De façon critique?...

On va le déculpabiliser, là, puisqu'il y tient...

Je lui cite Weininger : « L'esprit supérieur sent combien tout a compté dans sa vie, et c'est ce qui explique sa piété envers son propre passé. Parce que sa vie entière lui est présente à tout instant, il comprend qu'il a eu un destin. »...

Ça devrait suffire...

Robert grimace...

« Toi et tes citations, dit-il. " L'esprit supérieur? "... " Le destin? "...

— Pourquoi pas? » dis-je en riant...

Il lève les bras au ciel... Je ne pourrais pas en faire autant... Je sens chez lui une haine triste, infinie... Il me lâche... Tout va très vite... Tous contre tous, à la sauvette... Les impôts arrivent... Chacun assure sa survie, c'est normal... Je lui propose quand même un dernier article...

« Sur le terrorisme?

— Non, dis-je. Sur la Pologne.

— La Pologne? Mais on ne parle que de ça!

— Pas assez bien de la Vierge Noire, dis-je.

– Tu veux faire une dernière provocation?

– Si tu veux.

– Ecoute, je vais voir... Appelle-moi demain. »...

C'est fini... Je regarde rapidement ce que j'ai à emporter... Un saut à l'hôpital pour le pansement... Le corps de Cyd est parti pour Londres...

Je note que Boris ne m'appelle pas... Il est au courant... Je suis grillé... Déconnecté... Plus de « surface »... Placard... Blessé ou pas... Struggle life... Roman? Au panier!... Je ferais mieux de tout jeter... Médium first!... Sérum spectral... Je m'éloigne, je suis mort, mangé aux vers, remisé, oublié, à la retraite, en disponibilité muette... Ça peut arriver en deux jours...

Lynn arrive... Elle est perdue... Je lui raconte... Elle évoque l'été à Easthampton où elle est allée voir Cyd...

« Elle t'avait dit?

– Quoi?

– Eh bien, pour l'enfant. »...

C'est parti, elle se mord les lèvres trop tard, blanche... Bon dieu! « Demain, j'ai quelque chose à te dire. »... Pauvre chérie... Elle avait dû préparer ses phrases... Elle arrivait avec ces phrases-là au café... Maintenant que j'y pense... Oui... La dernière fois... Exaspération tendre... J'aurais dû comprendre...

« Pardon, dit Lynn.

– Depuis quand? dis-je.

– Un mois, je crois... » Elle hésite... « Ton dernier passage à New York? »

Elle a une lueur, maintenant, Lynn, dans ses yeux gris... Démon rapide... Non, quand même pas *si vite!*... Bien entendu, on va faire l'amour quand même... En mémoire de Cyd...

Elle me donne sa thèse sur Faulkner, qu'elle a transformée en livre... Ça a l'air bien... Je lis surtout les citations...

« Le précipice, le précipice noir; toute l'humanité avant vous l'a franchi et a vécu, et toute l'humanité après vous le fera également. »...

Les yeux jaunes de Charlotte dans *Palmiers sauvages*...

« On l'oublie toujours un peu, celle-là...

— Oui, dit Lynn, c'est pourtant une des plus intéressantes.

— Tu as remarqué comment c'est dans ce livre qu'il insiste sur la " race " des femmes à distinguer de la " race " des hommes... Froidement? Etrange. L'affaire noire sert à cacher la véritable affaire noire... C'est peut-être pour ça que j'aime tant *Pylône*... Le débraguettage en avion... Le règlement de comptes en plein vol... Le sexe cramoisi du type forcé à l'érection... L'" éternel invaincu ". »...

« " Et vous n'y pouvez rien : vous êtes une seule affirmation résignée, un Oui unique surgi de la terreur où vous abandonnez espoir, volonté, tout – les ténèbres, la chute, le tonnerre de la solitude, le choc, la mort, le moment où, arrêté physiquement par l'argile pondérable, vous sentez cependant que toute votre vie jaillit de votre être, pénètre dans la matrice envahissante, immémoriale, fluide, aveugle – tombe-matrice ou matrice-tombe, ça revient au même. "...

— J'aime ces phrases, dis-je. Les adjectifs en perspective... Arpèges...

— Tu te rappelles sur quelle phrase finit le roman?

— Lequel?

— *Palmiers sauvages*... Une exclamation apparemment banale mais qui produit, après tout le reste, un effet extraordinaire... Résumé... Ponctuation...

– J'ai oublié.

– " *Ah! les femmes!* " *dit le grand forçat.*

– Le grand forçat... Oui... C'est bien... Tu y es...

– Ça va plus loin que les interprétations à travers Bachelard et Jung, non?

– Tout le monde se défend comme il peut.

– Contre quoi?

– Je ne sais plus comment appeler ça... Littérature?

– Littérature seulement?

– L'art de mettre les femmes à l'envers, dis-je. C'est-à-dire l'endroit. Ce qui les traverse. Et tout le paysage avec. »

On sort boire un peu... Dîner... On parle de Cyd en anglais... On revient dans mon studio... Lynn se déshabille aussitôt, avec naturel... Elle veut voir ma blessure... Elle embrasse le pansement... Elle retrouve les plis de Cyd... C'est à elle, et à moi en elle, et à elle en moi, qu'elle veut faire l'amour... A Cyd enceinte... Nouveau personnage... Et à Cyd morte... Encore un autre... Pour toujours, cette fois... Avant que nous disparaissions, nous aussi...

« Je suis très triste pour vous, me dit S. C'est affreux. Cela dit, personne ne nous croira...

– Il suffirait pourtant de consulter la liste des victimes, dis-je.

– Les gens ne font pas attention... Cet attentat écrit va paraître bidon dans le livre... Inventé de toutes pièces! Venant à point! Trop à point! Vous avez mal?

– Non, c'est presque fini... Merci pour Wagner...

– Elémentaire... Mais nous n'avons plus la pauvre Cyd... Ou bien, nous l'avons autrement... De toute façon, vous auriez fait quoi lorsqu'elle vous aurait dit qu'elle était enceinte?

— Je lui aurais conseillé de se marier très vite, dis-je. Elle m'avait parlé d'un vieux quasi milliardaire qui voulait absolument l'épouser...

— Vrai? Faux?

— Vrai, je pense... Elle était très attirante, vous savez.

— Bon, oui, classique... Je ne vous ai jamais dit que j'avais une fille quelque part en France, comme ça?

— De quel âge? Comment elle s'appelle?

— Laure. Sept ans.

— Vous la voyez?

— Quelquefois... Comme par hasard... Avec sa mère, au café... Ou de loin... Furtivement... Elle me ressemble.

— Et Sophie ne veut pas d'enfant pour le moment?

— Bien sûr que si... Je sens que c'est imminent... *Roman*, mon cher!

— Le roman est dangereux, dis-je gravement.

— *Très*... D'où l'intérêt... Dans les moments de crise aiguë, tout le monde y vient ou en rêve... Actuellement, c'est frappant.

— Sade en 89? Proust et Joyce en 14? *Le Bruit et la Fureur* en 29, au comble de la dépression? *Le Voyage au bout de la nuit* en 32?

— Oui... Tous les romans disent la même chose... L'impasse et la convulsion... Seule vérité de la sensation... Si possible!... Malgré la castrade en cours...

— J'aimais beaucoup Cyd, dis-je.

— Excusez-moi, mais *moi aussi!*...

— Nous ne mettons pas Lynn à sa place?

— Surtout pas!... Côté aventures, je vous vois un peu seul pendant quelque temps... Enfin, à vous de voir... Si le roman est la vie elle-même, comme le pense le désespoir intuitif des nations, avouez que nous sommes au cœur du fonctionnement...

– Nous avons dépassé les prévisions, dis-je.

– Parfait... Magie légère... Il faut laisser venir les événements... Roman? Aimant... Tout le reste est limaille... Les plus grosses affaires... Les moindres détails... Vous voyez comme l'histoire se construit... Surtout, ne rien décider à l'avance!... Limaille algébrique... Venant à son heure... Grain par grain... Vous écoutez, vous observez, vous notez... La mélodie ramasse... Vous partez pour Venise?

– Pour Venise?

– Vous avez oublié?

– Ah oui...

– Attention!... Pas d'erreur!... Pas de " mort à Venise ", hein? Soyez joueur! En diable!

– J'essaierai... Mais je suis plutôt bas...

– Allons, allons... La vie, la mort... La joie, l'horreur... Nous devons nager...

– Avec un bras?

– Et même sans bras!

– Vous avez vraiment souffert?

– Arrêtez! Mot de femme!... Mais si vous voulez tout savoir... *Oui, énormément, là!*...

– Deb n'arrêtait pas de me dire, cet été, que le narrateur devait souffrir pour être sympathique... Qu'on sente son corps difficile... Qu'il saigne un peu...

– Elle ne vous a pas dit sournoisement : " On doit éprouver le fait qu'il connaît la castration? "...

– Si.

– Bien entendu... Eh bien, vous n'êtes pas mal du tout avec votre bras en écharpe!... Vous allez les faire *fondre*, mon vieux... Hommes et femmes... Toutes les hommes aiment le femme... Tous les femmes, elles aiment la homme... Le femme! La homme!... Elles vont vous fondre dessus... Pour vous achever... Ils vont être ravis!... Ils adorent!...

— Je vous ferai remarquer que leur première réaction est de me foutre à la porte...

— Pour l'instant! Pour votre bien! Croyez-moi! Ils sont aveugles... Dieu avec vous! »...

S. a raison d'être intraitable... Ça me remonte un peu... Il est de nouveau dans sa *Comédie*... Il a douté, il a donné raison à toutes les forces négatives contre lui, il s'est effacé, enterré... Et maintenant, petite résurrection... *Secundum Scripturas*... Il met un disque... Messe de Haydn... *Credo*... Il rit... Quelle brute... Quelle maladie, quelle santé!...

« Je vous fais une piqûre de Marilyn Horne? »

Mezzo-soprano déliée, rauque... A toute allure... *Orlando furioso*... Voix spirale accélérée... *Mezzo!*... Il écoute, visage renversé en arrière... Tendu, souple, comme prêt à bondir... Salut par la voix... Les chanteuses... Je pense à ce que m'a dit Deb, une fois, accablée par son travail d'analyste : qu'au fond, tout au fond, on ne trouvait chez les femmes que haine ou mégalomanie... Que les hommes, en comparaison, étaient des premiers communiants modestes... Tandis qu'elles... Comment faire? Les entraîner dans le chant? Sirènes? Bacchantes?... Les écrire là?... Pour leur bien, d'ailleurs... Et rideau?...

On retourne, Lynn et moi, dans le studio de Cyd... Une valise suffit... Peu de chose... Sachet de plastique blanc, dans un placard, entre deux pulls... Coke... Elle avait donc, ici aussi, sa petite réserve... Lynn prend... Je fais semblant de ne rien voir... Je garde un foulard bleu qu'elle portait à Londres... Une fois tout rangé, on ferme les rideaux, on s'allonge sur le lit... Et c'est là que Lynn se met brusquement à sangloter... A se tordre... Visage déformé, ravagé... Arc hystérique... Le pont des soupirs devenu cri muscle... « Fais-le-moi! Fais-le-moi!... – Quoi?... – L'enfant! »... Bien sûr... La crise même... Je l'embrasse, j'essaie de la calmer... Elle continue à gémir... « L'enfant... L'enfant... The baby... *The girl!* »... Elles en ont donc parlé vraiment... Imaginer que c'était entre elles... Qu'elles l'élèveraient ensemble... Little girl... J'ai sous-estimé la violence de leurs relations...

Elle s'installerait, volontiers, Lynn... Elle partirait tout de suite avec moi pour Venise... Une fois de plus, j'assiste avec stupeur à cet incroyable sang-froid, coupé de larmes, qui les adapte réalistement à toutes les situations... Pathétiques, pas gênées... Génétiques... Normal qu'elles aient pensé que j'étais là pour les perpétuer un jour... Les fonder, les identifier, les authentifier, les libérer d'elles-mêmes, les retourner dans la durée, les fondre... Amener la naissance de la petite Cydlynn... Sieglinde!... Tatouage!... Placenta forcé!... Et ainsi de suite... Pour l'éternité... La roue... Sens histoire... Toujours plus diversifiée, complexe... Civilisation... On est quand même supérieurs aux hommes de Lascaux, non? Et surtout à leurs femmes? Evident... On n'arrête pas le progrès... L'individu est une anecdote... Le mâle est une variante de cette anecdote, un signe de ponctuation, tout au plus... Quoi? Qu'est-ce que vous dites? Vous, là, misérable goutte, vous vaudriez autant que l'immense aventure du Tout? Partie supérieure au Tout? Vous affichez « complet »? Malade! Il vaudrait mieux vous soumettre avant qu'il soit trop tard... Psychose... Le suicide ne vous tente pas?... Conseil d'ami...

Lynn est intelligente... Ça ne va pas?... Elle se reprend vite... On se quitte bons amis... A New York, sans doute...

A part le foulard bleu, j'emporte chez moi l'enregistrement des sonates de Scarlatti... Wanda Landowska... Vieux disque préféré de Cyd... Soir...

Téléphone.

« Allô? On l'a eue, ta nana yankee... A ton tour bientôt, salope! »

Voix jeune excitée... Type de banlieue... Cinglé qui essaie de se brancher... Fréquent...

Retéléphone.

« Alors? Tu as eu un bobo? Ça va mieux? »

Flora... Je raccroche sans rien dire... Je débranche... Je mets Landowska... Je m'enfonce avec son clavecin dans la nuit... Petits opéras... Luth de Chine... L'enregistrement a eu lieu juste avant la guerre, au moment où les Allemands entraient dans Paris... Elle a continué à jouer sous les bombes... Puis elle est allée vivre dans le Connecticut... A Lakeville... Sublime Polonaise!... Je lis une notice sur elle... « Wanda Landowska possède l'art extrêmement rare de ralentir ou d'accélérer le temps; de mouler une phrase par de petites variations semblables aux coups de pinceau du peintre; de s'arrêter d'une manière juste perceptible avant une note importante, une modulation ou un changement de couleur, et – qualité suprême – de faire tout cela sans hésitation, avec la plus grande sûreté et de manière inimitable. »...

Elle est morte en 1959... Née à Varsovie en 1877... Scarlatti, lui? Trente ans d'intimité avec la Reine en Espagne!... Maria-Barbara... D'où le système nerveux!... Sans égal!... Trempé! Gigues, siciliennes, accords saccadés, cloches, croches, danse, guitare, castagnettes – tout le squelette surmonté intégré dans le clavier plume!... Gambades à la main gauche!... Rythme avant tout!... Mille et un après-midi pour Sa Majesté!... Sous les arbres... Près des fontaines... Dans les boudoirs... Espièglerie! Energie! Amour!... Rien d'autre!... 555 sonates!... Grâce ou disgrâce... Fil d'acier!... J'écoute, j'oublie tout, le calme revient... Calme de sang frais, là, souterrain, céleste... Elle a donné sa vie à ce sang-là, Landowska... Comme Haskill dans Mozart... Femmes d'au-delà... Intervalles... Sauveuses... Tout pour l'impalpable... Cyd... Je m'éteins sous leurs doigts savants...

IX

Mort... Trois quarts mort... Demi-mort... Quart de mort... Dixième... Centième... Millième... Milliardième... Je reviens!... Ou plutôt, j'atterris... A Marco Polo... Entre ciel et eau... J'y suis... Venise... La ville du Saint-Esprit... Souffle en soi... Mais si! Mais si! Ne vous agitez pas... Restez assis jusqu'à l'extinction des réacteurs... Ceinture attachée... Je vous explique, je vous calme... Main sur le front, là... Compresse... Mouchoir, eau de Cologne... Sels... Bonbons à la menthe... Détendez-vous! Souriez! Laissez tomber Combes! Comte! Littré! Michelet! Marx! Hegel! Freud! Swedenborg! Bakounine! Jules Verne! Aristote! Platon!... Laissez-vous porter!... Je vous déménage... Je vous dénécrophage... Un dernier effort... Voyons... Pour boucler...

Le motoscafo bondissant, clappant, longe le cimetière San Michele... Ifs, cyprès, murs roses, mouettes sur les corniches, ange blanc... Torrent du sillage... Cataracte horizontale... Plissure Niagara... On rentre dans les veines de la ville... Petits ponts... On remonte au cœur... Eventail liquide, vapeur fraîche sur le visage... Bleu éclatant, clair... San Marco... 829... Marc... Un des quatre... Corps venu d'Alexandrie... A dos de chameau... Enveloppé d'une peau de cochon... Pour décourager une fouille éventuelle des trop fidèles... Islam... L'Evangéliste relié pur porc!... Ça vaut la

coquille Saint-Jacques!... Nous y voici... At home!...
Marbre, mosaïques, lumière sortant des murs... 500
colonnes!...

Saint Marc est né à Jérusalem... Il est mort martyrisé
en 67 en Egypte... Converti par saint Pierre lui-même,
qui l'appelle son « fils » à la fin de sa première Epître...
Doué pour les langues, dit-on... Interprète... Traduc-
teur-né... Parlant syriaque, grec, latin... Depuis l'hébreu,
bien sûr, ce que tout le monde s'est acharné à oublier,
négation des négations... « Pax tibi, Marce, Evangelista
meus. »... Lion ailé... Désastre antique...

Voilà donc le lieu. On peut tomber plus mal...

Maintenant? De nos jours?

Avouez que c'est l'immense bordel... Où l'on ne sait
plus qui est qui... Qui tue qui... Qui est derrière qui...
Qui manipule qui... Explosion du qui à l'affiche du
n'importe quoi sur planète... Tombeau ouvert... Voitures sautant dans les rues... Immeubles effondrés d'un
coup... Tirs sur les synagogues... Exécutions dans les
camps palestiniens... Sabra... Chatila... Finalement, il a
bien eu lieu, cet Oradour d'Orient... Qu'est-ce qu'on
vous disait... « Milices chrétiennes. »... Avec laissez-
passer de l'armée israélienne... Pauvres cadavres fusillés, égorgés, désarticulés... Femmes, enfants... Juste
avant, Arafat chez Jean-Paul II... Scandale... L'affaire
Pie XII qui ressort!... Réception d'Arafat en chef d'Etat
en Grèce... Photo dans *Time* : Il est sur le pont de
l'*Atlantis*, quelque part entre Beyrouth et Athènes, il lit
l'*Odyssée*... Homère comme pub... Pourquoi pas? Panthéon contre Salomon, vieille histoire... Personne ne
sait plus à quel saint se vouer? Sang sur toutes les
mains? Come-back de Satan? Rire des ténèbres?... « Le
Pape? Il est polonais. Et les Polonais sont antisémites. »...
C'est reparti... De plus belle... « Génocide. »... « Holo-
causte. »... « Israël est le véritable ennemi des Juifs. »...
Sommet arabe... Colère de Reagan... Avertissement

de Brejnev... Bons offices français... Tempête à la Knesset... « Des goïm ont tué des goïm. »...

Tous les gros mots à la une! Boum! Reboum! Terrorisme et télé! En direct! Crime électronique! L'image en trou noir! Mort en spots! Tenez, autrefois, la bataille de Lépante, en 1571, ça donnait à Titien le temps de faire son tableau... Un de ses derniers... Un an après... Il est à Madrid... L'Espagne, Gênes et Venise commandés par Don Juan d'Autriche... Pour le compte de la papauté... Contre les Turcs... Bon... Encouragement à la peinture... Mais désormais... Bout portant!... Un cadavre chasse l'autre à toute allure!... Pas le temps de prendre un croquis... De penser aux couleurs... L'artiste est obligé de riposter avec son système nerveux même... Réponse à l'impalpable... A coup d'antinerfs!... A la moelle!... Crevant... Pas étonnant qu'il n'y ait plus une toile qui tienne, plus une symphonie, pas le plus petit bout de roman potable... Plus d'art! Le Diable l'a dit!... Assassinats et grandes surfaces... Ballets bleus... Dans l'écran-foyer... A huit heures... A table... Marchandise en folie... Rotation du capital réglée sur celle de la terre... Pas de place pour le moindre ouf!... Déjà vendu!... Flashé! Dévalué! Poubelle!...

Je pense à Cyd... Combien d'autres dans son cas?... Irréalisation générale... Prix d'une vie aujourd'hui? Moins zéro... Moins quatre milliards de zéros... Les poumons, les yeux, la peau... Les paroles... Clac! Partis!... Rien... Je n'ose pas évoquer son corps... Les gestes précis qu'on faisait... Les mots... Je m'entends seulement murmurer, par moments, « poor child, poor child »... Elle finira par n'être plus qu'une cicatrice, là, sous mon bras... Avant que mon torse lui-même s'efface... En somme, il n'y a plus que la naissance et la mort... Et la vie comme mort... Tout de suite... Existence annulée... Souffles... Blancs... Piston naissance-

mort... Buée des individus... Vous... Moi... Les autres...
Poussière des poussières!...

Ne pas oublier que je suis en convalescence... Que je
reste couché sur le côté droit... Que j'ai mon abîme
avec moi, là, sur le côté gauche... Mon coup de lance...
Ma fissure d'Adam...

A propos d'Arafat chez le Pape... J'ai gardé la photo
officielle de l'entrevue... Arafat, souriant, sans arme,
tourné vers Sa Sainteté... Propagande... Et Jean-Paul II
regardant l'objectif... Tout blanc... Le visage aussi...
Mais ce geste, là... Oui... Personne ne le remarquera,
sauf quelques-uns... La main droite sur le cœur, le
pouce légèrement écarté... *In petto*... Par-devers moi...
Je n'en pense pas moins... Discours secret, lettre
volée... Prisonnier!... Cerné par les puissances... Scandales financiers? Pression russe? Donnant-donnant?...
Qui le saura?... Photo dramatique... Pour initiés... La
NBC vient de révéler ce dont tous les professionnels
se doutaient : que derrière l'attentat de la place
Saint-Pierre, il y avait bel et bien le KGB... Le Pape
aurait envoyé auparavant une lettre à Brejnev pour lui
dire que si l'armée soviétique entrait en Pologne, il
démissionnerait de ses fonctions pour rentrer à Varsovie... La presse américaine en parle beaucoup... Les
journaux français, ou européens, à peine... Suicide ou
pseudo-suicide du banquier Calvi à Londres... Sous un
pont... Mafia passée à Kadhafi, trajet de la drogue...
Saisie du fichier au Grand Orient d'Italie... Soupçons
sur l'Opus Dei... Décidément, il est encore plus difficile
aujourd'hui d'être Pape que du temps de Dante... Le
tueur turc, Ali Aqça, passant sept semaines dans le
meilleur hôtel de Sofia... Revanche de Lépante!... Au
revolver!... Via Moscou!... Toucher intestinal direct!...
Qu'est-ce que vous racontent les romanciers pendant
ce temps?... Bricoles... Exotismes... Provinces... Alors
que le Roman, sous leurs yeux, est le plus fabuleux des

siècles... A quoi s'intéressent les critiques? Au fait de savoir si le grand écrivain d'avant-guerre Buste-à-pattes pelotait les petits garçons debout ou assis...

Je lève les yeux, je regarde la Giudecca... Je suis chez des amis, sur le Zattere al Spirito Santo, pas loin de la Salute... Par-dessus la terrasse de roses, je vois le vent se dessiner légèrement sur l'eau... Les bateaux passent, venant des quatre coins du monde... Verts, jaunes, gris, marron, noirs... Bois, pétrole... Le *Norwegian Challenger*, d'Oslo... Le *Royal Eagle*, de Monrovia... Le *Suavity*, de Londres... Le *Pacific Arrow*, de Tokyo... Le petit *Luki*, de Palerme... Le *Romanza*, de Panama... Le *Kaptan Necdet Or*, d'Istanbul... L'*Evangelia*, de Limassol... Le *Corona Australe*, de Gênes... Le *Jasmine*, de Haïfa... Le *Vispy*, de Trieste... Le *Ziemia Kielecka*, de Stettin... Le *Ras El Khaima*, d'Alexandrie... L'*Orpheus*, d'Athènes... L'*Ikan Bilis*, de Singapour... Et puis Odessa, Shanghai, Barcelone... Le transbordeur-navette *Ammiana*, avec ses voitures... Et les remorqueurs, noir et blanc, sans cesse, de gauche à droite et de droite à gauche, avec leurs noms latins, écrivant leur litanie : Maximus, Novus, Pardus, Geminus, Strenuus, Titanus, Validus, Cetus, Ausus, Squalus... Ça n'arrête pas, le port est en fièvre fraîche...

Les noms et les sigles, tout est là... La grande guerre des sigles a repris pour l'effacement des noms... Le spectre qui vient hanter les insignes est la croix gammée, à peine oubliée... Ce qui donne un ensemble d'équivalences martelées chaque jour dans les discours, bombées sur les murs... Faucille et marteau égalent croix gammée? Propagande de la résistance polonaise... Etoile de David égale croix gammée? Propagande communiste... On sent que personne n'ose plus écrire d'autres équations rapides qui ont fait leur temps, produit leur poids de cadavres... Par exemple : étoile de David égale faucille et marteau... Ou bien croix égale croix gammée... Ou encore, pour le futur, croix égale croissant égale croix gammée égale faucille et marteau égale étoile de David. Signé : tête de mort? Et ainsi de suite... Tout est possible... Sieg! Heil!...

En tout cas, la bête à gamme est de retour... Quand c'était pour les Américains, avec le X de Nixon, rien de grave... L'Asie... L'Amérique latine... Mais maintenant, c'est plus proche, plus net... Les communautés juives ont peur, même ici... Elles n'ont pas encore tout à fait choisi entre croix et faucille et marteau comme ennemi principal... On les excite d'ailleurs soigneusement contre les chrétiens, ça marche encore... D'autre part, le croissant pourrait devenir faucille... Ou réciproquement... On est juste à la veille de la fusion généralisée, anonyme... Attention au Nom!... Le Nom est tout!... N'acceptez pas la mise entre parenthèses de votre nom... C'est moi, l'Anonyme, qui vous le dis solennellement ici, à travers ce livre... Voilà pourquoi les écrivains ont toujours été et seront encore de plus en plus surveillés... A qui le dites-vous! grognera S., en arrangeant ces lignes...

Aldo est journaliste à Rome... Il vient de partir... Sonia me laisse tranquille... Elle a ses enfants... J'ai une grande chambre confortable au bout de l'appartement... Tout sera fermé le 15 octobre, et ce sera l'hiver brouillard de Venise... Pour l'instant, l'été n'en finit pas de plonger, de s'envelopper... Quelle année!... Je ne sais plus si l'eau est celle de l'Hudson ou de l'East River... Celle de Ré... L'Adriatique... Les mouettes sont les mêmes, avec des cris différents... Les coupoles d'églises? Rome? Florence? Non, voici le Redentore, là, de l'autre côté du canal où glisse, à l'instant, le *Jacopo Tintoretto*... En ce moment, Deb et Stephen arrivent à New York... S'installent... Du côté Est... 90e Rue... J'irai

610

les rejoindre dans vingt jours... J'aurai ma chronique de politique européenne... On va reprendre la vie de là-bas...

« Ça va? Tu es bien? »

Sonia vient voir si je n'ai besoin de rien... Elle m'apporte un café sur la terrasse... S'assoit... Elle est modéliste, imagine des robes... Atelier, baie vitrée... Grande, plutôt sérieuse... On parle de ses deux fils...

« Tu travailles déjà? dit-elle.

— Un peu. C'est en train de revenir...

— Tu n'as pas mal?

— Non.

— Tu étais très ami avec cette Anglaise?

— Oui.

— Tu es très triste?

— Oui... Avoue que c'est fou.

— On a eu un ami journaliste tué comme ça l'année dernière. C'est horrible. Comme s'il n'avait jamais existé. Pire qu'un accident.

— Bien pire.

— C'est comme ça.

— C'est comme ça.

— Ton roman, c'est quoi?

— Oh, tu sais, l'époque... Les femmes, le terrorisme, la politique, le journalisme, l'argent... La répercussion du Proche-Orient...

— Tout ça?

— Surtout les femmes...

— Pourquoi " les femmes "?

— C'est l'axe de la démonstration.

— Tu démontres quelque chose? Dans ton roman? Mauvais pour la vente!

— Pas sûr! »...

Elle rit... On se connaît depuis longtemps... Elle s'en fout... Gentiment... Elle aime bien Deb... Elle vient de temps en temps à Paris, pour la Mode...

« La France ne va pas te manquer?

– Je ne crois pas... J'aime beaucoup New York...

– Tout de même, Paris...

– J'y reviendrai peut-être... En tout cas, merci pour tout.

– Bon, je te laisse. »

Elle me regarde quand même avec curiosité... Roman magique... On est ailleurs en étant là, on est peut-être celui qui est vraiment là...

Vous savez ce qu'il fait, sur la Piazzetta, ce saint Théodore debout sur son crococile, surveillant l'entrée de Venise? D'où il vient? Martyrisé en 406 pour avoir incendié un temple de Cybèle... A côté de lui, le lion ailé... Je rentre dans la grotte de San Marco, je vais revoir la Pala d'Oro, 1105, Constantinople... Je ressors... Fin de saison, mais il y a encore des touristes, le Florian est à moitié plein...

« Hello! »

Louise... Elle est là pour un concert... Avec son amie autrichienne... Je ne me suis pas rendu compte qu'elle était devenue célèbre... Inge, après-demain, chante Zerline dans le *Don Juan* de Mozart... Louise, elle, interprétera en soliste, au clavecin, les *Variations Goldberg*... Au Palazzo Grassi... Quand? En fin de semaine... Elles sont gaies, légères... Je crois revoir Cyd et Lynn à New York... On est bien tout de suite ensemble, on va déjeuner... Dieu est avec moi, pas de doute... Lequel? Peu importe... Celui qui veut que ce récit soit écrit...

Allez, on oublie tout, maintenant, on est dans la musique et Venise!... On oublie tout! Et le reste! Et tout! De nouveau!... On refuse le chantage au malheur... On y va! On court! On s'amuse!... Je les prends par la main, mes deux musiciennes, je les entraîne follement dans les ruelles, on bouscule un peu les promeneurs, on va s'allonger sur ma terrasse au soleil... Sonia est plutôt surprise... Déjà!... Mais elle se laisse gagner... Elle leur prête des maillots... Inge garde un foulard autour du cou... La voix... Je les regarde... Louise, brune, petite, un peu grosse... Inge blonde, mince, frêle Viennoise... Ne surtout pas approfondir, ne surtout pas se connaître trop, rester dans le malentendu et la mélodie... On verra... Plus tard... Le sinistre moment psychologique... L'épisode de la transaction... Tout dépend de l'ordre des opérations... Ou bien on commence par la gratuité sexuelle, maintenue, affirmée... Ou bien par des négociations psychiques... Là suite de l'intrigue en dépend... Foncer d'emblée sur l'acte, et tout est délivré... Attendre, et c'est l'enlisement des personnages, la glu des rôles... On va mener ça à la baguette... Un, deux, trois... Rondo... Allegro... Où sont-elles descendues? Au Luna... Elles sont libres à dîner?... Bien sûr... Je les chauffe l'une contre l'autre... Je chantonne un peu... Inge trouve aussitôt que j'ai une voix pas mal du tout, vraiment belle, j'aurais dû la travailler, dommage... « Vivan le femmine! Viva il buon vino! »... « Mais c'est très bien! »... Louise se durcit... Sonia, désorientée, apporte des jus de fruits... L'après-midi est flambant neuf, des voiliers passent devant nous, les vaporettos, les taxis sautant sur les vagues... Frisson de vent doux... « Io mi voglio divertir! »... « Pas mal! Pas mal! »... Inge roucoule un peu en Zerline... « Vedrai, carino, se sei buonino, che bel rimedio ti voglio dar. »... Allons, il faut qu'elles aillent répéter... Elles se rhabillent... Elles couvrent de nouveau leurs peaux blanches... Je les accompagne... Je reste avec Louise... Elle m'entraîne au Palazzo Grassi... Son clavecin est là... On est seuls... Je l'embrasse... Elle est d'accord... Je retrouve sa langue d'autrefois, timide, chaude... Moins timide, plus chaude... Mais il faut qu'elle travaille... Ah, oui... Elle attaque les *Variations*... Elle se transforme immédiatement, des pieds à la tête... Masque impératif, décidé... Elle est très loin, tout à coup, à deux mètres... Quels progrès elle a faits!... Plus rien d'approximatif... Vraiment dedans, système nerveux emboîté... Le cercueil de bois répond, cathédrale... Nef, abside filtrée... Puissance de la voûte qui se fait plumes... Elle s'arrête, elle n'est pas contente... Elle reprend... Voilà... Elle ferme les yeux, elle avance... Tout est de nouveau debout devant elle... L'espace est dressé, défile, se défile, se déplie, portée par portée... Les mains, les chevilles... Plongée du cou dans les bras... Et du visage dans le cou souple... Elle change sa respiration... Elle s'arrête encore pour vérifier la spirale qu'elle est devenue... Et la voilà repartie... Colonne vertébrale dégagée, maintenant, moelle épinière venant vibrer juste au bord des doigts qui agissent... L'instrument ne pèse plus, elle l'a eu, il flotte... Elle le fait monter... Table tournante... Guéridon des rêves... Divan d'harmonie... Toute seule... J'ai l'impression qu'elle est avec son clavecin à un mètre au-dessus du parquet ciré... Elle me donne une leçon, la petite Louise... Alla francese!... Presto!... Elle me prend... Elle m'emmène avec elle... Par cœur... Elle commence à transpirer dans sa robe cerise à pois blancs... Tout à l'heure, dans la rue, sur la place, j'ai deviné à plusieurs reprises sa culotte blanche en transparence moulant ses fesses fermes... Tabouret de cuir... Elle enlève en douceur sa sensualité lourde des bras, nécessaire à la sûreté des poignets, à tenir le coup sans fatigue... Il faut la graisse, et il faut les nerfs... La salle du palais déserte résonne *Goldberg*... Bois, dorures. Elle s'arrête... Bruit du pédalier relevé, sec, comme une machine à tisser... C'est la note dorsale en plus, la note-peigne, la note-corne claquée... Les ailes avalées, l'avion de la partition est parti tout seul dans l'inaudible... Elle garde les yeux fermés... « Scarlatti! » je chuchote... Elle fait semblant de ne pas avoir entendu... Elle respire à fond, redresse le buste... Je revois les dimanches où elle me tenait contre elle au piano... Elle reste là en suspens... Elle me fait bien sentir qu'elle décide... Et puis elle plonge... A toute allure... Gigue... Elle m'envoie ça en pleine figure... Le tourbillon, la joie... Mains, hélices... Becs... Passant l'une par-dessus l'autre... Tressautant... Piquant... Ça y est, c'est l'émotion complète... Elle le retourne par tous les bouts à la fois, son clavier... Elle le spectre... Elle l'expédie en flash-back... Cette fois, elle sourit... Ça l'amuse... Bon, moi, je vais pleurer... Je pleure... Mais alors, à chaudes larmes, stupide, dans mon fauteuil... Elle me voit très bien... Elle m'ignore... Elle insiste... Elle me viole à fond... Salope chérie... Elle est implacable... Je ne compte pas, elle non plus... Scarlatti non plus... C'est la pluie noire du temps, à vif, qu'elle interprète... La gifle sur les vitres, en plein soleil, en dehors de tout... La punition du magma, des miasmes... L'orgueilleuse fin de non-recevoir... Elle se mord les lèvres, elle colle à la diablerie... Peu à peu, elle est devenue transparente, mouvement de perpétuité, balancier ... Elle ralentit par paliers... Rentre dans la procession... S'éloigne sous les fenêtres... Se retourne... Lance un dernier adieu... Se tait.

On reste deux minutes immobiles... Je me lève, je vais embrasser sa nuque trempée de sueur... Elle sent l'herbe fauchée... Le gazon... Le soir vert...

On va à la Fenice pour les répétitions de *Don Giovanni*... Me voici greffé sur la troupe, comédien parmi les comédiens, musicien parmi les musiciens, machiniste, éclairagiste... Italiens, Anglaises, Allemands... Don Juan est allemand... Leporello italien... Doña Anna écossaise... Elvire néo-zélandaise... Don Ottavio américain... Le chef, lui, est japonais... Ça promet une couleur kabuki... « Je crois qu'on se connaît, non?, me fait Ottavio... – Vous êtes un ami de la petite Autrichienne? – Comment? De ma femme? » lance le Masetto espagnol... Inge arrive... Elle répète la scène du viol... « Gente!... Aiuto!... Aiuto! Gente! »... « Scellerato! »... « Soccorretemi, son morta! »... « O soccorretemi! »... Elle crie très bien... On reste assis, Louise et moi, dans un coin... Toutes les indications ont lieu en anglais... Reprises... Détails... Décors... Violons... Projecteurs... Basses... Je m'éclipse... Je leur donne rendez-vous pour le soir...

« Elles sont sympathiques, tes amies, dit Sonia. Tu les connais depuis longtemps?

– Louise, oui. L'autre non.

– Elles ont quel âge?

– Louise, trente, je crois. Inge vingt-cinq.

– La blonde ferait un excellent mannequin...

– Je préfère la brune.

– Je vois. »...

Je monte, j'ouvre ma machine... Bible et JB à côté de moi... J'avais quelque chose à écrire sur l'exil?... Psaume 119? Le plus long, le plus construit...

> Je suis un étranger sur la terre,
> Ne me cache pas tes commandements...

Etranger... Hébreu *gêr*... Psaumes... *Tehillîm*... Louanges, laudes... Du verbe *hillêl*, louer, employé dans la formule courante *hallelû-iah*, alléluia...

Mon âme est collée à la poussière,
fais-moi vivre selon ta parole...

Je m'allonge sur le lit, fenêtre ouverte... J'entends les
mouettes, les ronflements des bateaux... Sillage violent
des uns, labourage des autres... Clapotis contre la
pierre, les ponts, les escaliers... Je m'endors... La
machine est là, sur la table, devant le ciel... Je devrais
prendre une photo depuis le fond de mon lit... Et
l'intituler : « Convalescence »... Ou encore : « Scarlatti ». On me demanderait pourquoi... Ça ferait peinture....

Je m'endors vraiment. Juste le temps de noter :
Tiepolo.

Je me retrouve à l'hôpital, à Paris... Cyd est penchée
au-dessus de moi, l'œil fixe... Elle me veille... Ses lèvres
remuent... Elle murmure... Elle me montre sa poitrine
rouge de sang... Elle ne me dit rien, elle pleure... Elle
me montre son ventre... Elle prend ma main et la pose
là... Ma paume s'enfonce en elle, tout mon bras... Je
vais toucher ce qu'elle voulait me dire, la boule
virtuelle, là, étouffée... Je la sens pivoter légèrement au
bout de mes doigts... Cyd sourit, maintenant, elle
hausse les épaules... La vie, la mort, rire, souffrance en
éclats... Je retire mon bras sanglant... Elle incline la
tête... Pas de haine... Aucun reproche... Pas d'amour
non plus... Mieux que ça...

Les cloches me tirent... Six heures de l'après-midi...
L'exil?... Je suis très réveillé, maintenant... Coup de
fouet dans le sommeil de plomb... Whisky, psaume
16...

Je bénis Iahvé qui me conseille;
même durant les nuits mes reins m'avertissent.
Je place sans cesse Iahvé devant moi,
car s'il est à ma droite, je suis inébranlable.
C'est pourquoi mon cœur est joyeux et mon foie
[jubile,
même ma chair demeure en sécurité,
car tu n'abandonneras pas mon âme au Shéol
tu ne permettras pas que ton fidèle voie la fosse.
Tu me feras connaître le chemin de la vie,
des joies à satiété, en ta présence,
des délices à ta droite, à jamais.

Bénédiction dans les reins, coup de joie au foie...
Dieu, c'est d'abord ça, le reste est bavardage... Reins
douloureux, foie engorgé... Jalousie... L'enfer... Voilà
qui simplifie les choses... La mort, la vie... Garde-toi du
mensonge et du crime... De la fraude... C'est tout... Et
musique!... Musique d'abord et toujours... Regarde tout
depuis la musique, laisse tomber tout le reste, chaque
instant sera ton pays...

Elles montent de l'horizon, les cloches... San Giorgio... San Marco... La Salute... Il Redentore... Cymbales,
timbales se recouvrant et se recouvrant... Tout se
passe en haut, mécaniquement, timbre grave et aigu,
par-delà les toits, vers le large... En bas, ce sont les
affaires courantes, baptêmes, enterrements, mariages,
confessions, communions... Business... Psychologie...
Broutilles...

Sans doute, Marx a raison, l'existence sociale des
hommes détermine leur pensée, mais ce sont plutôt
leurs censures qui comptent, l'effort pour surmonter
leurs censures, folies baroques, cloches pour annoncer
la fin du jour au-dessus des canaux violets et des murs
de plus en plus roses... L'opium du peuple? C'est vrai,

c'est très mal. Alors, tout l'opium pour moi! Gratuit! Personne ne veut plus des églises? A moi les murs, les plafonds, les sacristies, les autels, les fauteuils, les fresques, les chapelles, bancs, lampadaires!... Chacun ses goûts... On est remarquablement tranquille, matin et soir, sous les coupoles de la périphérie de Venise... Salons et boudoirs, où on peut éprouver, comme jadis, la vitesse lumière noire... Ecluses levées... Terre informe et vide... Chaos fluide... Ténèbres au-dessus de l'abîme, souffle planant au-delà des eaux... Sacristie, haute fenêtre battue par des branches, esquisse de Véronèse, là, dans un coin, le serpent dans l'arbre... Sept heures... Je sors... Je vais aller à la messe du soir aux *Gesuati*... Et puis on ira manger du poisson grillé, mes musiciennes et moi...

> *Le donne, i cavallier, l'arme, gli amori,*
> *le cortesie, l'audaci imprese, io canto...*

Je leur récite ça pendant qu'on marche vers la gare maritime, le long des lauriers-roses encore éclatants... Je pense à ceux de Barcelone, à Ysia, dans la nuit, sur la colline... Les femmes, les cavaliers, les combats, les amours, les audaces, les gestes courtois... Inge et Louise chantent à mi-voix... Zerline, dit Inge, est le personnage pervers de l'opéra... Il faut la faire hypocrite, les yeux baissés, avec de drôles de regards en coin, sainte nitouche prête à tendre son piège au seigneur dissolu dont elle n'a pas cru la moindre promesse... Elle veut se servir de lui pour monter ses prix... Le piéger en flagrant délit de passage à l'acte... Main dans le sac... Gros poisson symbolique... Bénéfice social et conjugal de l'incident... C'est elle qu'il a voulu violer!... Bien elle!... Elle l'a eu!... Pas folle du tout...

Prise de pouvoir sur son Masetto qui en tremblera la vie entière... C'est elle qui lui fera l'amour quand elle veut et comment elle veut en lui rappelant le traumatisme... Future mégère espiègle au logis... « E un certo balsamo che porto adesso... Saper vorresti dove mi sta; sentilo battere, toccami qua. »... Elle est encore tout excitée par Don Giovanni... Comme Anna, serrée de près, avec en prime le meurtre de son père... On sent comment elle sera suivie, toute sa vie, en deuil, par ce veau déclamatoire d'Ottavio... « Toccami qua! »... Renouvellement du personnage...

On repasse par San Trovaso vers la Salute... On va vers la Douane de Mer. On revient par les entrepôts... Passe l'*Ibrahim Baybora,* d'Istanbul, avec de grandes lettres capitales noires sur la coque, DB TURKISH CARGO LINES... Gris et blanc, cheminées lignes jaunes... Je les invite à prendre un verre chez moi, devant les roses et l'eau noire... Je sens que Louise, pour l'instant, ne veut pas aller plus loin... Jusqu'au concert... Bien sûr... Sonia fait un peu la tête... On reste silencieux sur nos transats en plein air... Inge met son foulard de soie... Elles veulent rentrer à leur hôtel... Elles s'en vont...

Sonia va se coucher... Je téléphone à Deb... Fin de l'après-midi, là-bas... « Pussy! »... Tout va bien!... Oui... Je viens quand? Trois semaines... « Papa! crie Stephen, un avion! N'oublie pas! »... Encore un avion...

Minuit... Il fait très chaud... Je redescends sur la terrasse... Sonia est là, en veste de pyjama...

« Tu m'as fait peur », dit-elle.

Elle ramène rapidement les jambes sous elle. Ses cuisses nues sur le coussin bleu.

« Elles ont le trac pour demain?

— Pour Inge, c'est demain, dis-je; pour Louise, dans deux jours.

— Tu as appelé Deb?

– Oui.

– Bien installée? Stephen est content?

– Ça a l'air... Sur l'East River. Je préfère l'Hudson pour les couchers de soleil, mais tant pis.

– Aldo a téléphoné, dit Sonia. Toujours ces histoires d'Israël... C'est la première fois qu'on redoute ici une flambée d'antisémitisme... Les juifs de Milan et de Rome sont très inquiets... Tu sais qu'il y a eu une grande manifestation à Tel-Aviv contre Begin...

– C'était fatal, dis-je. Il aurait dû accepter, avant d'y être forcé, la commission d'enquête sur les massacres des camps palestiniens... Ne serait-ce que pour les médias... Ils ne sont pas bons en médias, ces Israéliens... Bizarre... De toute façon, tout ça va détourner l'attention de bien des choses...

– Tu veux dire l'Ambrosiano? La loge P2? La Mafia? Les Brigades?

– Par exemple... Pour ici... Ailleurs, autres chansons...

– Qu'est-ce que tu as pensé d'Arafat reçu par le Pape?

– Rien de spécial... Ou plutôt qu'Israël, bientôt, reconnaîtra Arafat... Et réciproquement...

– Les Américains vont lâcher Israël?

– Mais non... Cela dit, les Russes sont bien silencieux, ces temps-ci... Oh, et puis merde.

– Tu as raison, c'est barbant. A quoi tu penses?

– A mon roman, dis-je. Je voudrais le terminer ici. En parlant d'ici.

– La fin à Venise? Un peu conventionnel, non?

– Tout dépend de l'angle... Tu sais ce que je voudrais définir de plus près? A l'instant?

– Oui.

– Ce que veut dire vraiment le terme : *sexy*.

– *Sexy*? Qu'est-ce qu'être sexy? On n'emploie plus ce mot... Vieux truc...

– Quand même. Tu as une idée?

– *Sexy?* Pas *sexuel?*

– Rien à voir! »

Sonia se détend... Allonge les jambes... C'est la première fois qu'on se trouve seuls... Je n'ai jamais pensé réellement à elle du point de vue de la question des questions... Peut-être...

« Voyons, *sexy*, dit Sonia... Un homme ou une femme?

– Il me semble que, dans ce cas, ça doit être la même qualité d'un sexe à l'autre. Tu ne crois pas?

– Oui... Quelqu'un qui sait exactement de quoi il s'agit, et qui n'y attache pas tellement d'importance?

– Pas mal...

– Quelqu'un qui a toujours été plus aimé qu'il ou elle n'a aimé?

– Pas forcément *sexy*...

– Quelqu'un qui juge tout depuis un certain retrait, sans rien dire?

– Qui saurait, par exemple, en connaissance de cause, qu'il n'y a rien à attendre des femmes?

– Ah ça, pas mal, oui.

– Reprenons : le sexuel est embarrassé par le sexe de la même manière que l'a-sexuel en est privé... L'individu sexy utilise ou non le sexe, passe à travers, en sait quelque chose... Il faut une teinte un peu brûlée... Méditative... Détachée... Enfantine...

– Un air enfantin?

– Sensuel-enfantin, expérimenté-lointain?

– Oui. »

On cite des noms... Jeu amusant... Ecrivains, acteurs et actrices, chanteurs et chanteuses, hommes et femmes politiques... Hétérosexuels, homosexuels... Plus le problème... Ce bon vieux machin américain fait très bien l'affaire comme catégorie logique... Impossible d'être sexy et sexiste, bien entendu... *Sexy* garde un aspect dérobé, mystérieux, difficile d'en connaître la dernière signification, atmosphère... Quelqu'un de pur peut être sexy. Quelqu'un de vicieux aussi... Un pervers ou un non-pervers...

« Ou encore quelqu'un qui reste sexuel en dehors de toute allusion sexuelle? dit Sonia.

— Attention, il ne s'agit pas du charme... On peut avoir du charme sans être sexy. En revanche tout individu sexy doit avoir du charme. Mais, parfois, pas du tout. Il ou elle est sexy, c'est tout.

— Quelqu'un qui sait jouir? De soi?

— Tu as dit *savoir*?... Oui, sans s'y attacher... Sinon, impression pénible...

— Narcissisme désespéré?

— Fasciné par rien. Pas par soi non plus.

— Provoquant une hostilité inexplicable? Une hostilité à succès?

— Belle expression... Corps gratuit... D'où : crise...

— Beau ou pas beau?

— Pas la question.

— Vrai ou pas vrai?

— Plutôt vrai...

— Mais pourquoi tu insistes là-dessus?

— Pour définir une nouvelle civilisation! Critère des critères!

— Très américain, non? En tout cas, ça revient forcément à mélanger des gens bien et des gens pas bien... Peut-être même des victimes et des bourreaux... Il est immoral ton critère! Inapplicable! Trop subjectif! »

Elle rit... On se tait... On fume... L'eau bat contre le quai de pierre, déborde... A peine quelques motoscafi sur la Giudecca... Je regarde Sonia dans l'ombre, son grand corps plié souple, ses cheveux châtains... Je vois à peine ses yeux marron vif... Elle n'a que sa veste de pyjama blanche... Elle sait que je le sais, et que je sais

qu'elle sait que je le sais... Qui se lève le premier?
Moi.

« Tu veux un dernier verre?

– Il y a de l'eau minérale dans le frigo...

– Pour moi aussi. »

Je reviens avec les verres d'eau gazeuse fraîche. Je
lui tends le sien. En passant, j'embrasse son front. Elle
s'est de nouveau recroquevillée sur son coussin. Elle
frissonne.

« Tu as froid?

– Mais non. »

Silence, de nouveau. Voilà qui n'était pas du tout
prévu au programme... Qui va même perturber le
programme... Tant pis... C'est le silence qui décide,
dans ces moments-là, le poids de l'air... Après tout, j'ai
tout fait pour l'exciter en diagonale avec mes deux
filles... A présent, c'est l'instant où il deviendrait grossier de ne pas agir... Pourtant, c'est elle qui se lève,
vient vers moi, s'assoit sur mes genoux, cherche ma
bouche... Reste longtemps sur ma bouche... Bouge un
peu... Je caresse ses jambes, ses fesses... Elle glisse sa
main, ouvre ma braguette, sort ma queue... M'enfile... A
cheval sur moi... Directement... Remue, commence à
gémir... A balancer la tête... « Oh, écoute, c'est divin. »...
Elle chuchote... « C'est divin, chéri. »... Elle ondule
longtemps, doucement... Professionnelle... Réaliste...
Fin de soirée... Relais... Somnifère idéal... On finit par
jouir tous les deux en s'avalant l'un l'autre le cri
rentré, satisfait... On attend un peu... Elle m'embrasse...
Renverse la tête en arrière... S'étire... Se lève en
mettant la main devant son sexe pour arrêter le foutre
qui doit couler d'elle... Très maîtresse de maison...
M'embrasse encore... « Bonne nuit »... Disparaît...

Tiepolo! Giambattista! Le méconnu! Le grand dernier de Venise!... Celui qui ferme la porte du paradis pour deux siècles et demi!... Juste après lui, le tunnel... Vivaldi et lui, les cris du couchant... On n'a jamais si bien senti la fin... On ne l'a jamais si bien défiée dans un sursaut éblouissant de toute l'énergie nerveuse... Ils ont fait exploser ça comme il faut... A coups de pinceaux et d'archets, d'archets tordus en pinceaux, paquet concentré de cordes, soleil énervé, éclatement virulent sombre... La couleur à bout... Le rythme à bout... C'est vraiment la fin, difficile d'aller plus loin dans l'extrême plaisir des limites, ils le savent, ils vous troussent le rideau, ils vous le jettent par-dessus bord pour plus tard... Pour quelqu'un d'autre, un jour... Peut-être... Ou jamais... Aucun espoir dans les ensembles ou les groupes... Un pour un... Vers un... Toujours un... Encore un!... Quelles que soient les péripéties du carnage! De l'aplatissement! Du compresseur à néant!... En voilà quand même un! Et encore un!... Il respire un peu, apprécie, jouit, s'exprime, s'abat... Au suivant!... Dans vingt ans... Cinquante... Cent... Mille, s'il le faut... On est très pressé, et pas du tout, la continuité ne prouve rien, l'interruption règne... Quand on tient la verticale, on ne voit pas comment l'horizontale pourrait vous réfuter... Elle peut simplement empêcher, l'horizontale gonflable, que la plupart des corps se retrouvent en vous retrouvant dans la flamme... Venise se retire, mais Madrid commence... C'est en Espagne que la subversion des surfaces et des sons est allée se réfugier... Fuyant la mise en ordre et la réduction révolutionnaire... Française... Stendhal arrive dans une Italie déserte... Il s'émerveille à côté... Le satanique Goya est déjà là... Le diabolique Picasso viendra...

Mystique et libertin, Tiepolo? Bien sûr... Il agite les

hauteurs et les bas-fonds... Plafonds, grottes... Envol de saint Dominique au-delà de la sphère, vers la Vierge, porté par des chérubins... Gris, jaunes, blancs, bleus, rouges réfléchis, terre de Sienne... Venise est une ville dominicaine, sérénité et contemplation... Sérénissime... Les séraphins sont pour Florence... Pour cette ascension du Christ, de Mantegna par exemple, entouré de ses bébés réacteurs brûlants, au revoir... Ici, au contraire, c'est l'ouverture partout, à chaque instant, dehors et dedans... Ça s'en va... Transfert! Transport! Une maison en l'air, des voiles tendus, des ailes et des jambes au milieu de trompettes, chars, couronnes... On emporte l'espace avec soi d'un coup de talon... On se fout de la pesanteur... Même l'*Assomption* du Titien paraît timide, à côté... Et dieu sait!... Eppur si muove!... Enfin!... Si elle s'échappe! En corps! Si elle n'a pas d'âme! Il fallait oser l'affirmer! Pas d'âme! Padam! Donc : poids ou ballon! Impossible de la détacher d'elle-même comme dans l'opération un peu compliquée crucifixion-déposition-inhumation-résurrection... Là, il faut que le cadre s'enlève tout seul... Que la surface se lâche... Tiepolo multiplie ce décollement de la rétine par cent... Ce qui ne veut pas dire qu'il ne s'occupe pas des caves... Bien au contraire... Diane et Actéon... L'enlèvement d'Europe... Plein de petites déesses croqueuses, laveuses, branleuses... Sur sa palette, dans les recoins du rocher... Avec des taureaux élastiques, des aigles à peine suggérés, des enfants qui pissent... Des maniérismes blafards de quelqu'un qui connaît les occasions... Basse-cour et volière du bain... Les déesses en bas... Les saintes en haut... Chaque chose à sa place... Et mise à feu!... Tambourin!... Des gorges les plus profondes au râle extatique diffus... Vous vouliez un dessin? Le voilà... Ces Vénitiens... Imperturbables!... Obstinés à la faire jouir, tout le reste est mensonge, ils ne se soumettront pas, plutôt mourir!... Incurables!... *Zattere agli incurabili*, c'est le nom d'un quai, juste à côté de celui de l'Esprit-Saint... Avec le pont de l'Humilité, pour que tout soit clair... Humilité, fumabilité... Corps glorieux? Quelles sont leurs quatre caractéristiques, déjà, canoniques? Oui... Impassibilité, subtilité, agilité, clarté... Et vogue la galère!... Rédemption des bagnards par tous les côtés... Bas roc pulvérisé... Froissé... Adieu la pierre!...

Je sais : ça choque, ça irrite, c'est trop... Superficiel!... Pas sérieux!... Erotico--maniaque!... Mégalomane!... J'entends d'ici le car psy... Divan-fauteuil, pétrification, tombeau des lémures... Les lémures aussi ont de fausses oreilles... Syndicats... Scouts... Temple abstrait... Ces chairs inlassablement bafouées!... Ces lévitations en tous sens!... Pas d'âme!... Tout physique!... Ah, il était temps de leur apporter le Cogito... L'Ego... L'égalité... Le bond en arrière... La castration obligatoire... Plus de castrats d'élite chanteurs!... La même coupure pour tous!... Réforme généralisée... L'Etat!... Le Moi!... Haine pour tous!... Tous contre un!...

Le plus étonnant, c'est que toutes ces peintures obscènes n'aient pas été interdites... Qu'elles soient là, triomphantes, en pleines messes, à peine transposées... Interdites, en réalité, elles le sont... Dans les têtes... Interdiction de se dépenser!... De voler!...

J'entends Francesca, toute pâle, me dire, à Paris : « Ah non, " dieu ", pas question! Non alors! »... Je ne sais plus pourquoi... Je n'allais tout de même pas lui répliquer qu'elle avait tort d'exhiber ainsi sa frigidité... La chérie rationnelle... Toujours entre deux massages... Deux piqûres... Comme par hasard... Elles se croient dans la réalité vraie... Question de température... Elles croient que « dieu », c'est leur maman-hippopotame dont elles ont tant de mal à sortir... Pas de chance avec les hommes... Collés eux-mêmes à leur maman-rhinocéros dont ils s'imaginent être la corne, le nez... Mon dieu! Mon dieu!... Il n'y a d'ailleurs plus d'hommes chez Tiepolo... Seulement la mythologie-bordel et les envols-fouillis paradis... L'homme n'est plus qu'un bébé ou une image en croix... Ce qu'il est de toute façon pour une femme... Laquelle, en revanche, se trouve détachée! Expédiée! Mise sur orbite!... On reconnaît son désir... On y souscrit... On l'approuve à fond... Et on le retourne!... On fait tourner et flotter!... Voilà le cocktail!...

Louise téléphone :

« Will?

– Ça va?

– Tu viens ce soir à la représentation?

– Bien sûr.

– Rendez-vous au bar à côté?

– OK.

– Tu emmènes Sonia?

– Elle ne peut pas.

– A tout à l'heure!

– Inge se sent bien?

– Elle dort. »...

Sonia entre dans ma chambre... Parfaite... Comme si rien ne s'était passé... Elle me donne les clés...

« Tu avances?

– Un peu.

– Tu es sur quoi?

– Tiepolo...

– Ah bon? Tu aimes?

– Beaucoup.

– Je te croyais plus moderne.

– Mais c'est très moderne...

– Tu m'expliqueras. »...

Elle m'embrasse... Ses fils l'attendent... Je descends... Je m'installe sur la terrasse, dans le jour bleuté... Je tape en direct le dialogue qu'on vient d'avoir...

A vrai dire, le spectacle m'ennuie d'avance... Je connais *Don Juan* par cœur... La répétition m'a suffi... Je me tiens dans les coulisses avec Louise... On parle tranquillement dans un coin... Je lui développe mon idée sur Sade et Mozart... Leur parallélisme... Brusquement, l'image de la conversation avec Cyd me revient... Si forte, si précise, que je ferme les yeux... L'Ouverture est en train de remplir le théâtre rouge et doré... Le Japonais l'a prise de façon très appuyée, funèbre, avec une sorte de cruauté légère dans la trame...

« Oui? fait Louise.

– Tu sais qu'on a les *Mémoires* de Da Ponte, le librettiste, dis-je. Il raconte comment, pour se mettre au diapason, il s'est plongé une nuit dans l'*Enfer* de Dante... *Don Giovanni* est écrit dans le souvenir de Dante... Etrange, non?... Et tu sais ce qu'il écrit de Mozart?

– Non?. »

Je sors mon carnet...

« " Mozart, quoique doué par la nature d'un génie supérieur peut-être à tous les compositeurs du monde passé, présent et futur, n'avait jamais pu encore faire éclater son divin génie à Vienne, par suite des cabales de ses ennemis; il y demeurait obscur et méconnu, semblable à une pierre précieuse qui, enfouie dans les entrailles de la terre, y dérobe le secret de sa splendeur. "

– Mozart joyau secret? On n'arrive pas à y croire...

– Allons plus loin... Divin génie; divin marquis... Cette musique est exactement contemporaine de *Juliette*... Imagine un peu... L'opéra se déroule en arrière-plan... Entre les airs, tout s'arrête et on lit à haute voix des passages de Sade... C'est un de mes rêves... Je crois que ça éclairerait tout... *Juliette et les prospérités du vice,* livret de Donatien Alphonse François de Sade, musique de Wolfgang Amadeus Mozart... Ce qui était impensable à l'époque, pourquoi ne pas le réaliser aujourd'hui?... On aurait déjà dû y penser dix fois. »...

Je tire *Juliette* de ma poche... Louise me regarde avec stupeur... Pendant qu'éclate le duel entre Don Juan et le Commandeur, je commence à lire à voix basse... Inge s'approche, écoute... Zerlina elle-même! En costume! Cette merveilleuse petite dinde subtile de Zerlina! Avec ses grands yeux bleus... Louise est en noir... Yeux noirs brillants... Elvire, de loin, nous regarde avec curiosité, tapote nerveusement sa perruque... Voilà... L'épée et l'orchestre s'enfoncent ensemble dans le corps de la Loi... Jamais le français n'a été si beau, si exact... Quelle noblesse! Quelle élévation des sentiments! Quel courage!... Quelle science des lieux!... Quelle géométrie!...

« Elle était assise près de nous, à moitié nue; sa superbe gorge était presque à la hauteur de nos visages; elle se plaisait à nous la faire baiser; elle nous observait et regardait la soucoupe teinte de notre sang. On nous branla d'abord sur le clitoris, ensuite, avec beaucoup d'art, dans le con et au trou du cul; on nous gamahucha à l'un et à l'autre de ces orifices; puis, relevant et rattachant nos jambes par des cordons qui les maintenaient en l'air, un vit assez médiocre s'introduisit alternativement et dans nos cons et dans nos culs. »

Je vous passe les autres horreurs; après tout, je ne sais pas qui vous êtes... J'ai choisi un des passages les plus forts de *Juliette,* celui où la magie apparaît... La Durand... Les poisons, en écho de l'affaire dont Mme de Sévigné a si bien parlé... La Voisin, donc... Le sylphe... Les crimes lents et fuligineux, comme en rêve... Les ossements sortant de terre... Les Enfers comme ils sont... Enfin agis, pas subis... « Oh! c'est dégoûtant! », dit Inge, qui s'éloigne avec le sourire... Louise m'écoute encore... Je lui rends son coup de clavecin... Je lis de la façon la plus neutre possible... Pas besoin d'effets...

« Comment tu vois ça? dit Louise. Un film?

– Peut-être... Mais c'est le film dans lequel nous sommes maintenant, chérie.

– Allons, ça suffit, tu es fou, tu vas perturber le spectacle. »...

Elle m'embrasse sur le front... On va encourager Inge... Qui s'en tire très bien... « Soccorretemi! »... Don Giovanni, l'Allemand, est plus que correct... Le Commandeur, italien, est légèrement fatigué... L'Anglaise et la Néo-Zélandaise sont des superprofessionnelles, un peu froides... Leporello, excellent... Catalogue à toute allure... Masetto, trop simple... Ottavio, l'Américain, décidément trop tante... Peu importe, c'est une bonne soirée, le public est content...

« Pentiti!

No! »

Les chœurs martèlent la malédiction de la fin... Le héros pousse son beuglement d'outre-tombe... Le Japonais fait grincer les cordes... Il envoie le quartette... Bravo...

Inge est joyeuse, transpirante... On va tous à la réception? Laquelle? Sur le yacht anglais... Celui qui est arrivé hier... Il mouille devant la Douane... Qui c'est? Un producteur... Qui? Un PRO-DUC-TEUR...

Inge nous fait monter à bord... Trois-mâts aménagé, pavillon Union Jack rouge... C'est bourré de monde en tenue de soirée, le bateau va couler, pas possible... Je tiens Louise par la main...

« Alors, je te croyais à New York? »

La voix persifleuse, concentré d'agressivité... Pas de doute... Je me retourne... Flora, toute en blanc, avec Malmora en smoking... Je présente Louise et Inge...

« Vous chantiez Zerlina tout à l'heure? dit Malmora, bluffé.

— Vous êtes journaliste? demande Flora à Louise.

— Claveciniste.

— Quoi?

— Cla-ve-ci-niste. »

Flora me regarde... Interrogation... Qu'est-ce que je fais à Venise avec une claveciniste?

« Je peux te parler une minute? »

On va au bout du pont... Un feu d'artifice est en train d'éclater au loin... Lido...

« Eh bien, tu as l'air tout à fait guéri...

— Ce n'était rien...

— Et la fille avec qui tu étais?

— ...

— Encore une de tes conquêtes?

— Ecoute...

— Et celle-là, la petite brune, tu la baises?

— Je t'en prie...

— De toute façon, je m'en fous... Tu sais que Malmora veut m'épouser?

— Excellente idée, dis-je. Tu acceptes?

— J'hésite. Il est quand même très vieux... Et avare, comme tu sais! Ce n'est pas tous les jours la passion, n'est-ce pas, *chéri*? Enfin, tu vois, je suis raisonnable... Tu pars aux Etats-Unis?

— Dans quinze jours. Et toi?

— Je rentre en Espagne. Tu sais que les socialistes sont en train de gagner chez moi?

— C'est ce que j'ai lu... Logique... Mais le Pape va aussi en Espagne, vitaminer un peu saint Jean de la Croix et sainte Thérèse d'Avila...

– Et l'Opus Dei, dit Flora.

– Pas plus mal, apparemment, que la Loge P2, dis-je.

– Tu devrais venir à Madrid, dit Flora. On aura besoin de gens comme toi, malgré tes absurdités. Il y aura des choses à faire...

– Je passerai sans doute... Pourquoi pas?

– On est amis?

– Bien sûr... »

Le bateau remue doucement devant San Giorgio et le Redentore... Maître d'hôtel... Coupes de champagne...

« On m'a dit que tu étais récemment en Israël? dit Flora.

– Oui.

– Tu as vraiment le chic pour aller où il ne faut pas!

– C'était très intéressant... Raisons personnelles...

– Encore une fille?

– Mais non.

– Tu n'as jamais rien compris à la politique...

– C'est la politique qui ne me comprend pas!

– Vous parlez d'Israël? demande Malmora, accompagné d'Inge et de Louise.

– Pas vraiment, dis-je... Les journaux suffisent.

– Je suis terriblement inquiet, dit Malmora. Heureusement qu'il s'agit d'un pays démocratique... Et que les Américains évoluent... Ce massacre de Beyrouth est atroce... Mais le sommet de Fès est plutôt bien, n'est-ce pas?

– Il paraît que votre dernier roman est très beau, dit Louise. Et qu'il a beaucoup de succès? »

Elle me prend la main. Flora voit le geste.

« Ça marche, ça marche », dit Malmora, content.

Eternel retour... Presque la même scène qu'il y a un an... On va perfectionner ça...

« Vous aimez la Bible? dis-je à Malmora.

– Pardon?

– Je vous demande si vous aimez la Bible?

– Enfin, oui, naturellement... Pourquoi?

– Pour te faire marcher, dit Flora.

– Pardon?

– Alors, claveciniste, hein? dit Flora, en regardant Louise droit dans les yeux.

– Oui... Je donne un concert après-demain... Venez...

– Où ça? dit Malmora.

– Palazzo Grassi... Les *Variations Goldberg*...

– Les Variations quoi? dit Flora.

– Bach, voyons, dit Malmora.

– Il aime le clavecin, maintenant? dit Flora en me montrant du regard.

– Maintenant? dit Louise.

– En tout cas, vous étiez sublime, exceptionnelle, dit Malmora en se tournant vers Inge.

– C'est grâce aux conseils de Will, dit Inge.

– Ah bon? fait Malmora. En tout cas, je n'ai jamais vu le rôle interprété avec cette finesse, cette duplicité... Voulez-vous déjeuner demain avec moi? Avec nous?

– Con molto piacere », dit Inge, avec une petite révérence.

Flora me pousse vers la rambarde...

« Je suis au Danieli, chambre 235, me glisse-t-elle... Tu viens tout à l'heure? »

Louise me tire par le bras...

« Will? Il y a vraiment trop de monde... On s'en va? »

Je fais un geste à Flora. Ni oui, ni non. Donc : non.

« Attention à votre clavecin! dit Flora, sans regarder Louise.

– Oh, mais j'y fais très attention », dit Louise.

Inge reste avec des amis... On descend, Louise et moi, sur le Zattere ai Saloni... Voilà le Zattere agli Incurabili... *Zattere*, c'est quoi? dit Louise. Radeaux... Il devait y avoir là des radeaux à la place des quais d'aujourd'hui... Pour des incurables?... Des lépreux?... Des pestiférés?... C'est ça... Un bateau passe, noir, feux jaunes et verts... La lune est presque pleine sur le Redentore...

« Cette Flora s'intéresse beaucoup à toi? dit Louise.

– Une vieille connaissance...

– Elle fait quoi?

– Politique... Journalisme...

– Vous êtes fâchés?

– Plutôt. »...

Elle prend *Juliette* dans ma poche.

« Tu me le prêtes?

– Bien sûr. »

Je la raccompagne jusqu'au Luna... Cette fois, elle m'embrasse... Longuement... Vraiment...

Sept heures du matin... Cloches... Carillons, chapelet cassé, collier aux grains éparpillés, rosaire... Ta-ti-la!... Ta-ti-la!... Cette fois, je ne bouge pas... Louise téléphone... Elle répète... Sonia m'apporte les journaux... Je suis sur la terrasse, visage et machine au soleil; je rêve de la faire bondir, la machine, comme les canots à moteur fendant le canal... Un coup d'œil sur les nouvelles quand même?... Attentat contre la synagogue de Rome... Deux enfants morts... Trente-quatre blessés... La presse italienne, surtout socialiste et communiste, était très violemment anti-israélienne ces jours-ci... Caricatures antisémites; flagrantes... Les tueurs ont compris que le climat était favorable... Interdiction de

Solidarité en Pologne... Canonisation par le Pape de Maximilien Kolbe, franciscain martyr à Auschwitz, premier saint, donc, depuis la Deuxième Guerre mondiale... Beyrouth, Jérusalem, l'Allemagne, le mark... Dollar à 7,18 F... La guerre... Vieille guerre...

Ah, tiens, des informations sur les « bébés-Nobel »... Le premier est né il y a six mois... Une fille... Vittoria... Sperme d'un mathématicien célèbre anonyme... Mais je vois que la mère a déçu la Banque d'Insémination... On a découvert qu'elle avait été en prison pour mauvais traitements infligés à ses deux premiers enfants « naturels »... Une autre mère infiltrée ne veut plus se marier, maintenant... Or le règlement prévoit que les matrices d'accueil doivent être automatiquement les épouses de maris stériles... Peu importe, il y a deux cents expériences en cours... Les femmes se font inscrire sur les listes d'attente... Quelques bavures dans les ovules? Détails... Mathématiques et délinquance... Physique nucléaire et kleptomanie... On traite le directeur de la Banque de nazi. Il avoue qu'il est « élitiste »... Je me demande bien pourquoi on l'accable... Il est sur la pente générale du délire, c'est tout... Qui féconde un œuf peut ponctionner un bœuf... Les résultats ne manqueront pas d'être curieux...

Je me penche par-dessus mon Hermès... Je pique le nez dans les roses... La matinée est un enchantement superposé... L'eau, l'air, les mouettes... Vagues reflets, bruits d'avions, coups de marteaux sur les coques, tourniquet des bateaux...

« Ohooooo! »

Sonia... Elle va faire son jogging autour des quais, vers la Salute, en survêtement gris et baskets... Je viens? Non...

Le mime! La copie! La multi!... J'en ai déjà parlé?... Question du temps! Ça ne date pas d'aujourd'hui, mais c'est aujourd'hui que la chose a pris son ampleur...

Doubles! Doublages! Doublaisons!... Crise de l'Original!... L'Origyne à la place!... Typhon du *Comme!* Raz de marée du *Pareil!* Nuées magnétiques du Semblable!... C'est touchant, c'est pathétique, cette insurrection vers l'identité... Cette fraternité déchaînée... On comprend que les femmes commencent à être réticentes... Qu'elles réclament un tri... Pas n'importe quelle injection de n'importe qui!... Des garanties! Scientifiques!... Un Nobel... Du grade... Marque déposée... Spermatozoïde sélect... Etalon prouvé... Copyright!... Confiance dans la monnaie, sans quoi où va-t-on? Plus de nom, soit, mais du grand Nom Anonyme, du gène authentique! Sûr! Diplômé! Décoré! De l'hérédité vérifiée! De l'Esprit! Cortex!... La Banque annonce d'ailleurs qu'après les Nobel ce seront les champions sportifs... A vos marques? Prêts? Partez!... Disque! Javelot! Marteau! 110 mètres haies! 100 mètres! 5000 et 10000 mètres! Marathon! Perche! Triple saut! Brasse papillon! Crawl! Ping-pong! Tennis! Rugby! Base-ball! Football! Sarbacane! Faucille! Haltères!... On va ouvrir une salle de consultation spéciale dans les stades... Près de l'infirmerie... Le prélèvement aura lieu huit jours après les épreuves... Quand les types seront reposés... Les femmes vont se mettre à suivre attentivement les matches à la télévision... Elles feront leurs choix à la carte... Angoisse des maris... Stériles, par définition... La Grèce va enfin redevenir la grande République! Généticienne et Platonicienne! Du Gymnase au Banquet, du Banquet à la Seringue utérine! Commandez vos Idées en direct!... Il faut que je m'inscrive pour les grandes fêtes futures à Olympie!... Je serai Pindare!... Je vanterai la marchandise!... Les muscles, biceps, quadriceps!... L'immaculée triception!... Les variétés de sueur... La noblesse des reins, des jarrets, des fesses... La fraîcheur des regards... La noblesse des torses... Il y a déjà des agences qui vendent des terrains sur Mars... Alors, vous pensez, le plancton de base!... Ce ne sont pas les consommatrices qui manqueront... Je vais traiter avec le SGIC!... Le WOMANN!... Il leur faut un poète! Pour la pub!...

Et puis, après les Nobel et les Sportifs, on pourra envisager les Musiciens!... Pianistes, violonistes, clarinettistes, batteurs!... Pour la clientèle plus raffinée!... Normal de commencer par la Science et le Sport... Les beaux enfants doivent venir de là, c'est clair... Mangez du poisson... Mais quand même : les chanteurs! Le Rock! Est-ce qu'on a pensé à prélever les Beatles? Pas sûr! Et les marchés parallèles? Les ampoules de sperme au marché noir, vous voyez d'ici les bénéfices? Dans les campagnes? En banlieue? Partout?

Les peintres? Les écrivains?... Hum... Pas évident... Onanisme... Produit douteux... Fatigué... Pollué... Torsion du pénis... Pas sain...

Bref on tient là l'essentiel de la révolution humaine... Le marketing imparable... Enfin à découvert... Jugement dernier... Stocks... Serres... Frigo souterrain... On pourra supprimer définitivement les morgues, cimetières, ossuaires... Trop terrestres!... Au feu! Au feu! Directement! Crématoire précurseur! Un cadavre de perdu, mille de possible!... En mieux!... Pour les galaxies!... Peuplement cosmique!... Cisjordanie stellaire!... Superman!... L'odyssée de l'espace!... Chaque ventre vierge ému dans la Voie lactée du futur!... Frankenstein? Dracula? Tant pis!... Au bout, l'Absolu!...

Mais dites-moi, ces bébés, seront-ils de droite ou de gauche? Lutte des traces... Je suis la fille d'un éminent spécialiste des fonctions Z... Mon père était recordman du saut en hauteur... Mon grand-père a traversé la Manche à la nage... Le mien était champion de kayak... Et le mien, l'inventeur du sourcil électronique! Celui qui fait exploser l'atome au moment voulu!... Et le mien, héros du travail!... Tous mutants numérotés... Légion d'honneur!... Premier ordre!...

Evidemment, il y aura le problème des archives... Des enquêtes généalogiques... On ne pourra pas les empêcher tout à fait de rêver... Il leur faudra une littérature... Des sentiments... Nous arrangerons ça!... Au lieu d'écrire n'importe quoi ou bien, pour la millième fois, l'histoire de leur tante de province et du biscuit qui leur rappelle soudain leur enfance à Trifouillis-les-Concombres, les romanciers seront réunis en équipes pour fabriquer des biographies imaginaires... Ils travailleront nuit et jour... En cellules... Salariés... Il y aura de nouveaux Prix... Le Spermaton remplacera le Goncourt... L'Ovula, le Femina... Et puis, les Prix secondaires... L'Injectol... Le Matricis... Le Pondal... Le Grand Prix de l'Académie Genèse... Bien entendu, on ne touchera pas au Nobel... Les enfants des prix Nobel seront d'ailleurs les seuls à avoir droit au Nobel... A la longue, il n'y en aura plus qu'un qui sera vraiment énigmatique... Celui qui s'est dit Fils de Dieu, là, directement issu de l'Autre, sans piqûre... On s'en souviendra au bout de quelques siècles, si on n'a pas détruit tous les livres... Vers l'an six mille... Ou sept mille... Chapeau!... Retour du Messie dans sa gloire au-dessus de la grande centrale gynéco...

Je plaisante? Pas tellement... La poussée est là... Fin du littéraire!... Je suis peut-être le dernier écrivain en liberté... Les Chinois à Cognac? A Epernay? Fantaisie de Céline... Le champagne vainqueur? Les profondeurs pétillantes? Non, non, ça va beaucoup plus loin dans le gouffre biologique tout prêt... Il buvait trop d'eau, Céline... Pléiade? Mince refuge!... Papier bible? Encore faut-il bibler le papier!... N'empêche, il a senti... Comme personne... La saccade... Je le continue! L'amplifie! Le corrige!... Il m'a donné la spermission!... Les autres aussi! Tous les autres! Destin!...

Et d'abord les prophètes eux-mêmes, avec leurs visions de rouleaux flottants... Pour bien montrer que c'est écrit en dehors des pages... Rouleaux qu'ils doivent avaler, en plus... Prends ça, fils d'homme, mange... Miel qui fait vomir... Douceur du palais, colique des viscères... Lèvres brûlées... Isaïe, Ezéchiel, Jean, Zacharie... Pas de chronologie!... Malédiction volante... Babylone! Paris! Patmos!... Un même récit?... Mais oui!... Toujours le même... Un même auteur sous des noms différents?... Bien sûr!... Vous ne manquez pas de prétention! On ne se prend pas pour rien!... Incroyable! Insupportable! Ridicule! Grotesque!... Mais personne ne vous empêche d'en faire autant!... Tenez, voilà la cithare! Chantez-nous votre couplet! Allez-y de votre *roman!* Puisque vous croyez savoir faire!... Je vous dis qu'ils se sont réunis, là-bas, sur l'Olympe... Le Parnasse... Ou plutôt dans la proximité d'Elohim... Enfin, tous ensemble... Unanimité exceptionnelle... Pour m'envoyer... Spécial... Ils ont voté... C'est moi... Tous les partis irréconciliables se sont mis d'accord sur mon nom... Jérusalem, Rome, La Mecque... Homère, Shakespeare, Jérémie!... Marc!... A temps d'urgence, procédure expéditive... Il n'y avait personne d'autre? De plus doué? De plus authentique? Il faut croire que non... Désolé... Tant pis pour la morale!... Le rythme d'abord!... Flèches, voix, tonnerre, éclairs!...

Le plus drôle, c'est qu'ils pensent toujours que ça marche tout seul, qu'il n'y a pas besoin de quelqu'un... Qu'il suffirait de s'en débarrasser, donc, de ce quelqu'un... Jérémie XVIII, 18...

Ils ont dit :
Allons, et machinons des machinations contre Jérémie,
car la Loi ne périt pas faute de prêtre,
ni le Conseil faute de Sage,
ni la Parole faute de prophète.

Allons! Frappons-le par la langue
et ne prêtons pas attention à ses paroles!...

Psychologie religieuse... Psychologie universelle tout
court... La communauté contre le nom, l'assemblée
contre l'un, la lettre contre le souffle, la semence
contre l'exception qui en est sortie...

Je lève les yeux : le jour a passé comme une aile...
Soleil rouge, à droite, sur l'eau mercure... Quelques
fumées... Il fait beau, il fera encore beau demain...
Bandes de ciel jaune, jade, violette, orange... Lune
claire, à gauche sur fond Tiepolo gris-bleu... Et c'est
tout l'horizon qui s'enflamme, ciel et eau séraphiques,
ardents... Rivière de sang... Les couples sortent... Les
filles brunes... Fond rouge sombre soutenu... Orient
calme... Venise rose bleu noir incendiée... Jérusalem
montagneuse, blanche, mémoire à l'envers... J'ai ça
dans le creux de la main...

Sonia m'emmène dîner... Comtesse... Tout le monde
est là... Malmora, empressé auprès d'Inge... Flora qui
me salue à peine... Les musiciens... Louise, éclatante,
chauffée par sa journée de travail...

« Je viens de lire un article de García Marquez paru
à Mexico, dit Malmora. C'est vraiment le plus dur
qu'on ait écrit sur le gouvernement israélien... Il propose de donner le prix Nobel de la Mort à Begin.

– Pour protester contre l'affreuse chose de Beyrouth? dit la Comtesse.

– Oui, dit Malmora... Et pour s'étonner qu'on ait pu
donner le prix Nobel de la Paix à Begin, en 78...

– García Marquez a de bonnes raisons d'attaquer le
Nobel, dis-je.

– Vous croyez? fait la Comtesse.

– Il aurait voulu avoir le prix de littérature l'année
dernière... Il ne l'a pas eu. Ce sera pour cette année,
vous verrez...

– Tout de même, Marquez a raison, coupe Flora.
Moi, je le trouve très sympathique.

– Un immense écrivain! dit la Comtesse.

– L'attentat de Rome me paraît plus important,
dis-je.

– La Synagogue? dit la Comtesse. Pauvres gens...

– Sur le fond, García Marquez a quand même raison, dit Flora.

– Les écrivains doivent-ils faire de la politique?
dis-je.

– Evidemment! crie Malmora... Leur devoir est de
témoigner... Sans cesse!... C'est l'exemple admirable de
Sartre!...

– Et de Balzac! dis-je... Personne, au fond, n'a vraiment expliqué pourquoi il est allé chercher son
mariage en Russie. Vous ne trouvez pas que c'est un
sujet d'une troublante actualité? »

Tout le monde me regarde : il est dérangé?...

« Les écrivains sont des gens bizarres, dit la Comtesse... Vous faites quoi, monsieur?

– Journaliste...

– Et la France? hurle Malmora. Qu'est-ce qui se
passe en France?

– Pas grand-chose, dit Louise.

– Des choses très importantes! lance Flora.

– Et la succession de Sartre? continue à hurler
Malmora. L'intellectuel nouveau?

– Les enjeux sont très ouverts, dit Flora. Personne
ne se détache encore vraiment...

– Et la littérature? dit Malmora.

– Au point mort, dis-je.

– Plus de Nouveau Roman?

– Oh, c'est tout juste bon pour les Américains,

maintenant, dis-je. Les universitaires, bien entendu. De qui a-t-on dit, déjà, qu'il était un philosophe pour classes terminales? Il y a désormais les romanciers pour les diplômes moyens du Texas ou du Wisconsin... Exercices grammaticaux... Passez du présent à l'imparfait... Du conditionnel au futur...

— Et le petit S.? dit Malmora. Qu'est-ce qu'il devient? Toujours son charabia joycien sans ponctuation?

— Ah oui, dit Sonia... Drôle de type. »...

La Comtesse me trouve agréable... Soixante ans, bijoux, peau sèche... Elle me fait parler de mes impressions de Venise... Palladio... Et puis de New York, où elle a un appartement sur Central Park... Un type s'approche de moi... Petit gros à lunettes... L'air au courant des dessous...

« Je crois que nous avons une amie commune, dit-il... Je suis psychanalyste. A Athènes.

— Oui?

— Diane... Elle m'a parlé de vous... C'est bien vous?

— Elle va bien? dis-je.

— Très bien. C'est une excellente praticienne.

— Elle est analyste, maintenant?

— Vous ne le saviez pas? »

Non, mais j'aurais pu m'en douter... Je revois l'appartement près de la Seine... Le miel sur le balcon, l'arrivée du jour... Diane nue sous son peignoir jaune... Je n'ose pas demander si elle a eu son enfant...

« Je suis en train de lire un roman de Françoise Sagan, dit la Comtesse... *Des bleus à l'âme*... Eh bien, vous savez, c'est délicieux... Vous l'avez lu?

— Non », dis-je.

Je la regarde... C'est elle qui est délicieuse... Je la vois lire son Sagan dans son lit, le soir, pleine de crèmes, au fond de son palais avec des Rauschenberg aux murs... Peinture, pas littérature... Habituel... C'est la littérature qui dit la vérité, pas « l'art »... Il faut les mots... Pour faire la différence... « Des bleus à l'âme. »... Ce n'est pas la prose qui pourra la décoiffer! Tout va pour le mieux dans le moins pire des mondes...

Un Conseiller culturel américain vient me parler... Grand garçon strict, visiblement homosexuel... Il repart demain pour Tokyo, via Paris...

« Tokyo? dis-je. Vous voyez les Chinois là-bas?

– Bien sûr.

– Vous n'avez pas vu arriver une nouvelle chargée de mission, récemment? Mme Li? Jeune, brune, jolie?

– Ysia Li? Mais certainement... Très active... Elle s'occupe de tournées d'opéra, n'est-ce pas? Vous la connaissez?

– Un peu... Elle était en poste à New York...

– Elle semble très dogmatique, dit l'Américain.

– Vous croyez? »

Décidément la CIA est de plus en plus mal dirigée...

« Mais j'ai surtout connu Cyd, reprend-il. On s'est pas mal vus à Easthampton il y a trois ans... Elle était passée dans la télévision, non? A l'époque, elle était encore étudiante... J'ai appris votre accident à Paris... Je suis désolé... Est-ce que l'enquête a donné quelque chose?

– Rien du tout, dis-je. Evidemment.

– Le plus dur, c'est que tout cela finit par devenir banal... On confond les attentats les uns avec les autres, n'est-ce pas? Vous n'avez plus rien comme blessure?

– Non.

– Vous restez dans votre journal en France?

– Non, ça suffit comme ça. Je reviens à New York... On se verra peut-être là-bas? »

Tiens, un Français du consulat...

« Bon dieu, je vous envie, dis-je, c'est vraiment un des plus beaux endroits de Venise... Les glycines, derrière...

– Vous trouvez? »

Bien entendu, lui, il doit plutôt s'ennuyer ici... Province...

Je retrouve Louise sur le balcon... Grand Canal... Nuit douce...

« Tu es prête pour demain?

– Oui... Je crois... S'il y a un *bis*, il sera pour toi... Scarlatti...

– Il faut que tu dormes...

– J'y vais... La fête demain, après le concert?

– Vraiment la fête? »

Malmora passe près de nous... Il continue à faire sa cour à Inge... Il se met en quatre... En huit... En dix-huit... Inge nous fait de l'œil en passant...

Flora se montre un instant dans la porte-fenêtre avec un journaliste italien... Nous voit... Fait demi-tour... Entraîne le type... Qu'on ne l'influence pas, surtout... Avec votre mauvais esprit... Politique d'abord... Interview à prendre...

« Tout va bien? dit la Comtesse. Vous vous amusez?

– C'est magnifique, dis-je. L'endroit est si beau...

– Oui, mais l'entretien! Vous n'avez pas idée du problème! »

Louise s'en va... Je m'allonge sur un transat dans un coin... Sonia vient près de moi... Je vais nous chercher des verres...

« Encore une autre! me jette Flora au passage... Tu devrais te soigner! »

On boit nos whiskies, tranquilles, Sonia et moi, dans l'ombre... Réserve... Elle me montre quand même généreusement ses jambes nues... Ce qu'elle a de plus réussi... Avec ses yeux...

« Tu penses à quoi? dit-elle.

– A l'idée, qu'on pourrait soutenir, que tous les écrivains n'en sont qu'un.

– C'est dans Borges, non?

– Entre autres.

– Les bons et les mauvais, indistinctement?

– C'est là que les paradoxes commencent.

– Mais, à la limite, on peut dire ça de l'humanité entière? C'est ce que tout le monde dit?

– Femmes comprises?

– Ah, oui. »...

On laisse tomber... On boit, on fume... On respire... Flora, Inge, Malmora ont disparu... On rentre au Spirito Santo... Elle s'assure que les enfants dorment... On fait l'amour sur la terrasse... Je la laisse me violer, plutôt...

Le pensionnaire galant... L'invité libertin... Le supplément d'âme de ces dames... Le voyageur mangeable... Ça me va... Passage gratuit sur la terre... Laquelle n'a aucun sens et ne mérite pas plus... La comédie n'est pas si intéressante... J'en demande pardon à la souffrance universelle qui est obligée de penser qu'elle a une signification... Ou encore à tous ceux qui s'ennuient et attendent des occasions... Qui ont des misères... Des croyances... Des idéaux... Mais ceux-là ont déjà depuis longtemps abandonné leur lecture... Ils m'ont fusillé au coup d'œil... Pas de mystères? D'arrière-plans? De symboles? Pas vraiment pervers? Tout à plat? Et la Bible en plus?... Horreur!... J'évite, avec Sonia, la mise au point psychologique... Je vois ce que ça pourrait être... Numéro petite fille habituel... Ou petite sœur... Le père... Colosse de l'enfance... Adorable... Inaccessible...

> *Mon père m'a donné un mari,*
> *mon dieu quel homme, quel petit homme,*
> *Mon père m'a donné un mari,*
> *mon dieu quel homme, qu'il est petit...*

Cosi fan tutte... Pour toujours... Deux ans... Trois ans... Quand elles ont sauté sur les genoux du géant... Qui dominait Maman... Du moins le croyaient-elles... Age d'or!... Mythologie!... Il était une fois... Carrousels de déceptions par la suite... Jamais assez grand, noble, généreux!... Je vais quand même jogger un peu avec elle, le lendemain matin... On s'assoit, essoufflés, sur les larges escaliers de la Salute... Construite pour célébrer la fin de la peste... La Madone a sauvé Venise?... Bien entendu... Qu'est-ce que la peste pouvait bien vouloir dire? Là, entre nous? Franchement? Au fond? La peste, venue du désert d'Egypte... Sur laquelle Lucrèce lui-même termine son poème qu'il a, comme par hasard, commencé, par un hommage à Vénus... Les atomes tombant dans le vide finissent en charnier puant et noirâtre? Il fallait s'y attendre... Au commencement la matière a l'air toute fraîche... Mais... Mais... Ici, en tout cas, pour sortir de la pestifération originelle, du bubon-cloaque convulsif, ils ont mis la gomme... Façade roulante, roulante, tordue, éthérée... Spirales et conques... Anges de pierre célébrant l'envol... Santé en torsade!... Salut dans la contorsion!... Le tout coupolé strict... Bénédiction de la sphère coupée... Ouf! On a eu chaud dans la fièvre sanie à cadavres, dans l'entassement des débris... La Vierge à tout prix! Contre-épidémie dans les formes! Au large! Microbe exorcisé! Noyé! Dérouté!

Téléphone de Louise :

« Will ?

– Tu as bien dormi ?

– Plutôt bien... Tu passes me prendre ce soir, à sept heures et demie, avant le concert ?

– OK. Détends-toi... Pense à autre chose... Qui n'est pas contre nous est pour nous.

– Quoi ? Qu'est-ce que tu dis ?

– Rien. A tout à l'heure. »...

Allons, machine... Séquence sur le *Cantique des Cantiques*... Le Chant des Chants... Quel art dans la mise en scène... Il s'agit de disposer une femme à la traversée... Ce n'est pas du tout évident... Il faut trouver le biais, l'oblique... Par rapport à sa mère, là, derrière... Il faut aller la chercher en ce point précis... Au nombril... Nombrelle... A la source gelée...

> Sous le pommier, je t'ai éveillée
> là-même où ta mère t'a conçue,
> où elle t'a conçue et enfantée...

Pommier... Pomme d'amour... Mandragore... Nécessité d'accumuler les images de douceurs, de parfums... Colombes, nid, lait, lys, bracelets d'or, ivoire, albâtre, chrysolite, saphir... Et le vin aux aromates ! Et le jus de grenade !... Et les cèdres !... Et les cyprès !... Ça ne suffit pas... Voilà encore le henné, le nard, le crocus, la cannelle, l'annamome, l'encens, l'aloès... Pas d'économie !... Tout le rideau des sensations doit être convoqué pour franchir le cap... Sans quoi ça ne marche pas... On est en train d'accomplir un acte très dangereux... Enlever une fille à sa mère !... A son double cataleptique !... Interrompre le Sacré lui-même !... Un sacré d'enfer, le texte vous prévient... Le Sceau des Sceaux... La Mort... Le brasier de la Mort en soi !... Si vous n'arrivez pas à dénouer ça avec le plus grand art, tant pis pour vous !... Il faut qu'elle soit votre sœur...

Qu'elle l'imagine... Que vous soyez comme sorti du corps d'où elle vient, qui la tient...

Que n'es-tu pour moi comme un frère
qui aurait sucé les seins de ma mère?
Quand je te rencontrerais au-dehors, je te baiserais,
et alors on ne me mépriserait pas!

Eh oui!... C'est tellement simple à comprendre que, bien entendu, on a écrit dix mille volumes hermétiques sur cette affaire...

Je t'emmènerais, je t'introduirais
dans la maison de ma mère, et tu m'initierais,
je t'abreuverais de vin aux aromates,
du jus de mes grenades!
Sa main gauche est sous ma tête
et sa droite m'enlace.

Je ne vais pas vous faire une explication de texte... Moi, je traduirais tout au présent... Et le passage du *tu* au *il*, là, mériterait quelques pages... Voilà!... L'inceste réussi... Juste ce qu'il faut... Sous des flots de myrrhe... Vous savez d'ailleurs d'où ça sort, la myrrhe?... *Myrrha*... Une fille qui a baisé son père avec la complicité de sa vieille nounou, pendant que sa mère célébrait le culte de Cérès... Les dieux, agacés, l'ont changée en arbre donnant le produit de son nom... L'odeur du mirage... Dante, sévère, la met en enfer... Vous trouverez le récit du cas dans le grand foutoir d'Ovide... Ah, ces païens!...

Vous avez été agréé? Métamorphosé? Le Chant est à vous! Vous êtes le bien-aimé bondissant, désirable!...

Tes caresses sont meilleures que le vin,
tes parfums sont agréables à respirer,

ton nom est une huile qui s'épand,
c'est pourquoi les jeunes filles t'aiment!

Cette histoire de nom comme de l'huile est très importante... Pensez-y... L'odeur, le goût, la résonance liquide... Tous les sens culminant dans l'oreille... Pour l'homme, bien sûr... L'ouïe qui fait couler... Saint Bernard est intarissable sur le sujet... Sermon sur sermon!... Nous revoilà dans les parages de la Vierge... Qu'est-ce que j'y peux? C'est ainsi!... Mathématique!... Vous ne croyez tout de même pas que toutes ces élucubrations se sont arrangées au hasard? Sont tombées du ciel? N'ont pas leur raison que la raison est pressée d'ignorer? Si vous vous faites haïr, au moins vous saurez pourquoi... On peut d'ailleurs préférer se faire haïr... Pourquoi pas?... Il n'y a rien d'incompréhensible...

Louise attaque... Salle pleine... Ils sont tous là... Même Flora... Malmora, penché sur Zerline... Tableau du temps déjà effacé... Elle commence par le *Clavecin bien tempéré*... Elle chauffe peu à peu les murs, les plafonds du palais, puis, de proche en proche, les places, les ruelles, les canaux, la ville entière... Elle traverse les églises, elle emporte les orgues dans la fragilité brillante et impeccable de son instrument marginal... ce n'est déjà plus un concert, mais une leçon de métaphysique... Un cours d'érotisme complet... Flora bâille ostensiblement, se penche pour parler à Malmora qui lui fait signe de se taire... Ils sont embarqués... Pas de résistance possible... Je la vois respirer à fond, Louise, elle est partie très fort bien qu'elle soit encore dans l'angoisse du commencement... Tout ce chemin... Ses mains répondent pour elle... Creux de la cinquième minute... Pilotage automatique... Jeu des réflexes... Elle ferme les yeux... Elle reçoit maintenant toutes les vibrations négatives du public, c'est ça... Tu ne passeras pas! Tu vas tomber! Déraper!... Malveillance collective... Fatale... C'est la loi... Mur du ressentiment contre celui ou celle qui est sur le point de s'échapper... Je sens Flora mener le bal démoniaque... Se concentrer de toutes ses forces pour empêcher Louise de décoller... Magie noire... Contre la magie blanche du clavier... Je sens que Louise faiblit un peu, devient mécanique... Alors, j'y vais, moi aussi... Je m'en mêle... Avec le fantôme de Cyd... Je lui envoie un paquet d'ondes de bénédiction... Corde raide... Je tremble un peu... Combien de filles, en ce moment même, mouillées, chaudes, les jambes légèrement écartées, partout dans le monde, en train d'attendre, quoi? Rien! Rien de différent du Rien... Sorcellerie en suspens... Pour... Contre... Flora est contre... Tout contre... Elle aime trop les femmes... Haine... Je suis pour... Je les aime bien... Voilà... Louise a ralenti... Elle a compris qu'elle devait passer en dessous... Elle respire, reprend appui dans ses cuisses, ses chevilles... Bas des reins, fesses... Elle replonge, elle est dans sa nuque... Elle a gagné... Il ne reste plus à Flora qu'à prendre un air ennuyé pour que je sois seul à le remarquer... Ils sont vaincus... Elle s'enfonce, Louise... Elle les enveloppe... Elle reprend l'espace, et l'espace de l'espace, et la durée mortelle, impermanente, qui les transforme en rêve de cet instant... Bon dieu, qu'elle est belle, à présent, insecte impassible, scarabée des sons...

Elle entre dans les *Goldberg*... Son visage rond est complètement figé, au-delà... Somnambulisme... L'interprétation réussie, elle me l'a dit, c'est quand on se retrouve méditant dans le vide et qu'en même temps on se voit, au-dessous de soi, dormir profondément, souplement, accomplissant tous les gestes... Il n'y a plus de faute possible... Non seulement ça, mais c'est le moment où l'esprit de la musique plane vraiment sur vous... Comme au début de la Passion selon saint Jean... Au commencement, le Verbe... Enfin une qui comprend ça... Ses épaules... Ses bras... Au commencement qui n'aura pas de fin, dans les plis et les replis, et les sillons, et les traits, et les voiles et les dévoilements qui n'en finissent pas, dans le mélange soufre et mercure, dans le noir d'avant le noir pour toujours... Ici, c'est grain par grain... D'en haut et d'en bas... De droite et de gauche... Jusqu'à la poignée, qu'il faut saisir... Et racler... Un-deux-trois-quatre!... Cinq-six!... Sept-huit!... Palalala!... Lala!... Lala!... En montant rush!... En descendant catégorique!... Et puis le balancier... Mouvement perpétuel... Et puis le trépignement de la gauche... Et puis l'euphorie, l'allégresse, la victoire généralisée sur tout... Et la droite et la gauche se chevauchant, se superposant... Et le front, le nez, la bouche, le menton avalés par les notes... Flora ricane silencieusement... C'est plus fort qu'elle... Malmora lui tape sur l'épaule... Louise est trop loin pour être gênée, maintenant... Elle a l'hystérie pour elle... Subjuguée... Drainée... Elle fonce à mort, défonce, boucle, dégage, éparpille, ramasse, disloque, recolle, redémarre, va aux extrêmes, revient au milieu... Un autre corps... Elle calme tout ça... Rentre dans la nuit... Envoie le thème de loin... Pendule... Suspens du volume...

Ça marche... Ils sont debout... Ils l'acclament... Elle fait semblant de se réveiller, mais je sais qu'elle reste accrochée à son noyau noir... C'est pour moi, maintenant... Elle me jette un coup d'œil aveugle... Elle annonce son *bis* d'une voix mate... Elle est tout à fait heureuse, à présent... Scarlatti doit exulter dans sa tombe... Une sonate... Ils crient... Deux sonates... Ils crient toujours... Une troisième... Elle n'en peut plus...

C'est encore meilleur... Elle flotte... On n'est jamais assez fatigué pour atteindre le grand repos... Libre, lucide, nuancé en vol...

Bon, c'est un triomphe, allons dîner... Louise va se changer... On se retrouve avec Inge qui a plaqué Malmora... Tous les trois... Champagne... Sonia a compris, elle est rentrée... Ciao Flora!... Adieu tout le monde!... On revient au Luna, dans leurs chambres communicantes... On est ivres... On fait encore monter du champagne... On s'emmêle tout de suite, gaiement... Bientôt nus... Mains, lèvres, au hasard... Louise est entre Inge et moi... On la caresse... Elle m'embrasse beaucoup... J'ai ses cheveux noirs dans la bouche... Elle se laisse prendre, commence à soupirer... « Tu es vraiment fou. »... Je sens sa peau chaude... Inge se lève, s'en va dans sa chambre... On jouit tous les deux, là, derrière le rideau d'alcool, inconscients, presque...

Je me réveille... Louise dort... Je me lève, m'habille... Je lui laisse un mot... Je marche longtemps sur les quais... Sept heures... Voici le *Luki*, rouille et noir... Et l'*Aventure* d'Athènes, traîné par le *Novus*... Et l'*Arnon*, de Haïfa, avec ses lettres en hébreu... Soleil sur la Salute... Soleil sur l'eau du ciel... Au moins trente jours en un...

Mouettes rangées dans la chaleur sur les tuiles... Le café avec Sonia est un peu crispé... Il est temps de lui annoncer mon départ... Demain... « Déjà?... Tu as suffisamment travaillé? »... Ironie... « C'était bien, hier soir?... – On a beaucoup bu. »... Je sors, je vais aux *Gesuati*... C'est l'époque de la Madonna del Rosario... Ils ont sorti une grande poupée couronnée, chamarrée, tenant son poupon roi du monde... Traîne et robe brodées de fleurs... Cierges... Neuvaines... Les religieuses sont là, marmonnantes... « Ave Maria, piena di grazia. »... Le matin ont lieu les *misteri gaudiosi*... Annonciation, conception, rédemption... L'après-midi, les *misteri dolorosi*... Passion, crucifixion, stabat mater, sacrement des malades et des vieillards... Et le soir, les *misteri gloriosi* : résurrection, ascension, assomption... Le tout entrecoupé de messes, de prédications sucrées sous le Tiepolo échevelé des hauteurs... « Ad te clamamus, ad te suspiramus. »... *Santa Maria Gloriosa*... Sacrés catholiques... Litanies... Mystères en pleine lumière... Ce sont vraiment les seuls à avoir osé dire et maintenu que tout ça était le comble de l'évidence absurde, et que toute l'aventure animée, donc, était artificielle, vide... Pas de quoi se frapper... Vous êtes une erreur sauvable à condition d'adhéréer à l'extravagance absolue... Antibiologique... On comprend que ça mette hors d'eux les partisans de la régulation surveillée... Moi, en revanche, j'aime bien les *misteri*... Ils font respirer la voûte, la croûte... A condition de ne pas les transformer en doctrine étatique, bien entendu... *Famiglia cristiana*... Santé... Mères... Epouses... Propagande gnagna... Et le reste... Mais comment prouver le sens exclusivement mystique de cet horizon? Peine perdue... Inutile... Attraction, répulsion... Jamais d'interprétation... Je vais quand même allumer un cierge... Pour Stephen... Pour mon roman... Si Kate me voyait! Et Flora, Robert, Bernadette, la Présidente, et les autres!... Et Louise, qui doit encore dormir en pensant qu'elle joue... A toi, donc, Vierge Sainte! Avec ta robe du soir rouge et ton grand manteau bleu! A toi, étoile du matin! Porte du jour! Détrôneuse de la Déesse! A toi, l'ascenseur de l'une-fois-pour-toutes!... Trou dans l'univers! Consolation! Sortie! Point de fuite!... A toi, l'absence éternelle de psychologie!... A toi, rose et rosée!... Compassion! Repos! Velours! Soie! Douceur pneumatique!... A toi, musique au-delà des sphères!...

Couronne des galaxies!... A toi qui as permis Monteverdi enterré près de toi, aux *Frari,* dans un coin de chapelle!... Le veinard!... Allongé dans son sujet!... Mort dans ses Vêpres! Orfeo de sa Beata! Voix des voix!...

Il y a des concerts de Cage et de Stockhausen, en ce moment, à Venise... « Trente pièces pour cinq orchestres sur la surface... » « Trans »... Je vois Cage assis sur les quais en train de feuilleter *Finnegans Wake*... Cherchant des points d'inspiration... Pour l'ordinateur... Avec son sourire un peu idiot... Zen américain... « Les sons comme des bulles à la surface sphérique du silence. »... Stockhausen, lui, est en plein dans l'Inde... L'Alchimie... Le Zodiaque... Sirius... Musique, reflet d'une époque... Foule à Santo Stefano pour les voir... Je me rappelle que S. m'a raconté comment il a rencontré Pound, ici, seul, attendant la mort au soleil... Soixante ans avant, Joyce, venant de Trieste...

Je vais chercher Louise, on va prendre le café au Florian... Elle part tout à l'heure, avec Inge, pour Londres... Concerts... Je les mets dans un motoscafo pour Marco Polo... A New York? Sûrement!... Un jour ou l'autre... On s'embrasse... Grands adieux de la main... Tiens, elle ne m'a pas rendu mon *Juliette*... Brune et blonde... Sillage, disparition...

Vers trois heures du matin, éclairs et tonnerre... La fulguration vient me chercher à travers les volets fermés, à travers les paupières... Le ciel et la chambre tremblent, passant par la tête ouverte, éclatée... Coup au squelette... J'ouvre la fenêtre... Toute la ville est striée, violette... Endormie, pourtant... Paisible sous la tempête... Comme isolée par une vitre... Basse, couchée, frappée par l'explosion répétée... Crise de nerfs des volumes... Epilepsie verticale des plans... Le Redentore est éteint, de l'autre côté du canal... Flashes en cascades... Photo-cosmos!... Bombardement au phos-

phore!... Et voilà la pluie... Torrent pressé, raide...
J'allume... Je prends ma Bible... Zacharie...

J'ai eu cette nuit une vision,
et voici qu'un homme était monté sur un cheval
                                                [roux,
il se tenait entre les myrtes
qui sont dans la fondrière,
et il y avait derrière lui des chevaux roux, roses,
                                                [blancs...

Préhistoriques, ces prophètes, avec leur manie d'animaux... Leurs chevaux phobiques que « Dieu envoie
pour circuler sur la terre »... Il en sort de partout,
gueules, muscles, naseaux, sabots, mouvements, ailes...
Visions au bord de l'eau... Le Kebar... Les « fleuves de
Babel » autrement dit l'Euphrate et ses canaux...
Attelages... Char brûlant et ses cavaliers... Jean, à
Patmos, n'a fait que rassembler, de façon meurtrière,
la ménagerie divine... Pour le grand finale, le grand
règlement de comptes à venir... Qui est là, plutôt; qui
ne cesse pas d'être là dans le pli-secousse de la durée
morte... Il a aussi son rouleau volant, Zacharie... Et une
autre apparition bien spéciale... Un ange ouvre devant
lui un tonneau... Un *eyphah*... Capacité : 37 litres... Il y a
dedans une femme assise... La Méchanceté... Elle-
même!... L'ange referme le couvercle de plomb... La
capsule est emportée par deux femmes-cigognes pour
être enterrée sous le temple de Babylone... Ni vu ni
connu... Bonsoir!... Magie noire!... Trente-sept litres de
haine fondamentale au radium dans l'occulte du culte
ennemi!... Foie noirâtre!... Vésicule piégée!... Pile de
bile!... Scellée dans la cave!... Paranoïa concentrée!...
Révélation tamponnée!... Colis nucléaire à cancer!...
Indétectable au geiger!... Hiroshima mon amour!...
  L'orage s'arrête aussi brusquement qu'il a démarré...

Le ciel se dégage en vingt minutes... Le vent rentre en lui-même... La lune réapparaît, lavée, pleine, poinçon brillant...

J'ai l'impression d'être clandestin à Paris... Comme si je n'y étais jamais venu... Toutes ces années pour rien... Rejet de greffe... Je passe rapidement au Journal prendre mon courrier... Kate et Robert m'évitent... J'apprends que Robert vient d'être nommé directeur adjoint... Que Boris est pressenti pour une nouvelle rubrique... Kate va peut-être diriger une chaîne de télévision... C'est comme s'ils ne me voyaient plus, regards myopes... Je ne fais plus partie de leur histoire, de l'Histoire... Pour eux, un concurrent de moins... De l'argent et des centimètres carrés imprimés en plus... J'aperçois Boris dans la rue... Il me voit de loin, hésite... Je change de trottoir... Je suis mort, petite goutte évanouie sans traces... Je traîne un peu sur les Champs-Elysées... Je retrouve S. au Ritz...

« Alors, me dit-il, vous avez fini?

– Plus que quelques pages...

– Vous partez quand?

– Après-demain... Je vous laisse la fin sur mon secrétaire.

– Venise?

– Vous verrez... Et ici? »

S. fait un geste vague...

« Oh, la rentrée... Une autre année... La même... A quelques petits déplacements près... Promotions, dévaluations... Effondrements prévisibles... Confirmations calculables... Course à la survie... Rien...

– Vous avez travaillé?

– Plutôt bien. Il me semble que j'arrive mieux à la transparence que je voulais... »...

Je lui donne les clés du studio... Le numéro de code pour la porte, la nuit...

« Vous venez bientôt à New York? dis-je.

— Dans deux mois.

— Vous aurez trouvé un éditeur pour le bouquin d'ici là?

— Je pense... Vous avez une préférence?

— Gallimard! dis-je... Bien sûr!... La Banque Centrale!... Le Fonds!... Vous ne m'avez pas lu!...

— Je plaisantais... Et pour New York?

— Autre problème... On verra... Pas de film, pas de livre!... Trop de digressions! D'aventures pornographiques! Pour rien! L'intrigue piétine! Et puis, les ligues féminines! Syndicats des Consommatrices! Quakers! Mormons! Episcopaliens! Baptistes! Anabaptistes! Adventistes du septième jour! Pentecôtistes! Lobby gay! Gardiens du Texte Sacré!...

— On fait une drôle d'opération, dit S.

— Hautement stratégique...

— Donc : *Femmes*? Pas de changement?

— *Femmes*. Il faut ce titre... Levier...

— Je suis curieux de voir les réactions, dit S.

— Est-ce qu'on ne sait pas tout d'avance?

— Mais oui... C'est affreux... Dénigrement automatique, magnétique... Crocs-en-jambe! Coups de poignard dans le dos! »

Il rit... Tout ça n'a pas l'air de le troubler beaucoup... Moi non plus...

« Il y aura quand même des amis, dis-je.

— Quels amis? Mais, mon cher, vous savez bien que tout est *négociable*... Le plus étonnant, d'ailleurs, avec les parents, les amis, n'est pas qu'ils vous vendent, mais que ce soit en général pour si peu... Pas cher! Mauvaise affaire contre eux-mêmes! Trente deniers! Pour montrer que c'était à eux! Bien à eux! Mimétisme aveugle! Vanité! Familles! »...

On finit nos whiskies, on se lève... Marche jusqu'à la Concorde... Large soirée d'automne, ciel rouge... On traverse... On prend les quais... Bateaux-mouches illuminés sur la Seine...

« Belle ville, finalement, dit S. Elle va vous manquer?

– Peut-être. Je découvrirai ça là-bas... Ce sera pour le prochain volume...

– Ah bon?

– J'ai quelques idées... Vous prenez?

– Pourquoi pas?

– Je ne suis pas réellement écrivain, dis-je. C'est vous qui êtes mon double au pays des doubles!...

– Je me demande qui est l'écrivain de nous deux, dit-il, songeur.

– Est-ce que vous pensez parfois que tous les écrivains n'en sont qu'un?

– Depuis toujours? Depuis l'absence de commencement?

– Oui.

– C'est une hypothèse sérieuse. En tout cas, ça expliquerait pourquoi ils s'observent tous avec tant de passion... Le langage revenant à l'un? A l'Un?

– Oui.

– Et eux, transitoires. L'Un Seul? Tout seul? Hors existence? Les frôlant? Les soufflant? Les colorant selon leurs limites?... Eux ne faisant que moduler? Ponctuer?...

– Voilà... L'expiration, pas l'inspiration...

– Ils ont tous fini par penser ça plus ou moins, dit-il... Qu'ils étaient le seul... Que tout le reste était aphasique... Jusqu'à ce qu'un autre pense la même chose d'eux, un jour... Tout en se sentant exactement identique... Au vêtement historique près... Et ainsi de suite... Je suis Balzac, je suis Cervantès...

– Je suis Melville et Shakespeare...

– Et nous sommes tous des ombres de Je Suis... Lequel n'est personne en particulier... Ou pas seulement... Ou de façon si invraisemblable que ce n'est pas la peine d'en parler...

– Et la parole fut envoyée par *Je Suis* à X. pour dire...

– Ça, c'est la Bible... Maintenant, attention!... N'importe quel crétin peut s'imaginer être dans le coup...

– Croyez-vous?

– Non, pas vraiment... C'est vrai qu'il y a un filtre... Terrible... Stable, on dirait...

On arrive devant Notre-Dame...

– Alors, dit S., nous y revoilà? Pendant qu'ils sont tous collés à leurs télévisions? Informations? Feuilletons? Fluctuat nec mergitur?

– Plutôt fluctuat?

– Bof! Impassible!

– Malgré Nietzsche?

– Avec lui, avec lui...

– Marx, Einstein, Freud? Eprouvette?

– Avec eux... Acteurs... Ne regardez pas vers le passé... Pilier radioactif de Claudel? 1886? Anecdote... Pas besoin de *conversion*... 1986? Demain... Remarquez que les fins de siècle se ressemblent... Est-ce qu'on n'est pas en plein Renan? Collège? Panthéon? Est-ce que les GTM ne règnent pas calmement? Les Grandes Têtes Molles? Ne sommes-nous pas dans le triomphe de l'ICQ, comme aurait dit Mallarmé? L'Inférieur Clapotis Quelconque? Sublunaire? Cosmonautique? Electronique? Est-ce que les appétits, les mensonges, les manipulations, les jalousies, les ulcères, les crises de foie ont changé? Est-ce que l'immense caca ne suit pas son cours? La monnaie? Le sang? La souffrance? L'agonie? Les gémissements? Et la joie aussi? Le plaisir? Avec quels mots? Quels accents? Est-ce que tout n'est pas épouvantablement et irrévocablement dérisoire? Hypnotique? Somnambulique? Génération... Corruption... Restons avec les écrivains!... Ils mentent moins. »...

On se sépare là... Je remonte la rue Saint-Jacques... En passant devant le Panthéon, je vois distinctement un squelette se découper sur la Coupole... Faisant un grand signe de croix désinvolte... Sous la lune... Aux grands hommes, la Patrie reconnaissante... Un jeune squelette, oui, un bouquet de fleurs séchées à la main... Une lumière rouge intermittente brille à l'endroit du sexe... Allez-y voir vous-même, si vous ne voulez pas me croire!... Dîner seul... Studio...

Et valises... Encore une fois... Je vais acheter son avion à Stephen, un superavion de chasse, aérodynamique, ronflant, cockpit s'ouvrant et se baissant sur commande, canons, fusées, tout... L'important, bien entendu, n'est pas l'avion en soi, mais d'arriver *avec*... Parfum pour Deb... Passeport en règle? Dollars? Voilà... Soleil au Luxembourg... Tiens, cette petite brune, là, pas mal, en train de lire, pourquoi pas?... Regards... Maud... Infirmière... Elle voudrait aller au cinéma?... Au revoir!...

Je finis de taper les pages pour S. ... Il viendra ici demain, après mon départ; il trouvera le manuscrit dans le dossier rouge marqué ROMAN au feutre noir. Il reprendra, il corrigera. Fera valser le récit. Les rythmes. Trouvera des formules... A lui de jouer.

Je suis déjà de l'autre côté. Dans un bon vieux sacré nom de dieu de taxi à banquette basse fonçant vers Washington Square... Café au Reggio, avec Deb, comme quand on était étudiants... Et puis allongé, une fois de plus, sur mon ponton de planches de l'Hudson, large plan d'eau miroitant, comme à Venise... Transformer sa vie dans sa vie? Etre à l'heure avec soi? Il suffit de savoir se suivre. D'être attentif à la volonté cardiaque du scénario. Minute par minute... Pointillé d'envers... Toujours en retard... Fausses images... On oublie sa mort...

J'ai l'impression de respirer la haute nuit bleue à côté du World Trade Center... Je la peins à l'intérieur de mes yeux, je la palpe... Petit magasin de cigares sur la Septième... Vent glacé d'hiver... L'océan qui frappe... Soleil comme un clou... Autres jeux, autres pouvoirs... Tout à refaire... Nouveau tissage en partant de presque rien... Ça va être écrasant, amusant...

Je laisse ma machine, j'en achèterai une autre là-bas. Presque pas de bagages. Hermès à travers l'Europe. Jérusalem... Je regarde la touffe de pinces et de lettres. Les touches grises. Escalier. Cinq marches. Les doigts. Chiffres. Alphabet. Des millions de mains tapent là-dessus chaque jour. Dates, messages plus ou moins voilés, négociations, menaces, politesses. Faire de la musique avec ça? Demain, autre chose. Computer? On s'adaptera... Stylo en réserve sur la poitrine pour les passages délicats...

Qu'est-ce que je vais faire pour ma dernière nuit à Paris? Sortir? Aller draguer? Non... Bible... Psaumes... Style éternel... Méditation sous la lampe. Je pars dans la cadence... Pour le Coryphée... Sur instruments à cordes... Sur les flûtes... Sur la guittite... A mi-voix... En sourdine... De David... Quand il fuyait devant son fils Absalon... Quand il contrefit la folie en présence d'Abimélech... Lorsqu'il fut en guerre avec Aram-Naharaïm et Aram-Soba, puis lorsque Joab revint et battit Edom, dans la vallée de Sel, soit douze mille hommes... Quand Saül envoya surveiller la maison pour le mettre à mort... Lorsque les Philistins le saisirent à Gath... Lorsque vint vers lui le prophète Nathan, après qu'il se fut uni à Bethsabée... Quand il était dans le désert de Juda... Quand il était dans la grotte... Cantique des montées... Le serviteur de Iahvé, David... Le plus grand poète de tous les siècles... Jamais cité comme tel... Vous voyez ce que je veux dire... Toujours Homère et Cie... Pour les juifs, c'est un roi divin... C'est donc à nous, Grecs, de le faire entrer dans la littérature... En triomphe... Lauriers! Palmes!... Malgré Athéna... La déesse aux yeux pers... Et des légions de professeurs et de douaniers érudits... Version latine... Prix... Académies... David de Bethléem, racine du Messie, reins du Germe... Récité par le Christ sur la croix... Psaume 22... « Eli, Eli, lamma sabactani. »... Le Juste abandonné fait appel à son dieu... Sur l'air de *Biche de l'Aurore*...

Mon Dieu, mon Dieu, pourquoi m'as-tu abandonné? Tu es loin de mon salut, du rugissement de mes
[paroles!
Mon Dieu, j'appelle de jour et tu ne me réponds pas; même de nuit je ne garde pas le silence...

Vous connaissez sans doute vaguement le début?... Bien que vous n'ayez jamais osé penser que le Christ a *rugi* sur la croix, n'est-ce pas?... Mais la fin?

Devant lui seul se prosternent tous ceux qui dorment
[dans la terre,
devant lui s'agenouillent tous ceux qui descendent
[dans la poussière...

Voilà... Après quoi vient la grande question : sorti? Pas sorti? Remonté? Ou non? Les paris restent ouverts... Résurrection dans le Chant? Musique?... David se plaint tout le temps qu'on soit désagréable avec lui... Qu'on l'attaque sans raison... Qu'on le flatte, mais qu'on le déteste... Qu'on l'accuse à tort... Que ses ennemis n'arrêtent pas de lui tendre des pièges sur sa route... Complots... Machinations... Mensonges...

Nœuds... Lacets... Filets... On lui rend le mal pour le bien... On épie sa vie... Chiens... Serpents... Faux amis... Et tout cela, à cause du dieu qu'il sert... Celui-là précisément... Dont la grâce est dans les cieux... Dont la vérité monte jusqu'aux nues... Dont la justice est comme les montagnes, et les jugements comme l'Abîme... Le dieu de l'univers au-dessus de l'univers... Partout présent, au nord, au sud, dans les profondeurs et les hauteurs, les étoiles et les non-étoiles, la pensée, les ventres, les cœurs, les matrices et les embryons, les intentions de la langue... Qui fait crier de joie les portes du matin et du soir!...

> Pour beaucoup je suis un scandale,
> Mais toi, tu es mon solide refuge,
> Ma bouche est pleine de ta louange,
> de ta gloire, tout le jour.

Qu'est-ce qu'on dirait aujourd'hui contre lui? Paranoïaque... Manie de la persécution... Mélancolique... Délire des grandeurs... Mais la musique? Quelle musique? Les Psaumes!... Oui, oui.. Vouf!... En réalité, c'est ça qui les rend fous... Fatal... La musique en mots, jour et nuit, vers la source... Tutoiement avec l'invisible... Phrases qui s'adressent à leur feu, au lieu de faire mousser le décor...

> Quand je pense à toi sur ma couche,
> durant les veilles, je médite sur toi,
> car tu es mon recours,
> et à l'ombre de tes ailes, j'acclame,
> mon âme est attachée à toi,
> ta droite me soutient.

Quelqu'un qui n'arrête pas de chanter pour ce qui ne se voit pas?... Ne se touche pas, et prétend régner sur les phénomènes?... Et en plus exigeant la vérité, la justice, en vous rappelant sans cesse que l'homme est une erreur, un souffle, un néant?... Avouez qu'il y a de quoi s'énerver...

> Tu me caches dans la cachette de ta face,
> loin des combinaisons des hommes,
> loin de la querelle des langues...

Et pour aggraver l'ensemble, ce dieu aurait ses préférés?... Et parmi eux, un préféré?... Il les traite tous durement, soit... Mais on les envie quand même... Puissance verbale... Et si c'était vrai?...

> D'en haut, il étend sa main, il me saisit,
> il me retire des grandes eaux,
> il me délivre de mon ennemi puissant
> et de mes adversaires qui sont plus forts que moi.
> Ils m'attaquent au jour de mon malheur,
> mais Iahvé est pour moi un appui,
> il me fait sortir au large,
> il me sauve, parce qu'il m'aime.

Le grand mot est lâché... D'autant plus qu'il n'a pas du tout dit, ce dieu, qu'il aimait les hommes... Non... Au contraire!... Il aime *celui-là*... Hic! Nunc!... Quelle injustice! Quelle partialité! Un dieu mélomane! Intervenant à travers l'enchevêtrement des atomes pour sauver son interprète favori!... Etonnez-vous que ça fasse des jaloux parmi les corps!... Comme s'ils ne voulaient pas être follement aimés, les corps!... Caressés, choyés, rassurés, chouchoutés, bercés, avant le saut final en poussière!... Comme si ça ne méritait pas la Mort, justement, cette élection de l'Unique au milieu du Nombre... Oui, plutôt la Mort... Pour lui et pour tout le monde, à jamais... Na!...

Bon, maintenant c'est la fin... Une des fins possibles... Je dors et je ne dors pas... Je m'entends penser, et je ne m'entends pas... Dernières amarres... Grincement des cordes physiques, chaînes de muscles et d'os, et de fatigue, et d'usure déposée sans voix... Bras tendu, replié... Nuque poignée, front souci, mains froides... Si nous vous avons ennuyés, ladies, gentlemen, votre indulgence!... Pauvres esprits de l'air emportés dans la nuit qui vient... Les mouettes crient? Non, pas de mouettes, ici, pas de va-et-vient liquide, pas d'écume... Ecureuil sans sa roue mentale... Culbute dans la toute petite dimension d'oubli... Si petite... S'éloignant à vue d'œil, microscopiques dents serrées des vertèbres... Manteau de sang... Frisson et fourrure des mots...

Elle ne peut pas se regarder fixement, la mort? Tout de même... Profil... Diagonale... Eclair... Tu ne passeras pas? Si... Voilà, on est dehors un instant sans temps, on tire le rideau de l'extérieur... L'échelle... On s'emmène, on se laisse divisé en bas...

Le sommeil est la moralité même.

Jour!... Café, douche, téléphone à S. ... Courses, pluie, taxi, Roissy, satellite, contrôle pour New York, salle d'attente... Tiens, cette élégante, là, blonde, assez grande, chemisier noir, tailleur gris et yeux gris, qui me sourit... Je la connais? Non... Ah si, on s'est vus une fois au Journal... Oui, c'est vrai, anglaise... *Sunday Times*... Côté fumeurs? Oui... A tout de suite? Oui... Elle est très bien... La peau... On flotte un peu... Elle feint de regarder quelque chose dans son sac... Sourit encore... Gris-lumière... C'est l'appel, maintenant... Now boarding... Clignotant rouge... Embarquement immédiat...

DU MÊME AUTEUR

Aux Éditions du Seuil

Romans

UNE CURIEUSE SOLITUDE
LE PARC
NOMBRES
LOIS
H
PARADIS

Essais :

L'INTERMÉDIAIRE
LOGIQUES
L'ÉCRITURE ET L'EXPÉRIENCE DES LIMITES
SUR LE MATÉRIALISME

Aux Éditions Grasset, collection Figures (1981) et aux Éditions Denoël, collection Médiations

VISION À NEW YORK, *entretiens*

Préface à :

Paul Morand, NEW YORK, *GF Flammarion*

Impression Brodard et Taupin
à La Flèche (Sarthe),
le 18 septembre 1991.
Dépôt légal : septembre 1991.
1er dépôt légal dans la collection : janvier 1985.
Numéro d'imprimeur : 6533E-5.

ISBN 2-07-037620-6/Imprimé en France.

9326